Dinesh Bauer

Toter Winkel

atb aufbau taschenbuch

Hans-Peter Dinesh Bauer, Jahrgang 63, stammt aus der Nähe von Bad Tölz. Er hat über fünfundzwanzig Jahre als Journalist für Presse und Fernsehen gearbeitet. Er lebt in München und im Tölzer Land. Sein Bayern-Krimi »Toter Winkel« ist eine Liebeserklärung an das weiß-blaue Land vor den Bergen.

Kommissar Korbinian Eyrainer von der Kripo Grenzberg hat mit Mord nichts am Hut. Als er aber beim Holzhacken einen Toten findet, erwachen seine Instinkte als Ermittler. Sixtus Eder, eine eher zwielichtige Gestalt, wurde nicht nur eine Mistgabel ins Herz gerammt – sondern auch noch Runen in die Stirn graviert. Welches mörderische Mysterium steckt da wohl dahinter? Geht es um eine Abrechnung mit dem Eder-Clan? Und warum ist der Bruder des Ermordeten plötzlich verschwunden?

Kommissar Eyrainer, ein Bayer von echtem Schrot und Korn, hat viele Mitstreiter – doch einer kommt ihm andauernd in die Quere: Dorfbulle Schorsch Wammetsberger geht seine ganz eigenen Wege, um den Fall mit unorthodoxen Methoden zu lösen.

Dinesh Bauer

Toter Winkel

Ein Alpen-Krimi

aufbau taschenbuch

MIX
Papier aus verantwortungsvollen Quellen
FSC® C083411
www.fsc.org

ISBN 978-3-7466-3184-4

Aufbau Taschenbuch ist eine Marke
der Aufbau Verlag GmbH & Co. KG

1. Auflage 2015

Umschlaggestaltung www.buerosued.de, München
unter Verwendung eines Motivs von
© Felbert + Eickenberg/Getty Images
Gesetzt in der Garamond Premier Pro
durch Greiner & Reichel, Köln
Druck und Binden CPI books GmbH, Leck, Germany
Printed in Germany

www.aufbau-verlag.de

Dieser Roman ist meinen Lesern gewidmet.
Mein besonderer Dank gilt meinem emsigen
Script-Girl Anja.

DIE HANDELNDEN PERSONEN:

Korbinian Eyrainer, Hauptkommissar der Kripo Grenzberg
Albert »Bertl« Lehnleitner, Kommissar, sein erster Assistent
Leonhard »Hartl« Harthofer, Kriminalobermeister, sein zweiter Assistent

Georg »Schorsch« Wammetsberger, Polizeihauptmeister in Bad Brennbruck
Elfriede Wammetsberger, seine Gemahlin
Franz Xaver »Xarre« Gschwandtner, Polizeiobermeister in Bad Brennbruck
Ignaz Irgl, Polizeihauptmeister, Wammetsbergers Spezl
Leo »Che« Wildbichler, Wilderer-Sproß und Anführer einer Truppe Gamsbart-Guerilleros

Sixtus Eder, Höllhof-Bauer
Sebald Eder, sein jüngerer Bruder
Matthias »Hias« Griesböck, Loth-Bauer, deren Nachbar

Maria »Tante Marie« Konz, Tante der Gebrüder Eder
Maurus Konz junior, ihr Sohn
Bruno Brenner, Großneffe der Gebrüder Eder
Anian Gruber, Sensations-Reporter beim Lokalsender GAU-TV
Jakob »Jackl« Walderer, berühmt-berüchtigter Wilddieb des 19. Jahrhunderts, Begründer einer geheimen Bruderschaft

Sepp Finsterwalder, Großunternehmer, Lokalpolitiker und Bayern-Oligarch
Franz Leitgeb, dessen rechte Hand

»Wenn der Herrgott mag, ist morgen a no a Tag.«
»Hockt's euch hehra, samma mehra.«

Ora pro nobis

Es war April, und das Wetter war ganz danach. Den Tag und die Nacht zuvor hatte es wie aus Gießkannen geschüttet, doch nun spitzte die Morgensonne zwischen den Wolken hervor, die der Wind auf wattierten Flügeln davontrug. Ja, es war Frühjahr, und die Menschen im Grenzgau waren froh, dass der Winter für dieses Jahr Geschichte war. Der Drang raus in Forst und Flur lag den Bergbewohnern in den Genen. Seit Generationen folgten sie dem Ruf der Wildnis. Gamsbart am Hut, zwei Promille im Blut. So auch an diesem Sonntagmorgen. Bei jedem Restalkohol-Contest wären die beiden Insassen des metallicgrünen BMW 5er Gran Turismo in der Spitzengruppe gelandet. Werte jenseits der Zweipromillegrenze reichten jedenfalls, um ins Finale zu kommen. Gut, dass am Tag des Herrn um kurz nach sieben nirgendwo Verkehrskontrollen anstanden. Das hatte Korbinian Eyrainer vor Antritt der Fahrt noch rasch im internen Netzwerk der bayerischen Polizei POLIS gecheckt. Der Hauptkommissar bei der Kripo Grenzberg verspürte nämlich nicht das geringste Bedürfnis, durch einen dummen Zufall von einem übereifrigen Streifenpolizisten zum Bluttest geschleift zu werden. Selbst wenn er nicht hinterm Steuer saß, schien es ihm ratsam, dass seine außerdienstlichen Eskapaden nicht publik wurden. In Bayern galt Bier zwar als Grundnahrungsmittel, doch in seiner Stellung musste er ab einer bestimmten Promille-Obergrenze mit Sanktionen und Disziplinarmaßnahmen rechnen, ja um Ansehen und Karriere fürchten. Und wenn er die wie im Zeitraffer am Beifahrerfenster vorbeihuschende Voralpenlandschaft betrachtete, auch um sein Leben. So ihm seine sieben Sinne keinen Streich spielten, war ihre Edellimousine made in Bavaria eben auf quietschenden Breitreifen der ab Werk montierten Marke Goodyear Excellence durch Griebharting geschlittert, um nun auf Tempo hundertvierzig zu beschleunigen. Sein benebeltes Hirn stellte nüchtern fest: Das war zu schnell, es war in keiner Weise den Straßenverhältnissen angepasst! Wollte er nicht im Graben oder im Grab landen, musste er jetzt hart durchgreifen.

»Hast du vom Schuhmacher den Führerschein? Oder warum rast du wie ein Irrer?«

In dem schwarz gepolsterten Ledersitz neben ihm kauerte Alfons »Al« Aufhammer. Sein umnachteter Blutwurz-Blick war stier und stur nach vorne gerichtet. Eyrainer bezweifelte jedoch, dass sein »unter Droge« stehender Saufkumpan es mitkriegen würde, falls vor ihnen auf der Straße ein Hindernis in Form einer Gruppe Fahrradfahrer oder einer Rotte Wildschweine auftauchen sollte.

Al lallte nur: »Wer schneller fährt, ist früher da!«

»Und länger tot«, ergänzte Eyrainer mit trockenem Galgenhumor.

Aus den sündteuren Bang & Olufsen-Boxen und Sub-Woofern dudelten folkloristisch-alpenländische Klänge in schier unerträglicher Penetranz. »Ja, mir san halt die lustigen Holzhackerbuam, hollereieiho hollereieiho. Wir fällen das Holz und jodeln dazua hollereiei ritirieiho.«

Eyrainers Goût in Dur und Moll war nicht sonderlich sublim oder verfeinert, es musste beileibe kein Wagner oder ein Zwölftöner sein, doch dieser Holzhacker-Dancefloormix war absolut unterm Limit. »Wenn du jetzt nicht sofort eine andere Mucke einlegst und auf die Bremse trittst, ziehe ich die Reißleine, kapiert?«

Zu seinem Erstaunen gehorchte Aufhammer aufs Wort, reduzierte die Geschwindigkeit drastisch und erkundigte sich willfährig: »Was willst denn hören, Korbi? Die meisten CDs sind von der Kathi – und die mag es gern eingängig und einfühlsam, so was Gefühlvolles eben«, brabbelte ihr auf Abwege geratener Herzbube. Kathi – brünett und adrett – war Als neueste Flamme.

Dem Kommissar schwante Schlimmes. Ihm stand der Sinn nach Bon Scotts versoffenem Falsett, nach Highway to Hell. Doch Kathi war offensichtlich kein Fan von AC/DC. Übellaunig kramte er im Handschuhfach. Was ihm da an musikalischen Grausamkeiten in die Hände fiel, ließ ihn sowohl an Als vorgeblicher Passion für »schrägen Schrammel-Sound« als auch an seiner mit obergäriger Obsession zur Schau getragenen Macho-Pose zweifeln: Andrea Berg, Florian Silbereisen, Helene Fischer, Kuschel-Rock II und, um das Maß akustischer Abscheulichkeiten vollzumachen, Hansi Hinterseers Hüttenzauber! Einfach bärig. Kathi – raffiniert und vordergründig unkompliziert – hatte einen Musikgeschmack zum Fürchten.

»Sappralott«, stieß Eyrainer ungläubig hervor: »Das übertrifft alles!«

Al schien geschmeichelt. »Ja, sie mag die sanften Töne, weißt. Sie ist echt lieb und anschmiegsam, bringt mir das Frühstück ans Bett, küsst und streichelt mich und knabbert ihren ›Bärli‹ am Ohr. Da kannt's nix sagen!«

Eyrainer hatte nicht die geringste Lust, sich am Sonntagmorgen im Halbdelirium über Al Aufhammers Liebesleben zu verbreiten. Er brummte lediglich etwas, das wie »Aha« und »Soso« und zudem ziemlich unwirsch klang.

Endlich entdeckte sein getrübter Habichtsblick unter der Ansammlung kompositorischer Petitessen eine Silberscheibe der Zillertaler Schürzenjäger. Na ja, in der Not fraß der Teufel die Wurst auch ohne Brot. »Hehejo, Hehejo ... weit und breit Fröhlichkeit. Schürzenjägerzeit hamma heut!«, klang es in aufgekratzter und hüftmobiler Heiterkeit aus allen Lautsprechern der Innenverkleidung. »Heut is a Tag, so wia i's mag, und die Stimmung macht uns froh, des is koa Frag, mach oanfach mit, wieso a nit willst du mit uns lustig sein – wir laden alle ein!«

Ja, seine Laune stieg sichtlich, erreichte fast schon Jagatee-Niveau, erinnerte ihn der Sound doch an Piste und Punsch, an die Schlagerschnulzen, die entlang der alpinen Amüsiermeilen wie Lawinendonner aus übersteuerten Bose-Boxen dröhnten. »Heut bin i bei euch, möcht nie mehr geh'n, und vielleicht is des für di genauso schön. Heut sein ma z'samm, wer woass wia lang, aber bald werd'n mir uns alle wiederseh'n!«

Vier Kurven und zwei Kilometer weiter grölten Aufhammer und Eyrainer im Duett der Terror-Tenöre: »Hehejo, Hehejo ... weit und breit Fröhlichkeit. Schürzenjägerzeit hamma heut!«

Vor ihnen tauchte die Silhouette des Breitenbergs aus dem Morgennebel auf. Unter der inmitten von Dunstschleiern aufsteigenden Sonne lag ihr Ziel: der Kreuzsteiner Forst.

Ihre extrabreiten Pneus knirschten über Kies und Schotter. Lose Kieselsteine spritzten seitlich davon oder schlugen dumpf gegen das Bodenblech. Die Forststraße war in den Hang geschnitten und senkte sich durch abschüssiges Gelände zu den flachen Schotterterrassen hinab, die sich zu beiden Seiten der Ache in einförmiger Monotonie dehnten. Die Straße führte nun schnurgerade durch eine in regelmäßige Quadraten parzellierte, den Geboten der mechanisierten Forstwirtschaft unterworfenen Einöde. Eine endlose Reihe von Fichten und Föhren stand links und rechts des Wegs Spalier. Dieser Wald sollte nicht das Auge des Wanderers erfreuen, sondern maximalen Ertrag pro Hektar Holz bringen, basta! Die »Best of Schürzenjäger«-CD war gerade beim Timple Boarischen angelangt, als Al anhielt.

»Da muss jetzt gleich links ein Seitenweg abbiegen. Siehst du irgendwo ein hölzernes Hinweisschild mit der Aufschrift Ötz-geräumt?«

»Was sagt denn dein Navi?«, motzte Eyrainer.

»Nix sagt's, weil es sich hier unten im Wald nicht auskennt!«, maulte Aufhammer muffig.

»So ein Klump! Wenn man das Graffel einmal braucht ...« Eyrainer ließ den Satz unvollendet, hatte er doch das an einen Baumstamm genagelte Schild erspäht. »Da müssen wir rein!«, rief er im kategorischen Ton eines Oberpimpfs bei den Pfadfindern.

Der Mittelstreifen des schmalen Seitenwegs war von dichtem Gras überwuchert, zur Abwechslung knackten und splitterten trockene Zweige unter den Reifen. Der Weg machte eine leichte Biegung, und das »Holzfäller-Camp« kam in Sicht. Neben einem Bauwagen wartete ein über und über mit Schlamm bespritzter Lada mit Anhänger darauf, beladen zu werden. Vor einem riesigen, fein säuberlich aufgeschichteten Holzstapel stand ein breitschultriger Hüne in typischer Waldarbeiterkluft: klobige Arbeitsschuhe, dunkelgrüne Schutzhosen, darüber ein überdimensionales Holzfällerhemd im kleinkarierten Karomuster.

Aufhammer drückte zweimal energisch auf die Hupe. »Wenn der Bernie die Motorsäge anwirft, sieht und hört er nix mehr!«, fügte er mit gewichtiger Miene hinzu.

Durch die Hupgeräusche auf den anrollenden Wagen aufmerksam geworden, hielt der bullige Kerl in seiner Arbeit inne und richtete sich zu seiner vollen Größe auf.

Eyrainer pfiff anerkennend durch die Zähne. »Dein Cousin ist ja beinand wie der Schwarzenegger zu Conans Zeiten!«

Al nickte eifrig. »Der Bernie ist der Hammer! Wenn ich diese Sumo-Ringer mit ihren wabbeligen Wänsten im Ring herumtapsen sehe, muss ich bloß lachen. Oder diese Wrestler in ihrem Käfig, lachhaft! Einen wie den Hulk Hogan würde der Bernie so zusammenfallen lassen, dass er die Engel im Himmel in Endlosschleife rückwärts singen hört.«

Der bajuwarische Recke von der Statur eines Grizzlybären legte die Motorsäge auf den Hackstock, nahm den orangeroten Helm mit Schutzvisier ab und kam ein paar Schritte auf sie zu.

Al kurbelte das Fenster herunter. »Servus, Bernie, auch schon auf bei dem Sauwetter? Bist etwa schon fertig mit der Arbeit?«

Bernies Sinn für Humor war weit weniger ausgeprägt als seine Schulterpartien. Und es machte den Anschein, als ob dem wortkargen »Baum-Berserker« jeglicher Sinn für Smalltalk fehlte. »Abgemacht ist abgemacht. Gut zehn Ster müssen heut noch weg! Fichten und Ahorn. Leichte Übung.« Dann deutete er stumm auf den Bauwagen, in dem wohl die nötigen Utensilien und Gerätschaften für die Hobby-Holzfäller lagerten, um anschließend auf eine rund zwei Meter hohe und sechs Meter lange Holzwand zu zeigen. »Rundhölzer, jedes einen Meter lang. Kein Problem für zwei kräftige Mannsbilder wie euch!«

Dann trollte sich der Bär und warf erneut die Motorsäge an. Eyrainer schluckte, überschlug Pi mal Daumen, was da auf ihn zukam. Ein Ster entsprach dem Rauminhalt eines Kubikmeters eng geschichteter Scheite. Eine Menge Holz für einen Fichten- und Lärchen-Laien wie ihn. Er fluchte innerlich. Was für eine Schnapsidee! Und zwar im wortwörtlichen Sinne. Aufhammer hatte ihm am Abend zuvor Obstler um Obstler spendiert, bis er beim fünften Birnbrand per Handschlag eingewilligt hatte, ihm bei der Holzarbeit im Kreuzsteiner Forst zu assistieren. Ungeachtet der frühen Morgenstunde und der strapaziösen Schinderei. Aufhammer hatte ihn gekonnt um den Finger gewickelt. »Ein bisserl Feuerholz mit der Motorsäge kleinschneiden, mit der Axt ein paar Scheite und Späne spalten und in den Hänger schichten. Da is nix dabei, glaub mir! Komm, ich geb dir noch einen aus, Korbi.« Die Schlange hatte ihn wie Eva im Paradiesgarten verführt – und nun stand er unter der Fuchtel dieses Neo-Neandertalers.

Al Aufhammer lehnte die Axt an den Stamm und linste verstohlen auf die Uhr. Acht Uhr fünfundvierzig – für einen Schreibtischhengst wie ihn war es noch früh am Morgen. Morgen um diese Zeit würde ihm seine fesche Sekretärin im hauteng sitzenden Rock und Dirndl-Oberteil einen frisch aufgeschäumten Cappuccino kredenzen. Und dazu kokett lächeln. Und heute? Heute saß er in der bayerischen Variante eines sibirischen Gulags und hieb Buchenklötze klein. Von wegen Fichte, von wegen Ahorn. Das von Wurzelsträngen durchzogene Holz war hart wie karelischer Granit. Nur weil sein Cousin zu puritanisch veranlagt war, um einen Hydraulik-Holzspalter mit Elektromotor und robustem Spaltkeil zu organisieren, durften sie sich hier einen Ast abhacken.

Zwei Meter weiter kämpfte Kripokommissar Korbinian Eyrainer mit den Tücken des faserigen Objekts. Wie ein Kutschknecht schimpfend, klaubte er ein sperriges Trumm Holz von dem mit Sägespänen und Spreißeln besäten Boden und wuchtete es auf den Hackstock. Seit fast zwei Stunden waren sie ununterbrochen am Schuften und schwitzten so erbärmlich wie Schweine auf dem heißen Asphalt. Erschwerend kam hinzu, dass es die Nacht über wie aus Gießkannen geschüttet und sich die Humusschicht des Waldbodens in eine matschige Schlammkruste verwandelt hatte. Der Wald ringsum dampfte förmlich vor Feuchtigkeit. Seine Kleider troffen vor Nässe und Schweiß. Von den Blättern tropfte es beharrlich auf ihn herab. Alfons alias Al Aufhammer hatte die Nase gestrichen voll. Er war nicht zum Proletarier, er war zum Banker geboren. Mit zusammengepressten Zähnen verfluchte er seinen arbeitswütigen Cousin. Wie hatte er diesen Leuteschinder eben noch mit Lobeshymnen preisen können? Wo blieb die versprochene Brotzeit samt Bier und Schnaps? Von einer Rast war indes keine Rede. Bernie gönnte ihnen keine Pause, sondern trieb sie wie ein Aufseher in besagtem sibirischem Straflager unablässig an. »Macht's hin! Schneller! So wird das nix, ze fix!« Seine knurrigen Kommentare vermengten sich mit dem kreischenden Geheul seiner Motorsäge. Bernie schien die elende Plackerei nicht das Geringste auszumachen. Er werkelte wie ein Besessener, so als ob es darum ginge, die Qualifikationsnorm für die offenen russischen Holzfällermeisterschaften zu erfüllen. Al verspürte keinerlei Ehrgeiz in dieser Richtung, fühlte sich vielmehr ins düsterste Mittelalter zurückversetzt, in eine barbarische Zeit, als seine Vorfahren von brutalen Grundherrn ins Joch gespannt und zu Fron- und Spanndiensten gepresst worden waren.

Bernie Forster, dieser muskelbepackte Grobian mit Oberarmen dick wie alte Eichenäste, kannte kein Erbarmen mit seinen Geäst-Gehilfen und bezichtigte sie obendrein einer laxen, ja levantinischen Arbeitsmoral. »Da ist ja ein Haufen arbeitsscheuer Zigeuner und Batschaken fixer als ihr! Euch Hamperer kann man ja im Gehen die Schuhbandel doppeln!«

Was bildete sich dieser grenzdebile Lodenlackel ein? Nach weiteren fünf schweißtreibenden Minuten schielte Al erneut auf seine Schwarzmarkt-Rolex. Bernie konnte ihn kreuzweise, sollte er sich doch am Stammtisch aufmandeln und ihn als »Schlappschwanz« und »Memme« hinstellen. »Alles muss raus, was keine Miete zahlt. Ich bieg kurz mal ums Eck«, verkündete er nebenher und verdrückte sich ins Unterholz.

Hinter einem Gebüsch verschaffte er seinen Gedärmen Luft, machte danach jedoch nicht die geringsten Anstalten, zu Axt und Hackebeil zurückzukehren. Mit einem hämischen Grinsen trappte er tiefer in den Wald hinein. Schritt um Schritt wurden das Kreischen der Säge und die dumpfen Schläge der Axt leiser. Dem Gulag war er fürs Erste glücklich entronnen. Sein breit ausladender Leib pflügte mit der Wucht eines Ebers im Liebesrausch der Hormone durchs üppig wuchernde Dickicht. Es störte ihn nicht, dass triefnasse Zweige in sein Gesicht klatschten. Ja, es erfrischte ihn.

Aufhammer lehnte sich an einen breiten Baumstamm und zog ein reichlich zerknittertes Zigarillo aus seiner Brusttasche. Ein Relikt des gestrigen Abends, aber wie er nach einer kurzen Inspektion feststellte, noch ganz brauchbar und rauchbar. Er tastete seine Taschen ab, fand in der Innentasche seiner Filzjoppe, was er suchte: eine Schachtel Streichhölzer. Das Streichholz flammte auf und erlosch erst wieder, als die Spitze des Glimmstängels in feurigem Rot erblühte. Den ersten Zug inhalierte er tief und stieß den Rauch in Form winziger Wölkchen aus.

Inmitten von frühlingsfrisch grünenden Zweigen sah er aus den Augenwinkeln etwas, das nicht hierherzugehören schien und in den schräg einfallenden Strahlen der Morgensonne metallisch aufblitzte. Was war das? Eine Reflexion, gewiss. Aber was hatte da das Sonnenlicht reflektiert, eine Glasscherbe, eine in die Äste gehängte CD-Scheibe? Al war Banker und von Haus aus ebenso gierig wie neugierig, und so pirschte er sich näher heran. Mit einer resoluten Handbewegung schob er die herabhängenden Zweige zur Seite, konnte aber auch auf den zweiten Blick nichts Genaueres erkennen. Was, wenn das metallische Ding der Lauf einer Waffe war, die ein Jäger in der Annahme, dass dort eine fette Bache durchs Geäst türmte, eben auf ihn richtete? Ihm wurde mulmig zumute. Er verhielt seine Schritte und lauschte angestrengt. Doch nichts regte, nichts bewegte sich. Nach einer sich schier endlos dehnenden Minute war er sicher, dass da draußen kein Jäger mit dem Schießgewehr kauerte.

Seine Neugier gewann wieder die Oberhand. Wie ein Sioux-Späher schlich er sich an. Langsam rückte ein halb von einer dicken Buche verborgener Gegenstand in sein Blickfeld. Form und Gestalt desselbigen ließen sich nicht sofort einem bestimmten, in seinem Gedächtnis gespeicherten Muster oder Schema zuordnen. Eine schreckliche Ahnung stieg wie brennende Lava in ihm auf, ließ sein Herz hämmern, seinen Puls rasen. Das Erste, was er von dem Toten sah, war ein schlaff herabhängender Arm. Ein einziger panischer Gedanke pulsierte durch sein Hirn und flutete seine Adern mit Adrenalin: Verdammt, der Typ ist tot. Ermordet. Und was, wenn der Mörder noch in der Nähe war?, schoss es ihm durch den Kopf.

Mit der Panik kam die Angst. Das Nächste, was er mehr oder weniger bewusst wahrnahm, war die Mistgabel, deren Zinken tief in der Brust des Toten steckten. Kein Zweifel: Der Mörder war ein Irrer, ein bayrischer Freddy Krueger, der im Kraxensteiner Forst sein Unwesen trieb.

Aufhammers Gedanken liefen Amok, seine Hirnzellen jagten widersprüchliche Befehle durch die Neurotransmitter. Um ihn herum verwirbelten Fluchtgedanken, aber da war auch eine atavistische Neugier, dem Tod ins Auge zu blicken. Wie paralysiert stand er da, unfähig, eine Entscheidung zu treffen.

Plötzlich aber wusste er, was zu tun war: Al schrie aus Leibeskräften, so schrill, laut und durchdringend, wie er seit der Sekunde seiner Geburt nicht mehr geschrien hatte. »Kurbi, Bernie! Kommt's! Schnell! Da liegt einer, der lebt nimmer!«

Aufhammer taumelte rückwärts, stützte sich mit seiner Rechten an der rauen Borke der Buche ab. Ihm war plötzlich schwindlig. Von irgendwoher hörte er aufgeregte Stimmen, hörte das Knacken und Brechen von Zweigen, hörte ein vielfach verzerrtes Rufen. »Fonsä, Al, wo steckst du?«

Statt eines weiteren Schreckensschreis brachte er nur mehr ein heiseres Krächzen hervor. »Hier bin ich! Hierher!«

Wie aus einer Nebelwand tauchten vor ihm zwei Gesichter auf, die ihm entfernt bekannt vorkamen.

»Was ist passiert? Hast du jemand gesehen?«, drängte Eyrainer mit der schneidenden Schärfe eines Ermittlers, der einen Augenzeugen befragte. »Ist dir was aufgefallen, irgendwas?«

In einer mechanischen Bewegung schüttelte Aufhammer den Kopf. Er vermeinte das Klacken eines Schalters zu hören, der umgelegt wurde, um das Logikprogramm seines Verstands zu reaktivieren.

»Nein, da war niemand. Nur ich und die Leiche. Zuerst hab ich gemeint, da wär wer. Aber da war nix. Ich hab mich wohl getäuscht.«

Mit Kennerblick begutachtete der Kommissar den Leichnam, dann nickte er, wenn nicht zufrieden, so doch ein wenig stolz auf sein »Adlerauge«. »Schon gut, Al! Da ist nix mehr zu machen. Der ist schon seit Stunden hinüber. Und keines natürlichen Todes gestorben, wie man sieht«, bemerkte Eyrainer nicht ohne Süffisanz in der Stimme. Mit einem Seitenblick stellte Al derweil fest, dass nun auch sein Cousin das Corpus Delicti in Augenschein nahm. »Sapradi, der Sixt ist hi! Die Mistgabel mitten ins Herz nei, mit einem Stich. Da spinnst aber a!«, brummte der fürs Protokoll.

Die dichten Brauen des Kommissars formten zwei große Fragezeichen, er schien nicht recht glauben zu können, was er da sah und hörte. Ein Neandertaler im rot-schwarz gemusterten Holzfällerhemd, der sich in der Manier eines Rechtsmediziners über den Toten beugte. »Forster, ze fix, weg da! Und zwar schleunigst. Das ist ein Fall für die Spurensicherung und nicht für dich Deppen!«

In Eyrainers Bericht würde später lediglich stehen, dass ein Spaziergänger im Wald zufällig eine grausige Entdeckung gemacht hatte. Was hingegen nicht darin stand, war der halb lakonische, halb ungläubige Kommentar Forsters, der eine langwierige Identifizierung des Toten überflüssig machte. »Aber, das ist doch der Sixtus vom Höll-Hof in Göttersberg!«

Wie von der Vogelspinne gestochen war Eyrainer daraufhin herumgefahren und hatte den nun doch etwas verdattert dreinblickenden Waldschrat angeherrscht: »Du kennst den Toten? Warum sagst du das nicht gleich?«

Forster hatte ihn aus großen verwunderten Ochsenaugen angeglotzt und ebenso bedächtig wie bekräftigend genickt. »Ja, mei! Zum Höll-Hof gehören ja da herunter in Forst ein paar Hektar Holz – und so trifft man sich halt im Wald. Ehrlich gesagt, um den ruscherten Ruach ist es nicht schad.«

Einen Moment lang hatte es Eyrainer die Sprache verschlagen. Er hatte nur dagestanden und fassungslos den Kopf geschüttelt. Was sollte man dazu noch sagen?

Genius Loci

Es lag eine gähnende, lähmende Stille über der Lichtung. Der Wald dampfte vor Feuchtigkeit. Alles war nass, und es roch nach modriger Erde, Schimmel und Verwesung. Eyrainer saß seit Stunden hier fest und sah den Wald vor lauter Bäumen nicht mehr. Aufhammers Darmdrang und Stuhlgang hatten dazu geführt, dass er quasi selbst den Toten entdeckt hatte. Doch dies war nicht mehr als eine makabre Marginalie. Sonst war alles wie immer. Der Polizeifotograf knipste seinen Speicherchip voll, die Kriminaltechniker wuselten geschäftig umher, und eine vierköpfige Abordnung der zuständigen Polizeidienststelle stand mit gewichtigen Mienen vor dem rot-weiß gestreiften Flatterband mit der Aufschrift »Polizeiabsperrung: Tatort nicht betreten«. Die »Streifenhörnchen« nahmen ihre Aufgabe offensichtlich ernst. Ein korpulenter Kerl mit einem roten, gedunsenen Gesicht hatte seine Hand am Holster, allzeit bereit, unbefugte Personen notfalls mit Waffengewalt am Betreten der Sperrzone zu hindern. Bedauerlicherweise gab es in diesem abgelegenen Teil des Kreuzsteiner Forsts jedoch keine Passanten und Schaulustigen, die es aufzuhalten galt. So langweilten sich die vier sichtlich. Die beiden Jungspunde stierten auf die Displays ihrer Smartphones, ihr wohlbeleibter »Anführer« zupfte und zerrte an seinem zu engen Hemdkragen herum.

Angewidert wandte der Hauptkommissar seinen Blick. »Dorfbullen, dämliche!« Dann kippte er den letzten Rest des bitter schmeckenden Instant-Kaffees in einen Busch und schraubte den Verschluss der Thermoskanne zu. In diesem Moment hätte er sonst was für einen doppelten Espresso aus seiner Lieblingsbar, dem »Quai d'Orsay« am Grenzberger Salinenplatz, gegeben. Ein paar Schritte entfernt zwängte sich der Leiter der Kriminaltechnik »Oberspusi« Ortfried Orterer durchs Geäst zweier halbhoher Sträucher. Wie alle Spurensicherer vor Ort steckte seine rundliche Gestalt in einem hellblauen Schutzanzug. Aus irgendeinem Grund erinnerte Eyrainer die Szene an ein Bild, das ihm beim Durchblättern eines Reisemagazins aufgefallen war. Die Belegschaft einer taiwanesischen Chipfabrik in ihren uniformen Arbeitsklamotten beim Picknick im Grünen.

Orterer stapfte heran. »Ausnahmsweise hat unsere Schutzkleidung auch mal Gutes. Wenn wir hier schon durch den Dschungel kriechen müssen, werden wir wenigstens nicht nass bis auf die Haut.«

Eyrainer machte eine unbestimmte Handbewegung, die alles und nichts bedeuten konnte. »Und wie kommt ihr voran?«

Der Oberspusi schnaubte verärgert. »Fußabdrücke kannst du vergessen. Nach den Sturzbächen, die hier letzte Nacht runtergekommen sind, ist der Waldboden völlig durchweicht. Schau dich um! Was siehst du? Jede Senke, jede Delle hat sich in ein Schlammloch verwandelt. Keine optimalen Bedingungen für uns!«

Eyrainer nickte verständnisinnig. »Ja, die Wetterstation hat vorhin per Funk durchgegeben, dass gestern an die sechzig Liter Regen pro Quadratmeter gefallen sind. Sintflut 2.0 – wenn du so willst. Hast du schon eine ungefähre Vorstellung vom Tathergang?«

Orterer blieb ihm die Antwort fürs Erste schuldig und ging stattdessen vor einer tiefen Furche in die Hocke. Er hielt einen Schlammklumpen in der behandschuhten Rechten. »Spuren von einem Harvester oder wie diese Monsterschlepper heißen, mit denen sie heute ganze Wälder zu Kleinholz zerhäckseln. In den vergangenen Tagen ist hier jemand mit schwerem

Gerät durchs Unterholz gepflügt. Siehst du die Schneise, die da hinten weiter in den Wald hineinführt?«

»Und hat das was mit unserem Mord zu tun?«, erkundigte sich Eyrainer argwöhnisch.

»Nein, das halte ich für ausgeschlossen. Aber die wenigen Spuren und Footprints in der Umgebung des Fundorts sind in Kombination mit dem Starkregen gestern Nacht allesamt bis zur Unkenntlichkeit verunstaltet.« Orterer hob die Schultern in einer Geste des Bedauerns. »Sorry, mehr kann ich dir derzeit nicht bieten, Korbinian!«

Eyrainer schwieg, seine Miene war undurchdringlich. Er blickte von dem schlammigen Pfuhl zu seinen Füßen hoch und sah, wie sein Assistent Albert Lehnleitner unter dem Absperrband durchschlüpfte und sich ihnen mit staksigen Schritten näherte.

»Servus, Chef. Hallo, Ortl, da habt ihr euch ja einen schönen Letten für eure Kneippkur ausgesucht! Habt's noch eine Fangopackung für mich übrig?« Lehnleitner kam Eyrainer gerade recht, um an ihm Frust abzulassen.

»Hast du schon mal auf die Uhr geschaut? Gleich hören die Weißwürste das Zwölfuhrläuten! Um kurz nach neun haben wir die Leiche gefunden und die Zentrale verständigt. Ich wühle jetzt seit über drei Stunden in der Dreckbrühe herum – und wo bleibt der feine Herr? Eine Leberkässemmel beim Metzger, eine Zwetschgenbavesen beim Bäcker, ha?«

»Sorry, Chef, als ich von dem Leichenfund gehört hab, bin ich gleich ins Netz, um ...«

Ehe Albert »Bertl« Lehnleitner zu einer wortreichen Entschuldigung ansetzen konnte, unterbrach ihn Orterers erregte Stimme: »Stopp mal, seht ihr das, da drüben, bei den beiden weißen Birken?« Wie ein Waldläufer Marke Lederstrumpf spähte der Oberspusi in die angegebene Richtung. Und tatsächlich, dort verlor sich ein halb zugewachsener Forstweg im Dickicht von Laub und Nadeln.

»Von da sind sie gekommen«, verkündete Orterer apodiktisch.

Polizeihauptkommissar Korbinian Eyrainer hatte schon bei früheren Fällen, die er als Leiter des Dezernats für Tötungsdelikte zu bearbeiten hatte, die irritierende Erfahrung gemacht, dass »Ortl« einen siebten Sinn für das Geschehen am Tatort hatte. Seine Intuition ließ ihn in der richtigen Ecke suchen, und er besaß eine erstaunliche Kombinationsgabe, die den meisten Kollegen der Kriminaltechnik abging, die nur stur die Gegend nach Beweisstücken absuchten. Ja, er hatte einen untrüglichen Riecher für die richtige Fährte, so auch diesmal. Seine Stimme klang eindringlich und beschwörend zugleich. »Sie haben diesen Weg genommen. Von dort drüben, hier herunter. Sie waren zu zweit oder zu dritt. Einer ging ein Stück weit voraus. Ja, das Bild ist jetzt ganz deutlich.«

Die Vorstellung, dass er eben Zeuge einer Demonstration übersinnlicher Fähigkeiten wurde, war Lehnleitner sichtlich nicht geheuer. Ehe aus seinem Räuspern ein abschätziger Kommentar werden konnte, legte Eyrainer seinen Zeigefinger auf die Lippen und bedeutete seinem Assistenten in Gebärdensprache: »Halt jetzt bloß den Mund, sonst setzt es was!«

Orterers Stimme hatte den hohlen, metallischen Klang eines Mediums in der Geisterwelt angenommen: »Die Druckstellen an den Handgelenken lassen darauf schließen, dass der Ermordete gefesselt war. Wie ein Opfertier, das von seinen Peinigern zur Schlachtbank getrieben wird. Ja, der Mann hat große Angst, Todesangst, er stolpert, wird von groben Händen am Arm gepackt und mit Gewalt vorwärts gestoßen, den kleinen Abhang herab. Genau dort müssen wir suchen.«

Eyrainer war durch und durch Realist, der im Diesseits verhaftet war und nur das glaubte, was er sah und begreifen konnte. Für parapsychologische Experimente zur Geist-Materie-Interaktion fehlte ihm jegliches Verständnis. Und doch versetzten ihn Orterers »Geistreisen« jedes Mal aufs Neue in ehrfürchtiges Staunen. Gelang es diesem unscheinbaren, zur Korpulenz neigenden Kerl doch allein kraft seiner Vorstellung, sich ein bestimmtes Szenario zu vergegenwärtigen und die Gedankengänge des Täters nachzuvollziehen. Dabei suchte er, wie er Eyrainer einmal enthüllt hatte, den »Genius Loci«, den »Geist des Tatorts«, zu erspüren. Wie ein Wünschelrutengänger oder ein Feng-Shui-Meister suchte er die Gegend nach »disharmonischen Schwingungsfeldern« ab, die einen »starken Impuls negativer Energien aussenden« und »deren Vektoren zeitlich mit Amplitude und Frequenz oszillieren«. Eyrainer hatte verständig genickt und nichts begriffen. Gerade eben schien der »Geisterseher« indes wieder eine solche »energetische Signatur« entdeckt zu haben. Und es schien alles darauf hinzudeuten, dass man das Mordopfer wie einen Delinquenten zur Richtstätte geschleift hatte. Womöglich war die Mistgabel Bestandteil eines Verbrecherritus. War hier also ein Akt ritueller Bestrafung vollzogen worden? Oder andersherum gefragt: War das Opfer hierhergebracht worden, um ihn für seine Verfehlungen zu richten? Aber wofür? Weil es Verrat begangen, seine Spießgesellen betrogen hatte, oder war das Opfer ein Pentito, welcher das Schweigegelübde gebrochen hatte? Wer den Ehrenkodex verletzte, war in Unterweltskreisen so gut wie tot. So weit, so gut. Aber es sprach nichts dafür, dass das Opfer einer kriminellen Organisation angehört hatte oder ihr zu Diensten gewesen war. Der Ermordete war ein Kuhtreiber, ein sturer Bauernbüffel gewesen. Dass es sich um vorsätzlichen Mord handelte, stand allerdings außer Frage. Eine Handlung im Affekt war definitiv auszuschließen. Wie sonst ließe sich das Faktum erklären, dass man das Opfer an einen abgelegenen Ort verschleppt hatte, um es dort zu exekutieren? Nein, die Tat war von langer Hand geplant und durchgeführt worden.

Eyrainer kniff die Augen angestrengt zusammen. Oder gab

es noch einen anderen Grund? Mit einem Schlag klang Orterers Stimme wieder wie immer – nüchtern, mit leicht ironischem Unterton: »Nun meine Herren, wollen wir einen Versuch wagen und uns die Stelle genauer ansehen?«

Eyrainer löste sich aus seiner Erstarrung. »Also los, Bertl, auf was warten wir?«

Lehnleitner sah noch immer perplex, ja, schockiert aus der Wäsche. »Also, so was ... so was wie Telepathie war auf meinem Lehrgang Methodik der Kriminaltechnik kein Thema.« Orterer wandte sich zu seinen beiden »Adepten« um. »Ich weiß, da geht's immer um Spurensuche mit Hi-Tech-Methoden. Typen, die im weißen Kittel Fingerabdrücke unterm Rastermikroskop vergleichen und DNA-Proben aus dem Speichel extrahieren. Aber die Kardinalfrage ist doch die: Wo komme ich dem Täter näher, im Labor oder am Tatort?« Unbeirrt steuerte der Oberspusi auf die beiden Birken mit ihrer auffällig weißen, fast fleckenfreien Rinde zu. »Hier draußen ist der Fährtenleser, Fallensteller, der Jäger aus archaischer Zeit gefragt.«

Orterer unterstrich seine Ausführungen mit einer expressiven Gestik, achtete dabei jedoch auf jeden seiner Schritte und behielt exakt die eingeschlagene Richtung bei. Die drei erreichten die kniehohe Böschung eines aus Erde und Ziegelschutt aufgeworfenen Damms, der den Verlauf des fast gänzlich von dornigen Sträuchern und Schlinggewächsen überwucherten Wegs im Gelände absteckte. Die Böschung war nicht allzu steil, aber das Erdreich war an den abschüssigen Stellen deutlich weniger durchfeuchtet als anderswo.

Wie ein Steinzeitjäger, der eine Mastodonspur entdeckt hatte, rief ihr Scout aufgeregt: »Die Ranken der jungen Brombeersträucher und die gelbbraunen Grasbüschel vom vorigen Jahr wurden eindeutig platt gedrückt – und die Form der Trittspuren sieht mir ganz nach Schuhwerk der Art Homo sapiens aus.«

Lehnleitner stand da wie angewurzelt und lauschte andächtig. »Schaut her, die Zweige der beiden Jungfichten hier sind abgeknickt. Exakt an der Stelle sind sie vom Damm runter.« Orterer hatte nun endgültig das Jagdfieber gepackt. Leise ächzend bückte er sich, las die Zweige mit der Pinzette auf und verstaute sie in Klarsichtbeuteln. »Wer weiß, vielleicht finden wir ja was, Hautpartikel, Baumwollfasern, Pollenstaub, irgendwas, was nicht hierhergehört!« Seinen Argusausgen entging nichts. Mit akribischer Sorgfalt drehte er jedes Blättchen und Ziegelplättchen um, ehe er fand, was er suchte. »Ha, da ist es«, rief er voller Enthusiasmus. »Dem heiligen Antonius sei Dank!«

Für einen vorbeikommenden Spaziergänger hätte die Szene befremdlich gewirkt. Ein kleiner, dicklicher Kerl im blauen Plastikanzug rutschte auf den Knien im Dreck herum, zwei hochgewachsene, hagere Männer – einer im beigen Trenchcoat, der andere im graublauen Ledermantel – standen da wie zwei Ministranten, die ihrem Meister bei einer rituellen Handlung Kelch & Co. reichten. Da erhob sich der »Meister« und reckte einen winzigen Stoffstreifen, der sich an einem Dorn verfangen hatte, triumphierend in die Höhe. »Faserreste – von einer Art Uniformhose, Farbe oliv!«

Eyrainer wechselte einen raschen Blick mit Lehnleitner. Von der Kleidung des Toten stammte der Stofffetzen jedenfalls nicht. Würden diese Fasern sie auf die Fährte der Mörder führen? Handelte es sich hier um Mörder in Uniform?

Finis Coronat Opus

Üblicher Ort, übliche Zeit. Die Pressekonferenz im Polizeipräsidium Grenzberg war für sechzehn Uhr anberaumt. Im kleinen Sitzungssaal im Parterre, wie irgendein sadistisch veranlagter Bürohengst angeordnet hatte. Anian Gruber und sein Kameramann Alex waren mit die Ersten in dem unterdimensionierten Konferenzraum, verfolgt vom Rest der Medienmeute, die mit ausgefahrenen Ellenbogen in den Saal drängte, um sich die günstigste Schussposition zu sichern. Wie bei der Großwildjagd auf das heimische Getier in Wald und Flur. Hier wie dort mussten Brennweite, Blende und Entfernung passen. Ob Kamera oder Karabiner – mit beiden wurde scharf geschossen. Gruber war der Mann fürs Grobe bei GAU-TV, er war zuständig für die aktuelle Berichterstattung, für Krasses und Kriminelles aus dem Grenzgau. Ein Mistgabel-Mord, das war zweifellos ein gefundenes Fressen für das Rudel der Reporter, eine ebenso mysteriöse wie schattenschichtige Geschichte. Guter Stoff für ein paar spektakuläre Berichte mit bluttriefenden Schlagzeilen. Hier und heute war Gruber jedoch nicht recht bei der Sache. Eigentlich müsste er jetzt an seinem Schreibtisch im Sender sitzen, um das noch grobkörnige Konzept zu schärfen und den Fokus zu justieren. Die Powerpoint-Präsentation zum neuen Sendeformat »Alpine Impossible« musste in ein brauchbares Skript umgearbeitet werden. Wer sollte die Dreh- und Sendepläne für die erste Staffel der von ihm konzipierten Art- und Adventure-Reihe auf Form und Fasson schneidern? Es war seine Idee, sein »Baby« und sein Kopf, der rollte, wenn er mit dem Piloten eine Bruchlandung hinlegte.

Im dem viel zu kleinen Raum wurde es zunehmend unerträglich. Die Luft war stickig, die Atmosphäre voll latenter Aggression. Jeder wollte der Erste sein – und so war das Chaos programmiert. Die Fotografen machten Front gegen ihre Kamerakollegen vom Fernsehen, dazwischen wuselten Redakteure und Radioreporter herum. Gruber rechnete jede Sekunde damit, dass die Lage eskalierte und die Fäuste flogen. Sie standen in der ersten Reihe, doch hinter ihnen war ein einziges Gedränge und Geschiebe. Kamerastative, dickleibige Ledertaschen und Alu-Koffer hatten sich heillos ineinander verkeilt – nichts ging mehr.

Anian rümpfte die Nase. Etliche der Anwesenden schienen Deodorants und Körpersprays als unnützen Zivilisationsmüll zu betrachten. Ihre Drüsen sonderten ungehindert Schweiß und andere übelriechende Sekrete ab. Ein strenger, säuerlicher Geruch lag in der Luft, der Anian an das gallige Bouquet eines billigen Weißweins aus dem Tetrapak erinnerte.

»Hat sich der CvD bei dir gemeldet, Alex?«, grummelte er unwirsch. »Wäre doch nett zu erfahren, wie lang der Bericht werden soll und ob wir ein paar O-Töne zusätzlich brauchen.«

»Nada, ich fürchte, unsere Chefin vom Dienst ist ins Koma gefallen, als Zalando ihren Zugangscode gesperrt hat«, erwiderte der Kameramann mit einem boshaften Grinsen.

Plötzlich kam Bewegung in die Szene – und die Matadore betraten die Arena. Der Pressesprecher eskortierte seine beiden Kollegen in Zivil zu ihren Plätzen auf dem Podium. Zur Rechten des Pressemanns saß sein alter Schulhof-Amigo Korbinian Eyrainer mit reglos versteinerter Miene. Kaum hatte das Trio hinter dem schmalen, langgestreckten Bürotisch Platz genommen, meldete sich die ebenso rothaarige wie resolute Redakteurin vom »Tagblatt«, der renommiertesten Grenzgauer Gazette, zu Wort: »Herr Preußler, gibt es nach dem derzeitigen Stand der Ermittlungen Hinweise, die auf einen Ritualmord hindeuten? Ist die Tat religiös motiviert? War das Opfer möglicherweise Mitglied einer Sekte?«

Pressesprecher Preußler, ein alter Fuchs, der stets sein Pokerface behielt, reichte die Frage umgehend an den ermittelnden Hauptkommissar Eyrainer weiter. Der tippte lässig ans Mikro, dass es in Anians Kopfhörer nur so knackte. »Ein eindeutiges Mordmotiv ist derzeit nicht erkennbar. Wir ermitteln in alle Richtungen! Es wäre verfrüht, Prioritäten zu setzen und eine bestimmte Hypothese zu bevorzugen.«

Die Kollegin von der schreibenden Zunft ließ sich jedoch nicht so leicht abwimmeln. »Entspricht es den Tatsachen, dass es sich um einen sorgfältig geplanten Mord handelt – und sich die Vorgehensweise der Täter als ungewöhnlich grausam bezeichnen lässt? Wenn ich richtig informiert bin, wurde das Opfer gefoltert und verstümmelt.«

»Nun, uns liegen gewisse Indizien vor, die dahingehend interpretiert werden könnten. Diesen Hinweisen werden wir selbstverständlich nachgehen und auf deren Plausibilität hin überprüfen.« Eyrainer suchte sich mit vagen Formulierungen herauszuwinden und warf Preußler hilfesuchende Blicke zu.

Ein wohl im Dienste einer Boulevardzeitung stehender Reporter ging zum Frontalangriff über. »Welches Interesse sollte die Polizei daran haben, die Tatsachen zu verschleiern? Unsere Redaktion ist im Besitz von Bildern der Leiche, die nur den einen Schluss zulassen: Wir haben es hier mit der ideologisch motivierten Tat eines Perversen zu tun!«

Eyrainer schwieg eisern und überließ es Preußler, scheinbar verwirrt von seinen Papieren aufzublicken. »Von welchen Tatsachen sprechen wir hier? Könnten Sie Ihre Ausführungen bitte konkretisieren.«

Die spröden, blutlosen Lippen des Mannes zogen sich zu einem schmalen Strich zusammen. »Aber gewiss doch! Das uns vorliegende Bildmaterial zeigt, dass die Stirn des Opfers mit einem scharfen Gegenstand, einem Rasiermesser oder einem Teppich-Cutter aufgeschlitzt wurde. Die Verlaufslinien der Schnitte ergeben der Form nach ein bestimmtes Schriftzeichen, eine Sig-Rune, um genau zu sein.«

Schlagartig wurde es still im Saal, so still, dass man eine Stecknadel hätte fallen hören.

»Was, die Sieg-Rune der Nazis?«, rief die fesche, resche Rothaarige außer sich, vor mit Erregung und Empörung bebender Stimme. Die Sensationsgier war geweckt.

Ausgerechnet Wiesmaier, Chefreporter beim konkurrierenden Lokalsender INN-TV, nahm den Ball auf und kombinierte messerscharf: »Haben wir es hier etwa mit einem Mord mit neonazistischem Hintergrund zu tun? Werden Sie dieser Spur nachgehen und im Umfeld der rechten Szene ermitteln?«

Gruber war perplex. Konnte da etwas dran sein? War da etwas im Busch? Er hatte bereits mehrmals im »Milieu« der »rechten Szene« recherchiert – und kannte die einschlägig bekannten Figuren. Darunter war niemand, dem er die Planung eines solchen Mords zutraute. Die schmierten Hakenkreuze an Bushäuschen und schlugen sich die Nasen platt – aber ein überlegtes, kaltblütiges Gewaltverbrechen traute er diesen ebenso grob wie simpel gestrickten Suffschädeln nicht zu.

Im Saal wurde es unruhig. Gruber strich sich nachdenklich über die Lippen. Das mit dem Kainsmal auf der Stirn des Toten musste er erwähnen. Egal, ob er an die betreffenden Nahaufnahmen des Toten kam oder nicht. Und egal ob an der Sache was Wahres dran war – eine Querverbindung zu rechtsextremen Kreisen oder satanischen Sektierern würde prima ins Konzept passen. Bei solchen Gruselgeschichten stimmte die Quote. Er spähte zu dem Typen von der Boulevardzeitung hinüber, der aussah, als ob er sich ausschließlich von Selbstgedrehten, Aufputschtabletten und Energy-Drinks ernährte. Offensichtlich verstand der sein Handwerk und wusste, wie man an vertrauliche Informationen herankam. Allerdings hatten diese Kerle auch ein erkleckliches Spesenbudget – im Gegensatz zu ihm. Gruber verwarf den Gedanken, diese Quelle anzuzapfen. Der Typ würde ihm besagtes Bild nur gegen eine Summe verkaufen, für die man ein Indio-Dorf im bolivianischen Altiplano einen Monat lang durchfüttern konnte. Vielleicht könnte er stattdessen Eyrainer um einen Freundschaftsdienst bitten. Ein paar Sequenzen aus dem Tatort-Video des EDs würden vollauf reichen. Einen Versuch war es wert.

Auf dem Podium redete sich das Trio die Köpfe heiß. Eyrainer und dessen kleiner, untersetzter Kollege warfen sich zornige Blicke zu. Selbst im stets unbewegten Gesicht von »Pokerface« Preußler zuckte es. Alex stupste ihn an und raunte, auf sein Headset deutend: »Die grünen Jungs stehen mächtig unter Strom. Dieses Detail sollte vorläufig nicht an die Öffentlichkeit durchsickern. Ermittlungspanne nennt man das wohl!« Alex grinste wie der Leibhaftige, der eben einen Satansbraten mit Haut und Haar verspeiste. »Der Maulwurf, der das Bild verhökert hat, endet im Fleischwolf, wetten, dass?«

Gruber wollte ihm da nicht widersprechen. Man musste kein promovierter Psychiater sein, um zu erkennen, dass der Kommissar vor Wut k°325

ochte und mit aller Macht gegen einen Ausbruch seines vulkanischen Temperaments ankämpfte. Eyrainers Hände waren zur Faust geballt. Der Pressesprecher schien derweil krampfhaft zu überlegen, ob er ein Dementi riskieren konnte.

Entschlossen, den gordischen Knoten zu durchtrennen, schnappte Eyrainer nach dem Mikrofon. »Ja, Ihre Darstellung kann ich bestätigen. Der Tote wies Schnittverletzungen in der von Ihnen beschriebenen Weise auf. Ob es sich bei den Wundmalen allerdings um eine Rune handelt, ist reine Spekulation. Es könnte sich auch um eine Art Ablenkungsmanöver handeln, um die Ermittlungen zu behindern.«

Nun warf auch noch die Edel-Emanze von den Trostbacher Nachrichten ihre dauergewellte Lockenpracht aus der Stirn und den Hut in den Ring. Die »Grand Dame« des Lokaljournalismus war dank des selbstlosen Einsatzes ihres Schönheitschirurgen und zahlloser Botox-Spritzen auch noch Ende fünfzig faltenfrei. Ihr glattgebügeltes Strumpfmaskengesicht wurde von einer wilden, mit bunten Strähnchen durchwirkten Löwenmähne umrahmt. Wie stets war sie auch heute nach der neuesten Landhausmode gekleidet und sah so aus, als ob sie im Anschluss an die Pressekonferenz noch ein Date mit Berlusconi im Parkcafé von Bad Brennbruck hätte. Theatralisch stieß sie zwei Kaugummi kauende Radio-Girlies zur Seite und stöckelte gravitätisch nach vorn. »Ich gehe also recht in der Annahme, dass sämtliche Indizien darauf hinweisen, dass sich hier eine Bande von Psychopathen herumtreibt, die obendrein Nazis sind. Müssen wir also davon ausgehen, dass diese Irren jederzeit wieder zuschlagen können?«

Preußler fuhr der alten Schabracke in die Parade. »Solche Mutmaßungen entbehren jeder faktischen Grundlage! Verstehen Sie mich nicht falsch: Wir ermitteln in alle Richtungen. Doch es deutet nichts, absolut nichts auf einen Serientäter hin. Nächste Frage?«, blockte der Pressesprecher alle weiteren inquisitorischen Nachfragen mit wiedergewonnener Souveränität ab.

»Diese Runen-Sache schön und gut. Aber könnten Sie uns etwas zum aktuellen Stand der Ermittlungen sagen?«, krähte ein pickliger Bursche mit Bürstenhaarschnitt und Glupschaugen, der ein zitronengelbes Mikro mit dem Logo des Lokalsenders »Grenz-Frequenz« direkt vor Alexs Kameraobjektiv hielt.

Ehe man sich auf dem Podium darüber einigen konnte, wer die unangenehme Frage des »Grenz-Frequenzgängers« beantworten sollte, zischte Alex durch seine braunfleckigen Zahnstumpen: »Wenn dein Drecksmikro nicht sofort aus meiner Linse verschwindet, reiße ich dir deinen Hämorrhoidenarsch auf!«

Das Gebaren des breitschultrigen, bulligen Kameramanns ließ keine Zweifel zu, dass den Worten umgehend Taten folgen würden, falls das schmalbrüstige Bürschchen nicht parierte. Wohl ahnend, dass er bei einer handgreiflichen Auseinandersetzung den Kürzeren ziehen würde, leistete er der Aufforderung umgehend Folge und beließ es bei einer formalen, verbalen Replik. »Wir sehen uns draußen, Sackgesicht!« Wobei klar war, dass es nach der PK keinen Showdown geben – und Pickelface das Weite suchen würde.

Inzwischen hatte das Kripo-Trio die passende Antwort parat. Gruber hatte erwartet, dass Preußler wie sonst jede weitere Nachfrage mit dem Hinweis auf die laufenden Ermittlungen und ein paar dürren Worten im Behördendeutsch abschmettern würde. Der Pressesprecher zeigte sich jedoch unerwartet auskunftsfreudig. »Meine Damen und Herren, Sie werden verstehen, dass wir Sie nicht in die Einzelheiten des Tathergangs einweihen können, schon um kein Täterwissen preiszugeben. Aber es spricht vieles dafür, dass das Opfer nicht zufällig ausgewählt, sondern gezielt ausgesucht wurde. Unsere Ermittlungen konzentrieren sich daher auf das soziale und familiäre Umfeld des Ermordeten. Ich danke Ihnen für Ihre Aufmerksamkeit.« Mit diesen Worten erhob sich Preußler zu seiner vollen Größe von einem Meter neunzig.

Eyrainer saß mit eingezogenen Schultern da und machte im zerknitterten Anzug neben dem Hünen in maßgeschneiderter Loden-Garderobe eine klägliche Figur. Ein Lehrjunge, dem eben eine Lektion in Sachen professionelle Medienarbeit erteilt worden war. Gruber fühlte fast so etwas wie Mitleid für den Kommissar – da war keine Spur mehr seiner zur Schau getragenen Selbstsicherheit und zupackenden Entschlusskraft. Jeder hatte eben seine schwache Stunde des Zweifels, von Gott und allen verlassen.

Als die Kameras und Mikros bereits abgeschaltet waren, setzte der Pressesprecher jovial lächelnd den Schlussakkord. »Sie können davon ausgehen, dass es sich bei der Tatwaffe um eine ganz gewöhnliche Mistgabel und keinen Dreizack handelt. Die Jünger Neptuns können Sie daher getrost von der Liste der Verdächtigen streichen.«

Hinter ihm hörte Anian Gruber die Rothaarige und die Trachten-Tante kichern, ein albernes Kichern, das klang wie das von verliebten Schulmädchen. Er bedeutete Alex, sich mit dem Einpacken ihres Equipments Zeit zu lassen. »Piano, compañero. Warten wir noch etwas!«

Vielleicht ließ sich der Kommissar nach dieser blamablen Vorstellung zu einem Statement bewegen, wenn er ihn vor der Kamera eine gute Figur machen ließ.

Minuten später hatten die Scharen der Pixel-Pilger den Ort ihrer kultischen Zusammenkunft verlassen – genauso hastig, wie sie ihn vor der »Eucharistiefeier« betreten hatten. Und Gruber bekam beides: einen dynamischen Kommissar in Bild und O-Ton – und einen Mitschnitt des Tatort-Videos.

Nox est perpetua

In Kabul, Bagdad oder Johannesburg gehörte die Gewalt zum Alltag. Im Irak oder in Syrien juckte es niemanden, wenn ein Toter im Rinnstein lag – erschossen, erschlagen oder erstochen. Im Grenzgau waren solche Bluttaten hingegen eher selten. Folglich schien es nur logisch, dass sich die Nachricht vom Fund einer männlichen Leiche im Kreuzsteiner Forst wie ein Lauffeuer verbreiten würde. Doch noch zwölf Stunden nach dem Leichenfund hatte Polizeihauptmeister Georg Quirin Wammetsberger nicht den blassesten Schimmer, dass sein Schwager das »irdische« mit dem »himmlischen Leben« vertauscht hatte. Während sich Wammetsberger auf seinem unlängst beim Radl-Discounter »Velo-Bauer« erstandenen ultraleichten Berg-Bike mit 24 Gängen abstrampelte, lag dessen Leichnam auf einem Stahltisch im Rechtsmedizinischen Institut und wartete darauf, fachgerecht seziert zu werden. Derweil der Onkel seiner Frau Elfriede den diesseitigen Dingen entrückt war, quälte sich Schorsch im Schweiße seines Angesichts den nicht enden wollenden Anstieg in den Brennbrucker Ortsteil Bad hinauf. Schweißüberströmt und mit puterrotem Gesicht erklomm Wammetsberger die Anhöhe und war gottfroh, dass es von nun an nur noch bergab ging.

Nach einer rasanten Abfahrt schoss der Pedalkünstler, der gut und gern seine zweihundertfünfzig Pfund auf die Goldwaage brachte, wie eine gesengte Sau ums Eck der Polizeiinspektion. Mit schrill quietschenden Reifen kam das feuerrote Veloziped vor dem Holzschuppen im Hinterhof zum Stehen. Schorsch stieg ächzend aus dem Sattel, nahm einen kräftigen Schluck Isostar-Plus aus der Pulle und wischte sich den dicken Schweißfilm von der Stirn. Er schob sein Radl in den Schuppen, kettete es an einen dicken Balken und tappte in den Aufenthaltsraum, wo etliche hohe Metallspinde Staub ansetzten. Er entledigte sich seines buntscheckigen Trikots, das ihn als Mitglied des russischen Radrennsport-Teams »Katjuscha« auswies, hängte es an einen Kleiderhaken und schlüpfte in seine zerknitterte grün-beige Uniform mit den vier grünen Sternchen auf der Schulterklappe.

Schorsch war notorischer Frühaufsteher und als solcher kein Freund der Nachtschicht. Nächtens auf Streife zu gehen war für ihn wider die Natur. Primaten und somit auch der Mensch waren, in evolutionärer Hinsicht, tagaktive Karnivoren. Als solche standen sie bei Sonnenaufgang auf der Matte, um zu jagen und zu sammeln. Nachts schliefen sie in ihrer Höhle oder oben im Geäst eines Urwaldriesen. Schon um nicht zur Beute eines Bären oder einer gefräßigen Raubkatze zu werden. So war das menschliche Wesen beschaffen, mochten auch Ausnahmen die Regel bestätigen. Von daher war es eine Zumutung, dass die Nachtschichten im Polizeidienst nicht etwa um ein oder zwei Uhr in der Früh endeten, sondern erst am nächsten Morgen um Punkt sieben. Das Problem an dieser der menschlichen Natur zuwiderlaufenden Regelung war, dass sich im morgendlichen Berufsverkehr regelmäßig schwere bis schwerste Unfälle mit Personenschäden ereigneten, die ein sofortiges Eingreifen seitens der diensthabenden Ordnungskräfte erforderten: ein blöd gekiffter Lieferwagenfahrer mit zwei Promille Restalkohol im Blut, der am Lenkrad wegdämmerte und sich um den nächstbesten Alleebaum wickelte, ein gestresster Manager auf dem Weg zum Team-Meeting, der mit Tempo hundertachtzig in die Rostlaube einer Studienreferendarin am örtlichen Gymnasium schlitterte, die sich mit der Sturheit einer Öko-Jüngerin an die geltende Geschwindigkeitsbegrenzung von 70 km/h hielt. Die Beispiele menschlicher Unvernunft und Unvermögens waren mannigfach. Und wer durfte in aller Früh ausrücken, die verkohlten Fahrzeuge inspizieren und das Unfallprotokoll tippen? Er, Schorsch Wammetsberger! Kurzum, der zu Korpulenz, bayerischer Behäbigkeit und Wortkargheit neigende Hauptmeister scheute die Nachtschichten wie ein Vampir die Sonnenstrahlen.

Schlurfenden Schritts betrat er die Diensträume der Inspektion. Er brummelte ein missmutiges »Servus, Xarre« und erkundigte sich bei seinem Kollegen, ob es tagsüber irgendwelche Vorkommnisse gegeben hatte: »Wie schaut's aus? War was?«

Sein ihm unterstellter Polizeiobermeister Franz Xaver Gschwandtner gähnte gelangweilt und hebelte sich aus dem Drehstuhl. »Nix! Ois as usual – wie die Amis sagen. Grad eben hat uns die Zentrale ein Eil-Rund-Fax geschickt – den Empfang hab ich schon quittiert. Die Kriminalpolizei fahndet nach einem dringend Tatverdächtigen. Höchste Prioritätsstufe – Top Priority quasi, wie es bei CSI heißt.«

Wammetsberger reagierte verstimmt – und mokierte sich sogleich. »Weshalb schicken uns die Bratwürste ein Fax? Warum rufen die nicht bei uns an oder lassen uns die Nachricht auf den Pager zukommen? Halten uns die Grattler da droben für Dorftrottel?«

»Die bei der Kripo sind prinzipiell alle superwichtig, verstehst?«, erwiderte sein »Vize« unverblümt. »Es geht um ein Kapitalverbrechen, genauer gesagt um Mord. In der Fahndungsmeldung heißt es, dass Spaziergänger heute Vormittag eine Leiche im Kreuzsteiner Forst aufgefunden hätten. Ein schon älterer Mann, sechzig plus, mittelgroß, von schlanker, hagerer Statur.« Gschwandtner drückte seinem Boss den Faxausdruck in die Hand, den dieser unschlüssig betrachtete. Das sah nach Ärger, viel mehr noch es sah nach Arbeit aus. »Schau dir die Fotos der Leiche an, Schorsch. Aufgespießt wie ein Brathendl oder ein Ochsen auf der Wies'n – mal was anderes!« Als Gschwandtner den verständnislosen Blick seines Vorgesetzten gewahr wurde, legte er noch eine Schippe drauf. »Mit der Mistgabel. Das ist doch mal innovativ, oder? Ein Gewalttäter, der in puncto Mordwaffe auf die guten alten bäuerlichen Traditionen hält. Für mich ist jetzt aber Schicht im Schacht. Ich hab mir meine Halbe verdient!«

Wammetsberger grunzte ungehalten. »Nix da, da bleibst! Diese Mordsgeschichte schauen wir uns genauer an. In jedem Fall stellen sich zwei grundsätzliche Fragen: Wer ist Opfer, wer ist Täter?«, dozierte der gewichtige Dorfbulle wie ein Kriminologe in einem Seminar für angehende Provinz-Profiler.

»So schaut's aus die Maus!«, erwiderte Gschwandtner ohne rechte Begeisterung für die Mord-Materie.

»In fünfundneunzig Prozent der Fälle kannst du davon ausgehen, dass das Opfer seinen Mörder gekannt hat. Daraus resultiert, dass der Mörder so gut wie immer ein Bekannter und mitnichten der Gärtner ist.« Falls er von seinem Adlatus einen konstruktiven Beitrag erwartet hatte, sah Wammetsberger sich bitterlich enttäuscht.

»Aber bloß weil jemand einen kennt, bringt er ihn doch nicht gleich um«, wandte Gschwandtner mit bestechender Analytik und zwingender Logik ein. Das Präludium, um mehr oder weniger elegant auf ein neues Thema zu wechseln: »Im Prinzip kann es jeder gewesen sein – kann ja auch jeder in den Forst hinein! Sollen sich doch die Kasperlköpfe von der Kripo das Hirn zermartern, welche Spinner nachts mit der Mistgabel im Wald herumhupfen. Ich bin mit dem Ignaz im Roten Adler verabredet.« Er sah seinen Chef auffordernd an. »Schaust nachher auf a Hoibe vorbei, Schorsch? Eine geht schon!«

Wammetsberger blickte ihn missbilligend an. Aus unerfindlichen Gründen mochte er diesen odrahten Bazi, förderte und protegierte ihn nach Kräften. Ja, seit Jahren mühte er sich, ihn zu seinem Nachfolger aufzubauen. Die legere Dienstauffassung seines jeglichen Ehrgeizes abholden Schützlings konterkarierte indes bislang seine Bemühungen – und trieb ihn ein ums andere mal zur Weißglut. Gschwandtner mangelte es an innerer Stärke und Charakterfestigkeit, an der mentalen Einstellung und am Durchhaltevermögen. Eigentlich haperte es an allem, aber Schorsch war keiner, der die Flinte von vornherein ins Korn warf. Wammetsberger war nie ein Ehrgeizling gewesen, der Karriere machen und auf der Leiter nach oben wollte. Im Regelfall schob er mit Vorliebe eine ruhige Kugel – und achtete strikt darauf, jeden unnötigen Ärger zu vermeiden und möglichen Komplikationen aus dem Weg zu gehen. Seine Vorgesetzten mochten ihn für einen behäbigen, phlegmatischen, etwas minderbemittelten Fettwanst halten. Sie täuschten sich jedoch gewaltig. Wenn es darauf ankam, war er einer, der sich durchbiss, der dranblieb und nie aufgab. Wenn er Blut geleckt und eine Fährte entdeckt hatte, dann ließ er wie ein Bullterrier nicht mehr locker, dann erwachte der Jäger, der Spürhund in ihm. Und dieser Mistgabel-Mord weckte seine Neugier. Jemand musste einen gehörigen Grant gegen das Opfer gehegt haben.

Er hielt Gschwandtner das Fahndungs-Fax unter die Nase. »Weißt, was ich jetzt mach? Ich nehme mir den Wisch hier vor. Es ist meine Sache, was ich zu meiner Sache mach! Geht das rein in dein Spatzenhirn?«

Gschwandtner stand verlegen lächelnd an der Tür und überlegte, ob er zu seiner Ehrenrettung etwas vorbringen sollte, machte aber dann, dass er verschwand. Er tippte sich kurz an die Schirmmütze. »Pfiati Schorsch! Wir sehen uns beim Wirt!«

Verächtlich schnaubend sank Wammetsberger auf den Lehnstuhl. »Eine Arbeitsmoral – zum Grausen!« Dreiunddreißig Dienstjahre hatten ihn gelehrt, dass in der Ruhe die Kraft lag. So es in seinem Revier zu keinen gröberen Unfällen oder Vorfällen kam, ließ er es gemütlich angehen. Er dekorierte seinen Schreibtisch mit turmhohen Aktenstößen, als ob er vollends damit beschäftigt sei, den Berg von Anzeigen, Einvernahmen und Dienstanweisungen abzuarbeiten. Im Schubfach darunter hatte er allerdings ein paar halbe Dunkle und eine Flasche Obstler gebunkert. Statt sich also mit Lappalien und Routinekram abzuplagen, ließ er sich lieber seine Brotzeit und sein Bier schmecken. Wenn immer es ging, überließ er es den strebsamen Jungbullen, sich mit randalierenden Pickelgesichtern, Rocker-Rowdys und rumänischen Romas herumzuschlagen. Da er dreiundfünfzig, verheiratet und mit einem fein verästelten Netzwerk von Freunden und Spezln gesegnet war, war er als Beamter auf Lebenszeit so gut wie unantastbar und genoss Narrenfreiheit. Diese privilegierte Stellung gestattete es ihm, die PDV, die Polizeidienstvorschrift, nach eigenem Ermessen auszulegen und sich einige Freiheiten herauszunehmen. Sprich: Wammetsberger sorgte dafür, dass er in den Genuss gewisser Vergünstigungen und Annehmlichkeiten kam und sich keinen Haxen ausriss. So ignorierte er auch jetzt das penetrante Gepiepe und Gegurre des PCs. Er hatte neue Mails im Eingangsfach – na und? Der Lockruf der Silikon-Sirenen ließ ihn kalt. Was nutzte ein Tablet, Smartphone oder ein anderes IT-Utensil, wenn der Akku leer war oder jemand den Stecker zog? Nix! Nein, die digitale Welt war die seine nicht. Diese gestörten Gestalten, die unentwegt auf ihre Displays starrten, litten seiner Ansicht nach an einer autistischen Degeneration beider Hirnhälften. In ihren Eierköpfen lief eine Asperger-App. Hinter ihrer Google-Brille nahmen sie die wahre Welt nur noch durch einen Grauschleier wahr – und auch nur die Mosaiksteinchen, die in ihr verqueres Weltbild passten. Schorsch war kein Anhänger von Verschwörungstheorien, doch er war überzeugt, dass die Zombies dereinst nicht aus Kellerverschlägen, sondern aus den Kabelschächten hervorkrochen. Im Web wimmelte es nur so von hochgradig ansteckenden Erregern, von Würmern und Trojanern, die das Hirn befielen und irreparabel schädigten. Eine Seuche, die sich in rasender Geschwindigkeit ausgebreitet und die Ausmaße einer globalen Pandemie angenommen hatte. Doch gegen den Virus 2.0 war er immun. Schorsch musste sich allerdings eingestehen, dass die diversen Datenbanken der Polizeibehörden, aber auch Google & Co. eine wahre Fundgrube waren, um Fakten zu sammeln, die Hintergründe zu recherchieren und Fallprofile zu erstellen. Zu irgendwas mussten diese Scheißdinger ja auch taugen, dachte er gehässig.

Buchstabe für Buchstabe hämmerte er sein Passwort »Elfriede0709« – Name und Geburtstag seiner »Holden« – in die Tastatur und suchte gleichzeitig mit der anderen Hand die ellenlangen Fahnen des dünnen Faxpapiers zu bändigen. Mit halbem Auge sah er, wie sich die Schwarzweiß-Fotografie des Toten unter der Berührung seiner Finger wirr wellte und nur bruchstückhafte Teilpartien des Gesichts – Wangen, Mund, Stirn – zum Vorschein kamen. Nach heldenhaftem, aber vergeblichem Kampf hatte sich Schorsch heillos in den Papierbahnen verheddert. Fluchend suchte er in dem Wust nach Angaben zur Person des Opfers. »So ein Scheißdreck, so ein geschissener! Irgendwo muss doch stehen wie ...«

Da schrillte das Telefon – wie immer im unpassendsten Moment. Der Klingelton variierte mit elektronischer Raffinesse das tückische Summen angriffslustiger Hornissen. Nur Sekunden später drangen aus den Untiefen seiner Uniformjacke Tschinellen, Tuben und Trompeten an sein Ohr. Der krachlederne Retro-Sound des Auer Gebirgsschützen-Defilees verwob sich mit den um ihn herumschwirrenden Synthi-Insekten zum kammermusikalischen Intermezzo eines avantgardistischen Tonsetzers. Mit der Wut der Verzweiflung befreite sich Schorsch aus den ihn wie Lianen umschlingenden Faxfahnen und klopfte die Jackentaschen nach dem klobigen, vorsintflutlichen Teil ab. Das Handy schleppte er nur als Alibi mit sich herum. Dass ihn jemand auf dem Mobiltelefon anrief, war so wahrscheinlich wie ein Sechser im Lotto. Es musste sich also um eine dringende Angelegenheit handeln. Elfriede zumindest konnte es nicht sein. Auch nicht ihre umtriebige Tochter Roswitha, die mittlerweile siebenundzwanzig und gottlob schon seit Jahren unter der Haube und aus dem Haus war. Mutter und Tochter waren erst vor einigen Monaten zu militanten Mobilfunkgegnerinnen konvertiert. Der radikale Gesinnungswechsel lag darin begründet, dass Elfriede und Roswitha die Praxis des sportlich-feschen HNO-Arztes in Bad Brennbruck aufgesucht hatten, um sich nach alternativen, homöopathischen Behandlungsmethoden ihres chronischen Stirnhöhlenkatarrhs zu erkundigen. In dessen Wartezimmer hatten Mutter und Tochter einschlägige Magazine wie »Land-Vital«, »Frau aktiv« oder »BIO Brigitte« durchstöbert. Nach der Lektüre der bunten Blättchen rund um Hämorrhoiden und Herzinsuffizienz hatten sie sich einträchtig vom Saulus zum Paulus bekehrt. Noch vorigen Herbst hatten sich dank Tratsch und Klatsch die monatlichen Abbuchungen des lokalen Mobilfunkanbieters GrenzNet in schwindelerregenden Höhen bewegt – nur um kurz vor Weihnachten gegen null abzustürzen. Der Sinneswandel war total. Elfriede verdammte mit sendungsbewusster Leidenschaft die »gesundheitlichen Gefahren« des modernen Teufelszeugs. Im Normalfall scherte sich Schorsch wenig um die »Suchten und Marotten« seiner sich in den Wechseljahren befindlichen Gattin. Termini wie »elektromagnetische Strahlung«, »Hochfrequenzfelder« oder »Mikrowellen« hatten ihn gleichwohl hellhörig, ja stutzig werden lassen. Mit einer Mikrowelle assoziierte er grässliche Tiefkühltruhenkost à la Pfannengyros und Nasi Goreng, welche er als Gamsbraten-Gourmet zutiefst verabscheute. Und was erfuhr er da? Während er mit irgendeiner Bratwurst telefonierte, wurde er wie selbige gegrillt! Merci, Mausi! Als Streifenbulle lebte man gefährlich genug.

Es dauerte eine geraume Weile, bis er sich mit amtlicher Akkuratesse meldete. »Polizeiinspektion Bad Brennbruck. Polizeihauptmeister Wammetsberger am Apparat!«

Eine nasale, nörgelige Stimme dübelte sich in seinen Gehörgang. »Fix, Schorsch, wo steckst du denn, bist auf den Malediven oder in der Watzmann-Ostwand? Ich versuch seit Stunden, dich zu erreichen.«

Der vorwurfsvolle Unterton vermittelte ihm das Gefühl, dass er sich einer Nachlässigkeit in der Erfüllung seiner polizeilichen Pflichten zuschulden hatte kommen lassen, so dass er nun selbst ins Stottern kam. »Ah Servus, Ignaz, griaß di! Was hast es denn so notwendig?«

Feingefühl, Empathie oder die Gabe, sich in einen anderen einzufühlen, gehörten nicht zu den hervorstechenden Charakterzügen von Ignaz Irgl. So fiel er auch diesmal mit der Stahltür ins Haus. »Was es gibt, fragst?«, mandelte er sich wie ein Gockel am Misthaufen auf. »Einen Mord hat es gegeben.«

Wammetsberger starrte auf die vielfach gefältelte Papierbahn, die sich wie eine Girlande um seinen voluminösen Leib schlang. Verdammt, hatte er nicht eben noch die Personenbeschreibung des Mordopfers in der Hand gehabt? Ihn beschlich eine ungute Ahnung. »Da erzählst mir nix Neues! Im Kreuzsteiner Forst wurde eine männliche Person tot aufgefunden. Ziemlich übel zugerichtet. Steht alles im Rund-Fax. Wär ja nicht die erste Leiche, die man da entsorgt – liegt schließlich praktisch gleich neben der Autobahn!«

Irgl gab Kontra. »Ach geh, wen denn! Den baschkirischen Drogenschieber und die alte Schnalle aus dem Kosovo. Auf die ist doch geschissen! Aber in dem Fall ist es einer von hier, aus unserem Gäu!«

Wammetsberger sog die Luft scharf ein und stieß hervor: »Wer denn? Jetzt red schon.«

Ignaz schnaufte wie ein Asthmatiker, ließ sich mit der Antwort aber Zeit.

Schorsch sah Irgl förmlich vor sich: seinen gewaltigen Kalbsschädel, aus dem eine dicke, fleischige Nase ragte. Die rot geäderten Wangen von einem struppigen Bart überwuchert, so dicht und verfilzt wie die ungewaschenen Dreadlocks eines Rastamanns. Der Figur und der Statur nach ähnelten sie sich wie zwei Eier derselben übergewichtigen Henne. Wie Wammetsberger hatte Irgl einige Kilo zu viel auf den Rippen. Wie er stemmte er die eine oder andere Maß zu viel und konnte bei Schweinshaxen und Schlachtschüsseln nie nein sagen. Bei den Aufmärschen der Gebirgsschützenkompanie Audorf marschierten sie Seite an Seite und schossen am Ehrenmal der gefallenen Kameraden gemeinsam Salut. Beide waren Bullen. Beide besaßen ein dionysisches, cholerisches Naturell. Ihrer Eskapaden wegen waren sie rasch in die Diaspora befördert worden. Schorsch zum Dienststellenleiter in Bad Brennbruck, Ignaz nach Grenzberg-Grund. Sie teilten denselben Dienstgrad und das Schicksal von Männern, die übereilt und vorschnell den Bund fürs Leben geschlossen hatten. Nach knapp dreißig Ehejahren hing der Haussegen schief in den Angeln. Seit ihre beiden Töchter ausgeflogen waren, um ihr eigenes Nest zu bauen, war die Schonzeit vorüber. Ihre Gemahlinnen Elfriede und Gerda ließen keine Gelegenheit aus, um ihren auf Abwege geratenen Mannsbildern die Hölle heißzumachen. Kurzum: Schorsch und Ignaz waren Leidensgenossen. Zu Hause sahen sie sich mit dem steten Vorwurf konfrontiert, nur auf der faulen Haut zu liegen und sowohl ihr Äußeres als auch ihre getreuen Gattinnen sträflich zu vernachlässigen. Was so natürlich nicht stimmte, befand Wammetsberger für seinen Teil. Rein äußerlich glichen sie sich wie siamesische Zwillinge, dem Charakter und dem Wesen nach waren sie hingegen grundverschieden.

Irgl druckste wie immer herum, ehe er mit rauer und gepresster Stimme zur Sache kam. »Ja weißt, Schorsch. Wenn ein Fremder ermordet aufgefunden wird, ja mei. Aber wenn man denjenigen kennt, dann ist das was anderes, dann ist das, wie soll ich sagen, tragisch.«

Wammetsbergers Geduldsfaden drohte zu reißen. Irgls Herumgerede ließ seine Stirnadern schwellen. »Soll ich dir deine Rammeln einzeln aus der Nase ziehen?« Ihm lag ein boshafter Nachsatz auf der Zunge, aber er beherrschte sich. »Ist es ein Kollege? Einer vom Schützenverein?«

Irgl konnte aufbrausend, gesprächig und streitlustig sein – wenn er ein paar Maß intus hatte. Im nüchternen Zustand war er vor allem eines: ein Prinzipienreiter, Pedant und Silbenklauber, der sich selbst unerhört wichtig nahm. Immerhin hatte er ihn angerufen, folglich wollte er etwas von ihm.

»Die Leiche ist bei dem Sauwetter die Nacht über im Wald gelegen. Kannst dir ja vorstellen, wie es da draußen ausgeschaut hat. Lauter Batz, alles feucht und modrig. Wir haben den Tatort ja nur abgesperrt – aber die Kriminaltechniker waren ganz weiß im Gesicht – und die sind ja einiges gewohnt.«

»Weil es keine Spuren zum Sichern gab und sie bloß Dreck in ihre Asservatenbeutel geschaufelt haben«, feixte Wammetsberger – um sofort wieder ernst zu werden. »Mit der Mistgabel aufgeschlitzt, hab ich gehört – nicht unbedingt die feine englische Art.«

Irgl schwieg – und schien zu überlegen, ob er seinen Spezl noch länger auf die Folter spannen durfte. Es war einer dieser Momente, an denen ein Charakterzug Irgls zutage trat, der ihn abstieß: die selbstsüchtige, selbstgefällige, ja narzisstische Ader seines Freunds, der sich gern als »harter Hecht« aufspielte. Wenn er bei der fünften Halbe am Stammtisch seine Reden schwang, gefiel er sich in der Pose des unerschrockenen Provinz-Marshalls, der mit rauchenden Colts für Recht und Ordnung sorgte, es allein mit einer ganzen Bande von Banditen aufnahm und keine Gnade für die

Wade kannte. Ein von sich eingenommener Westentaschen-Eastwood, der sich etwas auf seine Rolle als »cooler Cop« einbildete. Er, der verschissene Hund, ging regelmäßig damit hausieren, dass er Hauptzeugmeister und Oberfeuerwerker der Gebirgs- und Feuerschützengesellschaft Audorf war. Wehe, wenn man ihn ans Rednerpult ließ, dann warf er sich mit geltungssüchtigem Gehabe in die mit Orden dekorierte Brust, um in Bandwurmsätzen geistlose, pathetische Phrasen zu dreschen. Selbst wo es um die Wurst, um Mord ging, probierte er es. »So, wie ich das sehe, Schorsch, deutet die Mordmethodik auf eine psychotisch gestörte Persönlichkeit hin. Bei uns laufen ja genügend Irre frei rum, die an Geister glauben und Gespenster sehen. Kannst dich an den Hexentanz in der Walpurgisnacht letztes Jahr erinnern, die Weibsen, die nackert im Wald herumgesprungen sind, um der Urmutter zu huldigen, diese Gaia oder wie die blöde Kuh geheißen hat?« Er schnaubte wie ein brunftiges Walross. »Gegen diesen heidnischen Hokuspokus hätten wir längst schon einschreiten sollen! Aber nein! Immer muss erst was Grausiges passieren, ehe was geschieht! Wie gestört muss einer sein, dass er deinen Schwager an den Baum nagelt«, entrüstete sich Irgl.

Als Wammetsberger nun endlich die Identität des Opfers erfuhr, fiel ihm die Kinnlade herunter! Sein Schwager, der Sixtus! Mit der freien Hand entfaltete er die Faxfahnen – und da sah er den Toten vor sich, das scharfgeschnittene Raubvogelsicht, das Tatwerkzeug noch in der schmächtigen, rachitischen Brust. Kein Zweifel: Der Tote war Elfriedes Onkel. Dessen Einladungskarte zur Geburtstagsfeier im »Hois'n Bräu« hing bei ihnen im Flur. Mit dem Engelsgesicht einer von Hand geschnitzten Madonna als Blickfang. Sein Schwager war bereits im vergangenen Herbst fünfundsechzig geworden, feierte aber aus Prinzip erst ein halbes Jahr danach. Wenn man ihn nach dem Grund für diesen Spleen befragte, pflegte er sich in kryptischen, abergläubischen Andeutungen zu ergehen. »Das Jahr ist erst nach der Hälfte rum!« Oder: »Im Alter ist das Jahr nur noch halb so lang wie als Junger. Die Zeit läuft dir davon.« Und jetzt war der defätistische Schwarzseher tot – ermordet.

»Was ist mit seinem Bruder, dem Sebald?«, erkundigte sich Wammetsberger jetzt ernstlich besorgt.

»Wo wird er schon sein? Im Kuhstall oder im Wirtshaus!«, erwiderte Ignaz Irgl ungerührt. »Der weiß wahrscheinlich noch gar nix von seinem Glück«, lästerte sein Kompagnon, der den »Herrgottsschnitzer von Göttersberg« für einen ausgemachten Haderlumpen, Blender und Betrüger hielt, der sich als »empfindsame Künstlernatur« gerierte. Die Hypothese, dass sich der jüngere der beiden Eder-Brüder auf einer ausgedehnten Zechtour befand oder an den Nachwehen derselbigen laborierte, war indes nicht von der Hand zu weisen.

Doch der dunkle Schatten der Furcht wollte nicht von Schorsch weichen. »Ich hab da ein ungutes Gefühl«, bekannte er unumwunden. »Wir müssen am Höll-Hof nach dem Rechten sehen. Vielleicht finden wir einen Hinweis, was geschehen ist. Ich muss wissen, was da gespielt wird, Ignaz.«

Irgl war verstummt, er schien das Für und Wider des Vorschlags abzuwägen. »Gut, Schorsch. Ich bin dabei. Der Xarre übernimmt deine Schicht. In einer halben Stunde bin ich am Höll-Hof!«

Wammetsberger unterbrach die Verbindung und atmete einmal tief durch. Obschon ihn Irgls Großtuerei regelmäßig auf die Palme brachte, war er doch dankbar um einen Komplizen. Denn wenn es ums Praktische, wie das Knacken von Schlössern oder das Reparieren von Motoren ging, war Irgl unschlagbar, ja eine echte Kapazität.

Schorsch schaltete den Computer aus und zog seine Uniformjacke an. Wenn es am Höll-Hof etwas zu finden gab, würde er es finden. Danach würde er die Beizen und Spelunken abklappern, in denen sich Sebald herumtrieb. Und die Wahrheit notfalls aus ihn herausprügeln.

Als er die mit zwei Stahlriegeln und Alarmschloss gesicherte Eingangstür hinter sich absperrte, schob er die Mütze aus der Stirn. Schade eigentlich, dass er schlechterdings kein »Closed«-Schild an die Tür hängen konnte.

Draußen war es so finster wie in der Nacht nach dem Jüngsten Gericht. Bläuliche Lichtblitze zuckten gespenstisch ins Dunkel. Eine unwirkliche Szenerie. Endlich löste Schorsch den Bann und stellte das Blaulicht ab. Der Höll-Hof war nicht mehr als eine graue Silhouette, die sich nur unmerklich von der nachtschwarzen Finsternis ringsum abhob. Schorsch sah den Hof dennoch deutlich vor sich – so oft war er schon hier gewesen. Der langgestreckte, sich wie zum Sprung duckende Bau war typisch für die Grenzgauer Gegend. Kein wuchtiger, trutziger Vierkanthof auf einer Anhöhe, sondern ein grober Klotz, der wie hingeworfen in einer Talmulde lag. Zur Straße hin der zweigeschossige Wohntrakt mit zwei umlaufenden Balkonen. Ein durchgehender First, der die bäuerliche Behausung mit Stall und Tenne unter einem niedrigen Giebeldach verband. Im Stall kauten Kühe und Kälber ihr Heu wieder, das zusammen mit Kartoffeln und Steckrüben in der Tenne darüber lagerte. Ein niedriges Nebengebäude, halb aus Backstein, halb aus Holz, stand etwas versetzt zum Hof. Vorn die Schnitzwerkstatt Sebalds sowie die zur Abstellkammer umfunktionierte Waschküche, dahinter ein Schuppen mit Brennholz. Die halbherzigen Bemühungen des Kreisbauamts, das »für die Region typische bäuerliche Ensemble« unter Denkmalschutz zu stellen, waren dank der Renitenz der beiden Besitzer bislang im Sande verlaufen.

Wammetsberger reckte seine steifen Glieder, dann stieg er aus den Streifenwagen. Er spürte, wie ihn die Stille der Nacht umfing. Kein Laut war zu hören, kein Lichtschimmer zu sehen. Nichts bewegte, nichts rührte sich. Er war allein auf weiter Flur. Somit fühlte sich Schorsch ermächtigt, dem Anwesen seiner Schwäger einen unangemeldeten Besuch abzustatten.

Auf leisen Sohlen schlich Schorsch ums Haus, konnte aber nichts Verdächtiges feststellen. Alles war ruhig, nur aus dem Stall drangen die leisen Geräusche einiger auch des Nachts stoisch wiederkäuender Rindviecher. Er knipste die Taschenlampe an und suchte den Boden ab.

Eine erste oberflächliche Untersuchung förderte wenig Brauchbares zutage: zwei Zigarettenstummel, ein Kronkorken, ein paar verwischte Rutsch- oder Reifenspuren im Kies. Nichts, das vernünftigerweise darauf schließen ließ, dass hier etwas Ungewöhnliches geschehen, der Hof zum Schauplatz einer gewaltsamen Auseinandersetzung oder einer überstürzten Flucht geworden war. Es sah so friedlich und idyllisch aus wie immer: Die Kuhmilch-Sammelbehälter aus Edelstahl warteten auf den Milchwagen der Mölztaler Molkereigenossenschaft. Hosen, Hemden und Socken hingen zum Trocknen an der Wäscheleine am Balkon, alles schien an seinem angestammten Platz zu sein. Und doch war ein Verbrechen geschehen, das seine Kreise gezogen und Spuren hinterlassen haben musste.

Zum Abschluss seines Inspektionsgangs spähte Schorsch durch die dunklen Höhlen der Fenster. Wie ein Einbrecher leuchtete er mit der Taschenlampe hinein. Der Lichtkegel drang ins Innere der verlassenen Stube, tastete sich über Tisch und Stühle zur Ofenbank vor, hielt kurz inne und kletterte an den mit feinen Blumenblüten und Bandornamenten bemalten Bauernschrank nach oben, bis er auf ein goldgerahmtes Gemälde stieß: Ein Hirsch mit mächtigem Geweih röhrte sich die waidwunde Seele aus dem Leib.

Enttäuscht ließ er die Taschenlampe sinken. Was hatte er denn erwartet? Sebald, der entweder in einer Blutlache oder auf der Ofenbank lag und seinen Rausch ausschlief? Ein konspiratives Treffen zwielichtiger Gesellen, die finstere Ränke schmiedeten?

Wammetsberger lehnte an den rohen Putz und dachte angestrengt nach. Was hatte zu der Bluttat geführt? Waren die Eder-Brüder in illegale Geschäfte, in betrügerische Machenschaften verwickelt? War es zu Zwistigkeiten mit ihren Partnern gekommen? War der Streit eskaliert und in einem Gewaltexzess geendet? Oder lotste ihn diese Hypothese auf den Holzweg? Hypothese zwei: Waren die Brüder Zeugen eines Verbrechens geworden? Hatten sie jemanden in der Hand – und ihn erpresst? War Sixtus deswegen ermordet und Sebald entführt worden? Hatte Sebald Lunte gerochen und war geflohen? Weshalb war sein Bruder dann ahnungslos in die Falle getappt? Oder steckte eine banale Auseinandersetzung hinter dem Mord? Eine Rivalität, eine alte, fast schon vergessene Feindschaft? Fragen über Fragen. Um Licht ins Dunkel zu bringen, würde es mehr bedürfen als eine traurig vor sich hin funzelnde Taschenlampe. Seine Stärke war seine Intuition. Sein untrügliches Gespür dafür, wenn etwas faul war – und folglich nach Verwesung und Verderbnis roch. Für solche Ausdünstungen hatte er eine feine Nase. Morgen früh würden die Kriminaltechniker in Kompaniestärke anrücken und am Höll-Hof alles auf den Kopf stellen. Irgendein von sich eingenommener Ermittler würde mit ernster Miene herumstolzieren, um sich ein Bild von den »äußeren Lebensumstände« der Brüder zu machen. Sie würden sich das Adressbuch, den Terminkalender, die Geschäftspapiere und Kontoauszüge vornehmen – und doch nichts finden. Die Beamten des Erkennungsdiensts würden ihre Nase in Papiereimer und Müllsäcke stecken, Fingerabdrücke und Haarproben nehmen, Flusen, Fasern und Fäden aufklauben – und weiter im Dunkeln tappen. Dies hier war sein Terrain. Dies hier war sein Jagdrevier. Er wusste um die Eigenheiten, die Macken und Marotten, die Ansichten und Absichten der »Hiesigen«. Daher konnte er sich in ihre Denk- und Handlungsweise einfühlen. Er wusste, wie sie tickten, was sie im Schilde führten. Kurz und gut: Das Brüderpaar war das, was man teils abfällig, teils achtungsvoll als Haderlumpen bezeichnete. Halbseidene Halodris, die sich am Rande der Legalität bewegten. Immerzu lief a »bissel« was nebenbei. Einzig, was dieses »Bissel« im konkreten Fall war, würde Wammetsberger herausfinden müssen. Dass es im Endeffekt ums »Geschäft«, um den »Dirre-Darre« ging, darüber bestand für ihn kein Zweifel!

Schorsch kratzte sich das nachlässig rasierte Kinn und ließ das Bild der beiden Brüder vor seinem inneren Auge auferstehen. Sebald war zwar der Jüngere – aber er hatte das Sagen und bestimmte, wo es langging. Sixtus war fürs Grobe zuständig und verrichtete die Drecksarbeit für den »kleinen Bruder«. Sebald sah sich selbst als verkanntes Genie, das einen Großteil seiner Genialität darauf verwandte, dem Beispiel der Bankinstitute zu folgen und ihre »Eigenkapitalquote« zu erhöhen, indem er andere betrog und über den Tisch zog. Als selbständiger »Kleinunternehmer« befürwortete er den freien »Güter- und Handelsverkehr« – wobei es ihm im Wesentlichen darum zu tun war, seine Geschäfte ohne Kenntnis und Beteiligung des Fiskus abzuwickeln. Dieser Hang zu Eigenmächtigkeiten unter Missachtung jedweder juristischer Regularien lag ihm wohl im Blut: Zu Eders Vorfahren zählten Wilddiebe, Wegelagerer und anderes, halbseidenes Gesindel. Schorsch hatte die von Elfriedes Großvater Emeram verfasste Familienchronik ebenso eingehend wie stirnrunzelnd studiert – und sich bei Kaffee und Sahnetorte über seine »feine Verwandtschaft« echauffiert. Im Gegensatz zu den von ihm verehrten Lichtgestalten der lokalen Wilderer-Szene wie dem »Walderer Jackl« hatten es die Ahnen Eders nur zu unrühmlicher Berühmtheit gebracht, grobschlächtige, unbedarfte Finsterlinge, deren Outlaw-Karriere ein gewaltsames und jähes Ende am Galgen oder im Zuchthaus gefunden hatte. Insofern passte es durchaus ins Bild, dass einer ihrer Nachfahren mit der Mistgabel massakriert worden war, dachte Schorsch in einem Anflug von Zynismus. Sixtus hatte das Maul nur zum Fressen und Saufen aufgebracht. Das Reden hatte sein Bruder übernommen. Schorsch konnte sich noch gut an ihr Grillfest letzten Sommer erinnern. Die »liebe Verwandtschaft« hatte sich auf seine Kosten die Hamsterbäckchen mit Schaschlikspießchen und Nackensteaks vollgestopft. Und eine Maß vom Fass nach der anderen geleert. Stamperl für Stamperl waren seine Obstlervorräte schamlos geplündert – und das Maul weit aufgerissen worden. »Weißt, Schorsch, wenn du auf einen grünen Zweig kommen willst, musst investieren – ohne Risiko keine Rendite! An den Kühen im Stall und der Herrgottsschnitzerei ist nix mehr verdient. Heutzutage musst du diversifizieren und global denken.«

»Und woran denkst da?«, hatte er zwischen zwei Bratwurst-Bissen wissen wollen.

Sebald hatte nur geheimnisvoll gelächelt und ihn zur Seite genommen. »An Transaktionen auf Provisionsbasis, beispielsweise. Du kümmerst dich um die Logistik vor Ort und schaust, dass alles zur Zufriedenheit des Kunden passt. Da sind Ortskenntnisse und Improvisationstalent gefragt.« Sebald hatte ihn aus blutunterlaufenen Augen fixiert. »Schorsch, du bist mein Schwager und kein Depp. Und Leute mit guten Connections sind gefragt!«

»Wie meinst jetzt das?«, hatte er mit Unschuldsmiene den Ahnungslosen gemimt.

Zwischen zwei Fleischbrocken hatte Sebald den Begriff einer »Win-win-Situation« neu interpretiert. »In deinem Job sitzt du doch quasi an der Quelle. Du erfährst, ob Schleierfahnder im Einsatz sind oder eine Lkw-Verkehrskontrolle ansteht. Was man halt so spitzkriegt.«

Er hatte eine gestrenge Miene aufgesetzt – und drohend den Zeigefinger erhoben. »Sebald, Sebald – willst du mich etwa zum Verrat von Dienstgeheimnissen anstiften? Dafür könnt ich dich anzeigen.«

Sebald hatte ihn nur frech angegrinst. »Ach geh, wer redet denn von Verrat. Ich würde das als informellen Informationsaustausch bezeichnen. So eine stillschweigende Übereinkunft würde eine lukrative Dividende abwerfen! Da wär schon mal eine Mittelmeer-Kreuzfahrt für dich und die Elfriede drin. Vollpension und Außenkabine inklusive.«

Allein unterm finsteren Firmament, bedauerte Wammetsberger es, dass er die letzte Packung Ernte 23 vor über zehn Jahren zerknüllt hatte. Eine kleine Nikotinspritze hätte seinen grauen Zellen gutgetan. Irgl irrte – seine Annahmen basierten darauf, dass Sixtus zufällig einem in der Gegend herumgeisternden Psychopathen in die Arme gelaufen war. Blödsinn! Hinter dem Mistgabel-Mord steckte eiskaltes Kalkül. Es ging um das älteste Motiv der Welt: Habgier. Wie Unzählige vor ihm hatte Sixtus wegen der Kohle ins Gras beißen müssen. Wer die Geister der Unterwelt heraufbeschwor, wurde diese so schnell nicht mehr los. Aus der undurchdringlichen Schwärze schälte sich ein Bild, das ihm gestochen scharf vor Augen stand: Ein Unterwelt-Boss, den er vorläufig »Pluto« taufte, hatte Zerberus von der Leine gelassen. Die Pitbull-Meute hatte Sixtus zerfleischt und hetzte jetzt Sebald hinterher. Der in heller Panik floh. Wammetsberger musste ihn finden, bevor die Bluthunde zuschnappten. Er lauschte in die Nacht hinein und hörte endlich ein tiefes, sattes Brummen, das stetig näher kam.

»Es ist aber auch langsam Zeit geworden!«

»Ging nicht eher! In der SB-Tankstelle an der Bundesstraße ist eingebrochen worden – der Xarre ist vor Ort und nimmt die Anzeige auf. Pack ma's.«

Wie ein aufeinander eingespieltes Diebesduo machten sich Irgl und Wammetsberger an der Haustür aus massiver Eiche zu schaffen. Schorsch hielt die Taschenlampe, während sein Komplize die Stabilität und Solidität des Türschlosses begutachtete.

»Sauber, ein Sicherheitszylinderschloss mit speziellem, dreifachem Arretierungsmechanismus.« Ignaz Irgl pfiff anerkennend durch die Zähne. »Massives Teil, das kostet was!«

»Kannst das Ding jetzt knacken oder nicht?«, knurrte Schorsch gereizt. »Wenn wir hier noch länger rumfuhrwerken, ruft der Nachbar noch die Polizei!«

»Ach geh, der hört und sieht nix«, erwiderte Irgl lakonisch. »Der flackt mit einem Fetzen Rausch im Bett und schnarcht wie ein besoffener Donkosak! Außerdem ist er um zwei Ecken mit mir verwandt!«

Schorsch verdrehte die Augen. »Dann bin ich ja beruhigt!«

Selbst Irgl bemerkte den sarkastischen Unterton. »Ist ja schon gut, hol mir den Werkzeugkoffer von der Rückbank. Da ist alles drin, was ich brauche: Spanner, Schlange, Schneemann und Schlagschlüssel.«

Schorsch tat wie ihm geheißen. Es kam selten vor, dass er widerspruchslos in die Rolle des Domestiken schlüpfte, aber wenn es ums geräuschlose Knacken von Schlössern aller Art ging, war Irgl ein wahrer Meister, der es jederzeit mit einem Profi-Panzerknacker aufnehmen konnte.

Irgl kramte in dem Koffer und entschied sich schließlich für ein Instrument, das eine entfernte Ähnlichkeit mit einem Akkuschraubenzieher besaß.

»Willst du das Schloss jetzt aufbohren? Dann sehen die Kripo-Deppen doch gleich, dass da vor kurzem jemand eingebrochen ist!«, zischte Schorsch entgeistert.

Irgl nahm das Utensil zur Hand und führte es vorsichtig ins Schloss. »Jetzt reg dich nicht künstlich auf. Noch nie was von einem Elektropick gehört? Gehört in jedes Einbrecher-Set. Arbeitet nach dem Perkussionsprinzip und setzt, wenn du den richtigen Impuls auslöst, alle Kernstifte gleichzeitig. Und es hinterlässt nicht die geringsten Spuren am Zylinder.«

Es dauerte keine zehn Sekunden, dann hörte er ein metallisches Klicken, und die Tür sprang wie von Geisterhand geöffnet auf.

»Alter vor Schönheit«, frotzelte Irgl und forderte Schorsch auf einzutreten.

Vor ihnen lag ein stockdunkler Flur. Schorsch tat zwei, drei Schritte, ohne die Taschenlampe einzuschalten. Um ihn war es so still und finster wie in einem Totenhaus.

Plötzlich drang die tonlose, fürs Metaphysische unempfängliche Stimme Irgls an sein Ohr. »Fix, jetzt mach mal Licht! Was suchen wir überhaupt hier?«

Schorsch gehorchte, und das fahle Licht der Lampe geisterte über die Dielenbretter.

»Indizien, was sonst?«

»Indizien, wofür?«, hallte es aus dem Dunkel hinter ihm.

»Wofür wohl? Dass mein lieber Schwager ein faules Ei ausgebrütet hat. Ich nehme mir die Stube, die Küche und die anderen Zimmer unten vor. Du schaust dich oben um. Va bene?« Irgl huschte an ihm vorbei die gewundene Treppe hinauf. Dann betrat Schorsch die gute Stube und suchte nach der berühmten Stecknadel im Sauhaufen.

Rigor Mortis

Es sollte Menschen geben, die im Lotussitz und einem Mantra auf den Lippen die aufgehende Sonne begrüßten. Korbinian Eyrainer gehörte definitiv nicht zu dieser Sorte Mensch. Der »Homo Matutinis« musste eine eigene, ihm wesensfremde Gattung sein. Für ihn hatte Morgenstund nicht Gold, sondern Galle im Mund. Es war wie verhext – am Morgen gingen die Uhren anders, schneller. Und er kam nicht hinterher.

Kriminalhauptkommissar Korbinian Eyrainer hastete im Sauseschritt durch die nach frischem Bohnerwachs duftenden und von morgendlicher Betriebsamkeit erfüllten Gänge des Polizeipräsidiums Grenzberg. Ein hektischer Blick auf eine Uhr im Flur bestätigte seine Befürchtungen. Es war bereits halb neun vorbei – dabei hatte er für Punkt acht eine Teambesprechung anberaumt. Wild entschlossen, nun keine Sekunde mehr zu verlieren, legte er einen Zwischenspurt ein. Der intensive Geruch und der verräterische Glanz hätten ihm Warnung genug sein sollen. Sämtliche Indizien sprachen dafür, dass der Linoleumboden von einer Raumpflegerin der Gebäudereinigungsfirma Herbst & Frühjahr blitzeblank gewienert worden war. Eyrainer bemerkte die Gefahr allerdings erst, als es bereits zu spät war. Er rutschte weg, ruderte mit den Armen und schlitterte wie auf den Kufen eines Schlittschuhs dahin. Nur durch akrobatische Verrenkungen, die einem Eishockeycrack zur Ehre gereicht hätten, schaffte er es, die Balance zu halten und den drohenden Sturz samt unsanfter Landung zu verhindern. Im letzten Moment bekam er das rettende Treppengeländer zu fassen und nahm, die kinetische Energie ausnutzend, zwei Stufen mit einem Satz.

Zwei Etagen höher lagen die heiligen Hallen des Dezernats 5 für Tötungsdelikte. Außer Atem und mit schlotterigen Knien schloss der Kommissar die Tür der Kaffeeküche hinter sich. Geschafft! Nach diesem Kraftakt am frühen Morgen benötigte er dringend eine Koffein-Infusion. Mit einem Blick aufs hell erleuchtete Display stellte er erleichtert fest, dass die Espressomaschine auf Betriebstemperatur und voll einsatzbereit war. Stocki hatte den Laden im Griff, da konnte selbst ein eingefleischter Morgenmuffel wie er nicht meckern. Eyrainer nahm sich vor, Dezernatsassistentin Regina Stöckl in den Kategorien »Teamfähigkeit« sowie »Planungs- und Organisationsvermögen« des Mitarbeiter-Bewertungsbogens die volle Punktzahl zu geben.

Die erste Tasse Kaffee musste schwarz und süß sein. Süß wie die Sünde und schwarz wie die Seele Satans. Ungeduldig riss er die Tür des Wandschränkchens auf. Die darin befindlichen Kaffeetassen waren wie beim Morgenappell auf dem Kasernenhof akkurat in Reih und Glied ausgerichtet. Die Henkel zeigten nach vorn, so dass es aussah, als ob die Porzellan-Phalanx ihre Gewehre präsentierte. Eine Armee, die nicht aus Tonkriegern, sondern aus Tontassen bestand.

Unverständnis lag in Eyrainers Blick. Ein penibel durchorganisiertes Ablagesystem und eine streng methodische Vorgehensweise waren im Beruf des Kriminalisten unbestritten von Vorteil. Der ans Neurotische grenzende Ordnungsfimmel und die übertriebene Gewissenhaftigkeit seines Assistenten Lehnleitner trieben ihn allerdings gelegentlich zur Verzweiflung. Lehnleitner war diese Woche zum Küchendienst eingeteilt und ging mit der Rigidität und Pedanterie von Meister Proper zu Werk. Ringsum blitzte es nur so vor aseptischer Sauberkeit. Der Alptraum eines jeden Kriminaltechnikers. Eyrainer getraute sich kaum, etwas anzufassen und somit unweigerlich seine Fingerabdrücke zu hinterlassen. Und er hatte die Qual der Wahl. Zur Auswahl standen cremeweiße, kaffeebohnenbraune, veilchenviolette Tassen mit mehr oder weniger sinnigen Sprüchen wie »Ich Boss du nix«, »Der frühe Vogel kann mich mal ...« oder »Im Knast sitzt Du!«. In seinem Team gab es Leute, die solche Spruch-Tassen witzig und ulkig fanden. Stocki und Harthofer zum Beispiel.

Mit spitzen Fingern bekam Eyrainer den Henkel einer bauchigen Tasse zu fassen. Der Pott leuchtete so rot wie die Muleta eines Matadors und trug den Aufdruck »Achtung freilaufender Bulle«.

Die dampfende, bis zum Rand volle Tasse in der Rechten, die Aktentasche in der Linken, verließ Eyrainer die Kaffeeküche. Die Flure im dritten Stock waren mit Teppichböden ausgelegt, und so gelangte er ohne weiteres Malheur zum Raum 3.5.004 – Team Room. In einem gewagten Balanceakt drückte er die Klinke mit der Schulter herunter. Durch eine Reihe hoher Fenster fiel helles Morgenlicht in das Besprechungszimmer und auf das Whiteboard an der Wand gegenüber. Irgendein Witzbold – er tippte auf Harthofer – hatte dort ein Fahndungsplakat aufgehängt. Die dicken Blockbuchstaben auf roter Grundierung besagten, dass die Gesuchten gefährliche Schwerverbrecher waren, die ohne Skrupel von der Schusswaffe Gebrauch machten und zu deren Ergreifung eine Belohnung in Höhe von zwei Millionen Euro ausgesetzt war. Die grobkörnigen Schwarzweißaufnahmen ließen die Verbrechervisagen noch fieser und brutaler erscheinen. Jeweils zwei Fotos pro Zeile, die die Flüchtigen paarweise von vorne und im Profil zeigten. Dazu ein kurzer Steckbrief, der Name, physische Attribute und besondere Kennzeichen auflistete. Die Fotos zeigten indes keine international gesuchten Terrortouristen oder neapolitanische Camorra-Killer, sondern vier illustre Kollegen ihres Dezernats: Regina Stöckl, Albert Lehnleitner, Hartl Harthofer sowie ihn selbst. Der Steckbrief wies ihn als Mario Armando Ramirez Trevino alias »El Pelon – der Kahlköpfige« aus. Ein mexikanischer Polizist, der die Seiten gewechselt und als Drogenbaron Karriere gemacht hatte. »El Pelon«, der auch unter dem Codenamen »X-20« firmierte, führte das Verbrecherkartell »Los Rojos« mit eiserner Faust. »Die Roten« kontrollierten den Drogenschmuggel am Golf von Mexiko. Ihr Anführer galt selbst für mexikanische Verhältnisse als äußerst gemein und gefährlich. Der Vergleich mit »El Pelon« hinkte zwar schon allein deshalb, weil er volles dunkelbraunes, an den Schläfen schon etwas graumeliertes Haar hatte, aber beileibe keine Glatze. Immerhin schienen seine Untergebenen doch etwas Ehrfurcht und Respekt vor ihrem Chef zu haben.

Eyrainer warf die Aktentasche auf den Tisch und begutachtete sein Spiegelbild in der Fensterscheibe. Bei aller Selbstkritik lautete sein Befund, dass er in Cordjacke und Designerjeans keine allzu schlechte Figur machte. Er bleckte die Zähne und schnitt wie ein Schimpanse im Zoo Grimassen. Einer der größten Fehler des Menschen war es, sich selbst zu ernst und wichtig zu nehmen. Es war der Hochmut, die Selbstüberschätzung, die jeden Verbrecher früher oder später zu Fall brachte. Vorsichtig nippte er am Tassenrand, um ja nichts von dem köstlichen, koffeinhaltigen Gebräu zu verschütten. Ein Kaffeefleck auf dem blütenweißen Bürotisch würde jedem ins Auge springen. Das Ambiente des Team Rooms war von der Sterilität eines OP-Saals: gesichtsloses Büromobiliar, Flip-Charts, ein leicht windschief an die Wand gedübeltes Whiteboard. Ein Flachbildschirm samt den dazugehörigen Videogerätschaften komplettierte die ebenso funktionale wie spartanische Einrichtung. Kuschelecken suchte man vergeblich, dafür war der Raum nach Auskunft der Messtechniker abhörsicher. Man war also vor Lauschangriffen der CIA oder des grusinischen Geheimdiensts gefeit.

Probehalber lugte Eyrainer aufs Handy-Display. Tatsache: kein Signalbalken, kein Netz. Was seine Vorteile, aber auch seine Nachteile hatte. Man war zwar unerreichbar, aber auch von der Außenwelt abgeschnitten, wenn man einmal von dem anthrazitfarbenen Festnetzapparat absah. Der Kommissar schätzte die kühle, unpersönliche Atmosphäre des eierschalenweiß getünchten Raums, hier lenkte einen nichts davon ab, die Gedanken aufs Wesentliche, auf den Fall zu fokussieren. Er konzentrierte seine Aufmerksamkeit auf das Whiteboard: eine lange Reihe nummerierter Fotografien, die im Gegensatz zu den gefakten Fahndungsfotos echt und in Farbe waren. Der Knipser vom Erkennungsdienst hatte ganze Arbeit geleistet, Leiche und Tatort aus allen erdenklichen Blickwinkeln und Perspektiven abgelichtet.

Mit einem mulmigen Gefühl im Leib musterte der »Commissario« die Close-ups der tödlichen Wunde, des aschfahlen, zur Maske des Entsetzens verzerrten Gesichts des Toten. Sein Blick richtete sich auf die Aufnahmen der Tatwaffe: eine »Profi-Forke« der Marke Erntekönig, die es in jedem Garten-Center oder bei eBay zu kaufen gab. Das Ding war 135 Zentimeter lang, sehr stabil und lag gut in der Hand. Harthofer war im Baumarkt gewesen und hatte das überprüft. Dem Produktblatt ließ sich entnehmen, dass der D-Griff aus ergonomisch geformtem Polypropylen, der Stiel aus lackiertem Eschenholz und der gabelförmige Kopf mit den vier aufwärtsgebogenen Zinken aus hochwertigem Edelstahl bestanden. Fingerabdrücke – Fehlanzeige. Falls es welche gegeben haben sollte, dann hatten sie die Regenfälle der vergangenen Nacht bis zur Unkenntlichkeit verwischt. Eine weitere Aufnahme zeigte Details des Stiels: Der Lack und der Regen hatten verhindert, dass Blut ins Holz eingezogen war, aber das Material wies einige Unebenheiten, Schrammen und Kerben auf. In ihrer körnigen Schärfe und voyeuristischen Detailtreue waren es verstörende, Abscheu und Ekel erregende Bilder, die den Akt roher Gewalt in seiner grausamsten Abart, dem eiskalt ausgeführten Mord, sezierten.

Der Kommissar ließ die Verschlüsse seiner Aktentasche

aufschnappen, zog das Diktafon hervor und drückte die Aufnahmetaste. »Das vorliegende Bildmaterial lässt keinen begründeten Zweifel daran, dass ein Tötungsdelikt durch Fremdverschulden vorliegt. Im Modus operandi der Täter lässt sich eine klare Tötungsabsicht und möglicherweise eine gewisse Signatur erkennen.« Eyrainer besah sich die Schnittwunden auf der Stirn, in denen die Journalistenmeute ein »Mal« zu erkennen glaubte, die das Opfer als Anhänger eines national gesinnten Germanenbunds stigmatisieren sollte. Dann fuhr er in seinem Bericht für die Staatsanwaltschaft fort. »Für den ermittelnden Beamten steht zweifelsfrei fest, dass es sich um Mord handelt. Eine Tat im Affekt, im Zustand emotionaler Verwirrtheit, aus einem unreflektierten Wutanfall oder einer spontanen Stresssituation heraus ist dem Tathergang nach auszuschließen.«

Eyrainer betätigte die Stopp-Taste. Sein Urteil war gesprochen. Blieb die Frage, ob sich das Geschehene und Gesehene überhaupt in Worte übersetzen ließ. Inwieweit taugte seine subjektive Wahrnehmung dazu, einen Tatbestand objektiv zu schildern? Er tat sich schwer mit solchen Grundsatzfragen – aber zumindest stellte er sich ihnen. Und was die Feststellung der Todesursache betraf, dazu bedurfte es keiner Obduktion. Die mit Latinismen wie »Hypohydration der Weichteile« oder »Blutflüssigkeit in Interstitien und Alveolen der Lunge« angereicherten Berichte der Rechtsmediziner hüllten sich in den Deckmantel wissenschaftlicher Exaktheit und besaßen schon deshalb nur selten Beweis- oder Aussagekraft. Die Sektion der Leiche im Institut für Rechtsmedizin war wohl für die Katz. Die Mordmethodik, die tödlichen Wunden, das alles lag im Gegensatz zum Mordmotiv offen zutage. Was also sollte bei der Autopsie herauskommen? Weder der Mageninhalt des Toten noch der exakte Zeitpunkt des Todes würden ihm irgendwie weiterhelfen. In einem Anflug von Bitterkeit und Resignation ließ Eyrainer den Kopf sinken. Die Frage war an sich ganz einfach: Weswegen sollte jemand einen fünfundsechzigjährigen Hinterwäldler ermorden? Ein Phantom, das nirgends einen »Footprint« hinterlassen hatte. Sixtus Eder war eine Karteileiche, die durchs Raster und aus der Zeit gefallen war. Ein leeres, unbeschriebenes Blatt. Den Akten zufolge hatte Eder weder einen Reisepass, noch einen Führerschein besessen und obendrein in den letzten dreißig Jahren keinen Cent Steuern berappt. Ein Niemand, der jäh aus seinem Dornröschenschlaf gerissen und wie ein Schwein im Schlachthaus abgestochen worden war. Die Fotos illustrierten die ungeheure, wütende Wucht, mit der der letale Stoß geführt worden war. Die scharfen Stahlspitzen hatten den ausgemergelten Körper regelrecht in Stücke gerissen und sich bis in die Borke gebohrt. Der »Tatbaum« war eine stattliche Esche – fünfundzwanzig Meter hoch, ein Stammumfang von drei Meter siebzig, in etwa hundertdreißig bis hundertfünfzig Jahre alt, so hatte der zuständige Forstamtsleiter Höglmüller den Baum taxiert. »Recht grad und kräftig gewachsen, tät ich meinen, aber ansonsten: nix Besonderes.« Orterer hingegen war sofort Feuer und Flamme gewesen. Seine Fingerspitzen waren über die Rinde geglitten, ehe er voll ehrlichem Enthusiasmus über die Bedeutung der Esche in der nordischen Mythologie referiert hatte: »Donareiche hin, Donareiche her. Die Esche war der heilige Baum der alten Germanen. Der Edda ist zu entnehmen, dass die Asen ihre immergrüne Weltenesche Yggdrasil aus dem Urriesen Ymir erschufen. Ihr Stamm steht sinnbildlich für die zentrale Erdachse, die den Himmel mit Mittel- und Unterwelt verbindet. Durch ihre Wurzeln und Äste fließt die Lebensenergie, die die Welten nährt und Menschen und Götter am Leben erhält. Bäume sind uralte Symbole der Unsterblichkeit.«

Orterers Vortrag hatte ihm immerhin die mühsame Recherche im Internet erspart. Die Vorstellung, dass die Täter den Kreuzsteiner Forst nach einem Pendant von Yggdrasil durchforstet hatten, um ihr Opfer auf rustikal altgermanische Weise zu kreuzigen, erschien ihm abstrus. Doch noch wusste Eyrainer nicht recht, was er von der Geschichte halten sollte, von B wie Bruderzwist über R wie Runenmord bis Z wie Zufallstat war alles möglich. Die große Unbekannte in der Gleichung war weniger der Täter als das Opfer: Sixtus Eder. Nach Aussagen des Nachbarn und des Schmied-Wirts war Eder ein mürrischer Eigenbrötler gewesen, der kaum das Maul aufbrachte und dessen soziale Kontakte sich auf diverse Stammtisch- und Zechrunden beschränkten. Ein Einzelgänger, der keinen Schatten warf. Die Akte über ihn war dünner als die Leberkässcheiben beim Metzger Wimmer. Dieser Umstand legte die Vermutung nahe, dass Sixtus Eder einer Verwechslung zum Opfer gefallen war oder als Sündenbock herhalten musste, um an ihm ein Exempel zu statuieren. Eine brauchbare Arbeitshypothese – aber nicht mehr. Fakt war: Der Mistgabel-Mörder hatte mit Vorsatz gehandelt, den Alten kaltblütig und in voller Absicht umgebracht. Ein beunruhigendes, sinisteres Szenario.

Das Schrillen des Telefons riss ihn aus seinen kriminalistischen Betrachtungen. »Scheißkasten, verflixter«, entfuhr es ihm. Wie es ihm seine Yogalehrerin im Sivananda-Zentrum Ödbichl eingetrichtert hatte, atmete er zweimal tief durch, presste ein »Om Mani Padme Hum« zwischen den Lippen hervor und hob ab. »Hauptkommissar Eyrainer! Wer spricht?«

Aber es war weder Stockis sonniger Sopran noch der übellaunige Brummbass des Beamten am Empfang. »Einen schönen guten Morgen! Ihre liebreizende Kollegin war so nett, mich weiterzuverbinden!« Die Stimme im Hörer klang so heiter und aufgekratzt wie die eines Versicherungsvertreters, der ihm eine private Risiko-Unfallversicherung für Kripobeamte aufschwatzen wollte. Es handelte sich jedoch nicht um Herrn Kaiser von der Hamburg-Mannheimer, sondern um Dr. Stanislaus Steinheil, den Leiter der Rechtsmedizin. Steinheil hielt sich wie üblich nicht lange mit den Präliminarien auf, sondern erging sich in Klagen, dass er bis kurz vor Mitternacht mit der Leichenschau beschäftigt war. »Das Dumme an den Dating-Partys im Leichenschauhaus ist, dass ich den Smalltalk meist im Alleingang bestreite«, riss der Rechtsmediziner ein Witzchen. »War nur ein Scherz, mein Guter! Aber es war sechs Uhr abends, als die Leiche endlich bei mir am Seziertisch lag. Sie sollten sich bei Gelegenheit die Polizeiverordnung über das Bestattungs- und Leichenwesen zu Gemüte führen. Die Verfasser der Vorschriften haben sich strictissime an den Grundsatz gehalten: Warum einfach, wenn es auch kompliziert geht!« Steinheil schnaubte. »Wussten Sie zum Beispiel, dass der bestattungspflichtige Angehörige eines Verstorbenen nicht für die Kosten der Bergung und Überführung der Leiche in die Räume der Rechtsmedizin aufkommen muss, wenn ein Gewaltverbrechen vorliegt?«

»Na, da sind die Erben Eders ja fein raus«, befand Eyrainer lakonisch.

Steinheil überging den Einwurf und fuhr in seinem Lamento fort. »Was das an Zeit und Nerven kostet! Und dann regt sich die Klinikverwaltung auf, dass im Obduktionssaal leere Kaffeebecher und volle Aschenbecher rumstehen!« Der Rechtsmediziner hielt kurz inne, um genüsslich auf seiner Morgenzigarre – Eyrainer tippte, dass es sich um ein Exemplar der Nobelmarke Montecristo handelte – herumzukauen. »Es hat also ein wenig gedauert, bis ich die Leiche tranchiert, geöffnet und die Schnitte wieder fein säuberlich vernäht hatte. Im Brustbereich war allerdings nicht mehr viel zu retten – und die klaffende Wunde auf der Stirn sieht auch nicht sonderlich hübsch aus. Aber sonst ist der alte Holzmichel wieder wie neu.«

Eyrainer verzog sein Gesicht, als ob er auf ein Stück Alufolie gebissen hätte. In seinen Gedärmen begann es zu rumoren. Die flapsige, joviale Art des Rechtsmediziners war – gelinde gesagt – gewöhnungsbedürftig. Es gehörte zu den Eigenheiten des Forensikers, sich gern eingehend über höchst unerquickliche Themen wie die Bestimmung des Todeszeitpunkts anhand des Madenbefalls verwesender Körper oder den verzögerten Eintritt der Leichenstarre bei Eis und Frost auszulassen. Vorträge, die bei Eyrainer regelmäßig Brechreiz auslösten. Auch wenn sich über die postmortale Würde des Menschen streiten ließ, so schien ihm doch ein gewisses Maß an Pietät gegenüber den Toten geboten. Der Kommissar wusste jedoch, dass Steinheil seinen Job wie kein Zweiter beherrschte, ja eine absolute Koryphäe auf seinem Gebiet war. Um sich nicht weiter in die Details des Y-Schnitts, der Öffnung von Schädel- und Bauchhöhle sowie der Entnahme der Organe vertiefen zu müssen, warf Eyrainer emotionslos ein: »Eine Mistgabel in der Brust verursacht sicherlich schwerste innere Verletzungen. Für einen blutigen Laien wie mich stellt sich da die Frage nach der eigentlichen Todesursache.«

Wie ein Büttenredner beim Kölner Karneval, der zur Pointe anhub, senkte der Mediziner die Stimme. »Wissen Sie, genau genommen ist er an dem enormen Blutverlust gestorben. Die Metallzinken sind von leicht schräg oben, in einem Winkel von vielleicht zwanzig Grad in den Brustraum eingedrungen. Der Täter muss also zehn bis fünfzehn Zentimeter größer als sein Opfer gewesen sein, oder aber er hat sich einer Art von Podest bedient, um uns zu falschen Schlüssen zu veranlassen. Zudem stand er seinem Opfer nicht Aug in Aug gegenüber, sondern etwas seitlich versetzt zu ihm, als er zustach.«

»Von links oder rechts?«, unterbrach ihn der Kommissar. Schließlich war er vom Fach.

»Von links. Linkshänder würde ich also sagen. Ein Rechtshänder könnte natürlich auch mit links zustechen – aber mit solch brachialer Kraft? Eher unwahrscheinlich.« Stanislaus Steinheil, Facharzt der Rechtsmedizin, schnalzte wie ein Gourmet, der ein besonders zartes Filetstückchen aus der Sahnesoße pickte, anerkennend mit der Zunge. »Der Stoß erfolgte mit der Wucht eines Rammbocks. Unser Mann muss gebaut sein wie der Zuchtbulle von Tölz. Breite Schultern, mustergültig durchgeformte Armmuskulatur. Boxer, Bodybuilder oder so ein Martial-Arts-Freak vielleicht. Der Stahl ging glatt durch den Brustkorb, zwei Rippen sind wie Glasknochen zersplittert. Wenn Sie mir den zugegeben makabren Vergleich gestatten: Der Mistkerl hat so fest zugestoßen, dass der Rumpf des Toten wie eine Kaiserkirsche auf dem Cocktailspießer steckt.« Steinheil räusperte sich wie ein Tenor vor der Abschiedsarie. »So wie es aussieht, hat unser muskelbepackter Mörder aufs Herz gezielt, es aber um Haaresbreite verfehlt. Anstelle des Herzens hat es die Hauptschlagader getroffen. Was im Prinzip aufs selbe rauskommt, nur dass das Blut schlagartig in Form einer Fontäne aus der Wunde spritzt. Unser Mistgabel-Mann hat wahrscheinlich eine volle Breitseite abbekommen.«

Eyrainer überlegte, ob diese Information für seine Ermittlungsarbeit von Bedeutung sein konnte. Der Täter hatte also seine Kleidung beseitigen müssen, da diese bis oben hin mit Blut besudelt war. Jacke wie Hose. Die Spurensicherer hatten jedoch im Umkreis des Tatorts nichts dergleichen entdeckt. Wo also hatte sich der Mörder des Kleiderbündels entledigt? Er würde Lehnleitner mit der Suche beauftragen. Der war der richtige Mann dafür, die möglichen Fluchtwege mit der gebotenen Akribie abzugrasen. Insbesondere solche Stellen, an denen sich blutbeflecktes Textil unauffällig und ungesehen entsorgen ließ. Kleine Gehölze, Bachränder, Mülleimer, Altkleidercontainer, Holz- oder Abfallhaufen. Eine Sisyphusarbeit, ganz nach dem Gusto Lehnleitners. Die Täter hatten die Beweisstücke sicher so schnell wie möglich entsorgt. Diese Tatsache engte den Suchradius erheblich ein.

In Steinheils lapidarem Chirurgen-Jargon klangen die Ergebnisse der Obduktion wie die Pollenflug-Prognosen der guten Wetterfee. »Von einem zweiten Zinken wurde der rechte Lungenflügel perforiert, ja regelrecht durchlöchert. In summa mit dem Leck in der Aorta führte dies zu starken inneren und äußeren Blutungen. Ein Blutverlust von solch lebensbedrohlichem Ausmaß löst einen hämorrhagischen Schock aus, das Gehirn geht auf Tauchstation, die Blutversorgung der Organe bricht zusammen. Nix geht mehr – das System kollabiert. Was aber auch sein Gutes hat: Das Licht auf der Bühne geht aus, und es wird zappenduster in der Birne, noch bevor der Exitus eintritt. Lange leiden musste unser Sportsfreund also nicht. Aspera ad astra – und tschüss!«

War dieses schnoddrige Gehabe Maskerade, Selbstschutz? Oder besaß der Doktor das sonnige Gemüt eines Fleischerhunds? Eyrainer befürchtete, dass zweites zutraf. »Und wie lautet ihr vorläufiges Fazit, Doc?«, forschte der Kommissar nach.

Schweigen der Lämmer.

Eyrainer sah Steinheil vor sich, wie er sich inmitten eines Tohuwabohus aus Büchern und Fachzeitschriften in seinem Drehstuhl zurücklehnte, an seiner Zigarre sog und Rauchkringel in die Luft blies. »Nun, mein Guter! Meine Arbeit ist deskriptiv und dokumentiert die pathologischen Befunde, welche Rückschlüsse Sie daraus ziehen, nun ... Für meinen Teil drängt sich jedoch der Schluss auf, dass die Tat geplant und mit Bedacht ausgeführt wurde. Das Werk von Profis und nicht das eines emotional instabilen Psychopathen. Auch wenn der Tathergang eine Menge Spielraum für Interpretationen lässt.«

In Eyrainers Gesicht arbeitete es. Ein Profi-Killer, der in den heimischen Hainen und Fluren seinem Handwerk nachging. Ein nach Mafia-Drehbuch ausgeführter Mord. Für einen profilierungssüchtigen Profiler wäre ein solches Szenario eine Delikatesse. Für ihn war dies der »worst case«. Er widerstand der Versuchung, eine zynische Bemerkung einzustreuen. »Haben Sie ein paar Details zur Dramaturgie des Tathergangs für mich? Gibt es Auffälligkeiten, von denen ich wissen sollte: Hämatome, Schürf- und Quetschwunden zum Beispiel?«

Steinheil ließ sich nie lange bitten, wenn ihn jemand um eine Demonstration seines Könnens bat. Wenn er sich über die diversen Mordmethoden verbreitete, brach seine rheinische Frohnatur durch. »Nun, lassen Sie mich vorausschicken, dass so eine Messgaffel, wie die Bauern bei uns daheim zu sagen pflegen, ein hocheffektives Mordgerät ist. Wenn Sie so ein Ding in die Rippen bekommen, dann heißt es mit an Sicherheit grenzender Wahrscheinlichkeit: Arrivederci, Hans!« Steinheil ließ ein Hüsteln hören – und hüllte sich ins Schweigen des Zigarren-Aficionados. »Die Analyse des werten Kollegen Orterer ist wie immer präzise und in sich schlüssig. Das Opfer war an beiden Händen, aber nicht an den Füßen gefesselt. An den Handgelenken fanden sich die dafür typischen Spuren, also kapillare Blutergüsse und Hautabschürfungen. Den Verletzungen nach zu urteilen, wurde zur Fesselung ein knapp fingerdickes Kletterseil oder eine Reepschnur verwandt. In den Schürfwunden haben wir mikroskopisch kleine Faserspuren entdeckt – die werde ich mir noch genauer vornehmen. Aber ich rechne mal mit den üblichen Verdächtigen: synthetische Chemiefasern auf der Basis von Polyethylen.« Wieder legte Steinheil eine Rauch- und Schmauchpause ein. »Wie ich Orterers Bericht entnehme, haben sich keine Hinweise gefunden, dass das Opfer einen Fluchtversuch unternommen hätte. Die Chronologie der Tat stellt sich folglich wie folgt dar: Die Jungs mit der Mistgabel haben Meister Eder durch den Wald vor sich hergetrieben. Für diese Vermutung sprechen kleine Risse im Gesicht und an den Händen, die von Ästen und Zweigen herrühren dürften.« Nach der obligatorischen Paff-Pause ging es weiter im

Text. »Am Tatort angelangt, hat einer der Kerle den Alten unter erheblicher Gewaltanwendung gegen den Baum gepresst. Der Mann hat mehrere Schläge oder Stöße in die Rippen und den Unterleib bekommen – diese Behandlung hat zu deutlich sichtbaren Blutergüssen, Prellungen und Schwellungen geführt. Als das Verhör – um ein solches dürfte es sich wohl gehandelt haben – beendet war, hat der zweite Mann zugestochen, und zwar mit roher Gewalt.«

Eyrainer lauschte den Ausführungen gespannt – ein gewisses erzählerisches Talent war dem Skalpell-Maestro nicht abzusprechen.

»Zu diesem Zeitpunkt hat das Opfer seine Umgebung wohl nur noch wie durch einen Schleier wahrgenommen, daher war ihm kaum mehr bewusst, was geschah. Erst im letzten Moment ist er instinktiv vor der Waffe zurückgewichen, so dass diese das Herz knapp verfehlt hat. Als dem Mörder das Blut in die Augen spritzte, ist er wohl erst richtig wütend geworden und hat die Mistgabel unter brachialer Kraftanwendung ins Fleisch gerammt.«

Der Kommissar blickte zum Bord mit den Fotografien hinüber. Steinheils Rekonstruktion des Tathergangs klang plausibel. So konnte es gewesen sein. »Das mit den Fingerabdrücken hatten wir ja schon. Haben Sie bei der Obduktion sonst etwas entdeckt, dass sich den Tätern zuordnen lässt, Haut- und Haarpartikel, Mikrofasern der Kleidung?«

»Dann hätten Sie es als Erster erfahren. Aber die äußeren Bedingungen am Auffindungsort waren, vornehm ausgedrückt, suboptimal. Die Leiche lag stundenlang im Wald – und der Wald lebt. Außerdem hat es wie aus Eimern geschüttet – und der Leichnam war der Feuchtigkeit schutzlos ausgesetzt.«

Der Kommissar hakte den Punkt ab, er war schließlich selbst durch den knöcheltiefen Matsch gewatet. »Wann ist der Tod eingetreten?«

»Vorgestern, am späteren Abend. So um neunzehn Uhr. Plusminus eine Stunde.«

Sicherheitshalber hakte Eyrainer nach. »Haben sich Spuren DNA-fähigen Materials gefunden?«

Die Antwort fiel ernüchternd aus. »Soweit ich weiß, nein. Aber wie ich Orterer kenne, hat er noch einen Pfeil im Köcher. Faserrestchen, Zigarettenstummel, einen Fetzen Klopapier – irgendwo aufgepickt.«

»Und ins kriminaltechnische Labor geschickt!«, vervollständigte Eyrainer den Satz.

Steinheil kaute auf seiner Zigarre herum. »Von meiner Seite war's das. Morgen Vormittag liegt mein Bericht mit dem kompletten Befund auf Ihrem Tisch. Und wenn Sie noch Fragen haben …« Ohne sich mit Höflichkeitsfloskeln aufzuhalten, beendete Steinheil das Gespräch. Aus der Leitung drang monotones Tuten.

Wie ein verschmähter Liebhaber mit einem Strauß Blumen stand der Kommissar mit dem Hörer in der Hand da. »Komischer Kauz«, grummelte er. Es würde ihm ein ewiges Rätsel bleiben, wie man Leichen mit derselben Gleichmütigkeit aufschlitzen konnte wie ein Schlachter einen Schweinebauch.

Geistesabwesend starrte er ins Leere. Endlich fand sein herumirrender Blick die Bilder am Board. Wider Erwarten hatte die Obduktion doch einige neue Erkenntnisse gebracht. Man hatte Eder gefoltert, um ihn zum Singen zu bringen. Ob mit Erfolg, ließ sich unmöglich beurteilen. Die größte Neuigkeit war jedoch, dass an den Händen der Täter Blut klebte. Und zwar nicht nur im übertragenen Sinne. Das Blut hatte Spuren hinterlassen, war von der Kleidung aufgesogen worden und würde sich im Fluchtfahrzeug nachweisen lassen. Wenn man den Wagen denn fand. Die Bande war wohl kaum per Pedes oder per Pedal unterwegs gewesen. Sie hatten ihr Opfer ja in den Kreuzsteiner Forst schaffen müssen – und zwar möglichst unauffällig. Dies setzte allerdings die Annahme voraus, dass

Eder gekidnappt worden war. Konnte er davon ausgehen? Tatort und Auffindungsort waren identisch. Theoretisch hätte sich Eder mit seinen Mördern dort verabreden können. Das Waldstück war jedoch rund zwanzig Kilometer von seinem Hof entfernt. Sie hatten aber weder ein Radl noch einen Traktor gefunden. Nein, Eder war nicht freiwillig in den Forst gekommen.

Eyrainer presste den Zeigefinger gegen die Nasenspitze und dachte angestrengt nach. Die Täter waren keine Amateure, der Mord folgte einer klaren Dramaturgie, war wie ein Bühnenschauspiel inszeniert worden. Eine Art szenischer Aufführung, mit der Hinrichtung des abtrünnigen Verräters als finalem Akt. Die Dreckskerle hätten alle Zeit der Welt gehabt, um die Leiche zu verscharren und mögliche Spuren zu beseitigen. Zum Zeitpunkt der Tat hatte es bereits gedämmert – im Wald war es dunkel und still gewesen. Gemäß den Aufzeichnungen der Wetterstation Grenzberg hatte es Viertel vor sieben in Strömen zu regnen begonnen. Beste Voraussetzungen, um die »Aufräumarbeiten« ungestört zu erledigen. Doch die Täter hatten alles stehen und liegen gelassen – und sich seelenruhig aus dem Staub gemacht. Wieso? Weshalb gingen Profi-Killer, die ihr Metier verstanden, solch unnötige Risiken ein? Es hätte Tage, wenn nicht Monate gedauert, bis man auf die im Wald verbuddelte Leiche gestoßen wäre. Ihre Ermittlungsarbeit wäre ungleich schwieriger gewesen, der Fall irgendwann als »Cold Case« bei den Akten gelandet.

Zum x-ten Mal betrachtete Eyrainer die Bilder am Board, um ja nichts zu übersehen. Da war Beweisstück Nummer 6, ein Hirschhornknopf, den ein Kriminaltechniker aus dem nassen Laub geklaubt hatte. Der Knopf stammte von der Wolljoppe des Opfers – und wies keinerlei Besonderheiten auf. Also weiter. Das nächste Foto zeigte die undeutlichen Umrisse eines Schuhabdrucks im morastigen Boden unweit des Tatorts. Der Abdruck konnte indes von jedem, selbst von einem Yeti stammen. Die größte Enttäuschung aber war die Tatwaffe selbst. Oft lieferte die erkennungsdienstliche Behandlung entscheidende Hinweise. Die Experten im Landeskriminalamt vollbrachten mitunter wahre Wunder und sicherten noch winzigste DNA-Reste. Aber hier? Der Kommissar sah die Szene förmlich vor sich, sah, wie der Mistgabel-Meuchler Plastikhandschuhe überstreifte und dann erst zur Gabel griff. Das Mordinstrument würde ein trauriges Dasein in der Asservatenkammer fristen und mit viel Glück als Ausstellungsstück in der Vitrine eines Museums begafft werden. Das Ding brachte ihn nicht weiter. Noch suchte er den roten Faden, der ihn durchs Labyrinth in die Höhle des Löwens lotste. Noch war die Fährte frisch und die Täter nicht weit. Noch! Eyrainer hieb mit der flachen Hand auf den Tisch.

»Verdammt, wo fang ich zum Fischen an?«

Wie wäre es mit Beweisstück Nummer 8. Der Fotograf hatte Vorder- und Rückseite eines Silbermedaillons von der Größe einer Zwanzig-Cent-Münze aufgenommen. Ein Medaillon, das sich ehedem am Schlüsselbund des Toten befunden hatte. Ein EDler hatte das Schmuckstück eher zufällig im stacheligen Brombeergebüsch schimmern sehen. Das Silber hatte Patina angesetzt, war dunkel angelaufen und an den Rändern schwärzlich verfärbt. Das Amulett sollte wohl so eine Art Talisman sein – hatte seinem Besitzer aber offenkundig kein Glück gebracht. Die Rückseite war mit Datum und Namen graviert: »M. G. 31. 7. 1914 Ex Voto Georg Graf.« Das war alles. Die Vorderseite zierte das Reliefbild der Madonna von Birkenrain. Ein vielbesuchter Wallfahrtsort in der Giesbacher Gegend, eine Art Lourdes light, gute fünfzig Kilometer westlich von Grenzberg. Woher hatte Eder den Glücksbringer? Aus einem Antiquitäten- oder Devotionaliengeschäft, vom Trödelmarkt, oder handelte es sich um ein Familienerbstück? Er würde das Medaillon von einem Numismatiker unter die Lupe nehmen und den Wert taxieren lassen. Wie es aussah, waren die Medaillons jedoch Massenware, maschinell fabriziert und erst nachträglich per Hand graviert. Das konnte Harthofer übernehmen. Harthofer war auch der richtige Mann, um sich bei Eders Verwandten nach der Herkunft des Amuletts zu erkundigen. Sein zweiter Assistent war zwar bei weitem kein so fleißig und akribisch arbeitender Perfektionist wie Lehnleitner, aber er hatte einen Draht zu Menschen und wusste die hiesigen Dickschädel bei den Hörnern zu nehmen. Vielleicht hatte jemand jenen Georg Graf gekannt– auch wenn der gewiß schon seit Jahrzehnten seiner Auferstehung harrte. War er ein entfernter Verwandter, ein Bekannter von Eders Eltern oder gar der Göd, der Taufpate von Sixtus, gewesen?

Es war unwahrscheinlich, dass bei einer solchen Sisyphus-Tour etwas Substantielles herauskam, aber Eyrainer hatten die Wechselfälle seiner Kriminalistenkarriere gelehrt, jedem Hinweis, sei er auch noch so abwegig, nachzugehen.

Wie aufs geheime Stichwort einer Souffleuse klopfte es an der Tür.

»Permesso? Ich bin's!« Die Tür öffnete sich einen Spalt breit – und Harthofers Lausbubengesicht lugte ums Eck. »Servus, Chef. Stocki lässt grüßen! Sie hat mir gesagt, dass ...«

»... ich ungestört sein will und die Teambesprechung auf zehn Uhr verlegt habe«, nahm Eyrainer den Ball auf. »Und gibt's Neuigkeiten?«

Harthofer kratzte eine dunkle Stelle am Kinn. Augenscheinlich waren einige Bartstoppeln der Rasierklinge glücklich entronnen. »Nun ja, ich wollte nur fragen, wann wir loslegen. Mit den Befragungen, meine ich. Nach dem Bruder des Toten fahnden wir noch, aber ...« Kriminalobermeister Harthofer sah etwas verlegen drein, so als ob man ihn in flagranti in Nachbars Kirschgarten erwischt hätte. Der Kommissar ließ sich rücklings in einen der Stühle fallen und legte seine

Füße in der Manier eines Marshalls im Wilden Westen auf den Tisch. »Wen haben wir denn auf der schwarzen Liste?«

»Moment …« Mit hochrotem Kopf kramte sein Assistent einen Notizblock hervor. »Den Bruder, Sebald Eder, konnten wir wie erwähnt bislang nicht ausfindig machen. Eder hat noch eine Schwester, Maria Konz, aber die ist weit über siebzig. Scheint aber noch relativ hell in der Rübe zu sein.«

Eyrainer winkte ungeduldig ab. »Die befragen wir später. Wenn wir mehr über dieses Medaillon wissen. Wer ist für dich Kandidat Nummer eins? Wer kannte den Toten – jetzt mal den Bruder ausgenommen – am besten?«

Harthofer zerfledderte seinen Notizblock. Ihm war sichtlich nicht wohl bei dem Gedanken, sich auf einen Top-Verdächtigen festlegen zu müssen. »Nun ja, Chef. Da wäre einmal deren Sohn Maurus. Den haben wir wegen Drogendelikten in unserer Kartei. Und dann wär da noch eine Nichte: Elfriede Wammetsberger, ihre Mutter war die ältere Schwester …«

Der Kommissar klang ernsthaft verärgert. »Bitte, Harthofer, verschonen Sie mich mit Tanten, Basen und Vettern. Sorgen Sie dafür, dass noch heute ein detaillierter Stammbaum der ganzen Sippschaft am Whiteboard hängt. So eine genealogische Aufstellung oder wie die Dinger heißen!«

Harthofer nickte dienstbeflissen – doch der Kommissar hatte noch weitere Instruktionen in petto. »Und wir brauchen eine Timeline, um einen Überblick über die Chronologie der Ereignisse zu bekommen. Dort tragen Sie alle relevanten Daten ein, also den Todeszeitpunkt et cetera.«

Harthofer nickte wie ein gelehriger Levit. »Verstehe, Chef. Wenn wir Glück haben, fügen sich Ursache und Wirkung zu einer kausalen Kette, die es uns erlaubt, Rückschlüsse auf …«

»Was täte ich nur ohne Sie!« Der polemische Unterton in Eyrainers Stimme veranlasste seinen Assistenten, eine Entschuldigung zu stottern. »Sorry, wird sofort erledigt.« Er wollte eben überstürzt davonhasten, als ihn die gebieterische Stimme des Chefs zurückhielt. »Und Harthofer, ich hätte da einen Namen zu überprüfen: Georg Graf. Hat im Sommer 1914 seine Initialen auf einem Medaillon der Madonna von Birkenrain verewigen lassen. Musste wohl an die Front – und hat sich zuvor bei der Muttergottes Rückendeckung geholt. Könnte ein weitschichtiger Verwandter oder Bekannter der Familie gewesen sein. Checken Sie die Melderegister, insbesondere die Akten der Wehrämter und Militärbehörden, und durchforsten Sie unser Archiv. Vielleicht ist dieser Graf ja irgendwann aktenkundig geworden.« Er meinte förmlich zu hören, wie Harthofer innerlich aufstöhnte – Archivarbeit war seine Sache nicht. Der Kommissar war indes kein Unmensch, jeder sollte eine Chance bekommen, sich ein Fleißkärtchen zu verdienen. »Schnappen Sie sich Lehnleitner, der kann die Wühlarbeit im Archiv übernehmen. Und dann klemmen Sie sich hinters Telefon und schaffen mir die Verwandten Eders her. Fangen Sie doch mit dieser Nichte, dieser Elvira oder Elisabeth, an. Wir bitten um ihre Mithilfe bei den Ermittlungen – nun ja, Sie wissen schon!«

Ein scheues Lächeln schlich sich in die Mundwinkel Harthofers. »Wammetsberger, Elfriede – heißt sie. Ihr Mann ist Polizeihauptmeister in Brennbruck drüben. Gut zwanzig Kilo Übergewicht, aber ein ganz ausgefuchster Hund.« Dann eilte er davon.

Eyrainers Laune hob sich. Er hatte seine Disposition getroffen, und endlich kam Bewegung in die Ermittlungen. Mit hinter dem Rücken verschränkten Armen fixierte er die Tatskizze auf dem Board. Wie ein Feldherr entwarf er seinen Schlachtplan. Er würde diese Schweinehunde an den Flanken umgehen und in die Zange nehmen. Sollten sie sich ruhig in trügerischer Sicherheit wiegen. Sie würden ihre Lektion noch lernen. Wer in seinem Revier wilderte, gehörte der Katz.

Memento Mori

Der Tod war immer und überall. Leben und Tod gehörten zusammen wie Yin und Yang, wie Weißwurst und Brezen. Myriaden von organischen Lebewesen bevölkerten die Erde, wurden geboren und starben. Die einen früher, die anderen später. Von der Eintagsfliege bis zum Grönlandwal, ein ewiger Kreislauf des Werdens und Vergehens. Ein Flügelschlag einer Libelle – und der Tod schlug tausendfach zu. Ob Grottenolm oder Gepard, ob Pantoffeltierchen oder Pandabär, ob Katz oder Kater, nichts war vor Gevatter Tod sicher. Sein langer Arm reichte von den Amöben im Schlammloch bis hinauf zu den Baumkronen der Schöpfung. Und so rückte der Boandlkramer[1] auch dem Primus unter den Primaten auf den Pelz: dem Menschen. Jede Sekunde starben zwei von ihnen, das summierte sich im Jahr auf die stattliche Summe von über sechsundfünfzig Millionen Toten. Um dieses gewaltige Pensum zu bewältigen, setzte der Sensenmann auf Teamarbeit, dachte Bruno Brenner sarkastisch. Allein sein getreuer Bruder Alkohol ließ Tag für Tag siebentausend Suffköpfe weltweit über die Klinge springen. Auf ihn war Verlass – im Grenzgau gleich gar. Doch auch das bestehende Wirtschaftssystem, das Hektik, Hast und Stress bedeutete, ließ die Hamster im Rad aus den Pantinen kippen. Die Götzen Mammon und Wachstum gierten nach Blut.

Bruno Brenner hatte immer schon einen Sinn fürs Makabre und Morbide gehabt. Das enge, ja intime Verhältnis zum Tod lag wohl in der Familie. Seine Mutter Anna Maria war tödlich verunglückt, als er noch mitten in der Pubertät steck-

1 Sensenmann, Gevatter Tod

te. Ihr klappriger VW Käfer war auf eisglatter Fahrbahn ins Schleudern und unter einen entgegenkommenden Bierlaster der Klosterbrauerei Bräuberg geraten. Das war über zwanzig Jahre her. Sein Vater hatte den Tod seiner Frau nie verkraftet. Die Trauer und der Suff hatten ihm das Genick gebrochen. Nach einer durchzechten Novembernacht war er nicht mehr aufgewacht. Bruno hatte zu der Zeit in Berlin gelebt und das Hacker-Handwerk erlernt. Er war auf dem Einödhof Urtlaching zurückgekehrt, hatte die fünfundzwanzig Milchkühe Stück für Stück verkauft und den Stall in einen »Laptop-Loft« mit allen technischen Schikanen und Finessen verwandelt. Die vierundzwanzig Hektar Grund – davon zwei Drittel Wiesen, der Rest Fichten und Kiefern – hatte er verpachtet. Er bestellte seinen eigenen Gemüsegarten, baute auf einem im Wald versteckten Feld indischen Hanf, sprich Cannabis, für den Eigen- und Freundesbedarf an. Mit Milch und Mehl, mit Kartoffeln und Koteletts deckte er sich bei den Nachbarn ein. Brenner war sein eigener Herr – und lebte autark. Und das mit voller Absicht. Die Welt, wie sie war, war ihm suspekt. Die herrschende Kaste war dabei, die Erde gründlich zu verwüsten und noch das letzte Idyll in einen unwirtlichen, von Neid und Hass zerfressenen Ort zu verwandeln. Ein globaler Gulag, in dem alles kontrolliert und überwacht wurde. Bruno sah nur einen Zufluchtsort: die stets neue Verknüpfungen und Verästelungen bildende virtuelle Gegenwelt der Netze. Eines Tages würden dort die Flammen der Rebellion auflodern. Und die Stunde der wahren digitalen Revolution würde schlagen. Bis dahin arbeitete Bruno auf eigene Rechnung statt auf Lohnsteuerkarte – und setzte gezielte Nadelstiche gegen das System. Wie dereinst die Freibeuter der Karibik, die den schwerfälligen Galeonen auflauerten und die Schatzschiffe der Könige kaperten. Ein Jack Sparrow des 21. Jahrhunderts, der unter der Totenkopfflagge die Weiten der Web-Ozeane unsicher machte. Einen magischen Kompass in der Manteltasche, der ihm den Kurs wies, den er zu steuern hatte.

Bruno trat in die Pedale. Der Landkarte nach betrug die Distanz zwischen Urtlaching und Axing exakt zweiunddreißig Kilometer – von denen er bereits über zwei Drittel bewältigt hatte. Sein Tempo lag laut Tacho bei fünfzehn Kilometer pro Stunde, folglich wäre er in einer halben Stunde in Axing. Zeit und Entfernung waren allerdings relativ. Bruno befand sich vielmehr auf einer Zeitreise, die ihn zu Tante Maria und somit zurück in seine eigene Kindheit katapultierte. Eine ihm unendlich fern und doch so nah erscheinende Zeit. Dem Stammbaum nach war Maria seine Großtante mütterlicherseits. Seine verstorbene Großmutter Katharina und Maria waren Schwestern gewesen. Für »Tante Marie« war er jedoch stets mehr – sie hatte ihn, den »kleinen Wutzel«, vom ersten Blick an in ihr großes Herz geschlossen und, weil Liebe durch den Magen ging, gemästet. Auch heute Mittag würde sie »ihrem Bruno« seine Leibspeise auftischen: Böfflamott nach altem, bajuwarischem Rezept. Das zarte, leicht angebratene Rindfleisch wurde zwei Tage lang in einer mit Senfkörnern, Wacholderbeeren, Lorbeerblättern und Nelken gewürzten Rotweinbeize eingelegt und anschließend stundenlang in einer Kasserolle geschmort. Dazu wurden traditionell Semmelknödel serviert, die in einer mit Kräutern fein abgeschmeckten Sauerrahmsauce wie gigantische Eisberge trieben. Über Zutaten und Zubereitungsart bestand zwischen ihnen ein geheimes Einverständnis, das keiner Worte und Erklärungen bedurfte. Allein Maries Böfflamott war es wert, sich auf Berg- und Talfahrt durch die bucklige Welt des Grenzgaus zu begeben.

Heute gab es jedoch einen konkreten Anlass für seinen Besuch: den mysteriösen Mord an Maries Bruder Sixtus. Das Ableben des boshaften Dreckhammels stellte streng genommen keinen Verlust dar. Bruno weinte dem Geizkragen keine

Träne nach. Tante Marie hegte gewiss keine großen geschwisterlichen Gefühle für ihren Bruder, der nie ein Zeichen der Zuneigung gezeigt und von ihr immer nur das eine gewollt hatte: Geld. Dass er allerdings ermordet worden war – noch dazu auf solch spektakuläre Weise –, machte die Sache spannend. Der Tod war zwar ein »Global Player« – selbst auf einem überschaubaren Markt wie Deutschland wurden jedes Jahr 859 000 Todesfälle verzeichnet, ein Mord aber war eine Rarität: Die Wahrscheinlichkeit, dass jemand aus der eigenen Verwandtschaft gewaltsam ums Leben kam, konvergierte gegen null. Von Algorithmen und Datenstrukturen verstand er etwas. Fakt war, dass die Lebenserwartung bei Männern im Grenzgau mit 79,9 Jahren deutlich über dem deutschen Durchschnitt lag – und die Frauen diese Zahl noch einmal um 4,6 Jahre toppten.

Bruno rollte an frisch gepflügten Äckern vorbei – und musste grinsen. Es war zu erwarten gewesen, dass »Onkel Sixt« den Schnitt nach unten drücken würde. Zeit seines Lebens hatte er sich redlich bemüht, alle relevanten medizinischen Risikofaktoren aufzuaddieren: Er rauchte wie ein Schlot, soff wie ein Loch, ernährte sich ausschließlich von Schweinsbraten, Surhaxen und Bratwürsten und scherte sich einen Teufel um Krebsvorsorge oder PSA-Screenings. Weshalb also hatte ihn nicht der Herzkasperl, sondern der Sparifankerl mit der Mistgabel geholt? Die Frage ließ Bruno nicht los.

Die weiten Wiesenwellen um den Weiler Geiging lagen hinter ihm. Die Straße beschrieb eine Linkskurve und stieg nun merklich an. Bruno Brenner beugte sich tief über den Lenker und strampelte so wild wie ein gedopter Profi-Pedaleur auf einer Alpenetappe. Der Schweiß rann ihm in Stirn und Nacken. Sein Hirn rotierte indes weiter. Die mit Abstand meisten Sterbefälle waren auf A wie Alzheimer bis Z wie Zirrhose zurückzuführen. Das Risiko, bei einem Unfall ums Leben zu kommen, war minimal. Gerade einmal zwei Prozent hauchten ihr Leben an den Leitplanken der B 605, im Maul eines Nilkrokodils oder unter Tonnen von Pappschnee am Nanga Parbat aus. Und es glich einem Sechser im Lotto, erdrosselt, erschlagen oder erdolcht zu werden. Vor allem im Grenzgau, der zu den sichersten Gegenden des Globus gehörte. In Sachen Mord und Totschlag rangierte der Freistaat in der Kriminalstatistik auf einem der hintersten Plätze. Der Mord an seinem Großonkel Sixtus war insofern der absolute Ausnahmefall – und Ausnahmefälle interessierten Bruno. Er musste mehr erfahren. Sixtus war zwar keiner gewesen, den man ins Herz oder in die Arme schloss. Andererseits fiel Bruno spontan auch niemand ein, der einen derartigen Groll gegen ihn gehegt hätte oder mit dem raunzigen Hachel verfeindet gewesen wäre. Sein persönliches Verhältnis zu ihm war stets ein distanziertes und auf Abstand bedachtes gewesen. Als Kind hatte er sich vor »Onkel Sixt« regelrecht gefürchtet. Ein mürrischer, maulfauler Rüpel, der ihm nie ein Bonbon zugesteckt, dafür aber am Nikolaustag umso überzeugender den Part des Krampus gespielt hatte. Auch seine Mutter hatte für Sixtus nichts übriggehabt. Von ihm bekam man nichts – höchstens eine dumme Antwort und ein rohes, schadenfrohes Gelächter. Hätte Sixtus bei einer Rauferei einen Maßkrug auf den Schädel oder im Rausch einen Hirschfänger zwischen die Rippen bekommen – nun gut. Totschlag im Affekt, ja. Ein Mord jedoch, nein.

Bruno hechelte wie ein asthmatischer Jagdhund den immer steiler werdenden Anstieg hinauf. Seine Waden brannten. Endlich war er oben. Bruno ließ das Rad ins Gras fallen und schnaufte zur Kuppe des Höllhögls hinauf. Ein wahrhaft mystischer Platz. Der kahle Grasbuckel mit der verkrüppelten, von Blitzeinschlägen versengten Linde bot einen Ausblick, der so schön war, dass es ihm immer wieder aufs Neue den Atem raubte. Das milchige, dunstige Licht des Frühlingsmorgens ergoss sich über das Gewoge der Hügel von blasser, bläulicher Kontur. Eine Landschaft, die so aussah, als ob ein Riesenbaby mit dem Bau einer gewaltigen Sandburg begonnen, Gräben ausgehoben, Schutzwälle und Glacis aufgeworfen hatte, um mitten in der Arbeit alles stehen und liegen zu lassen.

Natürlich wusste es Bruno dank Wikipedia besser: Die Glaziologen machten die Gletscher der Eiszeit für das Chaos verantwortlich, das sie bei ihrem Rückzug in die Alpen hinterlassen hatten. Wie ein monströser Schneepflug hatten die Gletscher Unmengen von Geröll und Schotter vor sich hergeschoben und über hundert Meter hohe Schutthalden aufgehäuft.

Bergab rollten die dünnen Pneus von allein. Bruno erhob sich aus dem Sattel, reckte und streckte seine verspannten Glieder. Es duftete nach frischen Apfelblüten. Seine Nasenflügel blähten sich, als er gierig den Geruch von Frühling einsog. Über den Feldern und Wäldern lag eine schier grenzenlose Stille. Bruno fühlte sich frei wie ein Desperado, der durch die endlosen Weiten der Prärie immerzu nach Westen ritt. Hinter einer scharfen Linkskurve teilte sich der Weg, rechter Hand ging es nach Axing. Am Wegrand türmten sich frisch gefällte Fichtenstämme. Bruno bremste einen Tick zu spät. Seine Hände krampften sich um die Lenkstange. Um Haaresbreite schrammte er an der über ihm aufragenden Mauer aus Massivholz vorbei.

Sein Herz hämmerte bis zum Hals, sein Puls raste. Auf einer schmalen Holzbrücke kam er schließlich zum Stehen. »Puh, das war arschknapp. Ich hätt leicht hin sein können.« Seine zitternden Hände stützten sich aufs Brückengeländer. Das moorigbraune Wasser des Bachs floss unter ihm träge dahin. Der Ort strahlte Ruhe und friedvolle Unerschütterlichkeit aus. Der Druck von seiner Brust wich. Er war knapp an der »roten Karte« vorbeigeschrammt. Fast wäre er vom Platz geflogen. Der Mensch war wahrlich ein zerbrechliches Geschöpf – und Meister darin, dieses Faktum zu verdrängen.

Bruno schaute auf die Uhr: kurz nach halb elf – er hatte noch gut eine Stunde. Zeit, um auf andere Gedanken zu kommen. Er stieg vom Rad und schob es neben sich her, bis der Holzer-Hof in Sicht kam. Von hier stammten seine Vorfahren. Im Geiste sah er eine lange Reihe graugesichtiger Gestalten, die sich auf den steilen Wiesen und steinigen Äckern abplagten, um ihr kärgliches Auskommen zu finden. Anfang der achtziger Jahre war jedoch der letzte Vorhang gefallen. Seitdem stand der Hof leer. Zwist und Streit ums Erbe hatte den Familienclan entzweit.

Bruno Brenner lehnte das Radl an ein morsches Holzgatter und bahnte sich seinen Weg durch wild wucherndes Gras, das ihm bis zu den Knien reichte. Unten im Talgrund murmelte der Mühlbach. Sonst war es so still wie in einer Stummfilm-Matinee.

Bruno trat in den Schatten eines knorrigen Obstbaums. Mit einem gewissen Stolz betrachtete er den Besitz seiner Ahnen: die das Bachufer säumenden Erlen und Weiden, die verwitterten Gemäuer der Mühle, die zum Wald hin ansteigenden Wiesen. Das idyllische Bild beherrschten die markanten Umrisse eines Hügels, der in etwa so aussah wie der Buckel eines Wals. Dahinter schob sich der dunkle Scherenschnitt des Brandenbergs gebieterisch hervor. Am Horizont verschwamm die steinerne Silhouette des Sonnbachhorns mit dem Königsblau des Himmels. Die Waldwildnis rund um den Brandenberg war Schauplatz unheimlicher Begebenheiten und schauriger Erzählungen, in denen es vor Kobolden und Unholden, Schrazen und Schraten, Trollen und Feuermännchen nur so wimmelte. Um den »Blutstein«, einer bizarren Felsformation, rankte sich ein blutrünstiges Gespinst von gruseligen Geschichten, die kein Happy End à la Hollywood kannten.

Düstere Geschichten, die ihm Tante Marie vorgelesen und ihm das Fürchten gelehrt hatten – und ihn bis heute in ihren rätselhaften Bann zogen. Wer einmal Blut geleckt hatte, konnte seine Finger nie mehr von heidnischen Riten und magischen Schwertern lassen. Während seine Kumpel per Moped zur Disco geknattert waren, um mit Rocker-Allüren Eindruck bei den Dorf-Dotschen zu schinden, hatte er zu Hause Buch um Buch verschlungen. Er hatte mit edlen Rittern gefiebert, die sich mit Lindwürmern und anderem Getier herumschlugen, um das Herz einer holden Maid zu erringen. Seite an Seite hatte er mit langmähnigen Recken gegen die römischen Besatzer gefochten, bis der letzte Legionär vom Ger[2] durchbohrt zu Boden sank. Irgendwann waren die zerfledderten Schundromane auf den Dachboden verbannt – und Ritter und Recken in Spinnweben gefangengesetzt worden.

Unter die armdicken Äste der Linden duckte sich nun unweit eine stattliche Kapelle, die der heiligen Corona geweiht war. Die Kapelle gehörte zum Hof von Brunos Vorfahren und war früher ein beliebtes Ziel für Wallfahrer gewesen. Heute verlief sich kaum noch ein Pilger hierher – und wenn, dann stand er vor verriegelten Türen. Dort oben würden keine Andachten mehr abgehalten werden – und keine Totenkerzen für Sixtus Eder brennen.

An einigen Stellen hatte man mit Ausbesserungsarbeiten an dem baufälligen Gemäuer des Hofs begonnen, bemerkte Bruno. Ein Metallgerüst umspannte das von Rissen durchzogene Mauerwerk des Austragshäusels. Dem von Bauschutt und Mauerbrocken übersäten Stahlskelett sah man allerdings an, dass hier seit langem niemand mehr die Maurerkelle schwang.

2 Germanischer Wurfspieß

Bruno setzte seinen Rundgang fort. Wohin sein Blick auch fiel, überall stieß er auf Spuren des Verfalls und Niedergangs. Bei der Erinnerung an die fernen Tage, als dickleibige Milchkühe in den Stall gestapft, die Sensen durchs hohe Gras geglitten waren, wurde ihm wehmütig ums Herz. Beim Blick zurück trat ihm unweigerlich ein Gesicht vor Augen: zerfurcht und verwittert wie ein monolithischer, vielfach gesplitterter Gesteinsbrocken: die steinalte Resl. Die Besuche bei der Resl waren Pflicht gewesen. Ihre Töchter Marie und Kathl kamen zweimal die Woche, um ihrer Mama bei der Arbeit zu helfen. Und Bruno hatte seine Großmutter und deren Schwester begleiten dürfen. Sixtus und Sebald hatten sich um diese lästige Pflicht gedrückt. Was nicht allein an deren Faulheit und Phlegma, sondern vor allem an der alten Holzer-Bäuerin gelegen hatte, die ihre Söhne für unverbesserliche Taugenichtse und Tagediebe hielt! Noch mit weit über achtzig hatte die resolute Alte den Laden allein geschmissen. Bruno konnte sich nicht erinnern, dass die Resl jemals krank oder bettlägerig gewesen war, und falls sie der Katarrh oder das Rheumatische plagte, halfen Rosskuren und gallig bittere Tinkturen. Zum Arzt ging sie prinzipiell nie, da sie die Weißkittel samt und sonders für Quacksalber hielt, die nach ihrem sauer ersparten Geld gichelten. Es wäre maßlos untertrieben, hätte man die »Holzerin« als sparsam oder genügsam bezeichnet. Sie war ein ausgefuchster Geizkragen und drehte jeden Pfennig zweimal um. Von der Resl bekam auch Bruno, »ihr Burli«, nix: keine Guadl, keine Karamellbonbons, geschweige denn Schokowaffeln oder Pralinees! Zweien ihrer vier Kinder hatte sie das Geiz-Gen weitervererbt: dem Sixt und Tochter Kathl. Tante Marie hingegen war die Freigiebigkeit und Großherzigkeit in Person, und der »Schnitzer«, wie Resl Sebald verächtlich nannte, konnte zwar mit Beitel, Dexel und Stecher umgehen, aber nie mit Geld. Noch mit über achtzig war sie selbst die zwanzig Kilometer nach Grenzberg geradelt, weil die Kilopackung Zucker im C & C Großmarkt fünfzehn Pfennig billiger war als daheim im Dorfladen. Ihre pathologische Groschenfuchserei war wohl auch schuld daran, weshalb der Holzer-Hof zum Problemfall verkommen war. Sie hatte nur die allernötigsten Reparaturarbeiten machen lassen – und die nur von den billigsten, dafür aber auch schlimmsten Pfuschern: So schimmelten die Mauern unter den morschen Dachbalken munter vor sich hin. Erst als es gar nicht mehr anders ging, hatte sie sich, wenn auch murrend und widerwillig, in die Obhut Tante Maries begeben. Seine Tante hatte denn auch den Hof geerbt, als die Holzer-Bäuerin Theresia Eder im gesegneten Alter von vierundneunzig Jahren »friedvoll entschlafen« war. Nach ihrem Tod hatte Maries Mann Maurus mit einigen dringend notwendigen Instandsetzungsarbeiten begonnen, doch der war an einem glühenden heißen Julitag stangerlgrad vom Traktor gekippt. Akuter Myokardinfarkt, vulgo Herzschlag, sprich Herzkasperl, hatte die lapidare Diagnose des Notarztes gelautet. Tante Marie war alt und ihr Sohn Maurus ein arrogantes Arschloch. Der Junior hatte seitdem keine Anstalten unternommen, auch nur einen Cent in den Erhalt des Bauernhofs zu stecken. Brenner hatte jedoch aus »wohlinformierter Quelle« erfahren, dass der Junior das windigste Maklerbüro im ganzen Grenzgau damit beauftragt hatte, einen hirnverbrannten »Staderer« zu finden, der ein paar Millionen für die Bruchbude hinblätterte.

Brenner pflügte sich durch üppig sprießende Brennnesseln. Im verwilderten Garten vor dem Haus wanden sich Obstbäume wie Moriskentänzer. Das Wohngebäude hätte jedem Bauernhofmuseum gut zu Gesicht gestanden. Das Erdgeschoss war aus Bruchsteinen gemauert, das obere Stockwerk zur Gänze aus Holz. Die Geranien in den Blumenkästen am Balkon legten die Vermutung nahe, dass Tante Marie ihrem missratenen Sohn das Terrain nicht kampflos überließ.

Bruno bog ums Hauseck und blieb überrascht stehen. Auf

der Hausbank saß der »Hofmeister«: ein schlaksiger Typ mit von der Höhensonne braungebranntem Gesicht. Der Chef des Hauses steckte in einem speckigen, blauen Monteuroverall und hob die Linke lässig zum Gruß. Mit der Rechten schob er eine Selbstgedrehte in den Mundwinkel. »Der Bruno, da schau her! Lang nicht mehr gesehen.« Seine Stimme klang eisig, in ihr lag nicht die geringste Spur von Wiedersehensfreude.

»Servus, Maurus, ja, ist schon eine Weile her.«

»Und was verschafft mir die unverhoffte Ehre?« Maurus sah ihn trotzig, ja mit unverhohlener Abneigung an.

»Die Marie kocht für uns: Böfflamott mit Semmelknödel«, bemühte sich Bruno um einen friedlichen Ton.

»Ah so, zum Essen kommt er, ich hab gemeint, du wärst zum Arbeiten da.«

»So wie du oder was?« Maurus ging ihm schon jetzt auf die Nerven.

»Ich hätt da allerhand zu tun für dich, die Bruchbude braucht ein bisserl ein Make-up«, Maurus hob sein Kinn Richtung Gemäuer, »so rein oberflächlich zumindest, sonst findet sich kein Staderer, der's mir nimmt, meint er, der Makler.«

»So meint er das, der Makler. Versteh ich gar nicht, ist doch in einem Eins-a-Zustand, der Hof unserer Vorfahren.«

»Meine Rede.«

Sie schwiegen eine Weile, und Maurus inhalierte seine Selbstgedrehte.

»Und was willst jetzt da, Bruno? Du kommst doch nicht bloß zum Essen.«

»Mir geht die Sache mit unserem Onkel nicht aus dem Kopf. Ich frag mich, wer ihn umgebracht haben könnte.«

Sein Großcousin sog den Tabakrauch noch tiefer in die Lungen. »Und wieso willst das wissen? Du hast doch nie was für ihn übriggehabt?«

Brenner gab seine anfängliche Zurückhaltung auf – er konnte auch anders. »Du vielleicht?«, raunzte er.

Maurus grinste boshaft. »Sag bloß, dass dir der kropferte Geizhals abgeht!« Seine Stimme klang nun deutlich konziljanter.

Brunos Mundwinkel bogen sich nach oben. »Das wär jetzt glatt gelogen. Aber man möchte doch wissen, wer die Verwandtschaft massakriert!«

Maurus stieß ein meckerndes Lachen aus. »Sterben müssen wir alle! Aber was des einen Leid, ist des anderen Freud!«

Bruno musterte seinen Großcousin misstrauisch. »Wie meinst jetzt das?«

»Tu nicht so scheinheilig! Hast noch nie was vom Paragraphen 2339 BGB gehört – Erbunwürdigkeit.«

Brenner starrte ihn verblüfft an.

»Wer den Erblasser vorsätzlich getötet oder dies versucht hat, dann ist Essig mit dem Erbe. Falls der liebe Onkel Sebald also der böse Bube ist, kriegen wir ein Stück vom Kuchen ab.«

Brenner stand da wie der Calafati – und machte ein dummes Gesicht. Wieso hatte er nicht selbst an diese Möglichkeit gedacht? Was, wenn Sebald in den Mord verwickelt war? Bei der Suche nach einem Mordmotiv stellte sich als Erstes die Frage: Cui bono? Wer profitierte von dem Mord. Klar, Bruder Sebald!

Bruno stützte sich am rauen Putz der Hauswand ab. »Meinst – das wär ja unvorstellbar …«, stotterte er sprachlos.

In Maurus' Augen funkelte es tückisch. »In der Bibel haben sich die Brüder für weit weniger erschlagen.«

Bruno nickte stumm. Kain und Abel. Da fiel ihm der Artikel im »Tagblatt« wieder ein. Darin hatte es geheißen, dass die Kripo um sachdienliche Hinweise zur Tat, den Tätern und zum Verbleib des Bruders des Toten bitte. Sein Bauchgefühl sagte ihm, dass Sebald nicht in Frage kam. Die beiden

Brüder hatten sich zwar andauernd gezankt und gestritten, aber im Ernstfall zusammengehalten wie Pech und Schwefel.

»Nein, der Sebald war das nicht, nie im Leben«, widersprach Brenner kategorisch.

»Und wer war es dann?«, knurrte Maurus wie eine Hyäne, der man einen blutigen Fleischklumpen unter der Nase wegzog.

Bruno schwieg nachdenklich.

»Magst dir eine drehen?« Maurus hielt ihm einen Beutel krümeligen Tabaks hin.

Bruno schüttelte den Kopf und setzte sich neben Maurus auf die Bank. Seine Hand wölbte sich über den Augen, um sie vor dem gleißenden Licht abzuschirmen. Am höchsten Punkt des Hügelkamms waren deutlich die drei Bäume mit dem weit ausladenden Geäst auszumachen. Die »Weihlinden« waren Gegenstand einer uralten Sage. Aus den Erzählungen Tante Maries wusste Brenner, dass sich dereinst ein Missionar namens Fergal in die raue, von verstockten Heiden bevölkerte Gebirgsgegend vorgewagt hatte. Der streitbare Gottesmann von der grünen Insel hatte die Axt an drei den Bewohnern heilige Eschen gelegt – und sie gefällt. Fergal, ein irischer Hüne, habe aus deren Holz ein gewaltiges Kreuz gezimmert und unter Aufbietung seiner gewaltigen Körperkräfte und selbstredend der tätigen Mithilfe Gottes dort aufgerichtet. Als dies der heidnische Priester sah, stürzte er wutentbrannt herbei, um die heilige Sowilo-Rune ins Kreuz zu schnitzen – weshalb auch immer. Da war ein Blitz aus heiterem Himmel herabgefahren und hatte den Frevler zu Staub und Asche verbrannt. Soweit die Linden-Legende. Doch hatten nicht auch die Mörder Sixtus' eine Art Signet in die Stirn ihres Opfers gekerbt? Um ihn zu stigmatisieren, ihn den Göttern zu weihen oder was auch immer. War dies alles nur ein, zugegebenermaßen merkwürdiger, Zufall?

Der »Grenzgauer Bote« hatte von einem Zeichen auf der

Stirn des Toten berichtet – einem Symbol, das der Sig-Rune der Nazis verdächtig ähnlich sah. Wie die Konkurrenz vom »Tagblatt« hatte der »Bote« den »rituellen Runen-Mord« als »Irrsinnstat« gegeißelt. Es war durchaus denkbar, dass sich die Täter ganz bewusst der Symbolik der nordisch-keltischen Mythologie bedient hatten.

Vor einigen Jahren war Bruno im Surf-Rausch auf einen Blog gestoßen, der sich mit alten Sagen aus den Bergen beschäftigte. Irgendwann war er bei den Kelten gelandet, die vor über 2500 Jahren den Grenzgau besiedelt und urbar gemacht hatten. Einem geheimnisvollen Volk mit eigner Sprache, eignen Mythen und einer ausgeprägten Streitkultur. Ihr barbarischer Furor hatte den alten Römern jedenfalls eine »Heidenangst« eingeflößt: Wilde, die beim geringsten Anlass in Harnisch gerieten und einem den Skalp abrasierten!

Je tiefer sich Brenner in die Materie vertieft hatte, desto mehr war er überzeugt, dass das »Kelten-Gen« in den Bergtälern des Grenzgaus bis heute virulent war. Diese stämmigen, kurzbeinigen, stiernackigen Streithansel mit dem dunklen, südländischen Teint waren nie und nimmer Germanen. Eine Gestalt wie Schorsch Wammetsberger, der die jüngere Schwester seiner Mutter geehelicht hatte, war das beste, ja archetypische Beispiel dafür. Der jähzornige Zornbinkel, der nur allzu gern zu Stutzen und Maßkrug griff, war Kelte durch und durch. Kelten hin – Kelten her. Für einen Menschen, der im klimatisierten Büro vorm Monitor saß und alles per Knopfdruck erledigte, schienen die gespenstische Düsternis und das Grauen der Vorzeit unendlich weit weg zu sein. In den finsteren Raunächten jedoch, wenn der Wind an den Fensterläden rüttelte und die Welt hinter gespenstischen Nebelschleiern verschwand, stiegen aus dem Unterbewussten dunkle Ahnungen empor. In solchen Momenten kamen Brenner Zweifel, ob die archaischen Geister ein für alle Mal in die Abgründe der Albträume verbannt waren. Unter der dünnen Tünche der zivilisierten Welt lebten das Untergründige, das Unergründliche, die Urängste weiter. Im Netz tummelten sich alle Arten von Neu-Heiden, die irgendwelchen mythologischen Glaubensvorstellungen nachhingen, von Walhall träumten und an Hexen, die Kabbala oder Luzifer glaubten.

Handelte es sich bei den Mistgabel-Mördern also um Asen-Apostel oder Anhänger eines obskuren Kelten-Kults? Im Licht der grausam verstümmelten Leiche betrachtet, schien auch der Gedanke an Teufelsanbeter gar nicht mal so abwegig. Aber welchen Grund sollten zum Beispiel die Jünger Odins haben, Onkel Sixt zu ermorden? Zumal der sich einen Dreck um Burschen im wallenden weißen Druiden-Habit geschert hätte, die aus ihren Trinkhörnern Stierblut soffen. Wenn es ums Saufen ging, war er tolerant.

»Du kennst doch auch die Sage von den Weihlinden und der Rune, oder?«, ließ Bruno Maurus an seinen Überlegungen teilhaben.

»Was willst denn jetzt mit dem alten Schmarrn?«, brummte der nur.

»Das ist doch die perfekte Kultstätte da oben! Hast du vielleicht mal was mitbekommen, dass sich da irgendwelche Irren treffen und nächtliche Riten abhalten oder so was?«

Maurus sah Bruno nun schräg von der Seite an, so als messe er zunächst einmal den Grad des Irrsinns seiner Verwandtschaft. »Na. Nicht, dass ich wüsste. Was für Irre meinst du da jetzt genau?«

»Na ja, so Jünger Odins oder so Teufelsanbeter zum Beispiel, irgendwelche Gspinnerten halt.«

»Na.« Maurus schüttelte langsam den Kopf. Der Geisteszustand der Verwandtschaft erschien ihm bedenklich.

Plötzlich kam Bruno eine Idee, mehr zu sich selbst als zu Maurus stieß er hervor: »Der Sixtus und der Sebald haben so eine Gruppe von Verrückten bei ihren geheimen, abartigen Riten beobachtet und sie dann erpresst. Die Schweinepriester hatten dann vor, beide auf einen Schlag zu beseitigen! Und ihren Göttern zu opfern. Irgendwas ist dann aber schiefgelaufen.«

Maurus kratzte sich sein stoppelbärtiges Kinn. »Und dein Odin hat grad kein Opfermesser zur Hand und fuchtelt deswegen mit der Mistgabel rum, oder wie? Ich glaub, du hockst zu viel vor deiner Kisten.«

Bruno spürte, wie er rot wurde.

Maurus kippte mit einem hinterfotzigen Grinsen Öl ins Feuer. »Was hätten die Leimsieder denn in Erfahrung bringen sollen? Haben sie mit der Kamera eine Sexorgie gefilmt – oder ist der Leibhaftige live am Lagerfeuer erschienen? Um jemand zu erpressen, musst du schon handfeste Beweise gegen ihn in der Hand haben! Ein USB-Stick mit sämtlichen Schwarzgeldkonten zum Beispiel. Dein Odin hätte ihnen etwas gepfiffen!«, machte sich Maurus lustig über ihn.

Bruno trieb es die Zornes- und Schamesröte ins Gesicht. Maurus' Einwand entbehrte nicht einer gewissen Logik. Die Erpresser-Hypothese konnte er wohl ersatzlos streichen.

Maurus musste natürlich noch einen draufsetzen. »Da wär es weniger absurd gewesen, wenn die alten Weiber vom Kirchenchor den Sebald ans Kreuz genagelt hätten, wegen der nackerten Muttergottes!«, drehte er nun auf.

Ja, die nackerte Jungfrau vom Schnitzer Sebald, das war tatsächlich ein Skandal gewesen, der seinesgleichen suchte. Über Jahrhunderte hinweg hatten die »Holzer-Bauern« neben der Landwirtschaft auch das Schnitzhandwerk betrieben. Auch Brunos Urgroßvater Emeram Eder, jener bärtige Patriarch mit dem stechenden Blick, war einer gewesen, der Kruzifixe und Heiligenfiguren schnitzte, ein Herrgottsschnitzer, wenn auch nicht der von Oberammergau. Sein Sohn Sebald war in seine Fußstapfen getreten, auch wenn Tante Marie nichts auf sein Talent gab – und der unumstößlichen Meinung war, dass ihr jüngerer Bruder keinesfalls die Gabe geerbt hatte, einem Stück Holz mit Schnitzmesser und Stechbeitel Leben einzuhauchen und echte Emotionen wie Schmerz und Trauer aus der toten Materie zu schälen. Für Bruno sah ein Heiliger, ein Heiland hingegen so kitschig wie der andere aus. Und er hätte eine Kopie nicht vom Original zu unterscheiden vermocht. Aber auch Bruno wusste, dass Onkel Sebalds Werke einiges Aufsehen erregt hatten, und zwar weniger in Kunstkreisen. Seine expressionistischen Astkreuze und allen voran natürlich seine »Nackerte Madonna« mit dem an ihren prallen Brüsten saugenden Jesuskind hatte – euphemistisch gesagt – nicht allen gefallen. Die hüllenlose Gottesmutter hatte einen Sturm der Entrüstung ausgelöst, ein regelrechter Shitstorm war über den Gotteslästerer hinweggefegt. Sebald war am Telefon wüst beschimpft worden, es hatte anonyme Drohbriefe gegeben, die den »blasphemischen Sauhund« zum Teufel wünschten. Sein an der Grenzberger Uferpromenade aufgestelltes Kunstwerk war mutwillig beschmiert und der Jungfrau eine Brust amputiert worden. Das war allerdings zwei Jahre her, und kein Hahn krähte heute mehr nach dem »Nackedei«, das ins Atrium, den Lichthof des Finanzamts, versetzt worden war, wo die Figur anscheinend niemanden störte. Es war wohl kaum anzunehmen, dass ein religiöser Eiferer Jahre später den »falschen Eder« für dessen Gotteslästerei zur Rechenschaft gezogen hatte. Eine Verwechslung war ausgeschlossen – der Größe, dem Körperbau und der Physiognomie nach sahen sich Sebald und Sixtus in etwa so ähnlich wie Fuchs und Bär.

Maurus reichte Bruno wortlos den Tabak.

Brenner drehte sich nun doch eine, und es kam ihm die Standardfrage jedes Kommissars in den Sinn. »Ist dir was aufgefallen, war er in letzter Zeit anders als sonst, bedrückt, überdreht oder hat er angespannt gewirkt?« Tante Marie hatte ihm anvertraut, dass ihr Bruder Sixtus regelmäßig bei ihr in

Axing aufkreuzte, um sich Geld zu pumpen oder die ein oder andere Gerätschaft »auszuleihen«.

Maurus legte die Stirn in Falten. »Mir ist nichts aufgefallen! Vorletzte Woche war er am Sonntag zum Kaffee bei uns. Ja, er hat sogar ein Stück Apfelkuchen mitgebracht. Für sich, wohlgemerkt! Wie üblich hat er rumgewinselt, dass ihm das Geld hinten und vorne nicht langt. Und dann ist er wie ein Poltergeist im Speicher herumgerumpelt.«

»Wieso das denn?« Bruno runzelte die Stirn und spuckte ein paar der lästigen Tabakbrösel aus.

Maurus zuckte mit den Achseln. »Er hat nach einem Bild von seinem Vater gesucht. Eines in Uniform – aus dem Ersten Weltkrieg. Ich hab ihn noch aufgezogen, ob er unter die Ahnenforscher gegangen ist.«

»Und weiter?« Bruno platzte beinahe vor Ungeduld.

Maurus musterte ihn abschätzig, so als ob er ein Geschäft witterte. »Na ja, du kennst doch die alten Leut! Nix mehr als ihre Vergangenheit im Sinn. Sie sind auf der Eckbank gesessen und haben sich die braunstichigen Aufnahmen im Fotoalbum angeschaut.«

»Was für Bilder denn? Hat sich der Onkel welche ausgeliehen?«

Maurus sah Bruno an, als ob er nicht mehr ganz bei Trost sei. »Du fragst Sachen! Woher soll ich das wissen! Was geht mich das alte Graffel an? Auf dem Tisch sind irgendwelche Fotos rumgelegen – dazu ein paar Orden. Aus Eisen und Kupfer, glaub ich. Altes, wertloses Zeug – aus dem Krieg halt.«

Nervös blies Bruno den Rauch der viel zu starken Selbstgedrehten aus. »Das kann wichtig sein, verdammt!«

Maurus trat seine Kippe unter dem Absatz aus. »Jetzt mach mal halblang. Bist jetzt unter die Privatdetektive gegangen? Alles war wie immer. Unser lieber Onkel hat das Maul nicht aufgebracht und sich drei Bier aufgemacht. Dann habe ich ihn nach Hause kutschiert, und er hat mir im Vertrauen erzählt, dass der Sebald einen Auftrag vom Finsterwalder übernommen hat – auf Provisionsbasis!« Maurus tippte sich vielsagend an die Stirn. »Bauerntrottel!«

Bruno brummte etwas Unverständliches. Sein Onkel war der Prototyp des Loden-Losers. Es war ausgeschlossen, dass Sixt im Halbweltmilieu Karriere und als »Pate von Göttersberg« krumme Geschäfte gemacht haben sollte – und Opfer eines Racheakts im Milieu geworden war. Dass Sixtus genealogische Feldforschung betrieben haben sollte, erschien ihm mindestens genauso abstrus. Sixtus hatte sich nie für seinen Vater und dessen Heldentaten interessiert. Dass er sich alte Bilder anschaute, passte nicht recht zu ihm.

Brunos Magen grollte.

»Mahlzeit.« Maurus erhob sich, und auch Bruno zog es nun nach Axing hinunter an Tante Maries Küchentisch.

Es duftete bereits nach Böfflamott. Genauso wie es duften sollte. Buckelig und runzelig wie eine Galapagos-Schildkröte war sie inzwischen, seine Tante Marie. Aber ihre blauen Augen blitzten vor Freude wie die einer jungen Frau, als sie Bruno in die Arme schloss. »Du schaust aber mager aus, Bua! Komm rein, bevor's kalt wird!«

Tante Maries verstorbener Vater Emeran Eder wachte, wie ehedem, über die reichlich gedeckte Tafel, über das Böfflamott, die Semmelknödel und die dreierlei Salate. Der rauschbärtige Herr in der goldgerahmten Fotografie an der Wand hatte ihn als Kind mächtig eingeschüchtert – seinem gestrengen Blick schien keine Verfehlung, kein Ellenbogen neben dem Teller zu entgehen. Selbst heute erinnerte er Bruno unweigerlich an seine Tischmanieren. Maurus schienen die Blicke des Ahnherrn weniger zu beeindrucken. Bevor noch alle saßen, hatte er bereits die Gabel in der Hand, gestrenger Blick hin oder her, heruntersteigen würde der Alte nicht mehr, auch wenn man sich einst wohl besser nicht mit ihm angelegt hatte, wie es hieß.

Bruno hatte schon als Kind großen Respekt vor seinem Urgroßvater gehabt. Das Holzer-Anwesen hatte nie viel abgeworfen. Dafür war das Klima zu rau, der Boden zu »boanig«. Seine Bewohner waren Hungerleider gewesen. Von Gerstensuppe, Graubrot und gestöckelter Milch wurde man selten satt, doch sie waren »freie Bauern« – und stolz auf diese ihre Freiheit. Brunos Urgroßvater war von anderem Kaliber als seine Vorgänger gewesen. Emeram Eder hatte etwas riskiert: Wald- und Feldflächen dazugepachtet und seinen Besitz arrondiert. Tante Marie hatte ihren Vater geliebt – und Bruno stundenlang von seinen Streichen und Schlichen erzählt. Ein feiner Herr sei er gewesen, ein Patriarch mit goldenem Herzen – gütig und gerecht, aufrichtig und integer, kunstsinnig und bodenständig. Einer, der mit beiden Beinen am Boden stand und seine Interessen zu wahren wusste. Der »Holzer-Bauer«, wie er nach dem Namen des Hofs genannt wurde, hatte zur Zeit der großen Inflation den bis zum Dachfirst mit Hypotheken belasteten Höll-Hof in Göttersberg samt dem dazugehörigen Grund erworben. »Ein echtes Schnäppchen.« Den Höll-Hof hatte er seinen beiden Söhnen Sixtus und Sebald vermacht, den Erbhof, den Holzer-Hof, aber seiner Lieblingstochter Marie.

Maurus würde das alles einen Dreck scheren, er würde nur seine leeren Teller und ein paar Soßenspritzer auf der Tischdecke hinterlassen, Bruno jedoch würde seine Tante Marie beim Abwasch bitten, ihr »Schatzkästchen« und die Tür zur Vergangenheit einen Spaltbreit für ihn zu öffnen.

Longe fugit, qui suos fugit

Der Tote hatte seine Schuldigkeit getan. Sein Leichnam war nach allen Regeln der Forensik obduziert worden, und die Ergebnisse der Untersuchung lagen in Form eines vierundzwanzig Seiten umfassenden Dossiers auf dem Tisch. Wie befürchtet enthielt das Konvolut jede Menge Details, die kein Mensch brauchte. Nun hatte Hauptkommissar Korbinian Eyrainer es schwarz auf weiß: Unter den Fingernägeln des Toten fanden sich keinerlei Faserspuren oder Hautfetzen, sondern lediglich Batz und Dreck. Und zwar in solchen Mengen, dass einem das Grausen kam. Und was schloss er daraus? Dass der Ermordete kein Kontrollfreak mit Hygiene-Fimmel war?

Eyrainer ließ die Zunge schnalzen. »Dreckrammel!«

Auch der Mageninhalt förderte wenig Überraschendes zutage: Das letzte Abendmahl Eders hatte aus Surbraten samt Kraut und Knödel bestanden. Ein Klassiker der bayrischen Küche. Dem Obduktionsbericht zufolge hatte der Tote unter keiner der handelsüblichen Zivilisationskrankheiten wie Arteriosklerose oder Typ-2-Diabetes gelitten. Die inneren Organe, Herz, Niere, Darm – alles tipptopp. Die einzige Auffälligkeit war die durch den regelmäßigen Genuss alkoholischer Getränke zu beachtlicher Größe angeschwollene Leber. Doch diese Form degenerativer Leberschädigung gehörte zum Grenzgau wie das Bockbier und der Obstler. Der Befund war klar: Der Holzer-Bauer von Göttersberg war für seine fünfundsechzig Lenze fit wie ein Haferlschuh gewesen.

Er würde die wieder ordentlich zugenähte Leiche zur Beerdigung freigeben. Das geräumige Familiengrab am Axinger Friedhof bot genug Platz für einen weiteren Sarg. Nur für den Fall, dass man dessen Bruder demnächst tot auffinden sollte.

Das Bestattungsunternehmen Grasegger GmbH hätte also an die Arbeit gehen können. Doch hätte, hätte Fahrradkette. Die Leiche schlummerte weiterhin in ihrem Kühlfach. Und weshalb? Weil die ebenso rigiden wie realitätsfernen Vorschriften des Bayerischen Bestattungsgesetzes sowie der Strafprozessordnung einem Praktiker wie ihm das Leben schwermachten.

»Diese Idioten, diese damischen«, machte Hauptkommissar Korbinian Eyrainer seinem Frust Luft. In dem Wisch der Staatsanwaltschaft stand in gewundenem Juristenjargon, dass der Leichnam nach Paragraph soundso der Bestattungsverordnung nicht zur Beisetzung freigegeben werden könne, da dieser nicht ordnungsgemäß identifiziert worden sei. »So ein Scheißdreck! Dieser Saustall gehört mit dem eisernen Besen ausgekehrt«, bramarbasierte der Kommissar über die Regulierungswut der Bürokraten-Kaste.

»Was wollen diese Rindskamoppel denn noch?«, stauchte Eyrainer den ihm unterstellten Kriminalkommissar Lehnleitner zusammen, der den Kardinalfehler begangen hatte, ihm die Hiobsbotschaft zu überbringen, und jetzt mit gesenktem Kopf die Standpauke über sich ergehen ließ. Wutentbrannt zerknüllte der Leiter der Mordkommision »Mistgabel« das Schreiben zu einem Knäuel: »Was heißt hier nicht einwandfrei identifiziert? Die spinnen doch, die haben doch nicht mehr alle Brezen im Brotkorb!« Es hatte keine zwei Minuten gedauert, um die Identität des Mordopfers zweifelsfrei festzustellen. Dessen Portemonnaie hatten die Täter ja netterweise in der Hosentasche stecken lassen. Im selbigen befanden sich ein Kundenausweis der GreWa sowie ein Lieferschein über fünfzig Kilo NPK-Düngemittel Timac Agro samt Namen und Anschrift. Obendrein hatte dieser Kettensägen-Berserker, dieser Forster Bernie, den Toten zweifelsfrei als Sixtus Eder identifiziert. Er hatte dessen Angaben eigenhändig auf einem Zettel notiert.

Also alles paletti, hatte Eyrainer gedacht. Doch Pfiffkas!

Die Staatsanwaltschaft legte sich quer. Die Identifizierung des Opfers war die Voraussetzung für die Ausstellung eines Toten- oder Leichenschauscheins. Diese Aufgabe oblag dem Rechtsmediziner vor Ort und wurde nach den Leistungstabellen der GOÄ, der Gebührenordnung für Ärzte, vergütet. Dieser stellte den Tod fest und ordnete im Falle eines Gewaltverbrechens die Obduktion des Leichnams an. So auch hier. Nachdem die Kriminaltechnik ihre Schuldigkeit getan hatte, waren zwei von Graseggers Bestattern in Aktion getreten: Sie hatten den hermetisch verschließbaren Leichensack auf eine Bahre gehievt und zu ihrem Leichen-Kombi gekarrt. Dann war der Tote umgehend in den Seziersaal verbracht worden – genau wie es das Gesetz vorschrieb. Nach der Leichenbeschau durch Dr. Steinheil waren die sterblichen Überreste Eders ins Gefrierfach verfrachtet worden. Dieses streng reglementierte Procedere diente vor allem einem bürokratischen Zweck: Mit dem Totenschein wurde von Amts wegen das Ableben einer Person XY bestätigt. Nun erst war man von Amts wegen tot. Den Rentenkassen war daran gelegen, dass Zombies keine Kohle mehr kassierten. Und das Finanzamt lechzte nach der fälligen Erbschaftssteuer.

Im Falle von Sixtus Eder war jedoch in der Eile einiges übersehen worden. Wie sich nun herausstellte, lag lediglich ein vorläufiger Leichenschauschein des Notarztes vor. Das Feld mit den Personenangaben war – aus unersichtlichen Gründen – leer geblieben.

»Zefix, sakradi, himmisapralott«, fluchte Eyrainer. »Jetzt dürfen wir die Identität des Toten noch mal überprüfen lassen.«

Diese Identitätsfeststellung lief in der polizeilichen Praxis weit prosaischer ab als auf der Mattscheibe. Bei Derrick, Tatort & Co. wurde ein Drama daraus gemacht. Ein Mann und eine Frau mittleren Alters tappten ängstlich hinter dem breitschultrigen Kommissar her. Eine Stahltür schwang auf, und ein weiß gekachelter Saal schob sich ins Blickfeld der Kamera. Ein weiß gewandeter Mediziner mit ernster, aber gefasster Miene erwartete die Angehörigen bereits. Kaltes, blaues Neonlicht kroch in jede Kerbe, jede Falte der Gesichter. Die Haut so blass und fahl wie die des Toten. Das Leichenfach öffnete sich, das Laken wurde zurückgeschlagen – darunter kam ein wächserner Torso zum Vorschein. Der Kommissar nickte dem Mann in Weiß zu, und die Pforte zum Totenreich schloss sich mit mechanischem Schmatzen. Die Gemahlin im schwarzen, hochgeschlossenen Kleid schluchzte herzzerreißend, ihr Mann schluckte und ergriff behutsam ihre Hand. Mit stockender Stimme bestätigte das gramgebeugte Paar. »Das ist Harry! Unser lieber, guter Personaltrainer.« Schnitt. Nächste Einstellung.

Die Realität sah anders aus. Korbinian Eyrainer wäre es nie eingefallen, irgendeinen Anverwandten mit dem bleichen Antlitz des Todes zu konfrontieren. Ein Foto des Toten – auf dem dieser eingermaßen passabel aussah – war noch die schonendste Variante. Die Befragung der Hinterbliebenen gehörte zu den Schattenseiten seines Berufs. Aber in offenen Wunden zu stochern fiel nun mal unters Pflichtprogramm. Die Kriminalpolizeiinspektion Grenzberg gliederte sich in fünf Dezernate. Jedes war auf eine bestimmte Sorte von Gesetzesverstößen spezialisiert – das Dezernat 5 Tötungsdelikte auf Mord und Totschlag. Als Leiter der Mordkommission »Kreuzsteiner Forst« war er dafür verantwortlich, dass akkurat, effizient und streng nach Vorschrift gearbeitet wurde. Eine solche Panne war peinlich und warf ein schiefes Licht auf ihn.

Eyrainer stützte seine Hände auf die Oberschenkel, als wollte er aus dem Sessel schnellen, blieb aber sitzen. »Was machen wir nun?«, raunzte er übellaunig. »Ist das jetzt bloße Kulissenschieberei, oder meinen die das wirklich ernst?«

Lehnleitner ließ sich mit der Antwort Zeit und erging sich

nach einem verlegenen Räusperer in der üblichen Litanei. »Ja mei, Chef, da können wir wenig machen. Paragraph 88 ... der schreibt in Verbindung mit Paragraph 159 eindeutig vor, dass vor der Leichenöffnung die Identität des Verstorbenen festgestellt werden soll. Zu diesem Zweck können insbesondere Personen, die den Verstorbenen gekannt haben, befragt und Maßnahmen erkennungsdienstlicher Art durchgeführt werden. Den Schuh müssen wir uns anziehen.«

Innerlich wurmte ihn Lehnleitners Paragraphenreiterei, aber Eyrainer bedeutete ihm mit einer fahrigen Handbewegung, fortzufahren.

»Also entweder liegt die Aussage eines Anerkennungszeugen vor, oder der Tote wird mittels Methoden wie Fingerabdrücke, DNA-Analyse oder Gebissbefund überführt.« Lehnleitner lächelte verschämt über den eigenen, kurz aufblitzenden Wortwitz.

Der Kommissar presste sich allerdings nur schmallippig in den Sessel. »Ich verstehe das Problem nicht? Wir haben doch die Aussage dieses ...«

»... Forsters«, soufflierte Lehnleitner eilfertig. Aus dem neutralen Tonfall seines Adlatus war nicht der geringste Vorwurf herauszuhören. »Der Zettel, auf dem Forster seine Angaben gemacht hat, ist leider unauffindbar. Jedenfalls ist er nicht bei den Akten.«

Eyrainer senkte seinen Blick und vertiefte sich in die Betrachtung seiner Schnürsenkel. »Nun ja, der Zettel, ich weiß auch nicht, wie der verschüttet ...«

Lehnleitner hütete sich, seinem Vorgesetzten irgendwelche Vorhaltungen zu machen. Ganz der hyperkorrekte Beamte, schloss er: »Da es sich bei Forster um keinen Tatbeteiligten im Sinne des Paragraphen 88 handelt, hat man darauf verzichtet, ihn vorzuladen.«

Eyrainer zog eine verdrießliche Schnute. »Ich hab's verstanden, Bertl. Wir haben einen Mord aufzuklären und unsere

Zeit nicht mit bürokratischem Dünnschiss zu verschwenden. Für heute Nachmittag ist doch ein Verwandter einbestellt, diese …«

Zwischen Stößen von Akten fahndete er nach seinem Terminplaner, doch sein Souffleur war schneller. »Elfriede Wammetsberger. Eine Nichte des Opfers. Sie und ihr Mann haben einen Termin um vierzehn Uhr.«

Kommissar Eyrainer spähte auf seine im Basar von Agadir erfeilschte Rolex Yachtmaster. Ein detailgetreues Imitat des Originals und somit ein eindeutiger Fall von Produktpiraterie – aber um solche Kavaliersdelikte sollten sich die Arschgeigen vom Betrugsdezernat kümmern. Die Zeiger zeigten auf Viertel vor zwei. »Na also – wir haben doch sicher ein schickes Foto des Toten im Computer, und nach der Befragung soll diese Wammetsberger einen Blick darauf werfen. Klappe zu, Patient tot.«

Lehnleitners verblüffte Miene sprach Bände: An das Naheliegende hatte er offensichtlich nicht gedacht! Die pragmatische Problemlösungskompetenz war seine Stärke nicht. Ein Manko, das sein Vize durch Diensteifrigkeit und Pflichtbewusstsein wettmachte. »Wird erledigt, Chef! Prontissimo!«

Lehnleitner stürzte aus dem Zimmer. Krachend fiel die Tür hinter ihm ins Schloss.

In jedem Ermittlerteam brauchte man Leute wie Albert »Bertl« Lehnleitner. Leute, von denen zwar kein Funken kreativer Intelligenz übersprang, die aber mit subalterner Gewissenhaftigkeit ihre Sisyphusarbeit taten. Für einen Moment war der Kommissar versucht, wie Karate Kid durch die Luft zu wirbeln und dabei wilde, animalische Kampfschreie auszustoßen. Doch er blieb dem Gesetz der Schwerkraft gehorchend auf seinen vier Buchstaben sitzen.

Resignierend seufzend, schlug er den vor ihm liegenden roten Aktenordner auf. Auf dem Umschlag prangte in fetter, schwarzer Filzschrift das fortlaufende Aktenzeichen und darunter »Sonderkommission Kreuzsteiner Forst«. Lehnleitner hatte anhand des Leitfadens für kriminalpolizeiliche Vernehmungen eine Art Fragebogen erstellt. Und er würde sich noch einige zusätzliche Fragen überlegen müssen.

Eyrainer überflog den beigehefteten »Steckbrief«. Die Nichte Eders war in kriminalistischer Hinsicht völlig unergiebig: Elfriede Wammetsberger, 1964 in Albaching geboren, war nie auffällig oder gar straffällig geworden. Zwei Blechschäden und ein Vorverfahren aufgrund des Verdachts, illegal erlegtes Wildbret verarbeitet und veräußert zu haben – das war alles, was sich in Karteien und Datenbanken fand. Mit dem Mord hatte Elfriede W. nichts zu tun – das stand felsenfest. Zum Zeitpunkt der Tat hatte sie mit dreizehn anderen Aktivistinnen des Katholischen Landfrauenbunds Brennbruck im Café Heiß den bevorstehenden Pfarrgemeindeausflug nach Altötting besprochen. Stocki, ihre patente Teamassistentin, hatte das Alibi auf Herz und Nieren oder besser auf Latte Macchiato und Esterhazytorte hin überprüft. Madame W. war jedoch als »Gewährsfrau« von unschätzbarem Wert für ihn. Wenn jemand über das soziale Umfeld der Gebrüder, über deren Macken und Marotten, deren Gewohnheiten und Vorlieben Bescheid wusste, dann eine Quadratratschen von ihrem Kaliber. Als Nichte der Eder-Brüder hatte sie zudem Einblick in die Familiendynamik und war in familiäre Konflikte und Streitigkeiten eingeweiht. Frauen hatten ein seismographisches Gespür für unterschwellige Spannungen, für die Risse und Verwerfungen der Seele. Ihr wäre sofort aufgefallen, wenn die Brüder Verhaltensauffälligkeiten gezeigt hätten. Er vervollständigte seinen Fragenkatalog – und notierte: Waren die beiden Brüder anders als sonst? Hatten Sie das Gefühl, dass sie etwas zu verbergen hatten? Wirkten sie deprimiert oder besorgt?

Eyrainer seufzte und stellte sich auf eine schwierige und

langwierige Beweisaufnahme ein. Stocki hatte ihn vorgewarnt. Elfriede W. sei eine Plaudertasche, die unablässig vor sich hin plapperte, aber ihre Geheimnisse hütete wie eine Ordensschwester ihre Jungfernschaft. Eyrainer kaute unschlüssig auf der Kappe des Kulis herum. Wie sollte er vorgehen, wie sein Gegenüber aus der Reserve locken? Wie ein Autoverkäufer oder ein Teppichhändler musste er sich die richtige Strategie fürs Gespräch zurechtlegen. Und er musste Elfriedes Gemahl, diesen Dorfpolizisten, ins Kalkül miteinbeziehen. Dass dieser aufmüpfige Querulant bei der Befragung dabei war, passte ihm nicht ins Konzept. Er kannte den pausbäckigen Polizeihauptmeister von diversen Einsätzen und hatte dessen Eigensinn und Renitenz in unangenehmer Erinnerung behalten. Solch widerspenstige Typen gingen schon aus Prinzip auf Konfrontationskurs und blockten kritische Fragen ab. Um ihn im Zaum zu halten und einen Maulkorb anzulegen, hätte er etwas gegen ihn in der Hand haben müssen. Doch diese Speckbacke war unter seinen Kollegen überaus beliebt und bestens vernetzt – und es war ein schwieriges Unterfangen, dort einen Maulwurf zu platzieren.

Einer Stichflamme gleich schoss ohnmächtiger Zorn in ihm hoch. Eyrainer biss so fest zu, dass die Füllerkappe unter seinen Zähnen knirschte. Wenn er Herrn und Frau W. schon mit Glacéhandschuhen anfassen musste, sollten sie zumindest zuvor noch ein wenig auf ihren Arschbacken schmoren.

Die Topographie des Totalitären war überall die gleiche – im Pentagon bei Washington, in der KGB-Zentrale in Moskau oder im Polizeipräsidium Grenzberg. Endlos lange, düstere Gänge, monoton-monochrom getünchte Wände. Dazu das Grau in Grau der Türen, die sich ohne ein Geräusch öffneten und wie ein Sargdeckel hinter einem schlossen. Neben einer dieser Türen stand eine Bank aus braun gebeiztem, hartem Holz, so unbequem und unnachgiebig wie das Kniebrett im

Beichtstuhl. In Ermangelung einer anderen Sitzgelegenheit hatten sich Elfriede und Schorsch mit der Armen-Sünder-Bank beschieden. Das Mobiliar stammte wohl aus dem Nachlass des spanischen Großinquisitors. Von Bequemlichkeit keine Spur. Selbst Gautama Buddha hätte sich hier mit dem Meditieren hartgetan. Wammetsbergers Hinterteil war zwar stark gepolstert, dennoch stellte ihn die Warterei auf eine Geduldsprobe. Sein massiger Körper stand unter Überdruck. Ein hundertfünfundzwanzig Liter fassender Schnellkochtopf, aus dessen Ventilen hässlich zischend Dampf entwich.

Endlich hielt es Schorsch nicht mehr aus. Wie ein Schachterlteufel schnellte er hoch und nestelte ein achtlos zusammengefaltetes Kuvert aus seiner Gesäßtasche. Wie ein Winkeladvokat vorm Schwurgericht hielt er das Vorladungsschreiben anklagend in die Höhe.

»Was steht da, ha? Vierzehn Uhr, Zimmer EB 2123. Und wie spät ist es jetzt?«, knurrte Schorsch wie ein bis aufs Blut gereizter Dobermann.

Seine Gattin war ruhig sitzen geblieben, war sie doch von eher stoischem denn cholerischem Naturell. »Zwanzig nach!«

Wie der Schnabel eines Spechts pochte sein Zeigefinger aufs Zifferblatt: »Dreiundzwanzig! Wie lang wollen uns diese Kletzenköpf eigentlich noch beizen lassen?« Mit vor dem Brustkorb verschränkten Armen tigerte er vor der Bank auf und ab. »Das sind Kollegen – mein lieber Schwan! Behandeln uns wie die letzten Grattler!« Grimm und Groll entluden sich mit elementarer Gewalt. »Die werden sich noch umschauen! Kreuzweise können die mich! Von mir erfahren die nix – rein gar nix!«

Elfriede ließ den Redeschwall ihres Gatten milde lächelnd über sich ergehen. Sorgfältig zupfte sie den mit Rüschen besetzten Kragen ihrer Trachtenbluse zurecht. »Schorsch, jetzt reg dich doch nicht gleich so auf! Denk an deinen Blutdruck!

Du weißt, was der Doktor gesagt hat: mehr Bewegung, weniger Alkohol, kein Salz und keinen Stress!« Wie es sich für eine fürsorgliche Ehefrau geziemte, erkundigte sie sich: »Hast heut schon deine Tabletten genommen?«

Schorsch verschwendete indes keinen Gedanken auf seine Blutdruckwerte, auf Beloc-Zok oder Lisinopril, Bisoprolol oder Candesartan. In ihm loderte der gerechte Zorn, der nach Rache schrie. »Ich reg mich aber auf, fix allelujah! Ich bin doch kein batzelaugerter Bauernfünfer, der sich alles gefallen lässt!« Sein Gesicht war rot vor Wut und Erregung.

Elfriede sah sich unauffällig um, ob sich notfalls ein Erste-Hilfe-Set samt Defibrillator in Reichweite befand. Nach dreißig Ehejahren an der Seite eines sanguinischen Cholerikers konnte sie nichts mehr erschüttern. Aus Erfahrung wusste sie, dass solche Ausbrüche stets nur von kurzer Dauer waren. Um ihren Gemahl zu besänftigen, griff sie zu einem probaten Hilfsmittel – sie zeigte sich solidarisch. »Recht hast. Langsam langt es! Ließe mich meine Friseuse so lang warten, hätte sie mir das letzte Mal die Locken gewickelt!«

Wie auf Stichwort öffnete sich in einiger Entfernung eine Tür. Eine Frau Anfang dreißig steckte ihren Kopf heraus. Das schmale, sommersprossige Gesicht wurde von einer wild gelockten Löwenmähne umrahmt. Die kunstvoll drapierte Lockenpracht mit den auberginefarbenen Strähnen sah aus, als ob es sich dabei um das Meisterstück eines angesagten Haardesigners handelte. Ein schnippisches Lächeln spielte um ihre knallig rot geschminkten Lippen. Ihre dunkel umrandeten Augen musterten Wammetsberger jedoch kalt und abschätzend. »Hallo, kommen Sie bitte. Hier geht's herein!«

Elfriede erhob sich ostentativ langsam von der Bank. Sie kniff ihre Brauen zusammen, um die Frisur der Locken-Lady unter die Lupe zu nehmen. Schließlich war sie vom Fach. Über zwanzig Jahre lang hatte sie im Coiffeursalon »Glücks-Strähne« die Schere geschwungen.

In einer Geste übertriebener Zuvorkommenheit hielt dieses »Flitscherl« ihnen die Tür auf. »Grüße Sie, ich bin Regine Stöckl, die gute Fee vom K 5! Sorry, dass Sie etwas warten mussten. Aber bei uns geht es grad drunter und drüber«, säuselte die Vorzimmer-Persephone.

Angesichts der neongrünen, mit silbrig glänzendem Glitter bestäubten Bluse und des engen schwarzen Lederrocks, der ihre enge Taille betonte, verengten sich Elfriedes Pupillen. Das billige, schrille Outfit missfiel ihr genauso wie die aufgedonnerte Büro-Tussi selbst.

»Sie sind lustig! Wir warten hier seit über einer halben Stunde«, entgegnete sie spitz und bedachte die Stöckelschuh-Schickse mit einem giftigen Blick.

Schorsch nutzte indes die Gelegenheit, die sich unter dem engen Stoff abzeichnenden Rundungen und Ausbuchtungen einer unauffälligen Prüfung zu unterziehen. Eine Prüfung, die zu seiner vollsten Zufriedenheit ausfiel. Ja, vor fünfundzwanzig Jahren, als sich sein straffer, braungebrannter Bodybuilder-Bauch aus dem offenen Hawaii-Hemd geschält hatte, da hätte er dem heißen Feger vielsagend zugezwinkert. »Wie schaut's aus? Dreh ma eine Runde auf meiner Japanerin?« Seine Honda 300 setzte im Schuppen Rost an. Und er? Als Sumoringer in Bullenmontur tendierte seine libidinöse Ausstrahlung gegen null.

Ungerührt leierte Regine Stöckl ihren einstudiert klingenden Text herunter. »Danke, dass Sie sich die Zeit genommen haben. Aber es ist sicher auch in Ihrem Interesse, dass die Ermittlungen zügig vorangehen. Bitte kommen Sie! Herr Hauptkommissar Eyrainer erwartet Sie schon.«

Regine Stöckl machte ihrem Namen alle Ehre und stöckelte auf spitzen, wie Stilette geformten Absätzen vor ihnen her und stieß mit elegantem Hüftschwung die Tür zum Büro des Chefermittlers auf. »Bitte schön!« Sie spielte die Rolle der Empfangsdame mit vollendeter Grazie. »Kann ich Ihnen etwas anbieten? Ein Glas Wasser oder eine Tasse Kaffee vielleicht?«

Schorsch und Elfriede warfen sich argwöhnische Blicke zu. Sollten sie das Friedensangebot annehmen oder brüsk zurückweisen? Elfriede gab sich versöhnlich. »Einen Milchkaffee mit wenig Zucker!«

»Zu einem Espresso sage ich nicht nein. Vergiftet wird er schon nicht sein«, witzelte Schorsch.

Der Kommissar tauschte einen raschen Blick mit Stocki, die genervt die Augen verdrehte und sich mit einem »Ich mach dann mal Kaffee« verdrückte. Man musste kein psychologisch geschulter Paartherapeut sein, um ihren bissigen Unterton herauszuhören. Das Ehepaar Wammetsberger war definitiv nicht ihr Fall.

Eyrainer deutete auf die Besucherstühle aus orangerotem Hartplastik. »Bitte nehmen Sie Platz! Entschuldigen Sie die Verzögerung. Aber die Arbeit ...« Er ließ den Satz unvollendet. Die Message war klar: Er war der Hauptkommissar, und er führte hier das Kommando.

Elfriede musterte den hochgewachsenen Mann, der einen wie angegossen sitzenden Maßanzug trug, mit unverhohlener Geringschätzung. Sie rang sich ein schiefes Lächeln ab und setzte sich.

Wammetsberger setzte sich nicht. Er stützte sich auf der Schreibtischplatte ab und richtete sich zu seiner vollen Größe von einem Meter zweiundsiebzig auf. Ein leises Knurren ließ seine Heldenbrust vibrieren. »Lassen Sie mich eines klarstellen, Herr Kommissar, und zwar in aller kollegialer Freundschaft: Wenn Sie meinen, dass Sie uns hier wie lästige Bittsteller behandeln können, dann rücken wir zusammen. Hast mich?«

Damit waren die Fronten geklärt. Eyrainer hatte damit gerechnet, dass der Dorfbulle den wilden Hund herauskehren würde. Im Fortbildungsseminar »Initiative Intelligente Deeskalations-Strategien« hatte er gelernt, wie man in einer Konfliktsituation Ruhe bewahrte und seine Contenance behielt. Der Kommissar war die Umgänglichkeit und Herzlichkeit in Person und erging sich in blumiger Rhetorik. »Aber ich bitte Sie, wo denken Sie hin! Nichts liegt mir ferner als Animositäten zu schüren.« Wie er es in den Psycho-Schulungen eingeübt hatte, sonderte er verbale Banalitäten ab, ging auf seinen Kontrahenten zu und appellierte an den Korpsgeist und die Solidarität unter Kollegen. »Ich kann Ihren Ärger nachvollziehen, Herr Polizeihauptmeister. Aber es liegt uns doch beiden daran, dieses abscheuliche Verbrechen rasch aufzuklären, die Täter ausfindig zu machen und vor Gericht zu bringen! Das wollen Sie – das will ich!«

Jedes Wort war mit Sorgfalt und Bedacht abgewogen. Um das Gesagte zu unterstreichen, formte Eyrainer mit den Händen eine Art Trichter, dessen Öffnung sich nach innen verengte. Eine Gebärde, mit der schon Odysseus seinen Gefährten veranschaulicht hatte, dass sie nur dann ans Ziel gelangten, wenn sie alle an einem Strang zogen. Der Plan schien aufzugehen: Wammetsberger ließ sich auf den Stuhl plumpsen, der unter seinen hundertfünfundzwanzig Kilo Kampfgewicht ächzte. In seiner Stimme schwang jedoch noch immer Angriffslust: »Und habt ihr die Saubande schon am Wickel?«

»Wir ermitteln derzeit noch in alle Richtungen. Aber ich gehe davon aus, dass Sixtus Eder einem Racheakt zum Opfer gefallen ist – und deswegen hoffe ich auf Ihre Unterstützung!« Eyrainer lächelte charmant und blickte so treuherzig drein wie ein Bernhardinerwelpe. »Ich muss mir ein Bild von der Lebenssituation des Opfers machen, um einen Ansatzpunkt für meine Ermittlungen zu finden. Das können scheinbar belanglose Beobachtungen sein. Ja, es sind oft die trivialsten Anlässe, die zu den grausigsten Verbrechen führen. Jedes noch so winzige Indiz kann entscheidend sein. Ich habe Sie hierher gebeten, weil ich auf Ihre Kooperation und Mithilfe angewiesen bin!«

Sein Sermon erbrachte die gewünschte Wirkung. Wammetsbergers Gattin lächelte geschmeichelt. »Wissen Sie, ich würde Ihnen gern helfen, wenn ich nur wüsste wie! Der Sixtus ist nicht viel unter die Leute gegangen. Zum Stammtisch, ja – aber sonst! Mei, ich war seine Nichte, aber so viel haben wir jetzt auch nicht miteinander geredet. Vor zwei Wochen hat er uns eine Postkarte mit einem Madonnenbildchen vorn drauf geschickt, um uns zu seiner Geburtstagsfeier einzuladen. Beim Jägerwirt oder im Hois'n Bräu, glaub ich. Da wird jetzt ja nix draus. So kann's gehen.«

Das war's. Mehr kam nicht. Elfriede W. saß stocksteif da und reckte den Hals in Richtung ihres Mannes.

Wammetsberger fläzte sich in seinem Stuhl wie ein zufriedenes, vollgefressenes Reptil. »Sie wollen wissen, was für ein Typ der Sixtus war?« Er kratzte sich am Ohrläppchen. »Ein Leimsieder und Foamzuzler war er – und ein Lügenschippel dazu.« Dazu grinste der Kerl unverschämt.

Eyrainers Gespür sagte ihm, dass er hier nur sinnlos Zeit vergeudete. Das joviale Platzhirschgehabe war bloße Fassade. Dahinter glänzte reiner Granit. Gerade weil er als Hauptkommissar der Chef im Ring war, würde sich der störrische Dorfbulle querlegen. Da konnte er sich den Mund fusselig reden und würde von ihm doch nur fadenscheinige Erklärungen und Ausflüchte zu hören bekommen. Wut stieg in ihm auf. Wammetsberger war für ihn der Inbegriff jener selbstgerechten Streifenbullen mit Bierbauch und Wammerlwanst. Bauernrüpel, die in ihren Erdmannjacken herumstolzierten wie die Gockel am Mist. Wammetsberger mochte ein harter Hund, ein treffsicherer Schütze und die Antwort auf Steven Seagal obendrein sein, seine Extratouren und Eigenmächtigkeiten waren ihm dennoch ein Dorn im Auge. Seine halbseidenen Methoden würde man bei der Kripo niemals tolerieren. In einer

Mordkommission gab es klare Regeln, die es zu befolgen galt. Da ermittelte niemand auf eigene Faust. Da setzte keiner Speck an. Dieser Selfmade-Sheriff sollte in einem Kuhkaff den Verkehr regeln oder Strafzettel verteilen. Das Gescheiteste wäre allerdings, ihn umgehend nach Gran Canaria zu deportieren – und zwar mit drastisch gekürzten Ruhestandsbezügen. Doch dieser Wammetsberger war da. In seinem Büro. Hockte wie die bayrische Inkarnation des Dalai Lamas vor ihm.

»Gibt es sonst noch was, Herr Inspektor?«

Eyrainer war nahe daran, diesen impertinenten Seckl à la Kotan anzuherrschen: Inspektor gibt's kan! Er beließ es jedoch bei einem Hüsteln und setzte die Befragung fort. »Frau Wammetsberger, der Tathergang lässt den Schluss zu, dass Ihr Onkel regelrecht hingerichtet wurde. Solche öffentlichen Exekutionen sind in Kreisen des organisierten Verbrechens nicht unüblich. Was uns natürlich zu der Frage führt, ob Ihr Onkel in illegale Geschäfte involviert gewesen sein könnte. Hat er zum Beispiel in jüngerer Vergangenheit größere Geldsummen ausgegeben, ist er öfter verreist oder hat sich sein Lebens- oder Kleidungsstil verändert?« Eyrainer setzte ein kühles, überlegenes Lächeln auf.

Elfriede fiel aus allen Wolken und glotzte ihn aus vor Überraschung geweiteten Augen an. »Der Sixtus! Der alte Hungerleider? Der ist nie weggefahren, und rumgelaufen ist er wie der letzte Sandler! Geld hat der nie gehabt, da gehen Sie irr, Herr Kommissar!«

Eyrainer hakte nach, doch egal ob er auf die wirtschaftliche Situation des Hofs zu sprechen kam oder einem Zwist zwischen Brüdern das Wort redete, stets stieß er auf eine Mauer des Schweigens. Die beiden Eheleute waren ein perfekt aufeinander eingespieltes Team. Wenn sich Schorsch um eine Antwort herumdrückte, druckste auch Elfriede herum. Im Zweifelsfall hatte sie nichts gehört, nichts gesehen und wusste alles besser.

»Am Hof sitzt man ja arg eng aufeinander. Dem Sixt hat das nicht viel ausgemacht. Der Sebald war eher ein Treibauf. Da sind dann schon mal die Fetzen geflogen. Aber das war nix Ernstes, oder, Schorsch?«

Woraufhin sich ihr Gatte ausgiebig hinterm Ohr kraulte. »Zank und Streiterei, mei, wo gibt's das nicht? Letzten Sommer haben wir bei uns im Garten gegrillt – da war irgendwie eine ungute Stimmung! Der Sebald hat erzählt, dass er ein paar Hektar Wald an den Nachbarn verscherbeln möchte. Der Sixtus war wohl gegen den Handel. Jedenfalls sind sie sich in die Haare geraten.«

»Besoffen waren's wie die Haubitzen. Eigentlich haben sich die beiden aber ganz gut vertragen!«, relativierte Elfriede und nestelte an ihrer Bernsteinkette herum.

»Aha, verstehe! Nach drei Maßen war es vorbei mit der Bruderliebe!« Eyrainer wäre am liebsten aufgesprungen und hätte dieser Darbietung aus dem Komödiantenstadl höhnisch Beifall geklatscht. Stattdessen beugte er sich vor und schlug einen gereizten Ton an. »Verdammt, ich inszeniere hier keinen Schwank fürs Bauerntheater. Ich habe einen Mordfall aufzuklären. Wenn Sie die Arbeit der Strafverfolgungsbehörden ...«

Im nächsten Moment flog die Tür auf, und Stocki bugsierte ein Tablett vor sich her.

»Sorry, scusi, das hat jetzt leider ein wenig gedauert. Unsere Espressomaschine streikt regelmäßig. Kommt ja auch aus Italien, das Scheißding!«

Eyrainer sah irritiert, Wammetsberger belustigt zu ihr auf. »Ah, unser Kaffee! Sehr freundlich von Ihnen, Frau ...« Er tat so, als ob ihm der Name der guten Fee vom K 5 entfallen sei.

»Stöckl.« Mit dem Aplomb einer gelernten Serviererin sorgte sie dafür, dass Wammetsbergers ihren Kaffee und der Chef seinen Espresso Macchiato bekam. Sie blinzelte Eyrainer aufmunternd zu, klemmte das Tablett untern Arm und war auch schon wieder draußen.

Zum wiederholten Male fühlte sich Eyrainer an eine Posse im Bauerntheater erinnert.

Prompt schniefte Elfriede in ihr Taschentusch. »Der Sixtus war kein unrechter Mensch! Ein bisschen ruppig und grob, aber er hat niemandem etwas zuleide getan. Und dann so was – mit der Mistgabel!«

Eyrainer wartete nur darauf, dass Madame W. eine Träne hervorpresste.

Ihr Mann gab sich dagegen resolut und hemdsärmelig. »Saubauern sind's und keine Heiligen! Selbstsüchtig, nachtragend und hinterfotzig. Aber wenn Sie glauben, dass Sie sich mit Verbrechern eingelassen und krumme Dinger gedreht haben, dann san' s' am Holzweg!«

Der Kommissar hatte gute Lust, sich den dreisten Kerl vorzuknöpfen, doch er schlürfte nur an seinem Espresso und schwieg, scheinbar damit beschäftigt, seine Gedanken zu ordnen.

Endlich hob er an: »Nach der Kriminalstatistik des BKA liegt die jährliche Zahl der Opfer von Mord und Totschlag bei rund neunhundert – über neunzig Prozent der Fälle wurden aufgeklärt. Im Polizeipräsidium Grenzberg liegt die Aufklärungsrate seit Jahren konstant bei hundert Prozent – und ich lasse mir diese Quote nicht versauen, kapiert?« Elfriede schnäuzte geräuschvoll in ihr Tempo und Schorsch grinste boshaft, doch er ließ ihn ausreden. »In der überwiegenden Zahl der Fälle liegen Beziehungen zwischen Opfer und Mörder vor. Sie kennen sich also.«

»Das habe ich meinem Kollegen, dem Gschwandtner Xarre, neulich auch schon unter die Nase gerieben«, sekundierte Wammetsberger. Um gleich darauf auf Freispruch zu plädieren: »Der Sebald war's nicht – und sonst auch keiner von uns! Dafür leg ich die Hand ins Feuer.«

»Wir bringen keinen um!«, ereiferte sich seine Gemahlin pflichtschuldig. Eine Träne kullerte aus dem Augenwinkel, und sie krächzte kaum hörbar: »Mich wundert das gar nicht. Bei dem ganzen Gschwerl, das bei uns frei herumläuft! Da traut man sich ja gar nicht mehr auf die Straße. Diese Flüchtlinge kommen ja von überall daher, wo es nix wie Mord und Totschlag gibt. Die kennen da keine Skrupel. Aber Sie, Sie verdächtigen anständige Leute!« Wammetsberger gefiel sich in der Rolle des Beschützers und legte seinen starken, behaarten Arm um ihre Schulter. »Das langt jetzt. Wir gehen, Elfi!«

Eyrainer hatte die Schlappe kommen sehen. So kam er nicht weiter. Dieser Mord hatte kein klar ersichtliches Motiv wie bei Raub- oder Sexualmorden. Er musste in Relation zu anderen, ihm noch unbekannten verbrecherischen Machenschaften stehen. In die das Opfer verwickelt gewesen war – und die es zu vertuschen galt. Er ließ die Fingerknöchel knacken. »Wie Sie meinen. Ich möchte Sie aber bitten, dass Sie sich für weitere Fragen zur Verfügung halten.«

»Da fällt mir noch was ein.« Schorsch Wammetsberger räusperte sich. »Ich kenn jetzt ja keine Details, aber dieses Mal auf der Stirn, von dem in der Zeitung die Rede war, das ist doch ein Indiz dafür, dass religiöse oder politische Fanatiker ihre Pratzen im Spiel haben!«

Eyrainers buschige Brauen hoben sich. »Nun, daran haben wir natürlich auch schon gedacht. Wir sind da im Bekanntenkreis Ihres Onkels auf einen Namen gestoßen: Georg Graf. Ist Ihnen der geläufig?«

Ihn traf ein düsterer Blick. »Nein, wer soll das sein?«

»Aber, Schorsch, freilich. Den Graf kennst doch!«, ließ sich seine Frau vernehmen. »Der Landmaschinenmechaniker-Meister bei der GreWa, der vorige Woche unseren Rasenmäher repariert hat. Den hat der Sixtus gewiss auch gekannt!«

Hauptkommissar Eyrainer war restlos bedient.

Endlich war er allein und hatte Zeit, um nachzudenken. Die Befragung war Zeitverschwendung, ein Schuss in den Ofen gewesen. Eyrainer stierte zum Fenster auf den Hinterhof des Präsidiums hinaus. Keine verlockende Aussicht. An der Wand gegenüber reihten sich Abfall- und Altglas-Container. Was hatte Wammetsberger gesagt: Sebald war es nicht – woher wusste er das mit solcher Bestimmtheit zu sagen? Der Satz war ihm so herausgerutscht – und hatte wie eine Feststellung und nicht wie eine vage Vermutung geklungen.

»Dieser verdruckte, hinterfotzige Hund verarscht mich!« Der Espresso hatte einen bitteren Geschmack im Mund hinterlassen. Eyrainer war überzeugt, dass sein »werter Kollege« ihm etwas verheimlichte. Wammetsberger mochte wie die bartlose Version Pavarottis aussehen – ein Brustkorb wie ein Weinfaß, eine Figur wie ein Walross. Doch man durfte ihn beileibe nicht unterschätzen. Eyrainer war von Anfang an von der Hypothese ausgegangen, dass die Ermordung von Bruder A ursächlich mit dem Verschwinden von Bruder B zusammenhing. Und dass Bruder B in irgendeiner Weise in den Tod von Bruder A involviert war. Folglich war der flüchtige Bruder B der Hauptverdächtige. Und wenn er sich in einer Sackgasse verrannt hatte?

»Dieser Dreckhammel hat mich hinters Licht geführt. Der weiß was – und sagt nix!« Eyrainer hieb mit der flachen Hand aufs Fensterbrett. Neben einem Aktenstoß lag sein Diktiergerät griffbereit. Es war eine goldene Ermittlerregel, jedes Gespräch – notfalls auch heimlich – aufzuzeichnen. So hatte er alles auf Band und hinterher ein Beweisstück in der Hand. Doch was half es ihm? Wammetsberger hatte ihm etwas verschwiegen, aber weshalb? Dass ihn der Bulle von Brennbruck für einen Schaumschläger und Anzugträger, kurzum ein eingebildetes Arschloch hielt, war offensichtlich. Schließlich hegte er auch keine großen Sympathien für den Kerl. Aber würde er deswegen die Ermittlungen behindern? Er war schließlich Polizist – und wusste, was ihm blühte. Nein, es musste andere, gewichtigere Gründe geben.

Es klopfte zweimal, und Harthofer betrat sein Büro. »Servus, Chef. Na, wie ist es gelaufen?«

»Frag lieber nicht, Hartl. Ein Grauen! Aber mir kommt da grade ein Gedanke!« Eyrainer strich sich übers Kinn. »Der ED hat den Hof doch gründlich auf den Kopf gestellt. Haben die unter den Sachen des Toten Materialien mit historischem Bezug gefunden? Ich denke da an alte Briefe, Familienfotos oder Zeitungsausschnitte?«

Sein Assistent sah ihn unsicher an und knetete seine Hände. »So ein Bauernhof ist ja keine Penthouse-Wohnung! Die waren den ganzen Tag über beschäftigt. Im Kuhstall, in der Tenne, im Vorratskeller. Ein einziger Saustall.« Harthofer rümpfte die Nase. »Das Ergebnis war reichlich dürftig. Unser Mann hat jetzt eher spartanisch gelebt – und nicht wirklich viele persönliche Dinge hinterlassen. Ansichtskarten aus Rimini, Mallorca und Thailand, ein paar alberne Fotos – von ihm und seinen Spezln. Ein Dichter und Denker war er nun auch nicht gerade – Einkaufszettel, Kreuzworträtsel, ein paar verschmierte Notizblätter. Dazu eine erlesene Bibliothek: Ausstellungskataloge von Landwirtschaftsmessen, Motorrad-Prospekte, Pin-up-Kalender, Porno-, Landser- und Comichefte. Gehobenes Bildungsbürgertum, würd ich sagen.«

»Keine Bücher?«, erkundigte sich der Kommissar ungläubig.

»Ein total zerfleddertes Kochbuch, ein Kinder-Brockhaus in drei Bänden und ein Auto-Bild-Special über Monster-Trecker – das war's in Sachen schöngeistiger Literatur!«

»Kein Tagebuch?«

»Niente, rien! Ein Adressheft neben dem Telefon. Namen und Nummern von der Verwandtschaft, vom Lagerhaus, vom Mechaniker, von der Molkerei, den Stammtisch-Spezln und so weiter. Nix, was uns irgendwie weiterhilft! Man kann jetzt nicht behaupten, dass unser Mistgabel-Mann besonders vielseitig interessiert gewesen wäre.«

»Und wie sieht's bei seinem Bruder aus?«

Das hilflose Achselzucken seines Assistenten war beredter als die dürren Worte. »Mei, der war ja offenbar praktisch veranlagt und recht begabt. Vor allem mit dem Schnitzmesser soll er eine echte Koryphäe sein. In seinem Atelier stapeln sich Skizzen und Zeichnungen. Etwas heller auf der Platte, würde ich sagen, jedenfalls hat er den ganzen offiziellen Papierkram erledigt.«

»Und was Auffälliges dabei?«

Erneutes Achselzucken, erneutes Räuspern. »Abrechnungen von der Molkerei, Anträge auf Subventionen, Steuerbescheide, Kontoauszüge. Das Interessanteste ist noch die Korrespondenz mit dem Katasteramt und einem Dr. Lochinger, Anwalt in Grenzberg. Offenbar gab es über Jahre Streitereien um die exakten Grundstücksgrenzen im Hartinger-Holz. Die Sache ging vors Amtsgericht – die Eder-Brüder und ihr Nachbar vom Loth-Hof haben dann aber einen außergerichtlichen Vergleich geschlossen.«

»Und sonst – keine Mitgliedschaft in irgendwelchen Vereinigungen?« Langsam wurde es Eyrainer leid, seinem Assistenten jeden Satz aus der Nase zu ziehen.

Harthofer zuckte ausnahmsweise nicht mit den Achseln, sondern gestattete sich ein wohldosiertes Lächeln. »Fleckviehzüchterverband, Holzbauernvereinigung, Maschinenring – da fehlt sich nix. Ich hab mit dem Gemeindesekretariat Frieding telefoniert – kein Grund zur Klage, die fälligen Gebühren und Abgaben sind pünktlich eingegangen. Und der Sebald saß sogar als Beirat im Bildungs- und Kulturausschuss. Alles picobello.«

Eyrainer nahm einen letzten Anlauf. »Wir müssen etwas übersehen haben. Einen dunklen Fleck auf der Trachtenweste, eine verdächtige Überweisung, ein Heroinlabor im Heustadl. Irgendwas, für das man einen Mord begeht.«

Harthofer stand die Skepsis ins Gesicht geschrieben.

Er schien sich an seine Gardinenpredigten zu erinnern, in denen er nachdrücklich gefordert hatte, Fakten, Fakten und nochmals Fakten zu liefern. Eine solide Ermittlungsarbeit bestand darin, Beweismittel zu sammeln, bis Handschrift und Fingerabdruck des Täters sichtbar wurden. Und was tat er selbst? Wie ein paranoider Klaviervirtuose improvisierte er über ein filigranes Moll-Motiv, das Bilder von nächtlichen Verhören und düsteren Strafgerichten heraufbeschwor. Er stellte Spekulationen an, die er durch keinen Beweis erhärten konnte.

Eyrainer trat näher ans Fenster – über der mit Mörtelbatzen notdürftig geflickten Backsteinmauer spannte sich ein grauer, melancholischer Himmel, der wenig Anlass zu Zuversicht und Optimismus bot.

Pecunia non olet

Das Anwesen wurde von einer über zwei Meter hohen Mauer von der Außenwelt hermetisch abgeschirmt. Glasscherben ragten spitz und gefährlich aus der Mauerkrone, wohl nicht nur um Tauben, Saatkrähen und anderes Federvieh davon abzuhalten, dort ihre Landmarken zu setzen. Auf hohen Metallstelzen links und rechts des Tors kreisten und surrten die Überwachungskameras. Das Eingangstor zur Villa Finsterwalder hätte auch den Präsidentenpalast in Kabul oder den Hochsicherheitstrakt von Guantánamo vor unerwünschten Eindringlingen schützen können. Wie von Geisterhand öffnete sich das massive Metallmonster vor ihnen. In der Pförtnerloge hatte wohl ein hinter getönten Scheiben unsichtbarer Objektschützer aufs rote Knöpfchen gedrückt.

Anian Gruber verabscheute diese Termine. Diese flach gebürsteten Beiträge für das Magazin »Kreuz & Quer« – der Quotenrenner von GAU-TV. Aber was half es? Job war Job – und Obstler war Obstler. Er hatte die zweifelhafte Ehre, zu einem Kamingespräch unter vier Augen in die repräsentative Protzvilla von Sepp Finsterwalder gebeten worden zu sein.

Die Auffahrt zum Grundstück ließ Gröberes, ja Größenwahnsinniges befürchten. Zwei Löwenfiguren samt bayerischem Wappenschild in den Pranken wachten auf ihren Säulenpodesten über dem Reich des Grenzgauer Granden. Gruber staunte nicht schlecht.

»Wow! Kitsch as Kitsch can, Gips as gips can«, bemerkte sein auf dem Beifahrersitz lümmelnder Kameramann mit gewohnt zynischer Zunge.

Der feine, in der Abendsonne golden glänzende Kies knirschte leise unter den Pneus. Sie bogen auf den Vorplatz ein. Und da stand er auch schon – auf der obersten Stufe einer überbreiten Freitreppe. Ihr Gastgeber hatte die hochnäsige Haltung eines römischen Konsuls eingenommen und hob die Rechte lässig zum Gruß. Die Treppenanlage erinnerte Ani-an an die Bilder einer Stufenpyramide der Maya in Palenque oder Chichén Itzá. Die ländliche Villa selbst war weniger eine Reminiszenz an die alten Azteken als an die Antike. Ein feudales Gebäude im klassizistischen Stil mit einem Portikus, der zu beiden Seiten von einem Säulenpaar im neohellenischen Format flankiert wurde. Hier war alles bombastisch und pompös, hier war alles Fassade, war alles Prunk und Protz. Die Residenz eines Neureichen, der zu viel Geld und zu wenig Geschmack hatte. Kurz und gut, hier war alles zum Kotzen. Es war allerdings weder der rechte Ort noch die rechte Zeit, um seiner ablehnenden Haltung gegenüber den Auswüchsen des Kapitalismus neoliberaler Prägung Ausdruck zu verleihen. Hier und jetzt ging es ausschließlich darum, seinen Journalistenjob zu machen. A desso!

Die Türen des Kombis klappten auf. Wie bei jedem Dreh in Diensten des Lokalsenders GAU-TV taten sie auch heute ihr Bestes, um einen geschäftigen, professionellen Eindruck zu erwecken.

»Alex, du weißt Bescheid. Du beginnst mit einer Totalen – folgst mir, wie ich gemessenen Schritts die Treppe hinaufgehe, und zoomst dann auf das Gesicht unseres Freunds da oben.« Der Unterton seiner Stimme ließ allerdings vermuten, dass der in der Bussi-Bussi-Gesellschaft bestens bekannte Großspediteur und Recycling-Oligarch gewiss nicht zu seinem Freundeskreis zählte. Doch an Sepp Finsterwalder führte für ihn kein Weg vorbei. Der erfolgreiche Brummi-Mogul war vor einem halbem Jahr mit großem Tamtam und einer breitangelegten Wahlkampagne in die Lokalpolitik eingestiegen. Er hatte eigens das Bürger-Bündnis »Berg und Tal« gegründet und präsentierte sich auf den Plakaten als hemdsärmeliger Macher-Typ, der gegen Staat und Steuern wetterte und mit dem Parteienfilz aufzuräumen versprach. In den letzten Wochen hatte er mehrmals Wahlwerbespots auf GAU-TV geschaltet, und als guter Werbekunde bekam Finsterwalder auch seinen Platz in der redaktionellen Berichterstattung. So lief das eben – eine Hand wusch die andere.

Der Kameraknecht strich ein paar fettige Strähnen seiner Messias-Mähne aus der Stirn. »Claro! Ich geh ganz nah ran – so dass du jede Schweißperle auf seiner Hackfresse siehst!«

Sie waren ein eingespieltes Team und verstanden sich intuitiv.

»Lass das Schweinchen glänzen! Im Anschluss machen wir ein paar Nahe von der Begrüßungsszene. Denk an die inszenierten Bilder vom Gipfel in Elmau. Roter Teppich, großer Bahnhof. Die Regierungschefs schütteln sich die Patschhändchen. Bedeutungsschwer und inhaltsleer.«

»Okay! Wir machen einen auf Papst trifft Putin! Wahre Männerfreundschaft und so ...«, witzelte Alex mit einem frechen Grinsen.

Gruber verabreichte ihm einen freundschaftlichen Stoß in die Rippen. »Vorsicht! Social Correctness, wenn ich bitten darf! Ach ja, Alex, für den Trailer, brauch ich nachher noch ein paar Außen-Shots von dem Schmuckkästchen hier!«

Alex schob einen zweiten Akku in die Jackentasche. »Logo, wohnt echt bescheiden, unser Volksvertreter in spe. Sozialer Wohnungsbau, siebziger Jahre, würde ich tippen!«

Es war grotesk, aber dieser Mensch sah haargenau wie die Karikatur eines Gangsterbosses aus einer miesen Krimiklamauk-Serie aus. Anians Augenbrauen zogen sich spöttisch zusammen, doch er verkniff sich ein gehässiges Grinsen. Der Typ brauchte dringend einen Imageberater, der sein Styling um hundertachtzig Grad drehte, ihm einen neuen Look verpasste und an einem seriösen, staatsmännischen Auftreten feilte. So würde das schwerlich was werden mit der Wahl zum Landrat. Unter der Politprominenz des Grenzgaus gab es zwar einige Lachnummern und noch mehr dubiose Gestalten. Eingebildete Emporkömmlinge, notorische Intriganten, eingeschränkt zurechnungsfähige Boliden-Bonzen. Hätte sich Jesus tagtäglich mit diesen Trotteln abplagen müssen, wären ihm Zweifel an seinem Plan zur Rettung der Menschheit gekommen. Und er hätte es sich zweimal überlegt, ob er sich für diese kropferten Kretins ans Kreuz nageln ließ. Doch selbst unter diesen ungehobelten Provinzproleten stach Sepp Finsterwalder negativ heraus. An seinen dicken Wurstfingern funkelten Smaragde, Rubine und andere feingeschliffene Steinchen. Die fetten Klunker ließen ihn im unvorteilhaften Licht eines Parvenüs halbseidener Provenienz erscheinen. So etwas kam beim Durchschnittsspießer nicht gut an. Doch Finsterwalder hatte sich alle Mühe gegeben, sein Luden-Image zu kultivieren: Goldkettchen ringelten sich um seinen feisten Stiernacken, und ein klobiges goldenes Brustkreuz, wie es sonst nur hohe Geistliche bei der Papstwahl trugen, baumelte vor seinem kugelförmigen Wanst. Die Rolle des Kapos einer Bande balkanesischer Waffenschieber in einer satirischen Gangsterkomödie wäre ihm wie auf den Leib geschnitten.

Ungläubig staunend fixierte Anian Gruber den Kandidaten des Wahlbündnisses »Berg und Tal – die Alternative aus den Alpen«. Was versprach sich der Politneuling von dieser lächerlichen Kostümierung? Er war doch Geschäftsmann, er musste doch wissen, dass ein seriöses Outfit Pluspunkte sammelte. Wollte sich Finsterwalder mit dieser Mafioso-Maskerade vom politischen Establishment abheben? Dieses ganze Affentheater war Anian suspekt.

Zögernd streckte er ihm die Hand entgegen. »Herr Finsterwalder, vermute ich?«

Der Provinz-Pate klang etwas indigniert. »Sie vermuten richtig, Herr …«

Anian ließ zwei, drei Sekunden verstreichen, um Alex etwas Zeit zum Zoomen zu lassen. Bevor das Schweigen peinlich zu werden drohte, knipste er sein herzlichstes Jörg-Haider-Gedächtnis-Lächeln an. »Mein Name ist Anian Gruber – ich bin Reporter bei GAU-TV und betreue das Magazin ›Kreuz & Quer‹. Wir sind heute hier, um mehr über ihre politischen Pläne und Ambitionen zu erfahren. Schließlich steht die Kommunalwahl vor der Tür.«

»So ist es – und ich freue mich sehr, dass Sie meiner Einladung gefolgt sind!« Sepp Finsterwalder löste sich aus seiner herrischen Pose und scheuchte seine Besucher mit übertrieben gastfreundlichen Gesten einen breiten, mit schweren Teppichen ausgelegten Gang entlang. Als ob er höchstpersönlich der Zeremonienmeister am Hof des Sonnenkönigs wäre, stieß Finsterwalder die Doppeltüren zum Empfangssalon auf und rief mit affektiertem französischen Akzent: »Nur immer herein. Entrez s'il vous plaît!«

Sie fanden sich in einer holzvertäfelten Bauernstube wieder. In der Stube war alles massiv, edel, artifiziell, mit Intarsien und Schnitz-Schnickschnack überladen. Aus jeder Nische blickte ein handgeschnitzter Heiliger mit leidensvoller Märtyrermiene auf sie herab. Boden, Decke, Wände – die Farbpalette hier unten changierte von Haselnuss- bis Maronenbraun.

Alex schluckte hörbar. »Hm, bisschen dunkel hier! Könnten wir uns noch eine andere Location ansehen? Nur wegen den Lichtverhältnissen und so ...«

Finsterwalder überhörte den Kommentar des vorlauten Kamerakulaken. Der Hausherr ließ sich auf eine mit bestickten Kisschen drapierte Eckbank sinken.

Anian Gruber blickte sich skeptisch um, musterte die massige Gestalt, die wie ein Bunga-Bunga-Buddha inmitten seiner alpenländisch-abendländischen Bodhisattva-Statuetten thronte. Sein erster Eindruck hatte nicht getrogen. Auf seine in langen Journalistenjahren erworbene Menschenkenntnis war Verlass. Finsterwalder war der Prototyp eines neureichen Protz-Brockens. Eine Symbiose aus einem Madonnen-Mäzen bar jeglichen Kunstverstands und einem zu Einfluss und Wohlstand gelangten Unternehmer, der mit dem Midas-Händchen aus Gülle Gold machte. Der Typus des rastlosen Ränkeschmieds und skrupellosen Geschäftemachers, der mit halblegalen und halbkriminellen Methoden sein Imperium gezimmert hatte. Einer, der sich aus bescheidenen, kleinstädtischen Verhältnissen emporgearbeitet und bis in die Beletage seiner Bauernstube geboxt hatte. Und da saß er nun mit seiner selbstgefälligen Macher-Miene – die fleischigen, rosigen Unterarme auf die Tischplatte gestemmt.

»Kann ich Ihnen etwas zu trinken anbieten, einen Café au lait oder etwas Herzhafteres, einen Cognac oder einen Calvados vielleicht?«

Die überkandidelte Maskerade durfte nicht darüber hinwegtäuschen, dass Gruber es mit einem ausgefuchsten Schlitzohr und gerissenen Gauner zu tun hatte. Finsterwalder würde alle Register ziehen, um ihn für sich einzunehmen und vor seinen Karren zu spannen. Anian war auf der Hut.

»Wissen Sie, Gruber, ich bin ein bodenständiger Mensch, aber wir leben inmitten einer globalisierten Welt. Um unter diesen Bedingungen etwas für die Menschen zu erreichen, bedarf es einer gesunden Mischung: starke Bindungen an die Tradition und das Gespür fürs Neue. Schweinsbraten mit Semmelknödel ja, aber mit etwas Raffinement, mit knuspriger Kruste und mit Chili und Curry delikat gewürzt. Das ist mein politisches Erfolgsrezept!« Finsterwalder setzte ein liebenswürdiges Lächeln auf, doch in seinem Gesichtsausdruck lag ein verschlagener, hinterlistiger Zug.

Ein Raubtier, das Blut und Beute witterte, dachte Anian. Wer in seine Fänge geriet, wurde zerfleischt. Er machte Alex ein Zeichen, den Raum so gut wie möglich auszuleuchten, zwei Scheinwerfer aufzustellen und Licht zu setzen. »Einen Moment noch, Herr Finsterwalder. Wir nehmen das dann gleich auf, ja? Wenn wir so weit sind, könnten wir mit folgenden Fragen beginnen.« Er blickte auf seinen Notizblock. »Wo sehen Sie Defizite im System? Was würden Sie ändern? Fühlen Sie sich als mittelständischer Unternehmer dem Gebot der sozialen Verantwortung verpflichtet?«

Sein Gegenüber setzte sich in Positur und schlug einen kumpelhaften Ton an, der jedoch, wenn man auf die Nuancen achtete, anmaßend und von oben herab klang. »Lassen Sie mich gleich eines klarstellen. Ich stehe für einen anderen Politikstil, für Offenheit, Transparenz und wahre Bürgernähe. Schauen Sie sich die arrivierten Politprofis an«, echauffierte er sich in der Manier eines altisraelitischen Propheten. »Die alten Eliten haben abgewirtschaftet, haben sich selbst ins Abseits rangiert. Ich bin keiner, der nur schlaue Reden schwingt, ich weiß, was die einfachen Menschen bewegt. Ich bin freier Unternehmer und habe meine Firma mit Fleiß und Beharrlichkeit aufgebaut – und jeden Cent versteuert. Ich stehe zu dem, was ich sage, und ich sage, dass dieser Augiasstall gründlich aufgeräumt gehört.« Sepp Finsterwalder zählte an seinen fünf Fingern ab, wo er vorhatte den Rotstift anzusetzen. »Wir brauchen weniger Vorschriften, schlankere Strukturen und eine Fokussierung auf die Kernaufgaben der Kommunen, die Förderung der heimischen Wirtschaft. Wenn jemand unverschuldet in Not gerät, bin ich der Erste, der unbürokratische Hilfe leistet. Aber ich sage auch: keinen Heller für Sozialschmarotzer. Keinen Pfennig für die Heuschrecken, egal, woher sie kommen, von der Wallstreet oder der Walachei! Weg mit den alten Amigos! Wagen wir den Neuanfang!«

Gruber glaubte sich verhört zu haben – der Kerl redete nur Stuss und kaute irgendwelche Stammtischweisheiten wieder. Doch er machte eine professionelle Miene zum falschen

Spiel. »In Ihrem Maßnahmenkatalog fordern Sie, die Hälfte der Stellen in der öffentlichen Verwaltung zu streichen, die Budgets in den Bereichen Kultur, Freizeit sowie die Ausgaben für Soziales rigoros zu kürzen und die Fördermaßnahmen für Ausländer und Behinderte komplett zu streichen. Alles, um die Kommunen bei den Sozialausgaben zu entlasten!«

Finsterwalder schob Kinn und Brust vor. »So und nicht anders! Es geht darum, mehr Wachstum zu schaffen! Und der Motor des Wachstums ist und bleibt der Mittelstand. Und wir müssen den Druck von den sozialen Systemen nehmen. Scheinasylanten und arbeitsunwilligen Sozialschmarotzern gehört der Geldhahn zugedreht. Wir wollen nicht die Ränder, sondern die Mitte der Gesellschaft stärken!«

Anian nickte bedächtig, dabei fiel es ihm schwer, sich zu beherrschen. »Verstehe, andererseits plädieren Sie aber unter markigen Parolen wie ›Macht die Heimat stark!‹ oder ›Christina statt China!‹ für eine verstärkte Förderung der Betriebe in der Region, Investitionsprogramme für Handwerk, Landwirtschaft und Gewerbe. Wie passt das zusammen?«

Die Frage schien seinem Gesprächspartner nicht recht zu schmecken. Ärgerlich blaffte er ins Mikro: »Wie das zusammenpasst? Wie der Senf zum Leberkäs und die Brezen zur Weißwurst! Lassen Sie es mich für jeden verständlich erklären: Die Basis von allem ist der Leberkäs, die Wirtschaft, die den Leuten zu Lohn und Brot verhilft. Die Semmel ist der Mantel, die gemeinsamen Werte, die Institutionen und Traditionen, der Klebstoff, der die Gesellschaft zusammenhält. Der süße Senf ist das i-Tüpferl auf dem Leberkäs. Das kreative Element, die Innovationskraft, der Erfindergeist, der Bayern und den Grenzgau stark macht.« Finsterwalder hatte den beschwörenden, pathetischen Ton eines Kanzelredners angeschlagen, nun wechselte er die Tonlage, wurde polemisch und aggressiv. »Doch die Tiegel, Töpfe und Tröge sind leer!

Und warum? Weil die staatlichen Beihilfen in abartige Förderprogramme fließen, Millionen in die Migrationsindustrie gepumpt wird, die dann in dubiosen Integrations- und Partizipationsprojekten versickern. Unser Motto lautet ganz klar: Innovation vor Integration. Schluss mit der Subvention der Subkulturen!«

Es war unfassbar, dachte Anian. Er saß hier und lauschte in lässiger Pose den Hetzparolen dieses reaktionären Saukopfs.

Finsterwalder schwadronierte munter weiter. »Ich bin Praktiker. Ich habe weder etwas gegen Migranten noch gegen Muslime. Im Gegenteil: Meine Mitarbeiter sind zum Großteil Ausländer, darunter sind Türken, Rumänen, Albaner, Serben, ja, wir beschäftigen sogar einen waschechten Tschuwaschen. Und?«

Der Unternehmer sah ihn unverwandt an, doch Anian vermied den direkten Blickkontakt und sah stattdessen zu Alex hoch, der unbewegt hinter der Kamera stand.

»Und was tun Sie für Ihre Mitarbeiter. Bieten Sie Deutschkurse oder Kompetenztrainings an?«

»Nix da Deutsch! Bairisch lernen die bei mir! Und wie unser Brauchtum ausschaut!« Finsterwalder strahlte ihn an, als ob er in einer Jahrmarktsbude einen Teddybären geschossen hätte. »Jeder, der hierherkommt, soll hier heimisch werden und Wurzeln schlagen. Die Integration beginnt mit der Kultur, mit dem Leberkäs und dem Senf zur Brotzeit. Wir haben eine eigene Blasmusikkapelle, die regelmäßig auftritt – da bläst der Mustafa die Tuba. Und er spielt hervorragend! Beim Bayerischen Defiliermarsch hören Sie von ihm keinen falschen Ton. Und wir gehen mit der Firma am ersten Sonntag im Monat gemeinsam zum Frühschoppen, und da trinken wir dann zwei, drei Halbe. Auch die an ihren Allah glauben – da kennen die nix! Und ich unterstütze die Familien – und lasse ihre Frauen ein traditionelles Kunsthandwerk erlernen. Aziza zum Beispiel kommt aus Marokko und häkelt Altardecken für die Kirchengemeinde Brennbruck, und Habiba arbeitet nebenbei in der Paramenten- und Fahnenstickerei in Unterhofen und verdient sich was dazu.«

Anian war sich unschlüssig, was er auf diese Eloge erwidern sollte. Dieser Finsterwalder war ein merkwürdiger Wirrkopf. Halb Philanthrop, halb Hardcore-Kapitalist. Anian rächte sich auf seine Art. »Lernen Habiba und Mustafa bei Ihnen auch schnitzen? Ich meine, wenn ich mich hier in Ihrer guten Stube so umsehe …« Er machte eine den ganzen Raum umfassende Handbewegung.

Finsterwalder schien den ironischen Unterton überhört zu haben. Seine kleinen Äuglein glänzten, als ob er mit jedem der auf ihren Podesten posierenden Heiligen per du wär. »Einem Stück totem Holz den Odem des Lebens einzuhauchen – das ist für mich Schöpferkraft in ihrer Vollendung! Mir war es vergönnt, in über zwei Jahrzehnten Stücke von besonderem künstlerischem Wert zusammenzutragen, die in ihrer expressiven Ästhetik der Nimbus des Numinosen umgibt. Diese Figuren markieren eine Symbiose aus traditioneller Technik und neuem Geist.«

Anian nickte mechanisch. Der Typ tickte nicht richtig.

»Der Großteil stammt aus den Werkstätten heimischer Holzbildhauer, aber es befinden sich auch Arbeiten aus dem Grödner Tal oder aus Oberammergau darunter. Echte Raritäten. Sehen Sie hier!« Mit diesen Worten sprang Finsterwalder erregt auf und deutete auf diese oder jene Statuette. »Die beiden Apostelbrüder Andreas und Petrus von Erwin Reindlschmieder. Eine Pietà von Renate Ellger. Ein von Gewissensbissen zerquälter Judas von Lorenz Böse, eine Madonna auf der Mondsichel von Sebald Eder und mein Favorit – ein Ecce Homo von Franz Spreti. Als Landrat werde ich umgehend ein Förderprogramm fürs hier ansässige Kunstgewerbe auflegen und einen mit fünfzigtausend Euro dotierten Preis für Nachwuchskünstler stiften.«

Anian folgte dem Sermon nur mit einem Ohr, einer der Namen kam ihm allerdings bekannt vor. Ellger? Nein, Sebald Eder – das war doch der Bruder des Ermordeten, der mit der Mistgabel in der Brust. Er erinnerte sich düster, dass der Meisterschnitzer vermisst wurde.

»Entschuldigen Sie bitte, dass ich hier kurz einhake, aber haben Sie nicht eben Sebald Eder erwähnt, dessen Bruder vor kurzem einer schrecklichen Gewalttat zum Opfer gefallen ist? Wissen Sie Näheres über ihn – und seinen Verbleib?«

Sein Gegenüber schaute ihn erst verdutzt, dann irritiert, schließlich zornentbrannt an. »Wie sollte ich? Und was tut das in diesen Zusammenhang zur Sache.« Finsterwalders Gesichtsausdruck war von einer unnachgiebigen Härte. »Wenn ich nicht irre, geht es in diesem Gespräch um mein politisches Programm!«

Anian setzte eine betretene Miene auf und hüllte sich in den Mantel geheuchelter Anteilnahme. »Sorry, aber als Journalist stelle ich mir natürlich die Frage, inwieweit sich ein Mäzen Sorgen um einen solch sensiblen, talentierten Künstler macht. Sein Schicksal wird Sie doch berührt haben.«

Um nicht als fühlloser Unmensch dazustehen, blieb Finsterwalder nichts anderes übrig, als den Köder zu schlucken. Er blinzelte, als ob er sich eine Träne verdrücken musste. »Eine Tragödie – Sie sagen es! Eder ist für mich eine Art Egger-Lienz der Holzschnitzkunst. Ein hochtalentierter, begnadeter Mann, der aus einer Astgabel wie nix ein Kruzifix macht. Einer, der im Wald nach geeigneten Wurzelstücken sucht, in deren Form bereits die Gestalt der Madonna oder ein Corpus Christ angelegt ist. Aber als Mensch – wie viele große Künstler – schwierig.« Wie zufällig fiel sein Blick auf den sündteuren Chronographen einer französischen Nobelmarke. »Oh, ich sehe, es ist spät geworden – zu meinem Bedauern muss ich mich von Ihnen verabschieden. Immer diese Termine, aber Sie vom Fernsehen kennen das ja.« Finsterwalder gab sich leutselig und breitete seine Arme zu einer Geste, die das ganze Zimmer samt den darin angehäuften Kunstschätzen umschloss. »Schauen Sie sich ruhig noch ein wenig um, lassen Sie sich inspirieren. Ihr braucht doch sicher noch Schnittbilder.« Wie ein Moderator, der eben auf Sendung ging, knipste er ein gewinnendes Lächeln an. »Und denkt dran. Liste 4 – Berg und Tal. Ich zähl auf euch, Jungs!« Er knuffte Alex kumpelhaft in die Seite. »Mit Ihren Locken sollten Sie Spreti mal für den Jesus Modell sitzen – oder für den Judas!« Finsterwalder lachte gekünstelt – und wedelte zum Abschied mit der Hand, dass die Klunker nur so glänzten.

Alex war, was selten vorkam, sprachlos. Kopfschüttelnd löste er die Arretierung und nahm die Kamera vom Stativ. »Ich hab ja schon die größten Oberarschlöcher vor der Linse gehabt – aber der Typ schlägt alles.«

Anian fühlte sich beobachtet. Die toten Augen der Heiligen schienen ihn zu mustern – abschätzig und im Gefühl der eigenen Überlegenheit blickten sie auf ihn herab. Irgendetwas war hier faul. Wer solch große Stücke auf die Heiligen hielt, der war womöglich mit dem Teufel im Bund.

Lux in tenebris

Der Pils-Pub »A'dabei« war eine der ersten gastronomischen Adressen am Platz. Der Laden war in der Schweinsbraten-Schickeria mächtig angesagt, und so drängte und zwängte sich die C- und D-Prominenz in die Lokalität. Braungebrannte Grenzgau-Gringos zeigten sich mit ihren aufgebretzelten und krachert geschminkten Begleiterinnen, tätschelten mit unverhohlenem Besitzerstolz deren durch tägliches Power-Workout im Dance-Studio gestraffte Hinterteile. Po-Pomeranzen und Dirndl-Dirnen hielten nach lukrativen Objekten am Beziehungsmarkt Ausschau. Die verlebten Bier-Beaus und Malz-Machos hockten an der Bar und pflegten das abendliche Ritual der kollektiven Fleischbeschau. Wenn ihre rotfleckigen, grobporigen Säufernasen nicht gerade in ihren Pilsgläsern steckten, linsten die Goldkettchenträger in tief ausgeschnittene Dekolletés und begutachteten mit Kennerblick diverse Rückansichten der Damenwelt. Tauchte ein besonders attraktives Exemplar der Gattung Boxenluder auf, schüttelten die Cognac-Clochards ihre ergrauten Mähnen und warfen sich in Positur wie sonst nur die Gockel am Hühnerhof. Ihre von Suff und Surhaxen entstellten Visagen verzogen sich zu einem Ausdruck eingebildeter, präpotenter Männlichkeit. Ein lüsternes Faunslächeln kräuselte die rissigen Lippen. Die »Anmache« entlockte den gepiercten Schampus-Schlampen nicht einmal ein müdes Lächen. Ihr Interesse galt einzig und allein den prall gefüllten Brieftaschen einiger ausgesuchter Kunden des Etablissements. Die stockfleckigen Belamis auf ihren Barhockern gehörten nicht dazu. Ihre Zeit war vorbei, in ihren Mienen spiegelten sich die Melancholie der Magengeschwüre und die Agonie der Gallensteine. In banger Erwartung der nahenden Apokalypse hingen die abgehalfterten Alpen-Adonisse ihren trübsinnigen Gedanken nach. Sie gedachten ihrer schwindenden Potenz, ihren unnatürlich vergrößerten Fettlebern und starrten aus rotunterlaufenen Augen ins Leere. Eros und Dionysos kannten kein Erbarmen mit ihren in die Jahre gekommenen Jüngern. Wer den Göttern gefiel, den holten sie jung zu sich.

Korbinian Eyrainer betrachtete das vergnügte Treiben aus sicherer Entfernung. Er und seine beiden Begleiter hatten an einem Ecktisch im hintersten Teil des Lokals Platz genommen. Der Kommissar strafte die Ansammlung abgetakelter Society-Schabracken und zahnloser Salon-Löwen mit der gebotenen Verachtung. Welch armselige Gestalten, dachte er und empfand fast so etwas wie Mitleid mit den lendenlahmen Helden. Sein vordringlichstes Problem war allerdings, dass er inmitten dieses Feuchtgebiets auf dem Trockenen saß. Unruhig wetzte er mit seinem Hintern auf dem verschlissenen Stoffbezug der Couch hin und her. Die Bedienung ließ sich nicht blicken. Oder besser gesagt, sie war anderweitig im Einsatz.

Zwei Tische weiter geizte eine vollbusige »Barista« nicht mit tiefen Einblicken in die zerfurchten Schluchten ihres aus dem engen Top quellenden Busens. Einer der im Halbdunkeln kauernden Typen raunte ihr eindeutig zweideutige Bemerkungen bezüglich ihrer imposanten Oberweite ins Ohr, worauf die Maid ein schrilles Kichern ertönen ließ. Ihr Galan verabreichte ihr einen Klaps auf den Hintern, und die Serviererin drohte dem kecken Kerl in gespielter Empörung mit dem kleinen Zeigefinger. Im Prinzip hatte Eyrainer nichts gegen amouröse Abenteuer einzuwenden. Was ihm sauer aufstieß, war die Tatsache, dass die Kellnerin offenbar zu beschäftigt war, um die drei Gäste am Nebentisch mit ihrer Anwesenheit zu beehren. Endlich ließ sie von dem Typen ab, zupfte mit aufreizender Lässigkeit an ihrem extrem eng geschnittenen Trägershirt herum und stöckelte mit gekonntem Hüftschwung von dannen. Eyrainer war sprachlos. Ihr Shirt trug die Rückennummer 11 – und darunter stand in roter Leuchtschrift: Angie.

Eyrainer hatte es sich mühsam abgewöhnt, seinem cholerischen Temperament die Zügel schießen zu lassen. Die ostentative Zurschaustellung von blasierter Gleichgültigkeit brachte ihn jedoch zur Weißglut. Was bildete sich dieser Bauerntrampel, diese Angie ein? Auch unter seinen Tischgenossen regte sich Protest.

Alfons Aufhammer grunzte. »Sind wir hier die Parias, oder was? Wieso bewegt diese Bussi-Bussi-Tussi ihren fetten Arsch nicht hierher?«

Ein mit den Gepflogenheiten der örtlichen Schicki-Szene unvertrauter Beobachter hätte annehmen können, dass der rechte Nebenmann des Kommissars zum Stammpublikum der Sprizz-Spelunke gehörte. Weit gefehlt. Trotz seiner modisch bewussten, auf Außenwirkung abzielenden Aufmachung reihte sich Alfons »Al« Aufhammer nicht in die alte Garde der Halbwelt-Hamperer ein, die auf aufpolierten Sambatretern herumstolzierten und die bessere Hälfte ihrer Watschengesichter hinter verspiegelten Fliegerbrillen verbargen. Unter der modischen Schale des erfolgreichen Bankers verbarg sich ein harter Kern. Unterm Samtstoff wölbte sich keine Bierwampe, sondern Muskelmasse. Der hemdsärmelige Schulterklopfer im Designer-Dress konnte übergangslos zum schlagfertigen Maßkrug-Matador im Strickjanker mutieren. Im Job war Aufhammer die Seriosität, Diskretion und Gelassenheit in Person, aber wehe wenn ihm nach ein paar Maß im Bierzelt einer blöd kam. Dann schnellte der Adrenalinspiegel in die Höhe, dann pochte das Blut seiner keltischen Ahnen in den Adern, dann fiel der Watschenbaum um. Schon mehrmals hatte Eyrainer diese furchterregende Metamorphose miterlebt, die Aufhammer zur bajuwarischen

Kampfmaschine mutieren ließ, die in puncto Kampfkraft jeden Shaolin-Mönch und Kung-Fu-Meister blass aussehen ließ. Es gab aber auch die anderen Tage, an denen der andere Teil seines keltischen Genoms die Oberhand gewann. Dann verwandelte sich der dynamische Macher-Typ in einen Zweifler Hamlet'scher Prägung, der zu Larmoyanz, Schwarzmalerei und Fatalismus neigte. In diesen schwermütigen Stunden haderte Aufhammer mit seinem tragischen Los, dann streute er Asche aufs Haupt und weidete sich an den eigenen Seelenqualen. Diese Phasen postexzessiver Belastungsstörungen hielten gottlob nie lange an. Sobald das erste Weißbier am Tisch stand, war die Welt wieder in Ordnung.

»Langsam könnte die Alte wirklich antanzen. Ich verdurste gleich!« Der Dritte im Bunde war Anian Gruber, Chefreporter beim Lokalsender GAU-TV. Was Eyrainer an seinem alten Schulspezl schätzte, war der Umstand, dass er keinerlei Ähnlichkeit mit den typischen Vertretern seiner Zunft besaß. Die aufdringliche Penetranz und die selbstgerechten Allüren seiner Kollegen waren ihm fremd. Bei den Revierkämpfen der Medienmeute hielt er sich dezent im Hintergrund und passte sich wie ein Chamäleon der jeweiligen Umgebung an. Er hörte zu, wenn andere ein Flächenbombardement von Fragen vom Stapel ließen. Konfrontationen ging er bewusst aus dem Weg, vermied es zu polarisieren und suchte stattdessen nach dem gemeinsamen Nenner. Anstatt seinen Gesprächspartner ins Kreuzverhör zu nehmen, nahm er ihn für sich ein. Er war biegsam wie Bambus und geschmeidig wie ein Fischotter im Wasser. Vor ihm öffneten sich Türen, die dem Rest des Rudels verschlossen blieben. Unter Freunden legte er indes weit weniger Zurückhaltung und Empathie an den Tag, da trat er gern einmal nach.

»Wir sollten uns beim Geschäftsführer über diese hochnäsige Zicke beschweren«, stichelte Anian.

Aufhammer pflichtete ihm umgehend bei. »Wir sollten

einfach aufstehen und gehen! Mal sehen, ob Angie dann angerannt kommt!«

Eyrainer hielt sich mit Unmutsäußerungen zurück. Zechprellerei war zwar kein strafrechtlicher Tatbestand. Wenn sie allerdings das Lokal verließen, ohne die Rechnung zu begleichen, lag im Juristenjargon eine privatrechtliche Pflichtverletzung des Gastes vor. Und dies begründete neben dem noch bestehenden Erfüllungsanspruch einen Schadensersatzanspruch des Wirtes nach irgendeinem BGB-Paragraphen, der ihm entfallen war. Im Wirtshaus war es wie im wahren Leben: Irgendwann bekam man die Rechnung serviert. Eyrainer studierte die vertrauten Gesichtszüge Grubers. Darin war nichts, was weich, sanft und zart besaitet war. Er blickte in ein markantes, fast grobschlächtiges Gesicht. Grüngraue Augen lugten unter buschigen Brauen hervor. Die schmale, etwas zu lang geratene Nase mit dem kleinen Höcker schien stets Blut und Pheromone zu wittern. Unter der strengen, maskulinen Form lauerte ein vielschichtig angelegter, amorpher Charakter, der nur schwer zu durchschauen war, weil ihm die klaren Konturen, Kanten und Eigenschaften fehlten, die einem Gesicht Halt und Gestalt gaben. Obschon er Gruber bereits seit der neunten oder zehnten Klasse des Gymnasiums, mithin fast genau so lange wie Aufhammer kannte, wusste er ihn nicht wirklich einzuschätzen. Die Eckpunkte seines irrlichternden Wesens ließen sich nur ungefähr abstecken. War er doch eine ebenso brisante wie unberechenbare Mixtur aus Opportunist und Idealist, aus karrieristischem Anpasser und nonkonformistischem Bohemien. Das konnte nicht gutgehen – und ging auch nie lang gut. Denn da war immer ein doppelter Boden, der unter ihm einzubrechen drohte, wenn Gruber seine Kapriolen drehte. Dieses ewige Hin und Her, diese Kehrtwendungen um hundertachtzig Grad, dieses In-Frage-Stellen der eigenen Überzeugungen und Überlegungen hatte etwas Neurotisches, Zwanghaftes, das zwangsläufig zu Problemen, zu Verwirrungen und Irritationen führte. Eyrainer war jedenfalls Grubers ekstatischen Freundschaftsbekundungen stets mit höflicher Reserviertheit begegnet – und er hatte gut daran getan. Wie um sein janusköpfiges Wesen auch in seinem äußeren Erscheinungsbild herauszukehren, trug Gruber zur modischen dunkelbraunen Cordjacke einer italienischen Edelmarke eine ausgewaschene Flickenjeans, die aussah, als ob er sie aus dem Altkleider-Container geklaut hätte. Gruber war bei der heutigen Zusammenkunft jedoch bloße Staffage, ein Komparse, der mit am Tisch saß. Und zwar aus einem einzigen Grund. Der »dritte Mann« hatte dieselbe Funktion wie das Gegengewicht in der Mitte einer Wippe. Die Balance zwischen den beiden auf der Schaukel zu halten. Ein Quizmaster, der die Stichworte lieferte und darauf achtete, dass die Kandidaten die Regeln einhielten und nicht zu einem verbalen Schlagabtausch ausholten.

Eyrainer hatte Gruber ins Boot geholt, denn ein Vieraugengespräch würde zu nichts führen. Es wäre wie eine Schafkopfpartie zu zweit. Er würde das Spiel machen müssen. Al dagegen würde in Hinterhand sitzen – und abwarten. Legte er die Karten auf den Tisch, würde ihn Aufhammer über selbigen ziehen. Al durfte nicht erfahren, welches Blatt er in der Hand hatte. Zwei Asse und zwei Ober – oder nur Siebener, Achter und einen windigen Unter. Um ihn auszutricksen, musste er ihm eine Falle stellen. Aufhammer sollte das Spiel machen. Er würde seiner Eitelkeit schmeicheln und ihn reden lassen. Schließlich hatte Al den grausig zugerichteten Toten gefunden. Was gewiss ein Schock gewesen war – und ihm Alpträume beschert hatte. Dass Aufhammer der Mordfall nicht aus dem Kopf ging, war unter diesen Umständen die natürlichste Sache der Welt. Das Manöver diente einem bestimmten Zweck: Licht in die finanzielle Situation der Eder-Brüder zu bringen. Und Einsicht in deren »schwarze

Konten« zu bekommen. Dazu bedurfte es der Mithilfe Aufhammers.

Eyrainer saß in der Klemme. Er wurde nicht schlau aus dem Fall. Die Tat folgte keinem gewöhnlichen Strickmuster. Was bezweckten die Mörder? Wollten sie jemand warnen, drohen, provozieren? Hatten die Täter überhaupt eine bestimmte Absicht verfolgt? Oder war hier eine Bande psychisch kranker Sadisten am Werk?

Um einen Raubmord hatte es sich jedenfalls nicht gehandelt. Eders abgegriffenes Portemonnaie aus echtem Rindsleder hatte noch in den Taschen seiner dunkelblauen Arbeitsmontur gesteckt. Neben ein paar Münzen und einem Fünfzig-Euro-Schein hatten sich darin seine EC-Karte, die Kundenkarte des Raiffeisen-Lagerhauses Grenzberg sowie eine SB-TankCard befunden. Seinen Schlüsselbund, an dem die übliche Schlüsselgarnitur samt einem Silbermedaillon hing, hatten die Leute vom Erkennungsdienst einige hundert Meter vom Tatort entfernt aus dem Gebüsch geangelt. Die Täter hatten ihrem Opfer offenbar die Schlüssel abgenommen, diese dann aber achtlos weggeworfen. Offenbar hatten sie den Hof Eders schon vorher rasch durchsucht – daraufhin deuteten jedenfalls einige frische Kratzspuren am Türschloss. Irgendjemand hatte dort Staub, Mäusedreck und Kalk aufgewirbelt – und seine Fußabdrücke hinterlassen. Fußabdrücke in einer Größe, die nicht zum Schuhwerk der Gebrüder Eder passten.

Irgendwie ergab das Vorgehen der Verbrecher keinen Sinn für Eyrainer. Was wollten sie? Was suchten sie? Geld? Habsucht, Schulden und Geldgier war immer noch das Motivbündel Nummer eins. Sprich: Wer profitierte in finanzieller Hinsicht vom gewaltsamen Ableben Sixtus Eders? Die Frage hatte schon die Advokaten im alten Rom beschäftigt. Die Nachforschungen seiner Kollegen im Dezernat für Betrugs- und Finanzdelikte waren jedoch im Sande verlaufen.

Eder hatte nichts am Kerbholz. Sie hatten die Bankguthaben überprüft. Das Ergebnis: Die hinterlassene Barschaft summierte sich auf exakt 4819 Euro. Peanuts. Und den Rest seiner irdischen Besitztümer? Der bestand im Wesentlichen aus stumpf gescheuertem Geschirr, abgetragenem Gewand und stockfleckiger Bettwäsche – einen Raubmord konnte man also getrost aus der Motiv-Matrix streichen. Eder war ein armer Schlucker, den kein Bandit mit einem Funken Verstand entführen würde, um eine Lösegeldforderung zu stellen.

Blieben die Immobilien. Hatte Sixtus Eder wegen Grund und Boden ins Gras beißen müssen? Eyrainer hatte Lehnleitner beauftragt, Erkundungen einzuziehen. Beim Notar, bei der Hausbank, beim Grundbuchamt. War eine Hypothek auf den Holzer-Hof eingetragen? War jemand in der Verwandtschaft verschuldet? Brauchte jemand dringend Bares, drohte eine Privatinsolvenz? Nichts dergleichen. Dem Testament nach erbte jeder Familienzweig ein Viertel seiner Hälfte des Hofs. Sein jüngerer Bruder Sebald, die beiden Kinder seiner ältesten Schwester Katharina respektive deren Nachkommen sowie seine zweite Schwester Maria und deren Sohn Maurus. Jeder bekam also einen Erbanteil, der als solches nichts wert, weil er nicht zu verwerten war. Eders Erben hätten also nichts gewonnen. Schweren Herzens musste Eyrainer die Nichten und Cousinen und somit auch Schorsch Wammetsberger von der Liste der Verdächtigen streichen.

Auch der Lokaltermin auf dem Hof hatte keine zweckdienlichen Erkentnisse gebracht. Außer, dass er dort zwischen Misthaufen und Gülletanks nicht einmal tot begraben sein wollte. Nachdem die Spurensicherung abgerückt war, hatte er sich zusammen mit Lehnleitner in den Wohn- und Wirtschaftsgebäuden umgesehen. Das Ergebnis ihrer Ad-hoc-Razzia war ernüchternd ausgefallen: Der Hof war eine baufällige Bruchbude, in dessen Sanierung man einige Millionen stecken müsste, um ihn als Landhaus-Immobilie an einen depperten Stadterer zu verscherbeln, den die ruralen Freuden des Landlebens nach Göttersberg locken mochten. Blieben Grund und Boden! 13,5 Hektar. Eine Herde verdreckter Rindviecher hinterm Stacheldrahtzaun, dunkles, von Waldwirtschaftswegen geviertelte s Tann, quakende Frösche im morastigen Entengrützen-Teich. Nichts, was das Herz des Naturjüngers erquickte oder den Odendichter zum Lobgesang auf die elysischen Gefilde anregte. Die zum Besitz gehörenden Wiesen und Forstflächen würden in den nächsten hundert Jahren nicht zum Bauland umgewidmet werden – waren also per se nur das wert, was man mit harter Arbeit als Bauer erwirtschaftete. Gut, man konnte den Grund verpachten. Der Pachtpreis für Grünland lag derzeit bei rund 170 Euro pro Hektar – im Jahr wohlgemerkt. Gemeinhin nicht die Summe, für die es sich lohnte, einen Killer anzuheuern. Bis sich eine solche Investition amortisiert hatte, gingen vierzig oder fünfzig Jahre ins Land. Ein höchst unrentables Geschäft.

Eyrainer hatte sich wieder und wieder den Kopf zerbrochen, ob er etwas übersehen hatte. Der Kommissar konnte einfach nicht glauben, dass der ältere der Eder-Brüder ein solch armseliger Habenichts gewesen sein sollte, wie es den Anschein erweckte.

Lehnleitner hatte ihm bei der Rückfahrt nach Grenzberg aus der Seele gesprochen. »Das passt nicht zusammen, Chef! Wir kennen doch die Statistik: In einem Mordfall sind die Täter so gut wie nie Fremde. Sie stammen nahezu zu hundert Prozent aus dem sozialen Nahfeld.«

Das soziale Nahfeld – so wurden Verwandte, Freunde und gute Bekannte im Profiler-Jargon bezeichnet. Der Kommissar hatte sich in die Hypothese des Familiendramas verbissen. Nun hoffte er auf Umwegen, mehr über die inoffiziellen Vermögensverhältnisse im Eder-Clan in Erfahrung zu bringen.

Wenn jemand wusste, wie es um die Finanzen der diversen Sippschaften und Vetternwirtschaften im Grenzgau bestellt war, dann Al Aufhammer. Dabei war das offizielle, also zu versteuernde Einkommen, über das sich Al im Bedarfsfall auf den Cent-Betrag hinterm Komma genau Kenntnis verschaffen konnte, nur die Spitze des Eisbergs. Die wahren Werte, die in keiner Aufstellung und Abrechnung der Finanzinstitute und Finanzämter auftauchten, waren das eigentlich Interessante. Die Grau- und Grenzbereiche der Vermögensverwaltung waren Aufhammers eigentliche Domäne. Das Konto einer Briefkastenfirma bei einer Offshore-Bank, eine Treuhandgesellschaft mit Sitz auf den Kanalinseln, ein Immo-Fonds im Kanton Zug? Solange er sicher war, dass man ihm schwerlich ein Vergehen nachweisen konnte, war er dabei. Um seine Immunität sicherzustellen, hatte Aufhammer sich in ein hochkomplexes Beziehungsgeflecht aus Loyalitäten, Allianzen, Abhängigkeiten und wechselseitigen Verpflichtungen verstrickt. Und dieses schier unerschöpfliche Wissensreservoir suchte der Kommissar auf dem kleinen Dienstweg, quasi inoffiziell »unter Freunden« anzuzapfen.

Um eben diesen »Freunden« zu beweisen, dass er durchaus gewillt war, hart durchzugreifen, erhob sich Eyrainer und tat seine Absicht kund. »Mir langt's! Ich greife mir dieses Trutscherl. Der bringe ich Mores bei.« Mit federnden Schritten näherte er sich von hinten dem Zielobjekt. Und führte, wie es im Beamtendeutsch hieß, den Zugriff durch.

Noch ehe Angie wusste, wie ihr geschah, hatte er sie mit dem resoluten Griff eines im Straßenkampf mit vermummten, Steine schleudernden Chaoten gestählten Kriminalbeamten am Oberarm gepackt. »Wären Sie bitte so freundlich, den Herrn am Ecktisch zwei Gläser Rioja – und mir ein kühles Pils zu bringen. Und zwar auf der Stelle – toute suite!«

Die Bedienung starrte ihn aus vor Schreck geweiteten Augen an. Die auftrumpfende Arroganz, die sie eben noch an den Tag gelegt hatte, war schlagartig verflogen. »Aber klar doch, kommt sofort«, stotterte Angie hastig. In ihrem Ton lag die devote Unterwürfigkeit eines Lakaien am Hof des Sonnenkönigs.

Eyrainer blickte ihr mit einem grimmigen Lächeln nach. Manchen Menschen musste man zu ihrem eigenen Besten auf die Sprünge helfen.

»Mit der Dunggabel – an die Fichten genagelt! Dieser grausige Anblick geht mir nicht aus dem Kopf, der blanke Horror, sag ich euch!« Wie von Eyrainer erhofft, war der Banker nach dem zweiten Rioja in seinem Element. Die Story vom Fund der furchtbar zugerichteten Leiche hatte er zwar in den letzten Tagen x-mal variiert, dennoch fiel ihm immer noch das ein oder andere makabre Detail ein, um die Gruselgeschichte ornamentartig auszuschmücken. »Überall Lachen aus glitschigem Schlamm und schwarz geronnenem Blut. Ich hab später vom Kurbi erfahren«, dabei deutete er mit dem Kopf in Richtung des angespannt lauschenden Kommissars auf der Sitzbank neben ihm, »dass einer der Stahlzinken die Aorta durchbohrt und auf fünf Zentimeter Länge aufgetrennt hat. Da der Sixtus zu dem Zeitpunkt noch gelebt und das Herz noch gepumpt hat, muss das Blut wie bei einer Fontäne nur so rausgespritzt sein!«

Wenn er ein paar Halbe intus hatte und ein plakatives Thema plastisch schildern konnte, war Aufhammer nicht mehr zu stoppen. Dann mutierte er zu einem begnadeten Erzähler, der einem Luis Trenker in nichts nachstand.

Eyrainer beneidete Al um diese rhetorische Gabe und um seine volltönende, gutturale Bassstimme. Dieser sonoren, nach Abenteuergeschichten am Kaminfeuer klingenden Stimme hörte man aufmerksam zu.

»Das Blut ist also aus der offenen Ader gequollen wie Magma aus einem Vulkanschlot. Als ich ihn gefunden hab, war das Blut um die Einstichstelle im Brustkorb herum vollständig eingetrocknet und zu einem rostroten Klumpen verkrustet.« Von dieser Stimme ließ man sich sogar geduldig erklären, warum dieses Wertpapier und jenes Zertifikat, diese Anleihe und jenes Derivat eine sichere und rentable Geldanlage war. Auch wenn das nur bedingt den Tatsachen entsprach. Aufhammers leutselige und wohltuend unkapriziöse Art war ein probates Mittel, um beim Zuhörer Vertrauen und Sympathie zu wecken und sich unauffällig beim Kunden einzuschmeicheln. Er besaß eine natürliche Begabung, sein Gegenüber für sich einzunehmen, einem völlig Unbekannten auf die Schulter zu klopfen, ohne dass diese Geste anbiedernd und aufdringlich wirkte. Eine Begabung, die Anian zu seinem größten Bedauern abging. Um es in einem Satz zu sagen: Im Gegensatz zu ihm war Alfons Aufhammer der geborene Verkäufer. Sein Talent hatte er schon als Pennäler auf dem Gymnasium Grenzberg unter Beweis gestellt, als er alles, wirklich alles – Schwarzmarktzigaretten von der Stange, Sex- und Landserheftchen, Pressluft-Pistolen oder Beutel voller Gras, das aus Brenners Hanfplantagen stammte – mit einer satten Gewinnmarge verschachert hatte. Al hätte später alles verkaufen können. Dass er sich nach dem Abitur für den Banker-Job entschieden hatte, hatte einen einfachen Grund: Sein Gespür für lukrative Deals, seine Gerissenheit und Schläue waren ebenso ausgeprägt wie seine Furcht vor blau schimmernden Gewehrläufen, die an seine Schläfe gehalten wurden, oder sein Gräuel, mit Betonmanschetten an den Füßen auf Tauchtour zu gehen. Und noch etwas sprach dafür, Bauern-Banker bei der Raiffeisenkasse statt Investment-Broker bei einer Offshore-Bank zu werden: Hier konnte er satte Renditen einstreichen, ohne sich seine Hände allzu schmutzig zu machen und auf kulinarische Köstlichkeiten wie Schmalznudeln, Schmandkuchen und Schweinshaxen verzichten zu müssen. Im »Grenzgau-Gäu«, in seinem Revier, ließ sich mit minimalem Risiko ein Maximum an Ertrag erzielen. Das lag daran, dass Al Aufhammer seit seinem zwölften Lebensjahr nichts anderes getan hatte, als ein verlässliches, strapazierfähiges Netz aus Beziehungen, Abhängigkeiten, Verpflichtungen und Verflechtungen zu knüpfen. Dabei konnte er sich auf sein dramaturgisches Naturtalent verlassen. Dank diesem gelang es ihm scheinbar mühelos, das Fundament der Story mit fester, entschlusskräftiger Stimme zu zementieren, um anschließend in traumwandlerischer Sicherheit über die freihängenden Seile zwischen den Spannungsbögen zu spazieren.

»Das müsst ihr euch so vorstellen: in der Mitte ein teigiger Magmaflecken und außen rum ein Kraterrand aus blutigem Schorf.«

Eyrainer hatte den Toten mit eigenen Augen gesehen, dennoch lauschte er den Ausführungen Als gebannt.

»Wenn ich jetzt eine Metapher wählen müsste, würde ich an einen Kuhfladen von einem kräftigen rostroten Farbton denken, eine Art düsteres Abendrot, das ins Violette und zu bläulicher Tintenschwärze changiert.«

Der Kommissar schaute überrascht von seinem Weinglas auf. Hatte Al jetzt auch noch seine poetische Ader entdeckt? Doch die lyrische Anwandlung à la Rilke, Baudelaire & Co. war nur von kurzer Dauer. Aufhammer wechselte zurück ins prosaische Fach und kam auf die Täter und deren Motive zu sprechen. »Was die in der Zeitung schreiben, ist der reinste Bockmist. Für diese Kasblätter ist jeder Euro zu viel. Von wegen Geisteskranke und Psychopathen, die ihre destruktiv-aggressiven Triebphantasien ausleben. Dass ich nicht lache! Die Apostel des Antichristen, die Eleven Thors. Wenn ich diesen okkultistischen Schmarrn schon höre! Da geht's doch nur darum, den Leuten Angst einzujagen – damit die ihr Scheißblatt kaufen. Was das Motiv anbelangt, hab ich eine ganz andere Theorie!«

Eyrainer kippte sein Pils in einem Zug hinunter. Dann setzte er den dünnwandigen Kelch auf den Bierdeckel und rülpste ungeniert. »Aaah! Und lässt du uns an deinen theoretischen Überlegungen teilhaben?«

Aufhammer machte eine wegwerfende Handbewegung. »Geschenkt! Was schon mal gegen einen Ritualmord spricht, ist der Tathergang. Wie soll man sich das denn vorstellen? Die Unterweltsjünger hocken irgendwo hinter einer Hecke und lauern auf ein potentielles Blutopfer. Der Sixtus Eder kommt arglos pfeifend des Waldwegs daher, wird von zwei, drei vermummten Gestalten überfallen, ins Gebüsch gezerrt und an den Marterpfahl geschleppt. Da sticht ihn dann der Ober-Druide ab. So eine schwachsinnige Story kauft dir nicht einmal RTL 2 für einen Dreiteiler mit G-Promis ab!«

»Das klingt ziemlich unglaubwürdig«, pflichtete ihm Gruber vorbehaltlos bei.

»Und es wird noch abstruser«, senkte Aufhammer verschwörerisch Stimme und Blick. »Der Eder-Bauer war zwar nicht mehr der Jüngste, aber ich hab mich unauffällig in seinem Bekanntenkreis umgehört. Der Tenor: Ein Tattergreis war der nicht! Im Gegenteil: Für sein Alter und seine Sauferei war der körperlich noch topfit und hat täglich acht bis zehn Stunden am Hof und am Feld gerackert und geackert. Ein kräftiger Lackel mit Schultern so breit wie die von einem Zugochsen. Und so ein Mannsbild lässt sich von drei schmächtigen Salonsatanisten überwältigen und wie ein Opferlamm zur Schlachtbank führen? Im Leben nicht!«

Es war eine lästige Angewohnheit, aber wenn er angestrengt nachdachte, fuhr sich Anian Gruber mit der Zungenspitze über die Lippen. »Nun, der Überfall traf Eder völlig unvorbereitet. Entweder hat er eine auf die Nuss bekommen, oder die Kerle haben ihn von hinten gepackt und mit so einer Art Chloroform betäubt. Als er bewusstlos dalag, haben sie ihn gefesselt, geknebelt und zu der auserwählten Richtstätte geschleift.«

Eyrainer ließ Anians Einwendungen nicht gelten. »Der Untersuchungsbericht der Rechtsmedizin ist in diesem Punkt eindeutig: Es wurden keinerlei Hinweise gefunden, dass das

Opfer mit einem stumpfen Gegenstand niedergeschlagen oder sonst wie gewaltsam überwältigt wurde. Es fanden sich auch keine Rückstände von Barbituraten oder anderen Betäubungsmitteln in seinem Blut. Der Körper weist keinerlei Spuren eines Kampfes auf – und auch keinerlei Abwehrverletzungen, wie sie typisch wären, wenn sich das Opfer den Attacken seines Gegners vehement widersetzt.«

Aufhammer blickte sich nach Bestätigung heischend zu Eyrainer um. »Das untermauert meine These doch, oder? Sixtus hat den Täter gekannt und ihm vertraut. Das war sein entscheidender Fehler!«

Eyrainer drehte das leere Glas am Stiel hin und her. »Wenn es sich so verhalten hat, dann erklär mir bitte Folgendes: Warum war Eder dann gefesselt? Die Täter haben seine Handgelenke mit einem gewöhnlichen, groben Strick zusammengebunden, und zwar prämortal, also bevor er starb. Den roten Druckspuren und den feinen Rissen in den Kapillargefäßen nach zu schließen, saß der Knoten bombenfest und hat ihm ins Fleisch geschnitten. Offenbar hat sich Eder die Fesseln anlegen lassen, ohne sich erkennbar zur Wehr zu setzen.«

»Was wohl daran lag, dass die Mündung einer Neun-Millimeter auf seine Stirn gerichtet war«, kommentierte Anian mit unüberhörbarem Sarkasmus.

»Seht ihr nicht, was das bedeutet? Er hat die, die ihn gefesselt haben, sehr wohl gekannt! Und er hat die Prozedur deshalb klaglos über sich ergehen lassen, weil er notgedrungen sein Einverständnis dazu gegeben hat«, ereiferte sich Aufhammer.

»Und wieso tut er sich das an? War er ein Masochist, der sich von seiner Domina in Hain und Flur fesseln und auspeitschen lässt?«, gab Anian mit unüberhörbarer Ironie zu bedenken.

Nach einer rhetorischen Kunstpause kam Aufhammers Antwort prompt. »Blödsinn! Weil er sich einer moralischen

Verfehlung schuldig gemacht hat und dafür nach althergebrachtem Brauch bestraft werden sollte! Ich denk da an so eine Art Haberfeldtreiben, das aus dem Ruder gelaufen ist. Früher wurden die boshaften und schlechten Leute wegen ihres ehrenrührigen und sittenwidrigen Verhaltens von den Haberern angeklagt und quasi an den Schandpfahl gestellt! Gründe für den Pranger gab es viele: etwa weil jemand Unzucht getrieben, andere bestohlen, beraubt oder übers Ohr gehauen hat. Ein beliebter Anklagepunkt war auch der des Intrigierens und Verleumdens, um Zwietracht in der dörflichen Gemeinschaft zu säen oder den Ruf und das Ansehen eines unliebsamen Nebenbuhlers zu ruinieren.«

Wieder war es Eyrainer, der die vorhandene Faktenlage in einer gänzlich anderen Weise interpretierte. »So weit ich weiß, ist bei uns im Grenzgau kein einziger Fall eines Fememords aktenkundig geworden. Die Haberer haben den Angeklagten mit Spottversen dableckt, das ja! Sie haben die ihm zur Last gelegten Verfehlungen der Reihe nach aufgezählt und den bösen Buben so vor allen Leuten lächerlich gemacht. Der Beschuldigte ist zwar mit Spott und Hohn überhäuft, aber niemals mit einem Strick gefesselt durchs Dorf geschleift worden, so was hat es bei uns nie gegeben!« Eyrainer holte kurz Luft, ehe er zu einem Resümee ansetzte. »Nein, alle Indizien deuten daraufhin, dass die Täter ihr Opfer mit Brachialgewalt zum Reden bringen wollten. So wie ich das sehe, wurde er verhört, wahrscheinlich auch gefoltert – mit Methoden, die keine äußerlich sichtbaren Spuren hinterlassen. Milde dosierte Stromstöße an den Brustwarzen oder den Hodensäcken zum Beispiel.«

»Diese Schweinebacken! Das ist ja wie im Gruselkabinett von Guantánamo!«, presste Anian hitzig hervor.

Der Kommissar fuhr im sachlichen Tonfall fort: »Ja, aber wie sich die Dinge entwickelt haben, hat das Verhör nicht zu dem erwünschten Ergebnis geführt. Entweder weil Eder nichts wusste oder nicht bereit war, mit der ganzen Wahrheit herauszurücken. Die Folterknechte haben einfach nicht das erfahren, was sie wissen wollten.«

»Und da hat die Kerle die Wut und einer von ihnen die Mistgabel gepackt!«, schloss Aufhammer mit apodiktischer Bestimmtheit.

Eyrainer spann den Gedanken fort. »Stellt sich die Frage: Was hätte ihnen der alte Krauterer verraten sollen? Was war so verdammt wichtig?«

»Die Tiefen der Vergangenheit sind unergründlich und trügerisch«, sinnierte Anian, sein halbvolles Weinglas betrachtend. »Ein ungesühntes Verbrechen, eine alte Schuld, die das Gewissen drückt. Eder plaudert etwas aus. Die Kerle bekommen Wind von der Sache – und erpressen ihn. Dann merken sie, dass es da noch mehr zu holen gibt. Und sie setzen nach. Doch nun widersetzt sich Eder ihren Forderungen, wird halsstarrig und bockig, wie alte Männer eben werden. Selbst als sie ihn bedrohen, mit Faustschlägen traktieren und in den düsteren Wald schleppen, hält er dicht. Ja, er entschließt sich, sein Geheimnis notfalls mit ins Grab zu nehmen«, schloss Gruber im Stil eines Bußpredigers eine Spur zu pathetisch.

»Nie im Leben! Wie kommst du auf so einen Schmarrn?«, empörte sich Aufhammer. »Was soll denn das für ein Geheimnis gewesen sein?« Dann senkte er die Stimme zu einem verschwörerischen Tuscheln. »Eine über Generationen streng gehütete Rezeptur für eine Schweinsbratensoße? Eine alchemistische Geheimformel für die Verwandlung von Gülle in Goldbatzen? Oder gar das Bekennerschreiben unseres Kinis, dass er sein Double samt Irrenarzt ertränkt und sich nach Südamerika verdrückt hat, um auf seiner Hacienda Wagner-Opern aufzuführen?«

Anian ließ die Häme ungerührt über sich ergehen. Mit dem Ernst eines Chirurgen, der mitten in einer komplizierten Operation nach einem bestimmten Skalpell verlangte, erwiderte er: »Was wissen wir denn wirklich über diesen Eder? Wer weiß, in welche dunklen Geschäfte er und seine Kumpane verwickelt waren? Wer sagt uns, dass die Fassade des armen, aber ehrsamen Bauern nicht bloße Tarnung war?«

Eyrainer blickte von seinem von Schaumspritzern weiß geflecktem Glas hoch und musterte Anian mit dunklen, bohrenden Augen. »Kann es sein, dass du dir zu viele Krimis anschaust, Gruber? Im Film macht sich das gut: eine Fehde, besser noch die Vendetta zwischen zwei verfeindeten Mafiaclans! Showdown mit Happy-End à la Alfa Romeo und Julia, was?«

»Wer redet denn von der Mafia?«, konterte Anian wie ein Hitzkopf aufbrausend. Doch es war zu spät, um zu einem erneuten Erklärungsversuch anzusetzen.

Aufhammer lachte schallend auf und ergriff die Chance, sein komödiantisches Talent zur Entfaltung zu bringen. Mit theatralisch gekünsteltem Gehabe strich er sein Haar nach hinten und imitierte das Kauderwelsch eines aalglatten Meuchlers aus Messina, der sich beim Kaffeeplausch unter Killer-Kollegen das Szenario genussvoll ins Gedächtnis ruft. »Allora. Der schnauzbärtige Padrone hockt im Hinterzimmer von diesem Bräustüberl und scheißt Eder nach Strich und Faden zusammen: Cretino, Fifone, Vigliacco! Du hast zum letzten Mal versagt! Vaffanculo ti, pezzo di merda! E vero! Dieser bayrische Hosenscheißer fällt vor ihm auf die Knie und winselt um sein erbärmliches Leben. Idiota! Doch der Cavaliere schaut nur angewidert zur Seite und schnippt mit seinen Fingern.« Aufhammer bleckte mit einem täuschend echten, boshaften Lächeln seine Zähne: »Allora! Toto und Tano – wie immer tragen sie bei der Arbeit ihre Anzüge mit schwarzen Nadelstreifen. A dunque! Toto tritt diesem Mistbauern hart in die Weichteile, und Tano reißt ihn an den Haaren hoch. Die Stimme vom Padrone klingt sanft, doch seine Augen sind kalt wie die Eiswürfel in seinem Glas Campari: Schafft mir dieses Stück Scheiße aus den Augen! Dieser Dreckstall gehört ausgemistet, capito Toto, capito Tano!«

Aufhammer schien mit seiner Darbietung restlos zufrieden zu sein, jedenfalls verschränkte er seine Arme vor der Brust und grinste wie ein Honigkuchenpferd von einem Ohr zum anderen.

Eyrainer lächelte abwesend und fuhr mit der Handfläche prüfend über sein schlampig rasiertes Kinn. »Dann müssen wir jetzt nur noch herausfinden, wer der Padrone und wer Toto und Tano sind.« Sein neutraler Tonfall enthielt sich jeder Ironie und Polemik – so als ob er das Rollenspiel für bare Münze nahm. »Jetzt aber mal im Ernst. Die Mafia streichen wir mal. Die Jungs vom Dezernat für organisierte Kriminalität haben da nichts auf ihrem Radarschirm. Was mir gefällt, ist die Hypothese von einem Big Boss, der im Hintergrund die Strippen zieht.«

Anian wühlte und stocherte indes weiter in der Familiengeschichte herum und vermutete, dass Eder von der Vergangenheit eingeholt worden war. »Sorry, aber das ist mir zu weit hergeholt. Ich denke, es ist alles viel einfacher. Jemand hat sich gerächt. Diese Inszenierung brutaler Gewalt, die Mistgabel als Mordwaffe, das deutet doch darauf hin, dass das Opfer für etwas bestraft werden sollte. Ja, hier kam ein langgehegter Groll mit ungeheurer Wut zum Ausbruch.«

Der Kommissar winkte nur müde ab. »Wir haben weder in den Akten noch in den Aussageprotokollen das geringste Indiz für einen Nachbarschafts- oder Erbschaftsstreit entdeckt.«

»Wie auch«, mischte sich Aufhammer wieder vollmundig ins Gespräch ein. »Weil es da nix zu finden gibt! Basta!« Er beugte seinen Kopf vor und bedeutete seinen beiden Tischgenossen mit einer Handbewegung, dass er ihnen etwas anvertrauen wollte. »Jetzt will ich euch mal was sagen, aber das bleibt unter uns, kapiert!« Er ließ seine Stimme so bedeutsam klingen, wie es nur einer vermochte, der über ein geheimes hermetisches Wissen verfügte. »Ich hab aus sicherer Quelle, dass bei den Burschen nicht nur die Odelgrube stinkt. Über den Sixtus weiß ich nix Genaues. Sein Bruder, der Sebald, muss aber irgendwie zu Geld gekommen sein. Dabei hat er immer so getan, als ob er außer Hosenknöpfen nix in der Tasche hätte. Woher der plötzliche Geldsegen aber kommt ...« Er zuckte mit den Achseln und grinste hinterhältig. »Dass der Höll-Hof samt seinen Fichten und Föhren solche saftigen Renditen abwirft, halte ich allerdings für unwahrscheinlich. Ende vorigen Jahres hat er jedenfalls mehrmals private Finanzberater konsultiert und hatte wohl auch einen Termin bei einer Schweizer Vermögensverwaltung.«

»Was soll daran so Besonderes sein? Ich komm ja auch zu dir, um mir irgendwelche dubiosen Zertifikate aufschwatzen zu lassen«, gab sich der Kommissar ahnungslos.

Aufhammers Zähne blitzten, als ein überlegenes Lächeln über sein Gesicht glitt. »Ich sollte dir für meine Tipps aus erster Hand das nächste Mal ein paar Euro extra abknöpfen, du ungläubiger Thomas. Aber im Ernst: Unabhängige Finanzberater arbeiten auf Honorarbasis. Bei diesen Jungs bekommst du deine Finanzberatung nicht umsonst. Das kostet – und zwar nicht zu knapp. Also ich vermute mal, dass es Eder darum ging, anonym geführte Geheim- und Nummernkonten zu eröffnen. Und wenn ich richtig informiert bin, war er auch drüben in Österreich.«

»Und wieso das? Die Banken da müssen doch jetzt auch auf Anfrage der Finanzämter die Hosen runterlassen«, gab der Kommissar zu bedenken.

»Theoretisch ja. Praktisch läuft da unter der Hand so einiges. Wenn man ein paar Scheine extra rüberschiebt, lassen sich bei unseren lieben Nachbarn noch immer problemlos und diskret Depots einrichten und Schließfächer anmieten, die auf keiner Liste auftauchen.«

»Es sei denn auf einer von einem netten Ösi selbstgebrannten Steuer-CD«, ätzte Anian.

»Nun ja, no risk, no profit«, war Aufhammers lakonische Antwort.

Eyrainer lehnte sich auf der Bank zurück und winkte leise und still schmunzelnd der Bedienung. Und diesmal ließ die liebe Angie keine Minute auf sich warten.

Idem ius omnibus

Der feuerwehrrot lackierte Audi A3 Sportback stand vor einer roten Ampel in den Außenbezirken von Grenzberg. Nervös trommelte der Fahrer mit den Fingerspitzen auf das mit Leder bezogene Lenkrad. Polizeiobermeister Franz Xaver Gschwandtner pressierte es. Es war bereits kurz vor acht, und er hatte eine wichtige Verabredung. Als das Signal auf Gelb sprang, ließ er den 1,4 Liter TFSI-Turbomotor aufheulen und jagte mit durchdrehenden Pneus über die Kreuzung. Die Anspannung war ihm ins Gesicht geschrieben. Er fletschte seine von übermäßigem Nikotingenuss und mangelnder Dentalpflege gelblich verfärbten Zähne.

Verdammt, warum war er nicht zeitig losgefahren? Erst steckte er im Stau, und jetzt kam er nicht mehr von der roten Welle runter. Für acht Uhr hatte er im Gasthaus »Zur Alten Schmiede« einen Tisch für vier Personen im »Separee« bestellt. Was sie dort zu bereden hatten, ging niemanden etwas an. Das bairische Spezialitätenrestaurant befand sich praktischerweise in unmittelbarer Nähe des Schützenheims. So konnten sie nachher nebenan am Schießstand ihre Treffsicherheit testen. Und zwar nicht mit den mickrigen Kleinkaliberknarren, sondern mit richtigen, im Feld erprobten Schießprügeln. Sein Karabiner 98k lag gut geölt in einer olivgrünen Gewehrtasche auf der Rückbank. Das Mauser-Modell 98 vom Kaliber 7,92 mal 57 mm war die Standardwaffe der deutschen Infanterie im Ersten Weltkrieg gewesen – echt deutsche Wertarbeit mit einem robusten, damals revolutionären Drehzylinderverschluss. Gschwandtner kannte sich schon von Berufs wegen mit Waffen aus, aber der Karabiner 98 war für ihn nicht zu toppen. Das fein gemaserte

Nussbaumholz des Schafts, das blau glänzende Metall des Gewehrlaufs. Ein echter Klassiker, ein Traum für jeden Feuerwaffen-Fan. Seine Dienstwaffe, eine P 7 von Heckler & Koch im modernen Ganzstahlgehäuse, sah dagegen wie eine Spielzeugpistole aus – auch wenn sie das genaue Gegenteil davon war. Ihr konstant geringes Abzugsgewicht vom ersten bis zum letzten Schuss ermöglichte es trainierten Schützen, schnell und präzise einen Gegner nach dem anderen auszuschalten.

Seufzend drückte Gschwandtner auf die Tube. Wenn er auch noch so ein zielsicherer Schütze war, für die anderen Teilnehmer an der Runde blieb er ein unpünktlicher Chaot. Er sah Wammetsberger schon vor sich. Breit und pausbäckig wie ein verfressener Pandabär würde er dasitzen, ihn aus schmalen Augen eindringlich mustern, um ihn dann mit gefährlich leiser Stimme zu bedeuten: »Setz dich, Franzl!«

Gschwandtner spürte instinktiv: Lange würde Schorsch Wammetsberger seine Eskapaden und sein ständiges Zuspätkommen nicht mehr tolerieren. In seiner Funktion als Leiter der Polizeiinspektion Brennbruck sah ihm Schorsch so manchen Fauxpas nach, ließ er es doch selbst gern geruhsam angehen. Wenn es um die üblichen Raufereien, um kleine Diebstähle, um Zoff und Zank zwischen Nachbarn ging, drückte Wammetsberger gern beide Augen zu. Und falls es einmal zu einer Anzeige kam, ließ er diese in irgendeinem Ordner verstauben. Seinen Vorgesetzten gegenüber fiel der altgediente »Wachtmeister« nur durch seine Behäbigkeit und seinen Körperumfang auf. Doch hinter dem Nilpferd-Image steckte Methode. In Schorschens massigem Körper wohnte ein hellwacher Geist. Als kommissarischer Vorsteher der Bruderschaft duldete er hingegen keine Nachlässigkeit und Trödelei, da ließ er keine Schlampereien und Schludereien durchgehen. Da erwartete er von seinen Mitbrüdern Gehorsam und Pflichterfüllung. Vor allem, wenn es sich um Angelegenheiten von höchster Brisanz handelte. Wie in diesem Fall.

Schorsch hatte den »Dreier«, das oberste Entschlussgremium der »Walderer«, nicht umsonst zu einer außerordentlichen Krisensitzung einberufen. Die »Walderer«, das war ein seit über einhundertfünfzig Jahren bestehender Männerbund, der sich fünfmal im Jahr zu geheimen Zusammenkünften an verschwiegenen Orten traf. Der Bund bestand aus zwölf Brüdern, den »Innermännern«, und zwölf Adepten, den »Außerleuten«. Die Bruderschaft basierte auf einem strengen Ehrenkodex, den der Wildschütz Jackl Walderer kurz vor dessen gewaltsamen Tod »von Meuchlerhand« in vierundzwanzig »ehernen Regeln« fixiert hatte. Die beiden wichtigsten waren: Ein Bruder für alle, alle Brüder für einen. Und: Ein freier Geist, ein freies Land. Der Gründer der Bruderschaft war eine Art Robin Hood des Grenzgaus gewesen, ein unerschütterlicher Kämpfer für Freiheit und Gerechtigkeit, begabt mit einem ausgeprägten Ehrgefühl. Walderer hatte sich nicht an das »Gesetz der Stubenhocker und Paragraphenfuchser« gebunden gefühlt, sondern nur das »Gesetz von Gottes Natur« respektiert. Der wagemutige Wildschütz hatte sich einen Teufel um die Vorschriften und Reskripte aus den königlich-bayrischen Amtsstuben geschert und sich wider die Willkür und den Machtmissbrauch der Obrigkeit aufgelehnt.

Gschwandtner bewunderte diesen unbändigen Freigeist, der zwar gewiss kein Held ohne Fehl und Tadel gewesen war, aber mit der Hahnenfeder am Hut und dem Stutzen in der Hand eine gute Figur bei den Weiberleuten gemacht und unter der Fahne der Freiheit gefochten hatte. Ein Oberländer-Outlaw, wie es keinen zweiten gab. Sein wildes Leben und sein früher Tod hatten den »Jackl« zum Mythos werden lassen, den man besang und beklatschte, dem man Dreiakter, Moritaten und in den fünfziger Jahren sogar einen Heimatroman mit über fünfhundert Seiten unter dem Titel »Mordnacht in den Bergen« gewidmet hatte. Den nominellen Vorsitz über die »Walderer« führte der »Meister«, doch der hochbetagte Graubart war weit über achtzig und geistig nicht mehr so recht auf der Höhe. Und der Posten seines Stellvertreters, des »Adjunkten«, war aufgrund interner Differenzen seit fast einem Jahr vakant. So war es am »Dreierausschuss«, einen Entschluss im Fall Eder zu fassen. »Vorsteher« Schorsch Wammetsberger sowie seine beiden »Beistände« Irgl und Gschwandtner hatten zu entscheiden, was in der Causa unternommen werden sollte. Schließlich war Sebald als Adept, als »Außermann«, einer der ihren. Zudem waren beide Eder-Brüder die Onkel von Wammetsbergers Ehegespons Elfriede. Mithin mit ihm verschwägert. Um mehr über die Hintergründe des seltsamen Verschwindens ihres Mitbruders zu erfahren, hatte die Walderer-Troika den Lohhof-Bauern Matthias Griesböck, ganz oben auf der Liste. Wenn einer die Vorgänge auf dem Höll-Hof verfolgt hatte, dann Hias. Lag doch sein eigenes Anwesen, der Loth-Hof, nur zweihundert Meter entfernt auf einem kleinen Hügel. Hias würde wissen, ob es in den letzten Wochen zu ungewöhnlichen Vorfällen gekommen war und ob sich seine Nachbarn etwas zu schulden hatten kommen lassen. Matthias Maria Griesböck war offenbar auch der Letzte gewesen, der Sebald Eder lebend zu Gesicht bekommen hatte. Nach dem letzten Obstler und dem letzten Dunklen im »Roten Adler« hatten sich ihre Wege getrennt – und Eders Spur im Dunkel verloren.

Auf Wammetsbergers Spürnase war Verlass. Er war der richtige Mann, um herauszufinden, wer Sixtus Eder auf dem Gewissen hatte und ob Sebald in die Tat verwickelt oder unschuldig war. Wenn es um Mord und Totschlag – und noch dazu in den eigenen Reihen – ging, dann verbiss sich Schorsch wie ein Bullterrier in den Fall, dann kannte er kein Erbarmen. Die Killer würden für ihre feige Mordtat büßen. Mochten die Frevler bei Jesus um Vergebung ihrer Schuld flehen, vor dem Richtstuhl der Walderer würden sie keine Gnade finden. Und das Gesetz der Bruderschaft kannte keine Revision.

All das war indes Zukunftsmusik, noch standen sie ganz am Anfang ihrer Ermittlungen. Und die Zeit lief gegen sie. Es handelte sich also um eine Art Notfall. Gschwandtner sah sich gezwungen, Geschwindigkeitsbegrenzungen und andere ihn in der Ausführung seiner Pflicht behindernden Vorschriften der StVO zu ignorieren. Die vier Zylinder des A 3 röhrten wie ein Zwölfender zur Brunftzeit, als er auf der langen Geraden durchs Bräumoos beschleunigte. Gschwandtner war gewiss kein Vorzeige-Polizist. Seinen Streifendienst verrichtete er nach Vorschrift, ohne sich durch besondere Einsatzfreude und Entschlusskraft hervorzutun. Aber in seinem Kern war er ein aufrechter Mensch, der seine Mitbrüder und insbesondere Schorsch nicht enttäuschen wollte. Und er war ein Patriot, der mit aller Entschiedenheit für seine bairische Heimat eintrat. Wie Michael Schumacher in seinen besten Zeiten setzte Gschwandtner zu einem riskanten Überholmanöver an. Kurz bevor der gerade Streckenabschnitt sich zu einer unübersichtlichen Linkskurve krümmte, knüppelte er seine Kiste an einem in puncto Motorleistung weit überlegenen 7er BMW vorbei, blieb auf der Ideallinie und schnitt so dem BMW-Boliden den Weg ab, so dass dieser, um einen Crash zu vermeiden, bremsen musste. Am Scheitelpunkt der Kurve stieg er voll aufs Gaspedal. Der Turbo setzte ein, die Karre machte einen Satz und schnellte über das schwarze Asphaltband, als ob es sich bei dem Streckenabschnitt zwischen Urthal und Brennbruck um den Hochgeschwindigkeitskurs in Monza handelte. Das Licht der Angel Eyes-Xenon-Scheinwerfer traf auf die Reflektoren der Straßenpfosten, die an ihm wie in einem psychedelischen Rennstreifen vorbeiflogen. Gschwandtner ging ans Limit. Er spürte, wie seine Hände feucht wurden, sich ums Leder des Lenkrads krampften. Es war ihm, als ob sich jemand anderer seiner bemächtigte, ihm eine Spritze Adrenalin in die Armbeuge jagte, ihn auf eine Reise ins Herz der Finsternis schickte.

Dreißig Sekunden und zwei Kilometer später wurde die Karosse förmlich über eine Bodenkuppe katapultiert. Ins Dunkel des wegdämmernden Tages schnitten sich zwei Scheinwerferkegel, die rasend schnell auf ihn zukamen. Im letzten Moment schaffte es Gschwandtner, das Steuer herumzureißen und einem bei diesem Tempo fatalen Zusammenstoß zu entgehen. Schlagartig wurde er sich bewusst, dass er sich in einem Rauschzustand befunden hatte, der dem eines Wahnsinnigen, eines Amokläufers gefährlich nahekam. Vor seinem inneren Auge sah er, wie eine, wahrscheinlich seine Limousine die Leitplanken durchbrach und in einen tiefen, wie in einem Alptraum nicht enden wollenden Abgrund hinabstürzte.

Ein feuerrotes Fahrzeug rollte im Schritttempo auf den großen Kiesparkplatz vor dem Schützenheim und kam neben dem Maibaum zum Stehen. Die Fahrertür schwang auf, und eine schlaksige Gestalt kletterte mühsam heraus. Der Mann hatte sichtlich Mühe, auf den eigenen Beinen zu stehen, und stützte sich in gebeugter Haltung auf die Motorhaube des Sportwagens. Gschwandtner fühlte sich wie achtzig plus. Seine Knie zitterten immer noch, und kalter Schweiß rann ihm in den Nacken. Was war nur in ihn gefahren? Beinahe hätte er einen tödlichen Crash verursacht. Wenn sein Schutzengel nicht zur Stelle gewesen wäre, würde ihm jetzt einer der Feuerwehrmänner mit einer Stablampe in sein zertrümmertes und blutiges Gesicht leuchten und, falls es nicht zu sehr entstellt war, erschrocken zurückfahren. »Das ist ja der Xarre, der Gschwandtner von der Polizeiinspektion Brennbruck.« Doch er hatte noch mal unverschämten Massel gehabt. Die kalkweiße Blässe war langsam aus seinem Gesicht gewichen, aber ihm war immer noch blümerant zumute.

Auf wackligen Beinen, die sich anfühlten, als ob sie aus Plastilin wären, stakste er quer über den dunklen Parkplatz auf die hell erleuchtete Wirtschaft zu. Er blieb unter einer der Lampen vor der schweren, eichenen Eingangstür stehen und wagte einen zaghaften Blick aufs Zifferblatt seines Rolex-Imitats: zwölf nach acht. Gschwandtner atmete auf. Dass er sich um ein akademisches Viertelstündchen verspätete – cum temporae, wie der Lateiner sagte –, würde ihm Wammetsberger noch anstandslos durchgehen lassen. Er straffte sich und betrat die Gaststube des Schmiedwirts. Stube war der falsche Ausdruck, denn es handelte sich eher um einen großen Saal, der wohl aufgrund irgendeines anstehenden Schützenfests mit weiß-blauen Stoffbändern und dicken grünen Festzeltgirlanden in Wies'n-Manier dekoriert war.

Stimmengewirr und Gläsergeklirr umfingen ihn.

Wie angewurzelt blieb er stehen, ehe er fähig war, den nächsten Schritt zu tun. Hier drin kannte man ihn! Er setzte ein unbeschwertes Lächeln auf, grüßte nach links, zwinkerte nach rechts – und brach dazwischen immer wieder in freudig überraschte Ausrufe aus. »Griaß di, Toni, lang nimma geseng!« – »Mei, der Maurus is a da!« – »Da schau her, der Fonsä! Was macht's denn du da herin?« Eine eindeutig rhetorisch gemeinte Frage. Denn Toni, Maurus und Fonsä ergriffen wie auf Kommando ihre Steinkrügel und prosteten dem Neuankömmling zu. »Auf dein Wohl, Xarre, alter Sauhund!«

Nachdem er das Begrüßungsritual so schnell wie möglich hinter sich gebracht hatte, spurtete Gschwandtner einen langen Korridor hinunter. Links und rechts lagen eine Reihe von Hinterzimmern, für verschwiegene und heimliche Zusammenkünfte. Er passierte das Hubertus-, das Gambrinus- und das Bacchusstüberl, ehe er an die Lärchenholztür des Fortuna-Stüberls klopfte. Einmal kurz – zweimal kurz – dreimal kurz.

Auf das vereinbarte Geheimzeichen hin hörte er eine Stimme rufen. »Komm rein, Xarre. Wir warten schon auf dich!«

Gschwandtner trat ein, er hatte erwartet, dass Wammetsbergers brummige, aber doch väterliche Stimme ihn milde maßregeln würde. Doch er hatte sich getäuscht. Es war Irgl, der ihn mit missbilligenden Blicken bedachte und ihn wie ein bissiger Hofhund anfuhr. »Bist auch schon da! Hast irgendwo meinen Vetter, den Hias, rumgeistern gesehen? Wir waren für acht verabredet, wenn ich mich nicht täusche!« Demonstrativ wies er mit seinem Quadratschädel, der jedem Zuchtochsen zur Ehre gereicht hätte, zur Wanduhr hinüber.

Just in dieser Sekunde sprang der Minutenzeiger auf Viertel nach acht – und der Kuckuck zeigte sich kurz.

»Keine Ahnung. Vielleicht hockt er auf dem Scheißhaus«, riet Gschwandtner aufs Geratewohl.

Schorsch bedeutete ihm, sich zu setzen. »Hock dich her. Du stehst hier nicht unter Anklage!«

Irgl ließ nicht locker und knurrte wie eine Bulldogge, der man den Knochen wegnehmen wollte. »Am Scheißhaus! Was Dümmeres fällt dir nicht ein! Vor einer Stunde hab ich mit ihm am Handy telefoniert! Da war er in seinem Wald in Staltlach drüben. Er wollt nur noch schnell nach dem Rehwild sehen. Die Viecher sind eine wahre Plage, die knabbern jeden jungen Trieb ab.«

Ignaz Irgl junior war mit Vorsicht zu genießen. Vom Äußeren her glich er Wammetsberger wie ein dickes Ei dem anderen. Er hatte die gleiche untersetzte, gedrungene Statur des Pyknikers, der kein Fressert's und Saufert's ausließ. Wie Schorsch zählte er zum harten Kern der Walderer-Bruderschaft. Er war Dienststellenleiter in einem Problemviertel Grenzbergs und bekleidete den Rang eines Polizeihauptmeisters. Irgl war also alles andere als ein Karrierehengst. In der Besoldungsgruppe A 9 mit Amtszulage verdiente er jedoch um einiges mehr als Gschwandtner, ledig und A 7. Im Gegensatz zu Wammetsberger war Irgl ein hinterlistiger Drecksack mit despotischen Neigungen, der die Jungspunde in seiner Truppe drangsalierte und beim geringsten dienstlichen Vergehen mit aller Härte durchgriff. Ein verhinderter Leitwolf, der es nie an die Spitze des Rudels schaffte und deshalb wie wild um sich biss, wenn ihm jemand ins Gehege kam. Es gab wahrscheinlich nur zwei Posten auf der Welt, in denen der Fiesling eine »bella figura« machte: als Drill Sergeant beim US-Marinekorps und als Feuerwerker der Gebirgsschützenkompanie Brennbruck. Und da es bei der Ami-Marineinfanterie weder ein süffiges Bier noch eine resche Schweinshaxe gab, hatte er sich bei den Gebirgsschützen zum Zeugwart und Chef-Artilleristen hochgedient. Wammetsberger wischte einen Schaumspritzer vom Tisch und rutschte auf dem harten Wirtshausstuhl mit ausgesägtem Herzerl herum. Das Stüberl der Glücksgöttin war mit hellem Lärchenholz vertäfelt. Mit Gold- und Silberfäden durchwirkte Kompaniefahnen, feuervergoldete Pokale, Zinnteller, Schützenscheiben und andere Insignien dokumentierten, dass Fortuna im Bunde mit den Audorfer Gebirgsschützen war.

Schweigend nahm Irgl einen tiefen Schluck aus dem irdenen Humpen. Wammetsberger saß da wie ein Vertreter des bayerischen Uradels. In seinen XXL-Lederhosen, den schiefergrauen Kniestrümpfen und dem unter seinem Wildleder-Janker von undefinierbarer Schmutzfarbe hervorlugenden rotkarierten Wies'n-Hemd bot er einen majestätisch-alpenländischen Anblick. Mit dem Blick des verkannten Philosophen betrachtete er das leere Glas in seiner Hand. »Aber wenn er nicht am Scheißhaus sitzt – wo ist er dann?«, sinnierte er in der Pose von Rodins Denker: von düsteren Vorahnungen zerquält, von Seelenstürmen umtobt.

Beim Anblick dieses einfachen, aber doch großen Mannes fühlte sich Gschwandtner an das von Firnis verdunkelte Andachtsbild in der Wallfahrtskirche Maria Gmein erinnert. Die dick aufgetragenen Farbschichten führten dem Betrachter die grausigen Ereignisse der Sendlinger Mordweihnacht anno 1705 vor Augen: Inmitten der von roher Feindeshand niedergemetzelten Grenzgauer Gebirgsschützen stand im

Schlachtengetümmel einzig und allein ein Streiter für die bayrische Freiheit noch aufrecht: der Schmied von Schmieding. Der wackere Hüne hatte seine dicht behaarte Brust vor den blanken Säbeln der österreichischen Mordgesellen entblößt, bereit, den tödlichen Streich zu empfangen. Schorsch hatte den gleichen kraftvollen, schicksalsergebenen Ausdruck im Gesicht wie der Schmied auf dem alten, von der Zeit verfinsterten Gemälde. Eine Gestalt von wahrhaft heroisch-homerischem Format.

Ignaz Irgl räusperte sich wie ein Rhetor auf dem Forum, und der Moment stiller, andächtiger Besinnung war dahin. »Ich hab den Hias vorhin am Telefon gefragt, ob er in letzter Zeit ungewöhnliche Vorkommnisse am Höll-Hof beobachtet hat. Ich mein, es wär meinem Vetter doch aufgefallen, wenn die Eder-Brüder etwas außer der Reihe getan hätten, oder? Wenn da Autos mit auswärtigen Kennzeichen oder nächtliche Besucher aufgetaucht wären, hätte er das dergneißt.«

»Können wir deinem Vetter, diesem Griesböck, denn trauen? Mir kommt der nicht ganz geheuer vor«, wagte Gschwandtner einen kritischen Einwurf.

Ignaz Irgl warf sich in die Brust. »Der Hias ist ein gerissener Hund, dem entgeht nix. Ein alter Jäger eben, der sich auskennt. Der sieht alles, die frische Fährte eines Rehs und den Reifenabdruck eines BMWs. Wir wissen ja, auf was wir bei solchen Ermittlungen besonders achten müssen – auf die vom Normalfall abweichenden Vorfälle!«

Eine von Irgls Suchten war, von sich in der dritten Person, im Pluralis Majestatis, zu sprechen, wenn es darum ging, sein kriminalistisches Knowhow im Glorienschein aufleuchten zu lassen.

Gschwandtner hörte förmlich, wie sich das Räderwerk hinter Wammetsbergers Stirn knarrend in Bewegung setzte. »Und was hat dir dieser Griesböck gesteckt? Wenn sich dein schlauer Vetter schon nicht blicken lässt, kannst du uns vielleicht aufklären, ob bei den Eder-Brüdern etwas Verdächtiges im Gang ist!«

Irgl zog eine Schnute, so als ob er vom Klassenprimus zu Unrecht gemaßregelt worden wäre. »Er muss jeden Moment da sein. Wahrscheinlich ist ihm ein Rehbock vors Rohr gesprungen!«

Schorsch wurde nicht so leicht zwider. Doch der Stuhl war für seine gewaltigen Arschbacken zwei Nummern zu klein – und das schmälerte seine gute Laune allmählich beträchtlich. Die ersten zarten Zornesfältchen wellten seine Denkerstirn. »Das ist aber auch das Einzige, was dein Vetter schießt: Böcke!« Im Dienst war Schorsch ein Zen-Mönch in Uniform. Wenn es um die Bruderschaft ging, konnte er fuchsteufelswild werden. Der Unmut über die nur schleppend vorankommenden Ermittlungen stand ihm ins Gesicht geschrieben.

Ignaz Irgl bot ihm indes Paroli. Wenn zwei rechthaberische Querulanten aufeinandertrafen, flogen die Funken und Fetzen. »Was hast es denn so notwendig, Schorschl? Der Hias kommt schon noch. Es könnt sein, dass er den Bock nur angeschossen hat. Er ist manchmal ein wenig zittrig.«

Schorsch strich sich nachdenklich über die schweißglänzende Oberlippe. Ihr Zeuge war also ein Alkoholiker, der wild in der Gegend herumballerte. Prima! Er schielte zu Ignaz hinüber. Auch wenn er ihm nicht ganz das Wasser reichen konnte, so war er doch in puncto Treffgenauigkeit und Fehlerfrequenz ein ernst zu nehmender Rivale. Deswegen achtete und respektierte er ihn auch, trotz all seiner Macken. Von seinem Vetter, diesem Matthias alias »Hias« Griesböck, hielt Schorsch gar nichts. Es mochte ja stimmen, dass der Bauer vom Loth-Hof ein exquisiter Fährtenleser und ein ausgekochtes Schlitzohr war, ein Meisterschütze war er definitiv nicht.

Natürlich kannte man sich: Bei Schützenfesten und bei Jägertagen lief man sich über den Weg und wechselte das ein oder andere launige Wort mit ihm. Griesböck hatte zwar eine große Schnauze und eine grobporige Säufernase, aber als Schütze war er eine Niete.

Schorsch lästerte frei von der Leber weg. »Die Blindschleiche trifft doch aus zehn Meter Entfernung kein Scheunentor. Wenn der auf ein Karnickel anlegt, gehen die Rotkehlchen im Geäst in Deckung!«

Irgl plusterte die roten Backen auf, doch Gschwandtner kam ihm zuvor. Er breitete die Arme wie die Christusstatue über Rio, um die aufkeimenden Zwistigkeiten zu schlichten. »Wenn dein Vetter etwas weiß, erfahren wir es noch früh genug. Wir sollten uns fragen, weshalb jemand den Eder-Brüdern an den Kragen will? Das waren doch notorische Notnagler, zwei leere Lederhosen. Du hast doch für den Sebald gebürgt, Schorsch – sonst hätten wir ihn doch gar nicht erst aufgenommen.«

Wammetsberger nickte und rief wie ein Rhetor im alten Rom: »Freunde, Brüder, warum sitzen wir hier und reden uns das Maul fusselig? Weil wir uns Sorgen machen, weil wir helfen wollen! Das gebieten uns schon die Statuten. Aber um ihm helfen zu können, müssen wir ihn erst mal finden.«

»Und wenn er tot ist, können wir uns die Mühe sparen«, unkte Irgl hartherzig.

Schorsch seufzte wie die Jungfrau Maria unterm Kreuz. »Die Möglichkeit müssen wir in Betracht ziehen. Es gibt aber noch eine dritte Möglichkeit: Sebald ist entführt worden – und wir müssen ihn aus seiner misslichen Lage befreien!«

Ein heiseres Lachen drang aus Irgls Kehle. »So ein Schmarren! Den hat niemand entführt! Bevor die Saubande den Sixtus erstochen hat, haben die ihn garantiert ausgequetscht wie die Äpfel und Birnen in der Mostpresse. Da verwette ich einen Kasten Maibock! Die Bande weiß, was sie wissen wollte. Oder wonach sie suchen müssen. Ich sag euch, wie das gelaufen ist: Sebald, der Schlawiner, hat den Falschen übers Ohr gehauen, und jetzt sitzt er in der Tinte.« Irgl schaute bedeutungsschwer in die Runde und legte eine seiner obligatorischen Kunstpausen ein.

Das wichtigtuerische Gehabe Irgls reizte Schorsch. »Ach geh, was du nicht sagst! Der Höll-Hof war bis zum Dachstuhl mit Hypotheken bepflastert, und die Wapperl sind auf allen pappt, was nicht niet und nagelfest war! Wer ist so blöd, so jemandem Geld zu leihen?«

Sein Kontrahent reckte angriffslustig das Kinn. »Versteht's den nicht, ihr Esel, der Sebald hat uns zum Narren gehalten! Ums Geld ist es gar nicht gegangen.« Wammetsberger und Gschwandtner sahen ihn verständnislos an. »Ihr hört's ja nie zu. Deswegen hab ich den Hias doch herbestellt. Vor einem Jahr hat er den beiden staubigen Brüdern aus der Patsche geholfen – er hat ihnen ein 3,5 Hektar großes Waldstück abgekauft. Fünftausend Euro bar auf die Kralle. Im Vertrag war allerdings eine Klausel eingebaut: Das Geschäft ist nichtig, wenn die Eder-Brüder die Kaufsumme binnen Jahresfrist zurückerstatten.« Irgl sah aus, als ob er erwartete, den Lorbeerkranz des Triumphators aufs schüttere Haar gesetzt zu bekommen. »Der Sebald knallt ihm vor drei Wochen einen schwarzen Lederkoffer auf den Tisch. Da drin liegen, ordentlich abgezählt, fünfzig nagelneue Hunderter. Dem Hias sind beinahe die Augen aus den Höhlen gefallen.«

In Wammetsbergers grüngrauen Augen glitzerte die animalische Gier des steinzeitlichen Jägers, der die frische Fährte eines Mammuts entdeckt hatte. »So ist das also! Dieser hinterhältige Lügenschippel. Der Blitz soll ihn beim Brunzen treffen!« Dass ihn Sebald hinters Licht geführt und nach Strich und Faden belogen hatte, würde Konsequenzen nach sich ziehen. Schorsch kniff die Augen zusammen. Seine Miene verfinsterte sich, so als ob er sich überlegte, ob er Sebald zuerst Daumenschrauben anlegen, ihn teeren und federn oder auf die Streckbank spannen ließ. So oder so wollte er nicht in Eders Haut stecken, falls ihn Schorsch zu fassen bekam.

Gschwandtner war nicht sonderlich schnell von Begriff, aber auch bei ihm schrillten alle Alarmglocken. Wie kam ein armer Hund wie Sebald Eder an fünf Riesen? Waren sie beim Umackern auf den dort vergrabenen Schatz der Nibelungen gestoßen? Nun, die Wahrscheinlichkeit für einen solchen Fund lag wohl im Bereich von eins zu einer Billion. Da lag der Gedanke schon näher, dass die Gebrüder in dunkle Machinationen verstrickt waren. Welcher Art mochten diese illegalen, aber einträglichen Geschäfte sein? Hatten sie für eine Schleuserbande, für einen Waffenschieberring gearbeitet? Gestohlene Nobelkarossen in Modefarben lackiert, Granatwerfer und Stinger-Raketen am Dachboden zwischengelagert, Einwanderer im Güllewagen durch Nacht und Nebel kutschiert? Oder hatten sie belastendes Material benutzt, um die Schmuggler und Dunkelmänner damit zu erpressen? Schorsch würde es herausfinden – und er, Gschwandtner, würde ihm als getreuer Schildknappe zur Seite stehen!

Mit der Wucht einer Gerölllawine entwich Irgls ausladendem Hinterteil ein Furz. »Dass ihm die drei Hektar Holz durch die Lappen gegangen sind, hat den Hias mächtig gewurmt. Und er hat sich geschworen, dass er es dem Sebald heimzahlen wird.« Irgl war noch nicht fertig. Ein gewaltiger Rülpser entfuhr seinem Leib. »Nach außen hin hat er sich seinen Grant nicht anmerken lassen. Ja, er hat dem Sebald Honig ums Maul geschmiert und beim Wirt einen Schnaps nach dem anderen spendiert. Keine billige Plärre, sondern feine Marillen- und Birnbrände. Auch in der Mordnacht hatten die beiden sternhagelvoll an der Bar gehockt.«

»Im Roten Adler waren's. Bis ein Uhr – dann hat sie der Wirt vor die Tür gesetzt«, ließ sich Gschwandtner vernehmen.

Irgl stürzte den hopfenhaltigen Inhalt des Krugs auf einen Zug hinunter: »Schon wieder leer! Wo bleibt eigentlich die Bedienung«, maulte er.

Wammetsberger mischte sich ein. »Und hat ihn der Hias verschwinden lassen. So dicke Freunde, wie die beiden waren.«

Irgl hob den Zeigefinger und tippte damit auf Schorschs Brust. »Genau das hab ich mir auch gedacht. Ich hab den Hias also angerufen und ihn auf ein Bier eingeladen.«

»Davon hast mir aber nix erzählt«, beschwerte sich Schorsch.

»Und was mach ich grad?«, grunzte Irgl grummelnd zurück. »Wir waren auf ein Weißbier im Schützen-Stüberl. Und da hat er mir gestanden, dass ihm die Sache damals schon sonderbar vorgekommen ist. Der Sebald habe ja immer gern einen zur Brust genommen, aber an dem Abend habe er sich regelrecht volllaufen lassen und irgendwann nur noch gelallt, dass ich der Einzige wär, dem er vertrauen könnt.«

Gschwandtner schüttelte ungläubig den Kopf. »Was? Diesem hinterfotzigen Hallodri schüttet er sein Herz aus? Wie blöd oder besoffen muss man sein?«

Wammetsberger trieb etwas anderes um. »Hast deinen Vetter nicht gedrängt, dass er seine Aussage auf dem Revier statt beim Bier machen soll?«

Irgl stutzte kurz. »Logisch! Aber er wollt partout nur mit mir reden. Nach allem, was passiert ist, hat er Angst, in die Sache hineingezogen zu werden.«

»Kann es sein, dass es sich dein Vetter anders überlegt hat und sich nicht mehr blicken lässt?«, erkundigte sich Wammetsberger in lauerndem Unterton.

»Der kommt schon noch, er hat es mir hoch und heilig versprochen. Er will ja eh beichten und sein Gewissen erleichtern!«

»Das versteh ich jetzt nicht«, gab sich Gschwandtner begriffsstutzig.

»Der Hias fühlt sich schuldig, weil er den Sebald aufgehetzt hat, dass er sich nichts gefallen lassen und sich gegen die Ungerechtigkeit wehren soll. Und jetzt ist er spurlos verschwunden und sein Bruder tot.«

»Und von wem bittschön sollte er sich nichts gefallen lassen, ze fix? Hat der Herr auch einen Namen?«, blaffte Wammetsberger.

Ignaz Irgl hob den Blick zur holzvertäfelten Decke, als ob von dort eine göttliche Eingebung kommen konnte. »Nun ja«, bekannte er zögerlich, »da fragen wir den Hias lieber selbst.«

Ehe Wammetsberger an dieselbige Decke hüpfen konnte, besann sich Irgl auf ein paar Details des Gesprächs. »Er hat dem Hias von einer Hütten in den Bergen erzählt, die ihm gehört. Und dass er einen Geländewagen hat, der wär aber nur geleast. Über eine Firma. Und dass er einem Riesenschwindel aufgedeckt hät. Das wär eine ganz große Sache. Schweigen wär Gold, hätte er gemeint – und dreckig gekichert.«

Gschwandtner schaute skeptisch aus der Wäsche. »Also für mich hört sich das so an, als ob im Oberstüberl ein Dachsparren locker ist.«

Schorsch massierte sein faltiges Doppelkinn. »Verdammt, wo könnt diese Hütte sein? Finden wir die Hütte, haben wir ihn!«

Irgls Stimme klang betreten. So als ob er die Festnahme eines Top-Terroristen vermasselt hatte. »Wenn ich das wüsste, wär ich schon unterwegs, um den Fuchsbau auszuräuchern.«

»Und was ist mit dem Jeep? Wenn er den geleast hat, gibt es einen Vertrag!« Schorsch war jetzt ganz in seinem Element. »Wir telefonieren sämtliche Kfz-Klitschen und Autoverleiher ab, welche Firmen im letzten Monat einen Geländewagen geleast haben.«

»So kommen wir ans Kennzeichen«, rief Gschwandtner voller Tatendrang. »Und die Nummer schreiben wir zur Fahndung aus – intern natürlich. Was sagst du dazu, Ignaz?«

Ignaz Irgl junior grinste über beide bärtigen Backen.

»Könnte hinhauen! Wenn wir wissen, wo die Karre abgeblieben ist, dann haben wir ihn.«

Die dicke Luft war verflogen, und Schorsch strahlte wie ein neues Sechserl. »Wie schaut's mit am Schnapserl aus?«

Gegen einen Obstler ließ sich vernünftigerweise nichts einwenden, dachte Gschwandtner. Schließlich hatten sie nun endlich eine konkrete Spur, der sie nachgehen konnten. Eine Spur, die sie zu Sebald Eder führen würde. Eine Spur, die, wie es aussah, noch frisch und nicht verwischt war.

»Auf ex!«

»Runter damit!«

»Was weg muss, muss weg!«

Wenn es um den selbstgebrannten Obstler des Schmiedwirts ging, war sich das Trio einig. Das hochprozentige Gesöff war sein Geld wert – und brannte wohlig-weich in der Kehle. Gschwandtners inneres Gleichgewicht war wieder im Lot. Die Schützenscheiben an der gegenüberliegenden Wand gerieten in sein sich zusehends verengendes Gesichtsfeld. Eine der Scheiben zeigte ein beliebtes Sujet: ein am Waldrand friedlich äsendes Reh. Dahinter der Jäger auf seinem Ansitz, die doppelläufige Büchse im Anschlag. Ein Flintenfreund hatte sich am Scheibenrand als Reimeschmied verewigt. »Ach, wie schön ist doch das Abendrot, die Büchse aber war des Rehleins Tod!«

Gschwandtner goss sich großzügig nach. Er würde nie ein Waidmann werden. Wie dieser Hias. Lauerte in Flur und Feld aufs Wild und holte sich dabei Rheuma, Gicht und Hämorrhoiden. Wie blöd musste man sein.

Ignis aurum probat

Die Mittagssonne hing wie ein grell glühender Leuchtstoffballon im blauen Azur des Himmels und strahlte. Sie tat ihr Bestes, um die Produktion von Serotonin und anderen dem Wohlbefinden zuträglichen Botenstoffen anzuregen. Dementsprechend unbeschwert lächelten die Menschen auf dem Marktplatz von Grenzberg in den sonnigen Tag. Zumindest die meisten von ihnen. Bruno Brenner kam dagegen kein Lächeln über die Lippen. Das lag vor allem daran, dass er das Gefühl nicht loswurde, auf verlorenem Posten zu stehen und für eine verlorene Sache ins Feld zu ziehen. In aller Frühe war Bruno die achtzehn Kilometer von seinem Hof in Urtlaching nach Grenzberg geradelt, um zusammen mit zwei weiteren Aktivisten den Infostand in der Fußgängerzone aufzubauen. Im Gewirr der Leisten und Planen hatte sich schnell herauskristallisiert, dass Bruno der Einzige war, der über ein Mindestmaß an handwerklichem Geschick verfügte, während seine zwei Mitstreiter nicht nur eine linke Gesinnung, sondern auch zwei linke Hände besaßen. Nach einigen gotteslästerlichen Flüchen und Verwünschungen war es ihm schließlich im Alleingang gelungen, ein einigermaßen standfestes Pavillonzelt zu zimmern.

Nun stand Bruno vor dem wackligen Zelt – einen Stapel Flugblätter in der Hand. Es war ein fast aussichtloses Unterfangen, seine »klassenkämpferische Botschaft« an das im samstäglichen Einkaufsstress vorbeihastende Volk zu bringen. Neben ihm riefen Rubio und Pombo, alias Benno und Beppo Brunnholzer, wie zwei Jahrmarktschreier: »Wählt die Linke Liste – Liberta e Socialismo. Die Alternative für den Grenzgau!« Sie trugen leuchtend rote Shirts mit dem Konterfei Guevaras und keck in die Stirn gezogene Baskenmützen. Die beiden Brüder mühten sich redlich, aber vergeblich, Sympathisanten für die sozialistische Sache zu gewinnen.

»Für Freiheit, Gleichheit und Gerechtigkeit!«, riefen sie jetzt, die Losung der französischen Revolutionäre kolportierend. Ohne die geringste Resonanz! Die im Copy-Shop zu neun Cent das Stück kopierten Handzettel fanden unter den potentiellen Wählern solch reißenden Absatz wie sonst nur die Pamphlete der Zeugen Jehovas, die ein Stück die Marktstraße hinunter auf Seelenfang gingen.

Es gab jedoch einen gravierenden Unterschied zwischen den Wahlkämpfern des Movimiento Siete-Once und den Jüngern Jehovas, dachte Bruno übellaunig. Mit ihrer Postille warben die Jehovas für die Botschaft der Bibel, für die sogenannten christlichen Werte wie Gottergebenheit, Demut und Unterwürfigkeit. Auf dem Titelbild der Schundschrift lagen Lämmer und Löwen auf einer saftigen Wiese einträchtig nebeneinander und gaukelten den Menschen paradiesische Zustände vor. Doch die verbohrten, blindgläubigen Gottesanbeter waren ein Auslaufmodell – das Volk verlangte nicht mehr nach Myrrhe und Opium, sondern nach Konsum und konfektionierten Produkten und Gefühlen. Bruno machte sich keine Illusionen. Die Mode- und Mammon-Klone, die mit Smartphone und Sonnenbrille dem nächsten Schnäppchen hinterherhetzten, waren so unerreichbar für ihre Parolen wie die Männer im Mond. Sie waren gefangen im ewigen Teufelskreis des Kapitalismus. Und sie sperrten sich gegen die unbequemen Wahrheiten, die ihnen die Propheten der neuen Weltordnung verkündeten. Doch ihr Tag würde kommen, wie der Tag Trotzkis, wie der Tag Guevaras gekommen war. Nur der stete Tropfen höhlte den Stein.

Bruno gab sich einen Ruck und schälte sich aus dem Kokon der zermürbenden Daseinsängste und Selbstzweifel. Stattdessen trieb er mit vollem Körpereinsatz einen Keil in die Phalanx der Passanten. »Erfahren Sie die Wahrheit! Die Wahrheit über die Realitäten und Absurditäten des kapitalistischen Unrechtssystems. Ein System, das auf Ausbeutung und Unterdrückung beruht, kann nie ein demokratisches sein.«

Unverdrossen wedelte er mit dem Flugblatt herum, versuchte vergebens, die unentwegt auf ihre Displays starrenden Zombies wachzurütteln. Es war ihm klar, dass er wie jeder Prophet zur Unzeit auf taube Ohren stoßen würde, dennoch hielt er sein Propagandablättchen in die Höhe, als ob es sich um die Fackel des Prometheus handelte. »Die Wahrheit ist: Armut und Ungerechtigkeit sind dem System immanent. Die globalisierte Welt ist eine kapitalistische, die Bedürfnisse der Menschen verachtende Welt. Nicht die Symptome, das System selbst ist das Problem.«

Einer der sich an ihm vorbeidrängenden Passanten rempelte ihn an, ein jung-dynamischer Zwirnträger mit Stöpseln im Ohr. »Kannst du nicht aufpassen, du blöder Penner!«

Mit dem eisigen Lächeln eines Clint Eastwood auf Kopfgeldjagd packte er den rabiaten Joop-Jünger am Kragen. »Pass besser auf, wo du hintrittst, du stinkst nach Hundescheiße, boludo!« Bruno stieß das kleine Arschloch vor die Brust, so dass der Hänfling ins Taumeln geriet. Aus Leibeskräften schreiend, marschierte er weiter auf und ab: »Die Wahrheit über Che und seine Mission! La pura verdad!«

In Momenten wie diesen fühlte er wie sein Herz höherschlug. Er fühlte sich stark, fühlte sich eins mit den proletarischen Massen, denen es die Wahrheit zu verkünden galt: Imperialismus und Kapitalismus richteten die Erde und die Menschheit zugrunde. Die Teufel in Menschengestalt trugen Prada, Armani und Aktenkoffer. Die Jehovas täuschten sich: Lamm und Löwe waren Todfeinde. Und die Lämmer durften nicht länger schweigen. Sie mussten aufstehen und kämpfen. Und die Löwen aus dem Paradies vertreiben. Dann erst würde Frieden auf Erden einkehren.

Bruno näherte sich den beiden Jahwe-Getreuen, die vor den Schaufenstern eines Drogerie-Markts ausharrten und ihren »Bibel-Boten« wie ein Wappenschild vor ihre Brust hielten. Sie standen da – stumm und reglos wie zwei Zinnsoldaten. Nein, so würde das nichts werden. Immerhin eine Gemeinsamkeit gab es zwischen ihren Anschauungen und denen der Jehova-Jünger. Die Wurzel allen Übels war die Gier nach Geld, Gut und Gold. Die wahren Verbrecher waren jene Propheten des Profits, jene Diener des Mammons, die niemals geben und teilen, sondern nur raffen wollten. Eine verhutzelte Frau ließ es zu, dass ihr die Zeugen Jehovas eines ihrer Schundblätter aufdrängten. Sie humpelte an ihrem Gehstock zu einer Bank, die über und über von Taubendreck besprenkelt war. Ohne sich um die weißlichen Kotflecken zu bekümmern, setzte sie sich und hielt sich das Pamphlet der Jehova-Sippschaft unter ihre rote, glasig schimmernde Nase. Nun, es war wohl eine Konstante der menschlichen Natur, dass sich die Alten eher vom Jenseits als vom Diesseits angesprochen fühlten.

Bruno machte kehrt und wandte sich einer verhärmt aussehenden Enddreißigerin zu, die einen Buggy mit einem krakeelenden Zwei- oder Dreijährigen vor sich herschubste. »Wollen Sie, dass ihr Kind in einer gerechteren Welt aufwächst? Die Linke Liste steht für Gerechtigkeit und Freiheit, für die Würde jedes Menschen!«

Die Mama vom Typus Mutterkuh glotzte ihn aus stumpfen, desinteressierten Augen an. Ihr Gesicht war vom übermäßigen Genuss von Spirituosen aufgedunsen. Die fetten, strähnigen Haare, das ausgeprägte Doppelkinn und die fleischigen, krebsroten Unterarme bestätigten Brunos ersten Verdacht, dass die Frau nicht auf der Sonnenseite Grenzbergs lebte. Und doch würdigte sie ihn weder eines Blickes noch eines Wortes und schob den Buggy mit ihrem Balg wie einen unausgesprochenen Vorwurf vor sich her.

Innerlich seufzend kehrte Bruno zum Stand zurück. Es war

eine nicht zu leugnende, wenn auch schmerzliche Tatsache: Ihre in nächtelangen, hitzigen Diskussionen immer wieder umformulierte Streitschrift fand unterm Fußvolk der Fußgängerzone nicht die geringste Beachtung. Man musste Idealist sein und ein starkes Sendungsbewusstsein in sich tragen, um die Ignoranz und Indifferenz der Massen mit links wegzustecken.

Da erspähte Bruno drei Gestalten, die mit tapsigen Schritten und unentschlossenen Mienen um ihr Parteizelt strichen. Die schäbig gekleideten Männer würdigten die auf einem Tapeziertisch aufliegenden Broschüren keines Blickes. Sie suchten etwas anderes, das Gespräch. Der Spitzenkandidat der dunkelroten Liste Leo »Che« Wildbichler begrüßte die drei verlotterten Gestalten mit dem Lächeln eines in den bairischen Bergen gestrandeten Freibeuters der Karibik. Leo kannte da keine Vorurteile. Schließlich hatte auch Jesus den Huren, Zöllnern und Weinschläuchen gepredigt. Bei den dreien handelte es sich um notorische Suffdimpfel aus dem Nachbarort Greimharting, die an den Folgen alkoholbedingter Amnesie litten. Und die – um es einmal höflich auszudrücken – wenig Anteilnahme am politischen Weltgeschehen nahmen. Als ob es sich bei den drei abgerissenen Malz-Matadoren um verdiente Kampfgefährten handelte, klopfte ihnen Che kameradschaftlich auf die Schulter. Es schien ihn nicht im Geringsten zu stören, dass die Troika höchstens den Weg in ein Wein-, aber gewiss in kein Wahllokal finden würde.

Che drückte den dreien einen Zehner und fünf Flugblätter in die Hand. »Ich erspar euch den Sozi-Sermon. Kauft's euch beim Altwirt einen Tiroler Roten – und trinkt's auf mich! Wir sind doch eh alle Rote, oder?«

Die drei strahlten über ihre zerfurchten Gesichter, als ob sie das große Los in der klassenlosen Lotterie gezogen und zwanzig bis oben hin mit Bockbierfässern beladene Planwagen gewonnen hätten. Unter Dankesbezeugungen wie »Vergelt's Gott, Leo«, »Bist schon ein Hund!« oder »Meine Stimme hast!« trollten sich die Saufköpfe. Che hob zum Abschied lässig seine Hand und schnappte sich den nächsten Packen Flugblätter.

Mit einer Mischung aus Belustigung und Bewunderung beobachtete Bruno seinen Parteichef bei der Arbeit. Sein rotkariertes Hemd hing ihm über die speckige Lederhose. Auf der Brusttasche prangte ein Button: »Wählt Wildbichler! Oana wia Du und I« Und so verhielt er sich. Er grüßte hier, er grüßte da, erzählte da eine kleine Anekdote, redete dort mit einem entfernten Bekannten, kurzum er machte Wahlkampf mit Herz. Selbst wenn die »Linke Liste« bei der Kommunalwahl nicht den Hauch einer Chance hatte, machte er doch einen besseren Job als der Rest der pomadisierten, pomadigen Politikerbande. Che war ein demagogisches Naturtalent, dem das Forsche und Schneidige, das Widerspenstige und Trotzige im Blut lag. Leo »Che« Wildbichler entstammte einer seit Jahrhunderten im Grenzgau heimischen Sensen- und Senner-Sippe: ungebärdige, unerschrockene Charaktere, denen ein unbändiger Freiheitsdrang innewohnte. Einer seiner Vorfahren war der berüchtigte Wilddieb Jakob Walderer gewesen, eine Art Robin Hood der Grenzgauer Berge.

Leo war ein würdiger Vertreter dieses Geschlechts von Dickschädeln und Hitzköpfen, die nichts lieber taten, als fortwährend Unruhe zu stiften und gegen jede Art von Obrigkeit aufzubegehren. Das Anarchische lag ihm im Blut. Leo gelang es mit links, ein Andreas-Hofer-Image zu kultivieren. Che hatte Charme, Chuzpe und Charisma – und sein Lächeln war unwiderstehlich. Mit seiner wild wallenden Mähne und dem struppigen Bart nahm man ihm die Rolle des aufrechten Berg-Revoluzzers, des unkonventionellen Naturburschen im Loden-Look ab, der glaubte, was er sagte. Für Leo Wildbichler waren Märzenbier und Marx deckungsgleich, waren Guevara im Herzen und Gamsbart am Hut keine Widersprüche in sich. Mochten die Massen den Ruf der Berge auch noch ignorieren, so kämpfte er doch unverdrossen für die »revolutionäre Überwindung der bestehenden Besitzverhältnisse«, wie er gerne voll leidenschaftlicher Emphase predigte. Dabei war Che alles andere als ein linientreuer Dogmatiker, er liebte vielmehr die Pose des romantischen Rebellen, des Guerrillero Heroico. Für Wildbichler gehörten bayerische Wesensart und revolutionäre Gesinnung zusammen wie Butter und Breze. Mit der kommunistischen Bewusstseinsbildung haperte es indes gewaltig. So ließ er regelmäßig Bemerkungen fallen, die einem orthodoxen Anhänger der reinen Lehre von Marx und Engels die Scham- und Zornesröte gleichzeitig ins elfenbeinweiße Gesicht getrieben hätte. »Ach geh, hör mir doch mit Marx und Mao auf. Mir sind Bayern – und keine Preußen und Chinesen!«

Bruno hörte die volltönende Bassstimme Wildbichlers, der zwei Trachtträger an den Campingtisch vor dem Zelt gelotst hatte und gerade drei Stamperl mit selbstgebranntem Obstler randvoll goss. »Ach mei, der Lenin, dieser alte Plattensimmerl, ist doch out of Rosenheim! Ihr kennt's mich! Ich bin, wer ich bin – was scheiß ich mich um Mehrwert und Dialektik? Nix! Aber eine Revolution muss her, weil so wie bisher kann es nimmer weitergehen!«

Die beiden Trachtler nickten verständnisinnig, wie Bruno voller Erstaunen feststellte. Ches Argumente fielen bei seinen Zuhörern auf fruchtbaren Boden. Die zwei Joppen-Jünger kippten den Schnaps auf ex hinunter und wischten sich mit dem Handrücken die wulstigen Lippen.

»Da ist fei schon was dran!«

»Na, da hast nicht unrecht!«

Che goss Öl respektive Schnaps ins Feuer. »Schaut's euch doch die Dreckspolitiker an! Überall halten sie die Hand auf! Vor der Wahl versprechen sie das Blaue vom Himmel – und hernach? Nix geschieht! Von wegen soziale Gerechtigkeit und Bürgerbeteiligung – die Sauhunde lügen, wenn sie das Maul aufmachen. Was wir hier haben, ist keine Demokratie, sondern ein rechter Scheißdreck!«

»Recht hast!«

»Genau so schaut's aus!«

Che Wildbichler traf offenbar beim gemeinen Volk den richtigen Ton, dachte Brenner. Prompt setzte der »Marx-Meister« zum Gnadenstoß an. »Diese Drecksäue gehören weg vom Futtertrog! Ich bin einer von euch, ich sag's geradeheraus: Wählt's mich, und der Saustall wird ein anderer!«

»Mach ma!«

»Weil du recht hast, zahlst a Maß!«

Die beiden frisch geworbenen Apostel grinsten über beide Schweinebacken und kippten sich den Obstler hinter den grünen Stehkragen.

Ungläubig schüttelte Bruno den Kopf. Das Gefühl der eigenen Unzulänglichkeit, ja des eigenen Versagens versetzte ihm einen heftigen Stich in der Brust. Brenner bewunderte die rigorose Entschlossenheit Wildbichlers, beneidete ihn um seine bedenkenlose Unverfrorenheit, um seine zupackende Art, die sich nie groß um Doktrinen und Grundsätze scherte. Wenn er von etwas überzeugt war, dann tat er es. Im Gegensatz zu Bruno selbst blickte er nach vorn und nicht zurück. Ja, es kümmerte ihn nur peripher, dass er einmal den bewaffneten Aufstand gegen das imperialistische System gepredigt hatte und nun mit eben solcher Leidenschaft den Marsch durch die Institutionen als den einzig richten Weg der Revolution pries. Obwohl er als selbst ernannter Guerillaführer, als bairischer Bier- und Berg-Revoluzzer mit dem Che-Sticker an der Trachtenjoppe wie ein Anachronismus, wie eine Witzfigur erscheinen sollte, war dem nicht so. Leo wirkte authentisch, denn er war ein Original und keine Kopie. Kein zweitklassiger Kabarettist, der beim Starkbieranstich am Nockherberg den Gamsbart-Guevara parodierte und dafür ein paar gekünstelte Lacher erntete. Egal, was er tat – er war einer, der aufmuckte und sich nicht duckte. Eine ganz ähnlich gestrickte Gestalt musste Brunos Urgroßvater, Emeram Eder, gewesen sein. Seine Tante Marie, die jüngste Tochter des alten Patriarchen, schwärmte regelrecht für ihn. Wie Wildbichler war Emeram Eder offenbar ein unbeugsames, leicht entflammbares bajuwarisches Original gewesen, der mit Bedacht überall aneckte. Ein Dickschädel, der vor Kraft strotzte und stets mit dem Kopf durch die Wand wollte. Ein hadersüchtiger Rechthaber, der keine Auseinandersetzung scheute und sagte, was er dachte. Selbst wenn ihm sein rebellischer Geist beinahe das Genick gebrochen hätte. Damals im Dritten Reich. Mit leuchtenden Augen hatte ihm Tante Marie erzählt, dass sich ihr Vater nichts geschissen hätte. Bei den Sitzungen der Ortsbauernschaft sei er der Einzige gewesen, der das Maul aufgemacht und die Nazi-Bonzen zum Teufel gewünscht habe. Einmal sei er sogar im Vollrausch auf den Tisch gesprungen und habe gebrüllt: »Größenwahnsinnig sind's, Schießbudenfiguren sind's! Euer Führer führt sich auf wie ein Irrenhäusler! Ich hab mit eigenen Augen gesehen, was für ein Zwetschgenmandl das ist! Ein verdruckter, nixiger Hund!« Von Tante Marie hatte er erfahren, dass der streitlustige Holzer-Bauer unverschämten Massel gehabt hätte, dass er nicht in Dachau gelandet war. Der Bauernführer des Reichsnährstands, Dr. Lanzinger, der mit ihm weitschichtig verwandt war, habe ihren Vater für einen harmlosen, hirnlosen Radaubruder und die Hand über ihn gehalten.

»Wenn ihm sein Großcousin keinen Persilschein ausgestellt hätte, wär er sofort an die Ostfront abmarschiert – oder gleich an die Wand gewandert!«, hatte Marie geraunt.

Bruno hatte eigentlich gehofft, von ihr mehr über den »Lifestyle« ihrer beiden Brüder Sixtus und Sebald in Erfahrung zu bringen. Da die beiden vierschrötigen Eigenbrötler ledig geblieben waren, hatte sich ihre ältere Schwester Marie um die beiden ungehobelten Lackel gekümmert.

Tante Marie hatte jahrzehntelang für ihre Geschwister gekocht, ihre dreckige Wäsche gewaschen und bei der Stallarbeit ausgeholfen. Was ihr die gescherten Rammel jedoch nicht gedankt hatten. Tante Maria hatte denn auch nur mit den Achseln gezuckt, als Bruno sich nach möglichen Gründen für den Mord an Sixtus und dem Verschwinden Sebalds erkundigt hatte.

»Woher soll ich das wissen? Die haben ihr Leben am Hof gelebt – und ich hab meines hier.« Sie hatte geseufzt – und in eine Ferne geblickt, die, mehr noch als den leeren Raum, die vergangene Zeit durchmaß. »Weißt, Bruno, an mir und der Kathi ist es nicht gelegen, dass sich unsere Wege getrennt haben. Wir haben unser Mutter auf dem Totenbett in die Hand hinein versprochen, dass wir uns um ihre ›Buam‹ kümmern. Aber meine Brüder waren aus einem groben Holz geschnitzt. Eigensinnig und uneinsichtig. Sie haben immer nur an sich selbst gedacht – und an ihren Geldbeutel. Wenn du nur den Dreck wegräumen darfst und nach Strich und Faden ausgenutzt wirst, magst irgendwann nimmer den Deppen spielen.« Und sie hatte leise schniefend hinzugefügt: »Dass der Sixtus so elendiglich hat sterben müssen, das hat er nicht verdient! Er war kein schlechter Mensch, nur schwach und ohne inneren Antrieb, um aus dem Hof und seinem Leben was zu machen.« Sie hatte sich in ein bunt kariertes Stofftaschentuch geschnäuzt. »Aber es hat ja so kommen müssen. Den frechen Rotzlöffeln hat die starke Hand gefehlt, die ihnen gezeigt hätte, wo der Herrgott hockt. Aber als der Vater im 49er Jahr tödlich verunglückt ist, waren die beiden noch halbe Hemden. Und die Mutter ist ihrer nicht Herr geworden.«

Ohne auf seine Nachfragen einzugehen, hatte die Tante ein in braunes, brüchiges Leder gebundenes Fotoalbum unter der Eckbank hervorgezogen und auf dem Küchentisch aufgeschlagen. Beim Durchblättern der von den Rändern her braun verfärbten, stockfleckigen Bilder einer lang verlorenen, vergangenen Zeit hatte sie auf einen leicht überbelichteten Mann in Paradeuniform gedeutet, der im Fotostudio vor einem Paravent posierte und dem Betrachter geradewegs in die Augen schaute. »Das ist er, der Vater, als junger Bursch bei der Artillerie zu München!«

Bruno suchte in dem Bild zu lesen, entdeckte Vertrautes und Fremdartiges. Schneidig und unerschrocken sah sein Ahnherr aus, mit seinem Schnurrbart, den er im Stil des Kaisers mit Pomade hochgezwirbelt hatte.

»Fesch schaut er aus, in seinem Käppi und dem Säbel am Gürtel. Dabei war er nie ein Freund vom Militär! Der Gehorsam war ihm zuwider! Rumschikanieren lassen hat sich der Vater von niemandem gern. Da hat er bös werden können – und jähzornig! Nach dem Krieg war er sogar eine Zeitlang bei den Roten, bei der Volksarmee. Gegen die Heimwehr und die Reichswehr hatten die paar Hanseln unterm Egelhofer nix zu bestellen, darum hat er sich nach dem ersten Gefecht schleunigst verdrückt. Aber tapfer war er, schau her!« Die Tante hatte eine Blechdose, in der dereinst wohl Kekse oder andere süße Leckereien aufbewahrt worden waren, hervorgekramt. Ein schartig gewordenes Messer, eine Tabakpfeife mit wulstigem Pfeifenkopf und überlangem Mundstück, ein paar Münzen und altersfleckige Geldscheine samt irgendwelchen Papieren kamen zum Vorschein, aber nicht die Erinnerungsstücke, die Tante Marie darin vermutet hatte. Sie hatte ihn verwirrt angeblickt. »Das gibt's doch gar nicht! Das ganze alte Kriegsklump war doch immer da drin. Das Eiserne Kreuz, das der Vater noch 1918 verliehen bekommen hat«, stotterte die Tante irritiert. Sie schüttelte und rüttelte die leere Dose wie ein Zirkusmagier, dem es mit Hilfe eines Zauberspruchs à la »Simsalabim« gelingen mochte, die abhandengekommenen Orden und Tapferkeitsabzeichen aus dem Hut respektive der Dose zu zaubern. Doch das Eiserne Kreuz blieb verschwunden.

Bruno hatte seine Tante getröstet. »Das Haus verliert nix – die tauchen schon wieder auf.«

Er hatte sich nicht das Geringste dabei gedacht, denn der Verbleib der Orden war für ihn vollkommen nebensächlich. Entweder hatten die grauen Zellen der Tante einen Streich gespielt, oder ihr nichtsnutziger Sohn Maurus hatte sich die Militaria unter den Nagel gerissen, um diese auf eBay zu verscherbeln.

Auf die Frage, die ihn interessierte, hatte er indes keine Antwort erhalten: Welches Spiel hatte Sebald gespielt? Und weswegen war er untergetaucht?

»Komm, Bruno, nimm auch ein paar Radieserl!« Die Stimme Bennos alias Rubios riss ihn aus seinen sich im Kreis drehenden Gedanken. Der eine der beiden Brunnholzer-Zwillinge stand als Schattenriss vor ihm im Gegenlicht. Er blinzelte gegen die Mittagssonne und bediente sich aus der Obst- und Gemüsesteige, die Brunnholzer vor ihn auf den Tisch gewuchtet hatte.

Noch etwas tramhappert im Hirn, murmelte er: »Super Idee, Benno – das mit dem jungen Gemüse!«

»Kommt alles aus unserem eigenen Garten! Keine Chemie, keine Pestizide, keine Herbizide! Hundertprozent Bio!« Benno drückte ihm ein paar Radieserl und Gelberüben in die Hand. »Probieren, geht über studieren!«

Benno schob sich eine der roten, runden Kugeln in den Mund und leckte sich die Lippen. »Ein Radieschen wie aus dem Paradieschen!«

»Bio-Benno« zwinkerte ihm aufmunternd zu und versuchte sich als Grünzeug-Agitator: »Leckere Gelbe Rüben, feine Kohlrabi – alles öko, alles von der Linken Liste!«

Man brauchte ein Lockmittel, um die Menschen zu ködern. Einen Köder, der sie anbeißen ließ. Aber was könnte das sein? Bruno rieb sich die Nasenwurzel. Das Versprechen auf ein besseres oder gar ewiges Leben zum Beispiel, so wie es die Jünger Jesu gegeben hatten? Ein Geschäftsmodell, das immerhin seit zweitausend Jahren funktionierte. Es genügte nicht, das kapitalistische Wirtschaftssystem zu geißeln. Wen interessierte schon, dass die Reichen immer reicher und die Armen immer ärmer wurden und es überall um den Globus himmelschreiende Ungerechtigkeiten gab? Niemanden! Die Geschichte zeigte, dass keiner gerne die Rufe der Kassandra hörte. Ja, sie mussten ihre klassenkämpferische Botschaft besser verpacken. Was nutzte es, postmarxistische Phrasen zu dreschen? Nix! Sie brauchten positive Werbebotschaften. »Winke, winke macht die Linke« oder »Rot wie der Wein, rot wie die Liebe« – etwas in der Art.

Bruno Brenner hatte gerade zwei Karotten in den Einkaufskorb einer verdutzt dreinschauenden Hausfrau fallen lassen, als GAU-TV Chefreporter Anian Gruber höchstselbst auf ihn zusteuerte – einen Kamerahansel im Schlepptau.

Gruber hob die Rechte lässig zum Gruß. »Bist du unter die Gemüsetandler gegangen? Wie viel kostet denn der Radi?« Der Reporter bedachte die Radieserl im Bastkörbchen mit einem ironischen Lächeln und deutete auf Brenners Shirt. »Cuba Libre, Aha! Warum verscherbelt ihr dann Gurken und Kohlrabi? Eine Cocktail-Bar mit Karibik-Flair, coolen Latino-Sound, Rumba und Pina Colada unter Palmwedeln. Da stehen die Leute drauf!« Gruber machte eine einladende Geste. »Hast eine Minute? Unter vier Augen?«

Bruno zögerte kurz, ließ sich dann aber breitschlagen. »Gut! Im Zelt hinten sind wir ungestört.«

In der Vergangenheit hatte Brenner genügend Beispiele für den Wankelmut und die Wetterwendigkeit seines »Sandkastenfreunds« erlebt, um Anian auch nur einen Millimeter über den Weg zu trauen. Er war und blieb ein unverbesserlicher Opportunist, dessen Überzeugungen und Gesinnungen sich schneller drehten als die Wetterfähnchen im April.

»Ihr schickt doch normal nur die armen Praktikanten auf

die O-Ton Ochsentour. Warum mischt sich der Chef persönlich unters gemeine Volk?«, frotzelte Brenner.

Gruber schmeichelte ihm. »Wegen dir natürlich, mein Guter! Ich hab mir gedacht, wir bringen einen Beitrag in ›Kreuz und Quer‹ über euren Wahlkampf. Etwas Exotik im Parteiengrau.« Seine Stimme klang so, als ob er kiloweise Kreide gefressen hatte. »Ist doch eine nette Aktion. Vitamine fürs Volk. Ein Kurzbeitrag, sagen wir, eine Minute dreißig, ist da schon drin. Zwei O-Töne, jeweils so zwanzig Sekunden, um eure Botschaft ins rechte, rote Licht zu rücken. Ist das ein Angebot, hm?«

Brenner musterte seinen ehemaligen Schulkameraden von der Seite. »Kein Schmäh? Deine Chefs werden wenig erbaut sein, wenn du uns in der Sendung hast! Das wird mächtig Ärger geben.«

Anian grinste. »Dem Big Boss geht ihr am Arsch vorbei. Und für die Lodenjoppen-Fraktion seid ihr Luft. Ich nehm die Geschichte auf meine Kappe und winke sie bei der Senderegie durch. Zuerst ein Special über Finsterwalder, den Spitzenkandidaten vom Bürgerbündnis Berg und Tal – und dann darfst du als Quoten-Linker ran.«

Brunos Miene verdüsterte sich. »Finsterwalder! Ist nicht dein Ernst, oder?«

Anian fixierte sein Gegenüber mit durchdringenden, hypnotisierenden Blicken. »Klar, mein voller Ernst! Wir leben in einer pluralistischen Gesellschaft, schon vergessen?«

Bruno stellte die Stacheln auf. »Spar dir die dummen Sprüche, der geht gar nicht! Die Hackfresse lässt seine Fahrer für einen Hungerlohn schuften und hat sich mit krummen Geschäften eine goldene Nase verdient. Der hat mehr Dreck am Stecken als ein tschetschenischer Schweinehirt!«

»Mensch, Bruno, die Jungs im Kaukasus sind doch Moslems! Noch nie was vom Dschihad, vom heiligen Krieg gehört? Null Toleranz für Schnitzel, Schweinshaxen und

Schweinebacken«, machte sich Gruber über Brenners Wissenslücken lustig.

Brunos Brauen zogen sich wie Gewitterwolken zusammen. »Lach du nur! Aber ich warne dich: Finsterwalder ist eine echte Drecksau, die vor der Wahl auf einmal einen auf Saubermann macht! Der hat Ansichten, dagegen ist unser jetziger Landrat ein Linksliberaler!« – »Order von oben! Mir ist der Typ auch suspekt, das darfst du glauben«, erklärte sich Gruber solidarisch. »Aber so läuft's nun mal.«

»Claro, wer zahlt, schafft an! Von mir bekommst du aber nur die Radieserl!«, bemerke Bruno höhnisch.

Wie auf ein vorab vereinbartes Stichwort nahm der untersetzte, stoppelbärtige Kerl mit der Kamera seinen Gemüsekorb ins Visier. Gruber spielte unterdessen das Unschuldslamm.

»Deswegen möchte ich ja ein Statement von dir in der Sendung! Damit die lokale Linke auch eine Stimme erhält! Ich war immer ein entschiedener Befürworter einer politisch ausgewogenen Berichterstattung«, beteuerte Anian.

»Das wär mir jetzt aber neu«, spottete Bruno ungerührt.

In der Manier eines mit allen Wassern des Jordan gewaschenen Nahost-Diplomaten wog Gruber seine Worte ab. »Und dann beschäftigt mich natürlich der Mord an deinem Onkel. Grausige Geschichte! Wir wollen helfen, dass diese Saukerle so schnell wie möglich hinter Gitter wandern!« Nachdem er seiner Entrüstung den ihr gebührenden Ausdruck verliehen hatte, wurde seine Stimme weich und einfühlsam. »Mir liegt die Sache wirklich am Herzen, Bruno! Ich würde zum Beispiel gerne wissen, ob sich die Katastrophe angedeutet hat? Gab es irgendwelche Vorzeichen, hat man das Unheil kommen sehen?«

Nun, da die Katze aus dem Sack war, ließ Bruno Gruber zappeln, nahm ein Radieschen aus dem Korb und biss herzhaft hinein. »Schmecken köstlich. Voll biologisch!«

Anian machte seinem Kameraknecht ein Zeichen, die Kamera auszuschalten. »Bruno, was du mir sagst, bleibt natürlich unter uns. Deine Informationen behandele ich streng vertraulich.« Er flüsterte fast. »Hast du eine Ahnung, wer deinen Onkel auf dem Gewissen haben könnte? Hatte er Feinde, Rivalen? Hatte jemand ein Interesse, ihn aus dem Weg zu räumen? Sein eigner Bruder vielleicht …«

Bruno musste innerlich grinsen. Immer die alte Leier. Anian wollte einen journalistischen Coup landen – und er sollte den nützlichen Idioten, den Informanten spielen. Das Manöver war so durchsichtig, dass er noch nicht einmal wütend werden konnte. »Wie lange kennen wir uns? Fünfundzwanzig Jahre? Und du hast es nie verstanden.« Er legte seinem alten Klassenkameraden den Arm um die Schulter, so dass es den Eindruck erweckte, als ob er mit ihm den Satz des Pythagoras oder die Natur des Kant'schen Imperativs diskutierten wollte. »Mein Onkel und ich, wir waren zwar verwandt, aber alles andere als verwandte Seelen. Wir haben uns übers Wetter und seine Zipperlein unterhalten und sind uns ansonsten aus dem Weg gegangen. Gut, er war mein Pate – also hab ich von ihm zur Firmung eine glumperte Armbanduhr geschenkt bekommen, und das war es dann! Seitdem meine Großmutter Kathi gestorben ist, sind wir uns nur noch sporadisch begegnet.«

Gruber räusperte sich. So schnell warf er die Flinte nicht ins Korn. »Aber du wirst doch wissen, was für ein Mensch dein Patenonkel war?«

»Bauernschlau, ignorant und hinten rum! Ein Grantlhuber und Gronickel, ein raffgieriger Ruach dazu, der seinen Kragen nicht voll bekommen hat – keine Manieren, kein Anstand, kein Bitte, kein Danke. Ein geistiger Horizont vom Radius null. Keiner, neben dem du gern am Tisch sitzt, aber auch kein Quertreiber, der dir überall reinredet! Ich hab nicht den blassesten Schimmer, welchen Grund es gegeben hat, ihn ums Eck zu bringen!«

»Und sein Bruder, der Sebald?«, insistierte Gruber. »Könntest du ein Treff mit ihm arrangieren? Weißt du, wo er sich aufhält?«

Bruno sah ihn amüsiert an. »Wär doch wunderbar, wenn er der Bösewicht wär! So eine Mordsstory à la Kain und Abel macht was her, oder? Aber ich muss dich enttäuschen, die beiden waren wie Hirn und Harn, wie Griebenschmalz und Brot, aber sie waren Brüder. Der Sebald ist zwar auch ein sturer Bock und ein hinterfotziger Millipanscher, aber er hat was am Kasten, Talent und Sinn fürs Schöne! Kein tumber Tropf, sondern ein Dreckhackel, der nichts anbrennen hat lassen.«

»Wenn er so ein Schlaucherl ist, warum hat er sich nach dem Mord aus den Staub gemacht? Er hätte sich doch denken können, dass ihn seine Flucht zum Hauptverdächtigen stempelt.«

»Wart mal«, korrigierte Bruno. »Da bringst du was durcheinander. Was ich gehört hab, hat die Polizei bislang nur in Erfahrung gebracht, dass er kurz nach der Bluttat spurlos verschwunden ist. Ob freiwillig oder nicht – weiß keiner. Vielleicht blieb ihm keine andere Wahl, als sich abzusetzen. Ein Alibi hat er jedenfalls. Mit dem Griesböck Hias war er in der Mordnacht bis ein Uhr in der Früh an der Bar gehockt – und hat sich die Kante geben. Der Wirt vom Roten Adler, der Hias und zwei andere Zechbrüder waren Zeuge. Folglich kann er seinem Bruderherz gar nicht die Gabel in die Gurgel gerammt haben.«

Anian winkte ungnädig ab. »Das beweist nix! Er muss ja nicht selbst Hand an die Mistgabel gelegt haben. Zumal er ja damit rechnen musste, dass er ganz oben auf der Liste der Verdächtigen stehen würde. Es gibt schließlich einen Markt für alles – auch für Auftragskiller! Er hat sich also für den Zeitpunkt der Tat ein wasserdichtes Alibi beschafft und ist fein raus.«

Bruno kamen solche Anschuldigungen absurd vor. Er kannte Sebald – der hatte seinen Bruder nie im Leben ermordet. Oder gar einen Meuchelmörder angeheuert. Sein Gesicht bekam einen abweisenden Ausdruck. »So ein Unfug! Ein Fremder mit einer blutigen Mistgabel über der Schulter fällt in einem Kaff wie Göttersberg doch auf wie eine Krampfhenne im Rollkragenpullover. Es gibt nicht den geringsten Anhaltspunkt, ihn zu verdächtigen. Er hat ein Alibi – Punktum!« Seine Zähne blitzten auf. »Fahr naus zum Hias und frag ihn. Sein Nero freut sich, wenn er Besuch und was zum Beißen bekommt.« Bruno vollführte mit der rechten Hand eine Geste, als ob ein Raubtiergebiss zuschnappte.

Anian tat gelangweilt. »Schon erledigt. Mike war gestern mit einer Redakteurin bei ihm.« Dabei bewegte er den Kopf in Richtung des Kameramanns.

Der Kerl, der sich bislang einer Statue gleich im Hintergrund gehalten und geschwiegen hatte, machte seinem Unmut Luft. »Diese Almaffen sind nicht ganz richtig im Kopf, Mann! Nadine ist fast durchgedreht. Ich sperr grad die Heckklappe auf, da hör ich vom Hof her jemand rufen: ›Fass Nero, fass!‹ Ich höre es knurren und kläffen – und wie die Nadine hysterisch schreit: Mike!«

Anian fühlte sich zu einer Erklärung befleißigt. »Nadine moderiert unsere Sendung ›Hund & Katz‹. Die kann gut mit Tieren, ist sehr lieb und verständnisvoll. Erst neulich war ein Hundeflüsterer bei ihr in der Sendung. Und hat gezeigt, wie man mit aggressiven Hunden richtig umgeht.« Anian grinste vielsagend. Bruno konnte sich illustriert ausmalen, dass die Ratschläge des Hundeflüsteres im Falle Neros für die Katz waren.

»Ja, also die schreit voller Panik: ›Mike, Mike, hilf mir! Der Köter fällt mich an.‹ Ich lug also vorsichtig ums Heck – und was sehe ich? Ein Riesenvieh, so Marke Dobermann, hetzt mit gebleckten Reißzähnen die Nadine vor sich her.«

Der Kameratyp, so befand Bruno, war nicht unbedingt eine einnehmende Erscheinung. So um die vierzig, verlebte

Visage, strähnige Schnittlauchlocken, rotfleckige, schuppige Haut. Speckige Lederweste, fette Wampe und große Klappe.

»Ich schnapp mir das Stativ und brülle diesen Drecksack an, der fies vor sich hin grinst: ›Pfeif deinen Schoßköter zurück, du dummes Arschloch, oder ich hau deinem Wauwau das Trum da um die Lauscher, dass er alle Engel im Hundehimmel Hallelujah singen hört!‹ Der Typ schaut mich giftig an, bringt seinen Zerberus aber zur Raison. Wir also ab in den Wagen – und nix wie weg. Die Nadine klappt voll um, schlottert am ganzen Leib und bekommt einen Heulkrampf. Im Rückspiegel sehe ich, wie der Typ wie irre mit den Armen rumfuchtelt und uns irgendwelche Verwünschungen hinterherbrüllt. Voll der Wahnsinnige!«

Anian tat den Vorfall mit einem Achselzucken ab. »Ich hab es dir vorhin schon erklärt, Gutbrunner! Ihr habt unbefugt ein Grundstück betreten, Hausfriedensbruch nennt sich das. Was, wenn der Kerl eine Schrotflinte hat und euch für Einbrecher hält, hm? Dann pustet er dir und dieser hysterischen Gans eine Ladung Schrot in den Arsch. Ihr könnt also von Glück reden ...«

Bruno komplettierte den Satz: »... dass der Hias grad einen guten Tage hatte. Der lässt keinen auf seinen Hof, den er nicht kennt. Da solltet ihr nicht noch mal anrücken.«

»Nur mit einer Pumpgun«, markierte der Kamera-Boy den starken Mann vom Format eines Chuck Norris. »Dieser Psycho wird sich noch umschauen! Das Herrchen zeige ich an, und aus dem Drecksköter mache ich Hundefutter!« Geifer spritzte aus seinem Mund.

Bruno blinzelte Anian verschwörerisch zu. Sie kannten sich lange genug, um sich ohne Worte zu verständigen. Dieser Mike war ein Volldepp – keine Frage. Der Maulheld würde in Zukunft einen Riesenbogen um Nero machen.

»Also dann, packen wir's an. Euren Stand nehmen wir als Hintergrund. Stell dich bitte dahin, Bruno. So fällt das Licht von der Seite ein. Das betont die Konturen. Kriegst du das hin, Mike?« Gruber blinzelte Bruno zu. Der Striezi mochte ein elendiger Opportunist sein, aber er verstand sein Handwerk – und zwar in jeder Hinsicht: Er würde Griesböck abends am Tresen abpassen und ihm ein paar Bier und Obstler spendieren, anstatt sich mit Nero anzulegen.

Corpus Delicti

Das Radio war an, das Blaulicht aus. Sie hatten es nicht eilig. »Die rote Sonne von Barbados – in dir und mir scheint sie immer noch …« Süßlicher Schlager-Schmelz troff aus dem HiFi-Soundsystem. Korbinian Eyrainer, Hauptkommissar bei der Kripo Grenzberg, lehnte sich mit einem tiefen Seufzer in den schwarzledernen Beifahrersitz zurück. In Fragen der Senderwahl lohnte es nicht, den Chef herauszukehren, und so ließ er den Mann hinterm Steuer gewähren.

Sein Assistent Leonhard »Hartl« Harthofer war unglücklicherweise ein bekennender Fan volkstümlicher Musik und von Schlagergrößen wie Helene Fischer. Da war Hopfen und Schmalz verloren. Sein Stammsender war die Alpenwelle 94,5. Dies war an sich schon ein Kündigungsgrund, doch am Freitagnachmittag liefen auf 94,5 zu allem Überfluss die »Kuschel-Classics« mit DJ Mötzi – mithin die Höchststrafe. Bei seiner Hörerschaft genoss der schmalzlockige Dorf-DJ aus unerfindlichen Gründen Kultstatus. Jeden Freitag panschte er ein Potpourri aus krachledern scheppernder Blasmusik und zuckrig-süßen Schlager-Grausamkeiten zusammen, das Diabetiker nach der Insulinspritze greifen und einen Großteil der Grenzgauer Damenwelt von einer Hochzeit in Weiß am Wörthersee träumen ließ. »Nur du und ich im Palmenhain, leise Musik und roter Wein!« DJ Mötzi vergriff sich zielsicher am musikalischen Schatz der Ballermann-Balladen.

Harthofer schien das sinnentleerte Gedudel nicht zu stören. Ja, er klopfte mit den Fingerkuppen auf das Lenkrad und summte den grenzdebilen Text der Schmachtschnulze mit. »Ein Abschiedswort im Sommerwind, es bleibt nur ein Traum, den keiner mehr nimmt!«

Draußen wurde es langsam Abend – die Sonne hatte ihren Zenit längst überschritten und war schon weit hinüber zu den fernen, mit Dunstschleiern behangenen Bergspitzen im Westen gewandert. Fast wünschte sich der Kommissar, dass irgendwelche atmosphärischen Störungen und Interferenzen den Empfang so weit beeinträchtigten, dass die Sonne von Barbados in Rauschen und Knistern versank.

Mit wahrer Hingabe stimmte derweil Harthofer den Refrain an: »Die rote Sonne von Barbados …«

Sein getreuer Paladin konnte schließlich nicht wissen, dass er auf diesen Schmachtfetzen besonders allergisch reagierte. Vor einem halben Jahr hatte er im Rahmen des internen Fortbildungsprogramms der bayrischen Kriminalpolizei an einem mehrtägigen Praxisseminar »Methodik der Kriminalistik: Daktyloskopie I« teilgenommen. Sein Banknachbar war ein Kommissar aus Kempten gewesen, ein etwas unbeholfen wirkender, knurriger Kauz, der kaum den Mund aufbrachte. Und wenn er einmal etwas sagte, dann in einem unverständlichen Kauderwelsch, das klang, als ob er an einem Kehlkopfkatarrh laborierte. Dieser radebrechende Lulatsch war ihm deswegen unangenehm aufgefallen, weil dessen Handy mehrmals mitten im Unterricht in voller Lautstärke zu klingeln begonnen hatte. So als ob es dieser Allgäuer Arsch darauf angelegt hatte, sich bei seinen »Kripo-Kommilitonen« unbeliebt zu machen. Den nervtötenden Klingelton hatte er jetzt noch im Ohr – eben jene bescheuerte Ohrwurmmelodie aus der Romanzen-Retorte. Wie hatte der grobe Klotz gleich wieder geheißen? Grünzinger, Gruftinger? Egal, was scherte ihn die Kripo Kempten?

Eyrainer öffnete das Seitenfenster einen Spaltbreit. Der Fahrtwind tat ihm gut. Draußen war es erfrischend kühl – aprilfrisch eben –, und die feucht glitzernden, grasgrünen Hügel pfiffen auf die Sonne von Barbados. Erst in einer Stunde sollten sie in Urtlaching sein, um Bruno Brenner zu vernehmen. Brenner war der Großneffe der Gebrüder Eder und zählte somit zum kleinen Kreis derer, die den Toten näher gekannt hatten. Lehnleitners Besuch beim Notar der Familie hatte zudem ergeben, dass das anno 1948 von Familienpatriarch Emeram Eder abgefasste Testament einige eigenwillige Bestimmungen zur Erbfolge enthielt. Demnach erbten im Falle des kinderlosen Todes einer seiner vier Kinder sämtliche noch lebenden Nachkommen den von ihm erworbenen Hof in Göttersberg zu gleichen Teilen. Nun war dieser Fall mit dem Tod von Sixtus Eder eingetreten. Erbberechtigt waren somit dessen jüngerer Bruder Sebald, dessen Schwester Maria so wie die Tochter und der Enkel der vor etlichen Jahren verstorbenen Schwester Katharina. Und jener Enkel war niemand anders als Bruno Brenner. Er profitierte also direkt vom Tod des Erblassers. Klar, dass sie Brenner eingehend befragen mussten. Eben zu diesem Zweck stattete Eyrainer ihm einen Besuch auf seinem Einödhof ab. Und zwar eher einen der informellen Art. Denn er kannte Bruno, seit der zwölf oder dreizehn war und mit ihm gemeinsam die Schulbank gedrückt hatte. Das schien war zwar im Rückblick ewig her zu sein – der Kontakt untereinander war jedoch nie zur Gänze abgerissen. Ja, sie hatten über zehn Jahre lang zusammen in einer Band den Bayern-Blues gespielt und eine gefühlte Ewigkeit bei Bier und Obstler in irgendwelchen Szenekaschemmen abgehangen. Und diese Zeit mit der Band verband – weit über die gemeinsam durchgestandenen Leiden der Pubertät hinaus.

DJ Mötzi hatte eben eine neue Scheibe aufgelegt, als das grüne Hinweisschild mit der Aufschrift Hofener Höhe, 922 Meter über N. N. in Sicht kam. Im auffälligen Gegensatz zu dem etliche hundert Meter tiefer gelegenen Grenzgauer Land war dieser Höhenzug nur spärlich bewachsen und dünn besiedelt. Die wenigen Höfe duckten sich in die Mulden, etwas unterhalb des Hügelkamms. Der Boden hier oben war karg und steinig. Hinter Stacheldrahtzäunen rupften ein paar windzerzauste Kühe die ersten Grasbüschel des Frühlings von der Weide. Kuh und Kalb hatten nur Augen für das frische Grün vor ihren feucht schimmernden Flotzmäulern. Eyrainer dagegen blickte aus dem Fenster und war – auch wenn er schon zigmal hier oben gewesen war – überwältigt. Nach Süden hin wölbte sich der Bogen der Berge wie die Kulissen im ersten Akt des Bauerntheaters. Eine gigantische Fernsicht, die vom Sonnbachhorn über den Hochfern bis zum Pendelstein mit dem scheußlichen Verhau aus Antennen und Sendemasten auf dem Gipfel reichte. Der Kommissar saugte dieses Bild voll Weite, Licht und Grenzenlosigkeit in sich auf. Eine »Hellsicht«, die ihm in diesem undurchsichtigen Fall allerdings bislang verwehrt geblieben war.

Einer spontanen Eingebung folgend, wandte er sich zu Harthofer um. »Hartl, bieg doch da vorn auf die Stichstraße zur Hofener Höhe ab!«

Obwohl Eyrainer nur leise, wenn auch bestimmt gesprochen hatte, schrak sein Assistent aus der Schlagerseligkeit hoch. »Ja gut, aber wieso?«

»Wir sind eh zu früh dran. Ich will mir noch ein wenig die Beine vertreten und in Ruhe über den Fall nachdenken.«

Harthofer nickte mechanisch und tat wie ihm geheißen. Zwei kurvige Kilometer später stellte er den in Havannabraun-Metallic lackierten 5er BMW auf dem verwaisten Wanderparkplatz unterhalb der Höhe ab.

»Warte hier, Harthofer. Ich bin nicht lang aus!«

»Eh klar, mach ich!« Leonhard Harthofer, den alle, die mit ihm per du waren, nur Hartl nannten, kam es sichtlich gelegen, dass er im Wagen sitzen bleiben und weiter DJ Mötzis Schlagerparade lauschen konnte.

Wie Eyrainer seinen zur Bequemlichkeit neigenden Assistenten kannte, verzichtete dieser liebend gerne auf den Fußmarsch hoch zur Hofener Höhe. Obwohl Hartl Harthofer einer alteingesessenen Grenzgauer Dynastie entstammte, ließen ihn die Bergeshöhen samt Alpenglühen und Edelweiß kalt.

Forschen Schritts machte sich der Kommissar an den Aufstieg. Auf halbem Weg lag das einstmals von Sommerfrischlern und Kaffeetanten stark frequentierte Ausflugslokal »Zur schönen Aussicht«. Von der früheren Betriebsamkeit war allerdings nichts mehr zu sehen und zu spüren. Als vor drei oder vier Jahren auch noch der Schlepplift seinen Betrieb eingestellt hatte, war die Gegend endgültig in einen touristischen Dornröschenschlaf gefallen. Türen und Fenster des Lokals waren mit Brettern vernagelt. Aus allen Ritzen und Rissen des Pflasters spross dichtes Unkraut. Hier endete der asphaltierte Fahrweg, und Eyrainer sah sich suchend um. An einem dicken Fichtenstamm fand sich das Gesuchte: ein Wegweiser. In ausgebleichten Lettern stand da noch leidlich lesbar: »Zur Hofener Höhe«. Er folgte einem verwachsenen Pfad ins Dickicht und orientierte sich beim Aufstieg durch den Hochwald an einigen schon etwas verblassten, roten Markierungspunkten. Durch das Blätterdach über ihm sickerte das fahle, milchige Licht des Nachmittags. Der Hang wurde flacher, und der Wald wich einer freien, von struppigem Gras bedeckten Fläche. Vor ihm lag der Gipfel: ein langer Wiesengrat, der auf den höchsten Punkt zulief. Diesen markierte ein halb verfallener Wachturm, dessen steinerner Torso so aussah, als ob er für eines der romantischen Phantasiegemälde Caspar David Friedrichs Modell gestanden hatte.

Noch ein paar Meter auf schmaler Spur und Eyrainer war am Ziel. Die Höhe mit dem alten Gemäuer war einer dieser magischen Plätze, an denen man sich dem Himmel näher und über die irdische Begrenztheit erhaben wähnte! Ein lichter, der Erdenschwere enthobener Ort. Doch der Nebel in seinem Kopf wollte sich nicht lichten. Da war nirgends ein klar konturiertes Bild in Sicht. Er hatte das Gefühl, sich in einer

Taucherglocke zu befinden, die über eine morastige Schlickschicht hinwegglitt – und die Abgründe darunter seinen Blicken entzog. Es war nicht zu leugnen: Er kam mit seinen Ermittlungen nicht weiter. Wie ein Schatzsucher wühlte er im Schlamm und bekam kein Goldnugget in die Griffel. Dabei narrte ihn die befremdliche Vorstellung, in einem Kettenkarussell zu sitzen, in dem er immerzu im Kreis herumwirbelte.

Immer und immer wieder stellte er sich dieselben Fragen: Wieso war Sixtus Eder ermordet worden? Welches Motiv steckte hinter der Tat? Er hatte Blatt um Blatt des Flip-Charts vollgekritzelt, hatte jedes nur erdenkliche Szenario durchgespielt. Politische oder fremdenfeindliche Hintergründe waren auszuschließen – diesem Täterkreis bot das Opfer nun wirklich keine Projektionsfläche. Und wie wäre es mit dem Raubmörder, der sein Opfer aus dem Hinterhalt überfiel, die Mistgabel in den Leib rammte, die Brieftasche samt Kreditkarte aber stecken ließ? Ein solches Szenario passte in ein surrealistisches Theaterstück, aber nicht in den Kreuzsteiner Forst. Blieben die dunklen Töne in der Palette menschlicher Leidenschaften wie Neid, Eifersucht, Habgier, Rachegelüste – oder die beliebteste Farbkombination von allen: Macht und Geld. Alle Überlegungen, die in diese Richtung gingen, hatten jedoch einen gravierenden Schönheitsfehler: das Opfer.

Eyrainer versuchte sich vorzustellen, dass dort oben in den Wolken ein Engel hockte und über die Missetaten der Erdenkinder Buch führte. Was würde er Petrus über den Toten zu berichten haben? Dass dessen Lebenslinie in Erdfarben gezeichnet und abrupt abgerissen war? Nach übereinstimmenden Aussagen derer, die ihn gekannt hatten, war Sixtus Eder ein sturer, stupider Bauernschädel gewesen, vierschrötig und widerborstig. Er und sein Bruder hatten zwar einen eigenen Hof bewirtschaftet, reich waren sie damit aber nicht geworden, um es einmal euphemistisch auszudrücken. Die Eders hatten sich in ihr kärgliches Los geschickt – zumindest hatten sie nach außen diesen Eindruck zu vermitteln gewusst. Kaum Indizien, noch weniger Fakten. Unterm Strich fiel sein Resümee dürftig aus.

Der Kommissar fixierte einen Punkt in der Ferne, bis das Bild zu verschwimmen und sich in einem bizarren Gewirr flimmernder Farbkleckse aufzulösen begann. Ein Mantra in Form eines Rosenkranz-Rondos floss lautlos von seinen Lippen: »Was wusste der Mörder, was ich nicht weiß? Wer waren sie? Verwandte, Bekannte? Komplizen, Kameraden? Idioten, Irre?« Seine Litanei brach ab. Weshalb war Eder wie ein Verräter exekutiert worden? Oder andersherum gefragt: Was hätte er denn verraten können? Welche Missetat gestehen? Blieb die Möglichkeit eines irren Einzeltäters. Ein unter Laktoseunverträglichkeit leidender Milchbauern-Hasser, der mit der Mistgabel ein Fanal setzen wollte? Und sich mit fanatischen Tierschützern zusammengetan hatte, die wahllos irgendeinen Millibauern entführt hatten. »Humbug!«, entfuhr es ihm.

Der Bruderzwist à la Kain und Abel war ja auszuschließen. Ein Szenario, das man im Kriminalistenjargon Fraternizid nannte – eine Gewalttat unter Blutsverwandten. Doch Sebald Eder hatte ein Alibi. Sebald hatte den Abend im Wirtshaus »Roter Adler« verbracht und Skizzen für ein Predella-Relief mit der Verkündigungsszene zu Papier gebracht. Ein Auftrag für den neu gestalteten Altar in der Pfarrkirche Grenzberg-Grund, wie Lehnleitner recherchiert hatte. Nach getanem künstlerischem Werk hatte Eder mit einem gewissen »Hias« bis weit nach Mitternacht für die Gaumeisterschaften im Kampftrinken trainiert. Dafür gab es zahlreiche Zeugen. Vor der Wirtschaft hatte er sich von seinem Zechkumpan verabschiedet, war zu seinem Lada-Jeep gewankt und davongefahren. Von da an verlor sich die Spur Sebalds im Dunkel. Die Fahndung nach ihm und dem militärgrünen Lada lief seit Tagen auf Hochtouren – war aber bislang ergebnislos verlaufen. Das Fahrzeug und sein Besitzer blieben verschwunden.

Dieser Umstand machte Sebald Eder zweifellos verdächtig, wenn er auch seinen Bruder nicht selbst beseitigt haben konnte. Blieb die Möglichkeit, dass ein Killer den Mordauftrag übernommen – und die Arbeit sauber und fachmännisch ausgeführt hatte. Dem Persönlichkeitsprofil und seinen Lebensumständen nach war es allerdings mehr als zweifelhaft, dass Eder Kontakte zur Unterwelt gepflegt hatte und einen Auftragsmörder aus Minsk oder Mostar einfliegen ließ. Wenn überhaupt, dann hätte Sebald Eder ein Komplott mit jemandem aus seinem engeren Bekanntenkreis geschmiedet. Als Mitverschwörer kam vor allem einer in Frage: Maurus Konz junior. Aber auch der Neffe Sebalds hatte für die Tatzeit angeblich ein Alibi. Gegenüber Lehnleitner hatte er angegeben, dass er mit einem Kameraden aus der Burschenschaft Axing zu dem abseits gelegenen Holzer-Hof gefahren sei und dort ein Tragel Bier vernichtet habe. Lehnleitner hatte seine liebe Not mit dem aufmüpfigen, halsstarrigen Mist-Macho gehabt. Er hatte sich die Aufzeichnung des Verhörs mehrmals angehört. Maurus war die Art von Mensch, die ihn an Gottes großem Schöpfungsplan zweifeln ließen! Ein von sich eingenommener Odel-Oligarch und patziger Protz-Prolet, der sich der Staatsmacht gegenüber schon aus Prinzip feindselig verhielt. Außer abfälligen und sarkastischen Kommentaren hatte Lehnleitner kein vernünftiges Wort aus dem Zeugen herausbekommen. Eyrainer würde sich diesen Maurus Konz demnächst persönlich vorknöpfen. Da systematische Folterungen mit probaten Techniken wie Waterboarding, grellem Blitzlicht oder Schein-Exekutionen den Kollegen in anerkannten Polizeistaaten wie Irak, Ägypten oder Israel vorbehalten waren, musste ein Bulle im Grenzgau subtilere Methoden anwenden, um einen Tatverdächtigen zum Reden zu bringen. Eine miese Ratte wie diesen Konz musste man unter psychischen Druck setzen. Ihm drohen, ihn einschüchtern und in Angst versetzen. Wenn die coole Fassade erst einmal bröckelte, kam darunter ein bettnässender Feigling zum Vorschein, der alles und jeden verriet, um die eigene Haut zu retten, und zwitscherte wie ein Kanarienvogel auf Brautschau.

Eyrainer verzog seinen Mund zu einer verächtlichen Grimasse. Doch da war noch eine Sache, der er nachgehen musste. Dieses Medaillon, das sich als Talisman am Schlüsselbund des Toten befunden hatte. Bei den Nachforschungen in den Archiven und im Internet hatte Lehnleitner, akribisch und beharrlich wie immer, ganze Arbeit geleistet. Mit dem unermüdlichen Fleiß einer Honigbiene hatte er alles über Georg Graf, den ursprünglichen Besitzer des Madonnenmedaillons, zusammengetragen, was es über ihn in den Akten zu finden gab. Wenig genug. Aber das Wenige, was über Georg Graf aktenkundig geworden war, war immerhin so interessant, dass Eyrainer Anian Gruber einschalten würde. Der würde sich eine solch abenteuerliche Story nicht entgehen lassen. Und eine Hand würde die andere waschen. Als Top-Redakteur von GAU-TV standen ihm Türen offen, die ihm als Bullen – zumindest ohne Durchsuchungsbefehl – verschlossen blieben. Wenn es um verdeckte Recherche, um »Feldforschung« ging, machte Gruber keinem etwas vor. Anian schaffte es, die Leute zum Plaudern zu bringen, indem er ihre Eitelkeit kitzelte, Salz in wunde Punkte streute oder ganz profan einen Handel oder ein Bündel Scheine anbot.

Selbst aus dem trockenen Kanzleistil der königlich-bayerischen Beamtenschaft war herauszulesen, dass dieser Georg Graf eine schillernde Halbweltfigur gewesen war, einer von der Sorte, die Geschichten schrieb, wie sie Journalisten liebten: ein menschliches Drama vor großer geschichtlicher Kulisse und mit klar verteilten Rollen, hier der Held, da der Schurke. Und irgendwo musste es eine Querverbindung, einen missing link, zwischen dem halbseidenen Gauner Graf und dem alten Eder-Bauern geben. Einen Schnittpunkt, an dem sich die Wege von Graf und Emeram Eder gekreuzt hatten. Wie sonst wäre das Medaillon in den Besitz Eders gelangt?

Der Kommissar strich sich nachdenklich über die Oberlippe. Erst heute Morgen hatte ihm Lehnleitner Rapport erstattet, und so hatte er noch keine Zeit gefunden, die Fakten nach ihrer Relevanz zu sortieren: Graf stammte aus der Giesbacher Gegend, war aber den Melderegistern nach ein umtriebiger Geist, der viel herumkam. Er hatte Schlosser gelernt, hatte sich aber in diversen Berufen versucht, ehe er beim 7. Königlich-Bayerischen Feldartillerie-Regiment »Prinz Luitpold« in München gestrandet war. Als Teil der Sechsten Armee war Grafs Regiment an der Westfront im Einsatz gewesen. Die Grabenkämpfe in Flandern und Nordfrankreich hatte Graf ohne größere Blessuren überstanden und sogar eine Tapferkeitsauszeichnung eingeheimst. Wenige Monate nach Kriegsende hatte ihn jedoch seine Fortune verlassen. Eine Pistolenkugel hatte seinen Schädel zertrümmert. Die Leiche des ehemaligen Unteroffiziers war in einem Waldstück bei Karget aufgefunden worden. Wer die tödliche Kugel abgefeuert hatte, war unbekannt.

»Reden wir hier vom Ersten oder vom Zweiten Weltkrieg?«, hatte Eyrainer nach Ende von Lehnleitners Bericht sarkastisch geschmunzelt.

Lehnleitner hatte ihn unsicher angelächelt, soweit dessen Minimal-Mimik eine solche Deutung zuließ. »Vom Ersten natürlich, Chef«, hatte er in bestimmtem Ton erwidert – und dabei fast salutiert.

Gruber sollte nun herausfinden, ob sich irgendwelche Erinnerungsstücke, vergilbte Fotografien, mit bräunlichen Stockflecken besprenkelte Papiere aus der Zeit des Ersten Weltkriegs im Besitz des Eder-Clans befanden. Alte Briefe, die auf dem Boden einer Blechschachtel dahindämmerten. Memorabilien, die die Altbäuerin, die erst vor einigen Jahren mit über neunzig verstorben war, unter Verschluss gehalten hatte. Das war ein Job wie geschaffen für ein eingefleischtes Trüffelschwein wie Anian Gruber.

Eyrainer blickte auf die Uhr. In einer guten halben Stunde sollte die Befragung Brenners beginnen. Er würde ihn fragen, ob er etwas über die Hinterlassenschaft seiner Urgroßmutter Theresia Eder wusste. Wer verwahrte das Familiensilber, die Fotoalben und alten Briefe? Sagte ihm der Name Georg Graf etwas? Was wusste er über die Erlebnisse seines Urgroßvaters, wusste er von irgendwelchen Husarenstückchen oder tragischen Episoden, die sich in der »guten alten Zeit« abgespielt hatten? Im Grenzgau, diesem Land am Rand der Berge, waren die alten martialischen Geschichten, die blutigen Fehden zwischen Jägern und Wilderern, die Unruhen nach dem Krieg, noch Teil des kollektiven Bewusstseins. Für eine Auseinandersetzung um Leben und Tod musste es einen Grund geben! Einfach so aus niederen Beweggründen zu morden war hierzulande verpönt! Diese »gemeinen Verbrecher« wurden auf die Guillotine oder ins Zuchthaus geschickt. Und kein Hahn krähte mehr nach ihnen. Sie fielen dem Vergessen anheim.

Eyrainers Blick verlor sich im fernen Blau der Berge und des Himmels. Eben wollte er der Bühne des alpinen Amphitheaters den Rücken kehren, da schrillte sein Handy. Die Nummer auf dem Display verhieß nichts Gutes: Es war Harthofer.

Sie waren auf dem Weg – auf dem Weg zum Tatort. DJ Mötzi war verstummt, dafür waren Blaulicht und Martinshorn zum Leben erwacht. Harthofer musste vorübergehend auf die neuesten Sound-Kreationen der Gassenhauer-Garküche verzichten. Denn nun pressierte es. Hektik und Hast waren Hartls eher behäbigem Naturell zwar zuwider, doch wenn es die Situation erforderte, dann drückte er auf die Tube. Er brachte den 5er BMW auf Touren und brauste mit weit über hundert Sachen über die Bauernstraßen. Durch das ohrenbetäubende Tatütata hindurch mühte er sich, seinem neben ihm sitzenden Chef die per Funk an ihn durchgegebenen Fakten ins Ohr zu brüllen – ohne dass dessen Trommelfell platzte. »Die Meldung ging vor gut zwei Stunden bei der Polizeiinspektion Bad Brennbruck ein. Die Kollegen hatten jemand an der Strippe, der völlig aus dem Häuschen war. Die Stimme einer Frau so um die fünfzig, die klang, als ob sie kurz vorm Nervenzusammenbruch stand. Sie habe eine grausige Entdeckung gemacht. In einem Waldstück in der Nähe von Staltlach liege eine Leiche – hinter einem Holzstoß, neben dem Forstweg nach Siegertskam. Die Anruferin hat dem Beamten den Weg zur Fundstelle minutiös beschrieben, aber sich beharrlich geweigert, ihre Personalien preiszugeben, da sie keine Scherereien wolle. Dann hat die Frau aufgelegt.«

»Unser anonymer Anrufer wird sich noch wundern. Wenn wir ihre Telefonnummer kriegen, kriegt das hysterische Weibsstück richtig Ärger!«, machte der Kommissar seinem angestauten Ärger Luft. »Wir wissen also nicht, wer den Toten entdeckt hat. Wissen aber, wo die Leiche liegt, richtig?« Um sich verständlich zu machen, brüllte Eyrainer wie ein Ochs am Spieß. »Die genaue Todesursache ist unbekannt, oder?« Sein Assistent nickte. »Dann schalten Sie als Erstes diese Scheißsirene aus! Ich schreie mir noch die Lunge aus dem Leib.«

Harthofer blickte seinen Vorgesetzten verdattert an, wagte jedoch kein Widerwort.

»So«, seufzte Eyrainer erleichtert, als das Tatütata erstarb. »Und rasen Sie nicht so, als ob der Teufel hinter uns her wär. Der Tote läuft uns schon nicht weg.«

Wiederum tat Hartl, wie ihm geheißen, und ging vom Gas. Die Tachonadel pendelte sich bei 70 km/h ein.

»Also«, fuhr Eyrainer fort, »wenn Sie mir jetzt noch verraten, ob der Tote bereits identifiziert ist, schlage ich Sie zum Beamten des Monats vor.« Er lächelte seinem Assistenten aufmunternd zu, der mit angestrengter Miene hinterm Steuer saß und nicht recht wusste, ob er sich zu diesem Vorschlag äußern sollte.

Harthofer räusperte sich, um seine Verlegenheit zu verbergen. »Nun ja, Lehnleitner dürfte mit Orterers Trupp schon vor Ort sein. Der Rechtsmediziner sollte die Todesursache schon eruiert haben. Noch lässt sich nicht sagen, ob ein Tötungsdelikt vorliegt. Es könnte sich auch um einen Arbeitsunfall oder Suizid handeln. Sobald die Näheres wissen, geben die uns Bescheid. Noch haben sie aber nichts hören lassen.« Harthofer machte eine unbestimmte Handbewegung, die seine Ratlosigkeit unterstreichen sollte.

Die Geste signalisierte seinem Chef aber auch, dass sein Untergebener umsichtig gehandelt und sich keine Nachlässigkeiten oder Versäumnisse zuschulden hatte kommen lassen.

Momentan konnte er nur raten, was der Leichenfund zu bedeuten hatte. Eyrainer hatte jedoch eine ungute Vorahnung, dass die Sache an ihm pappen blieb. Gewaltverbrechen fielen nun mal in seinen Zuständigkeitsbereich.

Streifenwagen, Zivilfahrzeuge und ein Krankentransporter parkten auf einem großen, ovalen Platz, an dessen Rändern sich in langen Reihen Baumstämme stapelten. Wenn nicht gerade ein Toter im Unterholz lag, wurden hier PS-strotzende Holzlaster bis oben hin mit Fichten, Tannen und Buchen bepackt. Heute nahmen indes die uniformierten Kollegen von der Schutzpolizei das Areal in Beschlag – die »Grünen« waren damit beschäftigt, den Tatort abzusperren und Schaulustige freundlich, aber resolut vom Ort des Geschehens fernzuhalten.

Eyrainer und Harthofer stiegen aus, grüßten in die Runde und ließen sich von zwei grün gewandeten Zerberussen den Weg weisen. Ein Forstweg von der Breite eines Bulldogs führte schnurgerade in den Wald hinein. Besser gesagt, durch wild wucherndes Buschwerk, aus dem nur einige reichlich zerzauste Fichten ragten.

Nach einem kurzen Fußmarsch war das Ziel erreicht. Eine idyllische Waldlichtung, auf der eine ganze Meute von Beamten herumwuselte. Ein Déjà-vu. Bot sich doch das übliche Bild geschäftiger Betriebsamkeit. Das Tatortteam hatte ein Kuppelzelt samt Klappstühlen und Bierbänken aufgebaut. Beamte in Zivil telefonierten, studierten Karten und mühten sich mit ihren Laptops. Ein Polizeifotograf war damit beschäftigt, Aufnahmen einer mit Nummerntafel markierten Stelle am Waldrand anzufertigen. Dicht daneben hatte eine Kollegin, deren Namen ihm entfallen war, ihr Stativ aufgebaut und linste durch den Sucher ihres Camcorders.

Harthofer flüsterte ihm hinter vorgehaltener Hand zu. »Merci, die Monika. Das Tatort-Video wird garantiert ein cineastischer Leckerbissen. Ob Gran Canaria, Korfu oder die Pyramiden. Von überall bringt's ein Urlaubsvideo daher. Aber die Bilder kannst du dir nicht anschauen. Nur grauenvoll!«

Eyrainer lag ein sarkastischer Kommentar auf der Zunge, sagte dann aber nur spöttisch: »Haben die Pyramiden wie ein Kuhschwanz gewackelt, oder was?«

Genau genommen war es ihm herzlich egal, wer da wild in der Gegend herumschwenkte und ein Pixel-Pasticcio auf Band bannte. Tatort-Clips waren nicht mehr als ein Showreel für die Medien, für die eigentliche Ermittlungsarbeit waren solche Videos meist wertlos. Die akribische Wühlarbeit des Erkennungsdiensts vor Ort war dagegen für jeden Ermittler unverzichtbar. Ein Rudel Overallträger kreuchte in fusselfreien Schutzanzügen im Gehölz herum. Sein Assistent Lehnleitner war nirgends zu sehen. Wahrscheinlich hockte er mit seinem Smartphone auf einem Baumstamm und suchte aus der virtuellen Rückschlüsse auf die real existierende Welt des Verbrechens zu ziehen. Wer dem Web einmal ins Netz gegangen war, der sah die Welt mit anderen Augen.

Mit Harthofer im Schlepptau steuerte Eyrainer auf das Zelt

zu, in dem der Leiter des Spusi-Vorauskommandos mit zwei Reagenzgläsern hantierte. »Schau an, der Herr Hauptkommissar. Ich hatte schon befürchtet, dass unser überkorrekter Nerd die Ermittlungen leitet.«

Der Chefermittler grinste ihn herausfordernd an. »Pech gehabt! Noch müssen Sie mit mir altem Haudegen vorliebnehmen!«

»Also dann, Korbinian, packen ma's an!«, rief Ortfried Orterer vergnügt. Seine gedrungene Gestalt steckte bis zum Hals in einem weiten, weißen Mondmännchen-Anzug. Er strich sich über die von einem schütternen Haarkranz umrahmte Glatze und grinste über seine beiden himbeerroten Hamsterbäckchen.

Orterer hielt Eyrainer und seinem getreuen Gefolgsmann zwei Einweghandschuhe unter die Nase. »Über die Patschhändchen streifen und mitkommen. Ich hab da was Schönes für euch!«

Eyrainers Neugier war entfacht. »Und wie sieht's aus, Ortfried? Wisst ihr schon, wer der Tote ist und was zum Tod geführt hat?«

Orterer plusterte die Bäckchen auf. »Wir können nicht hexen, Korbinian. Es wimmelt hier nur so von Spuren und Abdrücken, aber die sind schwer zuzuordnen. Zumal unsere Leiche schon etliche Zeit hier herumgammelt!«

»Wann ist denn der Tod eingetreten?«, erkundigte sich Eyrainer routinemäßig.

»Vor ungefähr zwei Tagen, mas o meno.«

Der Kommissar lachte belustigt auf. »Ich liebe klare, präzise Zeitangaben! Jetzt musst du uns nur noch verraten, wie er gestorben ist – und wo?«

»Dass die Leiche hinter einem Holzstapel zwischen Büschen und Sträuchern lag, scheint ja auf den ersten Blick darauf hinzudeuten, dass der Mörder das Corpus Delicti hier versteckt hat. Aber ...«

Orterer bedeutete seiner Eskorte, ihm zu folgen. »Ist das nicht eigentümlich? Diese Häufung unnatürlicher Todesfälle in Feld und Flur? Schaut euch die Verletzungen des Toten an, dann versteht ihr, was mir spanisch vorkommt.«

»Wurde der etwa auch erstochen, am Ende mit der Heckenschere?«, rief Harthofer. Das sollte wohl komisch oder geistreich klingen – tat es aber nicht.

Orterer und Eyrainer tauschten Blicke – Harthofer hatte bekanntermaßen ein Faible für Krimis mit schwarzem Humor und makabren Todesarten.

»Nein, keine Gartenschere, kein Tranchiermesser, kein Klappspaten! Besser!«, entgegnete Orterer.

Im Gänsemarsch folgten die drei Polizisten einer schmalen Trittspur am Waldrand entlang, bis ein scheinbar sehr solide gezimmerter Jägerstand in Sicht kam. An den hoch aufragenden Eckstangen, die die ganze Konstruktion trugen, lehnten zwei Männer. Einer davon war Lehnleitner. Das Gesicht blass und bleich, die Augen so leblos, als ob sie die Abgründe der menschlichen Natur ergründet hatten. Der zweite Mann trug einen hellblauen Schutzanzug und kam, als er der Gestalt seines Chefs ansichtig wurde, ihnen entgegen. »Servus, Chef, wir sind hier soweit fertig. Der Befund ist eindeutig. Wie Sie vermutet hatten. Die obersten Sprossen der Leiter waren nicht etwa morsch und brüchig, sondern fein säuberlich angesägt. Und was für ein Zufall, dass genau in der Falllinie jemand drei angespitzte Palisadenpfähle in den Boden gerammt hat. Den Herrn Kommissar«, dabei wies der Spurensicherer auf Lehnleitner, »hat der Anblick hier etwas mitgenommen. Das Pfählen ist ja etwas aus der Mode. Das war ja eher so ein Dracula-Ding.«

Orterer klopfte dem Mann anerkennend auf die Schulter. »Gut gemacht, Manni, das klärt den Tatablauf. Überraschend kommt das allerdings nicht.«

»Wann hat Sie schon jemals etwas überrascht, Chef?« Der

Mann im Overall lächelte ernst und nickte ihnen zum Abschied zu.

Der Kommissar gab Harthofer ein Zeichen. »Kümmern Sie sich um Lehnleitner und schauen Sie, dass er uns nicht aus den Latschen kippt und den Waldboden düngt. Der ist ja weißer als eine frisch getünchte Friedhofsmauer!«

Lehnleitner würgte ein paar Begrüßungsfloskeln hervor, ließ sich dann aber von seinem Kollegen widerstandslos wegführen.

Eyrainers Brauen wölbten sich zu zwei Fragezeichen. »Also, Ortfried, was wird hier gespielt?« Dabei strich er mit den Daumen über den angespitzten Holzpfahl. »Von Mord können wir ja wohl ausgehen! Aber wo ist die Leiche?«

»Immer der Blutspur nach, nach dir«, versetzte Orterer.

Eyrainers Miene war undurchdringlich. Er war seit zwanzig Jahren Kriminaler und hatte dem Tod in all seiner nackten Brutalität oft genug in die erloschenen Augen geschaut. Doch jedes Mal, wenn er sich aufs Neue einem Toten näherte, war ihm mulmig zumute, spürte er, wie kalter Schweiß aus seinen Poren drang und sich seine Nackenhaare wie Igelstacheln aufstellten. Nein, er war keiner dieser Perversen, die sich am Anblick des Grauens ergötzten.

Sein Habichtsblick wanderte zum Ansitz hoch. Es stimmte: Die obersten Sprossen der steilen Holzleiter fehlten. Er stellte sich vor, wie das Opfer die Leiter hochkletterte, entsetzt aufschrie und in die Tiefe stürzte. Orterer hatte den grüblerischen Blick des Kommissars bemerkt.

»Fünf Meter fünfzig, hoch genug, um sich das Genick oder das Rückgrat zu brechen«, hörte er Orterer näseln. »Aber da wollte jemand auf Nummer sicher gehen. Schau dir das an – perfid, würd ich sagen!«

Eyrainer untersuchte die Absturzstelle. Die Pfähle ragten drohend aus der Erde. Wie in einer Fallgrube hatte jemand Zweige darübergelegt. An einer Stelle war das Gras niedergetrampelt und hatte eine rostbraune Färbung angenommen. Die Spuren geronnenen, an der Luft oxidierten Bluts.

»Sieht wie eine Falle für Vampire aus«, machte Eyrainer seiner Beklemmung Luft.

»Unser Mörder hat wohl damit kalkuliert, dass sein Opfer wie eine Cocktailtomate aufgespießt wird. Dem war aber nicht so. Der arme Kerl hat wohl wie wild mit den Händen gerudert und dadurch die Flugbahn so weit verändert, dass die konisch zulaufende Spitze des Pfahls seitlich in die Bauchhöhle eindrang, was zu schwersten inneren, aber keinen letalen Verletzungen führte.«

Eyrainer schauderte beim bloßen Gedanken an ein solch grauenvolles Ende.

»Sehen Sie«, Orterers Stimme war ruhig und klar akzentuiert wie immer, »die rostroten Flecken im Gras. Wie ein waidwundes Tier hat sich das Opfer unter Aufbietung seiner letzten Kräfte in den scheinbaren Schutz des Dickichts geschleppt, um dort zu sterben – exakt dreiundsiebzig Meter weit ist er gekommen. Ein unglaublicher Kraftakt. Es ist immer wieder erstaunlich, zu was der Mensch fähig ist, wenn er ums nackte Überleben kämpft!«

Eyrainer ließ Orterer den Vortritt, der auf geknickte Zweige, plattgewalzte Stengel und abgeschürftes Moos wies. Schließlich schob er ein paar Äste zur Seite und gab den Blick auf den Fundort frei. Da lag die Leiche – in einer mit altem Laub ausgepolsterten Mulde. Kein Bild für die Götter, eher eins für Luzifer und seine Konsorten. Im unteren Bauchbereich klaffte eine trichterförmige Öffnung im Fleisch. An einer Stelle war das Gedärm hervorgequollen. Die Leiche war bläulich, schwärzlich verfärbt, hatte sie doch in den vergangenen zwei Tagen Fliegen und anderem Getier als Gaumenschmaus gedient.

Ein penetrant süßlicher Verwesungsduft lag in der Luft. Ein Mitarbeiter des Tatortteams mit Schutzanzug und

Mundschutz kniete ein paar Meter entfernt zwischen Fichtenschösslingen und war damit beschäftigt, die unmittelbare Umgebung des Fundorts nach möglichen Beweisstücken abzugrasen. Keine Arbeit, um die ihn jemand beneidete.

»Weiß man schon, wer der Tote ist?«, murmelte der Kommissar sichtlich geschockt.

»Noch nicht. Der Tote trug keine Papiere bei sich. Wir haben allerdings einen Feldstecher sowie ein Jagdgewehr mit Zielfernrohr, eine Repetierbüchse Kaliber 7 Millimeter, gefunden. Es dürfte sich also um den hiesigen Förster oder Jagdpächter handeln. Seine Identität dürfte also unschwer festzustellen sein.«

Der Kommissar wiegte fassungslos den Kopf. »Wie grausig!«

»Eine höchst unerfreuliche Vorstellung!«, bekannte Orterer, dessen Stimme bei aller professionellen Distanz zum Tod nun doch leicht bebte. »Der durch den Blutverlust ausgelöste Schock spinnt das Opfer zwar in eine Art Kokon ein. Dennoch hat der Todeskampf wohl drei bis vier Stunden gedauert, bis das Herz kein Blut mehr zum Pumpen hatte!«

Korbinian Eyrainer hatte schon mehrmals die Erfahrung gemacht, dass Orterer eine Art siebten Sinn, ja paranormale Fähigkeiten besaß. Als Kriminaltechniker verfügte er über ein gutes Auge und eine beeindruckende Kombinationsgabe, hatte darüber hinaus aber auch den richtigen Riecher. Er empfand energetische Schwingungen, die ihm und anderen hierfür unempfänglichen Menschen entgingen. »Ich frage ja nur ungern. Aber hat dieser Ort eine Art Aura, Ortfried?«

»Und ob. Ich spüre Verzweiflung, Furcht, eine kreatürliche Angst. Der Ort ist aufgeladen mit negativer Energie. Der ruhige Strom der Erdenergie ist in disharmonische Schwingungen versetzt worden.« Orterer klang, als ob er Verbindung mit dem Jenseits aufgenommen hatte. »Entsetzen und ungläubiges Erstaunen. So als ob das Opfer es nicht fassen könne, was ihm geschehen ist.«

Eyrainer stand mit beiden Beinen im Diesseits, und doch ließ ihn der Gedanke nicht los, dass es Geister und übersinnliche Kräfte geben und Orterer fähig sein könnte, mit den Wesen dieser unsichtbaren Sphäre Kontakt aufzunehmen. Dabei suchte er, wie er Eyrainer einmal enthüllt hatte, den »Genius Loci«, den »Geist des Tatorts« zu erspüren. Ihn schauderte. In welchem kranken Hirn reifte eine solch heimtückische Tat? Hatte er es hier etwa doch mit einem Serienmörder zu tun, der darauf aus war, seine Opfer auf besonders bestialische, grausame Art umzubringen? Oder gab es einen ganz bestimmten Grund für diese Morde – einen Grund, den er nur noch nicht kannte, ein System, das er nur noch nicht durchschaute.

Veni, vidi, vici

Es ging gegen Mitternacht, und es war stockfinster. Eine Wolkenwand hatte sich vor die schmale Sichel des Mondes geschoben. Die Umrisse von Büschen, von Bäumen verschwammen zu undeutlichen Schemen. Die Baumwipfel über ihm wiegten sich im nächtlichen Reigen, es raschelte im toten Laub. Im Dunkel des Dickichts stieß ein Käuzchen einen Schrei aus, der hohl und gespenstisch klang. Er zuckte zusammen, sein Herz hämmerte wie ein Pressluftmeißel. Nein, dieser Weg würde kein leichter sein. Er würde steinig und hart werden. Daran bestand kein Zweifel. Doch es gab Situationen, da musste gehandelt werden. Da durfte es kein Zögern und Zaudern geben. Das waren die Compañeros ihren Kameraden schuldig! Ausgerechnet den harmlosen, gutmütigen El Negro, der mindestens fünfundzwanzig Kilos zu viel auf den Rippen mit sich schleppte und keiner Schmeißfliege etwas zuleide tun konnte, hatten diese feigen Schweine überfallen.

Nach der Wahlkampfkundgebung in der Grenzberger Innenstadt hatte »Che« El Negro losgeschickt, um im Ortsteil Grund Finsterwalders Plakate mit den ihrigen zu überkleben. Am Morgen darauf hatten sie mit ernsten, grimmigen Mienen an seinem Krankenbett gestanden. Der Oberkörper ihres Kameraden war dick bandagiert, sein linker Arm, zwei Rippen und das Nasenbein waren gebrochen, und das Gewebe um sein rechtes Auge war stark geschwollen und blau-violett verfärbt. Kurzum, jemand hatte ihn krankenhausreif geschlagen. Unter Schmerzen und Tränen hatte ihnen El Negro den Hergang der Tat geschildert. Wie aus dem Nichts waren zwei Schlägertypen in Erdmann-Jacken hinter ihm aufgetaucht, hatten ihn angepöbelt und als »linke Drecksau«

und »mieser Arschwichser« beschimpft. Die beiden kahlrasierten Kolosse hatten sich jedoch nicht mit dem Austausch von Unfreundlichkeiten begnügt, sondern hatten mit dicken Gummiknüppeln auf ihn eingedroschen. Die Glatzköpfe hatten nicht eher von ihm abgelassen, bis er nur noch ein wimmerndes Häuflein Elend war. Zum Abschied hatten die Wüteriche ihrem im Rinnstein liegenden Compadre die Stahlkappen ihrer Doc Martens in die Rippen gerammt.

Che Wildbichler ballte die Rechte zur Faust. Man musste kein Augur oder Prophet sein, um zu wissen, wer hinter dem brutalen Überfall steckte. Die Angreifer gehörten zu Finsterwalders »Leibgarde« – dessen war er sich sicher. Diese Attacke aus dem Hinterhalt durfte nicht ungesühnt bleiben. Beim Trotzki, das schrie nach einer gezielten Vergeltungsaktion! Sie würden sich dem Feind unbemerkt nähern, präzise und hart zuschlagen.

Dürres Geäst knackte und barst unter schweren Kampfstiefeln. Diese Nacht war die Nacht der Rache – und sie würde dieses reaktionäre Ausbeuterschwein und seine Schergen bluten lassen. Der Pfad führte über Stock und Stein, über knorpelige Wurzeln, die gefährlich glitschig waren. Seine Stiefel patschten durch Schlammpfützen, schlitterten über steile Böschungen ins Bodenlose. Mehr als einmal war er bereits ins Straucheln geraten und hatte im letzten Moment einen rettenden Ast zu fassen bekommen. Der Tarnanzug klebte schweißnass an seiner Haut. Die Riemen des Rucksacks schnitten ins Fleisch, und die um seine Schultern geschlungenen Patronengurte wogen schwer. Doch was war die Mühsal eines Nachtmarsches, verglichen mit dem hehren, höheren Ziel? Sie bedeuteten nichts! Che war niemandem Rechenschaft schuldig, er hatte einzig und allein seine Mission vor Augen. Über ihm saß kein höheres Wesen, kein Kaiser noch Tribun zu Gericht. Einzig vor dem ewigen Tribunal der Revolution hatte er seine Handlungen zu verantworten. Er hatte Zwiesprache mit sich gehalten – und er hatte diesen beschwerlichen Weg eingeschlagen, auf dem er und vier seiner Leute in finsterer Nacht vorrückten. Denn er war der Leader, er war der Comandante, er war wie Che. Einer führte, die anderen folgten – Disziplin statt Dialektik hieß die Devise des Dschungelkriegs.

Seine einsame Entscheidung war jedoch nicht bei all seinen Mitstreitern auf einhellige Zustimmung gestoßen. Erst vor einem halben Jahr hatte er vollmundig das Ende des bewaffneten Kampfs verkündet, um ihn auf der politischen Bühne fortzuführen. Er würde der eingeschlagenen Marschroute treu bleiben, keine Frage! Doch dies würde ihn nicht davon abhalten, offene Rechnungen zu begleichen und Furcht und Verwirrung in den Reihen des Feindes zu säen. Zumal eine solche Kommandoaktion die Moral hob und verhinderte, dass die Compañeros zu viel Geschmack an den kapitalistischen Verlockungen fanden. Als Führer der Sozialrevolutionären Bewegung des 7. November musste er seine Mannen ideologisch schulen – aber sie auch in den Taktiken des Guerillakampfs unterweisen. Und er durfte keine Disziplinlosigkeiten dulden.

Der Trampelpfad führte nun gefährlich nah am Rand eines aufgelassenen Steinbruchs entlang. Sämtliche seiner Sinne waren scharf wie die Klinge eines Filetiermessers, seine Gedanken jedoch wanderten ziellos umher, schweiften ab in die Zeit, da er zum »reinen Glauben« gefunden hatte. Leo Wildbichler hatte sich schon mit sechzehn zu Höherem berufen gefühlt. Doch es hatte Trotzkis Autobiographie »Mein Leben« und Ches »Der Partisanenkrieg« bedurft, um sich für die Ideale des Klassenkampfs zu begeistern und den Kapitalismus als Wurzel alles Übels dieser Welt zu identifizieren. Leo hatte nie verstanden, wie seine Altersgenossen für irgendwelche degenerierten Rockstars und dekadenten Hollywood-Aktricen schwärmen konnten. Für ihn gab es nur ein wahres, über allen Zweifeln erhabenes Idol: Ernesto Guevara, il Che.

Dennoch hatte es ihn Jahre des inneren Kampfes gekostet, die Selbstzweifel und Ängste zu überwinden. Er war bei einem Büchsenmacher in die Lehre gegangen und seit seinem achtzehnten Lebensjahr bei den Gebirgsschützen Audorf. Seinen Stutzen konnte er im Schlaf auseinandernehmen und wieder zusammenbauen. Leo konnte mit Waffen umgehen – und dies bedeutete eine Jobgarantie auf Lebenszeit. Es erfüllte ihn mit Stolz, dass er der Spross eines rauflustigen Schmuggler- und Wilderergeschlechts, ja ein direkter Nachkomme des Jackl Walderer war. Nein, er war nicht aus der Art geschlagen, war kein Spinner und Phantast und schon gar kein Fall für den Psychiater. Er hatte schlichtweg die Wahrheit, die größeren Zusammenhänge erkannt und in der Figur Ches einen Seelenverwandten der heimatlichen Wildschützen und Rebellen entdeckt. Er pfiff auf die freiheitliche Grundordnung und die demokratischen Prinzipien. In Wahrheit regierten die großen Konzerne das Land. Und das Syndikat der Lügenpresse stützte das herrschende System. Man gaukelte den Menschen vor, dass sie frei waren, hielt sie aber wie Sklaven in Abhängigkeit und Knechtschaft. Marx hatte dies als Erster durchschaut! Im Selbststudium hatte er die Klassiker – angefangen beim »Kapital« – durchgeackert und erste eigene politische Aufsätze und Manifeste verfasst. Später hatte er sich mit anderen genialischen Grenzgängern wie Trotzki oder Che beschäftigt, die wie auf einer straff gespannten Slackline über den finsteren Abgründen der kapitalistischen Welt balanciert waren. Die im labyrinthischen Irrgarten ihren Weg aus dem Tal der Tränen, zum Licht und zur Freiheit fanden. Che war für ihn ein proletarischer Prophet, der unbeirrt diesen Weg gegangen war, der keine Entbehrungen gescheut hatte, den keine Rückschläge entmutigt hatten. Ein Zwitter aus Marxist und Messias, der sein Ziel einer gerechten Welt frei von Ausbeutung und Unterdrückung immer vor Augen hatte. Erst die Rolle des Märtyrers hatte ihn zur Ikone, zum Heiligen werden lassen. Che war in das Pantheon der Helden aufgestiegen. Und sein Mausoleum zum Wallfahrtsort geworden. Auch Leo war nach Kuba gepilgert, um dem Monumento Memorial in Santa Clara einen Besuch abzustatten. Vor dem Schrein mit Ches Gebein hatte er andächtig verharrt und ein Gelübde abgelegt: Er würde die Fackel der Revolution in den Grenzgau tragen. Hasta la victoria siempre!

Doch musste er deswegen zum Märtyrer werden? Nein! In Bayern hing die Latte gottlob tiefer. Um als Philosoph und Visionär zu gelten, langte es, seine tägliche Ration an Schweinernem zu halbieren und dafür den Bierkonsum zu verdoppeln.

Leo Wildbichler schob sich eine wild über die Wange kringelnde Locke hinters rechte Ohrwaschel. Gleich hatten sie ihr Ziel erreicht. Neben dem Pfad türmten sich schwere Betonbrocken. Überbleibsel eines der vielen Bunker und Befestigungen im Rieder Forst, die die Amis nach der Besetzung des Grenzgaus im Mai 1945 gesprengt hatten. Die Nazis hatten dort ab Mitte der dreißiger Jahre unterirdische Waffen- und Munitionsfabriken aus dem Boden gestampft. Aus dem Dunkel schälten sich die Konturen grauer Betonklötze. Sie hielten vor dem Stacheldrahtzaun, der das Werksgelände der Finsterwalder Recycling umschloss. Schweißtropfen kullerten Che über Stirn und Schläfen. Mit einer unwilligen Handbewegung wischte er sich den Schweiß aus dem Gesicht. Ein klebriger feuchter Film, der nicht nur die körperliche Anstrengung, sondern auch seine innere Anspannung spiegelte. Vor den Männern durfte er keine Unschlüssigkeit zeigen.

Che zischte durch die Zähne: »Wir sind da – Ruhe jetzt!«

Angestrengt lauschte er in die Nacht hinein. Nichts, nicht das geringste Geräusch war zu hören. Dann spähte Leo zur Dornenkrone des Sicherheitszauns hinauf. Vorige Woche war er schon einmal hier gewesen, um die Gegebenheiten vor Ort zu erkunden. Er winkte Paco zu sich. »Du kennst das Zeug! Nato-Bandstacheldraht mit fünfzig Millimeter langen, klingenförmigen Schneiden, feuerverzinkt und scharf wie ein Rasiermesser. Unerfreulich, aber nicht unüberwindlich. Also machen wir den Weg frei!«

Paco nickte und ging mit einer wuchtigen Blechschere vorsichtig daran, die Drähte der Reihe nach abzuknipsen. Ches Gesicht lag im Dunklen, so sah niemand seine sorgenvolle Miene. Bei seiner Aufklärungsaktion hatte er zu seiner Erleichterung festgestellt, dass der Zaun nicht unter Strom stand. Doch was lag dahinter? Das Areal konnte mit allen möglichen elektronischen Schutz- und Sicherungseinrichtungen bestückt sein: Infrarot-Bewegungsmelder, Stolperdrähte, Fallstricke, die bei der geringsten Berührung Alarm auslösten. Einen Misthaufen-Mephisto wie Finsterwalder durfte man keinesfalls unterschätzen. Finsterwalder war ein knallharter Selfmademan, der über beste Beziehungen verfügte und nun mit aller Macht seine Karriere als Politiker vorantrieb. Mit seiner Bürgerbewegung »Berg und Tal« hatte er sich eine eigene politische Plattform geschaffen. Eine reine Tarnorganisation mit von ihm besoldeten Strohmännern. Sepp Finsterwalder führte seine Partei wie ein Pascha, er hatte den diskreten Charme eines Unterweltbosses und besaß doch reelle Chancen, die Wahl zum Landrat zu gewinnen. Im Gegensatz zu ihm und seiner Splitterpartei war Finsterwalder ein ernst zu nehmender Spieler auf der Marionettenbühne der Lokalpolitik. Die »Linke Liste« – unter diesem Namen traten sie an – würde beim Urnengang keinen Blumentopf gewinnen und maximal ein paar hundert Stimmen abbekommen. Da machte sich Leo keine Illusionen.

Mit diesem Handstreich des militärischen Arms konnte er zumindest einen Nadelstich setzen, der Finsterwalder an seiner empfindlichsten Stelle traf: dem Portemonnaie. Deshalb hatte er sich mit seinem engsten Führungsstab, seinen getreuesten Kämpfern, mit Paco, Pombo und Rubio zu einem konspirativen Teamtreffen in die Einsamkeit der »Sierra« zurückgezogen. Genauer gesagt auf die Pfandler-Alm, die ihm sein Großvater Virgil schon zu Lebzeiten vermacht hatte. Der zu klärende Punkt: Was tun, um dem außerparlamentarischen Kampf neue Impulse zu geben? Eine Cyber-Attacke aufs IT-Netz starten? Eine ganze Kompanie von Trojanern einschleusen? Den Fuhrpark von Finsterwalders Spedition sabotieren, Reifen plätten, Diesel abzapfen, die Zylinder zuckern?

Dann hatten Finsterwalders Schläger El Negro in die Mangel genommen – und plötzlich hatte er gewusst, dass sie zu drastischen Mitteln greifen mussten: einen nächtlichen Partisanenangriff.

Schweigend nahm Che den Karabiner von der Schulter und lud durch. Er bedeutete den Brunnholzer-Brüdern, es ihm gleichzutun und ihre Maschinenpistolen vom Typ HK MP 5 A 3 in Anschlag zu bringen. Die Knarren stammten aus Beständen der Carabinieri-Sondereinheiten und hatten dank der tatkräftigen Bemühungen einiger Genossen der »Brigate Autonome« den Weg zu ihnen in den Grenzgau gefunden.

Es war zwar weit und breit kein Mensch, keine Wache zu sehen, aber Che blieb wachsam.

Pombo alias Benno Brunnholzer bekämpfte seine Nervosität, indem er mit gespielter Schnoddrigkeit herausposaunte: »Bei uns im Keller liegen doch noch zwei von den Bleipusten rum. Wieso schleppst du den alten Schießprügel mit, Che? Ich meine ...«, fügte er etwas kleinlauter hinzu, »... da gehen doch nur fünf oder sechs Patronen ins Magazin.«

Leos Mund verzog sich zu einem dünnen Lächeln, aber seine Gesichtszüge blieben unbewegt. Der Wehrmachtskarabiner mit verlängertem Lauf und Zielfernrohr war echte großdeutsche Wertarbeit, zuverlässig, unverwüstlich und von tödlicher Präzision. »Der hat bei Welikije Luki bei minus dreißig Grad und in der libyschen Wüste bei plus fünfzig Grad einwandfrei funktioniert.« Seine Finger strichen zärtlich über den kaltgewalzten Lauf. »Eine Sonderanfertigung für Scharfschützen. Die hat meinem Großvater auch nach dem Krieg so manches Hirsch- und Rehbraterl beschert.«

Benno stammelte verlegen: »Schaut ja auch nach was aus mit dem Schaft aus Nussbaumholz – nicht nur lauter Plastik wie bei dem neumodischen Klump.«

Ches Lächeln erreichte nun doch die oberen Gesichtspartien. In einer einzigen fließenden Bewegung wirbelte er herum, presste den Gewehrkolben an die rechte Schulter und nahm ein imaginäres Ziel jenseits des Zauns ins Visier. Sein Ringfinger krümmte sich in spielerischer Leichtigkeit um den Abzugshahn. Das Brüderpaar Brunnholzer wich instinktiv zurück, doch Leo lachte nur. »Puff – Hase tot!« Seine Zuversicht war mit einem Schlag zurückgekehrt.

Wie zur Bestätigung trötete Paco aus dem Dunkel: »Befehl ausgeführt! Der Draht ist ab, wir können weiter.«

Bei nächster Gelegenheit würde er seinen Kampfgefährten beibringen müssen, beim Vormarsch etwas leiser, ja mucksmäuschenstill zu sein.

Über ihnen ragten die düsteren Silhouetten der Koniferen in den nachtschwarzen Himmel. Der Stoßtrupp hatte den Rand des Waldstücks erreicht. Vor ihnen lag das Einsatzziel: Finsterwalders Recyclingbetrieb.

Che setzte das altmodische Zeiss-Fernglas ab und atmete tief durch. Er reichte den Fernstecher an Paco weiter, der neben ihm im Gebüsch kauerte und nun gleichfalls durch das Okular spähte. Die breite Zufahrtsstraße endete vor einem Schlagbaum, daneben befand sich ein Wachhäuschen aus Waschbeton. Das gleißende Licht zweier bogenförmiger Straßenlaternen ergoss sich über den Checkpoint. Auf dem Parkplatz dahinter dösten zwei Containerlaster im Halbdunkel. Links und rechts einer nur spärlich beleuchteten Stichstraße waren mehrere Gebäude auszumachen: Lkw-Garagen, Geräteschuppen, offene Fabrikhallen, in denen der angelieferte Müll gelagert und sortiert wurde. Auf einer freien, betonierten Fläche türmten sich Gitterboxen, stapelte sich zu Packen gepresstes Papier auf EU-Paletten, standen halbvolle Metall- und Abfallcontainer in verschiedenen Größen, Formen und Farben herum. Riesige Schrotthalden samt Schredderanlage komplettierten das Bild.

Che strich sich nachdenklich durch den Bart. »Was meinst du, Paco? Sieht so aus, als ob uns niemand erwartet.«

Paco klappte das Fernglas zu. »Jedenfalls ist keine Menschenseele zu sehen. Kein Wachtposten, keine Streifenpatrouille, nichts. Hier ist es ruhiger als an einem Waldweiher Mitte November. Diese Stille ist fast schon unheimlich.«

Leo alias Che sprach mehr zu sich selbst. »Verdammt, die Sache gefällt mir nicht. Das riecht nach einer Falle.«

Ihre Blicke begegneten sich, sie waren sich in Bezug auf Ideologie und Strategie selten einig, ja, es hatte ernsthafte Zerwürfnisse zwischen ihnen gegeben, doch hier und jetzt waren sie trotz aller Zweifel entschlossen, anzugreifen: Ein Rückzug stand nicht zur Debatte.

»Nein, die liegen in den Feldbetten und schnarchen. Und wenn sie einen Mucks machen, dann ...« Paco fuhr sich mit der Handkante über die Kehle. »Losschlagen, sage ich!«

Che nickte und gab leise den Befehl: »Wir rücken vor. Paco und Pombo, ihr übernehmt die linke Flanke. Ich und Rubio kommen von rechts!«

In geduckter Haltung liefen sie durch buschiges Gelände auf die Gebäude zu. Leo war zuversichtlich, dass die Aktion ein voller Erfolg werden würde. Hacks Tipp war Gold wert. Hubert alias »Hubsi« Hack war zwar ein moralisch verkommener Dreckskerl, dem man weniger trauen konnte als einem blatternarbigen Kesselflicker, aber »Hubsi« hasste Finsterwalder. Und er sann auf Rache. Hubsi würde sie nicht verpfeifen.

Sie stürmten vor, erreichten die Rückwand eines Geräteschuppens und liefen mit den Gewehren vor der Brust weiter in Richtung einer halbhohen Halle, auf deren Außenwand ein großes weißes C in einem roten Feld zu erkennen war. In diesem Gebäude lagerten die falsch deklarierten Giftfässer. Hubsi hatte erfahren, dass es sich bei dem vorgeblichen Bauschutt um hochgradig verseuchten »Sondermüll« handelte. In den Frachtpapieren sei das hochtoxische Teufelszeug als »Sonstige Abfallstoffe« deklariert worden, die gelieferten Mengen waren minutiös aufgelistet. Unter den Lkw-Fahrern war das umzäunte Areal im Rieder Forst unter dem Spitznamen »Chemo-Camp« bekannt. Keiner der Arbeiter wüsste genau, welche chemischen Substanzen die Fässer enthielten. Da sich ein Teil der rostigen Behältnisse in einem miserablen Zustand befänden, drohe bei der geringsten Havarie ein Giftmüll-GAU. Dass sich das Depot in unmittelbarer Nähe eines Wasserschutzgebiets befand, setzte dem Fass die Krone auf. Hubsi hatte ihm Finsterwalder ans Messer geliefert und Kopien der Lieferscheine übergeben. Wildbichler hatte überlegt, die Papiere GAU-TV zuzuspielen, um diese an die Öffentlichkeit zu bringen. Doch er traute den Schmierfinken nicht. Er wählte den direkten Weg. Wie Che es getan hätte.

Entschlossen umklammerte er das Gewehr in seiner Hand. Wenn ihm dieser Scheißkerl vor die Flinte kam, würde er durchladen, ohne die geringsten Gewissensbisse zu verspüren. Für ihren Profit scheute diese gewissenlose Kapitalistenkaste vor keiner Schurkerei, vor keiner Schandtat zurück. Geschäftsmänner wie dieser Finsterwalder waren schlimmer als jeder Mafioso, jeder Drogenboss und Waffenschieber. Hinter der Maske des unbescholtenen Biedermanns wurden die abscheulichsten Vergehen und schrecklichsten Verbrechen begangen. Hauptsache, der Profit stimmte. Der Herr Landrat in spe nahm in Kauf, dass die hochgradig giftige Brühe in den Boden sickerte und das Grundwasser auf Jahre kontaminierte. War er einmal Landrat, würde er das ihm gehörende Gelände auf Kosten der Steuerzahler sanieren lassen – und die zulässigen Grenzwerte für die eine oder andere Chemikalie ein Stück weit nach oben korrigieren. Die Presse würde den Skandal ausschlachten, Finsterwalder einen Sündenbock präsentieren, und in ein paar Wochen wäre Gras über die Sache gewachsen.

Nicht mit ihm, schwor sich Che. Sie würden Finsterwalder frontal angreifen. Das würde ihn zu Gegenmaßnahmen zwingen – und er würde Fehler begehen.

Nur eine Sekunde später erkannte Che, dass Plan A Makulatur war. Die Alarmanlage schrillte mit der Lautstärke eines startenden Starfighters los. Kurz darauf hörte er aufgeregte Stimmen und das Bellen von Wachhunden. Sie waren entdeckt worden. Was, zum Trotzki, war passiert?

Wie zur Bestätigung, dass es nun ernst wurde, schoss eine Signalrakete zischend in den tintigen Himmel. Von dort, wo sich Paco und Pombo befinden mussten, drang wütendes Hundegebell und als Echo darauf die stakkatoartigen Salven einer Maschinenpistole an sein Ohr. Mit einem letzten, erbärmlichen Jaulen verstummten die auf ihre Gefährten gehetzten Kampfköter für immer.

»Tollwütige Hunde erschießt man«, bemerkte Rubio neben ihm trocken: »Was machen wir jetzt?«, wollte der wissen.

Keine Sekunde später schlug ein Projektil nur wenige Zentimeter neben ihm in den Beton. In einem Ton, der so beiläufig klang wie die Stimme des Nachrichtensprechers im Radio, kommentierte Rubio: »Sapralott, knapp daneben ist auch vorbei.« Betonbrösel rieselten auf ihn.

»Da hat uns einer im Visier. Nichts wie weg von hier«, fasste Che ihre taktisch unvorteilhafte Lage in zwei Sätzen zusammen.

Katzengleich sprangen sie auf und robbten hinter eine niedrige Hecke, die etwas Deckung bot. Mit dem Bauch eng am Boden gepresst lagen sie da und zählten mindestens drei weitere Kugeln, die über sie hinwegpfiffen. Wie viele Gestalten lauerten da draußen? Er konnte sich kaum vorstellen, dass hier mehr als zwei Objektschützer Wache schoben, doch die hielten sich nicht lange mit Anrufen à la »Halt! Wer da?« auf, sondern schossen scharf und ohne Vorwarnung.

Che wand seinen Kopf und rief Rubio zu: »Die Halle hinter uns ist zur Straße hin offen. Wir gehen rein und beziehen hinter den Betonpfeilern Stellung, klar?«

Rubio hob den Daumen – und signalisierte so, dass er verstanden hatte.

Der Begriff »gehen« war der pure Euphemismus, in Wahrheit schoben sie sich bäuchlings durch den feuchten Dreck vorwärts und zählten bis drei, ehe sie hochschnellten und die letzten Meter im hektischen Hasengalopp zurücklegten. Prompt schwirrten wieder mit Stahl ummantelte Geschosse durch die Luft.

Che atmete hörbar auf, als eine dicke Betonwand zwischen ihnen und dem schießwütigen Kerl da draußen lag. Rasch blickte er sich in der hohen, vom einfallenden Licht der Lampen schwach beleuchteten Halle um. Der Raum wurde von Hochregalen unterteilt, die bis unter die Decke reichten. In den Regalen stapelten sich irgendwelche, im schummrigen Dämmerlicht nicht näher auszumachende Metall- und Kunststoffteile. Entlang der Außenwand reihten sich Blechfässer, von denen er vorsichtshalber annahm, dass sie nichts enthielten, das die Halle beim ersten Treffer in ein Flammenmeer oder in die Giftküche eines Alchemisten verwandelte.

Sie setzten sich auf zwei Packen Altpapier, die auf einer Holzpalette Staub ansetzten.

»Richtig heimelig hier, was? Hat das Zeug zum In-Schuppen«, kehrte Che Wildbichler den harten Hund heraus.

»Fehlt nur noch die Tropicana-Bar mit scharfen Mädels aus Havanna, die uns einen Planter's Punch mixen«, tat es ihm Rubio Brunnhuber gleich.

Che schnippte mit den Fingern. »Dos mil cigarros y mil cervezas en la cabeza!« Selbst in schier ausweglosen Situationen durfte ein Comandante weder seine Gelassenheit noch seine Zuversicht verlieren. »Postier dich hinter einer der Säulen. Wenn sich die Kerle vorwagen, verpasst du ihnen eine Kugel, dahin, wo es besonders weh tut!«

»Und du? Übernimmst du die andere Seite«, erkundigte sich Rubio besorgt.

»No, ich dreh uns eine! Wir platzieren unsere Tschiks so, dass die da draußen die glimmende Spitze sehen und drauf losballern. Sobald wir ihre Mündungsfeuer aufblitzen sehen – erledigen wir die Faschistensäue. Se acabó!«

Sein Compañero klopfte ihm anerkennend auf die Schulter. »Perfectamente! Wir kriegen die Schweinehunde.« Dann verschwand er auf seinen Posten.

Che Wildbichler zog den Lederbeutel voller feinstem kubanischem Schnitttabak aus der Brusttasche seiner abgetragenen Uniformjacke. Tabak aus der Region Vuelta Abajo, von exzellenter Qualität. Er tastete seine Taschen ab, wühlte im Beutel, stieß aber nirgends auf das Gesuchte: ein Blättchen Gizeh-Zigarettenpapier.

»Verdammt, joder!«, rutschte es Wildbichler heraus. Aber was regte er sich auf, hier lag stapelweise Altpapier herum. Was war ein Guerillero ohne Improvisationstalent. Ungeduldig riss er den verschnürten Papierballen auf und griff hinein. Seine Fingerkuppen tasteten nach einer dünnen Lage Zeitungspapier und stießen auf einen kompakten, harten Gegenstand.

»Caracho, was ist das? Knarren?«, murmelte Che. Entschlossen buddelte er einen tiefen Trichter in den Ballen. Bei dem Gegenstand handelte es sich um ein Plastiksäckchen, handlich klein und um die hundert Gramm schwer. Das Päckchen enthielt eine bröckelige, bröselige Substanz, die weiß wie frisch gefallener Schnee schimmerte. Milchpulver, Kalkpulver? Mitnichten! Wäre dies eine Filmszene, dann hätte er jetzt das Päckchen aufgerissen und eine Probe des weißen Pulvers auf der Zunge zergehen lassen. Che wusste allerdings auch ohne Analysen im Labor, dass er auf eine andere Art von Gift gestoßen war als vermutet. Ein Stoff, aus dem Träume und Tragödien waren. Ein Stoff, der symptomatisch für die kapitalistische Welt, die Bosse reich und die Konsumenten abhängig machte.

In pluribus unum

Er sah Rot. Das eigne Blut war ein Saft von besonderer Leuchtkraft. Es war weder purpurrot noch karmesinrot, weder scharlachrot noch glutrot, es war schlicht und einfach blutrot. Während die meisten Säugetiere ihre liebe Not damit hatten, die Farbe Rot als solche überhaupt wahrzunehmen, stach dem Menschen diese spezielle Kolorierung sofort ins Auge. So war rot die Farbe der Liebe und der Leidenschaft, des Feuers und der Hölle, der Märtyrer und der Revolution. Rot war also vielfältig verwendbar. Im Spektrum des Lichts lag es am oberen Ende des sichtbaren Bereiches der elektromagnetischen Strahlung – auf Wellenlängen oberhalb von sechshundert Nanometern. In den ferneren, infraroten Frequenzbereichen war zwar gleichfalls Licht, aber das menschliche Auge sah es nicht. Dazu bedurfte es schon einer Infrarotkamera, deren Sensoren das Dunkel durchdrangen und die Wärmestrahlung toter wie lebender Objekte – von Rehböcken wie Auspuffrohren – sichtbar machte. Für Iris, Retina & Co. markierte die Farbe Rot den Rand der optischen Wahrnehmung, das Ende der Farbenstange. Das langwellig rote Licht wurde von den Partikeln in der Luft am wenigsten stark gestreut, deshalb war das Erste und das Letzte, was man von der Sonne sah, das Morgen- und das Abendrot. Deshalb drang das Rot der Schlusslichter weiter als jede andere Farbe durch Nebel, Rauch und Regen. Wasser hingegen absorbierte das rote Licht sofort – und so verloren sich Flüsse und Seen in einem Farbenmeer von Grün und Blau. Purpurne Flüsse gab es nur auf expressionistischen Gemälden und im Thriller. Einem Dichter und Denker hätte der Anblick der blutroten Tropfen, die aus einer frischen Wunde sickerten, Anlass zu feingeistig-mephistophelischen Betrachtungen gegeben.

Nicht so Polizeihauptmeister Georg Wammetsberger. Der hart zupackende Streifenbulle war kein Philosoph, sondern Praktiker und Pragmatiker. Und als solcher sah er nur eines: Er war beim Versuch, das altertümliche, eiserne Türschloss mit Hilfe eines Dietrich-Sets zu knacken, abgerutscht. Schorsch war kein Weichei und die Verletzung nicht weiter wild. Doch wie jede Schnittwunde an den Fingern blutete auch diese heftig.

»Kruzifix alleluja, Scheißglump verrecktes«, fluchte er gotteslästerlich. Das rote Lebenselixier quoll aus der Wunde und tropfte auf den Ziegelboden, um dort feucht schimmernde Flecken von der Form winziger Nierchen zu bilden.

»Was ist, Schorsch? Hast dich geschnitten?«, hörte er es hinter sich im Chor.

»Was tust du da überhaupt so lang umeinander? Einmal mit dem Schlagschlüssel drauf – und das Schloss ist auf. Lass lieber die Profis ran«, meldete sich der versierte Lockpicker im Team, Ignaz Irgl junior, zu Wort.

»Das mickrige Ding krieg ich auch noch auf! Beim Lehrgang Einbruchsicherheit habens uns gezeigt, wie das funktioniert«, plusterte sich nun auch Franz Xaver Gschwandtner auf.

Wammetsberger spürte den nicht gerade frühlingsfrischen Atem seiner beiden Begleiter im Nacken. »Wie man so ein Scheißschloss abtastet und entsperrt, weiß ich selber. Da brauch ich keinen Schlagbolzen und am allerwenigsten zwei Deppen, die dumm daherreden.«

»Und warum geht dann nix weiter?«, versetzte Irgl streitlustig.

»Weil da drin alles eingerostet und der Schließmechanismus aus dem 17. Jahrhundert ist. Die Stifte bewegen sich keinen Millimeter, verstehst.«

»Und was machen wir jetzt?«, fiel ihm Gschwandtner beunruhigt ins Wort.

»Wir brechen die Tür mit dem Stemmeisen auf. Auf jetzt!«, übernahm Irgl das Kommando.

Wammetsberger ließ ihn machen. Musste er doch neidlos anerkennen, dass sein Kollege nahezu unschlagbar war, wenn es darum ging, sich irgendwo – sei es nun befugt oder unbefugt – Zutritt zu verschaffen. Die schmiedeeiserne Gittertür trennte seit über dreihundert Jahren den engen Vorraum, das Vestibül, unter der Empore vom eigentlichen Kircheninneren und dem Altarraum ab. Das Gitter war mit Liebe und mit Rosetten und Ranken als Verzierungen geschmiedet worden, hielt aber der brachialen Gewalt von zwei Stemmeisen aus Schwedenstahl keine fünf Sekunden stand.

Die Tür sprang auf und quietschte dabei erbärmlich in den rostigen Angeln.

Sie waren drin.

Schorsch wischte sich den Schweiß von der Stirn. Vor allem hieß es nun, die noch immer blutende Wunde zu versorgen.

»Das Unfall-Set hast im Rucksack, oder?«, schnauzte er Gschwandtner an, der unschlüssig herumstand.

»Freilich, ich hab die komplette Kampfausrüstung dabei!«

»Auf was wartest dann, auf den Heiligen Geist?«

Endlich verstand Gschwandtner, dass sein Chef die offene Wunde verbinden wollte. Hastig kramte er den Erste-Hilfe-Kasten aus orangerotem Plastik hervor und entriegelte ihn. Der Kasten enthielt ein ganzes Arsenal an Medikamenten und Verbandsmaterial.

Schorsch stieß Irgl und Gschwandtner beiseite, die sich eben anschickten, die Erstversorgung des Verwundeten zu übernehmen. »Das mach ich lieber selber. Ihr schneidet mir sonst noch den Daumen ab.« Er träufelte etwas Jod in die Wunde und biss die Zähne zusammen, bis das heftige Brennen nachließ.

Wammetsberger stillte die Blutung, indem er zwei Streifen Pflaster fest auf die Wunde presste und den Daumen mit einer Mullbinde umwickelte, bis der provisorische Handverband straff und fest saß.

»So! Das hätten wir. Gehen wir's an. Ihr wisst, wonach wir suchen: eine Schatulle, ein Kistchen oder eine Schachtel. Irgendwo muss Sebald das Zeug ja versteckt haben!«

Bei der Durchsuchung des Höll-Hofs in Göttersberg in der Nacht nach dem Mord an Sixtus hatten er und Irgl nichts Verdächtiges ans Licht ihrer Taschenlampen gefördert. Sie hatten kein Scharfschützengewehr im Koffer, keine Patronenschachteln im Nähkästchen oder irgendwelche anderen Hinweise darauf gefunden, dass der Höll-Hof eine Drehscheibe des internationalen Drogen- und Waffenhandels gewesen war. Es fanden sich auch keine Säcke voller Reis, Bulgur und Hirse, die darauf hingedeutet hätten, dass die Eder-Brüder illegale Einwanderer aus dem Irak, Syrien oder dem Südsudan verköstigt hatten. Um welche dunklen Geschäfte ging es also? Wammetsberger tappte im Dunklen. Fest stand, dass Sebald Eder ein einträgliches Geschäftsmodell praktizierte, das Geld in die notorisch leeren Kassen des Brüderpaars gespült hatte. Wie dieses Modell aussah, darüber konnte er bislang nur spekulieren. Obschon Schorsch mittlerweile überzeugt war, dass es sich dabei um eine unkonventionelle Form krimineller Tätigkeit handelte. Doch was war der Clou an der Sache?

Irgl und Gschwandtner waren bereits dabei, den Innenraum der kleinen Kapelle oberhalb des Holzer-Hofs nach möglichen Verstecken abzuklopfen. Schorsch selbst stand wie angewurzelt. Er musste nachdenken. Aus purem Zufall fiel sein Blick auf das einfache, steinerne Weihwasserbecken neben der Tür. Der Macht der Gewohnheit gehorchend, tauchte er den Ringfinger in das Becken und schlug das Kreuzzeichen – und zwar genau so, wie es ihm der Kooperator im Firmunterricht eingetrichtert hatte. Die Fingerspitze berührte Stirn, Brust und dann die linke und die rechte Schulter.

Was hoffte er hier in der altersschwachen, wurmstichigen Kapelle zu finden? Die Kapelle lag auf einem sichelförmigen Hügel über dem Erbhof der Eder-Sippe und war, wie er von Elfriede wusste, der heiligen Märtyrerin Corona geweiht. Von Tante Marie hatte seine Frau erfahren, dass Sebald öfter hier oben gewesen war, um nach dem Rechten zu sehen und den ein oder anderen Mörtelbatzen an das bröckelnde Gemäuer zu werfen. Die Kapelle war eine Art Refugium für ihn. Vielleicht fand sich hier ein Hinweis auf die Hintergründe seines mysteriösen Verschwindens.

Von ihrem Kronzeugen würden sie jedenfalls nichts mehr erfahren! Der hatte nämlich seinen letzten Schiss getan. So wie Schorsch das sah, war Matthias Maria Griesböck, vulgo Loth-Hofer von Göttersberg, von denselben Schweinehunden abserviert worden wie Sixtus. Jemand war dabei, den Saustall mit drakonischen Methoden auszumisten. Nur wer?

Schorsch blickte zu den Gewölben hoch. Er war zwar kein gelernter Maurermeister, doch es war nicht sonderlich schwer, das Konstruktionsprinzip zu durchschauen. Die zwei Grate verliefen diagonal und kreuzten sich in einem Punkt in der Mitte. Sie fingen die Schubkräfte des Gewölbes auf und übertrugen sie auf die tragenden Mauern. So hielt das Ganze. In der Kriminalistik war es nicht anders als in der Architektur. Man musste das Konstruktionsschema, die aufeinander wirkenden Kräfte, erkennen und verstehen.

Wammetsberger kratzte seine munter sprießenden Bartstoppeln. Wie war der Status quo? Nun, ganz ohne leere Hände standen sie nicht da. Griesböck hatte sich kurz vor seinem Tod mit Irgl getroffen und sich seinem Vetter anvertraut. Sie wussten, dass der Flüchtige mit einem Leasing-Allrader unterwegs war. Sie hatten die Autohäuser reihum abtelefoniert, aber noch keinen Treffer gelandet. Bislang kannten sie also weder die Marke noch das Modell oder gar das Kennzeichen von Sebalds Fluchtfahrzeug. Doch so leicht gab sich Schorsch nicht geschlagen.

Er setzte sich in die hinterste Reihe der dunkel gebeizten Bänke und überließ die Feldarbeit seinen wackeren Gehilfen. Am Morgen erst hatte Gschwandtner einen Anruf vom Gendarmerieposten Grobming erhalten. Ihre Tiroler Kollegen Purgstaller und Obkircher, die sie von diversen Workshops, Fortbildungsseminaren und ausgedehnten Kneippkuren her kannten, hatten einen olivgrünen Lada mit dem deutschen Kennzeichen GB-SE 100 in einem halb verfallenen Heuschober unter einer Plastikplane entdeckt. Der Lada-Jeep war auf den Namen der Finsterwalder Recycling GmbH zugelassen. Volltreffer. Ihre österreichischen Kollegen hatten sich am Fundort umgesehen – und Ölflecken und Reifenabdrücke entdeckt: Eder hatte in Tirol das Fahrzeug gewechselt. Somit war erwiesen, dass er sich nicht etwa überstürzt abgesetzt, sondern seinen Abgang bereits länger geplant hatte. Es war wahrscheinlich, sinnierte Wammetsberger, dass er von Grobming aus zu der Almhütte gefahren war, die entweder er selbst oder ein Strohmann für ihn gepachtet hatte. Schorsch nahm an, dass Griesböck in die Fluchtpläne eingeweiht gewesen war. Doch Hias lag stock und steif gefroren in der Rechtsmedizin. Ohne einen konkreten Hinweis ähnelte die Suche nach dem Almversteck der nach der Tortengabel im Misthaufen. Angesichts Tausender von Almen, Forsthütten und Schuppen schien die Suche aussichtslos. Da half es auch nicht, dass er und Irgl überall im Grenzgau ihre V-Leute hatten.

Wammetsbergers Blick glitt erneut hinauf zu den von Graten geäderten Gewölben. Das Fresko war in der Art eines Rondos komponiert. Der äußere Kreis zeigte Szenen aus dem Leben des heiligen Leonhards, die sämtlich unter einem luftig-duftigen weiß-blauen Himmel spielten und den heiteren Geist unbeschwerten Landlebens atmeten. Vor dem Heiligen in seiner schwarzen Kutte knieten bullige Bauern und stämmige, rotwangige Bäuerinnen in ihrer Festtagstracht. Schorsch war wahrlich kein großer Kunstkenner, ja, er wusste kaum zwischen einem Rembrandt und einem Renoir zu unterscheiden, aber er hatte ein untrügliches Gespür dafür, ob jemand sein Handwerk verstand oder eben nicht. Mit dem Deckenfresko über ihm war etwas faul, das sah, das spürte er. Dieser Eindruck verstärkte sich, als er den inneren Kreis in Augenschein nahm, der das dramatische Ende des heiligen Leonhard in Szene setzte: Der mit Eisenketten behängte Märtyrer erwartete mit gottergebener Miene seinen Tod auf dem Grillrost. Die Figur des Heiligen und der beiden Engel, die über ihm schwebten und Palmenwedel schwenkten, mussten keinen Vergleich mit den großen Meistern scheuen. Die Perspektive war geschickt gewählt, die Proportionen und Maßstäbe stimmten. Die Gesichter waren gestochen scharf und fein geschnitten, zeigten echte Emotionen wie Furcht, Leid und die hoffnungsvolle Erwartung aufs Himmelreich.

Und der äußere Rahmen der grausigen Szene?

Missbilligend runzelte Schorsch die Stirn. Welcher unfähige Kleckser hatte die Unverfrorenheit besessen, das begonnene Meisterwerk so zu verhunzen? Wie immer, wenn er mit Murks und Pfuscherei konfrontiert wurde, verspürte er eine Mischung aus Wut und Missmut in sich aufsteigen. Die Folterknechte sahen in ihren erbsengrünen und grellgelben Pluderhosen und den sich über ihre Bierbäuche spannenden Wämsern aus wie Witzfiguren aus dem Kasperltheater. Die Figuren mit ihren ungeschlachten Gesichtern, den schiefsitzenden Mündern und den krummen Hakennasen wirkten wie schlechte Karikaturen. Der schieläugige Obermufti setzte dem ungewollt komischen Spektakel die Krönung auf: Mit seinem grobknochigen Quadratschädel und dem pechschwarzen, breitkrempigen Schlapphut samt keckem Federbusch sah er aus wie der Zwillingsbruder vom Räuber Hotzenplotz. Dass er obendrein völlig unmotiviert mit einer altertümlichen Radschlosspistole herumfuchtelte, machte die Sache nicht besser.

Schorsch schüttelte nur den Kopf. Die abstruse Darstellung der Hinrichtung des Heiligen erinnerte ihn an den grausigen Tod Griesböcks, der jedem Märtyrer Respekt abverlangt hätte. Welcher der Abertausenden von Märtyrern konnte von sich behaupten, wie eine Bratwurst aufgespießt worden zu sein? Ihm fiel jedenfalls keiner ein. Da fiel Wammetsberger ein Detail auf, dass er bislang übersehen hatte: Wieso hatte die anonyme Anruferin eigentlich bei ihnen in der Polizeiinspektion angerufen – und nicht die Notrufnummer 110? Der Fundort im Forst bei Staltlach lag noch nicht mal in der Nähe, sondern war circa zwanzig Kilometer von Bad Brennbruck entfernt. Zufall oder Absicht?

Wammetsberger musterte die modrigen Mauern, von denen der Kalkstaub der Jahrhunderte rieselte. Er fasste einen Entschluss. »Gschwandtner, komm mal kurz, da ist etwas, was mir merkwürdig vorkommt!«

Der Kopf des Polizeiobermeisters tauchte hinter einem der Altaraufbauten auf. »Was gibt's denn, Schorsch? Hier hinten holst du dir ja eine Staublunge.«

»Du hast doch diese geschreckte Henne am Apparat gehabt, die den Leichenfund gemeldet hat.«

»Ja, wieso?«, kam es argwöhnisch zurück.

»Könnte es sein, dass da jemand seine Stimme verstellt hat? Dass es sich bei dem Anrufer in Wahrheit um einen Mann gehandelt hat?«

Gschwandtner zögerte, ehe er antwortete. »Möglich wär's, aber sicher bin ich mir da nicht.« Sein Untergebener druckste herum. »Ich hab die ja kaum verstanden, so schnell wie die geredet hat. So eine hohe, kieksige Stimme. Aber am Telefon …«

Wammetsberger wuchtete sich aus der Kirchbank und richtete sich zu seiner vollen Größe von einem Meter zweiundsiebzig auf. Er stauchte Gschwandtner zusammen. »Hast du das Gespräch aufgezeichnet?«

»Ja, schon, denk ich«, stotterte sein Adlatus, dem sichtbar mulmig bei dem Gedanken wurde, dass er in der Eile vergessen haben könnte, das Knöpferl zu drücken.

»Dann haben wir ja Material für einen Stimmenabgleich. Da hätte ich auch früher darauf kommen können.«

»Weil du vergesslich wirst, du alter Depp!«, verschaffte sich Irgl in gewohnt ruppiger Manier Gehör. »Schaut's mal her, was ich gefunden hab.« Irgl lugte hinter dem von Säulen und Pilastern flankierten und von einem kunstvoll geschnitzten Giebel bekrönten Hauptaltar hervor. »Wieso hätte der Mörder euch anrufen sollen? Aus einem unterbewussten Schuldgefühl heraus? Ach geh, Schorschl! Schau lieber mal her!« Dabei fuchtelte er mit den Händen herum, was wohl eine einladende Geste darstellen sollte. »Passt auf das Gerümpel und die gusseisernen Kerzenständer auf, damit ihr nicht die Jungfrau Maria umschmeißt. Die ist ein bissel wacklig auf den Beinen.«

Der rechteckige Raum hinter dem Altar diente seit ewigen Zeiten als eine Art Abstellkammer. Die spartanische Inneneinrichtung bestand aus einem sperrigen Holzschrank, ein paar an die Wand gelehnten Klappstühlen, einer Aluleiter und einem Putzkübel. Wie der Meistermagier Houdini persönlich zog Irgl eine Blechkiste unter seiner Jägerjoppe hervor. »Da schaut ihr, ha? Die war unter den spindigen Messgewändern im Schrank versteckt.«

Vom Deckel grinste Schorsch ein Mohrenkopf mit goldenen Ohrringen an. Das drollige Kerlchen steckte in einem orientalischen Kostüm mit goldenen Applikationen, auf seinem Krauskopf saß ein keckes Hütchen mit dicken Quasten. Das exotische Dekor legte die Vermutung nahe, dass in der Kiste kandierte und glasierte Früchte und anderes Naschwerk aus dem Kolonialwarenladen aufbewahrt worden war. Irgendwann war das Behältnis jedoch zweckentfremdet und zum Aufbewahrungsort von Familiendevotionalien erkoren worden.

»Da werdet ihr spitzen!« Irgl hebelte den Deckel von der Blechkiste, und Schorsch riss ihm das Kistchen aus der Hand. Gschwandtner drängte sich dicht hinter ihn, um sich nur ja nichts entgehen zu lassen.

Wammetsbergers Augen glänzten in fiebriger Erwartung. Doch was er sah, war kein zweiter Schatz des Priamos, keine zweite Totenmaske des Tutanchamun, es war eher ein Griff in die Mottenkiste: Zwischen sepiastichigen Fotografien und Packen von Papieren funkelte eine winzige Goldmünze mit dem Porträt König Ludwigs. In seiner Gesellschaft befand sich ein schwarz verfärbtes Verdienstkreuz an einem fadenscheinigen schwarz-weiß-roten Band sowie eine Medaille, die Patina angesetzt hatte.

Schorsch nahm die Medaille in Augenschein und drehte sie zwischen den Fingern, konnte auf deren Vorder- und Rückseite jedoch wenig mehr als die Silhouette eines gekrönten, von Kratzspuren übersäten Haupts und ein von Löwen gehaltenes Wappenschild erkennen.

»Was sollen wir mit dem Plunder?«, tönte er im forschen Ton.

»Du willst doch herausfinden, wer hinter der Sache steckt, was das Motiv der Mörder sein könnte? Dann nimm mal die Fotos unter die Lupe«, pumpte sich Irgl mächtig auf. »Das Bild von der Hochzeitsgesellschaft zum Beispiel!« Er hielt Schorsch eine Schwarzweiß-Fotografie unter die Nase.

Wie aus dem Aufdruck auf der Rückseite zu ersehen war, war es anno 1923 im Lichtbildatelier eines gewissen Gregor Klotz in Grenzberg aufgenommen worden. Auf dem Bild waren Emeram Eder und seine Gattin, die tugendsame Jungfer

Theresia Rech, verewigt. Braut und Bräutigam standen stocksteif da, so als ob sie einen Zollstock verschluckt hätten, und blickten hocherhobenen Haupts an der Kamera vorbei. Er, ein schneidiger Bursch mit einem nach der Mode der Zeit hochgezwirbelten Schnurrbart, der sich seiner Sache sicher zu sein schien. Die Braut blickte dagegen skeptisch aus der Festwäsche und hielt sich ängstlich an ihrem Jungfernstrauß fest. Die Mutter von Sixtus und Sebald sah trotz ihrer zierlichen Figur und dem schönen, schmalen Gesicht etwas bieder und schwerblütig aus, eben wie ein sittsames Dirndl aus einer alteingesessenen Bauerndynastie auszusehen hatte. Im Blick und Gestus ihres Gemahls lag dagegen etwas Verschlagenes, Gewalttätiges. Ein harter Hund, der sich zum feierlichen Anlass in Schale geschmissen, aber Anzug, Krawatte sowie die modisch gestreiften Hosen beim Pfandleiher erworben und um jeden Kreuzer gefeilscht hatte.

In dem Kästchen waren noch mehr Aufnahmen Emeram Eders. Schorsch betrachtete sie der Reihe nach. Da war Eder in der Paradeuniform eines Königlich-Bayerischen Artillerieregiments abgelichtet, bevor es, wie auf der Rückseite des Bilds vermerkt, zum Frühstück nach Paris ging. Da aus dem Frühstück in den Tuilerien nichts geworden war, war Eder im Heer der Besiegten in die Heimat zurückgekehrt. Bilder im verschlissenen feldgrauen Rock des Kaisers, vor einer armselig aussehenden Behausung, einem Gütlerhäusel, ließen den Verdacht aufkeimen, dass Emeram Eder nach dem Weltkrieg vom Glück verlassen worden war.

Mit einem Seitenblick stellte Wammetsberger fest, dass Irgl ihn nicht aus den Augen ließ und nur darauf zu lauern schien, dass er etwas Entscheidendes übersah.

Gschwandtners Interesse an den antiquarischen Fotografien war hingegen bald erlahmt. »Der Sebald ist seinem Vater ja wie aus dem Gesicht geschnitten«, bemerkte er gähnend.

»Ja, das längliche Gesicht, die leicht schräg stehenden Augen«, gab ihm Irgl recht.

Schorsch brummte nur: »Wenn meine Elfriede eingeschnappt ist, dann schaut sie genauso grantig wie ihr Großvater.«

Damit war das Thema vom Tisch. Die nächsten Bilder dokumentierten den gesellschaftlichen Aufstieg des verkrachten Weltkriegsveterans. Eine der Fotografien zeigte eine Schar schwarzgekleideter Trauergäste, die nach dem Leichenschmaus vor dem Holzer-Hof Aufstellung genommen hatten und allesamt todernst in die Kamera linsten. Schorsch stieß auf zwei Sterbebilder, die ihm Klarheit über die Geschehnisse verschafften, über die seine Frau Elfriede nie ein Sterbenswörtchen hatte verlauten lassen. Dem Text ließ sich entnehmen, dass Theresias älterer Bruder Josef im Jahre 1925 bei der Holzarbeit unter eine Tanne geraten war, woraufhin sich der alte Rech, wohl untröstlich über den Verlust seines einzigen Buam, binnen Jahresfrist ins Grab gegrämt oder gesoffen hatte. Und Emeram Eder? Der hatte Axt, Säge und Sapie an den Nagel gehängt und den Holzer-Hof übernommen. Die Bilder zeigten einen Aufsteiger. Mit stolz geschwellter Brust posierte er mit seinen stattlichen Rössern, um jedem zu zeigen, dass er es zu Wohlstand und Ansehen gebracht hatte. Seine Frau Theres stand mit resoluter Miene neben ihm, eine stolze, unbeugsame Frau, die die Reichsmark zusammenhielt und für die der Ehestand eine gottgegebene Notwendigkeit war. Sie blickte gestreng in die Runde, ein Muster an Ehrbarkeit und eigensinniger Beharrlichkeit. Ihr Mann war Bild um Bild vom kühnen, rebellischen Knecht zum pomadisierten Patriarchen, vom feschen Stenz zum behäbigen Bauern mutiert. In seinen späteren Jahren war er offenbar vollends ins frömmlerische Fahrwasser abgedriftet. Die Aufnahmen zeigten einen früh gealterten Mann, der tief vornübergebeugt eine schwere Prozessionsfahne trug. Auf dem letzten Bild war Emeram Eder kaum mehr zu erkennen: eine ausgemergelte Gestalt mit zotteligem weißem Bart und tief in den Höhlen schwimmenden Augen. Um dessen mageren Leib ein abgetragener Lodenjanker schlotterte. Kurz darauf musste der Alte gestorben sein. An einem Schlaganfall, wie Schorsch von Elfriede erfahren hatte.

Wammetsberger hielt das Sterbebildchen mit Trauerflor in Händen. Mit andächtiger Ergriffenheit murmelte er: »Der demütige Knecht Gottes, Herr Emeram Eder, Holzer-Bauer von Axing, hat seinen Geist in die Hände Gottes befohlen. Möge er in Frieden ruhen!«

»Und was meinst«, riss ihn Irgl unsanft aus seiner elegischen Stimmung. »Ist dir auf den Fotos nix aufgefallen, das Abzeichen vielleicht, ha? Oder dir, Gschwandtner?«

Schorsch stammelte verlegen: »Er hat ein Kreuz umhängen, meinst das?«

Irgl stemmte seine Hände in die Seite und baute sich vor seinen begriffsstutzigen Begleitern auf. »Ein Kreuz ja, aber eines mit einem Haken dran!«

»Du meinst, dass …« Selbst Gschwandtner ging nun ein Licht auf.

»… der alte Pharisäer ein waschechter Nazi war«, vollendete Irgl den Satz.

»Das muss nichts bedeuten. Zu der Zeit waren doch die meisten in der Partei oder bei einem anderen NS-Verein«, widersprach Wammetsberger ohne rechte Überzeugung.

»Der Max, der jüngere Bruder von meiner Oma, war bei der Waffen-SS – zuerst in der Normandie und später am Rhein. Wie die Front im Westen zusammengebrochen ist, hat er sich abgesetzt. Und ist heim nach Audorf. Seine Sachen hat er hinter der Scheune vergraben: das Soldbuch, sein eisernes Kreuz, die Fotografien in Uniform mit dem Totenkopf am Revers.«

»Du hast ja eine saubere Verwandtschaft, aber was hat das mit ihm da zu tun?« Schorsch tippte auf die fragliche Fotografie, auf der Emeram Eder im Sonntagsstaat und dem an die Brust gehefteten NS-Emblem zu sehen war.

»Wisst ihr denn gar nix übern Hitler?«, machte sich Irgl wichtig. »Seht ihr das runde Ding auf der rechten Brusttasche?«

»Ja und was soll das sein? Irgendein Schund vom Bauernbund«, mutmaßte Gschwandtner ins Blaue hinein.

»Ah was«, winkte Irgl ab. »Warum nicht gleich vom Orchideenzüchterverein! Das da ...«, dabei erhob er wie ein Tenor im dramatischen Fach seine Stimme, »... ist das goldene Ehrenabzeichen der Partei, der NSDAP. Das haben nur Hitler-Anhänger der ersten Stunde bekommen.«

Wammetsberger war ratlos. »Und was bedeutet das jetzt für das Verschwinden Sebalds?«

»Moment!« Wie ein Magier in einer drittklassigen Varieté-Show zog Irgl ein sorgfältig zusammengefaltetes Blatt hervor. »Das ist ... ein Ariernachweis.« Er reichte Schorsch das unscheinbare Blättchen weiter. Zum Vorschein kam ein sorgfältig per Hand gezeichneter Stammbaum, dessen Echtheit von irgendeiner NS-Dienststelle mit Reichsadler und Hakenkreuz beglaubigt worden war.

»Da hat sich jemand richtig Mühe gegeben«, ließ Irgl keinen Zweifel, dass Emeram Eder wohl kaum zu den Widerstandskämpfern unterm NS-Regime gezählt hatte. »Lauter stramme, reinrassige Bajuwaren. Ein Rochus, ein Maurus, eine Notburga, eine Waltraud. Der ganze Stammbaum – stubenrein.«

»Fehlt nur noch der Anton aus Tirol«, flocht Gschwandtner grinsend ein.

Irgl stöhnte: »O mei o mei!«

Schorsch kraulte seine Speckwulst am Doppelkinn. Das eben Gehörte musste er erst verdauen. »Der alte Eder war also ein verdienter Genosse, gut. Und es ist anzunehmen, dass er seine Beziehungen nach oben genutzt hat, um einen schönen Batzen Geld zur Seite zu schaffen. Aber das ist doch alles ewig her! Für eine Reichsmark gibt's heute keine Brezensemmel mehr.«

Wammetsberger klappte das Blatt mit der Stammtafel zu und legte es zu den Schwarzweiß-Fotografien in die Kiste. »Dass es da Verbindungen in die Vergangenheit gibt, liegt doch auf der Hand. Die Runen auf der Stirn, die angespitzten Pfähle. Da hat einer eine Riesenwut. Der will Rache und das geraubte Nazi-Gold zurück.«

Gschwandtner strengte seine grauen Gehirnzellen sichtlich an. »Das Mal auf der Stirn wär demnach ein Sühnezeichen. Der Sixtus hat für die Schulden seines Vaters büßen müssen. Und die Fallgrube mit den Pfählen drin. Das könnt ein Sinnbild sein: Der Hias war ein Blutsauger – ein Vampir, der seine Opfer wie eine Weißwursthaut ausgezuzelt hat. Und jetzt die Quittung dafür kriegt!«

Schorsch zog es vor, die Ausführungen seines Adlatus unkommentiert zu lassen. »Und was machen wir jetzt?«, fragte er in die Runde.

»Die Fotos und das Kisterl selbst lassen wir auf Fingerabdrücke und DNA-Rückstände hin untersuchen. Da sind zwar jetzt unsere Tapper drauf, aber ich wette was, dass da noch jemand anders seine Pfoten reingesteckt hat. Und der weiß mehr über die Geschichte als wir.«

»Ich weiß nicht recht. Das ist doch alles arg weit hergeholt. Wir wissen doch gar nicht gewiß, wer das Kisterl auf die Seiten geräumt hat. Und warum?«

Irgl trumpfte auf. »Der Sebald natürlich, wer denn sonst? Schließlich soll keiner erfahren, was sein Vater für einer war. Und der alte Weihrauchschnüffler irgendwo einen Nazi-Schatz versteckt hat! Und hinter dem sind die Banditen her!«

Schorsch musste zugeben, dass es Irgls Story nicht an innerer Stringenz und Logik mangelte. Doch sein Bauchgefühl sagte ihm, dass Irgl auf dem Holzweg war – und keine Jäger eines verlorenen SS-Schatzes den Grenzgau unsicher machten. Was, wenn er Elfriede von dem dunklen Familiengeheimnis des Eder-Clans erzählte? Sie würde ihn auf Entziehungskur oder zum Irrenarzt schicken.

Der Spalt zwischen der Mauer und dem hölzernen Altar war eng. Zu eng für seine üppigen Körpermaße. Schorsch wand sich nach links, wand sich nach rechts und blieb stecken. Um sich aus seiner unglücklichen Lage zu befreien, presste und drückte er sich durch die Engstelle. Bei seinem Befreiungsversuch prallte er mit voller Wucht gegen den Altartisch. Es rumste, und er verspürte einen stechenden Schmerz in der linken Schulter. Er blickte auf und sah noch, wie die Statue der Madonna aus dem Gleichgewicht geriet, wankte, schwankte und fiel.

Schorsch stieß einen Fluch aus, der Irgl und Gschwandtner zusammenfahren ließ. »Kreuz kruzifix, sapprament, sakradi!« Trotz des pulsierenden Schmerzes in seiner Schulter suchte er den Fall der Madonna aufzuhalten. Vergebens! Der Kopf Marias schlug auf dem harten Steinboden auf. Schorsch war schreckensbleich. Dafür bekam er garantiert hundert Jahre Fegefeuer aufgebrummt. Der Kopf Marias zersprang wie in Zeitlupe, und eine weißliche Substanz ergoss sich über den Boden. Wurde er hier Zeuge irgendeiner Teufelei? Hatte der Dämon seine Krallen im Spiel? Sein Verstand sagte ihm jedoch, dass es sich bei der weißlichen Masse nicht etwa ums Großhirn der Gottesmutter handelte, sondern um einen profaneren Stoff.

Seine Gefährten umringten ihn und starrten stumm auf die Madonna hinab, die im eigentlichen Sinn des Wortes ihren Kopf verloren hatte. Gschwandtner löste sich als Erster aus der Starre und kniete sich neben Maria nieder. Er stippte seinen Zeigefinger in das feinkörnige Substrat und leckte mit der Zungenspitze so vorsichtig daran, als ob es sich dabei um einen todbringenden Giftstoff handelte.

Endlich wandte er seinen Kopf, in seiner Miene spiegelten sich Überraschung und Unglauben. »Mich leckst, das ist kein Zucker, das ist reines Kokain!«

Wammetsberger war kein allzu gläubiger Mensch, doch für den Bruchteil einer Sekunde vermeinte er einer göttlichen Offenbarung teilhaftig geworden zu sein. Die Lösung des Falls lag buchstäblich vor ihm. Maria hatte geholfen!

Hic Rhodos, hic salta

Wehe dem, der zu spät kam. Es war Teil seiner Philosophie, blitzschnell und erbarmungslos zuzuschlagen. Dass man sich mit solch aggressiven Geschäftspraktiken nicht nur Freunde machte, war der Preis des Erfolgs. Im Brummi-Business wehte ein rauer Wind, da hatte ein Weichei nichts verloren. Wer unter den Großen der Logistik- und Entsorgungsbranche mitspielen, wer als Hecht im Haifischbecken überleben wollte, musste einiges einstecken können. Preis- und Termindruck waren mörderisch. Er als mittelständischer Spediteur aus dem Grenzgau hatte den einen oder anderen Rückschlag hinnehmen, hatte diversifizieren und neue Geschäftsfelder wie das Recycling von Metall und Wertstoffen erschließen müssen. Doch was einen nicht umbrachte, machte einen nur härter. Als Unternehmer vom alten frühkapitalistischen Schlag war er ein strikter Verfechter des freien Spiels der Kräfte. Und da waren Tricksereien, Scheinattacken und Flankenangriffe an der Tagesordnung. Der Markt war ein Spiegelbild der Natur. Die Stärkeren, Tüchtigeren schnappten sich die fetten, saftigen Brocken, die Zögerlichen, Zimperlichen balgten sich an der Fleischbank um die Schlachtabfälle und bekamen nie ein Filetstückchen ab. Wenn es im Überlebenskampf hart auf hart ging, dann durfte man keine Skrupel und Bedenken an den Tag legen, den entscheidenden Hieb zu führen und den Gegner im Mark zu treffen.

Sepp Finsterwalder ballte die Hände zur Faust. Diese bayrische Bolschewiken-Brut hatte eine Grenze überschritten. Die Verantwortlichen dieses Anschlags würden es bitter bereuen, ihn zum Narren gemacht zu haben! Das schwor sich

Sepp Finsterwalder in diesem Moment der Demütigung und des eigenen Versagens.

Das Betriebsgelände seiner Recycling KG im Forchet, nahe der A 95, war in der Nacht zuvor von einer Gruppe Bewaffneter überfallen worden. Die Eindringlinge hatten scheinbar mühelos den meterhohen, unter Strom stehenden Stacheldrahtzaun überwunden. Mit ihrem überraschenden Vorstoß hatte der Terrortrupp gravierende Lücken im ausgeklügelten Alarm- und Sicherheitssystem offenbart. Augenscheinlich war es den Angreifern gelungen, auf das hermetisch abgeriegelte Areal vorzudringen. Das hätte nicht passieren dürfen. Er würde sich seinen Sicherheitschef zur Brust nehmen und zur Sau machen.

Mit versteinerter Miene stapfte der Großspediteur in Begleitung eben jenes Sicherheitschefs und seines Chief Operating Officers über das Betriebsgelände. Seine Arme waren hinter dem Rücken verschränkt, in seinen Augen glomm ein düsteres Feuer. Trotz der Sicherheitsbedenken seiner Security-Garde hatte er darauf bestanden, den Schauplatz des nächtlichen Feuergefechts mit eigenen Augen zu inspizieren. Die Spuren des Scharmützels waren unübersehbar. Einschusslöcher in den Betonwänden, ein von Kugeln durchsiebter Recycling-Laster, Brandspuren eines rasch gelöschten Feuers in einer der Lagerhallen.

Finsterwalder stampfte wie ein Alpha-Gorilla, der ein anderes Männchen in seinem Revier erspäht hatte, über bräunlich verfärbtes Gras und schwarz schimmernden Asphalt. Glassplitter knirschten und knackten unter den Sohlen von Finsterwalders Eskorte. Und es hatte einen Toten gegeben, einen hünenhaften Kerl, der den Decknamen »Hammer« trug.

Sepp Finsterwalder hielt sich in der Regel fern von der Security-Crew. Um diese tumben Ekelpakete mit ihren Hackfleisch-Visagen unter dem kahlrasierten Schädel sollte sich sein Sicherheitschef kümmern, dafür entlohnte er Peuttinger schließlich fürstlich. Vorhin hatte er sich jedoch dazu herablassen müssen, ein paar aufmunternde, kämpferische Worte an die zwei verbliebenen Muskelmänner zu richten, die ihrem Kameraden Hammer wohl die ein oder andere Träne nachweinen mochten und nur eines wollten: ihren Gefährten rächen. Sollten die Glatzköpfe ruhig Vergeltung für den Tod ihres Towarisch üben. Diese Umstürzler waren wie Ratten, die im Dreck herumwühlten und die bestehende Ordnung untergruben. Und dass man etwas gegen diese Rattenplage unternehmen musste, darüber konnte kein Zweifel bestehen.

Zwischen zusammengepressten Zähnen stieß Finsterwalder rachdurstig hervor: »Man muss diese Schädlinge bekämpfen und verjagen – und zwar nachhaltig.« Fast wäre ihm das Unwort »Volksschädling« herausgerutscht, aber die Fachterminologie des Dritten Reichs war für einen, der sich anschickte, Landrat zu werden, selbstredend tabu. Er würde alles daransetzen, dass dieses Parasitenpack von der Bildfläche verschwand. Und zwar ein für alle Mal! Sepp Finsterwalder war zwar weitläufig mit der im ganzen Gau verwurzelten Wildbichler-Sippe verwandt. Aber irgendwo hörte sich die Verwandtschaft auf. Finsterwalder hegte nicht den geringsten Zweifel, dass ein Spross dieses umtriebigen Clans hinter dem Anschlag auf seine Firma steckte: Leo Wildbichler. Dieses spartakistische Sparifankerl mit seinem verfilzten Strubbelbart war seit langem sein geschworener Feind. Leo, der sich in seinem Größenwahn für einen zweiten Che Guevara hielt, würde alles tun, um ihm zu schaden, ihn anzuschwärzen und seine politischen Ambitionen zu torpedieren. Dieser selbsternannte Freiheitskämpfer war wie ein Eiterbinkel, den man mit dem Rasiermesser aufschneiden, ausdrücken und desinfizieren musste. Fertig! Sollte der trotzkistische Trotzkopf ruhig unter der Folter um Gnade winseln, sich vor Angst in die Hose machen und mit seinen eigenen Exkrementen besudeln.

Als Big Boss würde Finsterwalder sich allerdings nicht selbst die Hände schmutzig machen. Die Niederungen des Alltagsgeschäfts überließ er anderen. Fürs Grobe hatte er Peuttinger und Konsorten auf der Payroll. Er würde dem Security-Mann ein robustes Mandat erteilen, um die Angelegenheit nach den Methoden zu regeln, wie sie im Irak oder Afghanistan gang und gäbe waren. Die Bullen musste er jedenfalls nach Möglichkeit aus der Sache heraushalten. Die Kriminalpolizei im Haus war das Letzte, was er in der jetzigen, brisanten Lage gebrauchen konnte.

Finsterwalder entschloss sich, sein Schweigen zu brechen, und bedeutete seinen beiden Begleitern, sich zu ihrem General auf den Feldherrnhügel, der in diesem Fall nicht mehr als eine kleine Anhöhe war, zu begeben. Mit ausdrucksloser Miene wandte er sich zunächst an seinen Sicherheitschef. »Ich denke, Sie wissen selbst, was das hier ist.« Dazu vollführte er eine kreisende Handbewegung, die nicht nur das Gelände, sondern auch die Geschehnisse in seinem Recycling-Reich umfasste. »Es ist inakzeptabel. Was gedenken Sie zu tun, um Ihre Scharte auszuwetzen?«

Peuttinger schoss die Röte ins gegerbte Gesicht. »Ich werde umgehend geeignete Maßnahmen ergreifen. So etwas wird nicht wieder vorkommen, Chef!«

Finsterwalder sah tief in die grauen, grausamen Augen seines Schergen. Was er darin sah, erfüllte ihn mit Zufriedenheit. Dieser Kerl war ein Killer – und zwar in seinen Diensten. Ein Killer zudem, in dessen Augen der blanke Hass loderte. Der Hass auf diejenigen, die ihm diese Schmach zugefügt hatten. Er und seine Männer würden nicht ruhen, ehe sie das rote Gesindel ausgemerzt hatten. Sie würden die Ratten aus ihrem Bau jagen, über kleiner Flamme rösten und die Leichenteile den Wildschweinen zum Fraß vorwerfen. Sie durften keine Spuren hinterlassen. So lautete sein Befehl. Seine Hände würde er allerdings in Unschuld waschen. Er hatte peinlich genau darauf geachtet, dass ihm keine Beteiligung an der Schädlingsbekämpfungsaktion nachgewiesen werden konnte.

Sein Blick richtete sich auf einen Punkt in der blauen Ferne. »Das will ich in Ihrem Interesse hoffen. Es ist Ihr Kopf, der rollt, mon ami. Also machen Sie keine Fehler!«

Sein Prätorianer salutierte militärisch knapp und war Sekunden später wie ein böser Geist verschwunden.

Sepp Finsterwalder wandte sich zu seinem anderen Trabanten um. »Franz, ich hab was mit dir zu besprechen, wir fahren zurück ins Büro!«

Nun hieß es handeln – und zwar schnell.

Die Krisensitzung fand im chromglänzenden Großraumbüro, ganz oben in der Beletage statt. Die beiden gewaltigen Panoramafenster boten einen phantastischen Ausblick auf die schroffen Felskegel der Grenzgauer Berge. Die in Stein gehauenen Zacken und Zinnen, die in den Fels gefrästen Nadeln und Türme reflektierten das Licht der hoch am Horizont stehenden Sonne. Der Besitzer des Büros würdigte die perfekt ausgeleuchtete Kulisse von Sonnbachhorn, Wilde Warte, Graukogel & Co. allerdings mit keinem Blick. Finsterwalder hatte seine Aufmerksamkeit auf den Aktenberg gerichtet, der sich vor ihm auf dem Schreibtisch türmte. Er nahm einen der Ordner zur Hand und betrachtete ihn so angewidert, als ob es sich um ein totes Insekt handelte, das er eben mit der Fliegenpatsche zur Strecke gebracht hatte. Wutschnaubend schleuderte er den Hiobsordner auf die Tischplatte aus Teakholz. »Ihr wisst, warum wir hier sind?«

»Wir stecken bis zum Hals in der Scheiße!«, beschied ihm Chief Finance Officer Rauno Rehm kühl.

»Richtig, Rehm, es gibt nichts zu beschönigen. Wir stehen vor ernsten Herausforderungen!«

Sein CFO blätterte mit unbewegter Miene in den Unterlagen und zog dabei ein ums andre Mal die Augenbrauen hoch.

Finsterwalder kannte den Inhalt des internen Dossiers nur zu gut. Ihr Chefbuchhalter verstand sich wie kein Zweiter auf die Arithmetik der Bilanzen und arbeitete präzise wie ein Schweizer Uhrwerk. Es bestand kein Zweifel: In den langen Kolonnen ungeschönter Zahlen keimte die drohende Katastrophe. Binnen eines Zeitraums von zehn bis zwölf Wochen waren sie zahlungsunfähig. Das Unternehmen benötigte dringend frisches Kapital, um die Insolvenz der Firmengruppe Finsterwalder abzuwenden. Die Firma wäre pleite – und mit ihr der Hauptgesellschafter. Es handelte sich also um ein Problem, dessen Lösung keinerlei Aufschub duldete.

Der Blick Rehms wurde eisig, als er das Zahlenwerk in Augenschein nahm.

Finsterwalder nestelte an seinem Krawattenkragen, der ihm die Luft abzuschnüren drohte. Statt auf schwarze würde sein CFO in den Bilanzen nur auf rote Zahlen stoßen. Dem satten Plus vom Vorjahr stand ein mit Leuchtstift markiertes Minus in diesem Jahr gegenüber. Fakt war: Die Logistiksparte, das Kerngeschäft, war defizitär und rutschte von Monat zu Monat tiefer in den roten Bereich. Lediglich die Recycling-Sparte warf noch etwas Gewinn ab, aber auch hier war die Rendite drastisch abgesackt.

»Warum erfahre ich erst jetzt davon? Wie ich das sehe, benötigen wir Pi mal Daumen 280 000 bis 300 000 Euro an liquiden Mitteln – in Form von Bankkrediten oder Kapitaleinlagen –, und zwar dringend. Sonst können wir den Laden dichtmachen«, resümierte sein oberster Finanzmann die düstere Lage.

Sepp Finsterwalder blähte seine fleischigen Nasenflügel. »Die Kohle kriegen wir«, beteuerte er und verstrahlte Zuversicht. »Von den Banken, von Privatinvestoren. Wir müssen nur nach außen gut dastehen, dann sehe ich da kein Problem!«

»Ich aber.« Rehms Stimme klang so unnachgiebig wie Honecker vor dem Politbüro. »Die Personalkosten müssen runter, damit wir mehr in den Fuhrpark, ins Equipment und die IT-Systeme investieren können! So können wir uns mittelfristig neue Kundengruppen erschließen. Unsere Vision muss heißen: Just in Time – in Europa zu Hause!« Rehm setzte ein Haifisch-Lächeln auf.

In gewisser Hinsicht hatte sein CFO nicht unrecht. Ein Unternehmer musste heute ein Visionär sein. Erfolg hatte, wer sich als erfolgreich darstellte, Imagekampagnen fuhr und immer wieder das gleiche Leitmotiv anklingen ließ. Und dennoch irrte Rehm, das Problem waren nicht die Personalkosten. Man brauchte zuverlässige, gewissenhafte Leute hinterm Steuer, die ihren Job machten und das Maul hielten – und die verlangten gutes Geld für harte Arbeit! Das Problem lag woanders: in Brüssel und Berlin. Von Jahr zu Jahr wurden die Daumenschrauben fester angezogen. Vor lauter Vorschriften und Vorgaben kam man kaum mehr dazu, sich ums operative Geschäft zu kümmern. Andauernd wurden die Sicherheits- und Umweltauflagen verschärft, Steuern, Abgaben und Gebühren erhöht. Und das in einem wirtschaftlichen Umfeld, in dem die Rendite mäßig, der Konkurrenzdruck dafür enorm war. Mit der EU-Osterweiterung drückten immer mehr Konkurrenten auf den Markt – und die Margen sanken. Jeder dahergelaufene Hinterhof-Spediteur aus Plowdiw oder Przemyśl charterte ein paar Schrottkisten und karrte damit Frachtcontainer, Stück- und Gefahrgut für ein Butterbrot und ein Borschtsch von Lodz nach Lissabon und von Brest nach Burgas. Mit ihren Dumping-Preisen brachten diese Balkan-Bastarde alteingesessene Speditionen in die Bredouille und trieben sie reihenweise in den Ruin. Und wieso waren diese Grattler so günstig? Weil sie tonnenweise unverzollte Schmuggelware über die Grenzen schafften – und die Fahrer am Profit beteiligten. Dass die Ost-Öffnung auch gewisse profitable Aspekte hatte, hängte man hingegen besser nicht an die große Glocke. Wer im Logistikgeschäft überleben wollte, musste jedes sich bietende Schlupfloch nutzen und durfte es mit der Gesetzestreue nicht allzu genau nehmen. Noch leuchtete das Logo mit den beiden um einen roten Globus geschlungenen Buchstaben F und W an den Fassaden. Doch wenn es weiter bergab ging, würden die Lichter bald ausgehen.

Tiefe Sorgenfalten kerbten Finsterwalders Stirn. Schweißperlen glänzten auf seinem Schweinsgesicht, seine Wangen glühten wie flüssiges Eisen in einem Hochofen. Wie immer, wenn ihn die Wut wie ein wildes Tier anfiel, trieb es ihm die Zornesröte übers Gesicht, so dass er aussah wie die rosigen Ferkel in der Schaufensterauslage seines Lieblingsmetzgers. Er sollte sich beruhigen, doch die Worte platzten nur so aus ihm heraus. »In Europa zu Hause, klingt gut! Aber die Steuern zahlen wir hier, im Land der Sesselpupser und Korinthenkacker, die dir noch den letzten Cent abpressen. Mein politisches Ziel wird es deswegen sein, die Interessen des freien Unternehmertums aktiv zu vertreten.«

Während er seine Wahlkampfrede hielt, huschten seine Wieselaugen zwischen dem unbewegt dasitzenden Rehm und seinem COO Franz Leitgeb unstet hin und her. Leitgeb bleckte sein Gebiss zu einem bissigen Lächeln. Die vollmundigen Politphrasen seines Chefs nötigten ihm immerhin ein boshaftes Grinsen ab. Er kannte die magische Formel des Profits: zweigleisig fahren, Steuern sparen. Doch Leitgeb schwieg geflissentlich und überließ das Schwadronieren seinem Kollegen Rehm.

»Kosteneffizientes Logistikkonzept, kundenspezifische Lösungen, schlanke Prozessstrukturen sowie ein rigoroses Controlling.« Doch der geschniegelte, spröde Zahlenfuchser hatte keine Ahnung, wie man Geld machte. Viel Geld. Leitgeb dagegen wusste es. Und so gab er seinem Kollegen Kontra: »Geschissen auf die Kosteneffizienz, Rauno. Wir müssen mehr Geld verdienen. Es gibt immer Leute, die zu viel Knete auf der Kante haben – und an die müssen wir ran!«

Leitgeb war seit langen Jahren Finsterwalders engster Vertrauter, sein Alter Ego. Als COO steuerte er auch die Geschäftsbereiche, die in keiner offiziellen Bilanz je auftauchten, in denen sie mit semilegalen und illegalen Geschäften satte, weil steuerfreie Profite einstrichen. Doch auch im Geschäftsfeld SS, kurz für Sonder-Services, lief es nicht recht rund.

Sepp Finsterwalder hätte am liebsten das fein gemaserte Teakholz mit der Faust traktiert, doch in Anwesenheit seines aalglatten CFOs hielt er sich wohlweislich zurück. »Ich denke, wir müssen beides tun, eine saubere Bilanz hinlegen, um an Kredite zu kommen, und private Investoren ins Boot holen, um auf mittel- und langfristige Sicht ein Liquiditätspolster zu bilden!«

Während er sich um ein korrektes Business-Deutsch mühte, hätte er am liebsten wie ein Bierkutscher sämtliche Heiligen des Himmels verflucht. Beim bloßen Gedanken an diesen Hurensohn von einem Herrgottsschnitzer überkam ihn die blanke Mordlust. Am liebsten hätte er ihn eigenhändig zu seinem Heiland ans Kreuz genagelt. Dieser miese Dreckskerl hatte nicht den blassesten Schimmer, welche Folgen es haben konnte, dass er ihn um ein paar lumpige Tausender betrügen wollte. Wenn die Kopien der Lieferscheine und der Echtheitszertifikate in die falschen Hände gerieten, dann gnade ihnen Gott. Die Unterlagen wären ein gefundenes Fressen für den Staatsanwalt, enthielten sie doch hieb- und stichfeste Beweise für ihre ... nun ja, nicht ganz gesetzeskonformen Nebeneinkünfte. Statt auf dem Landratssessel würde er hinter schwedischen Gardinen hocken. Nein, das durfte nicht sein. Unter keinen Umständen und um keinen Preis!

Seine Wurstfinger krampften sich um die Tischkante, so als ob er befürchtete, das Gleichgewicht zu verlieren. Da ging ein Ruck durch ihn, und er straffte die Schultern. Er durfte jetzt nicht lockerlassen und das Ruder aus der Hand geben. Sie würden diesen Dreckshund beseitigen und die verräterischen Unterlagen vernichten. Krisen waren da, um überwunden zu werden. Egal, ob es sich um rote Zahlen in der Bilanz oder einen abtrünnigen Judas handelte. Konnte es ein Zufall sein, dass es ihm mit eiserner Disziplin, hartem Einsatz und hinterlistiger Verschlagenheit gelungen war, alle Hindernisse und Widersacher aus dem Weg zu räumen? Dass er heute einer der mächtigsten Männer des Grenzgaus war? Nein! Tief in seinem Herzen war Sepp Finsterwalder ein gläubiger Mensch. Er glaubte fest, dass es so etwas wie Vorbestimmung und einen Wink des Schicksals gab. Es war die göttliche Vorsehung, die ihm den Weg gewiesen hatte.

Finsterwalder war nie einer gewesen, der sich an irreale Pläne verschrieb oder in weltfremde Phantastereien verstieg. Von der ersten Mark an, die er mit dem Vertrieb verbotener Schundheftchen auf dem Schulhof verdient hatte, war er ein Pragmatiker. Ein kühl kalkulierender Rechner, ein knallharter Opportunist, ein mit allen Wassern gewaschener Verhandlungskünstler. Doch eine Vision, ein Vorbild hatte er. Und das seit langer, sehr langer Zeit. Was war damals geschehen? Der pummelige, zu kurz geratene Sprössling eines engstirnigen Zolloberinspektors und dessen ehrgeiziger Gemahlin hatte in den staubigsten Regalen der Pfarrbibliothek seine Bibel entdeckt. Einen von heroischen Konvulsionen aufgeblähten Roman mit dem Titel »Cäsar: ein Kampf ums Kapitol«. Er hatte den über fünfhundert Seiten dicken Historienschinken in einem Tag und einer Nacht verschlungen. Seitdem verging kein Tag, ohne dass nicht in seinem Kopf ein Schlachtruf aus tausend Kehlen widerhallte: »Ave Cäsar! Imperator, befiehl, wir folgen dir!« Cäsar! Dieser Günstling der Götter, dieser Magier der Macht, der sein eigenes Imperium erschuf. Minutenlang hatte er wie in Trance die blendend weiße Marmorbüste auf dem Titel angestarrt. Vom ersten Augenblick an hatte ihn die Figur Cäsars in ihren zauberischen Bann gezogen. Auf den ebenso edlen wie herrischen, in Carrara-Marmor gemeißelten Zügen lag das Glühen einer übernatürlichen Macht, die ihn zum Führer eines Weltreichs bestimmte, die ihn auf schmalem Grat von Triumph zu Triumph eilen ließ. Der Abkömmling eines verarmten Patriziergeschlechts hielt am Ende alle Macht in Händen – ein Gott auf Erden. Diese feine, sehnige Hand erhob sich, um den Befehl zum Angriff zu erteilen und nicht eher zu ruhen, bis Roms Adler ihre Schwingen über den Erdkreis breiteten.

Finsterwalder durchlief ein ehrfürchtiger Schauer. Sollte es ihm beschieden sein, den Weg des Erfolgs, die »via triumphalis«, bis zum Ende, bis hinauf zum Kapitol zu beschreiten? Lorbeerbekränzt wie Cäsar? Unter dem Jubel des Plebs, die wimmernden Feinde im Staub kriechend? Und die Verräter? Die heulten wie die Verdammten des Hades und erwarteten im mamertinischen Kerker den Tod. So manche Nacht hatte er im Traum jene schneidende Stimme gehört, die so hart war wie der Marmormund, aus dem sie drang. »Vae victis!« Eine Stimme so kalt und ohne die geringste Gefühlsregung, die nichts von der inneren Anspannung verriet, als sie sich anschickte, den Rubikon zu überqueren. »Alea iacta sunt!« Eine unduldsame, keinen Widerspruch duldende Stimme, die niemandem gestattete, seine Befehle in Frage zu stellen. »Veni, vidi, vici!« Da war nur dieser eine Weg, der zum Triumph oder in den Tod führte. »Morituri te salutant!« Tausendfach brach sich das Echo des Chors der Verdammten in seinen Gehirngängen.

Finsterwalder schreckte hoch, seine Schweinsäuglein blinzelten verwirrt. Hatte er da nicht einen Dolch in den Falten einer mit Purpur verbrämten Toga aufblitzen sehen, einen zur hochverräterischen Untat entschlossenen Blick erhascht? Es war ihm, als ob sich ein düsterer Schatten vor die Sonne schob, ehe die Fata Morgana zerfaserte und zerfloss. War er eben Zeuge eines Déjà-vu, eines Flashbacks geworden, der Ermordung Cäsars an den Iden des März?

Noch ehe er recht wusste, wie ihm geschah, war der Moment der Desorientiertheit verflogen. Finsterwalder räusperte sich und wandte sich mit forscher Entschlossenheit an seinen nach der neuesten Landhaus-Mode gekleideten CFO. »Rehm, Sie überarbeiten die Zahlen so, dass die Bilanzprüfer in der Bank den Kundenberatern grünes Licht für eine Zwischenfinanzierung geben. Bilden Sie von mir aus ein paar außerordentliche Posten, die Sie als Sondereinnahmen deklarieren. Tarnen Sie die Verluste aus dem operativen Geschäft als Rückstellungen für Steuernachzahlungen. Dann sieht es so aus, als ob wir mit Umsatzsteigerungen rechnen und deswegen Rücklagen bilden. Hübschen Sie den Ausblick aufs dritte und vierte Quartal auf. Ihnen fällt da schon was ein, dafür sind Sie ja da!«

Unbeeindruckt von dem Sermon seines Chefs, pickte sich Rehm einen imaginären Fussel vom edlen Lodenstoff, um schließlich mit einer wegwerfenden Geste seine Bedenken abzutun. »Gut, meinetwegen, es ist Ihre Firma! Ich tue mein Bestes, aber der beste Friseur kann die Bilanz nicht endlos frisieren, wenn der Patient unter chronischem Haarausfall leidet. Die kahlen Stellen, sprich die strukturellen Probleme, bleiben. Sie sind der Boss, Finsterwalder, aber ich kann Ihnen nur dringend zu einem radikalen Schnitt und einer Haartransplantation raten. Risiken outsourcen, Fixkosten runter, Eigenkapitalquote rauf.«

Rehm nickte Finsterwalder und Leitgeb zu, klemmte sich einen Stoß Akten unter die Arme und verließ den lichtdurchfluteten Raum ohne ein Zeichen der Verbundenheit oder des Respekts.

»So ein arroganter Arsch!«, schnaubte Leitgeb, kaum dass die Glastür hinter seinem Kollegen ins Schloss gefallen war. »Wer meint er denn, dass er ist?«

Finsterwalder hegte den Verdacht, dass Typen wie Rehm ihre coolen Posen jeden Tag vor dem Kleiderspiegel einstudierten und im Armani-Aufzug auf und ab defilierten. »Ein eingebildeter Pomadenheini ist er! Aber du brauchst heute so Leute, die eine gute Figur machen und den Eindruck von Kompetenz erwecken.«

Rehm war einer, dem die hohlen Phrasen von Mobilitätsmaximierung, Truck on demand oder Virtual Cargo Processing wie Honigseim von den Lippen troffen.

»Trotzdem ist er eine leere Hose, da kann er sich hundert Mal im Licht des Beamers sonnen«, beharrte Leitgeb.

Finsterwalder trommelte mit den Handknöcheln nervös auf der Tischplatte aus massivem Teakholz herum. Der griechische Ausdruck »Logos« bezeichnete das klar strukturierte Denken, den Geist der Vernunft. Und sein logischer Verstand sagte ihm, dass er seinem CFO Rauno Rehm mit Argusaugen auf die Finger schauen sollte. Er war ein potentieller Brutus.

In einem wahren Wirbelsturm kinetischer Energie wuchtete er seinen untersetzten Körper aus dem mit rotem Nappaleder bezogenem Direktorensessel. »Komm, gehen wir runter in die Zirbenstube. Hier drin fühl ich mich wie ein Karpfen im Glaskasten.«

»Und draußen steht schon der Fischer mit dem Kescher«, versetzte Leitgeb ernst und ohne jede Spur von schwarzem Humor.

Hinter den verspiegelten Scheiben krochen dunkle und graue Wolken von Südwesten her über die Bergkämme. Über dem Land vor dem Gebirge braute sich ein Gewitter zusammen.

Die Zirbenstube war ein Ort der stillen Kontemplation, hier ging es formlos und leger zu. In der holzvertäfelten Bauernstube im Keller des Firmengebäudes gab es weder WLAN noch Kabel, kein Netz, kein Internet. Dafür reihten sich in den Holzschränkchen diverse Spitzendestillate der heimischen Schnapsbrennereien. Nach vier Stamperln eines im Eichenfass gereiften Zwetschgenwassers sah die Welt schon anders und die Lage rosiger aus.

Leitgeb knallte das Schnapsglas auf den Tisch. »Ah, das ist ein feiner Brand, der geht die Gurgel runter wie Öl!«

Finsterwalders kampferprobter Stammtischspezi war ein Mannsbild wie aus dem bayerischen Bilderbuch: Bürstenhaarschnitt, Quadratschädel, Stiernacken. Nun schob er den gewaltigen Schädel kampflustig vor und blickte seinen Chef aus blassblauen, wässerigen Augen an. Es waren die Augen eines hartgesottenen Alpen-Alkoholikers, und in ihnen lag ein gefährliches Funkeln. »Die Geschichte gefällt mir nicht. Wir brauchen neues Geld, schön und gut. Aber mein Opa hat immer gesagt: Verkauft der Bauer seinen Grund, geht der Hof bald vor die Hund!«

Sepp Finsterwalder nickte bedächtig und leerte sein Glas. »Ich trau dem Rehm auch nicht über den Weg. Und dann dieser Überfall gestern Nacht. Wer steckt da wirklich dahinter? Jedenfalls gehört der Augiasstall mit der Dunggabel ausgemistet.« Er genoss die Rolle des resoluten, aber gutmeinenden Provinzpotentaten. Und er verstand es zu lavieren, zu intrigieren und seine wahren Absichten zu kaschieren. Für die heroischen Auftritte eines Cäsars war heute kein Platz mehr. Der Nimbus des Opfertods war im kalten Licht der Neonröhren verblasst.

Insgeheim verachtete Finsterwalder jedoch diese lahmarschigen Paragraphen-Pharisäer, diese aufgeblähten Polit-Popanze, dieses machiavellistische Mittelmaß. Seine Augen funkelten wie zwei pechschwarze Eierbriketts. »In einem hat Rehm recht. Wir müssen die Kosten kappen, Synergie-Effekte nutzen, um unseren finanziellen Spielraum für Investitionsmaßnahmen zu erweitern.« Wie ein alttestamentarischer

Prophet, wie ein Hiob hob er die Hände beschwörend gen Himmel. »Wir brauchen einen besseren Service, schlankere Strukturen und müssen den Kunden Leistungen nach dem Baukastenprinzip anbieten, sonst gehen die Fahnen bald auf halbmast.«

Nur ein leises Zucken im Gesicht verriet, dass ihm kein Grenzgauer Urgestein, kein monolithischer Gneisblock gegenübersaß. Leitgeb betrachtete lange das leere Schnapsglas. »Wir sind unter uns, Sepp, du kannst dir also dein Gelaber für deine Wahlkampfreden sparen!« Sein Blick war hart und wie in Erz gegossen. »Du weißt, ich war von Anfang an gegen deine Kandidatur. Du gibst Geld aus, das uns anderswo fehlt. Und du machst dir Feinde, die überall herumstochern. Wie sonst erklärst du dir diesen Angriff auf unseren Recycling-Hof? Da wühlt jemand im Dreck, und das …«, Leitgeb machte eine Kunstpause, »… könnte uns das Genick brechen, Sepp.«

Obwohl die Zirbenstube voll klimatisiert war, schwitzte Finsterwalder plötzlich wie ein vom bengalischen Tiger verfolgtes Hängebauchschwein. Aus seinen Poren quoll der pure, ranzig riechende Angstschweiß. Mit einem zerknitterten Stofftaschentuch wischte er sich den ölig glänzenden Schweißfilm von der Stirn. »Franz, so schwarz darfst du die Sache nicht sehen. Noch bin ich ja gar nicht gewählt. Und wenn, kann ich immer noch zurücktreten und einen Strohmann installieren. Wir lösen das Problem miteinander – und dann kann uns keiner mehr was am Zeug flicken. Wirst sehen, in ein paar Monaten rappelt es im Karton. Da geht was, ich spür's!«

Sein Redefluss stockte, versiegte. Während er in das schweißnasse Taschentuch schnäuzte, beobachtete Sepp unauffällig die Reaktion seines Gegenübers, der seit fünfundzwanzig Jahren oder länger seine rechte Hand war. Seine Einlassungen schienen wenig Eindruck zu hinterlassen.

»Du weißt, dass die Kripo ermittelt – inzwischen in zwei Mordfällen. Kann es sein, dass mir da etwas entgangen ist?« Leitgeb nahm die Flasche und schenkte nach – ihm zuerst, wie Finsterwalder mit einer gewissen Genugtuung registrierte.

»Wie kommst du da drauf? Was gehen uns zwei Bauerngloife an, die unters Messer gekommen sind?« Finsterwalder nippte vorsichtig am Glas, so als ob er befürchtete, dass das Zwetschgenwasser mit Strychnin angereichert war. Franz Leitgeb hatte eine feine Nase für Risiken und witterte drohende Gefahren. Seine Absichten waren schwer zu durchschauen, denn Leitgeb war ebenso wetterwendisch und unberechenbar, wie er berechnend und auf seinen Vorteil bedacht war. Ein bayerischer Berserker von unergründlichem Wesen. Ihm gegenüber hatte sich Leitgeb jedoch stets als loyaler Vasall erwiesen. Wenn es irgendwo lichterloh brannte, war Franz Leitgeb als Feuerwehrmann zur Stelle. Er war sein langer Arm, der die Firma mit eiserner Faust zusammenhielt, Schwachstellen beseitigte und jedes Problem in den Griff bekam. Auf ihn war Verlass.

Finsterwalder ließ die hochprozentige Flüssigkeit im Schnapsglas kreiseln, dann kippte er seinen Inhalt auf ex hinunter. »Mach dir darüber keinen Kopf, Franz! Wir regeln das!«

»Es besteht also kein Zusammenhang zwischen dem Überfall auf unsere Lagerhallen und dem gewaltsamen Ableben der beiden Güllekutscher? Dieser Eder vom Höll-Hof war doch ein paar Mal bei dir im Büro, oder?«

Finsterwalder unterdrückte die in ihm aufsteigende Wut. Was ging es seinen Untergebenen an, was er tat und ließ? War das hier etwa ein Verhör? Doch statt zornig aufzufahren, blähte er lediglich seine rotgeäderten Nasenflügel. »Das war sein Bruder, Sebald Eder. Der versucht sich nebenbei als Schnitzer und hat einen Auftrag für eine Madonna auf der Mondsichel von mir bekommen. Nicht unbegabt, aber ein wenig schwer von Begriff. Aber wie ich dich alten Kulturbanausen kenne, wird dich das Gschau der Jungfrau weniger interessieren!«

»Ist der nicht abgehauen und wird von der Polizei gesucht?«, insistierte Leitgeb.

Ein krampfhaftes Lächeln ließ seine Mundwinkel nach oben zucken. Er beschloß, das Thema zu wechseln. »Komm, ich möchte wissen, was du davon hältst.« Finsterwalder schlurfte zu einem der Wandschränke und zog einen großen schwarzen Ordner hervor. »Ich hab mir die Wertschöpfungskette im Logistikbereich angeschaut und mich gefragt, wo am meisten verdient wird. Solange wir uns damit begnügen, Lkw-Ladungen von A nach B zu bewegen, sind wir nicht mehr als simple Handlanger. Und da ist mir die Idee gekommen: ein Binnenterminal am Stadtrand, an dem wir en gros Frachtcontainer umschlagen. Von der Straße auf die Schiene und umgekehrt. Fünfzigtausend Quadratmeter Stapel- und Lagerflächen für Container. Das bedeutet einen Quantensprung zum Logistik-Giganten. Da!« Er öffnete den Ordner und drückte Leitgeb einen Vorentwurf mit Planskizzen und Modellrechnungen in die Hand. Auf der Titelseite prangte in schwarzen Blockbuchstaben: »Projektplan Containerport Insbach«.

Leitgeb studierte den Projektentwurf mit mäßigem Interesse, ja, er schnalzte mit der Zunge, als er die Kostenaufstellungen eingehender betrachtete.

Finsterwalder kam langsam in Fahrt. »Natürlich ist so ein Terminal nicht ganz billig. Aber die Rendite rechtfertigt allemal das Risiko! Wenn du sämtliche Faktoren berücksichtigst, also die Kosten für Erschließung, Planung und Projektentwicklung über den Rohbau bis hin zu den IT-Systemen, dann …«

»… dann kannst du dir den Entwurf in den Arsch schieben«, schloss Leitgeb hart und erbarmungslos. Dann stand er auf und stapfte mit etwas unsicheren Schritten zur Tür.

»Nix für ungut, Sepp. Aber für deine Gigantomanie fehlt uns sowohl der Grund als auch das Geld. Und danke für den Schnaps!«

Finsterwalder stand vor dem Tisch mit den zwei Gläsern und dem darauf ausgebreiteten Bauplan und hatte das Gefühl, als ob der Boden unter seinen Füßen schwankte. Sein ältester Freund hatte ihm eben kalt lächelnd unter die Nase gerieben, dass ihm der Realitätssinn abhandengekommen war. Da raunte ihm die Stimme in seinem Kopf zu, die so rau und brüchig wie Marmor knirschte: »Et tu, Brute!«

Pereat Mundus

Goethe und Seume hatten hier bestimmt nie Station gemacht. Walching war kein Ort, der den Wanderer auf dem Weg nach Italien zum Verweilen einlud. Hier hielt man sich nicht länger auf als unbedingt nötig. Nur eine mit krakeligen Kritzeleien verschmierte Lärmschutzwand lag zwischen dem Ort und dem Gestank und Gelärm der Autobahn. Sehenswürdigkeiten gab es keine, wenn man von dem rußig rauchenden Schornstein des mit Hackschnitzeln aus heimischen Wäldern befeuerten Heizkraftwerks und dem schlanken, spitzen Minarett der daneben liegenden Al-Aksa-Moschee absah. Reihenhaussiedlungen aus der Retorte und Betonburgen im rustikalen Rauputz sowie einige marode Industriebetriebe bestimmten das Stadtbild. Immerhin warb das Gewerbe- und Tourismusamt mit dem einprägsamen Slogan »Shopping-City« für ihre »dynamische, aufstrebende Stadt«. Für den Shop-Hopper gab es denn auch nahezu alles: Bekleidungs- und Schuhläden, Baumärkte, Gartencenter, Fastfood-Tempel und Frittenbuden, SB-Tankstellen und Discounter samt Backshops und Café-Bistros.

Vor einem dieser Laugenstangen- und Latte-Läden hockten drei dunkle Gestalten im fahl einfallenden Licht der Morgensonne um einen runden Stahlrohrtisch. Das Tramezzini-Trio schwieg. Jeder der drei hing seinen sinistren Gedanken nach. Einer tat einen tiefen Zug aus einer filterlosen Kippe, Nummer zwei beschäftigte sich mit seinem iPhone, und der dritte im Bunde kaute lustlos an einem dreieckigen Italo-Sandwich herum. Die beiden anderen Oberland-Outlaws hatten ihre Teller samt den traurigen Überresten der mit Spiegeleiern und gegrilltem Gemüse belegten und mit Pommes garnierten

Weißbrotscheiben bereits angewidert von sich geschoben. Sie hatten sich bei der Wahl der Lokalität von den bunten Reklameschildchen und italienischen Fähnchen blenden lassen und waren prompt in einer Kaschemme der übelsten Sorte gelandet. Der Italo-Imbiss gehörte zu einer Kette mit dem verheißungsvollen Namen »Mamma Mia«. Diese köderte ihre Kunden mit Slogans wie »Mondo Mediterraneo« oder »Il mio Delizioso«. Von kulinarischen Genüssen und Kaffee-Hochkultur fand sich indes in der ranzigen Buletten-Bude im Walsinger Gewerbegebiet nicht die geringste Spur.

Endlich stellte auch Kriminalobermeister Leonhard »Hartl« Harthofer seine Bemühungen ein, dem gleichschenkligen Dreieck seines Zucchini-Tramezzinos seine guten Seiten abzugewinnen. »Pfui Deifi! So ein Saufraß.«

Anian Gruber, der im Dienste von GAU-TV immer wieder Gelegenheit gehabt hatte, bei Empfängen und Festbanketten seinen Geschmackssinn zu verfeinern, drückte seine Zigarette mit einer Miene des Abscheus im Aschenbecher aus. In seiner Stimme schwang die Empörung eines gestrengen Michelin-Kritikers. »Das Lokal ist bekannt für seine gummiartigen Sandwiches, seine pappige Pasta-Pampe, seine im ranzigen Fett frittierten Fischfilets und last but not least für seinen wässrigen, nach Magenbitter schmeckenden Espresso.«

Der dritte Mann schwieg indes beharrlich. Kriminalhauptkommissar Korbinian Eyrainer kochte innerlich vor Wut. Seit fast zwei Stunden saßen sie wegen einer Autopanne in diesem Nest fest. Er war Minimum auf hundertachtzig. »Ich greif mir den Burschen, der diese Karre gewartet und fahrbereit gemeldet hat, und reiß ihm die Ohrwascheln einzeln ab.«

Sie hätten längst in München sein sollen, bei einer Professorin der Fakultät für Geschichtswissenschaften, die sich auf die völkischen Bünde und national gesinnten Bruderschaften in der Zeit der Weimarer Republik spezialisiert hatte und überdies als Expertin für die Symbolik des Arier-Kults galt. Statt etwas über die Hintergründe des Germanen- und Runenkults oder der Mythologie der nationalen Bewegungen zu erfahren, hockte er in diesem Dreckskaff und vergiftete sich mit einem Thunfisch-Tramezzino, das mit einer ordentlichen Portion Kadmium, Blei und Arsen angereichert war, und einem Kaffee, der so bitter wie Zyankali schmeckte.

»Diesem Arschkopf stopfe ich das Maul so lang mit Carbonara à la Mamma Mia, bis ihm die Spaghetti zu den Ohren heraushängen!« Diese andauernden Verzögerungen trugen nicht dazu bei, seine Laune zu heben. Wieder war ein Tag vergangen, und wieder war er nicht einen, geschweige denn einen entscheidenden Schritt weitergekommen. Der Durchbruch in den Ermittlungen ließ auf sich warten, und Eyrainer war dazu verdammt, tatenlos dazusitzen und zuzusehen, wie die Schokoglasur des auf einen Kuchenteller gehäuften Mandelgebäcks langsam zerschmolz und der Akku des Dienst-Handys inmitten von Weißbrotbröseln seinen Geist aufgab. Drei bohnenbraune Tassen mit der Aufschrift »Di Alfredo«, in der die ungenießbare braune Brühe träge hin und her schwappte, sowie sein in blaues Kunstleder gebundenes Notizbuch komplettierten das Stillleben.

Sein Assistent, wie immer hart im Nehmen, nippte todesmutig an dem Gesöff. Doch selbst er verzog den Mund. »Bitter, echt bitter!«

»Grausig, echt grausig!«, graute es Gruber.

Der Kommissar enthielt sich jeden Kommentars zur Qualität des Kaffees und wischte sich mit der Serviette über den Mund. Er wollte den Papierfetzen eben zusammenknüllen, als sein Blick auf den dort aufgedruckten Sinnspruch fiel. Leise murmelnd las er den Satz, der einem der Evangelien entstammte. »Wenn dich jemand auf deine rechte Backe schlägt, dem biete die andere auch dar.«

Eyrainer stopfte die Papierserviette samt dem ausgelutschten Jesus-Spruch in den noch halbvollen Becher. Er vermeinte sich dunkel zu erinnern, dass die Italo-Bistro-Kette einem lokalen Trachten-Tycoon gehörte, der sich mit Vorliebe in der Bussi-Bussi-Schickeria herumtrieb. In den Lokal- und Werbeblättchen spielte er sich dagegen als Wächter von Moral und Anstand, von Brauchtum und Tradition auf, der die christlichen Werte hochhielt.

Hinter der Theke der »Mamma Mia«-Bar werkelten die Macchiato-Maiden in kaffeebraunen Mönchskutten, die allerdings mit ihren tiefen Ausschnitten eher an das Ordenshabit mittelalterlicher Klosterhuren erinnerten. Den modischen Schnitt der Roben hatte sich wohl ein Couturier ausgedacht, der sich am Filmset vom »Namen der Rose« seine Meriten verdient hatte. Die Auftritte der vollbusigen Mokka-Mädels am Coffeeshop-Catwalk wurden so generös honoriert, dass bereits mehrere Anzeigen wegen Lohndumping gegen den Mamma-Mia-Maestro eingegangen waren. Dies hatte ihm letzte Woche einer der Staatsanwälte anvertraut, mit denen er sich regelmäßig zum informellen Austausch in der Kantine traf. Von seinem Intimus, Dr. Eckziegel, hatte Eyrainer erfahren, dass gegen den »Vorzeige-Unternehmer« ein Verfahren wegen illegaler Beschäftigung und Schwarzarbeit anhängig war.

Der Kommissar suchte in seinem Gedächtnis nach dem Namen dieses Drecksacks. Doch er war ihm entfallen, dabei war dessen überheblich grinsende Visage im Wahlkampf schier omnipräsent. So erinnerte er sich in aller Detailschärfe an die charakteristischen Merkmale seiner Physiognomie. Ein gewaltiger Gschwollschädel mit Speckbacken und Stiernacken, der auf eine solch frappierende Weise jener des bayrischen »Übervaters« Franz Josef Strauß glich, dass er dessen illegitimer Sprössling hätte sein können. Und vielleicht war er es ja auch. Dass der ehemalige Landesvater ein gestandenes Mannsbild mit starker Libido gewesen war, war hinlänglich bekannt.

Eyrainer überlegte angestrengt, doch der Name des Strauß-Klons fiel ihm ums Verrecken nicht ein. Aber zu was saß ein Polit-Profi am Tisch? »Anian, wie heißt gleich noch mal der Kandidat von den Freien Wählern für den Landratsposten, der so ausschaut wie der Strauß?«

Gruber lehnte sich vor und tat überrascht. »Sepp Finsterwalder, wieso? Wie kommst jetzt grad auf diesen hintertriebenen Drecksbären?«

»Wieso? Weil dem doch der Laden hier gehört!«

Der Reporter, der gern mit seiner Allwissenheit kokettierte, schien ehrlich erstaunt zu sein. »Was, Mamma Mia gehört Finsterwalder? Das hör ich heut zum ersten Mal, der ist doch Spediteur und fett im Recycling-Geschäft?«

Ehe sie Gelegenheit fanden, das Thema zu vertiefen, jodelte Harthofers Handy in den höchsten alpenländischen Tönen. Dreißig Sekunden und ein knappes Nicken später verkündete Eyrainers Assistent, als ob er den Dienst-BMW eigenhändig repariert hätte: »Die Karre läuft wieder einwandfrei. Wir können weiter!« Sein Vorgesetzter blickte ihn fragend an. »Nix Dramatisches, Chef. Die Einspritzpumpe hat geleckt! Der Mechaniker hat eine neue Hochdruckpumpe eingebaut.«

Zum zweiten Mal an diesem Morgen fluchte Eyrainer, dass es halb Walching hörte. »Verfluchter Scheißdreck! Wieso kriegen wir von der Kripo jedes Mal diese Dreckskisten? Zweihunderttausend Kilometer auf dem Tacho – und reif für die Schrottpresse!«

Harthofer nickte beipflichtend. »Unser 5er Touring ist für den Arsch! Wenn du die Kiste ein bisserl knüppelst, dann zerlegt es dir gleich die Kolben.«

Hartl Harthofer war ein Pragmatiker, der jede unnütze, seinem beruflichen Fortkommen abträgliche Diskussion vermied. Wenn sich sein Chef über etwas echauffierte, dann hielt es Harthofer für angebracht, entweder seiner oder gar keiner Meinung zu sein.

Eyrainer wusste um die opportunistische, anpasslerische Natur seines Hilfssheriffs, die er bisweilen als anbiedernd und kriecherisch, bisweilen aber als wohltuend und angenehm unaufgeregt empfand. Und so knurrte er nur wie ein Leitwolf, der sich seines Rudels sicher ist: »Auf was warten die Herren noch? Wir haben ein Rendezvous mit der Geschichte.«

Er hatte das Gefühl, den Narthex der Vorhölle betreten zu haben. In dem grottenartigen, von zwei fahlen Neonfunzeln spärlich beleuchteten Garagenraum roch es nach altem Öl und verbranntem Gummi. Nur der Geruch von Schwefel fehlte, und das Bühnenbild für eine Szene aus Dantes Inferno wäre perfekt gewesen. Aus dem Halbdunkel kam eine Kreuzung aus Kobold und Gnom in einem gammeligen Blaumann auf ihn zu. Mit einem schiefen Lächeln, das eine Reihe halb verrotteter, bräunlich verfärbter Zähne entblößte, streckte ihm die spukhafte Gestalt eine ölverschmierte, kohlschwarze Klaue entgegen.

»Buongiorno Commissario, welch Freude, Sie in meiner bescheidenen Hütte begrüßen zu dürfen! Mein Name ist Gennaro Carona, für Sie Brigadiere nur Gennaro!« Das knapp ein Meter sechzig große Kraftbündel mit struppigem, von Dreck und Öl verklumptem Haar sah so aus, als ob er täglich ein ausgiebiges Schönheitsbad in der Ölwanne eines 32-Tonners nahm.

Dennoch ergriff Eyrainer beherzt die pechschwarze Pfote des Mechanikers im Mephisto-Look. »Vielen Dank, dass Sie sich so ins Zeug gelegt und uns aus der Patsche geholfen haben, Signore Carona!«

Der so gebauchpinselte Motorenmeister machte eine wegwerfende Geste. »Nichts zu danken, Inspettore, ist meine Job. Ihre Auto ist wieder wie neu.«

»Super Sache!« Harthofer strahlte wie die Reaktorruine von Tschernobyl. Die Aussicht, dass der Twin-Power Turbo 6-Zylinder dank der Bemühungen Caronas wieder wie eine Eins lief, veranlasste ihn, sich über die näheren Begleitumstände ihrer Beinahe-Havarie zu verbreiten. »Ich hab echt gedacht, dass der Motor im Arsch ist! Wir brettern grad mit hundertachtzig Sachen den Irschenberg rauf. Da merk ich, dass die Zündung aussetzt. Auf den Schlag fängt die Karre an zu lahmen. Hundertfünfzig, hundertzwanzig, hundert. Ich schau in den Rückspiegel, und mir wird ganz anders: Da kommt ein X 6 wie eine Scud-Rakete angeschossen. Das war ums Arschlecken knapp, mich leckst.«

Gruber brummelte kleinlaut: »Und ich hock hinten drinnen. Da haben wir ein Riesenmassel gehabt, sag ich euch.«

Der schmuddelige, strubbelige Spaghetti-Schrauber rief voller Pathos im feinsten Proleten-Pidgin: »Santa Madonna, è andata bene finalmente! Habt ihr fettes Schwein gehabt, porco mio.«

Hauptkommissar Eyrainer sagte nichts. Stattdessen suchte er Augenkontakt mit seinem Adlatus aufzunehmen, um diesem unmissverständlich zu signalisieren, dass es höchste Zeit war aufzubrechen. Sie waren ohnhin viel zu spät dran.

Harthofer plapperte indes ohne Punkt und Komma wie ein Papagei auf Koks. »Ich zieh also rüber auf den Pannenstreifen – und wir kriechen mit dreißig Sachen bis zur Ausfahrt Walsing! Und die ganze Zeit über leuchtet das Motorensymbol im Armaturenbrett feuerrot.«

Der Mechaniker pflichtete ihm heftig nickend bei und radebrechte in seinem raufaserigen Palermo-Patois: »Io penso: incorsa un errore elettronica. Ein Kurzschluss in Elektronik. Aber niente! Ich überlege: Warum läuft nicht? Ist womöglich Problem mit Einspritzdüse oder Drosselklappe?«

»Ja klar, da hat es gehakt«, schlaumeierte Harthofer. »Moderne Einspritzsysteme verwenden einen Kraftstoff-Hochdruckspeicher. Die Hochdruckpumpe fördert mehr Kraftstoff, als der Motor gerade verbraucht. Es bleibt also immer etwas Sprit in Reserve. Den Treibstoffdruck regelt ein spezielles Ventil. Ist das defekt, überhitzt sich der Diesel.«

»Essatamente, war sicher ein Problem mit der Pumpe!« Der Mechaniker strich sich mit sichtlichem Stolz über den Blaumann, auf dem unter einer dicken Schmier- und Schmutzsicht halb verborgen die Aufschrift »Magneti Marelli« prangte. »Diesel streikt, finito.« Hauptkommissar Eyrainer wippte nervös auf den Fußballen. Er musste diese fruchtlose Diskussion über das Innenleben der Einspritzanlage ihres BMWs schleunigst beenden. »Nun, die Fehlerursache können wir ja sicher der Rechnung entnehmen«, schlug er einen hemdsärmeligeren Ton an als beabsichtigt. »Schicken Sie die Rechnung bitte an das Polizeipräsidium Grenzberg, Dezernat ZD4, und noch mal danke, dass Sie das Ding repariert haben. Harthofer ...« Er bedeutete seinem Assistenten und Gruber, dass sie unverzüglich einsteigen sollten.

»Uno momento, colonello! Nicht so schnell.« Dabei vollführte der Gnom eine rasche, kreisende Bewegung über der silbermetallic schimmernden Motorhaube. »Nix Rechnung, du bezahlen jetzt sofort, capito!«

Eyrainer sah den kleinen Wicht in seiner verdreckten Monteurmontur entgeistert an und hielt ihm dann seinen Dienstausweis unter die Nase. »Nur zur Information, Carona! Ich bin Hauptkommissar Korbinian Eyrainer. Ausweisnummer 66 542. Und wenn ich dir kleinen Scheißer sage, dass du deine Rechnung beim Dezernat für Zentrale Dienste einreichen sollst, dann tust du genau das, capito!« Dann rief er zu Harthofer hinüber: »Gibst du unserem Freund hier einen Zehner? Kriegst nachher wieder.«

Sein Assistent fischte einen Zehn-Euro-Schein aus seinem Portemonnaie und legte ihn in eine Schale voller Schrauben, Muttern und Belegscheiben. Im Gehen erhaschte er einen zornerfüllten Blick des Mechanikers und zuckte nur mit den Achseln, ehe er sich hinters Lenkrad schwang. Bevor Eyrainer zu ihm und Gruber in den Wagen stieg, wandte er sich zu Carona um, der stumm und feindselig dastand. »Die Firma dankt, Meister. Und wenn die Rechnung zu hoch ausfällt, hetze ich dir die Steuerprüfer auf den Hals, Gennaro, capito!«

Dann fuhr der schwere BMW aus der Garage und bog vom Hof der Reparaturwerkstatt auf die Straße.

In Caronas Augen funkelte es boshaft. Achtlos stopfte er den Schein in eine der vielen Taschen seines Overalls. »Vaffanculo ti, cretino! Adesso, addio commissario!«, schickte er dem Bullen-BMW hinterher. In seiner Stimme schwang die Rachsucht, die den Bewohnern jenes Eilands an den Gestaden der Zyklopen und Sirenen eigen war. Diese Provinz-Polizisten waren wie alle »Tedeschi«: arrogant, aufgeblasen und anmaßend. Diesem eingebildeten Affen würde er ein saftiges Sümmchen in Rechnung stellen. 1250 Euro für eine vier Jahre alte Pumpe, die er für 25 Euro dem Schrotthändler abgefeilscht hatte. Bei dem Gedanken an die lächerliche Drohung mit der Steuerfahndung lachte Gennaro trocken und gehässig und spuckte noch einmal aus. »Bastardos!« Diese Idioten würden nichts finden, nach außen hatte er eine blütenrein weiße Weste. Seine Bücher waren sauber, dafür sorgte schon Padrone Spalanzano. Eines stimmte Carona allerdings nachdenklich. Beim Check des Wagens auf der Hebebühne war ihm aufgefallen, dass die Bremsschläuche porös waren und tiefe Risse aufwiesen, so dass dort früher oder später Bremsflüssigkeit austreten würde. Die Folge war: Die Bremsen würden im Fall eines Falls nicht richtig funktionieren. Das konnte tödlich enden.

Carona kannte sich in dem Metier aus, schließlich hatte er in seiner im sonnigen Süden verbrachten Lehrzeit diverse delikate Reparaturarbeiten für die ehrenwerte Gesellschaft seiner Heimatstadt Vigata erledigt. Er hatte die Wagen gewisser Klienten so präpariert, dass sie es bereuten, dem Padrone den schuldigen Respekt versagt oder die ihnen übertragenen Aufgaben nicht pflichtgemäß erledigt zu haben. Doch hier lag der Fall anders. Auf seine Werkstatt durfte nicht der Schimmer eines Verdachts fallen – solche Komplikationen waren Gift fürs Geschäft. Da verstand der Padrone keinen Spaß. So hatte er rasch die Bremsschläuche erneuert – und kein Wort darüber verloren. Was gingen ihn schließlich diese B-Bullen aus der tiefsten Provinz an. Aber Gennaro war sich gewiss: Jemand wollte dem Commissario an den weißen Kragen.

Zwischen Walsing und dem Münchner Nobelvorort lagen Welten, nicht nur sechzig Kilometer. Die ruhigen Seitenstraßen wurden von schattigen Alleebäumen und breiten Trottoirs gesäumt. Hinter hohen schmiedeeisernen Zäunen breiteten sich großzügige Grundstücke mit Gründerzeitvillen aus, deren Fassaden den Geist und Geltungsdrang des Großbürgertums zur Schau trugen. In einer dieser Straßen lag ihr Ziel, das Institut für Zeitgeschichte.

»Da ist es, Keplerstraße, da müssen wir rein«, rief Gruber aufgeregt von hinten.

Es war auch allerhöchste Zeit, dass ihre Odyssee ein Ende fand, dachte Eyrainer erzürnt. Bislang war alles schiefgelaufen, was nur schiefgehen konnte. Nachdem sie München mit gut zwei Stunden Verspätung erreicht hatten, hatte sich Harthofer zu allem Überfluss auch noch heillos im Gewirr der Großstadt verfahren. Es passte ins Bild, dass just in diesem Moment das GPS-Gerät zu spinnen anfing. Dort, wo sie angeblich nach links hätten abbiegen sollen, erstreckte sich eine weitläufige Grünanlage, und dort, wo die weibliche Stimme sinnlich säuselte: »Noch dreihundert Meter geradeaus«, versperrte ihnen ein massiver Protzklotz den Weiterweg.

Der arg ramponierte BMW parkte in der Einfahrt. Harthofer hatte er als Wachposten abkommandiert, damit sie nicht noch eine übereifrige Politesse abschleppen ließ. Unter seinen Ledersohlen quietschte edles Parkett. Eyrainer nutzte die Wartezeit, um sich umzusehen. Das Interieur des Instituts war nüchtern möbliert, doch an den Wänden hingen kleinformatige Ölgemälde: Stillleben neben Veduten und Stadtansichten. Die Stuckdecken schwelgten im neobarocken Bombast. Die Lust des Jugendstils am Ornament, an der Allegorie und der metaphorischen Analogie harmonierte überraschend gut mit den Stahlrohrstühlen, Glastischen und Designer-Lampen. Hinter dem Empfangstresen saß eine unscheinbare, graue Büromaus vor ihrem Bildschirm und telefonierte mit ihrer Chefin. »Jawohl, Frau Professor. Die Herren von der Kripo Grenzberg wären jetzt da.« Um nach einer kurzen Pause zu bestätigen: »Gut, Frau Professor, ich schicke die Herrn dann in zwei Minuten rein.« Das blässliche Brillengesicht wandte sich mit einem aseptischen Lächeln an die Besucher. »Wären Sie so freundlich, noch kurz Platz zu nehmen? Die Frau Professorin empfängt Sie gleich.«

Eyrainer winkte Gruber zu sich, um ihn noch einmal ins Gebet zu nehmen. »Wir gehen vor wie besprochen. Du übernimmst die Rolle des engagierten Berichterstatters, der sich mit dem Phänomen des Rechtsextremismus journalistisch auseinandersetzt und sich mit den Wurzeln der NS-Ideologie beschäftigt, klar?«

Gruber strich sich einen widerspenstigen Haarschippel aus der Stirn und seufzte genervt. »Good boy, bad cop – alles wie gehabt. Die Alte vertraut mir mehr als euch Hackfressen, weil ich einen auf Sonnyboy und Nazi-Spürhund mache. Aber …« Grubers Miene wechselte die Farbschattierung und wurde schlagartig ernst. »Eines muss ich vorweg wissen, Korbinian. Meinen Informationen zufolge wies dieser Eder deutlich sichtbare Schnittwunden im Stirnbereich auf, die von einem Messer oder einem anderen scharfen, spitzen Gegenstand wie einer Rasierklinge oder einem Teppich-Cutter stammen. Bei dem anderen Toten gab es hingegen diesbezüglich keine Auffälligkeiten, ist das so weit korrekt?«

Eyrainer bestätigte dies im saloppen Ton ihres Rechtsmediziners Dr. Steinheil. »Nun ja, würde mein Freund von der Rechtsmedizin jetzt sagen, die Verlaufslinien der Schnitte lassen einen an Schriftzeichen denken. Und ja, deren Form könnte in einem entsprechenden Kontext als ein Symbol, das im nationalistischen oder völkischen Milieu Verwendung fand und findet, gedeutet werden.«

Gruber klang angespannt, ja gereizt. »Also der Mörder hat unseren Mist-Mann eine Sig-Rune in die Stirn gekritzelt. Kann ich das als Faktum betrachten?«

Aus den Augenwinkeln sah Eyrainer, dass die Sekretärin von ihrem Sitz hochgeschnellt war und ihnen hektisch zuwinkte. Offenbar hatte sie die Anweisung erhalten, die lästigen Bittsteller nun umgehend ins Büro von Frau Professor zu eskortieren. Die PC-Pomeranze trippelte vorneweg, und das Grenzgauer Gespann trappte brav hinterher.

Über die Schulter hinweg raunte der Kommissar Gruber noch schnell zu: »Warum wohl ermitteln wir in diese Richtung, warum wohl sind wir hier, hm? Graf, Georg Graf!«

Die bräsige, maulfaule Büromaus war plötzlich wie ausgewechselt und führte sie mit der devoten Servilität eines katzbuckelnden Leibdieners Ludwigs des zweiten in ein geräumiges Büro, das mehr dem Salon eines Bankiers als einer Gelehrtenstube glich. »So, Frau Professor Borgmeyer. Da ist der Herr von der Kripo und Herr Gruber von GAU-TV. Ich bring dann den Kaffee und das Gebäck, ja.« Mit einem angedeuteten Lächeln schloss sie die schwere, mit vergoldeten Ornamenten verzierte Türe geräuschvoll hinter sich.

Eyrainer bemerkte erst jetzt die Gestalt, die hinter einem Schreibtisch von der Dimension eines halben Basketballfelds saß und sich zu ihrer Begrüßung gravitätisch erhob.

»Seien Sie mir willkommen, aber bitte nehmen Sie doch Platz«, ließ sich eine feste, kraftvolle Stimme vernehmen, die rein gar nichts Weiches oder Feminines an sich hatte.

Eyrainer kniff die Augen zusammen, um sein Gegenüber im Gegenlicht besser ausmachen zu können. Was er sah, ließ ihn für einen Augenblick vor Überraschung, ja Verwirrung zusammenzucken. Vor ihm stand eine blonde Hünin von beeindruckendem Format, die Wotan locker das Wasser respektive den Met reichen konnte. »Es wäre mir angenehm, wenn wir auf den Austausch von Nettigkeiten und Formalitäten verzichten und stante pede zur Sache kommen. Also, meine Herrn: Was führt Sie zu mir?«

Die Walküre musterte die Männer wie ein Zyklop, der genüsslich überlegte, welchen seiner Gäste er als Vorspeise verschlingen sollte.

Entschlossen, keine Schwäche zu zeigen, streckte Eyrainer dem Riesenweib seine Rechte entgegen. »Hauptkommissar Korbinian Eyrainer, Kripo Grenzberg. Und das ist ...« Er stellte seinen Redakteurs-Recken vor und erwiderte den unerwartet sanften Händedruck der Runen-Expertin, die sich nun doch dazu herabließ, sich ihrerseits vorzustellen.

»Brunhilde Borgmeyer-Helderis, also womit kann ich Ihnen behilflich sein?« Die Professorin schien gewillt, die Angelegenheit im Schnelldurchgang zu erledigen.

Eyrainer lächelte das Lächeln des Diplomaten, der jeden Dissens mit großer Geste vom Tisch wischt. Er würde der alten Fregatte schon noch den Wind aus den Segeln nehmen. »Professor Borgmeyer, ich ermittle in zwei Mordfällen, und wir sind dabei auf eine Sache gestoßen, die uns stutzig macht. Bei dem ersten Mordopfer haben wir ein Medaillon mit einem Gnadenbild der Madonna gefunden. Es hing als eine Art Amulett am Schlüsselbund des Toten. Es besteht aus Sterlingsilber mit einem Feingehalt von 925/1000. Diese Legierung ist das gängige Material zur Herstellung von Silberschmuck, da es härter als reines Silber und leichter zu bearbeiten ist.« Um seine Worte zu unterstreichen, schob der Kommissar eine fotografische Abbildung der Vorder- und Rückseite über den Tisch.

Frau Professor Borgmeyer warf allerdings nur einen kurzen, gelangweilten Blick auf die Fotografie.

Lehnleitner hatte das Amulett im führenden Schmuck- und Juwelierladen Grenzbergs vom Chef persönlich unter die Lupe nehmen lassen. Das Resultat: Das Medaillon selbst war industriell gefertigt, die Inschrift samt schmückendem Beiwerk aber per Hand eingraviert. Nicht besonders wertvoll, aber gut gearbeitet, fünfundsiebzig bis hundert Euro bei eBay, hatte das lakonische Urteil des Manns gelautet.

Eyrainer fuhr im nachdrücklichen Ton fort: »Auf der Rückseite ist die Jahreszahl 1914 und ein Name eingraviert: Georg Graf. Das Merkwürdige daran: Dieser Graf steht in keiner verwandtschaftlichen Beziehung zum Toten. Er taucht weder als Pate noch sonst irgendwo im familiären Dunstkreis auf. Wir haben das überprüft.« Um es spannender zu machen, setzte er in Gedanken einen Punkt und einen Gedankenstrich. »Daraufhin haben wir uns die Melderegister, die Stammrollen und Akten diverser Ämter und Justizbehörden vorgenommen. Und siehe da: Wir sind fündig geworden.«

Der Gesichtsausdruck der Professorin verhieß nichts Gutes, spiegelten sich doch Unmut und Gereiztheit darin. »Ah ja, und was hat das alles mit dem Institut und meinem Fachgebiet ...«, begann sie ungehalten.

Der Kommissar hob beschwörend die Hände. »Einen Moment, Frau Professor Borgmeyer. Lassen Sie mich bitte erklären, warum wir Ihre Hilfe benötigen. Wir haben ein Dossier zusammengestellt, das den Lebenslauf Grafs enthält und die für uns wesentlichen Punkte zusammenfasst. Gruber, wären Sie so freundlich?«

Wie es einem engagierten Journalisten geziemte, stand der schon Gewehr bei Fuß und überreichte der Professorin eine Aktenmappe, die den Steckbrief Grafs enthielt. Während die Walküre die Brille auf ihrer Habichtsnase in Position schob, fuhr Eyrainer fort, die für eine Bewertung der Person Grafs relevanten Fakten zu rekapitulieren. »Graf wird am 27. März 1883 in Giesbach geboren. Er stammt aus einfachen Verhältnissen, besucht die Volksschule und absolviert anschließend in seinem Heimatort eine Schlosserlehre. Danach wechselt er mehrmals den Aufenthaltsort und den Beruf. Unter anderem arbeitet er als Drucker und Setzer beim Hammer-Verlag in Leipzig.«

Der Name des Verlags ließ die Professorin aufhorchen. Sie blickte den Kommissar über den Schreibtisch weg erstaunt an. »Er war Drucker bei Theodor Fritsch? Ein übler Hetzer mit ultranationalen Ansichten. Fritsch hat eine Zeitschrift herausgegeben: Blätter für den deutschen Sinn. Ein Schundblättchen reinsten Wassers.« Ihr Interesse schien nunmehr geweckt, und sie blätterte aufmerksam in den Unterlagen.

»Um diese Zeit wird Graf Mitglied in einem Lesezirkel, in dem völkisches Schriftgut zirkuliert, und kommt in engeren Kontakt mit nationalen Kreisen, die ihn – soweit wir das beurteilen können – unterstützt und protegiert haben.« Eyrainer räusperte sich, und Gruber übernahm im fliegenden Wechsel den Stab: »Im September 1907 tritt er seinen freiwilligen Dienst beim 7. Königlich-Bayerischen Feldartillerie-Regiment Prinz Luitpold in München an. Er schlägt die Unteroffizierslaufbahn ein und wird Berufssoldat.«

Nun war wieder Eyrainer an der Reihe. »Dafür, dass er ein Spätberufener ist und sich in seiner Dienstzeit keine erwähnenswerten militärischen Meriten verdient, macht er rasch Karriere. Er wird Unteroffizier und Sergeant. Im Sommer 1914 marschiert sein Regiment als Teil der Sechsten Armee an die Westfront, und unser Kamerad wird wenige Monate nach Kriegsbeginn Feldwebel. Weiter hinauf ging es im Unteroffizierskorps nicht.«

Die Professorin hatte das Dossier mit geübter Methodik überflogen und befand sich augenscheinlich über Grafs Werdegang im Bilde. »Korrigieren Sie mich, wenn ich mich irre. Graf erlebt den Krieg als eine Art Apotheose, die Niederlage bedeutet für ihn hingegen ein Trauma. Daheim sucht er nach einem neuen Beschäftigungsfeld. Und findet es in den Freikorps und Heimwehren. Wobei ihm seine alten Kameraden behilflich sind.«

Jetzt schlug Grubers Stunde. »Würde man annehmen. Aber hier wird es sonderbar: Graf wechselt anscheinend die Fronten und schlägt sich auf die Seite der Räterevolution. Ja, er betätigt sich als Agitator und ist eine der treibenden Kräfte bei der Aufstellung der Volksbrigade Giesbach. Als deren stellvertretender Kommandeur spielt er eine führende Rolle bei den revolutionären Umtrieben im Frühjahr 1919. Bei dem Versuch, der Münchner Räteregierung von Süden her Verstärkungen zuzuführen, kommt es zu einem Gefecht mit rechtsnationalistischen Freikorps-Einheiten.«

»Und Graf macht sich dünne«, vermutete die Professorin.

»Nein, seine Leiche wird am Tag nach dem Scharmützel in einem Waldstück bei Karget entdeckt – gut drei Kilometer vom Schlachtfeld entfernt. Und zwar mit einer Kugel im Kopf – per Genickschuss hingerichtet.«

Die Professorin stützte ihren Kopf auf die Handfläche und beugte sich instinktiv etwas vor. »Interessant, woher haben Sie das alles?«

Gruber tat geschmeichelt. »Eine gute Recherche ist die halbe Story. Und wenn man weiß, wo man suchen muss, findet man in den alten Zeitungsarchiven vieles, was nie groß erfasst und katalogisiert wurde.«

Nun schaltete sich auch Eyrainer wieder ins Gespräch ein. »Und der Fall Graf entpuppte sich als Glücksfall. Wir haben die kompletten Akten der ermittelnden Kriminalbeamten bei uns unten im Archiv entdeckt. In einem Pappkarton: sichergestellte Beweisstücke, Tatortfotografien und Vernehmungsprotokolle. Sie werden als Historikerin wohl selbst am besten wissen, was in den Archiven alles die Zeitläufe überdauert und Staub angesetzt hat, ohne je von einem Historiker geprüft und ausgewertet zu werden.«

»Ja, ja, die gute alte Zeit, als noch Zucht und Ordnung in den Kanzleistuben herrschte«, gab die Professorin mit leisem Spott zur Antwort. Dabei traten jedoch feine Lachfältchen in ihrem Mund- und Augenwinkeln zutage. »Ja«, fuhr sie nachdenklich fort, »so tief kann etwas gar nicht im Schutt der Jahrhunderte begraben sein, dass es nicht wieder zum Vorschein kommt. Und meistens ist es das, was beseitigt, ausradiert und aus der Erinnerung getilgt werden sollte. Verräterische Spuren von Verrat, von Feigheit und Niederträchtigkeit. Denn der Mensch liebt es, Geheimnisse zu entschleiern, zwischen den Zeilen zu lesen und den Dreck aus den Ritzen zu kratzen. Ist das nicht paradox?« Ein kerniges Lachen erfüllte den Raum. »Nehmen Sie mir es nicht übel, aber die Ironie der Geschichte ist, dass sich Tragödien als Komödien entpuppen – und lustige Episödchen als Trauerspiel. Also, wenn ich Sie richtig verstanden habe, ist Ihre Frage die: Was hat jener stramme Nationalist Graf bei den Roten und den Räten zu suchen – und warum wird er auf der Flucht vor seinen Gesinnungsgenossen erschossen oder besser gesagt liquidiert? Nun lassen Sie mich nachdenken, vielleicht finde ich in meiner Reliquiensammlung etwas, das Ihnen weiterhilft.«

Wie ein artiger Pennäler hob Gruber den Zeigefinger, um sich zu Wort zu melden. »Da wäre noch etwas, Frau Professor. Die zuständige Inspektion A im Münchner Polizeipräsidium hat damals einen führenden Freikorps-Mann der Tat verdächtigt, einen …« Dem Mann von GAU-TV lag der Namen des Beschuldigten auf der Zunge, wollte ihm aber partout nicht einfallen.

Eyrainer sprang für ihn in die Bresche. »Beppo Römer vom Freikorps Oberland. Wir hatten noch nicht die Gelegenheit …«

Die Walküre schnitt ihm mit einer Handbewegung das Wort ab. Ihre Augen funkelten wie dunkle Diamanten. »Hauptmann Josef Römer, sagen Sie?« Nun schien Brunhilde vollends Blut geleckt zu haben. »Der Name ist jedem Historiker geläufig, der sich mit den Geburtswehen der Republik von Weimar beschäftigt. Römer war Berufsoffizier und suchte nach Ende des Kriegs ein neues Betätigungsfeld. So trat er gleich nach seiner Heimkehr dem Kampfbund, einem Ableger der illustren Thule-Gesellschaft, bei. Ein Okkultisten-Klub mit stramm antisemitischen Ansichten und Überzeugungen.« Die Professorin faltete ihre Hände auf der Tischplatte, gerade so, als ob sie sich anschickte, ein Stoßgebet gen Himmel zu schicken. »Eine Gesellschaft feiner Pinkel mit Geld und Einfluss, die sich mit allem möglichem pseudowissenschaftlichem Humbug wie den Lehren der Ariosophie und des Armanismus abgaben. Römer war die Gesellschaft suspekt. Er war ein Mann der Tat. Mit dem Geld der Thule-Leute besorgte er Waffen und war maßgeblich an der Niederschlagung der Münchner Räterepublik 1919 und des Ruhraufstands im Jahr darauf beteiligt. Meiner Meinung nach einer der fähigsten Führer der Freikorpsverbände.«

Gruber hatte seinen Oberkörper weit vorgebeugt, sein Mund stand leicht offen. So wie er da saß, erinnerte er Eyrainer an einen Jagdhund, der Witterung aufgenommen hatte. »Und der soll eine solch halbseidene Gestalt wie Graf erschossen haben? Das glaub ich nicht. Das riecht für mich nach Komplott. Irgendein hohes Tier in der Regierung wollte diesem Römer einen Mord in die Schuhe schieben, um ihn zu diskreditieren. Der war ihnen wohl ein wenig zu rührig.«

Frau Professorin lächelte, als ob sie mit dem Gedanken spielte, ihrem Musterschüler ein Fleißkärtchen zu verehren. »Selbst Historiker verwechseln ihn gern mit Ernst Röhm. Dabei hatte Römer nicht die geringste Ähnlichkeit mit diesem unförmigen Dickwanst mit seinem schwammigen, von Alkoholexzessen aufgeschwemmten Gesicht und dem brutalen Auftreten eines habgierigen Condottiere. Nein, da tut man Beppo Römer unrecht! Hat er doch eine bemerkenswerte Metamorphose durchgemacht und sich vom Saulus zum Paulus gewandelt.«

»Wie das?«, wollte Gruber prompt wissen.

»Er war eine wichtige Figur des Widerstands gegen Hitler – und er war Kommunist. Unter anderem hat er über Jahre eine Untergrundpostille verbreitet, die zum Sturz der Hitler-Diktatur aufrief. Römer hatte Jura studiert und war ein gewiefter Taktiker, der sich nicht in die Karten sehen ließ und seine wahren Absichten hinter der Maske geschliffener, manierierter Manieren verbarg.«

Eyrainer rollte mit den Augen. Röhm, Römer, Hitler? Was hatte das mit seinem Fall zu tun? Er wollte keine Nachhilfestunden in großdeutscher Geschichte nehmen. Diese Experten waren doch allesamt gleich: Sie waren von sich eingenommene Besserwisser, von der eigenen Unfehlbarkeit restlos überzeugt. Bei der ersten sich bietenden Gelegenheit begannen sie sich über ihr Fachgebiet zu verbreiten.

»Dies könnte ein Indiz dafür sein«, fuhr die Historikerin in belehrendem Tonfall fort, »dass es tatsächlich eine Verbindung zwischen Römer und diesem Graf gab. Sie könnten Komplizen gewesen sein, die insgeheim zusammenarbeiteten, für welche Seite nun auch immer. Dann gerieten die beiden aneinander. Vielleicht beschuldigten sie sich gegenseitig des Verrats. Und vielleicht trieben sie ja wirklich beide ein doppeltes Spiel. Graf als Agent Provocateur im Lager der Roten, Römer als mit dem Marxismus liebäugelnder Freikorps-Kommandeur. Grafs Exekution mit dem Revolver lässt eine solche Hypothese zumindest plausibel erscheinen.«

Die spröde, nordische Schönheit mit dem Leibesumfang einer maghrebinischen Matrone lächelte selbstgefällig.

Eyrainer und Gruber wechselten rasche Blicke. Das Gespräch lief in die falsche Richtung. Sie waren hier nicht bei »Cold Case – kein Fall ist je vergessen«, um einen Mord aus dem Jahr 1919 aufzuklären. Sie wollten herausfinden, ob es Anhaltspunkte dafür gab, dass Eder mit nationalistischen und faschistischen Gruppierungen sympathisiert hatte, ob eine mögliche Spur in die rechtsextreme Szene führte.

Gruber schien die Story allerdings spannend zu finden. So kehrte er den akribisch arbeitenden Analytiker heraus und betätigte sich nebenbei als Metaphernschmied. »Da schließt sich doch der Kreis. Die Parallelen sind unverkennbar. Damals wie heute spielen politische und ideologische Motive die ausschlaggebende Rolle. In beiden Fällen wird das Opfer hingerichtet. Mich erinnert das ganze Procedere an eine Art Revolutionstribunal. Die Mörder pressen dem Delinquenten mit vorgehaltener Waffe ein Geständnis ab – die Schuld ist erwiesen, das Todesurteil beschlossen. In der Weimarer Republik waren solche politischen Morde an der Tagesordnung! Rot und schwarz, schwarz und rot lagen eng beieinander, wie die Felder am Roulettetisch.«

Das mochte alles stimmen und stimmte doch nicht, dachte Eyrainer. Das klang alles zu glatt, zu gestelzt und konstruiert. Ein Remake von »Dantons Tod«. Nein, die Mistgabel-Mörder pfiffen auf dramaturgische Kniffe. Sie handelten instinktiv, impulsiv. Er beschloss, das Ruder des führerlos auf eine Stromschnelle zutreibenden Floßes herumzureißen. »Wir haben da noch einen Namen: Emeram Egid Eder. Der Vater eines der Ermordeten. Natürlich haben wir auch seine Biographie durchleuchtet.« Er gab Gruber, der ihn überrascht von der Seite her musterte, ein Zeichen, fortzufahren.

»Tja, nun ja. Eder wurde 1894 geboren. Wie Graf diente er bei der Feldartillerie, allerdings als einfacher Soldat. Und weder in Grafs Regiment noch am selben Frontabschnitt. Sonst konnten wir wenig über Eder in Erfahrung bringen. Zumindest taucht er in unseren Akten nirgends auf. Den Melderegistern nach ist er nach dem Krieg in seinen Heimatort Axing zurückgekehrt und hat dort zunächst als Taglöhner und Holzknecht gearbeitet. Bislang gibt es keinen Hinweis darauf, dass sich Eder und Graf vom Militär oder von später her kannten. Sagt Ihnen der Name etwas?«

Während Gruber, die dürre Faktenlage repetierte, wandte der Kommissar seine Aufmerksamkeit einem unscheinbaren, von Firnis überzogenen Gemälde an der Wand hinter dem Schreibtisch zu. Das Bild eines Barockmalers war in der Art eines Memento Mori komponiert und veranschaulichte die Vergänglichkeit alles Irdischen: Der Knochenmann schwang seine Sense über den vor den Insignien der Macht, Königskrone, Bischofsmitra und Papsttiara, flackernden Kerzen. Zu seinen skelettierten Füßen lagen eine Weltkarte, einige dicke Folianten sowie ein Sextant samt Winkelmaß. Allegorien für Forschergeist und Gelehrsamkeit. Die Message war klar: Der Tod machte keinen Unterschied. Ob ein Mensch reich, mächtig oder gelehrt gewesen war, war ihm schnuppe. Wie jede andere Kreatur war er des Sensenmanns Untertan. Wohin führte ihn die Suche nach der magischen Stecknadel im arischen Kehrichthaufen? Was brachte es ihnen, alles über diesen Graf in Erfahrung zu bringen, wenn Sixtus Eder das Medaillon geschenkt bekommen oder das Madonnenamulett bei einem Devotionalienhändler billig erstanden hatte? Was, wenn das Opfer in keinerlei Beziehung zu diesem Georg Graf stand? Dann brach die ganze schöne Hypothese wie ein Kartenhaus in sich zusammen.

Die Professorin wiegte den Kopf. »Emeram Eder? Nein, der Name ist mir unbekannt. Nie gehört! Aber ich check das mal.« Ihre Finger klapperten auf der Tastatur, als sie die Suchmaske aufrief und sich durch diverse Dateien klickte. Ihr gelangweilter Gesichtsausdruck deutete allerdings daraufhin, dass sich ihre Begeisterung, nach einer irrelevanten Randfigur auf dem großen Schlachtentableau zu suchen, in Grenzen hielt. »Leider muss ich Sie enttäuschen. Unter diesem Namen finde ich keinen Eintrag im System. Archiviert haben wir nichts. Aber ich werde unsere Sekretärin beauftragen, auch die externen Datenbanken gründlich durchzukämmen! Das kann aber dauern ...«

... Jahre, ergänzte Eyrainer für sich, aber er hielt seinen Zynismus im Zaum und nickte ihrer Gastgeberin aufmunternd zu. »Nur noch eine Frage, dann sind Sie uns los!«, bemerkte er scherzhaft. »Es geht um die mit einem scharfen Gegenstand ausgeführten Schnitte in der Stirnpartie des Opfers. Wir haben vom ED Vergrößerungen der betreffenden Stellen anfertigen lassen. Würden Sie so freundlich sein, einen Blick darauf zu werfen?«

Wieder trat Gruber in Aktion. Aus seiner Aktentasche holte er eine Kollektion gestochen scharfer, hochauflösender Foto-Prints hervor und breitete sie vor der Professorin aus.

Mit wiedererwachtem Interesse begutachtete die Koryphäe auf dem Gebiet der NS-Symbolik eingehend die Tatortfotos, die in plastischer Anschaulichkeit das blutige Mal auf der Stirn des Opfers zeigten. Endlich blickte sie von den Bildern auf und fixierte den Kommissar mit einem seltsam durchdringenden Blick. »Lassen Sie mich vorab klären, was wir unter einem Symbol verstehen. Per definitionem handelt es sich dabei um ein Zeichen, das sinnbildlich für eine Idee, einen Begriff oder eine Handlung steht. Deshalb spricht die Semiotik auch von Symbolen als Bedeutungsträgern. Bei einer Kaffeetasse, einem Schraubenschlüssel oder einem Roten Kreuz versteht jeder, was damit gemeint ist. Doch Symbole bezeichnen auch weit komplexere Vorstellungen und Vorgänge.« Die

Professorin dozierte, als ob sie eine Privatvorlesung für zwei ihrer Studenten hielt. »Die Mythologie und die Religionen verwenden Symbole zum Beispiel mit Vorliebe, um auf einen transzendenten Gedanken zu verweisen. Das Rad als Symbol für die Wiedergeburt, die weiße Taube als Symbol des Friedens, die blaue Blume als Inbegriff der Sehnsucht. Dabei kann deren Interpretationsbreite jedoch erheblich variieren. Kommen wir also zur nordischen Mythologie und deren Symbolik. Da hätten wir die Algis-Rune, die Triskele oder Valknut, den Knoten der gefallenen Krieger.«

Gruber platzte fast vor Ungeduld. »Bei Odin, das ist alles schön und gut. Aber sehen Sie sich die Bilder doch an! Diese Zurschaustellung brutaler Gewalt. Da sind gefährliche Fanatiker am Werk. Wir müssen alles daransetzen, die Verantwortlichen für diese schreckliche Bluttat so schnell wie möglich aufzuspüren!«

Grubers dramatischer Appell zeitigte die beabsichtigte Wirkung.

Professor Doktor Brunhilde Borgmeyer-Helderis kam auf den Punkt. Dabei lächelte sie ihren Lieblingsschüler wie die Inkarnation von Odins Gattin Freya verständnisinnig an. »Mir liegt es fern, irgendwelchen Spekulationen über eine mögliche Täterschaft rechtsextremer Kreise Vorschub zu leisten. Aber für mich besteht kein Zweifel, dass dem Opfer Verletzungen in Form der Sig-Rune beigebracht wurden. Und deren Bedeutung ist eindeutig. Im Futhark, den germanischen Runenreihen, bezeichnet es schlicht und einfach den Konsonanten S. Und nichts weiter!« Die Professorin schnaubte verächtlich auf. »Und was passiert dann? Dieser hochgradig psychotische Spinner mit seinen Traumgeschichten stilisiert sich zum Erwecker der arischen Rasse: Guido von List. Anfang des 20. Jahrhunderts verfasst er ein krudes Machwerk namens ›Das Geheimnis der Runen‹ und fabuliert über die Sal- und Sieg-Rune, die angeblich ein uralter Germanengruß sei und Heil und Sieg bedeute. Der Rest ist Geschichte. Die ominöse Rune wurde zum Emblem der Nazis schlechthin und wird bis heute von zahlreichen rassistischen und völkischen Zirkeln und Gruppen verwendet.«

Nun war es also raus – und amtlich. Die Mörder hatten ihr Opfer mit einem einschlägig bekannten NS-Zeichen verstümmelt.

Grubers Augen glänzten wie im Fieber, jetzt, wo er wie erhofft das süße Elixier auf die Zunge geträufelt bekommen hatte. Offenbar sah er die Schlagzeilen in Form verschlungener Runen schon vor sich.

Eyrainer blieb skeptisch. Er bezweifelte, dass die Mörder ihnen eine solch offensichtliche Botschaft hinterlassen hatten, die da lautete: Seht her, da waren Nazis am Werk! Sucht die Täter doch bitte schön unter rechten Extremisten und Runen-Radikalen. Nein, vielmehr vermutete er, dass die Täter mit den Runen eine falsche Fährte hatten legen wollen. Sicher war nur, dass er tiefer in die Familiengeschichte des Eder-Clans eintauchen und die im Dunkel der Vergangenheit verborgenen Geheimnisse ans Licht zerren musste.

In dem Moment sprang die Tür auf, und die Sekretärin kam mit einem silbernen Tablett auf dem Arm herein.

»Ach, da kommt ja der Kaffee und die Kekse. Danke, Evelin. Stell einfach alles dort auf den Tisch!«

Als die Sekretärin ihr Tablett endlich scheppernd und klirrend abgesetzt hatte, forderte die Professorin auf, zuzugreifen. »Bitte bedienen Sie sich doch! Greifen Sie zu! Die Kekse sind von meinem Lieblingskonditor Seidel, ein Gedicht von einem Gebäck.«

Korbinian Eyrainer ließ sich das nicht zweimal sagen. Bei Kuchen, Torten und Süßigkeiten aller Couleur wurde er regelmäßig schwach. Er biss in das Vanillekipferl – und die Runenschriften verblassten. Die Geschichte war auf einmal weit, weit weg.

Mors Mortis

Sie lagen auf der Lauer – seit annähernd zwei Stunden schon. Das Einsatzkommando war bereit zum entscheidenden Schlag. Der Platz für den Hinterhalt war mit Sorgfalt und Bedacht gewählt. Keiner der Frischluftfanatiker, die auf dem Weg von Rauenried zum Kirchwald-Kircherl hier vorbeikamen, ahnte, dass sie hinter dem schlichten Marterl am Wegrand in Deckung lagen. Weder die Biker in ihren grellbunten Dressen noch die Trekker und Hiker in ihren dreckverspritzten Bergstiefeln. Doch im dichten, dornigen Gestrüpp hinter dem Gekreuzigten hockten drei Männer im Tarnanzug. Männer mit geschwärzten Gesichtern, die einen Auftrag zu erledigen hatten. Ihre Mission war allerdings von anders gearteter Natur als die des Heilands, der drei Schritte von ihnen entfernt den Kreuzestod starb. Mit vor Schmerzen verkrümmtem Leib, die Dornenkrone in die Stirn gedrückt, das Antlitz von Marter und Pein gezeichnet.

Das Leiden Christi juckte Viper nicht. Wer sich freiwillig ans Messer lieferte, war ein Idiot und nie und nimmer der Messias. Es beunruhigte ihn allerdings, dass es durchaus möglich war, dass er demnächst Jesus im Jenseits Gesellschaft leistete. Es stand allerdings zu befürchten, dass auf ihn nicht das Himmelreich, sondern ein Ofenbankerl am Höllenfeuer wartete. Viper verscheuchte die trüben Gedanken. Warum sollte er ins Gras beißen? Er war top in Form und verstand sich darauf, anderen die Hölle heißzumachen. Natürlich war »Viper« nicht sein richtiger Name. In seinen Adern rann blaues Blut. Die von Peuttinger waren Grenzberger Patrizier gewesen – mit untadeligem Stammbaum. Arisch durch und durch. Nur leider mit wenig Geschäftssinn begabt. Zwischen ihm und den stupiden und geistlosen Plebejern lagen Welten. Und er wusste, worauf es im Leben ankam: das angestammte Revier mit Zähnen und Klauen gegen alle Eindringlinge zu verteidigen. Seine Eltern waren beide tot, das Familiensilber war verscherbelt. So hatte er sich selbst durchs Leben schlagen müssen. Er hatte sein Jurastudium mit Ach und Krach beendet – doch Plinius von Peuttinger konnte der Aussicht, einen bürgerlichen »Brotberuf« ergreifen zu müssen, nichts abgewinnen. Unter seinen Kommillitonen hatte er Verbindungen zu Gleichgesinnten geknüpft – und war dem Orden vom schwarzen Edelweiß beigetreten. Eine verschworene Geheimgesellschaft, die treu zu den alten Werten wie Vaterland, Pflicht und Gehorsam stand. Er hatte einen heiligen Eid abgelegt und den Bund mit Blut besiegelt. Sein Mentor, ein in Ehren ergrauter Offizier des Bundesheers, der sich nie näher über seine Vergangenheit geäußert hatte, hatte ihm das militärische Grundwissen beigebracht – und ihn die Nahkampftaktiken, das geräuschlose Töten gelehrt. Er hatte an geheimen Lehrgängen und Manövern der Bruderschaft teilgenommen und das Waffenhandwerk von verdienten Kriegsveteranen gründlich gelernt. Wie bastle ich eine Bombe? Welche Waffe eignet sich für welche Entfernung und welche Kampfsituation? Die Feldübungen waren hart, sie fanden unter Gefechtsbedingungen statt, und es wurde scharf geschossen.

Viper hatte sein Leben grundlegend geändert. Keine Zigaretten, keine Wodka-Besäufnisse, keine Eskapaden in Bars und Bordellen mehr. Tagaus, tagein hatte er sich einem gnadenlosen militärischen Drill unterzogen. Fünfzig Kniebeugen, fünfzig Liegestütze, fünfzig Klimmzüge – und dasselbe von vorn. Doch die Plackerei hatte sich gelohnt. Er war auf dem Level von Eliteeinheiten wie den Delta Forces der Amis oder der Spetsgruppa A, der Alfa-Gruppe der Russkis, angelangt. Die muskelbepackten Spastis, die sich als Objektschützer und Leibwächter verdingten, konnten ihm nicht das

Wasser reichen. So war es kein Problem gewesen, an gut bezahlte Jobs in der Security-Branche zu kommen.

Ein Jahr lang hatte er zusammen mit Hammer und Spieß nebenher auf eigene Rechnung ein heikles, aber höchst lukratives Geschäft betrieben. Sie hatten jeweils zwei, drei ebenso handverlesene wie betuchte Kunden auf Großwildjagd begleitet. Nun war auch der Abschuss von Elefanten, Tigern oder Nashörnern strafbar, die Jagd auf Zweibeiner war jedoch ein anderes Kaliber, das vom Reiseleiter einiges an Fingerspitzengefühl und Kaltschnäuzigkeit erforderte. Auf eigene Gefahr waren er und Hammer in Ländern wie Libyen, Syrien oder den Kongo gereist, in denen ein Menschenleben nichts galt und daher bezahlbar war. Sie hatten mit Warlords, Clan-Chefs und Führern von Terrormilizen bei Tee und Gebäck geplaudert, um die Details und den Preis pro Kopf auszuhandeln. Die Verhandlungen mit den örtlichen Potentaten hatten sich einfacher gestaltet als zunächst angenommen. Man war sich rasch handelseinig geworden und hatte Sicherheits- und Logistikfragen geklärt. Die drei ersten Safaris für steinreiche Psychopathen waren problemlos über die freie Wildbahn gegangen. Unter ihren Kunden waren Industriemagnaten, Modedesigner, ein hochrangiger Expolitiker und ein Erbprinz. Ihre Klienten zahlten einen horrenden Preis und bekamen dafür irgendeinen, zum Abschuss freigegebenen Trottel auf dem Präsentierteller serviert. Der präparierte Totenschädel als Trophäe war im Preis inbegriffen. Doch beim letzten Trip in den Nahen Osten wäre die Sache beinahe schiefgegangen. Da ein örtlicher Milizkommandeur sich aufs Wort des Propheten besann und sich anschickte, ihre Kunden als Geiseln zu nehmen. Der Gesinnungswandel war dem Kalifats-Kameraden schlecht bekommen, doch ihre Befreiungsaktion hatte eine Menge Sand und Staub aufgewirbelt und einen Schlussstrich unter ihre Geschäftsbeziehungen mit den Gotteskriegern gezogen. So hatte er die vakante Stelle des Security-Chefs bei der FW Holding übernommen: ansehnlich dotiert und mit marginalen persönlichen Risiken verbunden.

So hatte Viper zumindest angenommen. Und nun war Hammer tot. Hammer, sein bester Mann, der die gefährlichsten Einsätze unbeschadet überstanden hatte, war von irgendeinem Anarcho-Amateur umgenietet worden. Er konnte es immer noch nicht fassen. Sie hatten Hammers Leiche natürlich heimlich, schnell und leise verschwinden lassen, doch ein solches Malheur sprach sich in der Branche dennoch herum. Sie mussten diese Scharte auswetzen, und zwar schleunigst. Sein Plan war einfach, aber genial: die Zielperson gefangennehmen, einem Spezialverhör unterziehen und den Gegner eliminieren. Sie würden diesen »Alpen-Che« nicht etwa mit Blei spicken. Nein, es sollte so aussehen, als ob Wildbichler in eine wilde Rauferei verwickelt, mithin Opfer einer blutigen Abrechnung unter den hier ansässigen Bauerndeppen geworden war. Seine Leute würden dafür sorgen, dass der Körper zahlreiche Blutergüsse und großflächige Hämatome aufwies. Die tödliche Kugel würden sie aus einem dieser vorsintflutlichen Stutzen, wie sie von den Gebirgsschützen verwendet wurden, abfeuern. Der bayrische Volksbefreier würde einen Tod wie aus dem bayrischen Bilderbuch finden. Weißblau und blutig.

Wenn es sich Viper recht überlegte, taten sie ihm damit sogar einen Gefallen. Was konnte einer solch eingefleischten, renitenten Rebellennatur Besseres passieren, als dass er unter mysteriösen, geheimnisumwitterten Umständen ein gewaltsames Ende fand? So würde der »Comandante« wenigstens in die Anarcho-Annalen eingehen. Dieser Provinz-Revoluzzer konnte sich also glücklich schätzen, dass drei hochbezahlte Meuchel-Meister eine saubere Arbeit zum Nulltarif lieferten. Die ganze Aktion kostete ihn keinen Cent, nur das Leben.

Viper blickte auf den Chronographen der Nobelmarke Patek Philippe an seinem rechten Handgelenk. Tiefe Falten zogen sich wie der glühende Strich eines Brandeisens über seine Stirn. Was lief hier schief? Sie hatten ihren Auftrag – und der war klar formuliert. Ihre Aufgabe war es, ihren Job unverzüglich zu erledigen. Doch die Aktion ging nicht wie geplant vonstatten. Che kam nicht – obwohl er durch diese hohle Gasse hätte kommen müssen. Er war seit mindestens einer Stunde überfällig. Hatte sie sein Compañero an der Nase herumgeführt – und ihnen einen »roten Bären« aufgebunden? Viper konnte es sich nicht vorstellen. Den feigen Fettsack hatten sich Speer und Spieß gekrallt, als dieser dabei war, Finsterwalders Wahlplakate runterzureißen. Ein Glücksfall – denn die pummelige Schwuchtel hatte gesungen wie ein Zeisig. Der hatte ihnen alles verraten, was es zu verraten gab. Speer und Spieß hatten ihm nachdrücklich zu verstehen gegeben, dass es besser so für ihn war. Falls er nicht mit einer Bleikugel im Bauch enden wollte. Viper nahm an, dass sich ihr Gewährsmann entweder in Ort und Zeit geirrt oder einer gezielten Fehlinformation aufgesessen war.

Dass Wildbichler jetzt noch auftauchte, war unwahrscheinlich. Sollte er die Aktion »Patria o Muerte« – Viper hatte immer einen Sinn für Sarkasmus besessen – abblasen? Ihr Auftraggeber konnte ihnen schwerlich einen Strick daraus drehen. Shit happens! Und aufgehoben war nicht aufgeschoben. Sie würden eine zweite Chance bekommen, morgen oder in einer Woche. Dessen war er sich sicher. Dieser Hinterwäldler-Guerillero würde ihnen nicht entkommen. Speer hatte ihm allerdings berichtet, dass ihnen der Bursche auch das Versteck der Bande verraten hatte. Eine Jagdhütte – und zwar die am Roten Stein.

Sollte er das Wagnis eingehen und am helllichten Tag in voller Ausrüstung vorrücken? Sie konnten die Hütte umzingeln und warten, ob sich drinnen etwas rührte. Sie konnten die Sache heute noch zu Ende bringen. Es schien zumindest einen Versuch wert.

Er zischte seinen Leuten einen Befehl zu: »Wir rücken ab. Plan B. Wir brechen zum Zielpunkt JH an den bekannten Koordinaten auf, verstanden?«

Viper suchte in den harten, zerfurchten Gesichtern von Spieß und Speer zu lesen. In den beiden Fieslings-Visagen unter dem kahlrasierten Schädel zeigte sich keine Regung. Ihre Mienen waren kalt und finster wie eine Polarnacht. Niemand sagte ein Wort, niemand stellte seine Vorgehensweise, seine taktischen Dispositionen in Frage. Dennoch meinte er einen stummen Vorwurf in den eisgrauen Augen seiner »Spießgesellen« zu lesen.

Spieß und Speer machten ihn – wenn auch unausgesprochen – für den Tod Hammers mitverantwortlich. Und dieser Umstand ließ ihn noch wachsamer als sonst sein. Obschon sie seit Jahren Waffengefährten, Ordensbrüder und, was am wichtigsten war, Geschäftspartner waren, Freunde waren sie nicht. Sie waren Befehlsempfänger, bestenfalls Kameraden, die ihm im Gefecht den Rücken deckten, ihm Feuerschutz gaben und vor allem eines taten: seinen Befehlen gehorchen. Doch waren sie ihm noch loyal ergeben, konnte er im Ernstfall noch auf sie zählen?

Seine Mundwinkel zuckten und zogen sich zu einer Grimasse grimmiger Entschlossenheit nach unten. Fürs Erste würden sie das tun, was er ihnen auftrug. Und er würde darauf achten, stets zwei Schritte hinter ihnen zu bleiben. Sicher war sicher! Man wusste nie, was in den ebenso hohlen wie wirren Köpfen der beiden Kampfschweine vor sich ging.

Viper fühlte, wie das Adrenalin heiß durch seine Adern strömte. Ein atavistisches Glücksgefühl, frei von Zweifeln und zermürbenden Gedanken. Es war wie in grauer Vorzeit: Der Clan-Führer zog mit seinen Männern in den Kampf. Und wie jeder erfahrene Stratege ließ er als Erstes das Gelände und die Gegebenheiten vor Ort erkunden.

Er hob die Hand und erteilte ruhig und gelassen seine Befehle. »Spieß, du übernimmst die linke, Speer, du die rechte Seite. Ihr geht im Schutz der Bäume vor und bleibt in Deckung. Ich sichere nach hinten ab.«

Mit einem stummen Nicken schlichen sie wie Irokesen auf dem Kriegspfad davon und verschwanden im Dunkel des Waldes. Viper wartete noch einen Moment im Schatten des Wegkreuzes. Er würde darauf achten müssen, dass die beiden Hitzköpfe keinen Scheiß bauten und überreagierten. Er brauchte Che lebend. Um ihn A vernehmen und B planmäßig füsilieren zu können.

Leitgeb, die rechte Hand Finsterwalders, hatte auf diesem Punkt bestanden. Er hatte seine bedrohliche Stimme, bei deren Klang es sogar Viper kalt ums Herz wurde, noch im Ohr. »Ich will wissen, ob er etwas mit dem Verschwinden dieses Herrgottsschnitzers zu tun hat. Und ob er über die Madonnen Bescheid weiß. Ich will wissen, ob er und Eder unter einer Decke stecken und was sie vorhaben, comprende?«

Leitgeb bekam offensichtlich Druck von oben. Viper kannte zwar keine Details, aber er konnte zwei und zwei zusammenzählen. In der Firma lief es nicht nach Plan. Er war diesem Schnitzer, der immer diese abgewetzte blaue Arbeitsschürze trug, ein paar Mal über den Weg gelaufen und hatte ihn für einen einfältigen, geistig minderbemittelten Dorftrottel gehalten. Doch er musste sich eingestehen, dass er sich in dem Bauernzipfel gründlich getäuscht hatte. Der Kerl hatte seine Chefs irgendwie aufs Kreuz gelegt.

Finsterwalder oder Leitgeb hatten sich gehütet, ihn in Details ihrer illegalen Geschäftspraktiken einzuweihen. Aber er hatte durch den Einsatz der Überwachungskameras in Erfahrung gebracht, dass die Blauschürze für den Boss Madonnen anfertigte und, wie es aussah, auf alt und echt trimmte. Doch er war nicht auf die Idee gekommen, den Holzschnitzer als potentielle Gefahrenquelle einzustufen. Viper vermutete jedoch, dass der Sausack nicht nur mit dem Schnitzmesser hantiert, sondern ausbaldowert hatte, wie die Alarmanlage funktionierte und wie er unbemerkt in Finsterwalders »Allerheiligstes« gelangen und eine der Madonnen mopsen konnte. Eines Nachts hatte er sich dieses Wissen offenbar zunutze gemacht und war in die Villa eingedrungen. Er hegte den Verdacht, dass der Schurke nicht nur eine der schönsten Madonnen aus der Sammlung des Alten gestohlen, sondern auch etwas – was genau, wusste er nicht – hatte mitgehen lassen, das den Chef und Leitgeb in Teufels Küche bringen konnte. Niemand, auch nicht der an diesem Abend Wachhabende Hammer hatte etwas Auffälliges bemerkt. Selbst Finsterwalders Schoßhündchen, eine ausgesprochen bösartige Bulldogge, die auf den bezeichnenden Namen »Zerberus Maximus« hörte, hatte keinen Muckser von sich gegeben. So war es dem Typen in seinem blauen Hausmeisterkittel gelungen, sich samt Diebesgut ungesehen aus dem Staub zu machen.

Finsterwalder war außer sich gewesen und hatte sich mit Schaum vor dem Mund auf Hammer gestürzt. Er hatte geschrien und gebrüllt wie ein Tobsüchtiger, dass er Hammer auf der Stelle entlassen und dem Madonnenschnitzer eigenhändig die Eingeweide herausreißen werde. Ja selbst seinem Liebling »Zerberus« hatte er seine Gunst entzogen und ihn auf halbe Ration gesetzt. Fakt war, dass der Madonnenräuber noch immer frei herumlief. Nachdem der schlaue Fuchs den Hühnerstall geplündert hatte, hatte er sich unsichtbar gemacht und in seinen Bau verkrochen. Nun wartete er seelenruhig ab, dass Gras über die Sache wuchs. Viper traute ihm durchaus zu, dass er diesen Che aufgestachelt hatte, eine zweite Front gegen Finsterwalder aufzubauen – und dessen Flanke anzugreifen. War dieser Wildbichler sein Komplize – mit dem er sich den Gewinn teilte? Oder nur eine Figur auf dem Schachbrett, die er beizeiten opfern würde. War dieser zottelige Marx Brother also nur ein Köder?

Er musste diesen Che in die Finger bekommen – und Spieß

und Speer an die Kandare nehmen. Ihr Fehler war, dass sie die Anordnungen des Chefs und Leitgebs blindlings befolgten. Sie waren wie junge, verspielte Bluthunde. Hatten sie einmal Blut geleckt, war kein Halten mehr und sie hechelten der Beute hinterher. Ihre animalischen Killerinstinkte ließen sie blind und unvorsichtig werden.

Viper trottete gemächlich den Forstweg entlang, ehe er sich seitwärts in die Büsche schlug und der Vorhut folgte. Minutenlang hörte er nichts als das Knacken und Brechen verdörrter Zweige unter seinen Stiefeln, dann drangen Gesprächsfetzen an sein Ohr. Und es war wohl Speer, den er lauthals schreien hörte.

»Spieß, siehst du da vorne die Lichtung mit dem abgebrochenen Baumstamm in der Mitte? Wir müssen den Pfad linker Hand nehmen. Noch fünfhundert Meter, dann müssten wir der Karte nach die Hütte erreichen.« Er ärgerte sich über die beiden hirnlosen Deppen, die einfach so in der Gegend herumbrüllten.

Wenn dieser Che tatsächlich bei einem Gläschen Jagatee in der Jagdhütte hockte, sollten seine beiden Speerspitzen besser leise sein – und sich mit Handzeichen verständigen, wie er es ihnen zigmal eingetrichtert hatte. Langsam dämmerte ihm, dass die beiden unbedarften Dumpfbacken den Compañero Ches vielleicht zu unrecht zum Schlappschwanz gestempelt hatten – und ihm auf dem Leim gekrochen waren. Spieß und Speer hatten ihm in selbstgefälligem Ton berichtet, dass der Fettsack nach gezielten Stiefeltritten in Leber, Milz und Niere mitteilsam geworden sei. Ja, er hätte geredet wie ein Wasserfall in den kubanischen Bergen: »Versteckt im dichten Fichtenfilz liegt eine Hütte, da treffen sich die Compañeros regelmäßig, stopfen ihre Maiskolben-Pfeifen, paffen ihre Havannas und lesen sich Gedichte vor – von José Martí und Che.« Wenn Che hier oben unterwegs sei, dann – so hatte der Pseudo-Guerillero eifrig versichert – würde er dort Rast machen und eine Cohiba schmauchen. Danach hatten Spieß und Speer »El Negro« – wie sich der Typ nannte – mit einem Tritt in die Leistengegend in den Rinnstein befördert. Hirnlose Brutalinskis! Sie hätten diesem Negro nach dem Verhör auf die Schulter klopfen und ihm ein Bündel Scheine und eine gute Zigarre zustecken sollen. Nicht mit Gewalt, sondern mit List gewann man den Krieg. Ein Gegner, der verzweifelt nach einem Ausweg suchte, ließ sich leicht beeinflussen. In seiner Verzweiflung griff er nach jedem Strohhalm und war bereit, zum Überläufer zu werden. Der verängstigte Revoluzzer wäre ihnen in einem dunklen Winkel seines Hirns dankbar für seine Errettung gewesen und hätte seine Compañeros ohne Skrupel verraten und verkauft. Es hätte alles so einfach sein können.

Viper seufzte. Dieser Che mochte ein pathologischer Fall sein, blöd war er, wie der Überfall bewies, nicht. Er schien ein gerissener Hund zu sein – und er war ein Fanatiker. Dies machte ihn gefährlich und unberechenbar. Mit »Gotteskriegern« – auch wenn diese Atheisten waren – kam man schlecht ins Geschäft. Denn wer Gott auf seiner Seite wähnte, konnte nicht ganz bei Trost sein.

Bavaria omnia vincit

Dämmriges Licht ergoss sich in den nebelgrauen Morgen. Doch im Gezweig von Ahorn, Fichten und Tannen herrschte eine ausgelassene Stimmung: »Twui-twuidüdüdüt«.

Wer war das jetzt wieder? Ein Gartenrotschwanz, ein Grünling oder ein Gimpel oder alle drei im Chor? Sein Opa war ein Fährtenleser und Fallensteller vom alten Schlag gewesen und er sein Lieblingsenkel. Der alte Graspointner hatte ihn schon im zarten Alter von vier Jahren mit hinauf in den Wald genommen und ihn mit der ihm eigenen Bedächtigkeit und Engelsgeduld in die Geheimnisse der Natur eingeweiht. Das war Jahrzehnte her, und er war beileibe kein schneidiger Naturbursche mehr. Doch noch heute erkannte Schorsch Wammetsberger jede zweite heimische Vogelart allein an ihrem munteren Gesang oder ihren charakteristischen Rufen.

An diesem trüben Sonntag um halb sieben in der Früh war er jedoch weder mental noch psychisch in der adäquaten Verfassung, um dem Gesang der gefiederten Freunde aufmerksam zu lauschen oder die Fährten von Fuchs und Reh am Waldboden zu lesen. Ja, er sah sich außerstande, zu entscheiden, ob dort oben im Geäst ein winziger Buchfink oder eine dicke, fette Amsel tschilpte. Sein Beruf brachte es mit sich, dass er zu oft und zu lang am Schreibtisch oder im Streifenwagen hockte, aber deswegen war er noch lang kein Sesselpupser – und er war es gewohnt, früh aufzustehen. Doch was zu früh war, war zu früh. Und es war eindeutig nicht die rechte Uhrzeit, um durch den vor Nässe und Feuchtigkeit dampfenden Bergwald bergan zu steigen.

Wammetsberger hatte schlecht und wenig geschlafen. Und der Aufstieg zog sich. Er fühlte sich kraftlos und leer wie eine

Konservendose im Mülleimer, an deren Weißblechdeckel noch faserige Reste von Frühstücksfleisch klebten. Der Säurestand seiner Batterien lag weit unter dem kritischen Niveau, so dass ihm jeder Schritt ein Übermaß an Kraft abverlangte. Sein ganzer Körper schmerzte, und sein Kopf schien nicht recht zu wissen, ob er sich in einem festen oder flüssigen Aggregatzustand befand. Er massierte seine Schläfen. Ein pochender, stechender Schmerz drohte seine Schädeldecke zu spalten. Er hätte noch ein zweites Aspirin schlucken sollen. Die Doppelpackung lag griffbereit im Handschuhfach. Doch sein olivgrüner Lada Niva parkte eine Gehstunde entfernt unten in Rauenried.

Ein Schatten von Schwermut senkte sich auf ihn, als er durch matschiges Grün ins Nichts stapfte. Wie an so manchem, grauem Morgen kam seine melancholische Ader zum Tragen. Eine Düsternis, die sich im dumpfen Brüten verlor. Ein Kopf- und Weltschmerz jedoch, der selten Gelegenheit fand, sich zu verfestigen. Auch an diesem Morgen nicht. In ihm begann es zu grummeln und zu grollen, ehe sich seine Übellaunigkeit in einem cholerischen Ausbruch entlud.

»Kruzifix. Kreuzkruzifix, sakradi! Nix geht weiter! So ein Scheißdreck, so ein geschissener!«

Ja, er saß in einer Zwickmühle. Er hatte nichts erreicht, und ihr Mitbruder Sebald war noch immer in den Alpen verschollen. Die Antwort auf sein Gefluche ließ nicht auf sich warten. Ein vielstimmiger Vogelchor schickte sich an, frohgemut zu trillern und vergnügt zu zwitschern. Das fidele Pfeifkonzert der von Ast zu Ast hüpfenden Piepmätze ließ seine Schläfenadern anschwellen.

Wammetsberger war keiner, der zu Gewalttätigkeiten neigte, ja, im Grunde war er nie gern auf die Pirsch gegangen. Er war zwar ein begeisterter und treffsicherer Schütze, Oberleutnant der Gebirgsschützenkompanie Audorf und Vorsteher der Walderer-Bruderschaft, aber ein passionierter Jäger war er nie gewesen. Auch wenn die Bruderschaft als Wilderer-Orden ein eigenes Jagdrevier besaß. Dorthin, zu einem Hochsitz oberhalb der Pfandler-Alm, war er ja unterwegs. Doch in diesem Moment hätte er am liebsten seinen Stutzen gepackt und den lärmenden Störenfrieden eine Ladung Schrot ins Gefieder gejagt. Im cholerischen Feuersturm kreisten seine Gedanken um den großangelegten Genozid an Finken, Drosseln und Meisen. Dann wäre endlich Ruhe im morgendlichen Wald! Kleine Sünden strafte der liebe Gott bekanntlich gleich – und die Strafe für seine boshaften Gedanken folgte auf dem Fuß. Ein jäher Schmerz durchfuhr ihn wie ein Blitz. Es war ihm, als ob eine halbe Hundertschaft von Hirnchirurgen seine Synapsen sezierte.

Abrupt blieb er stehen umd massierte sich die Schläfen. »Womit habe ich das verdient?«, seufzte Wammetsberger. Nun, er hatte gestern vielleicht etwas zu tief ins Bierglas geschaut. Drei Märzen-Maßen und eine krustige, fetttriefende Schweinsschwarte lagen einem halt doch im Magen. Dass er jedoch so »hautig beinand« war, musste am Alter liegen. Schließlich hatte er die magische Marke, das fünfzigste Lebensjahr, schon hinter sich.

Wammetsberger schnaufte wie ein asthmatisches Walross, aber er ging eisern weiter. Die Worte seiner Gemahlin Elfriede klangen ihm wie die Prophezeiungen der Kassandra im Ohr. »Ich hab es dir gesagt, Schorsch! Lass die Sauferei – und friss ned so viel. Du wirst schon sehen, was du davon hast! Ich hab dich jedenfalls gewarnt!«

Elfriede ging mit zwei Freundinnen jeden Tag eine Stunde zum Walken und zweimal die Woche ins Fitnessstudio »Lady Fit« und ernährte sich seit geraumer Zeit nur noch von lauter Grünzeug: Gemüse, Obst, Salat, Rohkost. Ihn packte regelmäßig das schlechte Gewissen, wenn er mit Elfriede mittags am Küchentisch saß. Sie mit einem Häufchen Sommergemüse und drei kleinen Kartoffeln, er mit einem XL-Stück Sauerbraten, drei Kartoffelknödeln und – als Konzession an die gesunde Ernährung – einen Batzen Blaukraut auf dem Teller. Und während Elfriede an einem Kombucha- oder Kefir-Drink nippte, kippte er zwei Halbe Bräuberger Hell. Nein, so konnte es nicht weitergehen. Was sollte er tun? Morgens joggen? Abends ins Fitnessstudio und zum Iyengar-Yoga? Sollte er sich zum Abstinenzler bekehren und nur noch Mond-Wasser und Kräutertees trinken? Nein, das war nichts für ein strammes Mannsbild wie ihn. Aber er könnte doch wieder in die Berge oder auf Trekking-Tour gehen so wie früher? Frei und ungebunden von Hütte zu Hütte wandern? Die Vorstellung von Freiheit und Abenteuer hatte ihren Reiz. Ein wettergegerbter Outdoor-Man auf dem Pfad der höheren Erkenntnis.

Als Wammetsberger jedoch an die qualvolle Enge in überfüllten Berghütten, an den penetranten Gestank von schweißigen Socken dachte und daran, sich Stunde um Stunde in klobigen Stiefeln über Stock und Stein zu schleppen, geriet sein eben gefasster Entschluss, sich in Messners Fußstapfen auf die Bergeshöhen zu begeben, wieder ins Wanken. Schorsch biss die Zähne zusammen. Erst einmal musste er die letzte Steigung hinauf zur Pfandler-Alm hinter sich bringen. Von dort war es nicht mehr sonderlich weit zum Hochsitz am Taferlmoos – der ideale Platz, um sich im Geheimen mit Leo Wildbichler zu treffen.

Dort würde niemand mithören und stören. Die Unterredung mit Che würde gewiss nicht einfach werden. Es würde all seines Verhandlungsgeschicks bedürfen, um eine Übereinkunft mit dem gspinnerten Dickschädel zu erzielen und ein gemeinsames Vorgehen im Fall Eder zu vereinbaren. Danach wollte er sich beim Wirt in Rauenried mit Irgl und Gschwandtner treffen, die weiter unten im Tal beim Roten Stein ihr Jagdglück versuchen wollten.

Schorsch verlangsamte seine Schritte und spürte, wie sich sein Herzschlag normalisierte. Der Steig führte aus dem Wald auf eine freie Almfläche hinaus. Wammetsberger zog seinen Feldstecher aus dem um seine Schulter geschwungenen Lederköcher. Er kniff die Augen zusammen, konnte aber trotz achtfacher Vergrößerung durchs Okular kaum etwas erkennen.

Die Hänge ringsum waren in dichte Nebelschwaden gehüllt. Sobald sich der Frühnebel lichtete, würden die taufrischen Gräser die Rehe aus der Deckung locken. Vielleicht bekamen sie sogar einen Hirsch oder eine Gämse zu Gesicht. Leo Wildbichler hatte jedenfalls gestern Abend am Telefon zuversichtlich geklungen, dass sie sowohl zum Schuss als auch zu einem gemeinsamen Beschluss kommen würden. Ihm sollte es recht sein, wenn ihnen der heilige Hubertus hold war. An einen gespickten Rehrücken oder einer geschmorten Hirschkeule war vernünftigerweise nichts auszusetzen. Polizeihauptmeister Georg Wammetsberger brachte zwar schon von Amtswegen wenig Verständnis für die ideologischen Idiotien und extremistischen Extravaganzen von Bruder Che auf. Leo Wildbichlers siebten Sinn fürs Wildern erkannte er indes neidlos an. Leos Nase war so fein wie die eines Rauhaardackels. Kein abgeknickter Zweig im Dickicht, kein Verbiss an einem frischen Tannentrieb, kein noch so schmaler Wildwechsel entging seinem Argusauge. Wammetsberger bemerkte dagegen die Wildsau nicht einmal dann, wenn sie bei ihm in der Suhle saß und grunzte. Dafür hatte er andere Qualitäten. Er besaß eine schnelle Auffassungsgabe und einen scharfen, analytischen Verstand. Das ermöglichte es ihm, eine kritische Situation zu erfassen, zu bewerten und angemessen darauf zu reagieren. Und er war ein Schütze, der notfalls mit tödlicher Präzision ins Schwarze traf.

Der Wanderweg wand sich aus einer moorigen Mulde. Inmitten der Heidelandschaft lag ein großer Findlingsblock mit einem gusseisernen Wegkreuz samt Messias darauf. Hier gabelte sich der Weg. Linker Hand führte der alte Almweg durch saftig grüne Weiden zur Pfandler-Alm hinüber. Und nach rechts musste der Steig zum Taferlmoos abzweigen. Wammetsberger schaute sich suchend um – und sah nichts, das nach einer Spur oder gar einem Weg aussah. Er war seit einer halben Ewigkeit nicht mehr zu Fuß hier oben gewesen. Das Einzige, was er in rund fünfzig Meter Entfernung gewahr wurde, war die steile Kiesböschung einer sich in den Hang fressenden Forststraße. Dort, wo die Straße vor einer Schutthalde endete, standen ein grellgelb lackierter Bagger und ein farbloser, grauer Baucontainer, die jetzt am Sonntag so aussahen, als ob sie eine Armee auf dem Rückzug hier zurückgelassen hätte.

Wammetsberger zögerte. Wohin? Da erblickte er eine verwaschene rote Markierung an einem Baumstamm oberhalb des Schutthangs. Keuchend krabbelte er den rutschigen Abhang empor. Oben angelangt, schimpfte er aus voller Kehle. »Spinnst! Die sprengen ja den halben Hang weg, brutal! Und da beschwert sich keine Sau! Wenn wir einen besoffenen Radaubruder in den Schwitzkasten nehmen, dann zetert die ganze Meute: Polizeigewalt. Na, es ist nimmer schön bei uns in Bayern!«

Missmutig stapfte Wammetsberger weiter. Im diffusen Licht des Morgens schlängelte sich der Weg an den Gesteinsblöcken eines Felssturzes vorbei. In vielerlei Hinsicht konnte er Che nur zu gut verstehen. Mit diesem Drecksland war kein Staat mehr zu machen.

Plötzlich wurde das Gelände flacher, und er hatte den sumpfigen Sattel des Taferlmoos erreicht. Nur wenige Schritte vom Jägerstand entfernt, bohrte sich ein von Wind und Wetter verwittertes Marterl in den Boden. Der Leib Jesu reckte sich bleich und blass. Wammetsberger bekreuzigte sich hastig. Schaden konnte es ja nicht, wenn man um den Beistand des Heilands bat. Der Hochsitz erhob sich am Rand einer keilförmigen Lichtung, die sich zu einer Schneise im Wald verjüngte. Zielstrebig kraxelte er Sprosse für Sprosse die steile Holzleiter hinauf. Er streifte den Stutzen ab, warf seinen Rucksack ins Eck und ließ sich erschöpft, aber glücklich auf den Ansitz nieder. Der Glücksmoment währte indes nur eine knappe Sekunde. Ein stechender Schmerz schoss von seinem Gesäß hoch in sein Gehirn.

Schorsch fuhr hoch, als ob der giftige Stachel eines Skorpions in seinem Fleisch stak. Gottlob war dem nicht so. Aus einem der grob gehobelten Holzbretter ragte die scharfkantige Spitze eines rostigen Nagels. Das fehlte ihm noch, dass er sich eine Blutvergiftung einhandelte und sich übermorgen auf der Intensivstation des Kreiskrankenhauses Brennbruck wiederfand.

Vorsichtig betastete er sein mächtiges Hinterteil, konnte aber nirgends einen Riss in dem harten Leder seiner Krachledernen noch einen Blutfleck finden. So wie es aussah, hatte der Nagel sich nicht in sein empfindliches Sitzfleisch gebohrt. Schorsch wischte sich den kalten Schweiß von der Stirn, zog sein Jagdmesser aus der Scheide am Gürtel und hebelte unter Aufbietung all seines handwerklichen Geschicks den Nagel aus dem Brett.

»Saunagel, dreckiger!« Schorsch nahm das Corpus Delicti in Verwahrung. Endlich konnte er es sich bequem und die erste Halbe aufmachen.

Wammetsberger spürte, wie der herbe, hopfenhaltige Zaubertrank durch seine Kehle gurgelte und ihn Schluck für Schluck reanimierte. Zufrieden lehnte er sich zurück und fand langsam die Ruhe, um die jüngsten Entwicklungen in der Causa Eder zu überdenken. Welcher Teufel hatte Sebald und Sixtus nur geritten, ins Drogengeschäft einzusteigen? Jetzt war ihm auch klar, woher der Packen Geldscheine stammte, mit dem die Brüder ihren Nachbarn ausbezahlt hatten. Koks-Kohle! Es war unfassbar. Und die ganze Zeit über hatte der hinterlistige Sauhund so getan, als ob der Höll-Hof bald unter den Hammer käme und sie jeden Cent dreimal umdrehen müssten. Dieser verschlagene, verlogene Gülle-Gauner hatte ihn mit voller Absicht hinters Licht gelockt.

Wammetsberger ballte die Finger seiner Linken zur Faust. Dafür sollte er büßen – am besten bei Wasser und Brot! Dabei hatte er Sebald immer gern gemocht und dem charmanten Sprücheklopfer so einige Webfehler seines Charakters nachgesehen. Stellte sich die Frage: Wie war das weiße Pulver in die Madonna gelangt? Die Madonna vom Schnee – eine Bezeichnung, die nicht ohne Ironie war, wie Schorsch nun bei einem Schluck Bier feststellte. Woher hatten die Brüder den Stoff, und an wen hatten sie die Päckchen verscherbelt? Oder diente die Kapelle lediglich als Lager? Was wäre als Versteck für eine Ladung Kokain besser geeignet als das modrige, schimmlige Gemäuer der Corona-Kapelle? Hatten die Brüder Mitwisser oder Komplizen in der Familie? Schorsch hatte insbesondere zwei Neffen der Gebrüder im Visier: Maurus Konz junior, der den Holzer-Hof unterhalb der Kapelle geerbt hatte und dort »Saustall-Partys«, Trinkgelage mit Obstler-Flatrate und Heavy-Metal-Ringelpiez veranstaltete. Oder Bruno Brenner? Der war für die Kollegen der Drogenfahndung gleichsam kein Unbekannter, stand Brenner doch auf Kriegsfuß mit den Bestimmungen des Betäubungsmittelgesetzes. In den vergangenen zehn Jahren war er dreimal wegen Anbaus und Konsums von Cannabis angezeigt worden, mangels Beweisen waren die Verfahren jedoch eingestellt worden. Irgl hatte seine Kontakte spielen lassen und die Kartei des Rauschgiftdezernats durchsucht. Sixtus und Sebald waren den Drogenfahndern unbekannt, nicht eine Randnotiz hatte Irgl bei seinen Nachforschungen entdeckt. Auch sonst war das Tandem vom Höll-Hof nie groß in Konflikt mit dem Gesetz geraten. Vor über dreißig Jahren war Sixtus Eder seinen Angaben zufolge rein zufällig in eine Wirtshausrauferei geraten. Aus reiner Notwehr habe er einem ihm feindlich gesinnten

Zechschädel »ein paar Fotzen« verabreicht. Wegen Körperverletzung in einem minderschweren Fall war er lediglich zu einer Geldbuße verurteilt worden. Weiter war über ihn nichts Negatives bekannt. Sein jüngerer Bruder hatte nur einmal Bekanntschaft mit dem Gesetz gemacht: Nach einer »Trunkenheitsfahrt«, wie es im Juristendeutsch so schön hieß, war er mit einer Blutalkoholkonzentration von 1,9 Promille im Graben gelandet. Nach Paragraph 316 des Strafgesetzbuchs war Sebald Eder zu neun Monaten Führerscheinsperre und einer Geldstrafe von dreißig Tagessätzen à zwanzig Euro verurteilt worden. Peanuts. Ein viel zu moderates Strafmaß, befand Wammetsberger. Nach über dreißig Jahren im Streifendienst kannte er den Bußgeldkatalog in- und auswendig. Verkehrsdelikte waren sein tägliches Brot – oder besser gesagt – Bier.

Apropos – die Flasche war leer. Schorsch gähnte und spähte auf die Zeiger seiner Uhr: gleich halb acht. Wildbichler musste jeden Moment um den Felsblock biegen. Er blickte in den lichter werdenden Morgen und spitzte die Ohren. Er lauschte auf jedes noch so leise Geräusch. Und es war ihm, als ob über den Wipfeln der Wälder hinweg ein Jagdhorn eine lyrische Melodie intonierte. Ein unwirklicher Klang, wie Sirenengesang. Bildete er sich das nur ein, oder hörte er tatsächlich Stimmen?

»Bist du das, Leo?«, rief er in die unter den Strahlen der Sonne zerfasernden Nebelfetzen hinein.

Wo blieb der faule, gstingerte Hund?

Bei ihrem Telefonat gestern Abend hatte ihm der Comandante in aller Entschiedenheit versichert, dass er fest auf seine Unterstützung zählen könne. Er werde alles in seiner Macht Stehende unternehmen, um Eder aufzuspüren, und dann hatte er noch voll kämpferischem Elan hinzugefügt, dass er ihn morgen pünktlich um halb acht am Jägerstand erwarten werde! Und was war? Wammetsberger saß hier allein auf weiter Flur.

»Quod erat demonstrandum«, kam es hämisch über Wammetsbergers bierfeuchte Lippen. Einer der zwei oder drei lateinischen Brocken, die er irgendwann aufgeschnappt hatte. Schorsch hatte sein krachledernes Hinterteil noch keine fünf Zentimeter zur Seite geschoben, da raschelte und knackte es auch schon im Gehölz hinter dem Marterl. Und es drang eine kraftvolle Stimme zu ihm herauf.

»Schorsch, ich bin's, der Leo! Nicht, dass du auf dumme Gedanken kommst und mich mit einer brunftigen Bache verwechselst! Schwing deinen Arsch hier runter.«

»Runter, warum? Wir wollten doch miteinander reden und ...«, protestierte Wammetsberger lahm.

»Wenn ich auch noch hinaufsteige, bricht das Ding zusammen.«

Wammetsberger überhörte die plumpe Anspielung auf sein leichtes Übergewicht und blaffte auf das unselige Ende Griesböcks anspielend: »Keine Sorge, Leo, da unten steckt kein Pfahl. Du wirst schon nicht gleich gespießt.«

Wildbichler klang nun ernst. »Jetzt komm schon, Schorsch. Ich hab mich umgeschaut. Hier drückt sich weder Reh noch Sau rum! Weiter unten bei der Alm hab ich aber ein paar frische Fährten entdeckt, darunter eine, die mir schwer nach einem Dammhirsch ausschaut!«

Wammetsberger stöhnte innerlich auf. Musste er jetzt auch noch durchs Unterholz robben und sich an irgendwelche Viecher anschleichen? Das Leben glich manchmal wahrlich einer nicht enden wollenden Kette von Plagen, Mühsal und Entbehrungen. Doch Schorsch nahm sich vor, die Leiden des Lazarus klaglos über sich ergehen zu lassen.

»Ist gut, komme schon«, rief er, um einen forschen, tatkräftigen Ton bemüht.

»Auf, auf, vamos a la batalla!«, schallte es frohgemut zurück!

Rucksack und Stutzen geschultert, schwang er sich auf die

erste Sprosse. Um sich keine Blöße vor dem verdächtig gut gelaunten Revoluzzer zu geben, hangelte er sich mit der Behändigkeit eines rheumatischen Rhesusaffen die Leiter hinunter. Seine Rechte griff haltsuchend nach einem der Holme. Da schlug das Schicksal zum zweiten Mal an diesem Morgen erbarmungslos zu. Ein jäher Schmerz jagte durchs Netz der Neuronen und kam nur Nanosekunden später im Hirn an.

Schorsch hatte sich einen Schiefer eingezogen. In stoischem Trotz zog er den scharfkantigen Holzsplitter aus der Wunde. »Schon wieder! Das glaub ich jetzt nicht!«

Wenn seine Pechsträhne anhielt, sah er bald wie ein Stachelschwein aus. Konnte das noch Zufall sein, oder verbarg sich darin eine versteckte Botschaft, auf der Hut vor spitzen Gegenständen wie Florett, Säbel und Stilett zu sein?

»Was ist? Ist dir was passiert?«, kam es besorgt vom Fuß der Leiter.

»Alles gut, mir fehlt nix! Obacht da unten!« Dann sprang Wammetsberger in einem Satz zu Boden – und landete direkt vor Wildbichlers Füßen, der keinen Millimeter zurückwich.

»Ah, da bist du ja! Ja, dann packen wir's, oder?« Der Comandante klopfte ihm unternehmungslustig auf die Schulter.

»Also, auf was warten wir?« Wammetsberger hatte zu seiner alten Entschlossenheit zurückgefunden. Mit einer gehörigen Wut im Bauch stürmte er den Pfad hinab. Che hechelte hinterher. Gnade Gott der Sau, die ihm vors Rohr kam. Heute gab es kein Pardon.

Mons Dei, mons pinguis

Hatte sich da vorn im Busch etwas bewegt? Raschelte es da nicht im Laub? Das Dickicht vor ihm war wie eine undurchdringliche grüne Mauer. Was sich dahinter befand, konnte er noch nicht einmal erahnen. Er musste den Impuls unterdrücken, einfach auf gut Glück loszuballern. So hätte er dem unsichtbaren Feind da draußen nur seine Position verraten. Und es mangelte ihm an Munition. Wo steckten diese Wahnsinnigen, die sie bei der alten Blockhütte ohne Vorwarnung unter Beschuss genommen hatten ? Hatten sie es auf seinen Gefährten abgesehen? Oder versuchten sie, ihn einzukesseln, um ihn ins Kreuzfeuer zu nehmen? Er wusste es nicht.

Franz Xaver Gschwandtners Augen starrten blutunterlaufen ins Leere. Er saß in der Klemme, traute sich weder vor noch zurück. Der Sekundenzeiger schleppte sich, schwerbeladen mit den Sünden der Welt, quälend langsam übers Ziffernblatt. Es war erst Viertel nach zehn, aber wenn er Pech hatte, war Matthäi am Letzten und er hörte bald die Englein jubilieren. Fortuna war eben eine Schickse. Es gab Tage, da wäre man besser im Bett geblieben. Heute war ein solcher. Gschwandtner hätte vorgewarnt sein sollen, denn der Tag hatte schon denkbar schlecht begonnen. Es war gerade mal zehn Stunden her, da war er zusammen mit Wammetsberger und Irgl bei einem Absacker an der Bar des »Roten Adler« gesessen. Wammetsberger hatte mit schwerer Zunge berichtet, dass er morgen früh zum »Jagern« gehe.

»Nauf aufs Taferlmoos – der Wildbichler kommt auch. Und dann bereden wir die Sache unter Männern«, hatte Schorsch gelallt.

Ganz spontan hatten sie daraufhin den Plan zu einer konzertierten Aktion gefasst. Zu spontan – wie sich nun herausstellte. Er und Irgl würden in den Kirchwald aufbrechen, um oberhalb der Schwarzbachklamm beim Roten Stein nach Rotwild Ausschau zu halten. Danach würde sich das Trio beim Rauenrieder Wirt treffen, um die Ergebnisse des Geheimtreffens mit dem Anführer der »Rotarmisten« und ihre weitere Vorgehensweise zu besprechen.

Punkt halb sieben war Gschwandtner am vereinbarten Treffpunkt in Sonnham. Doch von seinem Ko-Jäger Ignaz Irgl war weit und breit nichts zu sehen. Wie er später auf der Fahrt hoch nach Rauenried erfahren sollte, war der Halali-Hallodri beim morgendlichen Muckefuck auf die glorreiche Idee verfallen, dass er by the way in einem ihm gehörenden Waldstück zwei vom Föhnsturm geknickte Fichten zersägen und aus dem Wald, wenn schon nicht aus der Welt schaffen könnte. Gedacht – getan. Irgl hatte einen zweieinhalb Meter langen Anhänger aus dem Schuppen gezerrt, an seinen Toyota Landcruiser gekuppelt und mit Motorsäge, Beil und Keil beladen. Viertel vor sieben war er mit dem Hänger im Schlepptau losgetuckert. Die engen, kurvigen Bauernstraßen machten Irgls Absicht zunichte, die verlorene Zeit unterwegs wieder aufzuholen. Um zwanzig nach sieben hatte das Gespann endlich den Zielort Sonnham erreicht.

Gschwandtner war ein ruhiger, geduldiger Zeitgenosse und im Gegensatz zu seinem Chef keineswegs ein Choleriker, der beim geringsten Anlass aus der Haut fuhr. Als er allerdings den Geländewagen samt Anhänger ums Eck zuckeln sah, wäre er fast explodiert. Ja, er hatte Mordgedanken gehegt! Wie ein wilder Eber war er auf Irgl zugestürmt, hatte wild gestikulierend auf seine Armbanduhr gedeutet und ihn angeschnauzt: »Ich steh mir hier seit einer Stunde die Beine in den Bauch! Willst mich verarschen, oder hast du gestern dein letztes Gramm Hirn versoffen?«

Nach einer halbherzigen Entschuldigung hatte sich Irgl

durch weitschweifige Erklärungen und hohle Phrasen gewunden. Darüber waren weitere kostbare Minuten verstrichen. Die Uhr im Armaturenbrett von Irgls Landcruiser hatte bereits auf drei viertel acht gezeigt, als sie in die Stichstraße hinauf nach Rauenried abbogen. Unterwegs hatten sie beraten, wie sie nun weiter verfahren sollten. Beraten war wohl nicht ganz der treffende Ausdruck für die heftige Grundsatzdebatte, die sich zwischen ihnen entsponnen hatte. Minutenlang hatten sie sich gegenseitig wüst beschimpft, aber als sie einen Kilometer hinter Rauenried vor einer rot-weiß-rot lackierten Schranke angehalten hatten, waren sie zu einem Kompromiss gelangt, den beide Kontrahenten, wenn auch knurrend, per Handschlag besiegelten. Sie hatten sich darauf verständigt, zuerst gemeinsam auf die Pirsch zu gehen. Dieses Zugeständnis hatte Irgl gemacht. Dafür hatte sich Gschwandtner bereit erklärt, ihm nachher beim Fällen der Fichten zu helfen.

Und jetzt hatte er den Dreck im Schachterl und saß in der Scheiße. Eine Mischung aus Furcht und ohnmächtiger Wut nährte das Feuer des Zorns in ihm. Er hob den Stutzen ans Auge, doch er konnte es drehen und wenden, wie er wollte: Da war kein Ziel in Sicht, auf das er feuern konnte. Wenn nicht noch ein Wunder geschah, würden ihm diese Typen mit ihren vollautomatischen Kugelspritzen die Lederhosen strammziehen. Womit hatte er das verdient? Eine Ungerechtigkeit, die zum Himmel schrie. Jahr für Jahr hatte er seinen Dienst in der Polizeiinspektion Brennbruck getreulich verrichtet. Hatte es mit minimalem Energieaufwand, aber steter Beharrlichkeit bis zum Polizeiobermeister gebracht. Und nun sollten all seine Bemühungen um ein friedliches Auskommen abrupt enden? Bislang hatte er es stets verstanden, sich bedeckt und aus der Schusslinie zu halten. Frei nach dem probaten Motto: Wer wenig macht, macht wenig verkehrt. Streit und Stress waren seine Sache nicht. Bei kleineren Verfehlungen, bei Bagatelldelikten wie Verkehrsverstößen, kleineren Diebereien oder Marihuanabesitz drückte Gschwandtner beide Augen zu und hielt dafür die Hand auf. Schließlich brauchte man etwas Startkapital, um sich frühzeitig in Pension abzuseilen und eine kleine Finca auf Mallorca zu erstehen. Nein, er war kein Dummkopf, selbst wenn ihn die Kollegen bei der Kripo für einen unfähigen Schafbeidl hielten. Sollten sie ruhig den Ruhm ernten, er würde den Rahm absahnen. Hätte er es gekonnt, hätte er kampflos das Feld geräumt. Doch der Gegner konnte überall sein. Vor ihm, hinter ihm.

Sein Blick geisterte ins Ungewisse. Sein ganzer Körper war schweißgebadet. Immer wieder wischte er seine Hände am Stoff seiner tannenfarbenen Hose ab. Vielleicht ließen die Saukerle ja mit sich reden? Unwahrscheinlich! Sonst wären ihnen vorhin kaum die Kugeln um die Ohren gesirrt. Nein, die Typen wollten ihnen ans Leder.

Gschwandtner tastete nach dem Jagdrucksack, der neben ihm auf den Waldboden lag. Darin befanden sich etwas Proviant sowie zwei Flaschen Bräuberger Hell und eine bis oben hin mit Obstler gefüllte Feldflasche. So schnell würde er also nicht verhungern und verdursten. Er schraubte den Deckel des Flachmanns auf und ließ den Birnbrand aus Irgls Hexenküche die Gurgel hinabrinnen. Seit einer Viertelstunde ging ihm eine Frage nicht aus dem Kopf: Wer waren diese Arschgeigen? Und warum hatten sie es auf ihn abgesehen? Er war sich keiner Schuld bewusst. Konnte es sein, dass sich der Herrgott und der Heiland, sämtliche heidnischen Geister und Gottheiten gegen ihn verschworen hatten?

Wieso geisterten solch abstruse Gedanken durch seinen Kopf? Fehlte nur noch, dass er anfing, ein inbrünstiges Vaterunser zu beten. Er, der nie freiwillig seinen Fuß über die Kirchenschwelle setzte.

Irgl war Genosse der Waldbauernvereinigung Audorf. Daher besaß er einen Schlüssel für die Schranke. Dieser Umstand hatte ihnen den Anmarsch zu Fuß erspart. Da Ignaz den hundertneunzig Pferdestärken des Drei-Liter-Dieselmotors kräftig die Sporen gab, waren sie die Forststraße nur so hinaufgebrettert. Unterwegs hatte ihn Irgl in die neusten Entwicklungen im Grenzberger Doppelmordfall eingeweiht.

»Die Kripo-Ermittler stochern noch immer in der braunen Brühe rum. Und natürlich finden sie da nix außer Scheiße.« Einen unruhigen, metrisch ungeordneten Rhythmus aufs Lenkrad trommelnd, hatte er sich ereifert. »Wir kennen doch die rechtsextreme Szene. Ein Haufen hirnloser Kachelbrunzer. Die sind doch unfähig, einen Mord methodisch zu planen. Die schlagen sich eher im Suff gegenseitig die Schädel ein.« Mit abfälligen, despektierlichen Worten hatte er die Kompetenz des Leiters der Mordkommission in Abrede gestellt. »Der hat es nicht im Kreuz. Ein arroganter Depp, der überall herumschnüffelt, aber keinen siebten Sinn wie unser Schorsch hat. Ein Protz, der sich gern aufmandelt!«

Irgl hingegen war von seinen Fähigkeiten als Fährtenleser überzeugt. Aufgrund des Kokainfunds hatte er seine ursprüngliche Hypothese von einem Ritualmord mit satanistischem Hintergrund modifiziert und ging nun von einem Auftragsmord im Mafiamilieu aus.

»Da steckt irgendein Drogenboss aus Kalabrien, Palermo oder Neapel dahinter, Xarre! Alle Anzeichen deuten auf das organisierte Verbrechen. Die Handschrift, die Ausführung der Tat, einfach alles!« Eine Hand locker am Lenkrad, die Sonnenbrille aus dem Drogeriediscounter lässig in die Stirn geschoben, hatte er ausgesehen wie ein verfetteter Sonny Crockett aus »Miami Vice«. »Wie ich das sehe, ist es so gelaufen. Die Eder-Brüder haben einen Teil des Stoffs auf eigene Rechnung an eine rivalisierende Rauschgiftbande vercheckt. Und das sieht kein Padrone gern!«

Im Stillen hatte Gschwandtner gedacht, dass Irgl nicht mehr der Alte war. Seit seine Frau vor zwei Monaten aus dem gemeinsamen Haus in Bergham ausgezogen war, um sich eine Auszeit von der Ehe respektive ein Sabbatical, wie es auf Neudeutsch hieß, zu nehmen, war er neben der Spur. Er hatte merkwürdige Machoallüren entwickelt und war, was die Kleiderpflege und Körperhygiene anbetraf, sichtbar und riechbar nachlässiger geworden. Und er führte sich auf, als wenn er mitten in der Pubertät steckte. Oder waren dies die Symptome einer akuten Midlife-Crisis?

Um das fragile Beziehungsgefüge zwischen ihnen nicht zu erschüttern, hatte Gschwandtner es jedoch bei einem leisen Einwand belassen. »Aber hast du nicht vorhin selbst gesagt, dass die Eder-Brüder nie ins Visier der Drogenfahnder geraten sind. Die Burschen sind doch nicht blind. Die kriegen es doch mit, wenn eine schwarze Limousine voller Spaguzzis mit verspiegelten Sonnenbrillen am Höll-Hof vorfährt. Und wie passt dein Cousin, der Hias, ins Mosaik?«

Irgl hatte die Antwort sofort parat. »Der Hias war ihr Nachbar – und hat beobachtet, wie die Sizilianer ihre Kokspäcken ausgeladen haben.«

»Und hat gemeint, er kann den Erpresser spielen«, hatte Franz Xaver Gschwandtner messerscharf geschlossen, woraufhin Irgl nur hoheitsvoll genickt hatte.

Über die Erörterung der neuen Aspekte des Falls hätten sie fast die Abzweigung des halb zugewucherten Waldwegs übersehen, die von der breiten Schotterstraße tiefer in den Wald hineinführte. Nach hundert holprigen Metern hatte Irgl neben einem hohen Holzstoß angehalten. Sich verlegen am Kopf kratzend, hatte er beiläufig bemerkt: »Du, Xarre, es macht dir doch nichts aus, wenn wir nachher noch ein paar Scheit Holz aufladen. Wo wir schon mal da sind.«

Daraufhin hatte Gschwandtner wortlos Stutzen und Rucksack geschultert und war wie ein Rohrspatz fluchend in den

Wald gestapft. Irgl hatte auch seine guten Seiten, aber manchmal konnte einen dieser ignorante, sture Bock mit seinen eigenmächtigen Extratouren zur Rotglut bringen.

Und nun lag er hier im Dreck und sah den Feind vor lauter Bäumen nicht. Seine Situation erinnerte ihn an eine Szene aus den Kriegsepen made in USA: Marines, die mitten im Dschungel Vietnams oder einer namenlosen Pazifikinsel in ihren Unterständen hockten und sich gegen die wütenden Attacken von Vietcong-Veteranen und »Banzai« brüllenden Japsen bis zur letzten Patrone zur Wehr setzten. Meist behielten die Amis dann die Oberhand – und alles war gegessen. Wieder und wieder suchte sein Blick die Umgebung ab. Falls Irgl mit seinen Vermutungen recht hatte, konnte hinterm nächsten Haselstrauch, hinterm nächsten Weißdornbusch ein Trupp blutrünstiger Mafiakiller im Hinterhalt liegen.

Gschwandtner spitzte die Ohren – und hörte es klingeln. Jetzt wurde es wirklich skurril, dachte er. Die Anfangstakte der Synthi-Version des »Tölzer Schützenmarsches« tönten und dröhnten durchs Unterholz: »Da-da-da-daa-daa-da!« Der artifizielle Klang von Tuben und Trompeten, von Waldhörnern und Posaunen verschmolz zu einem fröhlich beschwingten Allegro furioso. Selbst ein tauber Mafioso wusste nun, wo er sich versteckt hielt.

Hektisch klopfte er im Liegen seine Tarnjacke ab. Doch die Sieghartinger Musikkapelle lärmte lustig weiter, von einem mehrstimmigen Männerchor untermalt. »Im schönen Isartal, schallt muntrer Büchsnknall. In Tölz, da is a Schiaßats heut, des gfreit uns allemal. Drum greifts den Stutzn o, wer zieln und treffa ko: Mit frischem Muat, an Strauß am Huat, so liabts des Schütznbluat.« Wenn dass so weiterging, war es sein Blut, das hier bald floss.

Endlich ertasteten seine Finger das Gerät in einer der zahllosen Taschen der grün-braun gefleckten Feldhose. Sein zweiter Gedanke war, dass es ihm durchaus auch zum Vorteil gereichen konnte, wenn er hier oben Empfang hatte. Ein Anruf in der Leitstelle genügte, um Verstärkung anzufordern. Warum war er nicht früher darauf gekommen? Gschwandtner führte den Zustand der geistigen Verwirrtheit auf den Schock zurück, auf die Panik, die von ihm Besitz ergriffen hatte.

Als ob es sich um ein zerbrechliches Porzellanpüppchen handelte, zog er das Handy hervor und hielt es direkt an seinen Mund. »Ja, wer ist da?«, flüsterte er.

»Der Herrgott hockt im Himmel und der Papst in Rom. Also einmal darfst noch raten. Auf der Mahd unterhalb der Alm haben wir einen Rehbock in flagranti erwischt – sauberer Schuss. Und ich hab Neuigkeiten, da werdet ihr staunen!«, dröhnte der brummige Bassbariton Wammetsbergers an sein Ohr.

»Du, Schorsch, wir liegen unter Beschuss«, hauchte er hastig in den Hörer.

»Jetzt mach hier keine Scherze«, wies ihn Wammetsberger streng zurecht.

»Kein Scherz, Schorsch. Blutiger Ernst! Die feuern mit scharfer Munition. Mindestens zwei Typen mit halbautomatischen Sturmgewehren. Die haben mich in der Zange.«

Einige Sekunden hörte Gschwandtner nur ein keuchendes Atmen im Äther, dann war Wammetsberger wieder dran, der nun ruhig und bestimmt klang: »Halt den Kopf unten. Wir kommen. Wo bist du? Was ist mit dem Ignaz?«

Zwei gute Fragen, die nicht so leicht zu beantworten waren? Die Wahrheit war, er wusste es nicht. Die erste Salve hatte seinen Schädel nur um Haaresbreite verfehlt und stattdessen die Borke des Baums neben ihm in Mitleidenschaft gezogen. Ohne lang zu fackeln, waren sie wie die Hasen im Zickzack davongerannt, er nach links, Irgl nach rechts. In einem gewaltigen Satz, den er sich unter normalen Umständen nie und nimmer zugetraut hätte, war er über einen Graben gehechtet und in den Wald geflüchtet. Immer weiter, den Kopf zwischen den Schultern, die Füße unter den Armen. Irgendwann war er eine schlammige Böschung hinabgekollert und in der Kuhle hier gelandet. Dementsprechend konnte er nur mit vagen Richtungsangaben dienen, um den Hilfstrupp zu ihm zu lotsen.

»Die Sauhunde haben uns beim Roten Stein aufgelauert. Ich bin nach links und querfeldein in den Wald hinein. Mehr weiß ich nimmer. Um mich rum stehen lauter hohe Fichten!«

Gschwandtner war bewusst, dass seine Schilderung der örtlichen Gegebenheiten von geringem praktischem Wert war, ragten doch im Umkreis weniger Kilometer die Fichten zu Tausenden in den bayerischen Himmel. Von eben diesen blinzelte nun die Sonne herab, ein einzelner Lichtstrahl drang auf den Waldboden, als ob er das Geländeprofil scannen und kartographieren wollte.

»Könnt schwierig werden, dich da draußen zu finden«, grub sich Wammetsbergers tiefes und kräftiges Organ ins Schweigen der Wälder.

Gschwandtner musste eine Entscheidung treffen, hierbleiben konnte er nicht. »Schorsch, ich schleich mich durchs Gebüsch ein Stück weit bergauf und schau, dass ich parallel zum Hang Richtung Westen geh«, murmelte er – die Hosen gestrichen voll. »Und passt mir bloß auf!«, machte er sich und dem A-Team Mut.

»Wird schon hinhauen, Xarre.«

Dann unterbrach Gschwandtner die Verbindung. Im Schneckentempo kroch er die Böschung hinauf und robbte mit angehaltenem Atem dreißig, vierzig Meter durchs Gebüsch. Eine unheimliche Stille umfing ihn wie ein Gazeschleier. Nichts als das ängstliche Pochen seines Herzens und das rhythmische Rauschen des Bluts in seinen Ohren war zu hören. Hinter einem dicken Fichtenstamm richtete sich Gschwandtner auf. Während er den Hang hinaufschlich, hörte er es unter seinen Stiefeln knacken. Da tat sich ein Siouxkrieger mit seinen Mokassins leichter. In gebückter Haltung, den Stutzen im Anschlag, stelzte er wie ein Storch durchs Gehölz. Das beklemmende Gefühl, beobachtet und aufs Korn genommen zu werden, wollte nicht weichen. Es lastete wie ein Alpdruck auf seiner Brust. Zu seiner Rechten dehnte sich das engmaschige Geflecht junger, zur Aufforstung gepflanzter Fichten. Dort drinnen könnte er sich zur Not verstecken. Doch was war das?

Xaver spitzte die Ohren, hielt die Nase in den Wind, um wie ein neolithischer Jäger Witterung aufzunehmen. Mit Röntgenaugen suchte er die dichte Nadelwand zu durchleuchten. Im Dickicht der Fichtenschonung bewegte sich etwas, das Geäst knackte, dann war da ein schabendes, scharrendes Geräusch. Etwas Schweres, Großes brach sich seine Bahn durchs Grün.

Wie zur Salzsäule erstarrt stand Gschwandtner da, unfähig, sich zu bewegen und hinter einem der dicken Buchenstämme in Deckung zu gehen. War dies das Ende der Geschichte? Hatten ihn die Kalabresen-Killer aufgespürt?

Der Fichtenfilz teilte sich wie der Vorhang einer Bühne. Das Schauspiel, das sich ihm dort bot, war, gelinde gesagt, burlesk. Ein für seine Art eher kleingewachsener Keiler mit grobborstigem, grauem Fell glotzte ihn aus schwarzen Stecknadelaugen verdutzt, ja verstört an. Der Keiler schien genauso überrascht zu sein wie er. Gschwandtners erster, wenig tröstlicher Gedanke war, dass ihn zwar keine Kugeln durchsieben, stattdessen zwei spitze Hauer in die ewigen Jagdgründe schicken würden. Doch das Sauvieh machte keine Anstalten, ihn anzugreifen. Der Keiler gab zwei kampflustige Grunzer von sich, wohl um den Zweibeiner zu warnen und sich selbst Mut zu machen. Aber der Paarhufer schien genau wie er gewillt, einer Auseinandersetzung aus dem Weg zu gehen.

Gschwandtner packte den Stutzen fester. Der im milchigen Licht der Morgensonne bläulich schimmernde Stahl verlieh ihm ein Gefühl der Stärke. Doch anstatt abzudrücken, zog er sich Schritt für Schritt zurück, ohne dabei den Keiler aus den Augen zu lassen. Das Borstenvieh hielt tunlichst auf Abstand. Seine überreizte Phantasie gaukelte Gschwandtner das Bild zweier Straßenräuber vor, die wie vollendete Kavaliere den speckigen Schlapphut voreinander zogen.

Dann war der Keiler im Dickicht verschwunden. Da drangen auch schon Büchsenknall und Gewehrfeuer an sein Gehör. Das nicht ganz so hoch entwickelt wie das eines Wildschweins war.

Sic semper tyrannis

Che saß da und rauchte. Ein Zigarillo, genauer gesagt Partagas Chicos aus der 5er Packung. Denn für eine dicke Zigarre fehlte ihm die Muße. Er und Wammetsberger hatten einen Gewaltmarsch hinter sich. Die Leistung des dicken Dorfbullen nötigte ihm Respekt und Anerkennung ab. Der Gendarm mit seiner stattlichen Wammerl-Wampe hatte den Kraftakt bravourös durchgestanden, obwohl er fünfzehn Jahre mehr auf dem Buckel und fünfundvierzig Kilo mehr am Bauch hatte als Che. Die ganze Strecke von der Pfandler-Alm bis zur Roten Marter hatten sie in fünfundvierzig Minuten zurückgelegt. Rekordverdächtig. Von hier aus waren es nur noch zehn Minuten bis zur Jagdhütte am Roten Stein, und irgendwo auf dem Weg dorthin lauerte der Feind. Sie würden auf der Hut sein müssen, um ihm nicht vor die Flinte zu laufen.

Schorsch Wammetsberger hatte die Planung des Gegenschlags übernommen. Um das angestrebte Umfassungsmanöver zu koordinieren, führte der Feldherr ein Telefonat nach dem anderen. Mit Gschwandtner, mit Irgl, mit Gott weiß wem noch. Leo Wildbichler hatte es sich derweil auf einer Bank zu Füßen des Gekreuzigten bequem gemacht. Wenn man von der Chico in seinem Mundwinkel einmal absah, hätte er mit seinem zerzausten Bart und seiner wallenden Marx-Mähne beim Jünger-Casting durchaus Chancen gehabt. Ja, er wäre fast so etwas wie die Idealbesetzung für die Rolle des ungläubigen Thomas gewesen. Wie der stets an der Messias-Mission seines Meisters zweifelnde Apostel, tat sich Leo Wildbichler schwer mit dem Glauben. Denn glauben hieß nix wissen. Religion war Opium fürs Volk. Basta.

Und der Glaube? Der war aus der Not geboren, aus der Angst vor den Naturgewalten, vor Sturm und Donner, vor Siechtum und Leid.

Leo erhob sich und betrachtete den hölzernen Heiland, dessen Leib einst in einem kräftigen, dunklen Rotton bemalt worden war. Daher auch der Name: Rote Marter. Bei der Betrachtung der vor Schmerzen gekrümmten Figur hatte sich sein Mund zu einem schmallippigen, überheblichen Lächeln verzogen. Von dieser Jammergestalt namens Jesus hatten sich die Menschen über Jahrhunderte hinweg blenden und aufs Jenseits vertrösten lassen. Die linke Backe hinhalten, sich in Demut ergeben? Den Armen hatte der Nazarener das Himmelreich versprochen. Doch was war auf Erden? Da sollten sie sich brav ins Joch spannen und ans Kreuz schlagen lassen, anstatt den römischen Besatzern eine vor den Lendenlatz zu knallen. Es war unfassbar, wie die Mächtigen die Massen manipuliert und zum Narren gehalten hatten, heute nicht anders als vor zweitausend Jahren, dachte Leo im grimmen Zorn des ewigen Rebellen.

Als sein gestrenger Blick jedoch auf das Holztäfelchen mit seinem holprig gereimten Sinnspruch fiel, spürte er Heiterkeit in sich aufsteigen. »Mein Freund, wo gehst du hin, vergiss nicht, dass ich dein Erlöser bin, dass ich so viel gelitten hab für dich, daher bleib stehn' und grüße mich.«

Was soll's? Sollte jeder nach seiner Fasson selig werden – oder unselig. Wäre Leo alias Che Wildbichler kein überzeugter Verfechter eines dialektischen, auf dem Geist des historischen Materialismus gegründeten Weltbilds gewesen, hätte er vielleicht ein flaues, mulmiges Gefühl in der Magengegend verspürt, ein merkwürdiges Ziehen in der Brust. Stand er doch genau an jenem Platz, an dem ihm Viper und dessen blutrünstige Mordgesellen noch vor kurzem aufgelauert hatten. Die Präsenz der dunklen Energie wäre für jeden Feng-Shui-Meister und Geisterseher auf Anhieb spürbar gewesen.

Nicht so für Che. Als strammer Marxist tat er übernatürliche Erscheinungen, paranormale Phänomene und übersinnliche Wahrnehmungen als Humbug ab, trat das Zigarillo aus und setzte sich wieder auf die Bank. Ohne sich in geringster Weise unbehaglich oder bedroht zu fühlen, baute er in aller Seelenruhe mit hundertmal geübten Handgriffen seine AKMS zusammen. Die AKMS – das S stand für »skladnoj« – war ein für Fallschirmjäger und Panzertruppen entwickeltes Sondermodell der klassischen Kalaschnikow mit seitlich wegklappbarer Schulterstütze. Das sowjetische Sturmgewehr Awtomat Kalaschnikowa war ein Geniestreich. Alles war bis ins kleinste Detail ausgeklügelt, alles war auf Funktionalität und Zuverlässigkeit ausgelegt, jedes Bauteil erfüllte seinen Zweck. Die Konstruktion Kalaschnikows war ebenso genial wie einfach. Das Gewehr ließ sich ebenso rasch zerlegen wie wieder zusammensetzen.

Che schob das Magazin mit dreißig Schuss in den dafür vorgesehenen Schlitz – fertig. Er strich über das metallene Gehäuse, in das die fortlaufende Seriennummer 64-1-RS001 167 eingeprägt war. Dass er nun eine Kalaschnikow in der Hand hatte, war dem Zufall geschuldet. Es wäre Leo nicht im Traum eingefallen, mit einer Schnellfeuerwaffe auf Jagd zu gehen. Aber wie es der Zufall wollte, hatten sie sich gerade in unmittelbarer Nähe der Pfandler-Alm befunden, als Wammetsberger den Entschluss fasste, seinen Kollegen zu Hilfe zu eilen. Die Pfandler-Alm wiederum befand sich im Besitz von Leos Großvater, Virgil Wildbichler. Für den Fall eines Notfalles hatte Wildbichler junior unter den Brettern des Plumpsklosetts ein kleines Waffenarsenal angelegt. In dem Versteck befand sich neben ein paar Eierhandgranaten und zwei Pistolen auch die AKM. Die Knarre mit dem völlig verzogenen Lauf hatte er auf einem Flohmarkt in der Nähe von Prag für dreitausend Kronen erstanden und – schließlich war er Büchsenmacher von Beruf – liebevoll restauriert.

Blieb die Frage, warum er sich als Revolutionär überhaupt dazu hergab, gemeinsame Sache mit der Bullen-Bande zu machen? Dafür gab es zwei gute Gründe. Der erste war, dass er Schorsch Wammetsberger vertraute. Beide gehörten dem inneren Zirkel der Walderer-Bruderschaft an. In der Bruderschaft mochte es zwar jede Menge Spannungen, Animositäten und Rivalitäten geben, doch unter Brüdern stand das Gebot der Treue ganz oben. Leo konnte sich sicher sein, dass ihn sein wohlgenährter Bruder unter keinen Umständen verraten würde. Und zwar an niemanden – und schon gar nicht an die karrieresüchtigen, reaktionären Drecksäcke vom LKA 5 – der Staatsschutzabteilung des Landeskriminalamtes. Das Landesamt für Verfassungsschutz würde von Wammetsberger kein Sterbenswörtchen über das geheime Waffenversteck erfahren, dessen war sich Leo absolut sicher.

Der entscheidende Grund für die Zusammenarbeit auf Zeit war allerdings ein anderer: Sie hatten denselben Feind – und das verband über alle ideologischen Differenzen und Grenzen hinweg. Ihr gemeinsamer Feind war niemand anders als Sepp Finsterwalder. Leo war fast die Spucke weggeblieben, als ihn Wammetsberger von dem Fund des Kokains in der Kapelle berichtet hatte.

»Was? In der Corona-Kapelle, in einer Madonna? Das glaubst du doch selber nicht, oder?«, hatte er ungläubig nachgehakt.

Doch Schorsch hatte vehement bestritten, ihn auf die Schippe nehmen zu wollen. »Kein Krampf, Leo. Die haben die Jungfrau Maria bis obenhin mit Koks abgefüllt.«

Leo hatte einen Moment gebraucht, um das Gehörte zu verarbeiten. Wie vom Blitz der Erkenntnis getroffen, hatte er sich mit der flachen Hand gegen die Stirn geschlagen und lauthals aufgelacht. »Jetzt kapiere ich endlich, was da abgeht und woher der Bandit das Geld hat, Schorsch, ze fix! La coca, la farlopa, eso es!«

Wammetsberger hatte ihn nur von unten angeschaut, so als ob er jetzt komplett durchdrehte.

»Das hat System, verstehst. In seinen Firmen wäscht der Bazi das Geld aus dem Drogenhandel!« In einer kameradschaftlichen Geste hatte Leo seinen Arm um die Schulter von Schorsch geschlungen und seinem Jagdgenossen die Begebenheiten geschildert, die dazu geführt hatten, dass auch er unlängst in Berührung mit dem weißen Pulver gekommen war. Die heiklen Begleitumstände der Aktion, die unerfreuliche Begegnung mit Finsterwalders Security-Leuten hatte Che allerdings unterschlagen. Der Bulle musste schließlich nicht alles wissen. Vertrauen war gut, Vorsicht war besser – nach dieser Maxime war schon Lenin verfahren. Und der hatte immerhin Revolution gemacht und Geschichte geschrieben.

Nachdem Wammetsberger von ihm erfahren hatte, dass der Recycling-Hof an der A 95 als Drogenumschlagplatz diente, war diesem die Kinnlade heruntergefallen. Ja, Wammetsberger hatte ihn angeglotzt wie ein Murmeltier, das zu seinem Erstaunen feststellte, dass draußen schon längst Sommer war und die Sonne hoch über ihm im Zenit stand.

»Bitte, noch mal. Ihr habt die Koks-Packerl am Recycling-Hof vom Finsterwalder gefunden, in einem Packen Altpapier?«

Er hatte nur stumm genickt, woraufhin Schorsch die Hutschnur hochging.

»So ein scheinheiliger Heuchler! So ein schierliger Verbrecher! Macht einen auf Law-and-Order-Typ und ist selber dick im Drogengeschäft drin!« Dann war Wammetsberger in ein meckerndes Gelächter verfallen. »Mich leckst! Unser zukünftiger Landrat ein Kokainbaron! Da fällst echt vom Glauben ab.«

Von dem Moment an waren sie sich rasch handelseinig geworden. Per Handschlag hatten er und Wammetsberger besiegelt, dass sie den Drogenschmugglern im Dienste des

Koks-Königs Finsterwalder das schmutzige Handwerk legen würden. Und falls der falsche Hund irgendwelche Mätzchen oder Sperenzchen versuchte, würden sie ihm das Wiegenlied vom Totschlag im Duett vorjodeln.

Die barsche, befehlsgewohnte Stimme von Capitano Wammetsberger riss ihn aus seinen Gedanken.

»Du hast deine Russki-Knarre lang genug poliert. Wir brechen auf.« Der Capitano war kein Teamplayer, der seine einmal gefassten Entschlüsse gerne ausdiskutierte. Einwände, Bedenken oder gar Kritik duldete er nicht. »Los, Leo, wir schnappen uns die Frecker!«

Che tat, wie ihm befohlen, schulterte sein Sturmgepäck und salutierte lässig grinsend. »Ay, ay, Capitano, andiamo!«

Wammetsberger verzog keine Miene, aber in seinen kleinen Schweinsäuglein blitzte ein amüsiertes, listiges Funkeln. Unterwegs weihte er seinen Aide-de-Camp in den ausgefeilten Schlachtplan ein. »Das Geschwerl kommt uns nicht mehr aus. Die sitzen wie die Feldmäuse im Loch, und die Katze hockt davor.«

»Und wir sind die Pranken der Raubkatze, oder wie?« Che grinste spöttisch.

Der Capitano blickte ihn vorwurfsvoll an und korrigierte ihn prompt. »Wir sind der Pfropfen, der das Loch verschließt. Mein Angriffsplan ist nicht ganz einfach, aber ziemlich ausgefuchst: Der Irgl hat sich nach dem Schusswechsel abgesetzt und weiter hinten in Sichtweite vom Weg Stellung bezogen. Auf der rechten Seite wohlgemerkt. Wir rücken auf der linken Flanke vor und bilden eine Schützenlinie. Ich bleibe in der Nähe vom Weg, du rückst im Wald vor. Ein Stück weiter oben, den Hang hinauf, hab ich Gschwandtner postiert.«

Che brannte eine boshafte Erwiderung auf der Lippe. »Na, bravo! Zuerst hauen die beiden Helden ab, und jetzt sollen sie unseren Vormarsch decken. Was sollen die mit ihren Stutzen denn ausrichten, sich von hinten durchs Gebüsch anschleichen?«

Wammetsberger duldete keinen Widerspruch und beendete die Debatte mit einem ärgerlichen Knurren. »Irgl lenkt die Bande bloß ab und nimmt die Hütte unter Feuer, Gschwandtner deckt die Hütte von oben her mit ein paar Kugeln ein, um die Kerle zu verwirren. Aber hör zu, jetzt kommt der Clou.«

Während sie ihr Vorgehen besprachen, bedeutete ihm Wammetsberger, seinem Beispiel zu folgen und sich seitlich ins Buschwerk zu schlagen. Mit seinem stattlichen Bauch pflügte er wie ein Rammbock durchs Unterholz. »Ich hab vorhin ein bisserl herumtelefoniert. Wir bekommen Verstärkung. Zwei Einsatzgruppen sind auf den Weg ins Schwarzbachtal.«

Che stand die Überraschung ins Gesicht geschrieben. »Und wann kommt die Kavallerie?«

Wammetsberger drehte sich zu ihm um und fing seinen skeptischen Blick auf. »Scheiß dir nix, Leo. Wir kriegen das schon hin. Die meinen, dass sie uns am Kanthaken haben. Doch die werden sich umschauen, wenn wir von allen Seiten sternförmig anrücken!«

Herabhängende Zweige versperrten ihm die Sicht, skelettierte Äste peitschten in sein Gesicht. Wieso musste man als Untergrundkämpfer nur immerzu durchs Unterholz kriechen? Dabei war der Dschungel dahoam ja noch harmlos im Vergleich zu der grünen Hölle der Sierra Maestra oder der Cordillera Oriental. Die beiden Abenteuertrips auf den Spuren Guevaras nach Kuba und Bolivien hatten ihm gereicht, um eine ungefähre Vorstellung davon zu bekommen, wie hart und entbehrungsreich das Guerillaleben gewesen war.

Sein Leader plapperte unterdessen unbekümmert weiter. »Special Unit 1, also die Kreithner Lina und der Quercher Beni, kommen den halb zugewachsenen Hohlweg vom Tal her hoch. Das B-Team, also der Besel Girgl und der Hinterleitner Hansi, schlägt einen kleinen Bogen bis zum Bildstock an der Schwarzlack und stößt von dort direkt auf die Hütten vor. Wie gesagt: Die Rossbollenklauber kommen uns nicht aus! Die sitzen in der Falle – und können gleich dem Teufel ihre Sünden beichten.«

»Schau ma mal«, murmelte Che in einem Anflug von Defätismus hinter dem breiten Rücken Wammetsbergers.

Der Capitano sollte indes recht behalten – die Galgenstricke würden ihrer gerechten Strafe nicht entgehen.

Veritas temporis filia

Ein großer Raubvogel zog seine Kreise über dem Kirchwald. Er breitete seine Schwingen und ließ sich von der Thermik nach oben tragen. Viper blickte ihm sehnsüchtig nach. Er beneidete den Greifvogel dort oben, der sich einfach so in die Lüfte schwang und mit dem Aufwind davonsegelte. Er musste von hier verschwinden – und zwar schleunigst. Nur leider würde er zu Fuß fliehen müssen. Zumindest bis er den in einem Waldweg versteckten Nissan Pathfinder erreichte. Die Auspizien für den Fluchtversuch waren indes düster. Viper wusste das. Die Kommandoaktion gegen diesen windigen Guerillaführer war in einem Desaster geendet. Es war unbestreitbar, dass es kein Zurück mehr gab. Seine Tage als Sicherheitschef bei der Finsterwalder Group waren gezählt. Ja, er musste von Glück sagen, wenn er seinen Hals rettete, ehe sich die Schlinge zuzog. Von seinen Bodyguards war jedenfalls keine Hilfe mehr zu erwarten.

Diese hirnrissigen Hasardeure, dachte er zornig. Speer und Spieß hatten alles vermasselt. Die schießwütigen Schwachköpfe hatten einfach wild drauflosgeballert, so als ob sie in den Straßen Bagdads auf Patrouille wären. Es war ein unverzeihlicher Fehler gewesen, die beiden von der Leine zu lassen. Seine Einsicht kam jedoch zu spät. Drüben am Rand der Jagdhütte lag Speer. Er war, soweit Viper in der Lage gewesen war, den Verlauf des Kampfes zu rekonstruieren, Opfer einer Verwechslung geworden. »Friendly fire« – wie der euphemistische Ausdruck der Amis für einen von den eigenen Leuten umgenieteten Kameraden lautete. Daraufhin deuteten zumindest die deformierten Patronenhülsen hin, die er in der Nähe des Toten aufgelesen hatte. NATO-Standardmunition vom üblichen Kaliber. Es blieb also nur eine logische Erklärung: Ein Feuerstoß aus einem M4-Karabiner hatte Speer getroffen und rückwärts in die Büsche taumeln lassen, ehe er wie eine von Donars Blitzen gefällte deutsche Eiche umfiel. Walhalla wartete – wenn Wotan einen hirnamputierten Hünen mehr an seiner Tafel wollte.

Speers Leiche bot wahrlich keinen appetitlichen Anblick. Mehrere Geschosse hatten ihn im Brustbereich gestreift, waren aber an der kugelsicheren Schutzweste aus Kevlar-Verbundwerkstoff abgeprallt. Eine Kugel hatte sich indes mitten in die Stirn, quasi »right beetween the eyes«, gebohrt, hatte beim Austritt seinen Hinterkopf wie eine reife Melone aufplatzen lassen. Immerhin war Speer auf der Stelle tot gewesen – und brauchte sich keine Gedanken mehr zu machen, ob Finsterwalder für die Reha-Maßnahmen seines freien Mitarbeiters aufkam.

So viel Glück war seinem Kompagnon Spieß nicht beschieden gewesen. Viper hatte ihn an die hundert Schritt von der Hütte entfernt, in einem Fichtendickicht gefunden.

Seine eigene Rettungsaktion war unterdessen komplizierter gewesen als erwartet. Im Wald rund um die Forsthütte waren überall Stimmen zu hören. Er hatte den Eindruck, als ob eine halbe Hundertschaft die Gegend durchforstete und ihm auf der Spur war. Einmal hatte er einen dicken, schwergewichtigen Kerl in braunem Trachtenjanker mit dem Stutzen im Anschlag durchs Gebüsch streifen, ein andermal den bärtigen Revoluzzertypen in Tarnmontur mit einer Kalaschnikow hinter einem Baum lauern sehen. Sein erster Impuls war gewesen, die Zielperson sofort unter Feuer zu nehmen und auszuschalten, doch dann hatte sein Verstand die Oberhand behalten. Er war allein, und dort draußen pirschten womöglich zwanzig oder dreißig Mann durchs Unterholz, die nur darauf warteten, dass er einen Fehler beging und seine Position verriet. Nein, den Gefallen würde er dem Gegner nicht tun. Er würde sich nicht so leicht umzingeln und in die Falle locken lassen wie seine beiden Gefährten.

Spieß hatte noch gelebt, als er ihn endlich im Jungholz entdeckte. Er lag rücklings in einer Blutlache, das Gesicht war aschfahl mit weit aufgerissenen Augen und einem Mund, der wie der eines Karpfens an Land nach Luft schnappte. Das Blut war von zähflüssiger Konsistenz und quoll nur noch als schmales Rinnsal aus einem gewaltigen Loch, das in seiner Bauchdecke klaffte. Die Wundränder sahen aus wie eine zerklüftete Kraterlandschaft, Fleischlappen bildeten den wulstigen Rand des Einschlagkraters.

Trotz all seiner Abgebrühtheit war Viper einige Sekunden lang vom Schreck wie gelähmt. Die Kugel hatte sich wie eine heißgelaufene Tunnelbohrmaschine durch die Keramikplatten der Schutzweste gefräst, Fleisch und Knochen in Stücke gerissen und eine Spur der Verwüstung hinterlassen. Viper tippte auf eine doppelläufige, großkalibrige Schrotbüchse oder ein 9-Millimeter-Parabellum-Projektil. Leise konvulsivische Zuckungen liefen durch den Leib, der eben dabei war, seinen letzten Kampf auszufechten. Man musste kein Chefchirurg sein, um zu erkennen, dass hier jede Hilfe zu spät kam. Er strich mit dem Handrücken kurz über die leichenblassen Wangen des Todgeweihten. »Spieß, hörst du mich!« Die riesige Wunde schien zu pulsieren, während sich die Bauchdecke im panischen Ringen um Luft hob und senkte. »Was ist geschehen? Ich muss es wissen!« Die Lider des Moribunden flimmerten in dem verzweifelten Versuch, den Film zurück zum Anfang zu spulen und den Projektor laufen zu lassen. Doch die Bilder vor seinem inneren Auge zerflossen zu Schemen, die weder Schärfe noch Kontur kannten. Spießens Mundwinkel zuckten, aber es war nur das schwere Atmen eines Menschen zu hören, dessen Lungen langsam die Luft ausging.

Viper hielt seinen Mund ganz dicht an dessen Ohr. »Was

ist geschehen, Spieß? Hast du gesehen, wie viele es sind? Und wo sind sie jetzt?«

Die Lider des Sterbenden flimmerten, als ob Spieß Tausende und Abertausende von Zahlenblöcken über einen verblassenden Monitor rauschen sah. Den Tod vor Augen, suchte Spieß am Himmel nach einem Hoffnungsschimmer in der rasch um sich greifenden Finsternis um ihn. Wie eine schwarze Wolke schob sich da eine dunkle Gestalt vor die Scheibe der Sonne. »Verdammt, mach das Maul auf!« Dann packte ihn der Schatten bei den Schultern, rüttelte und schüttelte ihn aus seiner Starre. »Spieß, was zum Teufel habt ihr da für Scheiße gebaut?«, drang eine stählerne, mitleidlose Stimme in ihn. Wer war das? Ein Dämon, ein böser Geist, der ihn hinab in die Hölle zerren wollte?

»Jetzt rede endlich, du Arschgesicht!« Doch Spieß brabbelte nur wirres, unverständliches Zeug.

Vipers Gesicht lief rot an. Erst erschoss dieser Idiot seinen Kameraden, dann lief der Trottel einem dieser Provinzdeppen vors Rohr – und jetzt wollte er sich klammheimlich ins Jenseits verdrücken. Nein, so leicht würde er den Versager nicht davonkommen lassen. Er kniete sich neben den Schwerverwundeten auf den Boden und riss mit einem einzigen brutalen Ruck seinen Kopf in die Höhe. Spieß stöhnte wie ein waidwundes Lama. Viper hielt ihm die Linke vor den Mund, um seine Schmerzenslaute abzudämpfen. Dann presste er seine freie Hand mit der Wucht eines Schraubstocks auf dessen Brustwunde, bis sein Opfer vor Schmerz und Verzweiflung aufheulte.

»Wer wird denn im Angesicht des Schöpfers so verstockt sein, mein Sohn? Hast du mir nichts zu beichten?«, äffte Viper einen Geistlichen nach, der einem reuigen Sünder am Totenbett die Beichte abnahm, ehe er ihm die Letzte Ölung erteilte. Aus dem Keuchen und Röcheln formten sich erste, noch unförmige Wortbrocken. Befriedigt stellte Viper fest, dass die Spezialbehandlung ihre Wirkung nicht verfehlt hatte. »Glitschig, glitschiger Boden.« Spieß hustete und spuckte Blut. »Schuss löst sich, Schüsse – zu früh!«

Viper schlüpfte in die Rolle des fürsorglichen älteren Bruders und strich seinem Schützling über die schweißverklebten Haare. »Und weiter? Wer hat auf euch geschossen?«, erkundigte er sich im freundlichen, nachsichtigen Ton.

»Blut, so viel Blut, Speer, Speer!« Viper spürte, wie Spieß am ganzen Leib zu zittern begann. »Da kommen sie, da, aus dem Wald! Woher kommen sie? Nicht, ich nicht …«

Plötzlich glaubte sich Viper im Spinnennetz einer Verschwörung gefangen. Hatte ihn Finsterwalder fallen lassen – und der Kripo einen Tipp gegeben? Sollte er für ihre Drogengeschäftchen und die beiden Morde büßen und ins Kittchen wandern? Dabei hatte er mit den Verbrechen nicht das Geringste zu tun. Wut entflammte Wangen und Stirn, so dass seine Haut die Farbe eines in siedend heißes Wasser getauchten Hummers annahm. Aber wer würde ihm die »weiße Weste« abkaufen? Ihm, dem Söldner. Die ermittelnden Beamten, der Staatsanwalt, der Richter? Niemand würde ihm Glauben schenken. Mit seiner Vorgeschichte war er für die Rolle des eiskalten Mörders wie prädestiniert.

»Da hinten, die Schatten kommen. Ich hab doch niemand, die Gabel, Blut, es tropft, Speer, nein, tu es nicht …« Das Flüstern erstarb, es tropfte mit einem Klümpchen Blut von seinen Lippen. »Schnell! Fort von hier, fort von mir …«

Viper erwachte wie aus einer Trance. Das wirre Gerede des Fiebernden machte ihn ganz konfus. Er musste handeln, ja, er musste weg von hier. Aus Spieß würde er kein vernünftiges Wort mehr herausbekommen. Dessen Geist glitt bereits auf den grauen Wassern des Flusses Styx ins Reich der Schatten hinüber. Er hatte nicht die Absicht, ihm zu folgen – und noch einen letzten Trumpf in Hinterhand: ihr geländegängiges Fahrzeug. Wenn es noch nicht entdeckt worden war und er die Straßensperren auf Seitenwegen umging, konnte die Flucht gelingen.

Er wollte sich abwenden, doch wie unter Zwang starrte er auf den Sterbenden hinab. Viper schluckte. Er hatte sich hinreißen lassen und seinen alten Weggefährten völlig unnötig gequält. Wie zerbrechlich die Nussschale doch war, in der der Mensch saß und immer weiter vom rettenden Ufer abtrieb. Ein fragiles Geflecht von Blut- und Nervenbahnen, das jederzeit wie Spinnweben zerreißen konnte. Die Flamme flackerte, das Licht erlosch. Der Zeiger blieb stehen – und der Mensch war tot. Und dann war da nur noch ein Schnulzensänger, der »It's time to say goodbye« trällerte.

Viper riss die Heckklappe des Wagens auf, wuchtete das Sturmgepäck auf die Ladefläche und verstaute die Uzi-Maschinenpistole in einen Koffer, der von der Form her an einen Geigenkasten erinnerte. Dann breitete er eine ölverschmierte Decke darüber. Beim Verhör von Spieß hatte er peinlich genau darauf geachtet, dass weder seine Kleidung noch sein Schuhwerk mit dessen Blut in Berührung kam. Um die Blutspuren auf seinen Händen zu beseitigen, kippte er etwas Wasserstoffperoxidlösung darüber und trocknete sich an einem dreckigen, fleckigen Handtuch ab. Sicherheitshalber entledigte er sich der olivgrünen Armeejacke und stopfte sie zusammen mit dem Handtuch in eine große Plastiktüte, die er später entsorgen würde. Er sah an sich hinunter, aber er konnte nirgendwo mehr verräterische rostrote Flecken entdecken.

In Windeseile räumte Viper die Zweige und Äste beiseite, mit denen sie ihr Fahrzeug am Morgen getarnt hatten. Dann schwang er sich hinters Lenkrad, startete den Motor und rumpelte im Schritttempo über Wurzeln und Geäst. Der erste Teil der Flucht war fast zu leicht gewesen, ein Kinderspiel. Die Typen, die die Hütte umstellt hatten, waren eindeutig Dilettanten. Es war ein Leichtes gewesen, ihren Kordon zu durchbrechen. Lautlos war er durch den Wald geschlichen, an einem stiernackigen Gesellen vorbei, der nicht mehr als zehn Meter von ihm entfernt an einem dicken Baumstamm Siesta gehalten und seelenruhig seinen grobporigen Zinken in eine Schnupftabaksdose gesteckt hatte. Es wäre ein Kinderspiel gewesen, der fetten Plunzen die Kehle durchzuschneiden. Aber das Risiko, dass der Fettkloß noch einen letzten Schrei tat, war ihm dann doch zu hoch erschienen. Es war ihm ein Rätsel, wieso seine beiden im Kampf erfahrenen Männer die Nerven verloren und sich wie Amateure übertölpeln hatten lassen.

Viper hatte die breite Forststraße erreicht und gab Gas. Er rechnete zwar nicht damit, dass dieser desorganisierte Haufen von Freizeitsheriffs ihm ernstlich gefährlich werden konnte, aber es war durchaus möglich, dass unten im Tal eine Wache patrouillierte. Viper schaute in den Rückspiegel. Hinter ihm wirbelte eine Staubwolke auf. Was soll's?, dachte er. Seine Verfolger wussten weder, wie er aussah, noch, welchen Wagen er fuhr. Die Straße durchs Schwarzbachtal war zwar für den Verkehr gesperrt, aber die Route wurde häufig von Forstleuten, Jägern oder Almbauern befahren. Viper kontrollierte, ob seine Glock 34, Kaliber 9 mal 19 Millimeter, griffbereit im Schulterhalfter steckte und warf den CD-Player an. Zackige bayrische Marschmusik blies ihm entgegen.

Das Tal verengte sich, und die Straße schlängelte sich in zahllosen Kurven den Hang oberhalb einer steil abfallenden Felswand entlang. Viper hielt das Lenkrad locker in der Hand. Er war ein routinierter Fahrer, der den Wagen souverän im Griff hatte. Der Weg wand sich um eine Spitzkehre. Er kannte die Strecke, war er sie doch erst heute in aller Frühe in die entgegengesetzte Richtung hinaufgefahren. Hinter der engen Kehre, so wusste er, kam ein langes, gerades Stück. Deshalb beschleunigte er sacht und sah plötzlich eine Ansammlung kleinerer und größerer Gesteinsbrocken unmittelbar vor sich auf der Fahrbahn.

Er kurbelte wie wild am Lenkrad. Doch der schwere Allradwagen reagierte zu träge. Der rechte Kotflügel schrammte mit metallischem Kreischen an einem massiven Felsbrocken entlang, der Wagen bekam leichte Schlagseite, dann kippte er vornüber. Instinktiv stieg Viper auf die Bremse, dass der Kies unter den Pneus in alle Richtungen davonspritzte. Der Pathfinder schlingerte wie ein Besoffener auf dem Fahrrad hin und her, brach nach rechts aus und schoss über die Böschung. In Todesangst riss Viper die Augen sperrangelweit auf. Vor ihm gähnte der Abgrund. So also sah es aus, das Ende: Er hatte das Gefühl, auf dem Kopf zu stehen, von der Schwerkraft gepackt und mit eiserner Faust gegen eine unsichtbare Wand gedrückt zu werden.

Der Wagen stürzte wie in Zeitlupe, den Newton'schen Gesetzen folgend, in die Schlucht. Wie in einer Achterbahn ging es rasant abwärts. Da war kein gleißend helles, weißes Licht, da war nur Schwärze, die sein Blickfeld verengte, ihn stumm aufschreien und die Augen vor dem unvermeidlichen Moment des Aufpralls verschließen ließ.

Der freie Fall endete Sekunden später und zweihundert Meter tiefer auf hartem Fels. Teile der Karosserie wurden beim Aufschlag förmlich weggesprengt. Das, was von dem Geländewagen noch übrig war, schlitterte den Steilhang hinab, drehte sich ein paarmal um die eigene Achse, überschlug sich in einem akrobatisch anmutenden Purzelbaum und blieb im dichten Buschwerk am Ufer des Schwarzbachs hängen. Die filmreife Szene endete jedoch nicht in einer dumpfen Explosion – und einer gewaltigen Stichflamme. Einige Sekunden lang prasselten noch Metall- und Kunststoffteile wie schwere Regentropfen auf den Boden – dann war die Vorstellung zu Ende.

Aus einiger Entfernung beäugten zwei zu Tode erschrockene Kaninchen das Geschehen. Sie sahen sich fragend an und blickten ängstlich nach oben. Würden noch mehr von diesen metallischen Meteoren vom Himmel fallen? Was hatte diese Erscheinung zu bedeuten? War dies der Anfang vom Ende der Tage? Oder war dies ein göttliches Zeichen des großen Gotts aller Hasen und Karnickel? Kündete es von gewaltigen Umwälzungen, von einer neuen paradiesischen Ära, in der es Karotten und Gelbe Rüben regnete und der Messias aller Mümmelmänner sie ins gelobte Möhrenland führen würde? Das alles überstieg bei weitem das Fassungsvermögen zweier einfacher Kaninchen. Die beiden hoppelten hastig davon. Hier schien jedenfalls weder der rechte Ort noch die rechte Zeit für einen Karnickel-Quickie zu sein. Dann kehrte unten im Talgrund gespenstische Stille ein – und es war nur noch das ewige Rauschen des Wildbachs zu vernehmen.

Si vis pacem para bellum

Drei Leichen zum Cappuccino. Das war selbst für den Geschmack eines eingefleischten Kriminalisten wie Hauptkommissar Korbinian Eyrainer zu viel des Guten. Seufzend betrachtete der Kommissar den Aktenstapel auf seinem Schreibtisch, der sich in den vergangen drei Tagen angehäuft hatte. Nun musste er bitter für seinen Ausflug ins Blaue büßen. Beim dritten Feierabendbier im Pils-Pub »A'dabei« hatten er und »Al« Aufhammer den spontanen Entschluss gefasst, an den Lago zu düsen. Sie hatten den Fahrradständer auf Als 5er BMW montiert, ihre Bikes fest verzurrt und die erste Italo-Rock-CD eingeworfen.

Dank der geballten Power von Nannini, Ramazzotti & Co. hatten sie vier Stunden später bei Bardolino, Limoncino und dem Gezirp der Grillen am Lago di Garda gesessen. Einer Bike-Tour am Monte Baldo waren Barilla- und Barolo-Tage gefolgt.

Nun war Dienstag, und er war wieder daheim. Mit schwerem Kopf und einem bedrückenden Gefühl der Ohnmacht. In solchen Momenten fühlte er mit jenem Sisyphus, der sich bis in alle Ewigkeit vergeblich mühte und plagte. In der Sagengestalt der griechischen Mythologie erkannte er einen Leidensgenossen. Wie der alte Grieche saß er im Hamsterrad – und lief und lief und lief. Denn die Arbeit nahm nie ein Ende. Die Spezies Mensch war eben ein Raubtier – und die Beutegier lag ihr im Blut. Noch hatte er den Mistgabel- und Pfahl-Fall nicht gelöst, und schon hatte er die nächste Mordserie am Hals. Denn dass es sich um Kapitalverbrechen, um Tötungsdelikte handelte, stand außer Frage. Erschwerend kam hinzu, dass es sich um drei Tote und drei Tatorte handelte.

Mit einem Stoßseufzer begann Eyrainer, die Berichte, Protokolle, Memos und Notizen zu sichten. Da waren die vorläufigen Berichte des Erkennungsdiensts, die mit lateinischen Termini technici gespickten Ergüsse der Rechtsmediziner, die Protokolle der Obduktionen, eine Zusammenfassung der bisherigen Ermittlungsergebnisse aus der nicht sonderlich kreativen Feder seines Assistenten Bertl Lehnleitner. Kurzum, harte Kost.

Eyrainer nahm den Hörer von der Gabel, seine Lieblingstasse mit dem Aufdruck »Achtung freilaufender Bulle« zur Hand und vertiefte sich in die Lektüre. Der trockenen Kriminalisten-Prosa war zu entnehmen, dass ein Forstarbeiter vor drei Tagen in der Nähe der Jagdhütte »Am Roten Stein« zwei Leichen gefunden hatte. Beide waren erschossen worden – jedoch mit Waffen von unterschiedlichem Kaliber. Die Toten trugen weder amtliche Papiere noch persönliche Gegenstände, keine Kreditkarten oder Handys bei sich. Nichts. Das Duo glich sich wie ein Ei dem anderen. Sie waren ungefähr gleich alt, groß und schwer. Zwei Muskelprotze aus der Kraftkammer, kahlgeschorene Schädel, fiese Schlägervisagen. Ihrer militärischen Aufmachung nach sah es so aus, als ob die beiden auf einen Kreuzzug gegen den Islam, die Russen oder sonst irgendwen ziehen wollten. Sie waren ausgerüstet wie Elitesoldaten einer Antiterroreinheit: kugelsichere Westen, Kampfmesser, Spezialausrüstung, Handgranaten, halbautomatische Pistolen der österreichischen Waffenschmiede Glock. Zudem hatte das Tatortteam des Erkennungsdiensts ein Sturmgewehr amerikanischer Provenienz, einen M4-Karabiner, sichergestellt. Die zweite Knarre – Lehnleitner ging davon aus, dass die beiden Jungs nicht nur mit einem Gewehr auf den Kriegspfad gewesen waren – war noch nicht aufgetaucht.

Aha, hatte sich Eyrainer in einem Anflug von Zynismus zusammengereimt, ein Eifersuchtsdrama unter zwei schwulen Waffenfreaks. Und der Holzhackerbua hatte sich den M4-Karabiner unter den Nagel gerissen, um damit auf Wilddiebstour zu gehen. Deckel zu, Fall gelöst!

Dann wurde er wieder ernst. Er leerte die x-ste Tasse Mokka und nahm sich den nächsten Fall zur Brust: Opfer Nummer drei passte nicht ganz ins Schema, schon gar nicht in das eines Eifersuchtsdramas. Lehnleitner ging jedoch in seinem »Mord-Memorandum«, wie er das Elaborat großspurig betitelt hatte, davon aus, dass die drei Toten ein Trio gebildet hätten. Diese seine Annahme sei dadurch begründet, dass es auffällige Analogien und Übereinstimmungen zwischen den Opfer-Profilen gebe.

Eyrainer schüttelte amüsiert den Kopf. Albert Lehnleitner mochte ein akribischer, geduldiger Ermittler sein, ein Mann mit Ideen und Weitsicht war er nicht. »Leiche Nummer 3« – wie ihn sein Assistent in Ermangelung jeglicher eigenen Einbildungskraft nannte – war zirka zehn Jahre älter, aber genauso gut durchtrainiert wie die beiden martialischen Kampfschweine. Von einigen untypischen Accessoires einmal abgesehen, sah Numero tre eher wie ein Vorstadt-Casanova mit Pomade im Haar und Seidenschal um den Hals aus. Und der dritte Mann war definitiv keinem Gewaltverbrechen zum Opfer gefallen, sondern einen tragischen Unfalltod gestorben. Trotzdem gab es verblüffende Parallelen, die den geschraubten Formulierungskünsten Lehnleitners zufolge, »mit an Sicherheit grenzender Wahrscheinlichkeit den Rückschluss zuließen, dass es sich bei Leiche Nummer 3 um den Anführer der Gruppe gehandelt haben könnte«.

Eyrainer verschränkte die Arme hinter dem Kopf und lehnte sich im Sessel zurück. Wenn sich Lehnleitner, die Gewissenhaftigkeit in Person, zu einer solchen Schlussfolgerung hinreißen ließ, musste etwas dran sein. Der Kommissar knöpfte sich den Bericht Orterers vor. Den kurzen, knappen Zeilen des ED-Chefs war zu entnehmen, dass seine Männer nur unter erheblichen Mühen und einigem Zeitaufwand zum Fundort am Fuß einer Steilwand vorgedrungen waren. Die Leiche hatte übel ausgesehen. Was nach einem Absturz aus knapp zweihundert Metern Höhe nicht weiter verwunderlich war. Der Mann war infolge der Wucht des Aufpralls wie ein Geschoss aus dem Fahrzeug katapultiert worden. Die Bergwachtretter, die als Erste durch die unwegsame Schlucht bis zur Absturzstelle aufgestiegen waren, hatten den Leichnam hundert Meter vom Autowrack entfernt zwischen Schutt und Geröll entdeckt, von herumstreunendem Getier schon etwas angenagt.

Eyrainer zog das Protokoll der Rechtsmedizin zu Rate. Die Obduktion hatte eine ihm unbekannte Forensikerin durchgeführt. Das Ergebnis von Dr. Lydia Backofen-Wittmer: Numero drei hatte sich buchstäblich jeden Knochen im Leib gebrochen. Von den Schädelknochen übers Rückgrat bis hinab zum Schienbein. Die Todesursache war unzweifelhaft. Der Umstand, dass auch Nummer drei nichts bei sich trug, das eine Identifikation erleichtert hätte, hätte auch den beschränktesten Kripoermittler nachdenklich werden lassen. Und Lehnleitner war zwar einfallslos, aber nicht auf der Brennsuppe dahergeschwommen. Dass der »Mann aus der Schlucht«, wie Eyrainer den Toten bezeichnete, obendrein in militärischer Montur unterwegs gewesen und eine nagelneue Glock 34 bei sich getragen hatte, war dann des Zufalls doch zu viel. Dass bei der Untersuchung des Wracks überdies ein länglicher schwarzer Koffer zum Vorschein gekommen war, der im Gegensatz zu seinem Besitzer den Sturz relativ unbeschadet überstanden hatte und in dem sich eine Uzi-Maschinenpistole verbarg, stützte Lehnleitners Hypothese vom »Kopf der Bande«. Trotz dieser Erkenntnisse standen die Ermittlungen im Fall Trio Infernale noch ganz am Anfang. Wer waren diese nach der neuesten Militärmode herausgeputzten Waffennarren? Was hatte das Trio dort oben in den Bergwäldern getrieben? Hatten sie Krieg gespielt – und aus dem Spiel mit dem Feuer war Ernst geworden? Gab es eine zweite, gegnerische Gruppe, die beim »Gebirgs-Gotcha« mitgemischt hatte? War es zwischen diesen Akteuren zu einer Auseinandersetzung mit tödlichem Ausgang gekommen? Weshalb – darüber konnte Eyrainer derzeit nur Vermutungen anstellen. Wie passten die beiden Großkaliber-Gorillas und der Tote aus dem Schwarzbachtal ins Mosaik der beiden anderen Morde? Hatten sie überhaupt etwas miteinander zu tun? Noch war sich Eyrainer nicht sicher, ob sich ein Zusammenhang herstellen ließ oder ob ein solch hypothetisches Konstrukt nicht eher dem Bestreben geschuldet war, einen großen Plan zu entwerfen, der alles mit allem in Beziehung setzte und nach einer alles umfassenden Erklärung suchte.

Der Hauptkommissar sinnierte über der leeren Kaffeetasse. Wie sollte er weiter vorgehen? Was sollte er als Nächstes tun? Wo sollte er den Hebel ansetzen, damit Bewegung in die Sache kam? Er presste zwei Finger auf seine Lippen. Er verharrte einige Sekunden reglos und zog die oberste Schublade seines Schreibtisches auf. Dort lag das Manuskript eines Alpen-Krimis, das ihm Anian Gruber bei ihrer Rückkehr aus München in die Hand gedrückt hatte. Gruber hatte ihn gebeten, die Rohfassung der ersten Kapitel auf fachliche Fehler hin durchzusehen und zu redigieren. Das Manuskript trug den etwas trivial klingenden Titel »Toter Winkel« – und das Erste, was ihm als alten Pedanten ins Auge stach, war die exorbitante Anzahl von Rechtschreib- und Interpunktionsfehlern.

Eine steile Zornesfalte sprengte seine Stirn. »Herrschaftszeiten! Und das zusammengeschusterte Zeug soll ich lesen? Da macht ja ein Legastheniker weniger Rechtschreibfehler als der Herr Journalist.«

Eyrainer wog das Manuskript unschlüssig in der Hand. Eigentlich sah er keine Veranlassung, Gruber erneut einen Gefallen zu tun, geschweige denn für den arroganten Laffen den Lektor zu spielen. Vier, fünf Sätze, nicht mehr, schwor er sich. Er lehnte sich ans Fenster und las, das Licht im Rücken. »Die Madonna hielt das Jesuskind im Arm. Es war eine alte wurmstichige Holzfigur aus einer Zeit, als die Menschen das Glauben noch nicht verlernt hatten. Der alte, von Gram gebeugte Mann kniete auf der Betbank davor und richtete sein stilles Flehen an die Gottesmutter. Er merkte nicht, dass er nicht allein war. Da war noch jemand. Dieser Jemand war sein Mörder. Der Mann trug die härene Kutte eines Mönchs. Die Kapuze hatte er tief ins Gesicht gezogen. Da blitzte die stählerne Schneide einer Axt im flackernden Licht der Kerzen auf. Die finstere Gestalt kam näher. Näher und näher kam er. Bis er dicht hinter dem alten, im Gebet zu Gott Versunkenen stand. Er hob die Axt, zur frevlerischen Bluttat entschlossen. Einen kurzen Moment inneren Zweifels hielt er in seinem Trachten inne – doch dann schlug er zu, mit stählerner Wucht und dem irrlichternden Blick des Wahnsinnigen. Es war ein vernichtender, die Schädeldecke zertrümmernder Schlag, in dem nichts als die rohe, brutale Gewalt eines vom Dämon der Habgier Besessenen lag. Endlich gehörte die Madonna ihm – nur ihm!«

Eyrainer zog die Brauen zusammen und ließ das Manuskript mit einem lakonischen »Der Mörder und die Madonna. Was für ein Krampf!« wieder in der Schublade verschwinden. Doch sein Entschluss stand nun fest. Fürs Erste sollte sich Lehnleitner um das tote Trio kümmern, er würde derweil weiter mit Hochdruck im »Fall Göttersberg« – stammten doch beide Mordopfer aus dem winzigen Weiler – ermitteln.

Das Gefühl der Ohnmacht und Ausweglosigkeit war schlagartig verschwunden. Der Kommissar war wieder ganz der Alte: entschlussfreudig, energisch und bereit, die Dinge an der Wurzel anzupacken.

Lässig an der Tischkante lehnend, drückte er eine Kurzwahltaste und griff zum Hörer. »Bertl, holst du den Wagen?

Wir treffen uns in zehn Minuten unten!« Ja, er war wieder da! Ein Fall war wie eine Quiz-Aufgabe oder ein Zahlenrätsel. Er war dazu da, um gelöst zu werden.

Sie verließen Grenzberg auf der B 305 und fuhren geradewegs nach Norden, einer fernen Hügelkette entgegen, die sich im milchig-mehligen Licht einer schon nahe am Zenit stehenden Sonne badete. Die Bundesstraße, die schnurstracks zur Ausfahrt Grenzberg-Nord der A 95 führte, war berüchtigt. Zu nahezu jeder Tages- und Nachtzeit wogte der Verkehr dort hin und her. Die B 305 war die Hauptverkehrsschlagader des Grenzgaus, welche die bergige Region am Rand des Freistaats mit dem Rest der Welt verband. Wer auf dieser gefürchteten Staustrecke unterwegs war, brauchte starke Nerven.

Zum Glück saß Bertl Lehnleitner hinterm Steuer, und dessen Nerven waren reißfest wie Seilbahnseile. Hauptkommissar Eyrainer hockte am Beifahrersitz und starrte durch die Windschutzscheibe auf das schwarz glänzende Asphaltband. Vor ihnen zuckelte eine Kolonne schwerbeladener Lastkraftwagen mit sechzig Sachen durch die einförmige Gewerbegebietsgegend. Es lagen noch etliche Kilometer des Grauens vor ihnen, ehe sie auf die Seitenstraße Richtung Gumbrechting und Axing abbiegen konnten. Doch noch lauerte der Twin Power Turbo R 6 mit Direkteinspritzung darauf, seine über dreihundert PS auch nur ansatzweise auf die Antriebsachse zu bringen. Vorerst hieß es jedoch, sich in Geduld üben. Immerhin war die Kiste so gut wie fabrikneu und bot Fahrkomfort pur: anthrazitfarbene Ledersitze, holzvertäfelte Armaturenbretter, in die Türen und Konsolen versenkte Aktivboxen. Der pure Luxus.

Daran könnte ich mich glatt gewöhnen, dachte der Kommissar. Schneller kamen sie deswegen jedoch auch nicht voran.

»Bertl«, ergriff Eyrainer die Initiative, »ich habe mir überlegt, dass wir uns die Fälle aufteilen. Nimm dir Stocki und den

Neuen und mach Dampf. Ich will wissen, woher dieses Glatzen-Trio ist, was es hier zu suchen hatte und was die drei bisher so getrieben haben.«

Lehnleitner nickte ergeben. »Ich und Harthofer bleiben an der anderen Sache dran.« Kommissar Lehnleitner war der geborene Untergebene, der schon aus Prinzip keine Anordnungen seines Chefs in Frage stellte. Er schien auch nicht weiter überrascht darüber zu sein, dass Eyrainer ihn und nicht Harthofer an Bord holte, um Maria Konz zu befragen.

Sein Chefe setzte ihn dennoch ins Bild. »Diese Anzeige wegen Diebstahls. Die hast doch du aufgenommen, Bertl, oder?«

Sein Assistent nickte diensteifrig und rang sich, als sein Chef beharrlich schwieg, eine Antwort ab. »Die alte Dame hat angegeben, dass etliche Wertgegenstände – und zwar solche von ideellem wie materiellem Wert – aus einer von ihr sorgsam verwahrten Schatulle verschwunden seien. Und sie war überzeugt, dass die Sachen entwendet wurden.«

»Hat sie die Sachen vielleicht verlegt? Oder könnte ihr Sohn, dieser Markus oder wie er heißt, das Familiensilber ohne ihr Wissen verkloppt haben?«, fühlte Eyrainer seinem Musterschüler auf den Zahn.

»Nun«, zögerte sein Assistent, der äußerst ungern ohne Akten und Fakten dastand, »das glaube ich eigentlich nicht. Die Alte hat den Laden im Griff und hat alle sechs Sinne beisammen.«

»Und der Junior?«

Lehnleitner klang ungewohnt bestimmt. »Mama beklauen – das würde ich der miesen Type schon zutrauen. Maurus Konz ist so ein Szene-Macher. Organisiert Partys und macht einen auf Immobilienscout.«

»Und was ist nun genau verschwunden?«, forschte Eyrainer nach, der sich nicht im Geringsten um die mehr oder weniger legalen Aktivitäten des Juniors scherte.

»Drei Goldmünzen aus der Zeit des Kaiserreichs. Mit dem

König auf der Vorder- und dem Reichsadler auf der Rückseite. Keine besonderen Raritäten, aber bei Sammlern durchaus beliebt. Dazu Familienerbstücke, Orden, Medaillen – so Sachen aus dem Krieg.«

»Die Goldmünzen, okay, die wird man leicht los. Aber wieso klaut jemand so altes Nazizeug? Diese Ehren- und Verdienstkreuze bringen im Militaria-Shop doch höchstens um die siebzig, achtzig Euro«, gab Eyrainer zu bedenken.

Seine rechte Hand beeilte sich, seine Bedenken zu teilen. »Das hat mich auch gewundert. Ich hab die Liste nicht hier, aber unter den gestohlenen Gegenständen haben sich ein Eisernes Kreuz, ein Kreuz mit Lorbeerkranz und Schwertern sowie ein Notizbuch ihres Vaters befunden. Das weiß ich deswegen noch so genau, weil sich die Alte am Telefon furchtbar darüber aufgeregt hat.«

Jemand in der Lkw-Kolonne vor ihnen bremste scharf. Notgedrungen stieg auch Lehnleitner ins Eisen. Der unaufhörlich vorbeirollende Gegenverkehr ließ jedes Überholmanöver zum selbstmörderischen Unterfangen werden. Bei einem Blick auf die Tachonadel stellte der Kommissar ernüchtert fest, dass sie sich nur noch mit Tempo dreißig vorwärtsbewegten.

»Noch gut einen Kilometer, dann haben wir es hinter uns!«, bemerkte sein Fahrer nebenhin und schwenkte gleich wieder aufs Thema ein. »Sie hat mir die Ohren vollgejammert, dass die Sachen ihrem Vater gehört hätten und unersetzlich seien. In ihren Augen war dieser Raub so eine Art Sakrileg.«

Der Vater, schoss es Eyrainer durch den Kopf. Klar, Emeram Eder hatte als Soldat der Königlich-Bayerischen Armee im Ersten Weltkrieg gedient. Das hatte er über der intensiven Beschäftigung mit den mysteriösen SS-Runen auf der Stirn des Toten fast schon wieder verdrängt. Genau wie Graf, der Typ, der seinen Namen auf dem Madonnenmedaillon eingraviert hatte. Der Madonnenanhänger hatte irgendeine höhere Charge bekleidet. Feldwebel der Infanterie, der Artillerie? Eyrainer hatte die Details nicht mehr im Kopf. Dafür konnte er sich noch genau daran erinnern, dass es trotz intensiver Recherchearbeit weder Stocki noch Harthofer, noch dem Angeber Gruber gelungen war, irgendeinen Zeitungsausschnitt, einen Aktenvermerk oder eine Fotografie aufzustöbern, irgendetwas, das belegte, dass sich Eder und Graf gekannt hatten. Nicht die Spur eines Hinweises, nicht das kleinste Indiz, niente! Da sich keine Querverbindungen rekonstruieren ließen, hatte er die Hypothese der »Graf-Verschwörung« ad acta gelegt. Schlagartig war die Spur nun wieder heiß! Da war einerseits das Medaillon jenes Georg Graf, das Sixtus, der Sohn von besagtem Emeram Eder, als Glücksbringer bis zu seinem gewaltsamen Tod bei sich getragen hatte. Da waren nun andererseits die Orden und Auszeichnungen von Old Eder selbst, die – zumindest erweckte es den Eindruck – ein Einbrecher eingesackt hatte. Noch vermochte er kein einheitliches Webmuster dahinter zu erkennen, aber dass es da eine Interdependenz, einen gemeinsamen Nenner gab, erkannte ein Blinder mit Krückstock.

Krimis lebten von Klischees – deswegen konnte der Hauptkommissar mit diesem Genre nicht sonderlich viel anfangen. Seitenlang wurden dieselben stereotypen Bilder bemüht: Der Ermittler trank den ganzen lieben langen Tag Kaffee und den lieben langen Abend Whisky oder Wodka. Die Verbrecher soffen literweise sündhaft teuren Champagner, und ihre leicht bekleideten Begleiterinnen schlürften exotische Cocktails. Loser und kleine Ganoven, die für den Part der Leiche prädestiniert waren, hockten bei Bier und billigen Spirituosen in ihrer Stammspelunke. Die Nebenrollen waren mit Leuten besetzt, die an ihren frisch gepressten Maracujasaft, an Rooibos-Tee oder Mango-Lassi nippten.

Maria Konz, geborene Eder, fiel in dieser Beziehung gänzlich aus dem Rahmen. »Darf ich den Herrn Kommissaren etwas zu trinken bringen? Mate-Tee, Kefir oder Zwetschgenwasser?« In ihrer resoluten Stimme schwang ein Unterton der Absolutheit, der weder Ausflüchte noch Halbheiten duldete. Maria Konz trug eine blau karierte Arbeitsschürze, hatte ihre grauen Haare zu einem Dutt hochgesteckt und ihre Hände in die Hüfte gestemmt. Die Alte hatte ihre beiden Besucher, nicht etwa, wie er erwartet hatte, hereingebeten, sondern zu einer auf der Südseite des Bauernhofs befindlichen, von irgendwelchen Kletterpflanzen umrankten Pergola gescheucht. Dort saßen sie nun wie zwei reuige Sünder auf der Anklagebank, das Corpus Delicti, die halbleere Blechkiste, vor ihnen auf dem Tisch. Die Hausherrin stand in der Pose des Advokaten vor ihnen.

Eyrainer musste blinzeln, um im Gegenlicht etwas zu erkennen. Die Bäuerin sah trotz ihres Buckels und den Runzeln in ihrem Gesicht so gar nicht aus wie fünfundsiebzig plus, ja, sie schien von einer strahlenden Aura umgeben, eine Inkarnation jener streitbaren Jungfrau von Orleans zu sein. Eine Dienerin des Herrn, in deren Augen Strenge, Güte und Klugheit lagen. Der Vorwurf, dass sie ohne das »Raubgut« bei ihr in Axing aufgekreuzt waren, stand überdeutlich im Raum. Um das Eis ein wenig zum Schmelzen zu bringen, ging Eyrainer auf ironische Distanz zu seiner Bullen-Rolle. »Zu einem Stamperl Zwetschgenwasser würd ich nicht nein sagen! Ich bin ja im Dienst.«

Bertl Lehnleitner warf ihm verstohlene Blicke zu und verkniff sich den Seitenhieb, dass sie ja tatsächlich im Dienst waren. »Ich muss leider fahren, Frau Konz. Ihren Tee würd ich aber gern probieren«, bediente sich Bertl des Standardrepertoires des artigen Gasts.

»Nennen Sie mich Marie, mein Mann hat Konz geheißen, aber der ist tot!«, bemerkte sie mit unsentimentaler

Direktheit, ehe sie sich brüsk umwandte und ums Hauseck verschwand. »Puh, die hat Haare auf den Zähnen«, fasste Lehnleitner das Geschehen des Prologs bündig zusammen.

Kommissar Eyrainer konnte seinem Assistenten ausnahmsweise nur beipflichten. »Das glaubst! Die lässt sich die Butter nicht vom Brot nehmen!«

Er nutzte die Abwesenheit des Hausdrachens, um sich am Hof umzusehen. Das Wohngebäude und die angrenzenden Stallungen waren wie aus dem Ei gepellt. Eine Milchvieh-Musterkolchose. Alles blitzblank, alles tipptopp in Schuss. Am Balkon hingen üppig begrünte und in Frühlingsfarben blühende Holzkästen, darüber spannte sich eine schwer behängte Wäscheleine. Rote, zitronengelbe und blassblaue Klupperln ließen karierte Hemden, getüpfelte Unterhosen, geblümte Blusen und eine mit Rüschen verbrämte Tischdecke in der sanften Brise schaukeln. Blechmilchkannen standen akkurat aufgereiht wie Zinnsoldaten auf ihrem Bord an der Stallwand. Jedes Ding hatte seinen Platz, alles seine Ordnung, so schien es zumindest auf den ersten Blick. Im auffälligen Kontrast dazu stand ein einzeln stehendes, sichtlich heruntergekommenes Gebäude auf der gegenüberliegenden Seite des Hofs. Der Bau mochte zu früheren, ärmlicheren Zeiten als Holzschuppen, Wagenremise oder Werkstatt gedient haben. Faustgroße Mörtelstücke hatten sich aus der Backsteinmauer gelöst. Die feuchten, von schwarzen und giftgrünen Flecken besprenkelten Wände zeugten davon, dass sich die Schimmelsporen hier wie im Paradies fühlten. Die ehemals roten Dachpfannen waren von einer Schicht aus Moos und Flechten überkrustet. Die ganze, windschiefe Dachkonstruktion drohte jeden Moment in sich zusammenzufallen.

Von Eyrainer unbemerkt, war die Alte mit einem Tablett voller Tassen, Gläser und Karaffen ums Eck gebogen und war seinem Blick gefolgt. »Interessieren Sie sich für altes Gerümpel, Herr Kommissar? Oder sollte ich sagen Antiquitäten, das hört sich gleich viel seriöser und gediegener an. Was meinen Sie?« Sie stellte das voll beladene Tablett auf den Tisch und schob die Blechschatulle ein Stück weit zur Seite.

»Kommt ganz auf den Blickwinkel an, würd ich sagen.« Eyrainer schürzte die Lippen. »Was horten Sie denn da drin Schönes, Marie?«

Sie schien geflissentlich überhört zu haben, dass er sie, wie von ihr gewünscht, mit dem Vornamen angesprochen hatte. Mit der steifen Würde eines Oberkellners im Kaffeehaus Hawelka arrangierte sie die Gläser, Teller und Tassen in einer nur von ihr dechiffrierbaren geometrischen Anordnung auf dem Tisch. »Ja, was haben wir da alles Schönes? Warten Sie! Einen Erbärmdechristus, die Schmerzensmutter und Johannes, den Lieblingsjünger Jesu. Alles vom Holzwurm zerfressen, die Farben abgeblättert und mit Spinnweben zwischen Händen und Hostien. Aber wenn es ums Andenken meines Vaters geht, werde ich zur unverbesserlichen Nostalgikerin, die nichts von dem Krempel aussortieren und wegschmeißen kann.« Ihre von Falten und Spalten zerfurchten Züge wurden weich, auf ihren schiefergrauen Augen lag ein feuchter Schimmer. Ihre Stimme bebte kurz, wurde aber sofort wieder fest. »Mir ist die Erinnerung heilig. Einem alten Menschen bleibt sonst nicht mehr viel im Leben. Deswegen ist es mir auch so wichtig, dass ich die gestohlenen Sachen wiederbekomme. Wenn Sie mir dabei helfen könnten ...«

Lehnleitner räusperte sich verlegen. »Nun ja, vielleicht könnte man einen Finderlohn, eine Belohnung von ... sagen wir mal fünfzehnhundert Euro für sachdienliche Hinweise aussetzen. Anonym versteht sich, also so eine Art Deal mit den Dieben aushandeln.«

Die Alte strich sich nachdenklich über ihr Kinn, goss dem Kommissar eine Tasse Matetee ein und schraubte den Verschluss einer bauchigen Flasche auf, die eine durchscheinend klare Flüssigkeit enthielt. Sie wischte die beiden Schnapsgläser mit einem Tuch trocken und platzierte eines davon vor dem »Herrn Kommissar«. »Alles im Leben hat seinen Preis. Das wollen Sie mir doch sagen, oder?«

Eyrainer stieß einen fatalistischen Seufzer aus. »Wenn wir keinen konkreten Anhaltspunkt haben, wird es schwierig werden, die Identität der Täter zu ermitteln. Wann haben Sie denn bemerkt, dass etwas fehlt?«

Maria Konz füllte die Gläser bis zum Rand und hob ihres mit ruhiger, sicherer Hand an die Lippen. »Prost! Ein Stamperl schadet nie!«

Eyrainer beschnupperte das selbstgebrannte Wässerchen. Sein Riechorgan nahm das Aroma von feinen, reifen Zwetschgen wahr, das von einem Geruch nach hochprozentigem Alkohol überlagert wurde. Er nahm einen Schluck und spürte ein angenehmes Brennen in der Gurgel. »Fein, sehr fein!«, lautete sein beifälliges Urteil.

Marie lächelte ironisch. »Passen Sie bloß auf. Das Zeug hat den Teufel gesehen!« Nichtsdestotrotz leerte sie das Glaserl auf einen Sitz und schnalzte genießerisch mit der Zunge. »Ahhh! Das schmiert die steifen Glieder und gießt die grauen Zellen. Man soll ja im Alter viel trinken, sagen die Ärzte.« Sie ließ die letzten Tropfen im Gaumen zergehen. »Da können's mir mit ihrem Grappa und ihren Bourbon gehen.« Mit einem Ruck stellte sie das Glas ab. »Wo waren wir stehengeblieben? Ah ja, ein paar Tage nach dem Tod von meinem Bruder hat mich der Bruno besucht. Der Enkel von der Kathl, meiner älteren Schwester. Wir haben in der Küche zu Mittag gegessen und wollten hernach ein paar Bilder anschauen. Der Bruno interessiert sich sehr dafür, wie die Leute früher gelebt haben und wo seine Wurzeln sind. Ich hab also die Blechschachtel mit den Fotos vom Speicher geholt. Dabei ist mir aufgefallen, dass die Schachtel ein wenig zur Seite gerückt war.« Marie rieb sich über ihre leicht geröteten Augen. »Bruno hat seinen Urgroßvater nicht gekannt, der ja schon

1950 verstorben ist – fast fünfzig Jahre vor meiner Mutter. Das muss man sich mal vorstellen. Meine ältere Schwester war schon aus dem Haus, ich war erst vierzehn, und mein jüngster Bruder Sebald hat noch in die Windeln gemacht. Die gute alte Zeit war so gut nicht. Da mach ich mir nix vor! Aber mein Vater war ein feiner Mann!«

Eyrainer nippte nachdenklich an seinem Schnapsgläschen. »Sagt Ihnen der Name Georg Graf irgendetwas, Maria? Wie Ihr Vater war er im Ersten Weltkrieg an der Westfront im Einsatz. Sie könnten sich bei ihrer Rückkehr kennengelernt haben.«

»Ein Feldwebel der Artillerie. Aus Giesbach«, ergänzte Lehnleitner, wie immer um Korrektheit bestrebt.

Die Augen der Alten wanderten von einem zum anderen Kripobeamten. Ihr Blick war wachsam wie die eines alten Tyrannen, der stets auf der Hut war. »Graf, sagen Sie, aus Giesbach? Nein, der Name sagt mir nix! Wenn ihn mein Vater einmal erwähnt haben sollte, dann nur nebenbei. Ich kann mich jedenfalls nicht erinnern. Was soll mit dem sein?«

Eyrainer nickte Lehnleitner kurz zu, der ein Talent dafür besaß, einen Sachverhalt so darzustellen, dass sein Gegenüber rasch das Interesse daran verlor. »Nun, wir sind im Laufe der Ermittlungen im Zusammenhang mit der Ermordung Ihres Bruders auf einen Schlüsselanhänger in Form eines Marienmedaillons gestoßen, das ursprünglich wohl von jenem Georg Graf im Zuge einer von ihm getätigten Wallfahrt als Glücksbringer erworben wurde. Wir haben uns also gefragt, wie Ihr Bruder in den Besitz des besagten Amuletts gekommen sein könnte. Und ...«

Maria Konz winkte ungeduldig ab. »Schon gut. Geerbt hat er das Ding jedenfalls nicht. Für kitschige Madonnen-Bildchen mit dem Jesuskindlein am Arm hat der Vater nichts übriggehabt. Der christliche Firlefanz war nix für ihn. Er hat nur nach außen so tun müssen, wegen der Mutter, die jedem

Prozessionszug nachgelaufen ist, um es all den Neidhammeln umadum zu zeigen. Die haben ja nur darauf gewartet, dass er, der Emporkömmling, einen Fehler macht und den Hof zugrunde wirtschaftet.« Sie schien zu überlegen, ob sie sich ein zweites Stamperl Zwetschgenwasser genehmigen sollte, ließ ihre Hand aber wieder sinken. »Sie müssen eins wissen, Herr Kommissar. In seiner Jugend war mein Vater ein wilder Hund. Keine Gämse und kein Rockzipfel waren vor ihm sicher. Auf jedem Tanzboden, bei jeder Wirtshausrauferei war er zugange. Solche wie mein Vater waren den honorigen Herrschaften, den Gutsbesitzern und Jagdpächtern aus der Stadt ein Dorn im Auge. Mehr als einmal haben ihre feigen Büttel aus dem Hinterhalt auf ihn geschossen. Der Emeram war ein Hallodri, aber die Gendarmen und Flurhüter, wie sie sich großspurig genannt haben, waren richtige Drecksäue!« Sie hielt in ihrer emotionsgeladenen Erzählung kurz inne und fragte, an Lehnleitner gewandt: »Mögen Sie noch einen Tee, Inspektor?« Ehe dieser dankend ablehnen konnte, hatte sie sich die Kanne geschnappt und nachgeschenkt. »Mein Vater und seine Spezl, wie der Speckbacher Sepp oder der Luidl Lorenz, das waren echte Mannsbilder – ein Mann, ein Wort, kein Rumgerede. Die haben ihre Streitigkeiten untereinander geregelt – und nicht vor Gericht. Wenn es um ihre Ehre gegangen ist, hat sich keiner was gefallen lassen.«

Eyrainer konnte sich illustriert vorstellen, dass im Wilderer-Kodex lediglich zwei Farben vorkamen: Schwarz oder Weiß und keinerlei Schattierungen und Grauabstufungen dazwischen. Wenn es um die Frage ging, wer das Alphatier im Revier und auf dem Heuboden war, gab es keine Kompromisse, nur eine Alternative: ich oder er. Die Wilderer ähnelten darin auf verblüffende Weise brunftigen Hirschen – ihrem bevorzugten Jagdobjekt.

»Nun, ich habe eine Aufstellung der Ihnen entwendeten Objekte bei mir. Wenn Sie gestatten …« Wie ein Zauberkünstler das Kaninchen zog Eyrainers getreuer Assistent eine mehrfach gefaltete Liste aus der Innentasche seines Jacketts. Mit dem Zeigefinger tippte er auf einen der dort angeführten Punkte. »Punkt 12. Drei Wildschützen im Sonntagsstaat. Angefertigt in einem Fotoatelier«, verkündete Lehnleitner im Brustton des allwissenden Bürokraten. »Punkt 13. Porträtaufnahme Eders, im Hintergrund ein Stapel Langholz. Punkt 14. Fotografie, überbelichtet. Emeram Eder im Kreis seiner Arbeitskollegen. Mit ihren Werkzeugen – Axt, Säge und Sapie.«

»Danke, Lehnleitner, ist gut. Ich denke, die Bilder sind Frau Konz, äh Maria hinlänglich bekannt.« Eyrainer überlegte kurz, ehe er im bestimmten Tonfall fortfuhr: »Wir sind ja hier nicht wegen dem Verlust einiger Fotos, die sicher von großem persönlichen Wert für Sie sind, sondern weil wir einen Mord, besser gesagt mehrere Morde aufzuklären haben. Der Diebstahl ist für uns insofern von Interesse, als er mit unseren Fällen in Verbindung stehen könnte, zumal ja auch die Gründe für das Verschwinden Ihres Bruders Sebald noch immer im Dunklen liegen.« Eyrainer holte kurz Luft und mühte sich, mitfühlend zu klingen. »Wurden vielleicht auch Aufnahmen jüngeren Datums Ihrer beiden Brüder gestohlen?«

Marias Antwort kam wie aus der Pistole geschossen. »Nein, wieso? Das habe ich doch alles bereits Ihren Kollegen am Telefon gesagt. Verschwunden sind ausschließlich Fotos und Briefe meines Vaters. Und bevor Sie mich noch mal fragen: Ich habe keine Ahnung, welche Hundsmatz das getan haben könnte!«

Langsam wurde die Alte unleidlich und reagierte ungehalten. Eyrainer beschloss, vorerst bei der sanften, verständnisvollen Tour zu bleiben, aber den Fokus zu verändern. »Sie haben angegeben, dass neben den Fotografien und Sterbebildchen auch Orden und Ehrenzeichen entwendet wurden.

War Ihr Vater nach dem Ersten Weltkrieg politisch aktiv, im Bauernbund oder einer Partei vielleicht?«

Sie schoss von ihrem Sitz empor wie ein Schachterlteufel. »Es ist immer dasselbe Gfrett mit euch. Sagen Sie es doch gleich! Ob er ein Nazi war, wollen Sie wissen? Und ich sag Ihnen: Nein, er war keiner. Nach dem Krieg ist er sogar für ein paar Wochen mit den Volksarmisten der Münchner Räterepublik herumgezogen. Er hat von der Revolution des Proletariats geträumt. Zu der Zeit war er ja noch ein armer Hungerleider, ein Taglöhner, der sich als Holzknecht durchgeschlagen hat. Erst ein paar Jahre später hat er die Mutter kennengelernt und hat mehr durch Zufall den Holzer-Hof geerbt.«

»Er war also nie in der NSDAP?«, forschte Lehnleitner im Stil eines Inquisitors nach.

»Ach was, nie nicht. Wenn er irgendwo hat hinmüssen, hat er sich so eine Nadel angesteckt, die er irgendwann – ehrenhalber, wie es in dem Schrieb geheißen hat – per Post zugeschickt bekommen hat. Er hat Frau und Kinder zu ernähren gehabt und wollt kein Ärger. Das war's!«

Das war's dann auch mit der Befragung, dachte Eyrainer grimmig. Nichts, das die SS-Runen auf der Stirn ihres Bruders in Relation zu der Nazi-Vergangenheit des Vaters setzte. Kein Hinweis auf mögliche historische Hintergründe oder Motive der Taten. Was er auch unternahm, in der Sache kam er nicht voran. Er fuhr nur im Karussell herum oder joggte eine Runde im Hamsterrad – je nachdem, wie man es betrachtete.

Er wollte eben aufstehen und sich von Madame Konz verabschieden, da ergriff Lehnleitner unverhofft das Wort. »Sie haben doch vorhin erzählt, dass Sie in dem Schuppen da drüben alte Schnitzfiguren aufbewahren. Stammen die noch von Ihrem Vater?«

Sichtlich überrascht nickte Maria Komz. »Ja, wieso? Er hat immer gern geschnitzt. Schon als ein einfacher Holzknecht.

Später hat er sich mit Ausbesserungsarbeiten für die Kirche ein paar Mark dazuverdient und angefangen, Figuren nach eigenen Entwürfen zu schnitzen. Er hat Holz gemocht – vor allem das rote, fein gemaserte der Zirbe!«

Lehnleitner legte den Kopf schief. Eine Geste, die darauf hindeutete, dass sich sein Denkapparat intensiv mit der Materie Holz beschäftigte. »Mein Opa mütterlicherseits hat auch sein Lebtag lang gern mit Holz gearbeitet. Sein alter Opel Kadett ist draußen in der Einfahrt gestanden, und die Garage hat er zur Werkstatt umgemodelt. Da drin hat er ein ganzes Arsenal von Schnitzmessern mit geraden, gewinkelten und gekröpften Eisen, Stechbeitel, Klüpfel, Schaber und Holzbohrer aufbewahrt. Als Bub war das für mich eine ganz eigene Welt – die klaren Linien, das harmonische Ebenmaß, das hat mich damals unheimlich fasziniert. Also ich kann Ihren Vater da gut verstehen.«

Eyrainer sah fragend zu seinem Assistenten hinüber, der jedoch mit seinem Schnitzer-Latein am Ende zu sein schien. So jetzt aber, dachte der Kommissar und stützte seine Hände auf die Armlehne, um sich zu erheben. Da ließ ihn die Stimme der Alten, die auf einmal seltsam wehmütig und beinahe zerbrechlich klang, in der Bewegung innehalten.

»Er war damals schon schwerkrank, seine Nase ist immer spitzer und seine Haut immer blasser und durchsichtiger geworden, so dass das Blau der Adern durchgeschienen ist. Aber das Schnitzen hat ihm bis zuletzt Kraft geben. Ich kann mich erinnern, wie er mich mit hinüber in den Schupfen genommen hat und mir ein kleines Vögerl, einen Fink oder einen Spatz, zum Namenstag geschenkt und mir tief in die Augen geschaut hat: Da, Marie, der ist für dich. Streich ihm ruhig über die Flügel, ganz leicht und behutsam! Dann spürst, wie weich und warm sein Gefieder ist. Wenn ich daran denke, wird mir heute noch ganz eng ums Herz.«

Bevor er hier noch Zeuge eines sentimentalen Rührstücks

wurde, schritt Eyrainer beherzt ein. »Und Ihr Bruder Sebald? Der hat sich doch auch als Herrgottsschnitzer betätigt. Wenn ich mich recht erinnere, hat GAU-TV vor einiger Zeit über eine Ausstellung berichtet, die Werke von ihm gezeigt hat. Das Talent hat er wohl von Ihrem Vater geerbt.«

»Talent, der Sebald?« Ihre Mundwinkel bewegten sich nach oben, und in ihren Augen blitzte es belustigt. »Nicht das Geringste. Sein Handwerk hat er einigermaßen beherrscht, das schon. Aber sonst? Früher war er oft genug mit seinem Skizzenblock hier, um die Sachen vom Vater zu studieren – die hat er dann kopiert.« Sie machte eine abfällige Handbewegung: »Er, der große Künstler, hat eine Jesusfigur, einen Ecce Homo, als roh gearbeiteten Torso unter dem Titel ›Prometheus: Metaphysis II‹ auf den Sockel gestellt. Der Finsterwalder hat diese Ausstellung gesponsert und ihm ein paar Sachen abgekauft. Da ging es nur darum, Geld zu machen und Steuern zu sparen! Warten Sie!« Eyrainer und Lehnleitner schauten sich ob dieses unerwarteten Gefühlsausbruchs verwundert an. »Hier, da steht's schwarz auf weiß.« Triumphierend schwenkte sie einen bunt bedruckten Wisch, wohl der Waschzettel zur Ausstellung. »Die vier letzten Dinge: Tod, Gericht, Himmel, Hölle! Die Kraft des Konkreten. So ein Salferer!« Sie warf den Wisch auf den Tisch, als ob dort eine ihr lästige Stubenfliege herumkrabbelte, und bedachte die beiden Polizisten mit abschätzigen, argwöhnischen Blicken. »Oben am Mühlbachhorn war bis um 1910 rum ein Bergwerk in Betrieb. In den Stollen haben sie nach Gold und Silber geschürft. Nach dem Krieg hat der Speckbacher Sepp eine der verfallenen Blockhütten wieder hergerichtet. Keine Ahnung, ob er die jemandem abgekauft oder sich einfach unter den Nagel gerissen hat. Mein Vater war oft mit dort oben, auch später, als es mit der Wilderei vorbei war. Der Sebald war nicht nur sein Patenkind, sondern der Sepp war auch so eine Art Vater für ihn. Die beiden haben sich gut vertragen. Und da der Sepp nur eine ledige Tochter gehabt hat, die von hier wegzogen ist …« Maria Konz ließ den Satz unvollendet, doch Eyrainer verstand auch so: Jedes Versteckspiel war mal zu Ende.

»Eine Hütte, in den Bergen!« Der Kommissar hieb sich mit der flachen Hand an die Stirn. Den Wagen hatten sie hinter Axing am Straßenrand abgestellt und waren ein paar Schritte zu Fuß gelaufen. Der Tag war noch richtig schön geworden, die Sonne lächelte frühlingshaft warm vom Himmel herab. Nur sie wirkten etwas verloren auf dieser Hügelkuppe inmitten weiter Wiesenwellen. In der Talmulde unter ihnen leuchteten die Ziegeldächer von Axing.

»Was sind wir nur für Volldeppen!«, übte sich Hauptkommissar Eyrainer in schonungsloser Selbstkritik. »Das hätten wir doch rauskriegen müssen, dass der eine Hütte hat!«

Albert Lehnleitner schaute betreten zu Boden. »Vielleicht hat er sie von der Tochter dieses Speckbachers gepachtet? Und wenn das ein lediges Kind ist, dann heißt die vielleicht Kramer, Fürst oder Bauer …« Lehnleitner hatte recht. Das konnten sie nicht wissen.

Das Gras auf den Wiesen sprießte grün und üppig, die gelben Sterne des Löwenzahns waren dabei, aufzugehen. Dahinter schoben sich die unscharfen Konturen der in zarten Pastelltönen gezeichneten Berge zwischen Erde und Himmel. Dort oben lag ihr nächstes Ziel, die Mühlhornalm.

Primus inter aves

»Huuuuuuu-huhuhu.« Der schaurige Ruf des Waldkauzes gehörte auf die Tonspur jedes besseren Horrorfilms. Aber gehörte er auch hierher in den Bergwald? Hauptkommissar Korbinian Eyrainer hatte seine Zweifel. Es war erst gegen siebzehn Uhr und somit helllichter Nachmittag. Doch auf das »Hu-huu« des Männchens folgte kurz darauf das lockende, gurrende »Kiiwitt-kiiwitt« des Kauz-Weibchens. In den abergläubischen Vorstellungen der Altvorderen schwang in dem Ruf des Käuzchens eine Aufforderung zum Totentanz, ein »Komm mit«, derweil Gevatter Tod bereits seine Sense schliff. Die nächtlichen, lautlosen Jäger waren so etwas wie ein Sinnbild für die Urangst des Menschen vor dem dunklen Tann, vor der totalen Finsternis einer mondlosen Nacht. Genau, das war's!

Käuze waren Vögel der Nacht und nicht des Nachmittags, dachte Eyrainer und verwünschte gleichzeitig seine eklektische Halbbildung. Oder war diese Eulenart nicht doch schon zur Tea Time unterwegs, um sich ein paar vorwitzige Wühlmäuse zu greifen? Sie jedenfalls waren es. Er und sein Guide Bruno Brenner. Brenner vorneweg, er in gemessenem Abstand hinterher.

Schweigend stiegen sie bergan. Es war ein düsteres Schweigen, das nicht nur von den Anstrengungen des Aufstiegs herrührte. Ihr Weg führte sie unterhalb der Mühlhornwand vorbei. Die wie von Zyklopenhand aufgeschichteten Felsmauern türmten sich bedrohlich über ihnen. Die kalkweiße, von grauschwarzen Felsbändern durchwirkte Wand ragte schroff, abweisend und urtümlich aus den höchsten Waldeswipfeln auf. Brenner stapfte in stoischer Beharrlichkeit über eine breite

Schuttreiße. Eyrainer jedoch zauderte, warf mehr als einen skeptischen Blick nach oben, ehe er sich an die Querung des Geröllfelds wagte. Wenn sich aus der Steilwand dort oben ein paar fette Felsbrocken lösten und den Hang hinunterpolterten, dann blieb keine Zeit mehr für ein Vaterunser.

Instinktiv beschleunigte er seine Schritte und blickte stur geradeaus. Vor ihm, auf einem der Wand vorgelagerten Felsensporn, stemmten und spreizten sich einige klägliche Mauerreste und das Skelett eines Wachturms gegen den Ansturm zerstörerischer Naturkräfte. An ihren steinernen Gerippen nagte der Zahn der Zeit – unaufhörlich, erbarmungslos. Vor fünfhundert Jahren erhob sich hier eine kühne Felsenfeste. Doch jetzt war da nur noch eine Ruine, der bleiche Schatten einer Burg, die vor einer feindlichen Übermacht kapituliert hatte. Die Schutthalde lag hinter ihnen.

Brenner verlangsamte seine Schritte, ließ den Rucksack von der Schulter gleiten und sah sich nach ihm um. »Kurze Rast!« Brenner lehnte an einem Felsblock und deutete zur Ruine hinauf. »Burg Thürl. Hier oben hausten dereinst die Schreckenberger. Ein alteingesessenes Rittergeschlecht. Für die Chronisten des Klosters Sternberg waren sie indes ein verfluchtes Natterngezücht, ein Geschlecht von Schnapphähnen, Wegelagerern und Mordbrennern. Kurzum eine üble Sippschaft, die – nomen est omen – vor keiner Schand- und Schreckenstat zurückschreckte. Wenn es darum ging, das Raubgesindel zu diffamieren, kratzten die Kielfedern der frommen Brüder besonders flink übers Pergament.«

»Und was war so falsch daran?«, fragte Eyrainer der Höflichkeit halber, obgleich ihn die Machenschaften des Mittelalters nicht im Mindesten interessierten.

Brenner spuckte aus. »Das war nix wie Propaganda. Die Geschichte schreiben die Sieger. Und das waren in dem Fall der Vitzthum, der Stellvertreter des Herzogs im Grenzgau, und der Fürstabt von Sternberg. Erst haben die feinen Herren ihre Bauern ausgeplündert, um ihre Truhen aufzufüllen. Mit der Kohle haben sie einen Haufen Landsknechte angeworben, um die Räuberhöhle auszuräuchern. Dann wurde die Burg belagert, die Mauerbrecher, also die Basilisken und Kartaunen, aufgefahren, um mit zwanzig Kilo schweren Eisenkugeln Breschen in die Mauern zu ballern.«

»Woher willst du das denn so genau wissen? Bist unter die Hobbyforscher und Heimatkundler gegangen?«, erwiderte Eyrainer süffisant, der sich keinen Vortrag über mittelalterliche Belagerungstechnik anhören, sondern schnellstmöglich zur Mühlhornalm hinauf wollte.

Doch Brenner ließ sich in seinem Vortrag nicht beirren. »Der alte Graf gab den ausgehungerten Burgmannen den Befehl, sich dem Feldhauptmann Pienzenauer zu ergeben. Zumal dieser der Besatzung freies Geleit zugesichert hatte. Kaum hatten diese jedoch die schützenden Mauern verlassen, war keine Rede mehr von Pardon und freiem Abzug. Der Pienzenauer ließ die Gefangenen umzingeln und alle Kriegsknechte des Grafen, ja selbst sein Gesinde niedermetzeln. Der alte Graf selbst wanderte in ein Verlies der Grenzberger Fronfeste und ward nie wieder gesehen.« Brenner schraubte die Feldflasche auf, trank daraus und reichte sie dem Kommissar. »So fand das vorgebliche Schreckensregiment der Schreckenberger sein verdientes Ende. Und die von den fetten Prälaten und Pfeffersäcken bezahlten Annalen-Pinsler konnten mit ein paar salbungsvollen Elogen auf die Güte des Herrn ein weiteres dunkles Kapitel der Geschichte schließen. Das Gute hat gesiegt! Und was sagt uns das?«

Eyrainer wischte sich mit den Handrücken die Speichelfäden vom Mund. »Dass dein Obstler ein grauseliges Gesöff ist und dass es Zeit wird, dass wir die Sache zu Ende bringen!«

»Du bist der Boss, gehen wir die letzte Etappe an!«, brummte Brenner.

Mit dem Obstler im Blut stapften sie zügig bergan. Der

Steig schlängelte sich in einen weiten Bogen an den Steilabbrüchen vorbei und gelangte so auf den breiten, bewaldeten Bergbuckel. Sobald sie in den Bergschatten traten, wurde es merklich kühler. Eyrainer schlüpfte in seine Windjacke und zog den Reißverschluss zu. Je näher er dem Ziel kam, desto nervöser und ungeduldiger wurde er. Wie würde der Gesuchte reagieren? Würde er den Beteuerungen seines Neffen Glauben schenken? Würde er sich stellen oder erneut zu fliehen versuchen? Er musste mit Eder sprechen, um Aufschluss über die Motive und Hintergründe der Tat zu gewinnen. Er würde die Wahrheit aus ihm herausbekommen, selbst wenn er ihn kopfüber in eine verschissene Kloschüssel stecken musste. Deswegen hatte er sich auch schweren Herzens dazu durchgerungen, Bruno Brenner um Hilfe zu bitten. Früher waren sie einmal so etwas wie Freunde gewesen. Das war einmal – vor Gericht hätte ein Anwalt mit Fug und Recht behaupten können, dass ihre Beziehung grundlegend zerrüttet war.

Wie nicht anders zu erwarten, hatte ihn Brenner zappeln lassen. Er hatte es sichtlich genossen, dass er zu Kreuze kroch, und das Für und Wider einer Kollaboration mit der Kripo erwogen. Nachdem Eyrainer einige Zugeständnisse gemacht hatte, war Bruno bereit gewesen, den Part des Lockvogels zu übernehmen und den Versuch zu wagen, seinen Onkel zur Aufgabe zu bewegen. Brenner hatte es zur Bedingung gemacht, dass die Befragung in seiner Gegenwart stattfinden und sein Onkel die Chance bekommen müsse, seine Sicht der Dinge darzulegen.

Unten am Mühlpoint-Parkplatz hatte ihm Brenner nochmals eingeschärft: »Ich mach da nur mit, weil ich diese Schweinehunde hinter Gittern sehen will. Und um die Unschuld meines Onkels zu beweisen. Er ist kein Verbrecher – und ich verlange, dass du ihn fair und gerecht behandelst. Also: keine versteckten Mikrofone, keine Aufzeichnungsgeräte und irgendwelche elektronischen Sender, klar!«

Brenner hatte definitiv einige Agententhriller à la Le Carré zu viel gesehen.

Mit einem Achselzucken und einem »Wie du meinst!« hatte der Kommissar Brenners Bedingungen akzeptiert. In der Not frisst der Teufel bekanntlich Fliegen. Zumal er keinen Augenblick daran gedacht hatte, sich an diese »Bedingungen« zu halten. Er war Kripobeamter und hatte sich an klaren Regeln und Vorschriften zu orientieren – da ging es ihm nicht anders als jenem Pienzenauer vor fünfhundert Jahren. Schnaps war Schnaps, und Befehl war Befehl. So war Eyrainer nach Schema F vorgegangen, hatte sich Rückendeckung vom Polizeipräsidenten geholt und dem Haftrichter einen Besuch abgestattet. Für den zuständigen Richter Rosenstiel waren die Voraussetzungen des Paragraphen 112 der StPO zweifelsfrei erfüllt: Es bestand Fluchtgefahr, Verdunkelungsgefahr und ein konkreter Tatverdacht. Sebald Eder war keineswegs das arglose Opfer auf der Flucht vor seinen Häschern, zu dem ihn Brenner stilisieren wollte. Nein, für ihn war er einer der Haupttatverdächtigen – und das mit gutem Grund. Eyrainer hatte den Haftbefehl bereits in der Tasche. Aber das brauchte dieser von sich selbst eingenommene Teigaff nicht zu wissen. Brenner hatte vorgeschlagen, den Silbernen Steig zu nehmen, der zu Zeiten des Goldrausches um 1900 von den Bergknappen angelegt worden war. Und er war sofort darauf eingegangen. So konnte es zu keinen für ihn peinlichen Begegnungen mit der Ordnungsmacht kommen. Hatte er doch die Mühlbach-Forststraße an der Abzweigung unten im Tal von ein paar Streifenpolizisten absperren lassen. Und zur Stunde war ein aus zwei Allrad-Fahrzeugen und vier Mann bestehender Eingreiftrupp zum Unterschlupf Eders unterwegs. Der Trupp stand unterm Kommando von Harthofer und hatte die Aufgabe, die Alm weiträumig abzuriegeln und sämtliche Fluchtwege zu überwachen. Sebald Eder saß in der Falle – auch wenn er es selbst noch nicht wusste.

Mit jedem Meter spürte Eyrainer, dass er alles andere als in Hochform war. Die Tage am Gardasee hatten ihre Spuren hinterlassen. Und der Aufstieg zog sich. Seine von exzessiven Pasta-, Pizza- und Grappa-Gelagen in Mitleidenschaft gezogene Pumpe hämmerte im Hochfrequenzmodus gegen den Brustkorb. Sein Atem ging stoßweise.

»Wenn wir uns schicken, sind wir in zwanzig Minuten oben«, rief Brenner aufmunternd zu ihm hinunter.

»Leck mich doch!«, zischte Eyrainer. War er doch gerade dabei, auf einem schmalen Brett über einen reißenden Bergbach zu balancieren, der durch einen von Felsklötzen gebildeten Engpass talwärts schäumte. Mit zitternden Knien langte er auf der anderen Seite an. Vor seinen Augen schlängelte sich der Pfad durch dürres Buschwerk steil bergauf. Von dort führte die Fußspur über ein sich in die Hangmulde schmiegendes Schneefeld. Keine verlockenden Aussichten. »Na merci, das auch noch!«, grummelte er und bereitete sich seelisch und moralisch auf die bevorstehenden Strapazen vor.

Bruno war schon ein ganzes Stück weit voraus. Vollgepumpt mit Alpin-Adrenalin, sprang er mit der Trittsicherheit eines Steinbocks über Stock und Stein. Da konnte Eyrainer nicht mithalten. In seiner Brust regten sich Wut und Widerwille. Offensichtlich hatte ihm Brenner in Sachen Fitness einiges voraus. Dank einer langen Ahnenreihe von halbseidenen Berg- und Werktätigen lag ihm der Berg wohl im Blut. Brenner war schließlich ein Urenkel von jenem zwielichtigen Emeram Eder, der in seiner Jugend ein gefürchteter Wildschütz und Raufbold gewesen und in seinen späteren Jahren zum sittenstrengen und ehrbaren Gottesschnitzer konvertiert war. Zumindest hatte Maria Konz das steif und fest behauptet. Und dass er nur nach außen hin Nazi war! Vielleicht war er ja doch nicht die Lichtgestalt, zu der ihn seine Tochter verklärte – und der werte Herr Papa hatte sich als Waffenschmuggler oder als Schleuser für Nazischergen betätigt. Die gebirgige Grenzgegend kannte Eder ja seit seinen Wildererzeiten wie die eigene Joppentasche. Eder würde seinen solventen Klienten nicht umsonst zur Flucht verholfen haben, sondern gegen ein sattes Honorar. Sein Scherflein hatte er in einem der unterirdischen Stollen des aufgelassenen Silberbergwerks ins Trockene gebracht. Dann war er jedoch unerwartet gestorben. Beim Holzfällen, wenn Eyrainer sich recht erinnerte. Und seine Erben suchten nun nach dem »Schatz des Priamos«? Hatten sich die Brüder darüber entzweit?

Die Gedanken des Kommissars wirbelten wild umher, als er sich Schritt für Schritt den Hang hochquälte.

»Wo bleibst denn so lang? Hast dich wo verlaufen?«, hörte er von oben eine hämische Stimme rufen. »Wir sind gleich da! Komm weiter.« In lässiger Luis-Trenker-Gedächtnis-Pose stand Bruno auf einem gewaltigen Monolithen und wedelte wie wild mit seinen Armen, um ihm zu bedeuten, zu ihm heraufzuklettern.

Eyrainer lag ein gotteslästerlicher Fluch auf den Lippen, aber er biss sich durch. Nach einem letzten herkulischen Kraftakt war er oben, schweißüberströmt und nach Luft hechelnd, aber dem Ziel nah.

»Da hinten ist die Alm!«, bemerkte Brenner lakonisch, ohne die bergsteigerische Leistung des Kommissars auch nur mit einem Wort zu würdigen. Und Tatsache: Zwischen zwei verkrüppelten Fichten lag die Alm inmitten einer weiten, von einzelnen Steinen und Baumgruppen durchwirkten Weide. Auf einem Blick erkannte Eyrainer das Missliche ihrer Lage: Es war nahezu ein Ding der Unmöglichkeit, sich der Hütte zu nähern, ohne schon von weitem gesehen zu werden. Es würde ihnen nichts anderes übrigbleiben, als dorthin zu spazieren und zwei harmlose Bergvagabunden zu mimen.

»Elch 1 an Karibu 3 bitte kommen!« Er presste das Funkgerät ans Ohrwaschel und spitzte die Lauscher. Doch es war nichts zu hören als das monotone atmosphärische Hintergrundrauschen. Schneegestöber über Sibirien. Langsam langte es ihm. Er umklammerte das Handsprechfunkgerät, das HFuG, wie es im Polizeijargon hieß, so fest, als ob er es wie eine rohe Kartoffel zerquetschen wollte: »Grasmaier, bist du torert[3]? Tut sich in deinem Abschnitt was? Jetzt mach's Maul auf, fix noch mal!«

Kriminalobermeister Leonhard Harthofer alias Elch 1 ging der Arsch auf Grundeis. Es war das erste Mal, dass er einen solch brisanten Einsatz leitete. Hier waren Fingerspitzengefühl und Führungsqualitäten gefragt. In seinem tiefsten Inneren bezweifelte Hartl Harthofer allerdings, ob er über eine der beiden Eigenschaften verfügte. Doch was sollte er machen? Eigentlich sollte der Stellvertreter des Chefs, Kommissar Bertl Lehnleitner, hier im Latschenfeld hocken. Doch Bertl war fein raus. Der Hauptkommissar hatte ihn mit den Ermittlungen im Fall der drei toten Glatzkopf-Dschihadisten betraut. So hatte Harthofer, die Nummer drei im Team des Dezernats 5 der Kripo Grenzberg, die Arschkarte gezogen. Vor einer guten Stunde hatte er die im Einsatzplan markierten Koordinaten rund zweihundert Meter südlich der Mühlhornalm erreicht und dort seinen Beobachtungsposten bezogen. Dort saß er nun im Schutz eines Felsblocks inmitten von harzig duftenden Latschenkiefern. Um sein Unglück voll zu machen, hatte er ihre ebenso übereifrige wie eigensinnige Azubine an der Backe: Kriminalanwärterin Petra Plaschke, alias Moschus 4, aus Naumburg an der Saale. Neben der sächsischen Azubi-Amazone unterstanden ihm Benno Grasmaier, ein vom Dezernat 3 Betrugskriminalität ausgeliehener Kollege, sowie ein untersetzter, bulliger Streifenpolizist, der als exzellenter, treffsicherer Schütze galt: Hauptwachtmeister Ignaz Irgl junior, Leiter

3 taub, schwerhörig

der Polizeiinspektion Grenzberg-Grund. Das Spezialeinsatzkommando, kurz SEK Südbayern, hockte in München und fühlte sich lediglich für die Bekämpfung schwerer Gewaltkriminalität mit erhöhtem Gefährdungsgrad zuständig, wie es in der Aufgabenbeschreibung der Sondereinheit so schön hieß. So musste die »Task Force Mühlhornalm« mit Irgl, alias Bison 2, als »Scharfschützen« vorliebnehmen. C'est la vie.

Harthofer fuhr sich nervös über die Oberlippe. Der Chef und dieser Brenner hätten längst hier oben, die Kontaktaufnahme mit der Zielperson längst erfolgt sein sollen. Draußen wurde es langsam dämmrig, und seine Unruhe wuchs von Minute zu Minute.

Petra Plaschke setzte das Fernglas ab, durch das sie angestrengt in die länger werdenden Schatten gespäht hatte. »Das Ding ist echt cool. Day and Night – Two-in-one-Technologie. Fernglas und binokulares Nachtsichtgerät mit integrierten elektronischen Restlichtverstärkern in einem. Man muss nur das Okular wechseln – und das geht mit dem Bajonettverschluss supereasy. Wollen Sie mal durchschauen? Die Fünfzig-Millimeter-Linsen des Objektivs sind die Wucht, extrem hoher Lichteinfall, Spitzenklasse.«

Die technischen Kennzahlen ihrer neuen Dienstferngläser fand Harthofer in etwa so interessant wie die staatlich verordnete Füllmenge eines Reissacks in Myanmar. Wenn es um die Tuning-Kits von BMW ging, mutierte auch er zum Technik-Freak, okay! So ein BMW Roadster oder ein x6 Offroader war schließlich ein Prestigeobjekt – und machte bei den Mädels etwas her. Aber was ging ihn bitte die Blendenzahl und Brennweite eines Objektivs an? Oder der Restlichtverstärker eines Nachtsichtgeräts? Das wichtigtuerische Gehabe Plaschkes ging ihm gehörig gegen den Strich. Was bildete sich diese Ossi-Ziefer eigentlich ein? Das hier war kein Einsatz in Miami oder Manhattan, sondern auf der Mühlhornalm. Er ließ seine Leute doch nicht in stockdunkler Nacht an eine Hütte heranrobben, in der ein flüchtiger Verbrecher saß, der womöglich völlig durchgeknallt war. Ihre Mission war heikel genug, zumal es unvorhersehbar war, wie sich die Sache entwickeln, wie der Typ in der Hütte auf den Zugriff reagieren würde. Wenn der Kommissar nicht in der nächsten halben Stunde aufkreuzte, würde er die Aktion für heute abblasen.

Kurz angebunden befahl er der Sachsen-Rutschen: »Behalt das Objekt im Auge, Plaschke. Noch ist nicht Nacht! Ich will augenblicklich wissen, wenn sich etwas im Unterholz bewegt oder im Gebüsch eine Maus raschelt, klar?«

»Zu Befehl«, kam ihre Antwort wie aus der Walther P 1 geschossen. »Dem scharfen Blick eines Habichts und dem feinen Gehör eines Luchses entgeht nichts.« Ihr Lächeln war selbstbewusst und herausfordernd.

Harthofer feilte gerade an einer geharnischten Erwiderung, da meldete sich endlich Grasmaier per Funk: »Hier Karibu 3, Elch 1 bitte kommen.«

Mürrisch grunzte er ins Mikro: »Ja, Harthofer hier, was gibt's?«

Um Grasmaiers Genuschel besser verstehen zu können, hielt er sich das antiquierte Handfunkgerät, ein FuG10 für das Zwei-Meter-Band, ans Ohr. »Ich bin auf meinem Posten auf der Rückseite des Objekts. Bei mir ist alles ruhig. Niemand zu sehen. Kein Laut, kein Gerumpel, kein Gepumpel. Es schaut fast so aus, als ob das Nest leer ist, over!«

Konnte es sein, dass der Vogel ausgeflogen war?

»Gut, Grasmaier, bleib auf deinem Posten! Der Schlawack darf uns nicht entwischen. Unter uns ist ein Labyrinth von Stollen und Gängen. Der ganze Berg schaut aus wie ein riesiger Emmentaler. Wenn er sich dorthin abseilt, haben wir den Dreck im Schachterl, over!«

Grasmaier ließ keinen Zweifel an seiner Entschlossenheit

aufkommen. »Wenn er sich nicht schon verzupft hat, kaufen wir uns den Banditen, over, Ende!«

Harthofers Anspannung ließ ein wenig nach. Auf Grasmaier war Verlass – ein eher unauffälliger Typ, der aber notfalls hart und energisch zupacken konnte. Der Gedanke ließ ihm jedoch keine Ruhe, dass sie hier eine leere Almhütte observierten. Hatte dieses Weiberts dem Chef einen Bären aufgebunden und ließ sie nun wie Zirkuselefanten durch die Manege trotten? Unwahrscheinlich, überlegte er. Welchen Grund sollte die alte Ederin haben, den Chef anzuschummeln? Falls sie ihren Bruder decken wollte, hätte sie ja die Unwissende markieren können. Und niemand hätte ihr nachweisen können, dass sie die Unwahrheit sagte. Weshalb also eine Anzeige wegen Falschaussage riskieren? Das wäre unlogisch.

Plötzlich riss ihn das Knacken des Uralt-Funkgeräts aus seinen gewundenen Gedankengängen.

»Elch 1, Harthofer, hörst mich?«, drang ein tiefes, brummiges Organ aus dem Äther. »Bei mir tut sich was! Ich sehe unsere beiden Wanderer, sie halten direkt auf die Hütte zu.«

»Verstanden, Bison, noch was?«, krächzte er aufgeregt ins Mikro. Was sollte er jetzt tun, näher an die Hütte heranrücken, um notfalls schneller eingreifen zu können? Er spürte einen unangenehmen Druck auf der Kehle, wie immer, wenn es eine schwierige Entscheidung zu treffen galt.

Da meldete sich Bison 2 alias Ignaz Irgl erneut. Er klang belustigt, wie jemand, der Koalabären im Fichtengehölz sitzen sieht. »Euer Kommissar ist ja ein lustiger Tropf. Die singen ein Lied im Duett, ich hör es laut und deutlich!«

»Was denn?«, rutschte es Harthofer unvermittelt heraus.

»Sie schmettern irgendwas Italienisches – so ein Bergsteiger-Liedchen.«

»La Montanara?«, half Harthofer nach.

»Ja, das könnt's sein!«

Harthofer gab Irgl die klare Order, nicht lange zu fackeln.

»Wenn der Verdächtige einen Fluchtversuch unternimmt oder den Kommissar angreift, dann schießen Sie, und zwar ohne Vorwarnung. Und zielen Sie auf die Beine – verstanden?«

Irgl bestätigte den Schießbefehl, und Harthofer spürte, wie sich der Druck auf seine Kehle verstärkte.

»Action Time, Chef? Gehen wir näher ran?«, wollte Plaschke, vorlaut und naseweis wie immer, wissen.

Hartl Harthofer überhörte ihr postpubertäres Gequake. Er schlug den tiefen monotonen Tonfall eines Mantra-Murmlers an, der immerfort eine Beschwörungsformel rezitierte. »La Montanara! La Montanara!« Lag darin eine geheime Botschaft seines Meisters – und wenn ja, dann welche?

Der Schuss pfiff mit einem hässlichen Zischen an ihm vorbei. Die Kugel traf mit einem dumpfen, schmatzenden Laut auf die Wand des Holzschuppens schräg hinter ihm. Eyrainer hechtete zur Seite und robbte, wie er es in diversen Lehrgängen gelernt hatte, auf allen vieren zu besagtem Holzschuppen, um sich dahinter zu verbergen. Die La-Montanara-Maskerade war jedenfalls gründlich in die Hose gegangen. Offenbar hielt sie der Schütze nicht für harmlose Bergvagabunden, die mit einem frohen Verschen auf den Lippen den Gipfel erklommen. Der Kerl meinte es ernst – der war nicht zu Späßchen aufgelegt. Der Kommissar atmete einige Male tief durch, bis sich sein Adrenalinspiegel auf Notfall-Niveau stabilisierte. Dann schrie er mit klarer, fester Stimme: »Hier spricht Hauptkommissar Eyrainer von der Kripo Grenzberg. Ergeben Sie sich, Eder, und kommen Sie mit erhobenen Händen heraus. Sie haben keine Chance zu entkommen, Ihre Hütte ist umstellt.«

Eyrainer rechnete nicht wirklich damit, dass Sebald Eder seiner freundlichen Aufforderung Folge leistete. Nun, wer nicht hören wollte, musste eben fühlen. Ohne sichtliche Gefühlsregung zog er seine Pistole und ließ dabei die Veranda vor der Hütte keinen Moment aus den Augen. Hinter einem der winzigen Fenster mit Sprossenkreuzen lauerte der Gegner, den es in Schach zu halten galt. Er schätzte die Entfernung zwischen ihm und der Hütte auf gut zwanzig Meter. Seine Dienstwaffe, eine H & K P 2000, war trotz der kurzen Lauflänge auf diese Distanz von tödlicher Präzision. Ihr leichter Hochschlag nach jedem Schuss war ein Manko, doch er hatte sich an diese Macke gewöhnt.

Von irgendwoher hörte er die nicht mehr sonderlich selbstsicher, sondern eher kläglich und verängstigt klingende Stimme Brenners. »Sebald, hörst mich? Ich bin's – Bruno, dein Neffe. Komm da raus – und wirf die Waffe weg. Du machst sonst alles nur noch schlimmer.«

Die Antwort erfolgte prompt und humorlos. Eine Kugel bohrte sich einen halben Meter über Eyrainers Kopf in die Holzbohlen. Im Ton eines Bewährungshelfers salbaderte Brenner unverdrossen weiter. »Was mit Sixtus passiert ist, geht uns alle an die Nieren. Wir sind hier, um mit dir zu reden. Du bist ein wichtiger Zeuge für die Polizei. Nur mit deiner Hilfe können wir diese gemeinen Mörder fassen.«

Eder entschloss sich zu einem Strategiewechsel. Statt mit einem Kugelhagel versuchte er seine ungebetenen Gäste nun mit einer Schimpftirade zu verjagen. »Wie steht's in der Bibel? Mein ist die Rache, spricht der Herr! Und: Auge um Auge, Mistgabel um Mistgabel. Die Sache geht niemanden, nur mich etwas an. Schleich dich, du Hosenbrunzer, und nimm den Zipfelklatscher von den Bullen gleich mit!«

Dem Unterhändler ging der Gaul durch. »Wer ist hier der Hosenbrunzer, komm raus, du feige Sau! Dann hau i di zamm, du Hund.«

Während Onkel und Neffe Nettigkeiten austauschten, hatte Eyrainer Harthofer per Funk über die aktuelle Lage vor Ort instruiert und ihm die Anweisung erteilt, sich für einen Flankenangriff bereitzuhalten, aber nichts zu überstürzen. Zunächst einmal würde er sein Glück versuchen. Und sich der Methoden der psychologischen Kriegsführung bedienen, um Eder mürbe zu machen.

»Eder, hörst du mich? Ich bin es, der Zipfelklatscher von den Bullen. Ich leite die Mordermittlungen im Fall deines Bruders und deines Nachbarn. Da kommt es mir auf einen Toten mehr oder weniger nicht mehr an. Ich hab hier fünf Zeugen, die alle aussagen werden, dass ich in Notwehr gehandelt habe. Unser Rechtsmediziner ist ein guter Kumpel von mir. Vielleicht findet der ja heraus, dass du dich selbst erschossen hast. Das kommt vor. Also wenn du nicht kooperierst, kann es verdammt ungemütlich für dich werden.«

Sein Wink mit dem Zaunpfahl zeigte Wirkung. »Nur einmal angenommen, ich packe aus. Wer garantiert mir, dass ihr mich nicht verarscht – und wegen Mord einbuchtet.«

Eyrainer spannte den Schlagbolzen und richtete die Mündung der 9-Millimeter auf die Vordertür. »Du bist doch ein schlauer Bursch, oder? Du bist allein. Wir sind zu fünft. Eine einfache arithmetische Gleichung. Du musst mir also schon vertrauen. Wenn du auspackst, haben wir einen Deal. Du nennst mir Namen – und du kommst mit einer Watschen davon. Wenn du dich hingegen der Festnahme widersetzt, könnte das übel enden. Und das willst du doch nicht, oder?«

Da kam ihm Brenner in die Quere. »Sei vernünftig, Onkel! Gib auf! Ich sorge dafür, dass die dich fair behandeln. Ich besorg dir einen Anwalt, der dich da rauspaukt.«

Dieser Trottel, dachte Eyrainer. In einer solchen Situation kam es darauf an, den Gegner zu verunsichern und die Ausweglosigkeit seiner Lage vor Augen zu führen und sich nicht etwa mit ihm zu solidarisieren. Der Eingeschlossene musste den Mut verlieren, dann kapitulierte er und hisste die weiße Fahne. Er musste handeln, ehe es sich Eder anders überlegte und sich in der Hütte verschanzte.

»Ich zähle jetzt bis zehn, Eder. Dann kommst du raus, wirfst die Waffe weg – und wir plaudern ein wenig. Wenn du auf mich schießt, bist du fällig. Dann wanderst du nicht in den Knast, dann bist du tot! Zehn, neun, acht …« Eyrainer kam hinter dem Holzschuppen hervor, zog seine Windjacke aus und steckte die Pistole zurück in das Schulterhalfter. »Ich komme jetzt!« Der Kommissar war kein Held. Die Angst schnürte ihm die Kehle zu. Mit schlottrigen Knien, verschwitzten Händen und hämmerndem Herzen näherte er sich der Almhütte. In seinen Eingeweiden rumorte es. Doch sonst blieb alles ruhig.

Knarrend sprang die Tür auf, und Eder kam, die Flinte weit von sich gestreckt, heraus. Wie ein kleiner Gauner aus der Bronx nuschelte er: »Okay, Mann, alles cool, reden wir!«

»Leg die Knarre hin – und dann setzt du dich ganz langsam an den Tisch da drüben!«, ließ Eyrainer keine Zweifel aufkommen, wer hier der Cop war.

Als ob es sich um eine wertvolle Porzellanschale handelte, legte Eder die Flinte auf den Boden und ließ sich wie in Zeitlupe auf der Sitzbank nieder. Eyrainer stieg die zwei Stufen zur Veranda hoch, schob die Jagdflinte mit der Fußspitze zur Seite und behielt Eder dabei die ganze Zeit im Auge. Dann erst setzte er sich – Eder schräg gegenüber – auf einen klapprigen Stuhl.

»Was fällt dir Rammel eigentlich ein, auf uns zu schießen? Wir veranstalten hier keine Casting-Show für Rambo IV. Und wieso bist du überhaupt abgehauen?«, fuhr ihn der Kommissar zur Begrüßung wütend an.

Sebald Eder klang kleinlaut. »Weil ich Schiss bekommen habe. Eine Heidenangst, dass sie mich wie meinen Bruder einen Kopf kürzer machen. Was glauben Sie denn?«

Eyrainer richtete seinen Röntgenblick auf das faltige, furchige Gesicht seines Gegenübers. Um die Augen zuckte es, doch sonst wirkte Eder gefasst – und durchaus nicht wie ein

Psychopath, der seine Opfer mit seinem Schnitzmesser signiert.

»Ich glaube, dass du ein rechtes Arschloch bist, Eder. Du hast deinen Bruder ans Messer geliefert, um deine eigene Haut zu retten. Und ich denke, dass du auch in den Mord an deinen Nachbarn verwickelt bist!«

»Wie kommen Sie denn auf so etwas?«, ereiferte sich Eder. »Mein Bruder war am Hof. Die Kühe melken – und so. Ich bin den ganzen Abend über den Scheißskizzen im Roten Adler gesessen. Das werden Sie doch längst wissen, oder? Ich war an dem Tag scheiße drauf und hatte schon einige Bier zu viel intus. Irgendwann, es war schon ziemlich spät, hat sich der Hias an meinen Tisch gehockt – und nachher sind wir an die Bar.«

»Und was wollte dieser Hias von dir?«, insistierte Eyrainer.

»Was weiß ich? Ich war an dem Abend ziemlich angesoffen. Zuerst hab ich gemeint, dass es um das Waldstück geht. Aber er war gut drauf, hat lauter Blödsinn geredet und mich gefragt, ob sich mein Bruder ein paar scharfe Hasen hat kommen lassen, weil da ein schwarzer Van bei uns vor der Tür parken würde.«

Eyrainer verstand nicht recht. »Was für Hasen denn, was für ein Van?«

»Nutten, Schnallen – im Van verstehst? Bauer sucht Frau, so ein Scheiß eben. Der Hias hat Motorengeräusche gehört und gesehen, wie so ein fetter Schlitten mit abgeblendeten Scheinwerfern in unsere Hofeinfahrt eingebogen ist. Der Van, so ein Ami-Modell, hat direkt vor der Stalltür angehalten.«

»Und weiter?«

»Was weiter? Die Türen sind aufgegangen, und jemand ist ausgestiegen. Es war ja finster – und der Hias hat kaum etwas gesehen.«

»Und hat er nachgeschaut, was da los ist?«, hakte Eyrainer nach.

»Nein, wieso? Zumindest hat er mir nichts davon gesagt. Wie habt ihr mich überhaupt hier droben gefunden? Der Foamzuzler hat doch nur gewusst, dass ich für ein paar Tage weg und in die Berge wollt – aber nicht, wohin«, wollte Eder nun wissen.

»Der Hias hat uns gar nix verraten. Und außerdem stell ich hier die Fragen, kapiert?« Eyrainer war der Chef im Ring – und Eder sollte erst gar nicht auf den Gedanken verfallen, hier aufzumucken. »Du weißt, dass dein Bruder und der Hias tot sind? Ermordet – und zwar auf brutale Weise.«

Sebald Eder nickte und hielt den Kopf gesenkt. »Hab es im Radio gehört. Schlimme Geschichte.« Eder schien der Tod seines Bruders und seines Nachbarn nicht sonderlich zu erschüttern.

»Und sonst hast du dazu nichts zu sagen?«, raunzte der Kommissar.

»Was denn, ich hab damit nichts zu tun. Gar nix! Ich bin in die Berge, um mal ein paar Tage meine Ruhe zu haben. Und als ich im Radio gehört habe, was passiert ist, bin ich natürlich hier oben geblieben.«

Eyrainer schnaufte. »Und du hast keine Ahnung, wer deinen Bruder mit der Mistgabel umgebracht hat? Und warum?«

»Warum! Warum!« Eder fuhr auf, senkte dann aber bedrückt den Kopf. »Schuld bin ich! Diese verfluchte Madonna hat mich verhext. Dieses Lächeln, dieses unergründliche, melancholische und doch so sinnliche Lächeln. Der Zauber des Eros! Aber das versteht ja keiner von diesen Idioten!«

Irgendetwas in ihm schien zu zerbrechen. Eder sank, ja schrumpfte in sich zusammen wie ein Heißluftballon, dessen Hülle einen Riss bekommen hatte und aus dem nun alle Luft entwich. Bis da nichts mehr war außer einer inneren Leere und dem verzweifelten Gefühl, eine Schuld auf sich geladen zu haben – die nicht beglichen werden konnte.

Wie er es im Anti-Stress-Seminar gelernt hatte, atmete Eyrainer dreimal tief durch. Die innere Anspannung ließ nach. Eder war mental am Boden, ein Bündel Elend. In seinem jetzigen Zustand war er wie ein offenes Buch.

»Wie wär's mit einem Schluck Schnaps? Das hilft.«

Eder nickte kraftlos. »Auf der Anrichte steht eine Flasche Zwetschgenwasser.«

Eyrainer hob den Kopf. Hinter ihm war jemand. Brenner hatte sich endlich aus der Deckung gewagt und lehnte nun an der hölzernen Brüstung der Veranda. »Wo du schon mal da bist, holst du die Flasche und drei Gläser?«

Brenner war sichtlich wenig begeistert, die Statistenrolle zu übernehmen und Eyrainer seine Show abziehen zu lassen. Doch er tat, wie ihm aufgetragen, und verschwand wortlos in der Hütte.

»Gut, also der Reihe nach. Wer waren die Kerle, die deinen Bruder überfallen haben?«

Eder presste mühsam hervor. »Die Security-Crew Finsterwalders. Drei muskelbepackte Glatzköpfe, die immer im Tarnanzug rumlaufen. Die fahren einen schwarzen Van und …«

»Was sagst du da?« Vor Erregung durchlief es den Kommissar abwechselnd kalt und heiß. Drei Glatzköpfe im Militär-Look! Konnte es sein, dass ihm Fortuna die Lösung des Falls auf dem Silbertablett servierte?

Die Haustür wurde aufgestoßen, und Brenner trat mit der Schnapsflasche an den Tisch und füllte die Gläser. Eder griff mit zittriger Hand nach seinem Glas und kippte den Schnaps auf einen Sitz.

»Was wollten diese Schlägertypen von ihm? Hat sich dein Bruder auf dubiose Geschäfte eingelassen, oder hatte er Schulden bei einem Inkasso-Büro?«

Sebald Eder schüttelte stumm den Kopf und sah den Kommissar aus traurigen Augen an. »Vor fünf oder sechs Jahren hab ich zum ersten Mal kleinere Restaurierungsarbeiten für Sepp Finsterwalder übernommen. Der ist nicht nur einer der größten Unternehmer in der Gegend, sondern auch ein bekannter Kunstsammler. Früher hat er sich für die Bildhauerei, für Plastiken und Steinfiguren interessiert, inzwischen konzentriert er sich ausschließlich auf die Holzschnitzerei – barocke Madonnen und Heiligenfiguren, aber auch neuere, moderne Sachen. Finsterwalder hat mich protegiert, mehrere Ausstellungen mit meinen Werken organisiert und mir auch ein paar davon abgekauft.«

Prompt musste Brenner seinen Senf dazugeben. »Ich war bei deiner Werkschau im Kunstgewerbeverein. Wie war der Titel gleich? ›Metamorphosen und die Kraft des Konkreten‹. Doch Finsterwalder hab ich nirgends gesehen. Obwohl der sonst keine Gelegenheit auslässt, um den freigiebigen Mäzen herauszukehren.«

Eder blickte zum Kommissar hinüber. Ein leises Flehen lag in seinem Blick. »Da lief viel unter der Hand. Ich hab nämlich nicht nur alte Sachen restauriert, Schäden ausgebessert und die Figuren neu bemalt, sondern auch originalgetreue Kopien, angeblich für den Eigengebrauch, angefertigt. Aber ich hab genau gewusst, dass er die weiterverscherbelt. So bin ich doch überhaupt erst auf die Idee gekommen, dass ich die Kopien auch gleich selber verkaufen könnt.«

Eyrainer verzog keine Miene. Kunstfälschung und Kunstdiebstahl waren nicht sein Metier.

»Vor einem halben Jahr hat er mich in seine Villa zitiert und mir unten im Zirbenstüberl eine Madonna gezeigt, eine wunderschöne, wenn auch schwer ramponierte Arbeit. Spätgotik, süddeutsch, Anfang des 16. Jahrhunderts. Eine Plastik von hoher Ausdruckskraft, große eindringliche Augen, darüber fein herausgearbeitete Brauen. Ein Meisterwerk, wie ich es selten zu Gesicht bekommen habe. Über die genaue Herkunft der Figur hat sich Finsterwalder ausgeschwiegen, und ich hab nicht nachgefragt. Solche Objekte findet man eh nur in Museen, Kirchen und am Schwarzmarkt. Wir haben also abgemacht, dass ich sie auf Hochglanz bringen soll.«

»Und was hat das alles mit den Morden zu tun?« Eyrainer wurde langsam ungeduldig. Er wollte hier keinen Vortrag über gotische Schnitzkunst, sondern Klartext hören.

»Finsterwalder hat zur Bedingung gemacht, dass ich die Arbeiten in der Zirbenstube ausführe und nicht wie sonst bei mir daheim. Selbstredend wird die Stube per Video überwacht, und ich war stinksauer, dass mich der fette Drecksack wie den letzten Haderlumpen behandelt. Ich hab die Figur genau vermessen, hab die Gesichtspartien abgezeichnet, um die Madonna allein für mich, quasi zu Studienzwecken nachzubilden.«

»Und dann hast du das Original mit der Kopie vertauscht«, insinuierte Eyrainer, der sich denken konnte, auf was es hinauslief.

»Ich dachte, das wär nur gerecht – und dass es diesem Schafskopf sowieso nicht auffallen würde, blöd und borniert, wie er ist. Ich hab also die Sicherheitssysteme der Villa eingehend studiert, und eines Abends, als Finsterwalder auf einer Parteiversammlung war, hab ich die Sache durchgezogen.« Eder schenkte sich das Glas noch mal voll und trank in gierigen, hastigen Zügen, so dass er einen Teil des Gesöffs auf dem Tisch verschüttete. Hastig fuhr er fort: »Ich hatte ja immer einen Riesenrucksack voller Werkzeug dabei, und es hat tatsächlich keiner was gespannt. Die Glatzen haben sich eh nie blicken lassen. Die sind in ihrem Wachraum gehockt und haben sich Pornos angeguckt. Und Finsterwalders Wauwau, so ein fetter Kampfhund, hat von mir ein paar Kalbsknochen bekommen.«

»Was hast du mit der Madonna angestellt? Hast du sie hier auf der Alm?«

Langsam gewann Eder seine Selbstsicherheit zurück. »Blöd wär ich sein. Die hat einen Ehrenplatz in unserer Familienkapelle, oberhalb vom Höll-Hof.«

»In Sankt Corona?«, erkundigte sich Brenner irritiert.

»Ja, direkt auf dem Altar neben dem Kandelaber mit den Kerzen. In einer Kirche fällt eine Heiligenfigur mehr oder weniger niemandem auf. Zumal das Kircherl eh immer zugesperrt ist. Nur einmal im Jahr, am Corona-Tag, wird dort eine Messe gefeiert. Ich wollte das Corpus Delicti möglichst schnell loswerden. Wenn ich mit dem Ding erwischt worden wäre, hättet ihr mich doch wegen Einbruch und Diebstahl am Wickel gehabt.«

Eyrainer konnte sich immer noch keinen rechten Reim auf die Geschichte machen. Hatte Eder die Absicht, Finsterwalder zu beschuldigen? Wollte er darauf hinaus, dass der die drei Fieslinge angeheuert hatte, um die gestohlene Madonna wiederzubeschaffen und dem Dieb nach den drakonischen Gesetzen der Schlawacken-Scharia die Hand abzuhacken, respektive die Mistgabel in den Wanst zu rammen? Wenn er dem Staatsanwalt eine solche Story auftischte und ihm solche Beweise vorlegte, konnte er statt des Haftbefehls gegen Finsterwalder lieber gleich seine Versetzung in den finstersten Winkel des Bayerischen Walds beantragen.

»Und was ist mit deinem Vater?«, versuchte er das Verhör in eine andere Richtung zu lenken. »Der war doch auch Schnitzer. Deine Schwester hat ausgesagt, dass du wiederholt bei ihr in Axing gewesen bist.« Eyrainer griff zu einer Notlüge: »Um dieselbe Zeit, als du von der Bildfläche verschwunden bist, sind ihr einige Wertgegenstände aus Familienbesitz abhandengekommen. Sie hat angedeutet, dass du vielleicht etwas über deren Verbleib weißt.«

Aus Sebald Eder platzte es heraus: »Mein Gott ja, ich hab etwas Geld gebraucht, um die Hütte hier zu pachten. Umsonst ist schließlich nur der Tod. Die dumme Nuss kann behaupten, was sie mag. Die Christusse und Heiligenfiguren hat nicht sie, sondern ich geerbt! Ich hab mir nur genommen, was mir zusteht. Die Münzen, Medaillen und braunstichigen Fotos kann's meinetwegen wiederhaben, aber das Notizheft, das Skizzenbuch und sein Blutorden gehören mir.«

»Welchen Blutorden denn?«, fragte Brenner verdattert.

»Na, der von den Nazis, für alte, verdiente Kämpfer, die von Beginn an dabei waren!«

Eyrainer lehnte sich vorsichtig auf den wackligen Stuhl zurück und genehmigte sich nun auch ein Stamperl. Der Bericht zu diesem Fall würde wohl an die dreihundert Seiten lang werden. Und Lehnleitner würde ihn schreiben.

»Den Orden hat Hitler persönlich gestiftet. Für die Helden der Bewegung. Die Medaillen waren nummeriert – der Orden vom Vater hat die Nummer 47. Eine echte Rarität! Die Amis und Engländer sind ganz verrückt nach dem Nazikram. Für so was zahlen die Spitzenpreise.« Sebald Eder schien sich nicht daran zu reiben, dass er seinen Vater soeben als einen Getreuen Hitlers, einen Mann der ersten nationalen Stunde outete. Für ihn schien ausschließlich der monetäre Aspekt von Belang.

Brenner hingegen war wutentbrannt aufgesprungen. »Warum verzapfst du so einen Scheiß, der hinten und vorn nicht stimmt! Im Gegensatz zu dir Hosenscheißer hat Tante Marie euren Vater gekannt. Der war kein Nazi!«

»Von mir aus war er der Kaiser von China. Das ist doch alles längst ums Eck. Ich hab die Echtheit von einem Münchner Münzhändler überprüfen lassen. Eine silberne Gedenkmedaille, vorne drauf ein Greifvogel mit einem Lorbeerkranz in den Klauen, hinten die Feldherrnhalle. Mit dem Geld ...«

»Geld, Geld, Geld – geht's um nix anders in der Welt? Du hirnloser Lapp! Mir langt's von dir und derer Verwandtschaft.« Laut schimpfend packte Brenner seinen Rucksack und stapfte auf dem schmalen Pfad durch die Latschen davon.

»Was hat er denn?«, fragte Eder an den Kommissar gewandt.

Empathie und Feingefühl waren Eders Stärke nicht. Plötzlich peitschte ein Schuss durch die Stille – gefolgt von einem durchdringenden Schmerzensschrei und einem unverständlichen, zornigen Gebrüll, das aus dem grünen Latschenteppich drang.

»Wer hat denn da geschossen?«, erkundigte sich Eder misstrauisch. Eyrainers Gesicht verfärbte sich. Ihm kam ein schrecklicher Verdacht: Harthofer hatte doch keinen Schießbefehl erteilt, oder? Wo war das Funkgerät?

Bruno Brenner lag mit dick einbandagiertem Unterschenkel in einem mit frischem Linnen bezogenen Krankenhausbett. Seit drei Tagen befand er sich auf der Chirurgischen Station des Klinikums Grenzberg. Die OP war erfolgreich und ohne Komplikationen verlaufen. Ein glatter Durchschuss. Glück im Unglück, wie ihm der behandelnde Arzt versichert hatte.

Brenner zog sich an dem Bügel über dem Bett hoch. Er hatte ein Einzelzimmer mit Blick auf den Garten. Ein Strauß Blumen aus dem Floristikfachgeschäft Schattner verwelkte in einer langstieligen Vase. Sobald er hier herauskam, würden die Excelsior-Pralinenmischung sowie die zwei Sektfläschchen Kupferberg Gold auf dem Rolltisch neben seinem Bett in den erstbesten Mülleimer wandern.

Kommissar Eyrainer, dessen Assistent Hartl Harthofer und ein blässliches, mit Sommersprossen getüpfeltes Mädchengesicht mit rotgeäderten Augen hatten sich bei ihm für den »unverzeihlichen Fauxpas«, so hatte sich Eyrainer ausgedrückt, entschuldigt. Das Dezernat 12 Innere Angelegenheiten habe ein Disziplinarverfahren gegen Kriminalanwärterin Plaschke eingeleitet – nach seiner Genesung solle er als Zeuge aussagen. Das Mädchen in ihrem zerknautschten Sweatshirt mit dem Aufdruck »I love Daddy« hatte keinen einzigen vernünftigen Ton herausgebracht und mit den Tränen gekämpft. Nach einigen peinlichen Minuten des Schweigens waren die drei gegangen, und Brenner hatte endlich Gelegenheit gefunden, etwas in sein Notizbuch zu schreiben. Jetzt las er seinen Eintrag noch einmal durch, um letzte Korrekturen und Konjekturen vorzunehmen. »Es liegt etwas Verstörendes in der Vorstellung, dass das unergründliche Lächeln einer Madonna eine Kettenreaktion auslöst. Eine Figur aus Lindenholz, wurmstichig und doch vom Geist eines uns verlorengegangenen Glaubens beseelt. Es ist die Gier, die den Menschen blind macht. Für den einen fiebrigen, ekstatischen Moment, den Lorbeerkranz in Händen zu halten, ist er willens, jede Schuld auf sich zu laden. In seiner Verblendung schreckt er weder vor der irdischen Gerechtigkeit noch vor der ewigen Verdammnis zurück – sich so unweigerlich im Spinnennetz von Schuld und Sühne verwickelnd. Wie die Motte sich dem Licht nähert, um in der Flamme zu verglühen, so schichtet der Mensch seinen eigenen Scheiterhaufen auf.«

Brenner klappte das Notizbuch der Marke Moleskine zu. Die Geschichte selbst war indes noch nicht zu Ende.

In dubio pro reo

»Dudududu-dududu. Dududu-dudududu. Dudurududuru-du-du-du!« Der Timple Boarische klang einfach nicht so, wie er hätte klingen sollen. Er quetschte alles aus seiner Quetschen heraus, doch er fabrizierte einen Schnitzer nach dem anderen. Die Melodie klang zerhackt, brach immer wieder ab und begann nach jeder Zäsur aufs Neue. Wie ein Berserker plagte er sich mit den Tücken seiner Steirischen Ziehharmonika ab. Dicke Schweißperlen standen auf seiner Stirn. Schorsch Wammetsberger fluchte innerlich, dass er den schneidigen Gassenhauer zu Hause nicht noch mal geübt hatte. Die vertrackte Melodie hatte er eigentlich immer gut im Griff gehabt, doch heute hakte es. Und nun stand er wie ein Trottel im Innenhof des Polizeipräsidiums und mühte sich redlich, aber vergeblich. Die durstige Meute schob sich auf den Weg zum Freibier-Ausschank an ihm vorbei. Der überwiegende Teil der Besucher spitzte auf Bier und Bratwurst und ignorierte seine vergeblichen Bemühungen, den »Timple Boarischen« mit Anstand zu Ende zu bringen. Zwischendurch erntete der »Ziachschorsch« – so lautete sein Künstlername für den heutigen Auftritt – allerdings auch einige irritierte, amüsierte, bisweilen abfällige Seitenblicke von Kennern der musikalischen Materie. Seit seiner Jugend verband ihn eine innige Hassliebe mit seiner »Steirischen-Diatonischen«, die wie alles im Leben zwei Seiten hatte: eine für die Melodie und eine für die Bassbegleitung.

Mit der rechten Hand spielte er die fetzige Ohrwurmmelodie. Die Linke war derweil nicht nur damit beschäftigt, diese mit Bassakkorden zu unterlegen, sondern auch den Balg aufzuziehen und wieder zusammenzupressen, um den Stimmplatten Luft zuzufächeln. Durch das stete Wechselspiel von Diskant- und Basstönen bekam das Ganze einen charakteristischen alpenländischen Groove. Vorausgesetzt, man drückte die richtigen Knöpfe – und das war so einfach nicht: Seine Ziehharmonika der Marke Alpengold hatte im Diskant sechsundvierzig in vier Reihen angeordnete Melodietasten, dazu kamen sechzehn Bässe, plus X- und H-Bass auf der linken, der Bassseite. Das stellte das Hirn durchaus vor einige Herausforderungen in Sachen Koordination und Feinmotorik. Dabei kam erschwerend hinzu, dass Wammetsberger vor seinem Auftritt die Gurgel mit einer schaumigen Maß vom Fass befeuchtet hatte. Dies rächte sich nun. So war er heilfroh, dass es ihm gegen Ende des »Boarischen« noch einmal gelang, das Tempo anzuziehen und die rasanten, akrobatischen Akkordläufe am Schluss des Stücks tadellos zu bewältigen.

Sein gelungener Endspurt wurde mit höflichem Applaus belohnt, und Wammetsberger verneigte sich artig vor dem aus ein paar Rotznasen und Dumpfbacken bestehenden Publikum. Das musste jetzt aber reichen. Sein Auftritt beim »Tag der offenen Tür des Polizeipräsidiums Grenzberg« war hiermit beendet. Er verstaute seine Ziach im Instrumentenkoffer und blickte auf seine Armbanduhr, ein vergoldetes Rolex-Imitat, das Elfriede einem fliegenden Händler am Strand von Djerba fast noch unter Wert abgefeilscht hatte. In einer Viertelstunde hatte er sich mit Irgl und Gschwandtner im Blaulicht-Stüberl verabredet. Dort hatten Besucher keinen Zutritt – und sie ihre Ruhe.

Wammetsberger schnappte sich ein Bierflaschel aus dem vom »OK Offene Tür« gestifteten Tragel und sog so kräftig daran, als ob es um den Gewinn des Bavarian Beer Drinking Contest ging. Schluck für Schluck spülte er seinen Ärger hinunter. Lieber kontrollierte er auf einem Autobahnrastplatz zur Hauptreisezeit am Fließband bosnische, rumänische und bulgarische Diesel-Djangos, als für diese Saubagage den freundlichen Beamten von nebenan zu mimen. Das waren die Momente, in denen Schorsch seinen Entschluss von Herzen bereute, Bulle statt Bauer geworden zu sein. Seine Frau Elfriede kannte ihren Gatten zur Genüge. Dienstjubiläen, Betriebsausflüge und vor allem der alljährliche Tag der offenen Tür waren ihm zutiefst zuwider. So hatte ihm Elfriede nur kommentarlos eine randvoll mit schwarzem Kaffee gefüllte Thermoskanne und zwei mit Salamischeiben belegte Semmeln in die Hand gedrückt und ihn resolut zur Tür hinausbefördert. Dann war er im vollen Ornat des Polizeihauptwachtmeisters in seinen angegrauten Golf gestiegen und gen Grenzberg getuckert.

Kaum im Präsidium angelangt, hatte schon die erste Geduldsprobe seiner geharrt: die feierliche Ansprache ihres neuen Polizeipräsidenten Dr. Ludwig Nägele vor versammelter Mannschaft. Mit nörgelnd-näselnder Stimme hatte Nägele die Gelegenheit genutzt, seinen Untergebenen den »Weg zu einem neuen Verständnis ihrer Rolle als Dienstleister in Uniform« zu weisen. »Wir sind für die Bürger da – und nicht umgekehrt! Wir als Polizeibeamte haben die ehrenvolle Aufgabe, Gefahren für die öffentliche Sicherheit und Ordnung abzuwehren und für die Verfolgung von Straftätern zu sorgen.«

Diese Sonntagsreden waren an sich schon nur im Vollrausch zu ertragen. Dass der Neue von der PD Kempten nach Grenzberg versetzt worden war und klassisches Schwäbisch sprach, grenzte jedoch für einen strammen Bayern wie Wammetsberger an Folter. »Und doch muss auch bei uns der Servicegedanke und die Nähe zum Kunden im Vordergrund stehen!« In solchen Situationen half nur stoischer Gleichmut. Die aufgestaute Wut machte sich indes nun, da niemand in Hörweite war, Luft: »So ein Salferer, so ein Schwadronierer, so ein Sauschwab!«

Klirrend landete die leere Flasche im orangefarbenen Kasten der Klosterbrauerei Bräuberg. Dieses mit großem Trara und Tamtam inszenierte Fest der Begegnung widersprach diametral seiner zu Eigensinn, zu einer gewissen Distanziertheit und Verschlossenheit neigenden Natur, ja, es war der pure Hohn: Da stöckelte ihre Bürokraft im kurzen Rock hin und her, um irgendwelchen Idioten Lose zu einem Euro das Stück für die Wohltätigkeitstombola aufzuschwatzen, da wankte Gschwandtner im Bärenkostüm durch die Reihen und durfte sich von »Stinkebär, Dreckbär, Stinkebär!« krakeelenden Knirpsen zum Deppen machen lassen. Da stand Irgl mit krebsrotem Kopf am Barbecue-Grill, wendete Schweinenacken-Steaks im Akkord und stopfte Rindsbratwürste in pappige Supermarkt-Semmeln. Wenn es sich Schorsch recht überlegte, war er mit seiner Quetschen-Nummer noch relativ glimpflich davongekommen. Dennoch fühlte er den gerechten Zorn eines bajuwarischen Prometheus in sich aufwallen. Sollte er ewig den Narren spielen und den nützlichen Idioten abgeben? Hatte er nichts Besseres verdient als eine Statistenrolle in einer Posse à la »Police Academy VIII«? Derweil sonnte sich der saubere Herr Hauptkommissar samt seinem Kompetenzteam vom Dezernat 5 im Glanze ihres Erfolgs.

Wammetsberger hatte die gemeinsame Presseerklärung von Polizei und Staatsanwaltschaft nur zur Hälfte überflogen, ehe er den Schrieb wütend zerknüllt und im Papierkorb entsorgt hatte. In dem Pamphlet war die Rede von einem bedeutenden Fahndungserfolg. Dem Ermittlerstab sei es gelungen, die Mistgabel-Morde aufzuklären. Die Täter hätten sich einer Strafverfolgung entzogen, da sie sich infolge einer gewalttätigen Auseinandersetzung, wie sie im Verbrechermilieu öfters vorkomme, gegenseitig eliminiert hätten. »Das ist zwar bedauerlich, aber nicht zu ändern!«, hatte dieser angeberische Hauptkommissar mit seiner Clint-Eastwood-Visage für Arme vor laufenden Kameras verkündet. Der Chefermittler hatte sich gegenüber einem Reporter in speckiger Lederjacke und geschleckter Softie-Frisur überzeugt gezeigt, dass es »seinem Team mit Beharrlichkeit, Fleiß und Milieukenntnis gelungen ist, diesen kniffligen Fall vollständig aufzuklären«.

»Einen Scheißdreck habt's«, entfuhr es Schorsch, als er den Kronkorken von der nächsten Flasche Bräuberger Märzen hebelte. In Wahrheit wussten diese arroganten Trottel gar nichts. Und alle die, die bei der Schießerei live dabei gewesen waren, würden schweigen wie die Wächter eines Pharaonengrabs. Schon aus Eigeninteresse, um nicht in den Mühlen von Bürokraten wie diesem Nägele zu landen. Wer wollte schon, dass gegen ihn ein Disziplinarverfahren wegen Fehlverhaltens im privaten Bereich eingeleitet wurde? Keiner. Zumal ja eigentlich keiner etwas Genaues über den Verlauf der bewaffneten Auseinandersetzung am Roten Stein zu berichten wusste. Offensichtlich war es selbst den erfahrenen ED-Leuten Orterers misslungen, angesichts der verwirrenden, teils widersprüchlichen Vielzahl von Spuren, die obendrein zum Teil mit größter Akribie verwischt worden waren, den Tathergang auch nur in groben Zügen zu rekonstruieren. Gut, sie hatten diese schießwütigen Glatzen-Desperados in die Zange und unter Beschuss genommen. Aber dann? Dann war die Kommandoaktion aus dem Ruder gelaufen und in einem einzigen, unübersichtlichen Chaos geendet. Zugegeben: Wammetsberger hatte komplett den Überblick verloren. Wie die anderen auch. Einer ihrer Gegner war offenbar aus Versehen von seinem eigenen Kumpan aus nächster Nähe erschossen worden. Kopfschuss – mitten in die Stirn. Fakt war auch, dass zumindest einer der Rambo-Klone ihnen mit seinem M4-Karabiner die Hölle heißgemacht hatte – Feuerstoß für Feuerstoß. Seine Jungs waren keine Weicheier, aber sie hatten sich vor dem Kugelhagel in Sicherheit gebracht. Es grenzte an ein mittleres Wunder von Lourdes, dass niemand einen Treffer abbekommen hatte. Wammetsberger selbst war hinter der Jagdhütte in volle Deckung gegangen. Einzig Che Wildbichler und die Kreithner Lina, dieses Vorzeigeexemplar einer knüppelharten Alpen-Amazone, hatten ihre Stellung gehalten und den wild um sich feuernden Angreifer ihrerseits mit Kugeln eingedeckt. Schlagartig hatte der Beschuss aus dem Birkenwäldchen aufgehört, und nur noch vereinzelte Salven aus Ches Kalaschnikow waren durch die Stille geknattert. Wammetsberger hatte aus vollem Leib gebrüllt: »Feuer einstellen, ze fix!« Danach hatte er sich zu Wildbichler und seiner Kampfgefährtin vorgerobbt. Da sich im Wäldchen vor ihnen auch weiterhin nichts rührte, hatten sie beschlossen, die Lage zu sondieren, und den reglos auf dem Rücken liegenden Heckenschützen gefunden. Mit furchtsam aufgerissenen Augen, die Löcher in eine unergründliche Leere starrten. Das Projektil hatte glatt die schusssichere Weste zerfetzt. Dass der Typ keinen Mucks mehr machte, sah selbst ein Blinder. Dem Verlauf des Schusskanals nach zu urteilen, hatte es sich um einen Querschläger gehandelt, der von einem Baumstumpf abgeprallt und den Kerl von schräg unten getroffen hatte. Eine Kugel, deren Flugbahn die Schicksalsmächte gelenkt hatten – ein Gottesurteil, wenn man es salbungsvoll formulieren wollte. Schorsch hätte den Mann gerne lebend gefangengenommen, um mehr über die Machenschaften Finsterwalders und dessen Drogengeschäfte zu erfahren. Aber tot war tot.

Wammetsberger setzte die Flasche an die Lippen und ließ das hopfenhaltige Lebenselixier die Kehle hinunterrieseln. Noch hatte er einen Trumpf im Ärmel, den er noch heute Abend auszuspielen gedachte.

Im »Blaulicht-Stüberl« klirrten die Maßkrüge. Die Tische des im Neojodler-Schick gehaltenen Lokals waren nahezu bis zum letzten Platz besetzt. Zur Feier des Tages hatte der Polizeipräsident einige hundert Euro aus dem Budget für Öffentlichkeitsarbeit lockergemacht und ein Festtagsmenü für die Stage Crew der großen Bullen-Schau springen lassen: überbackene Maultaschen mit Schmelzkäse, Schwäbischer Filettopf mit Spätzle als Hauptgang und mit Puderzucker bestäubte Apfelküchle als Nachspeise. Alternativ zum Filettopf stand ein schwäbischer Rostbraten mit Kartoffelklößen oder Forelle Müllerin Art auf der Karte.

»Das muss man dem Schwabenteufel lassen – das Essen war gar nicht so schlecht«, ließ sich Irgl zu einer gnädigen Bemerkung herab.

»Einem geschenkten Gaul schaut man nicht ins Maul«, raunzte Wammetsberger unversöhnlich.

Gschwandtner schob den Dessertteller von sich und stellte lakonisch fest: »Letztes Jahr hat's Gerstensuppe und nachher Bratwürste mit Kartoffelsalat aus der Kantine gegeben. Und Schokopudding mit Vanillesoße als Nachtisch.«

Wammetsberger thronte wie eine bajuwarische Buddha-Statue auf dem Sitzkissen der Eckbank, die mit einem blau geblümten Stoff bezogen war. Wie in den Gemälden der alten Meister, die Jesus beim Letzten Abendmahl mit expressivem Pinselstrich zu Leibe rückten, saßen seine beiden Jünger zu seiner Rechten und Linken. Ignaz Irgl junior, dieses Trumm von einem Mannsbild, dieser Zornbinkel mit seinem gewaltigen, rotgeäderten Riechorgan, entsprach in seiner Statur und seiner Natur dem Apostel Petrus. Und Franz Xaver Gschwandtner, dieser lange, sehnige Kerl, der fast zwei Meter maß, kaum jemals einen Gedanken zu Ende dachte und selten etwas Vernünftiges zustande brachte, war der ideale Gegenpart des Jüngers Johannes, der nur an den Lippen seines Meisters hing.

»Ich hab einen Plan, wie wir ihn drankriegen wie der Teufel die Bauern«, ließ sich Wammetsberger in einem bedeutungsvollen Tonfall vernehmen. Er setzte den Maßkrug ab und blickte in die vom harten Stammtischleben gezeichneten Gesichter seiner Jünger. Große, glasige Augen glotzten ihn verständnislos an, suchten vergeblich den tieferen Sinn seines Gleichnisses zu ergründen. »Ich hab nix gegen das System, da drüber soll sich unser Che aufregen. Jeder Hahn kräht auf seinem Misthaufen. Die Welt ist ungerecht, aber daran werden wir nix ändern.« Gerechtigkeit und Frieden waren eine Fiktion – dessen war sich Wammetsberger gewiss. Brot für die Welt – gut und schön. Doch was war mit der Butter, dem Käse und der Wurst? Der Mensch wollte immer mehr und mehr. Nie konnte er sich mit dem bescheiden, was er hatte. Diese Gier verkörperten die Großkopferten in Reinkultur. Ein Ruach wie Sepp Finsterwalder würde seinen Rachen nie voll bekommen.

»Ihr kennt's den Spruch«, fuhr Schorsch ungerührt fort. »Wo der Teufel einmal hingeschissen hat, scheißt er wieder hin!«

»So schaut's aus!«, bekräftigte Gschwandtner.

»Wenn du ein armer Hund bist und Schulden bei der Bank hast, dann lassen sie dich am ausgestreckten Arm verhungern. Dann hast den Pfändungsbeschluss und den Gerichtsvollzieher im Haus«, übte sich Wammetsberger in Sozialkritik.

Gschwandtner nickte nur gewichtig. »Genauso ist es!«

»Ist eine Firma nur groß genug, da können die Dreckshunde Millionenlöcher in ihrer Bilanz haben, da wieseln die Arschgeigen gleich daher. Die Politiker versprechen großzügige Hilfen der öffentlichen Hand, und die Banken gewähren Überbrückungskredite zum Nulltarif. Weil, es geht ja angeblich um die Arbeitsplätze«, redete sich Schorsch in Rage.

»So schaut's aus«, fügte Gschwandtner hinzu und unterstrich seine Kritik der gesellschaftlichen Missstände mit einem erneuten Nicken.

Wammetsberger wölbte die Brauen und musterte seine Getreuen. »Mit Halsabschneidern und Gaunern haben sie bei uns früher kurzen Prozess gemacht. Die haben keinen Staatsanwalt gebraucht, der drei, vier Jahre für seine Anklageschrift braucht und dann einen faulen Deal mit dem Sauhund aushandelt, dass der mit einer Bewährungsstrafe davonkommt!«

Irgl trompetete. »Das nennen die dann: in dubio pro reo!«

Gschwandtner stutzte: »Was soll jetzt das wieder heißen?«

»Das ist Latein«, wusste Irgl.

»Reo – also irgendetwas mit einem Reh«, klärte Wammetsberger seine Kameraden auf. »Aber wir lassen uns nicht für blöd verkaufen. Wir nehmen die Sache selber in die Hand«, setzte er den Schlussakkord.

Vor seinem inneren Auge flimmerte ein alter Filmstreifen in körnigem Schwarzweiß. Unterm Galgen stand ein vor Angst schlotternder Fettsack – niemand anders als Sepp Finsterwalder. Die Hände auf den Rücken gefesselt, die Schlinge schon um den Hals. Der Mob schrie seine Wut heraus. Für solch broadgefotzerte Banditen konnte es nur eine Strafe geben: den Strang. Das Hanfseil straffte sich, der Körper zappelte wie eine Gliederpuppe am Strick. Ein ersticktes Röcheln – und der Gerechtigkeit war Genüge getan. Doch was galt die Gerechtigkeit in einem Rechtssystem, das die Armen hängte und die Reichen laufen ließ? Wammetsberger nahm einen tiefen Schluck aus dem Krug. »Und was hat Justitia gegen Finsterwalder unternommen? Nix!«

Irgl und Gschwandtner steckten die Köpfe zusammen und grunzten zustimmend.

»Dabei haben die drei Revolverhelden für ihn als Wachmänner gearbeitet. Seine Security-Leute haben zwei Leute auf brutale Weise abgeschlachtet – und warum? Weil der Eder bei ihrem Chef eine handgeschnitzte Madonna mitgehen lässt und sie gepennt haben? Na, sag ich euch!« Seine Gefolgsleute waren da ganz seiner Meinung. »Aber wir sind offenbar die Einzigen, die mitgekriegt haben, dass die Jungfrau bis oben hin voll mit Koks war.« Sein Lächeln war scharf wie eine Rasierklinge. »Die gehen doch nicht auf eigene Faust auf den Kriegspfad – ohne dass ihr Oberboss davon weiß. Und nicht bloß der Sicherheitschef. Doch auf einmal heißt es in der Presseerklärung, dass dieser Peuttinger an allem schuld wäre – und die Morde in Auftrag gegeben hat. Eine üble Type, über dessen Vorleben natürlich niemand in der Firma Finsterwalder Bescheid weiß.« Seine Stimme troff vor Hohn.

Irgl und Gschwandtner schauten aus blutunterlaufenen Augen zu ihm auf.

»Und was tut die Staatsanwaltschaft? Nix! Lässt noch nicht einmal die Geschäftsräume durchsuchen – und kuscht vor Finsterwalders Winkeladvokaten! Bei einer Razzia im Recycling-Park hätten die Spusis massenweise Spuren von dem Kokain gefunden«, blies Schorsch seine Backen wie ein Posaunist auf.

»Dafür wollen sie dem Sebald jetzt einen Raub anhängen, weil er gewaltsam in die Villa Finsterwalders eingedrungen wär!«, ereiferte sich nun auch Irgl.

»Eine einzige Sauerei!«, pflichtete ihm Gschwandtner bei.

»Und dieser Sauhund hockt grinsend vor seinem PC und klickt sich durch seine Nummernkonten in Jersey, Singapur und Curaçao«, resümierte Wammetsberger das Ergebnis der staatsanwaltschaftlichen Ermittlungen. Er kippte den Rest des Biers auf einen Zug hinunter, um Unmut und Wut hinunterzuschlucken. Es half nichts. Es musste etwas geschehen! Hätte ein psychiatrischer Gutachter mit am Tisch gesessen, hätte er dem Trio zugutegehalten, dass sie unter Alkoholeinfluss standen. Überdies hätte er ihnen wohl tief verwurzelte Minderwertigkeitskomplexe, ein schwach ausgeprägtes Selbstwertgefühl samt Versagensängsten attestiert. Doch da waren nur drei wild entschlossene bayrische Mannsbilder, die nun zur Selbstjustiz griffen.

»Also, Leute, auf was warten wir?« Die Frage war eine rein rhetorische, zumal Schorsch die Antwort bereits auf der Zunge lag. »Nehmen wir unseren Polizeipräsidenten beim Wort und zeigen Bürgernähe.«

Irgl und Gschwandtner lachten dreckig. Somit stand der Beschluss fest, Sepp Finsterwalder einen Antrittsbesuch abzustatten.

Die Felder ringsum waren in nächtliches Dunkel gehüllt. In einer solchen Nacht waren alle Katzen grau. Niemand würde die drei Männer in ihren feldgrünen Kapuzenshirts erkennen, die sie sich aus der Kleiderkammer geborgt hatten. Es ging gegen dreiundzwanzig Uhr. Die beste Zeit für einen Überraschungsbesuch bei Freunden. Sie hatten Kriegsrat gehalten und beschlossen, dass Irgl die Außensicherung übernehmen und Schmiere stehen würde. Wammetsberger und Gschwandtner würden sich unerlaubt Zutritt zu Finsterwalders Grundstück verschaffen, wie es im gewundenen Amtsdeutsch hieß. Es fehlte nur noch ein Steinchen im Mosaik, die letzte Bestätigung, dass sein Verdacht zutraf: Finsterwalder war ein Drogen- und Waffenschieber im großen Stil, ein Mörder und Verbrecher. Notfalls würden sie die Wahrheit aus Finsterwalder schon herausquetschen.

Während also Irgl am Tor der Villa Posten bezogen hatte, um jeden Fluchtversuch mit seiner guten, alten Walther PPK im Keim zu ersticken, schlichen Schorsch und Xarre im Entenmarsch an der Mauer des Anwesens entlang. Diese war gut zwei Meter hoch und bestand aus glatten, hart gebrannten Klinkern.

»Ein Wurfanker wär jetzt gwandt[4]. Oder ein Steigeisen. So ist es jetzt eher ungut!«, bemerkte Schorsch, der mit diesem Ausspruch die unangenehmen Situationen des Lebens paraphrasierte.

»Ja mei, rüber müssen wir!«, lautete Gschwandtners einsilbiger Kommentar.

Nein, schränkte Schorsch in Gedanken ein, Xaver musste

4 Nützlich, hilfreich

rüber, er würde ihm Hilfestellung leisten. »Wir machen eine Räuberleiter«, befahl er.

Gschwandtner senkte gehorsam den Kopf und zog die dicken Handschube über. Dann schritt das Duo zur Tat. Schorsch stellte sich breitbeinig am Fuß der Mauer auf. Ein zweiter Koloss von Rhodos, der die Hände fest vor dem Unterleib verschränkte und zur Eile mahnte. »Auf jetzt! Schwuppdiwupp sind wir drüben.«

Geschwandtner setzte seinen stollenbewerten Bergschuh auf die unterste Sprosse: zwei Hände so groß wie Bratpfannen. Unter dem Ächzen und Stöhnen seines Kompagnons tastete Gschwandtner nach einem Griff, an dem er sich hochziehen konnte. Er stieß sich endlich mit aller Kraft ab und schwang sich auf die Mauerkrone. Die schnittfesten Schutzhandschuhe und das feste Schuhwerk mit extra dicker Gummisohle sorgten dafür, dass er die Kletterpartie unbeschadet überstand.

»So ein Sauhund – überall hat er Glasscherben in die Mauer einbetoniert!«, meldete sich Gschwandtner von oben zu Wort. Dann entschwand er Wammetsbergers Blickfeld. Einer Raubkatze gleich sprang er auf der anderen Seite hinab und landete wohlbehalten zwischen zwei dicht belaubten Büschen. Er hastete zu der Fußgängerpforte neben dem großen automatischen Schiebetor aus feuerverzinktem Lochblech.

Nach einigem Suchen und Fluchen fand Gschwandtner den Mechanismus, um die Pforte zu öffnen, ohne dass die Alarmanlage losging.

Schorsch machte dem hinter einem Mäuerchen postierten Irgl ein Zeichen und schlüpfte wie ein Schatten durch die Pforte. Drüben angelangt, stauchte er Gschwandtner zusammen. »Warum hat das so lang gedauert? Los jetzt, rin in die gute Stube!«

Die Fassade der Protzvilla Finsterwalders wurde von zwei leuchtstarken Flutlichtstrahlern aufs Korn genommen. Der

Kies des Fußwegs knirschte unter ihren Stiefelsohlen. Da sich die Security-Mannschaft der Paintinger Group quasi selbst ausradiert hatte, war niemand mehr da, um Wammetsberger und Gschwandtner den Zutritt zum Allerheiligsten zu verwehren.

Sie stiegen die breiten Stufen der Freitreppe empor und standen vor einem Portal, das von zwei dicken Doppelsäulen gerahmt wurde. Wammetsberger fühlte sich an den Eingang ihres Stammgriechen – der Taverne »Akropolis« – in Brennbruck erinnert. Nur dass hier alles weit pompöser, monströser und protziger war.

Zu ihrer Überraschung war die Haustür nicht versperrt. Sie blickten sich kurz an, und Gschwandtner übernahm die Vorhut. Wammetsberger folgte ihm in einen breiten dunklen Korridor.

»Was machen wir, wenn er nicht daheim ist?«, flüsterte Gschwandtner, sichtlich beunruhigt.

Schorsch zischte: »Pssst, Ruhe!« Mit halbem Ohr hatte er etwas gehört. Und Tatsache. Aus dem Keller drangen erregte Stimmen zu ihnen herauf. Da unten schien ein handfester Streit im Gange zu sein. Auf leisen Sohlen schlichen sie die Treppe und einen mit dicken Teppichen ausgelegten Flur entlang. Vor einer Doppeltür verhielten sie ihre Schritte und lauschten angestrengt. Es war kein Zweifel möglich. In dem Zimmer dahinter stritten zwei Männer heftig miteinander. Sie schrien sich wütend an und beschuldigten sich gegenseitig, versagt zu haben und Schuld an dem Schlamassel zu sein.

Wammetsberger nickte Gschwandtner stumm zu, der zog seine Dienstpistole. Mit einem Ruck riss er die Tür auf und stürmte in den Raum. Gschwandtner hinterdrein. Wammetsberger fand sich inmitten einer mit edlem Holz vertäfelten Stube wieder – und blickte in zwei vor Zorn verzerrte Gesichter, die ihn entgeistert anstarrten. Instinktiv wichen die beiden Streithähne vor den beiden Gestalten in grünen Kapuzenjacken zurück, die so unerwartet auf der Bildfläche erschienen waren.

»Servus beinand! Mit wem habe ich die Ehre? Herr Finsterwalder und …«

Der zweite Mann, der etwas größer, schlanker und schlaksiger als der dickliche, rundliche Hausherr war, war zu verstört, um zu protestieren. »Leitgeb, Franz Leitgeb. Ich bin COO der Finsterwalder Group!«

»Nun, ich schlage vor, wir setzen uns erst einmal. Ich hätte da einiges mit Ihnen zu besprechen«, beschied Schorsch den beiden Anwesenden mit kühler, herablassender Stimme.

Tatsächlich gehorchten ihm die beiden befehlsgewohnten Leitwölfe aufs Wort. Dann erst nahm sich Schorsch die Zeit, sich in aller Ruhe in dem Raum umzuschauen. Hier sah es fast so aus wie im Fortuna-Stüberl beim Schmiedwirt, stellte er fest, nur edler und luxuriöser. Und mit dem Unterschied, dass ihn aus jeder Nische ein Apostel, ein Heiliger oder eine Madonna neugierig musterte.

»Was wollen Sie in meinem Haus? Wenn Sie nicht sofort von hier verschwinden, rufe ich die Polizei«, löste sich der rotgesichtige, in Leder und Loden gewandete Fettwanst als Erster aus der Schockstarre.

»Das werden Sie wohl besser bleibenlassen!«, nahm ihm Schorsch den Wind aus den Segeln.

»Wer sind Sie überhaupt?«, fand nun auch Finsterwalders Vertrauter seine Sprache wieder.

»Das tut nichts zur Sache. Ich will Ihnen ein Geschäft vorschlagen. Und nur so nebenbei gesagt: Sie sind nicht nur in meiner Gewalt, ich habe Sie auch in der Hand«, erwiderte Schorsch sibyllinisch.

»Was reden Sie da für ungereimtes Zeug«, blaffte der Recycling-Tycoon, die fleischigen Unterarme auf die Tischplatte gestützt. Seine Gesichtsmuskeln waren gespannt, seine Schläfenadern traten wulstig hervor. Finsterwalder schien bereit, jeden Moment aufzuspringen und sein Heil in der Flucht zu suchen. Ein Blick auf Gschwandtner, der die Mündung seiner Pistole wie zufällig in seine Richtung schwenkte, ließ ihn jedoch von seinem Fluchtvorhaben Abstand nehmen.

»Wollen Sie uns nichts zu trinken anbieten?« Schorsch betrachtete den Tisch, der wie bei einer Weinprobe in einer Kellerei übervoll mit Flaschen war.

Finsterwalder vollführte eine wegwerfende Geste mit seiner Rechten. »Bedienen Sie sich. Cognac, Sherry, Marillenlikör.« Seine Stimme sollte wohl sarkastisch klingen, doch sie klang nur hohl und erschöpft.

»Nun, um auf den Grund meines Besuchs zurückzukommen.« Wammetsberger fischte einen Cognacschwenker aus der Vitrine und schenkte das Glas zu zwei Drittel voll. »Ich wurde vorhin Zeuge Ihrer Unterredung, und ich könnte Ihnen unter Umständen bei der Lösung Ihrer Probleme behilflich sein.«

»Was wollen Sie verdammt noch mal von uns?«, fuhr ihn Finsterwalder wie eine wütende Bulldogge an.

Gschwandtner spielte indes seinen Part als ebenso sphinxischer wie unberechenbarer Tarantino-Killer sehr überzeugend. Er lud durch und ließ den Sicherungshebel wieder zurückschnappen. »Dass Sie mir zuhören! Ich habe läuten hören, dass Sie heiße Ware auf Lager haben, die Sie gern loswerden würden. So illegale Gschäftl können einem teuer zu stehen kommen.«

Finsterwalder wollte eben wieder aufbrausen, besann sich aber eines Besseren. »Das war alles ganz legal. Wir haben die Giftfässer in Container verladen und nach Rumänien gekarrt, in einen Hafen ans Schwarze Meer. Die Behälter mit den toxischen Substanzen wurden beim Beladen auf mögliche Schäden oder Lecks kontrolliert und der Container anschließend verplombt.« Der Spediteur griff nach seinem Glas und genehmigte sich einen Schluck Whisky.

Sein COO Leitgeb sprang ihm zur Seite. »Einer unserer Security-Männer hat den Konvoi begleitet. Der Giftmüll ist in einer Sondermüllverbrennungsanlage entsorgt worden. Die Beseitigungsbescheinigungen der rumänischen Behörden waren einwandfrei. Dass dabei geschmiert und gemauschelt wurde – nun, das gehört in diesen Ländern zur gängigen Geschäftspraxis. Da hatten wir hier keinen Einblick.« Leitgeb tat es seinem Chef gleich und griff zum, allerdings mit Grappa gefüllten, Glas. »Damit unsere Lkws nicht leer zurückgurken, haben wir einen Service Agent vor Ort beauftragt, Rückfracht zu besorgen. Der hat auch den Papierkram mit dem Zoll erledigt. Da war alles Mögliche dabei: Paprika in Dosen, Baustoffe, Maschinenteile.«

Finsterwalder ließ den Whisky im Glas kreisen und verfiel wieder in die Rolle des cleveren Geschäftsmanns, der selbst Griechen, Juden und Levantiner über den Tisch zog. »Unser Kerngeschäft ist aber das Recycling von Eisen- und Buntmetallen, von Plastikmüll und Altpapier. Wir haben da unten auch wiederverwertbare Abfälle für billiges Geld eingekauft, um sie in unseren Anlagen zu recyceln: Schrott und Kunststoffteile vor allem. Lauter unproblematische Ware, kein kontaminiertes Giftzeugs. Alles ordnungsgemäß deklariert, alles vollständig dokumentiert.« Finsterwalder hatte seine Selbstsicherheit wiedergewonnen und funkelte Wammetsberger aus seinen kleinen, tückischen Schweinsäuglein, die fast zwischen den fleischigen Wangenwülsten verschwanden, angriffslustig an. »Also, was wollen Sie von mir, mich erpressen?«

Schorsch reichte es. Diese heuchlerische Zurschaustellung von Redlichkeit und Rechtschaffenheit ekelte ihn an. Diese feiste Drecksau umgab sich mit dem Nimbus des ehrlichen Kaufmanns und war keinen Deut besser als ein sizilianischer Mafiaboss oder ein mexikanischer Drogenbaron, der seinen Reibach mit Koks, Knarren und weiß der Teufel noch machte.

»Und was ist damit? Haben Sie das auch fein säuberlich deklariert und dokumentiert?« Er griff in die Tasche seiner Kapuzenjacke und zog einen der Plastikbeutel hervor, die sie aus dem Leib der Madonna gefischt hatten. Er hielt Finsterwalder den Klumpen unter die Nase. »Körniges, weißes Pulver. Wiegt so an die fünfhundert Gramm. Was könnte das wohl sein? Feinraffinade-Zucker vom Balkan, grobkörniges Meersalz aus Rumänien, hm?«

Die beiden starrten ihn an, als ob Schorsch einer extraterrestrischen Spezies angehörte.

»Drogen, könnt es das sein? Was meinst du?«, rief er Gschwandtner über die Schulter zu. »Kokain-Hydrochlorid, tät ich sagen. Ein Salz, aber nicht das aus Bad Reichenhall. Die gebräuchlichste Form auf dem deutschen Schwarzmarkt. Koks eben, gut wasserlöslich, eignet sich zum Schnupfen, Essen oder Spritzen«, erklärte er so emotionslos, als ob er die Schneehöhen in den bayerischen Wintersportorten vom Blatt las. »Und …«, ergänzte Wammetsberger, »… Sie haben eine Menge von dem Zeug auf Lager. Das Packerl hier stammt zum Beispiel aus einer Madonna, die Ihnen unlängst abhanden gekommen ist, Herr Finsterwalder.« Schorsch warf den Plastikbeutel vor den verdutzten Müllmagnaten auf den Tisch. »Und wir bringen das gestohlene Gut nun seinem rechtmäßigen Besitzer zurück.«

»Sie wollen mir was anhängen! Ich hab nichts mit Drogen zu tun!«, fauchte Finsterwalder, jetzt fast panisch. Er blickte sich hilfesuchend zu seinem COO um, der mit versteinerter Miene dastand und das Packerl Kokain anstarrte.

Leitgeb war ganz blass und spitz um die Nase geworden. »Es ist nicht so, wie es aussieht, ehrlich. Wir waren lediglich für die Logistik und die Lagerung zuständig. Alles andere, das Verladen, das Verteilen, hat ein auf Drogen spezialisierter Schmugglerring aus Kalabrien erledigt. Unser Job war es, die präparierten Container in Rumänien aufzuladen und damit nach Grenzberg zu fahren. Der Zoll hat nie was beanstandet. Die haben unsere Fahrer noch nicht mal die Container aufmachen lassen. Ihre Drogenhunde haben zwar mal rumgeschnüffelt, aber nix bemerkt. Soweit ich weiß, wurde die ganze Ladung mit alten Lumpen und Lappen umwickelt, die gestunken haben wie die Pest. Sie müssen mir glauben, wir haben das Rauschgift bloß zwischengelagert. Im Auftrag quasi!«

»Was heißt hier wir?«, schrie Finsterwalder mit hochrotem Kopf.

Fehlte nur noch, dachte Schorsch, dass er sich theatralisch ans Herz griff.

»Aber, Sepp, wir haben das Geld doch gebraucht«, brach es aus Leitgeb heraus: »Wir haben die Paletten auf andere Lkw umgeladen und weiter nach Hamburg oder Rotterdam verfrachtet. Das war alles ganz easy. Ich habe das Zeug nicht mal mit der Beißzange angerührt.« Leitgebs Gesicht leuchtete von ungesunder Blässe.

»Und wer hat Sie für Ihre Dienste bezahlt – und wie? Und keinen Schmäh, sonst ...«, schlug Wammetsberger einen bedrohlichen Ton an.

Leitgeb schluckte hörbar. »Unsere Auftraggeber haben das Geld auf ein Firmenkonto unserer niederländischen Tochter bei einer Offshore-Bank auf den Kanalinseln überwiesen. Darauf hab ich als Geschäftsführer Zugriff. Den Security-Leuten hab ich ihren Anteil bar ausbezahlt. Die Fahrer haben bei der Lohnabrechnung einen Bonus gekriegt – damit die nicht zu genau hinschauen und ihr Maul halten.«

»Was sagst du da, du Sauhund du ...« Der Farbton in Finsterwalders Gesicht wechselte von Dunkelrot zu Violett.

»Es ist immer alles glatt über die Bühne gegangen. Doch vor ein paar Wochen gab es plötzlich Probleme. Das Geld ist nicht zum vereinbarten Termin auf dem Konto eingegangen. Also hab ich unseren Kontaktmann in Rumänien angerufen, um zu erfahren, was da los ist.« »Und weiter?«, drängte Schorsch.

»Es seien unvorhergesehene Schwierigkeiten im Vertrieb aufgetaucht – infolgedessen gäbe es einen kurzfristigen Liquiditätsengpass. Zuerst hab ich geglaubt, dass mich der Typ verscheißern will. Dann hat er mir aber vorgeschlagen, dass ich zwei Päckchen Kokain à fünfhundert Gramm für mich behalten soll – als Anzahlung. Ein Kilo des Stoffs sei am Markt doppelt so viel wert, als ich normalerweise für eine Fuhre bekommen würde.« Wieder geriet Leitgebs Redefluss ins Stocken.

Wammetsberger half nach. »Also haben Sie jemanden gesucht, der das Koks auf der Straße verschnalzt!«

»Aber nein!«, protestierte Leitgeb mit schwacher Stimme. »Ich bin doch kein Dealer! Dass hab ich diesem Arschgesicht auch in aller Deutlichkeit gesagt. Doch der Scheißkerl hat mich nur ausgelacht und gemeint: Wenn ich das Zeug nicht verkaufen will, soll ich es selber schnupfen. Dann hat er aufgelegt. Ich hab nicht gewusst, was ich machen soll, und hab die beiden Beutel an mich genommen, quasi als Pfand.«

»Und was hast du damit angestellt, du Riesenrhinozeros?«, schlüpfte nun auch Finsterwalder in die Rolle des Anklägers.

»Ich hab mir das Zeug einfach in die Jackentaschen gestopft – und bin losgefahren. Unterwegs hab ich dann Schiss bekommen, dass ich zufällig in eine Polizeikontrolle gerate – und alles auffliegt.«

»Freunderl, jetzt hör mir mal zu«, legte Schorsch einen Zahn zu. »Meinst du im Ernst, dass ich dir diesen Schmarrn abkaufe?«

Wammetsberger gab Gschwandtner ein Zeichen – worauf dieser mit dem Fingernagel prüfend über das kalte Metall seines Pistolenlaufs fuhr.

»Nein, Sie müssen mir glauben. Du hast mich doch an dem

Abend angerufen, Sepp, und mich zu dir eingeladen. Hier unten sind wir gesessen und haben den Marillenschnaps probiert, den du aus Tirol mitgebracht hast.«

Finsterwalder nickte düster. Die Farbe seiner Gesichtshaut changierte inzwischen zwischen Violett und Lila.

»Der Sepp hat für eine halbe Stunde wegmüssen. Und ich bin hier unten wie auf Kohlen gesessen und hab fieberhaft überlegt, wo ich den Stoff verstecken könnte. Und da ist mir die Idee gekommen: die Madonna! Du hast mir das Ding ja schon ein paar Mal in die Hand gedrückt. Daher hab ich gewusst, dass der Sockel nur angeschraubt und die Figur innen hohl ist. Das ideale Versteck, hab ich mir gedacht. Da kann nix schiefgehen – und ich bin aus dem Schneider.«

»Und wenn der Laden auffliegt, dann schaut's so aus, als ob ich der Chef Kokser wär. Das hast du dir ja fein ausgedacht, du Dreckbeitel, du elendiger!«, spann Finsterwalder den perfiden Plan seines COO zu Ende.

Leitgeb widersprach vehement. »Das war nie meine Absicht, Sepp. Wie hätte ich denn ahnen sollen, dass am nächsten Tag dieser Herrgottsschnitzer auftaucht, um die Statue zu klauen? Dass dieser Irre die beiden Madonnen vertauscht und das Original mitgehen lässt?«

Wammetsberger spürte, wie sein Blut in Wallung geriet, wie die Wut über diesen selbstgerechten Widerling in ihm hochkochte.

»Als ich erfahren habe, dass nichts gestohlen worden ist, war ich erst einmal erleichtert. Am nächsten Tag bin ich aber sofort hierhergefahren. Unter dem Vorwand, der mysteriösen Geschichte auf den Grund gehen zu wollen, hab ich mich in der Stube umgesehen. Sepp war an dem Tag nicht da, und ich dachte mir, das ist die Gelegenheit, um das Zeug woanders zu deponieren. Und? Die Madonna ist da – nur das Koks war weg. Ich konnte es erst gar nicht fassen, aber dann hab ich begriffen, dass die Sache stinkt.«

»Und wieso habe ich von alldem nichts erfahren?«, trompetete Finsterwalder wie ein alter, waidwunder Elefantenbulle.

»Weil ich dich da nicht mit reinziehen wollte und ich überzeugt war, dass ich die Sache selbst in den Griff bekomme. Ich wusste ja, wo ich ansetzen muss.«

Schorsch schloss: »Bei Sebald Eder. Eine Anklage wegen gewerbsmäßigem Drogenhandel macht sich jedenfalls nicht sonderlich gut im Lebenslauf. Sie mussten also etwas unternehmen und haben beschlossen, Eder zu beseitigen.«

»Nein! Mit den Morden hab ich nichts zu tun«, tat Leitgeb empört. »Dafür waren einzig und allein dieser Hammer und seine beiden Komplizen verantwortlich, Spieß und Speer. Die drei wussten auch über meine Drogengeschäfte Bescheid und haben beim Umladen geholfen. Der Sicherheitschef, dieser von Peuttinger, hatte damit nichts zu schaffen.«

»Den habe ich auch gut genug bezahlt.« Finsterwalder bleckte seine dritten Zähne.

»Also, was ist passiert? Und erzähl uns keine Märchen von Hänselchen und Klärchen, Leitgeb.« Wammetsberger drohte ihm mit dem Zeigefinger.

»Ich wollte nicht in den Knast. Und ich war mir sicher, dass sich mit diesem Eder eine Einigung finden ließ. Ich wollte das Kokain wiederhaben, die Madonna hätte er von mir aus behalten können. Und dann hab ich den Fehler begangen, Hammer zu beauftragen. Er sollte Eder für mich aufspüren, das Koks behalten, um es auf eigene Rechnung zu verschnalzen. Und dann ist das mit der Mistgabel passiert.«

»Ungute Sache«, warf Wammetsberger ein.

»Ja!«, gab Leitgeb kleinlaut zu. »Diese Psychopathen wollten sich Eder, die Madonna und den Koks schnappen. Doch dann erwischen sie den Falschen, seinen Bruder. Der behauptet steif und fest, dass er keine Ahnung hat, wo sein Bruder ist, geschweige denn diese Madonna. Und dann hat er diese Mistgabel in der Hand und verstellt ihnen den Weg, als sie den Hof durchsuchen wollen. Ja, der dämliche Hund hat diese drei Muskelprotze doch tatsächlich mit seinem lächerlichen Spielzeug bedroht. Irgendwie sind die drei dann völlig ausgetickt, und die Sache geriet außer Kontrolle. Das Resultat kennen wir ja.« Leitgeb schien nicht das mindeste Mitgefühl für den Ermordeten zu empfinden. Ihm schien einzig und allein daran gelegen zu sein, für die Gewalttaten des Todes-Trios nicht zur Rechenschaft gezogen zu werden.

Selbst Finsterwalder, nun wahrlich nicht die Warmherzigkeit und Güte in Person, schien das selbstgefällige Pontius-Pilatus-Getue seines früheren Vertrauten sauer aufzustoßen. »Und der Nachbar, dieser Blablabla. Wie passt der da rein?«

Leitgeb breitete die Hände in einer Geste der Ahnungslosigkeit. »Wie der von der Sache Wind bekommen hat, ist mir schleierhaft. Jedenfalls landete ein paar Tage nach der leidigen Mistgabel-Geschichte ein an die Finsterwalder Group adressierter Brief in meinem Postfach. Warum gerade bei mir? Reiner Zufall, nehme ich an. Dieser kleine Mistbauer wollte Geld – fünftausend Euro. Sonst – so drohte er – würde er zur Polizei gehen. Und wir wären geliefert. Und dann stand da noch in krakeliger Handschrift: Er habe das Kennzeichen von dem Van notiert. Und die Nummer wäre für die Kripo gewiss interessant. Ein kompletter Idiot.« Die Arroganz dieses Typen war schier unerträglich. Doch Wammetsberger ließ ihn weiterreden. »Sepp war zu der Zeit gerade auf Geschäftsreise. Und ich habe diesem Hammer und den anderen Idioten das Erpresserschreiben unter die Nase gehalten.«

»Und das hast du alles hinter meinem Rücken getrieben?«, ächzte Finsterwalder fassungslos.

Leitgeb, der die beiden Eindringlinge zunächst für Abgesandte der Drogenmafia gehalten und sich fürderhin bemüht hatte, sein eigenmächtiges Handeln vor seinem Boss zu rechtfertigen, nahm nun, da er nichts mehr zu verlieren hatte, kein Blatt mehr vor den Mund.

»Du hältst besser die Klappe, Finsterwalder! Ich hab die Firma zusammengehalten, während du das Geld für deine hirnrissigen Projekte rausgeschmissen hast. Oder meinst du im Ernst, dass die Leute eine Witzfigur wie dich zum Landrat wählen?« Leitgeb lachte höhnisch.

»Und wie war das nun mit dem Brief? Haben Sie den Auftrag erteilt, sich des Erpressers zu entledigen.« Schorschs Stimme war so frostig und kalt, dass der Cognac in seinem Glas zu Eis gefror.

»Was bezwecken Sie überhaupt mit Ihren Unterstellungen? Sind Sie Undercover-Agenten oder so etwas, die mit kriminellen Methoden arbeiten, um Geständnisse zu erpressen? Da sind Sie bei mir an den Falschen geraten.« Leitgeb war wieder ganz der Alte, arrogant, auffahrend und von seiner eigenen Cleverness überzeugt. »Also noch einmal zum Mitschreiben: Ich habe mit diesen Morden nichts zu tun! Diese Gipsköpfe saßen doch in der Scheiße. Die hatten die Sache verbockt – nicht ich. Ich hab ihnen den Brief und fünftausend Euro in einem Umschlag gegeben, um den Erpresser zum Schweigen zu bringen. Die drei waren aber offensichtlich der Meinung, dass das Risiko für sie zu hoch sei – und sie es von daher minimieren mussten.«

»Und haben beschlossen, das Problem auf ihre Art zu beseitigen«, folgerte Wammetsberger.

»Exakt. Wobei ihre Methode der Problemlösung ein gewisses kriminelles Ingenium durchblitzen lässt.«

»Und was ist mit dem Opfer, dem Hias? An den denkst nicht, oder?«, erhob sich eine düstere Stimme. Es war die Stimme Gschwandtners, der wie ein rächender Engel neben der Tür stand, um jeden Fluchtversuch zu einem aussichtslosen Unterfangen zu machen.

»Sie machen mir keine Angst«, knurrte Leitgeb wie ein in

die Enge getriebener Egomane. »Der Typ war ein mieser Erpresser. Und wer zu gierig ist, den bestraft die Geschichte.«

»Nur das Koks haben ihre Pitbulls partout nicht gefunden, sondern wir – dumm gelaufen. Und dann wird auch noch der Recycling-Park von ein paar gspinnerten Klassenkämpfern überfallen. Und Ihnen ist die Sache über den Kopf gewachsen.« Wammetsberger grinste nun wie ein mit sich und der Unterwelt zufriedener Sparifankerl.

»Was denn? Dieser Überfall war ein Werk von Extremisten. Es war von Peuttingers Idee, die Polizei aus dem Spiel zu lassen und selbst mit dieser Bande von Kriminellen abzurechnen. Sie wollten Rache für ihren toten Kameraden – nun ja, das kann man menschlich gesehen durchaus verstehen«, suchte sich Leitgeb wie ein glitschiger Aal herauszuwinden. »Und als ich das von den drei Leichen gehört hab, war ich, ehrlich gesagt, erleichtert. Diesen geistesgestörten Killern war doch alles zuzutrauen. Ich selbst habe mich von ihnen bedroht gefühlt – ja, ich musste um mein Leben fürchten.«

Wammetsberger musste an sich halten, um nicht laut aufzulachen. Die Show, die Leitgeb hier abzog, hatte durchaus ihren Unterhaltungswert.

»Und was ist mit dem Schnitzer? Den habt's nicht gefunden, oder was?«, regte sich nun auch in Finsterwalder der Widerwille.

Franz Leitgeb hob die Arme. »Wieso hätt ich ihn denn suchen sollen? Der Kerl hat schließlich einen Raub begangen und deine Madonna gestohlen, Finsterwalder, die dir doch so lieb und teuer ist! Und was er mit dem Koks angestellt hatte, was weiß ich? Nun kommen Sie daher und behaupten, dass es sich hierbei …«, er deutete auf das Päckchen Kokain am Tisch, »… um die gestohlene Ware handelt.« Mit Stentorstimme setzte er zum bewegenden Schlussplädoyer an. »Dass ich mich auf einen Handel mit diesen Verbrechern eingelassen habe, war ein schwerer Fehler, den ich aufrichtig bereue.

Darüber hinaus bin ich mir aber keiner Schuld bewusst. Eine Beteiligung an diesen Gewaltverbrechen streite ich rundweg ab!«

In der Zirbenstube war es auf einmal totenstill. Niemand sagte ein Wort. Finsterwalder blickte betreten zu Boden, und Gschwandtner schien angestrengt zu überlegen, ob sich nicht versehentlich ein Schuss aus seiner Waffe lösen konnte, der ganz zufällig Leitgebs empfindlichste Stelle traf.

Wammetsberger hielt das fast leere Cognacglas in der Hand und schien in philosophische Betrachtungen versunken zu sein. »Sie meinen also, Sie kommen mit Ihrer Story durch? Ihr Schützenverein liegt im Leichenschauhaus, und Eder sitzt im Knast. Beweise gibt es keine. Die belastenden Unterlagen und Briefe haben Sie verbrannt. Und die Madonna? Nun, die wird Eder wohl schleunigst beseitigt haben, um sich nicht selbst zu belasten. Doch du täuscht dich, Bürscherl!« Mit einer kraftvollen, blitzschnellen Bewegung wirbelte Wammetsberger wie ein Shaolin-Mönch aus seinem Sessel und packte Leitgeb am weißen Kragen. »Wir haben die Madonna und ein paar schöne Tapperer von dir auf ihrem Hintern. Ein paar Haare und Hautfetzen reichen für einen DNA-Nachweis, dass du deine dreckigen Finger im Spiel gehabt hast. Es gäb jetzt sicher ein paar, die dir liebend gern die Gurgel umdrehen würden!«

In Leitgebs Augen lag die nackte, kreatürliche Angst.

»Aber mir Bayern sind ja keine Unmenschen. Also geh ma, Freinderl. Der Haftrichter wart schon!«

Epilog – Ante Mortem

»Tu-tutu-tutu-tutu-tuuuu! Tu-tutu-tutu-tutu-tuuuu! Tu-tutu-tu-tutu-tu-tut-tu-tu!« Der eiligst zusammengestellte Fanfarenzug der Roten Garde Giesbach veranstaltete einen Höllenlärm. Was der Proletarier-Combo an Virtuosität, Musikalität und Präzision im Zusammenspiel mangelte, machten sie mit ohrenbetäubender Lautstärke und feurigem Tschingderassa wieder wett. Mit Pauken und Trompeten, mit Tuben und Tschinellen, mit Becken, Posaunen und Hörnern, mit allem, was lärmte und schepperte. Die Burschen in ihren verblichenen, zerschlissenen feldgrauen Uniformen intonierten nicht etwa eine der gängigen Revolutions-Hymnen oder die »Internationale«, nein, die Blasmusikkapelle vergriff sich doch tatsächlich am Bayerischen Defiliermarsch, dem Paradestück der bayrischen Militärmusik. Der Marsch eines Ingolstädter Regiments genoss seit dem Siebziger Krieg gegen die Franzosen unter den bayrischen Soldaten Kultstatus. Emeram Eder war nie sonderlich musikalisch gewesen, aber auch er mochte dieses Stück, das nach Heimat, nach Gemütlichkeit und einer kühlen Maß Bier an einem lauen Sommerabend klang. Angeblich war es König Ludwig selbst gewesen, der die schmissige Melodie zum Bayerischen Avancier- und Defiliermarsch erheben ließ.

Der »Kini« war halt noch ein Monarch ganz nach dem Geschmack des bayrischen Volkes gewesen, dachte Eder. Ein stattliches Mannsbild, das etwas hergemacht hatte. Nicht wie seine beiden Nachfolger, der militaristische Prinzregent mit seiner Biedermannmaske und sein blasierter, bigotter Sohn, der Millibauer von Leutstetten. Dass der zweite Ludwig schwermütig, exzentrisch und ein wenig wahnsinnig gewesen war, hatte niemandem gestört. Seine Marotten und Schrullen hatten den Monarchen erst richtig menschlich gemacht. Seine Mutter jedenfalls hatte den »Kini« fast wie einen Heiligen, fast so sehr wie den Heiland und die Jungfrau Maria verehrt.

Emeram Eder selbst war nicht auf Samtkissen gebettet und mit goldenen Löffeln gefüttert worden. Er war der zweite Sohn eines Gütlers und Tagelöhners aus dem Grenzgau – sprich, er war eine arme Sau. Vor dem Krieg hatte er sich als Holz- und Fuhrknecht mehr schlecht als recht sein Brot verdient. Er hatte das harte, dunkle Brot der Armen gegessen und das schale, dunkle Bier aus Steingutkrügen getrunken. Nur an Festtagen hatte er sich einen Kanten Speck, einen Schoppen Tiroler Roten und einen feinen Birnbrand geleistet. Im großen Krieg war er als Gemeiner vier Jahre lang durch den kalten Schlamm Flanderns und des Artois gewatet und hatte für die feinen Pinkel in ihren Galauniformen die Kastanien aus dem Geschützfeuer geholt. Damit sollte nun Schluss sein – ein für alle Mal! Eine neue Zeit der Freiheit, der Gerechtigkeit und des Friedens war angebrochen. Gleiches Recht für alle! Zumindest hoffte Eder dies, auch wenn er nicht so recht daran glaubte. Er selbst war ja erst seit einem guten Jahr vom Saulus zum Paulus bekehrt worden. Parolen wie die vom Klassenkampf oder der revolutionären Erhebung des Proletariats hatten ihn früher nie interessiert. Die linken Ideen waren ihm stets als realitätsferne Spinnereien erschienen. Blanke Theorien, über die sich arbeitsscheue Intellektuelle und schwindsüchtige Bohemiens ihre wirren Köpfe heiß redeten. Doch im letzten Kriegsjahr, als die Lage immer aussichtsloser, die Verpflegung und die Moral immer schlechter wurden, hatte Emeram seine Meinung gründlich revidiert. Auslöser für seinen Meinungsumschwung waren die langen Diskussionen gewesen, die er abends beim Schein einer Petroleumfunzel in ihrer Mannschaftsbaracke mit zwei Stoaderern geführt hatte. Max und Alois waren einfache Gefreite, die wie er bis zur Halskrause in der Scheiße steckten. Sie waren als Arbeiter bei der »Actien Ziegelei«, einer Backsteinfabrik im Nordosten Münchens, beschäftigt gewesen. Oder wie sie es ausdrückten: als »Lohnsklaven« geknechtet worden. Max und Alois waren Rote – Anhänger der »Internationalen« und der »Spartakusgruppen«. Die langen Gespräche und die Lektüre ihres Kampfblatts »Rote Fahne« hatten Eder die Augen für die Ursachen der herrschenden Ungleichheit und die Umtriebe der herrschenden Klasse geöffnet. Ihm war klargeworden, dass etwas Grundlegendes faul war im herrschenden System. Er hatte schließlich am eigenen Leib erfahren dürfen, wie die Militaristen, Kapitalisten und Imperialisten des Ancien Ré gime das Land in einen sinnlosen Krieg gehetzt hatten. Wie viele seiner Kameraden waren von Granaten zerfetzt, von Maschinengewehrfeuer durchsiebt auf dem »Feld der Ehre« geblieben? Hunderte, Tausende? Er wusste es nicht – niemand wusste es! Nur eines wusste Eder: Es hatte zu viele Opfer gegeben, als dass alles so bleiben konnte wie bisher. Nein, ein neuer, ein proletarischer Staat musste her. Eine Republik der Räte, eine wahre Volksdemokratie! Deswegen war er hier, deswegen hatte sich Eder vor zwei Wochen freiwillig zur Roten Garde in Giesbach gemeldet.

Doch hier und heute, an diesem Samstag, den 26. April, sah die Lage für die Roten düster und aussichtslos aus. Die bayrische Räterepublik lag in Agonie, ja sie lag in ihren letzten Zügen und Zuckungen. Die von Tag zu Tag verzweifelter klingenden Telegramme des Aktionsausschusses des Revolutionären Arbeiterrats, in denen Ernst Toller und andere renommierte Vertreter der Räterepublik die Führer der Roten Brigaden im Oberland um Nachschub und Verstärkung baten, ließen nichts Gutes ahnen. Reichswehrverbände und Freikorpseinheiten hatten die Haupt- und Residenzstadt im Würgegriff. Die Truppen der Reaktion hatten den Belagerungsring im Norden, Westen, Osten und Südwesten der Stadt geschlossen. Die rechten Regimenter waren überall auf dem Vormarsch. Sie standen in Wasserburg und Ebersberg, sie standen in Erding und Dachau, sie standen in Pasing und an der Isar südlich von München. Im Bahnhof von Wieskirchen standen jedoch noch die Roten Brigaden. Und auf den Gleisen Richtung München stand ein Zug, ein gepanzerter Spezialzug, voll beladen mit Munitions- und Proviantkisten und anderen in München dringend benötigten Ausrüstungsgegenständen. Rußgeschwängerter Dampf quoll aus dem Schornstein der Lokomotive der Marke Maffei. Cremeweiße Emailleschilder an den Waggontüren zeigten, ordentlich, wie es nun einmal in Deutschland zuging, wohin die Fahrt gehen sollte: Wieskirchen – München Ostbahnhof.

Der Zug war zur Abfahrt bereit. Eine Handvoll Bewaffneter patrouillierte auf dem Bahnsteig und bewachte das Schienengelände. Emeram Eder war einer von ihnen. Er blickte auf die große runde Bahnsteiguhr. Sie hätten schon seit zwanzig Minuten unterwegs sein sollen. Wie sollte man mit einem solchen undisziplinierten Sauhaufen gegen reguläre, gut gedrillte Truppen unter dem Kommando fronterfahrener Offiziere bestehen?, dachte Eder besorgt. Immerhin, es tat sich etwas. Vom Marktplatz her wälzte sich das Gros der Rotbrigadisten heran – zwei Kompanien zu jeweils rund zweihundertzwanzig Mann in mehr oder weniger militärischer Formation. Die Kolonne der Bewaffneten marschierte weder im Gleichschritt, noch gellten laute Kommandorufe durch die Straßen des Markts, dafür wurde aus voller Kehle die Internationale geschmettert. Die Marschierenden waren sichtlich gehobener, ja ausgelassener Stimmung. Besser gesagt: Sie waren alles andere als nüchtern, sondern zum Teil stockbesoffen.

Eders Augenbrauen zogen sich wie Gewitterwolken zusammen, und er schüttelte widerwillig den Kopf. Was würde Leo Trotzki mit solchen Dilettanten der Revolution tun?

Die Antwort fiel Eder nicht schwer: Er würde das besoffene Gesindel zum Sturmangriff antreten – und im feindlichen Feuer verbluten lassen. Derweil konnte er mit seinen Elitetruppen die gegnerischen Stellungen von der Flanke her durchbrechen. Ihre Kommandanten waren allerdings nicht von Schlage Trotzkis. Graf war ein versoffener Ex-Feldwebel mit schlaffen Wangen und glasigem Blick, der aber immerhin sein Soldatenhandwerk verstand. Ein ruppiger Choleriker, dem man besser aus dem Weg ging. Drachsler war das genaue Gegenteil Grafs: ein drahtiger, feinsinniger Jungspund, der schwülstige, revolutionäre Gedichte schrieb. Drachsler war jedoch bei der berühmt-berüchtigten Volksmarinedivision in Berlin gewesen und hatte in den Kämpfen dort Mut und Überlebensinstinkt bewiesen.

Am Vorabend war die Rote Brigade Giesbach unter klingendem Spiel in Wieskirchen eingerückt. Ihre beiden Kommandanten hatten die strategischen Punkte des Orts besetzen lassen und in dem am Marktplatz gelegenen Oberbräu ihr Hauptquartier aufgeschlagen. Der Wirt des Oberbräus war ein geschworener Feind der Roten. Um nicht in die Hände der Revoluzzer zu fallen, war er Hals über Kopf geflohen, die im Keller lagernden Bier- und Weinvorräte zurücklassend. In ihrem Tagesbefehl hatten Graf und Drachsler die Fässer als Konterbande requirieren lassen. Die beiden Schankknechte des Oberbräus hatten die Lage verkannt. In falsch verstandener Loyalität zu ihrem Dienstherrn hatten sie den Zugang zum Bierkeller verrammelt. Diesen Akt des Ungehorsams wider die »Vollzugsorgane« des Arbeiter- und Soldatenrats hatte die durstige Meute den beiden Knechten übelgenommen. In aller Eile hatte man ein Revolutionsgericht unterm Vorsitz Grafs einberufen. Dieses hatte die beiden Saboteure zur standrechtlichen Erschießung verurteilt. Die vierschrötigen Kerle hatten vor Angst geschlottert und unverständliches Zeug zu ihrer Verteidigung gebrabbelt. Doch der Erste Kommandant

Graf hatte die Aufrührer in Fesseln legen und ihnen ein paar Hiebe mit dem Gewehrkolben verpassen lassen. Dann erst hatte er die grün und blau geschlagenen Delinquenten gnadenhalber zu einer einwöchigen Kerkerstrafe bei Wasser und Brot begnadigt und sie in einen zum provisorischen Volksgefängnis umfunktionierten Holzverschlag sperren lassen.

Von einem solchen Akt der Volksjustiz hielt Emeram Eder nichts. Für ihn roch ein solcher Schauprozess verdächtig nach Despotie und Tyrannei. Aber wegen der rabiaten Behandlung konterrevolutionärer Elemente würde er sich gewiss nicht mit Graf anlegen. Missmutig hatte Eder zwei Maß Bier hinuntergekippt und sich zum Schlafen in den Wartesaal des Bahnhofs verzogen. Das Bacchanal hatte sich jedoch noch bis in die frühen Morgenstunden hingezogen, bis die Gardisten den Inhalt der Fässer bis zum letzten Tropfen geleert hatten. Nun strömten die Männer mit einem Riesenrausch im Gesicht auf die Gleise und bestiegen unter Gelächter und Gelärm die wartenden Waggons. Der Großteil des Bataillons trug Uniform, der Rest reiste in Räuberzivil an die Front. Die grauen Felduniformen stammten allesamt aus beschlagnahmten Beständen der Königlich-Bayerischen Armee. Ebenso die Waffen, Karabiner, Maschinengewehre und Feldhaubitzen, die die Männer mit sich führten oder bereits am Vortag in den Zug verladen hatten. Dass sie den roten Brigaden angehörten, war einzig und allein an den Roten Binden ersichtlich, die sie über die Ärmel ihrer Feldjacken gestreift hatten. Ob dies genügte, um aus Verteidigern des Vaterlands Speerspitzen der proletarischen Revolution zu schmieden, wagte Emeram Eder allerdings zu bezweifeln. Die honorigen Notabeln des Orts lugten verschämt hinter ihren Gardinen hervor und hofften, dass der revolutionäre Spuk so schnell verschwinden würde, wie er gekommen war.

Der Stationsvorsteher und seine beiden Gehilfen scharwenzelten ehrerbietig um Graf herum und liebedienerten ohne Unterlass vor dem »Herrn Revolutionär«. Insgeheim ballten die Herren Beamten jedoch die Fäuste in den Taschen ihrer königsblauen Dienstjacken mit rotem Kragenspiegel und wünschten das rote Gesindel zum Teufel.

Der Zug fuhr schnaufend und schnaubend an. Der Heizer schippte Schaufel um Schaufel Kohle in die Feuerluke des großen röhrenförmigen Metallkessels. Der Druck im Kessel stieg, und der vierhundert Grad heiße Wasserdampf strömte in die Zylinder der Dampfmaschine. Der Dampf dehnte sich aus und setzte das mechanische Wunderwerk der Kolben und Pleuelstangen in Bewegung, die die kinetische Energie auf die schweren Laufradsätze übertrug, bis sich die Achswellen schneller und schneller drehten. Der Zug ruckelte aus dem Bahnhof, passierte das Stellwerk und gewann an Geschwindigkeit.

Emeram Eder lehnte sich aus dem Fenster und sog den leichten, samtenen Geruch des Frühlings ein. Fürs Auge bot die flache, eintönige Gegend wenig. Felder und Fichten wechselten sich mit Fichten und Feldern ab. Nichts, das einen zweiten Blick lohnte. Eder erkannte jedoch bereits auf den ersten Blick, dass auf den kargen, steinigen Böden am Rand des Hofhartinger Forsts wenig wuchs, Kartoffeln und Gerste, Krautköpfe und Rüben.

Es war ein schöner, frühsommerlich warmer Tag, doch Eder fröstelte. Ihm war einfach nicht wohl in seiner Haut. Mochte ihre Sache auch eine gerechte sein, so war es doch eine verlorene. Die Mächtigen hatten vielleicht kurz den Kopf eingezogen, aber sie würden nicht zurückweichen – Aufstand hin, Revolution her!

Um ihn herum lärmten die Revolutionäre und tranken sich aus Flachmännern Mut zu. Eders Nackenhärchen sträubten sich. Er war lange genug in den Schützengräben gesessen – er konnte die Gefahr förmlich riechen.

Das »Expeditionskorps« sollte nur bis zum Dorf Karget gelangen, und Eders Befürchtungen sollten sich auf fast unheimliche Weise bestätigen. Fünfzehn Kilometer nördlich von Wieskirchen hatte eine hohe Barrikade aus hoch aufgeschichteten Baumstämmen die Gleise blockiert. Der Zug hatte auf freier Strecke anhalten müssen. Graf und Drachsler waren ausgestiegen und hatten lautstark zu streiten begonnen. Graf hatte dafür plädiert, mit der Lok »Anlauf zu nehmen« und das Bollwerk mit Gewalt zu durchstoßen. Drachsler hatte den Lokführer zu sich gewinkt, der den wahnwitzigen Vorschlag Grafs als »undurchführbar« abgelehnt hatte, da die Lokomotive bei dem Versuch mit an Sicherheit grenzender Wahrscheinlichkeit aus den Gleisen springen und die Böschung hinabstürzen würde. Daraufhin hatte Graf seine Pistole gezogen und dem Lokführer an die Schläfe gehalten. Sein Ko-Kommandant hatte ihm mit dem entsetzten Ausruf »Spinnst jetzt völlig, Graf! Den Mann brauchen wir. Wer soll denn die Lokomotive fahren?« Einhalt geboten. Eder hatte die ganze Zeit am Fenster gestanden und die gespenstische Szene mit angesehen.

Nach einigem Hin und Her hatten sich die beiden Streithähne darauf verständigt, den Zug im Schritttempo bis zur Barriere vorfahren zu lassen. Ein Spähtrupp mit fünfundzwanzig Mann sollte sich unter Führung eines alten Frontschweins, dem Ex-Sergeanten Erlbrunner, in die Büsche schlagen und das vor ihnen liegende Waldstück auskundschaften.

Eder hörte Drachsler und Graf ihre Kommandos brüllen. »Macht's euch gefechtsbereit, Männer! Da vorn irgendwo sitzt der Feind. Der rechten Saubagage heizen wir jetzt sauber ein!«

Den Rotgardisten wurde langsam ihre Lage bewusst. Der Rausch war schlagartig verflogen, als sich die Gewehrläufe wie Igelstacheln aus den Abteilfenstern schoben. Einer spontanen Eingebung folgend, meldete sich Eder freiwillig zu dem Stoßtrupp. Erlbrunner war ein ruhiger, besonnener Mann, der keine unnötigen Risiken einging. Und wenn sie erst einmal im Schutz des Walds waren, hatte er allemal bessere Karten, um sich abzusetzen, als draußen auf freiem Feld.

»Eder, du übernimmst mit vier Leuten die rechte Flanke, verstanden!« Erlbrunner sah ihn aus strengen, harten Augen an, und Eder salutierte kurz. »Los jetzt!«

Die leichter bewaffneten Späher vorneweg, die »Artillerie« mit den vier an die fünfundreißig Kilo schweren wassergekühlten Maschinengewehren hinterdrein, liefen sie in gebückter Haltung am Gleisbett entlang zurück, bis sie ein kleines Wäldchen erreichten. In aller Seelenruhe erteilte Erlbrunner dort seine Befehle. »Wir schwärmen in Dreier- und Zweiergruppen aus und stoßen tiefer in den Wald hinein vor, aber gemach, hobt's mi! Wenn ihr auf Gegenwehr trefft, geht's ihr sofort in Deckung und schmeißt ein paar Nebelgranaten. Dann verschanzt ihr euch hinter irgendeinem Verhau und holt die Maschinengewehrgruppen nach. Erst dann nehmt ihr die Rüpel von der Reichswehr ins Visier und rasiert ihnen die Schädel blank. Also, auf geht's!«

Sie waren kaum sechshundert Meter vorgerückt, als ihnen heftiges Gewehrfeuer entgegenschlug. Die Schüsse schienen von überall her gleichzeitig zu kommen, die Gewehrsalven knallten und hallten nur so durch den Wald. Noch ehe die MGs mit großem Getöse ihren Einsatz im Orchester des Kriegs hatten, war Eder klar, dass hier gleich die Hölle los sein würde. Da lauerten nicht etwa einzelne Freikorpsleute hinter den Bäumen, hier hatte eine Reichswehreinheit Stellung bezogen. Ein ganzes Bataillon, schätzungsweise sechshundert Mann stark. Gegen eine solche Übermacht hatten sie paar Hansel nicht den Hauch einer Chance. Noch ehe er »Rückzug, schnell!« schreien konnte, lagen zwei seiner vier Männer bereits tödlich getroffen in ihrem Blut, kroch ein weiterer in seiner Panik in die falsche Richtung, dem Gegner entgegen.

Er gab dem letzten, hinter ihm kauernden Gardisten den Befehl, den Kopf unten zu lassen und ihm unauffällig zu folgen. Im dichten Kugelhagel robbten sie den Kegelrobben an der Nordsee gleich zurück. Das Geäst über ihnen zersplitterte unter den Garben der MGs, und Eder presste die Schließmuskeln zusammen. Ganz in der Nähe bellten zwei Maschinengewehre – wohl ihre eigenen, schweren und unhandlichen MG 08 –, um ihren Rückzug zu decken. Eder kroch weiter, immerzu weiter. Er wollte nur noch weg von diesem Ort des Grauens, des Mordens und Metzelns. Er hatte genug gekämpft, genug Furchtbares gesehen, dass es für hundert Jahre Einsamkeit, für tausendundeinen Alptraum reichte. Jedes weitere Blutopfer unter der roten Fahne war sinnlos. Wenn es ums nackte Überleben ging – was bedeuteten da schon die hehren Grundsätze von Gleichheit und Gerechtigkeit? Nix und noch mal nix, gestand sich Eder ein. Dann lief er, bis seine Lungen brannten. Erschöpft und schwer atmend lehnte er an einer wuchtigen Buche. Seinen Begleiter hatte er irgendwo unterwegs verloren. Auch gut! Jeder musste sehen, wie er hier wegkam, bevor die Reichswehr die Wälder nach versprengten Rotarmisten durchkämmte.

Eder streifte die rote Binde vom Ärmel und verscharrte sie unter einem Haufen trockenen Laubs. Einen Moment spielte er mit dem Gedanken, sich auch der grauen Uniformjacke zu entledigen, um sich so wie ein Chamäleon zu häuten. Doch wenn er im rotscheckigen Flanellhemd durch den frühlingsfrisch grünenden Wald spurtete, machte er sich kaum weniger verdächtig. So knöpfte Eder die Jacke wieder zu und machte sich auf den Weg. Sein Gewehr behielt er gleichfalls – der Mehrladekarabiner Modell Mauser 98a konnte ihm unterwegs gute Dienste leisten. Man wusste schließlich nie, wo Gott und ein paar Haderlumpen hockten.

Mit der Vorsicht und Behutsamkeit eines Jägers auf der Pirsch schlich er abseits der Forstwege durchs Unterholz. Immer dem Stand der Sonne nach, nach Süden. Er war schon ein gutes Stück weit gekommen, als er plötzlich von einer Lichtung her Stimmen hörte. Munter plaudernde, hart auflachende Männerstimmen. Eder blickte sich rasch um, suchte seine Umgebung nach einem Versteck ab. Sehen konnte er die Unbekannten nicht – nur hören. Jeden Nervenstrang bis zum Zerreißen gespannt, bewegte er sich an einer grünen Mauer aus verfilztem Buschwerk entlang. Auf den leisen Sohlen eines Komantschen auf dem Kriegspfad schob er sich Meter um Meter näher an die Lichtung heran. Leise, ganz leise spannte er den Hahn. Da waren sie: zwei gedrungene, bullige Gestalten in Lederhosen, Trachtenjoppen und der blauweißen Armbinde eines Freikorps-Verbands aus dem Oberland. Aus ihren grobschlächtigen Gesichtern sprach wenig, was einem Rotarmisten a. D. Vertrauen eingeflößt hätte. Wie er ihrem Gerede unschwer entnehmen konnte, warteten die Freikorps-Männer auf die Ankunft einiger Kameraden.

»Wieso stehen wir uns hier eigentlich seit einer halben Stunde die Füße in den Bauch, Toni?«

»Da fragst noch, Sonderauftrag von Major Ritter von Reiss!«, erwiderte sein Kumpan barsch.

»Oberleutnant Drachsler und dieser Verbindungsmann zur Reichswehr müssten jeden Moment da sein!«

»Wenn sich der Seidl nur nicht verlaufen hat. Der hat doch einen Orientierungssinn wie eine besoffene Brieftaube.«

Drachsler, ihr Kommandant? Oberleutnant einer Freikorps-Einheit? Die Erkenntnis traf Eder wie ein Peitschenhieb – und ließ die Blutkörperchen in seinen Adern zu Eiskristallen gefrieren. Das konnte, das durfte nicht wahr sein! Er spürte, wie er innerlich erbebte. Doch es gab nur eine plausible Erklärung: Dieses miese, verlogene Dreckschwein hatte sie an die Reaktion verraten. Drachsler hatte sie in einen Hinterhalt gelockt.

Einer der Freikorps-Männer schlug einen nörgelnden Ton an. »Und was sollen wir hier? Die Aufpasser spielen, oder was? Der Drachsler ist doch einer der Unsrigen, oder? Wir könnten längst beim Bier sitzen!«

Das mürrische Gebaren seines Kameraden stieß dem zweiten Mann sauer auf. »Halt bloß dein vorlautes Maul, Franzl! Dieser Agent vom Aufklärungskommando ist ein scharfer Hund. So ein spindeldürrer Böhmack!«

»Was a Egerländer a no?«, ereiferte sich Franzl übellaunig.

»Na, ein Österreicher, hat aber als Kriegsfreiwilliger bei den Unsrigen gedient, bei einem Reserve-Infanterie-Regiment!«

Die Männer verstummten, als sie wie Eder selbst die Blätter rascheln und die Zweige knacken hörten.

Eder beobachtete aus seinem Versteck, wie drei Männer auf die Lichtung traten: Der Erste war offensichtlich jener Seidl, der den Scout gemimt hatte und sich in nichts von seinen beiden Freikorps-Kameraden unterschied. Als er jedoch den zweiten Mann zu Gesicht bekam, riss Eder vor Verblüffung die Augen weit auf. Die Scharade, deren Zeuge er hier wurde, wurde immer grotesker. Die untersetzte, korpulente Gestalt, die sich da unter den tiefhängenden Ästen duckte, war niemand anders als Georg Graf. Die schweißnassen Haare klebten auf seiner Stirn, die Wangen glühten wie eine Schmiedeesse. In der von Blutspritzern befleckten Uniform sah sein Ex-Kommandeur aus wie einer, der auf den letzten Drücker dem Totenreich entronnen war.

Eder runzelte die Stirn. Welches doppelte Spiel wurde hier getrieben? Welche Intrigen wurden da gesponnen? War Graf etwa als Drachslers Unterhändler hier? Hatte der bullige Feldwebel, aus welchen Gründen auch immer, dessen Platz eingenommen? Über dieser Erscheinung aus der Unterwelt hätte Eder den dritten Mann fast übersehen. Ein ausgemergelt und kränklich aussehender Hänfling mit einem modisch gestutzten Schnurrbart im blassen Gesicht. Um seine hagere Gestalt schlotterte ein langer, ungepflegter Militärmantel. Der Kerl, der eher wie ein verkrachter Bohemien denn wie ein Emissär des Geheimen Meldedienststs wirkte, trug im eigentümlichen Kontrast zu seiner sonstigen Aufmachung einen edlen Lederkoffer bei sich. Und offenbar hatte er hier das Sagen. Mit zorniger, gereizt klingender Stimme befahl er: »Seidl, nehmen Sie Ihre Männer und lassen Sie uns allein. Ich habe unter vier Augen mit dem Herrn Oberleutnant zu reden.«

Die Freikorps-Männer gehorchten aufs Wort und trollten sich in den Wald. Eder kaute nervös auf seinen Lippen. Was ging hier nur vor? Wurde der rote Graf von dem Reichswehr-Mann für seine Spitzel- und Verräterdienste mit einem Koffer voller ausländischer Banknoten entlohnt, der überdies neue Anweisungen fur diese verfettete »Mata Hari« enthielt?

Emeram Eder war fassungslos, war voller Hass auf den Judas, als dieser mit einem kalten Lächeln dem Agentenführer die Hände schüttelte.

»Hat ja alles wunderbar nach Plan geklappt, mein Guter«, bemerkte der schlaksige Schnurrbartträger nun selbstgefällig. »Das Reichswehrkommando wird sich für Ihre Dienste ums Vaterland erkenntlich zeigen, Herr Oberleutnant, dessen können Sie versichert sein!«

»Ehrlich gesagt, ist mir ein Packen Pfund- und Francs-Noten in der Hand lieber als der Dank der OHL und des Herrn Generalquartiermeisters, Herr ...«, machte Graf keinen Hehl aus seiner am eigenen materiellen Vorteil orientierten Gesinnung.

»Hitler, Adolf Hitler! Nehmen Sie dennoch den aufrichtigen Dank des Oberkommandierenden Ritter von Möhl für Ihren heldenmütigen Einsatz entgegen, Oberleutnant Drachsler.« Der Mann räusperte sich. »Darf ich also um die Mannschaftslisten und die Aufstellung der Kommissare und Räte bitten, Oberleutnant!«

»Nix darfst, du spindiger Spinaterer – und jetzt her mit dem Koffer!« Graf war eben dabei, seine 9-Millimeter-Luger-Pistole zu ziehen, als Eder, das Gewehr schussbereit im Anschlag, aus seinem Versteck sprang.

»Lass deine 08er stecken, Graf! Sonst bist hin!« Eder baute sich vor seinem ehemaligen Kommandeur auf und grinste ihm frech ins Gesicht: »So schnell sieht man sich wieder!«

Graf war sichtlich nicht sonderlich erbaut über das Wiedersehen mit seinem früheren Genossen. Er zeigte jedoch auch keinerlei Furcht, sondern fuhr ihn wütend an. »Verzupf dich, du Trottelkopf! Du hast nicht den blassesten Schimmer, um was es geht! Wir können über alles reden, nachher! Aber erst bitten wir die Herrn Generäle zur Kasse.«

Eder lachte höhnisch. »Nix da, du meineidiger Sauhund. Du stellst dich jetzt an den Baum da, oder ich knall dich ab wie einen räudigen Köter.« Er hob die Waffe.

Der V-Mann, dieser Hitler, betrachtete mit argwöhnischer Aufmerksamkeit das Wortgefecht der beiden Kontrahenten. »Würden Sie mich bitte aufklären, was diese Darbietung bedeuten soll, Herr Oberleutnant?«

»Dein Oberleutnant ist unpässlich, und deswegen hab ich mir vorübergehend seine Jacke ausgeborgt, wenn's recht ist. Und jetzt rück den Geldkoffer raus, sonst hast deinen letzten Schoaß getan!«, fauchte Graf außer sich. Seine hinterlistig funkelnden Augen richteten sich auf Eder. »Auf was wartest denn, du Leimsieder? Erschieß den Arsch, Eder! Der rechte Drecksack ist dein Feind – und nicht ich. Mir geht's bloß ums Geld und …«

Eders wachsamen Augen war jedoch nicht die Bewegung entgangen, mit der Graf nach seiner 08-Ari-Pistole griff. Ohne zu zögern, drückte er ab. Graf stand noch einen Moment aufrecht da, starrte ungläubig auf das Loch in seiner Brust, ehe seine Beine unter ihm einknickten und er lautlos nach hinten kippte.

»Du Judas, du greisliger!«, stieß Eder hervor, dann erst entsann er sich auf den Verbindungsmann mit dem bleichen Gesicht, der noch immer reglos mit dem Aktenkoffer in der Hand dastand.

Der Mann streckte ihm die Rechte entgegen, und Eder ergriff diese, ohne nachzudenken.

»Sie haben unserer Sache einen großen Dienst erwiesen und diesen nichtswürdigen Kretin seiner gerechten Strafe zugeführt. Ich kann Ihnen nicht genug danken! Auf den wackeren deutschen Soldaten war noch immer Verlass, bei Gravelotte und vor Verdun!« Zwei graugrüne Augen, von denen eine Art hypnotischer Sog auszugehen schien, sahen ihn durchdringend an. »Wie ist Ihr Name, Kamerad! Das werde ich Ihnen nie vergessen.«

Er stotterte verlegen: »Emeram Eder, Holzknecht von Axing.«

Der Mann legte ihm eine Hand auf die Schulter, sah ihn noch einmal aus diesen unheimlichen, wie Irrlichter funkelnden Augen an, wandte sich um und verschwand ohne ein weiteres Wort im Wald.

Eder stand eine Weile wie paralysiert da, dann beugte er sich über die Leiche Grafs, doch er fand nichts, was ihm Auskunft über dessen Mission hätte geben können, keine konspirativen Briefe, keine geheimen Befehle, keine in einem kryptischen Code verfassten Schriftstücke, nichts als ein paar Reichsmark und ein silbernes Medaillon mit dem Reliefbild der Jungfrau von Birkenrain. Eder nahm das Medaillon als Talisman an sich und ließ es in seine Jackentasche gleiten.

Vielleicht bringt es mir ja mehr Glück als dir, dachte er mit grimmiger Entschlossenheit. Dann machte sich Emeram Eder auf den langen Heimweg. Wenn er sich ranhielt, konnte er in zwei Tagen daheim im Grenzgauer Land sein.